Maria

HET MIDDERNACHTHUIS

Voor mam, veel liefs

De waarheid, hoe lelijk ook op zichzelf,
is altijd interessant en mooi voor degene die haar zoekt.

– Agatha Christie, *De moord op Roger Ackroyd*

Weet achteraf altijd,
Waarheen het lot je leidt,
En besef van tevoren waar je naar op weg bent.
Realiseer je goed,
Wat je op je pad ontmoet,
En ben je al te ver, ga dan niet naar het end.

– Tabby Ryan, de honderdjarige dichteres

De Rathmores (1790-heden)

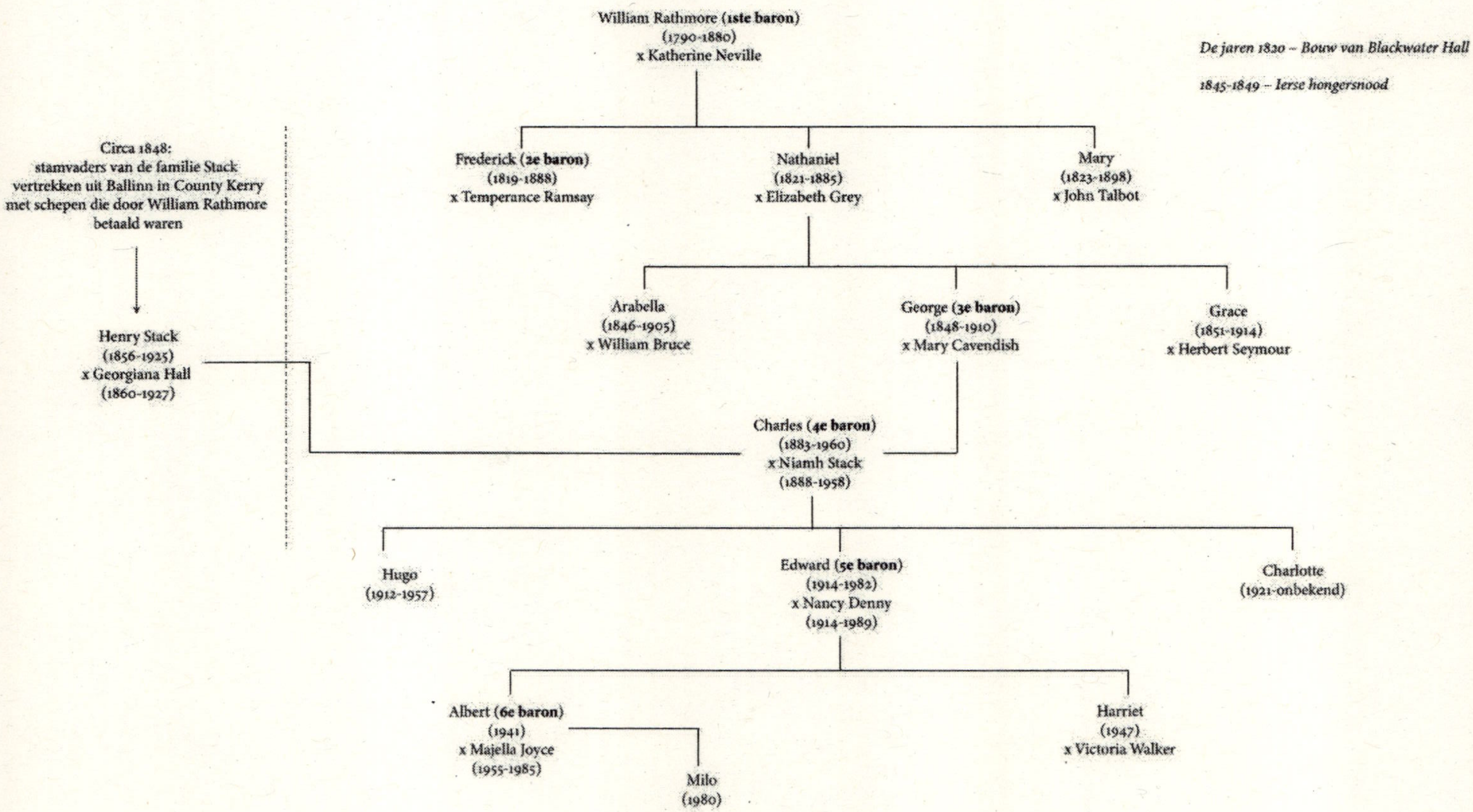

PROLOOG

Men zegt dat het huis ooit een groot ringfort was, opgetrokken uit paarse stenen, die zo nauwkeurig waren geplaatst dat de gladde muur – in een perfecte cirkel – uit de aarde oprees zonder een spoor van mortel. Het beleefde het begin van de bronstijd, zag de ijzertijd verstrijken en maakte mee dat het christendom voet aan wal zette op dit smaragdgroene eiland aan de rand van de golvende Atlantische Oceaan.

Naar men zegt gingen de stenen toen een voor een door ruwe pachtershanden en kreeg het huis een nieuwe vorm: een rechthoek, waardoor de ronde vorm compleet verloren ging. Er werden nog meer stenen toegevoegd, afkomstig van de voet van de berg die achter het huis oprijst. Van Valentia Island werd koele blauwe leisteen aangevoerd, een gesteente dat bij zonsopgang verandert in warm magenta. Het werd in nette, regelmatige stukken gespleten, waarbij de gladde bovenlaag een weerbestendige schubachtige huid vormde, de aderen bekleed met lood.

Om het verval te vertragen werd er niet gekozen voor lokaal hout. Zelfs balken van de langzaam groeiende eiken uit de Ierse bossen konden niet concurreren met de harsrijke pekdennen die over de oceaan werden verscheept. De muren, waarvan de stenen bij elkaar werden gehouden met mortel, in tegenstelling tot het oorspronkelijke fort, kregen een toplaag: alkalisch poeder vermengd met het inktzwarte water van het meer.

Zelfs toen al kroop klimop uit de bosrijke omgeving en klampte zich met grijpgrage vingers nieuwsgierig vast aan de nieuwe muren. De tuinmannen snoeiden het jaar op jaar, maar toch groeide het gestaag.

Toen het huis eenmaal waterdicht was, begon het werk binnen: open haarden van groen Connemara-marmer, tegels die een reis van duizenden kilometers hadden afgelegd en handgeverfde zijde uit het Verre Oosten. Talloze schuiframen leken als schildwachten vanaf de hoge muren neer te kijken. Ze hadden hun blik op de wereld gericht, en als ze met hun ogen knipperden, lieten ze de frisse lucht van de streek Kerry binnen, die vochtig opsteeg vanaf de golvende oceaan beneden.

In de loop der jaren werd het huis uitgebreid en stukje bij beetje werd het groter: hier een vleugel, daar een stookruimte, een gedeelte voor de bedienden aan de achterkant. Elk nieuw deel werd voorzien van nieuwe lagen blauw en vervolgens magentakleurige leisteen. Er was een periode dat de schoorstenen witte turfachtige rook uitbliezen. Er was ook een periode dat dat niet het geval was. Generaties kwamen en gingen. Soms waren de landeigenaren boosaardig. Soms waren ze vriendelijk. Soms waren ze er niet, evenmin als hun kinderen.

Ierland vocht voor vrijheid, de oude orde stortte in.

Blackwater Hall overleefde het. Maar het zou nog kunnen verdwijnen. Want ringforten verdwijnen.

Huizen verdwijnen. Mensen verdwijnen.

1

Ballinn, County Kerry
September 2019

Het was de inhoud van haar moeders boekenplank die Ellie uiteindelijk uit haar schuilplaats verdreef. Moira Fitzgeralds smaak op het gebied van literatuur verschilde dag en nacht met die van haar dochter. Deinende boezems versus tijdloze klassiekers. Twee weken lang boeken lezen waarin de hoofdpersonen elkaar altijd kregen was te veel van het goede.

In een wanhopige poging haar dagen te vullen had Ellie een tiental oude edities van *The Kerryman* verslonden die her en der door het huis verspreid lagen, en het verkreukelde oude nieuws gelezen over lokale sportoverwinningen en verloren en gevonden voorwerpen. Toen ze Moira had gevraagd om *The Guardian* te halen in de dorpswinkel, had haar moeder haar best gedaan en de krant elke dag tussen twee vingers gebracht alsof die besmettelijk zou kunnen zijn. Ellie wist zeker dat ze Deidre O'Brien, de eigenaar van de winkel – en de grootste roddelaarster van het dorp – een excuus zou hebben gegeven waarom ze die wilde hebben ('Ellies carrière zit enorm in de lift in Dublin, een artikel in *The Guardian*!').

Een leugentje om bestwil.

Terwijl ze in de schappen van Ballinns enige kringloopwinkel snuffelde, gaf Ellie aan zichzelf toe dat het een vergissing was geweest om uit haar ballingschap te komen en zich een weg te banen van de veilige boerderij van haar moeder naar het dorp, waar nieuwsgierige blikken en gespitste oren overal op de loer lagen. Haar grote zonnebril, bedoeld als vermomming, had eerder de aandacht getrokken dan die afgeleid, en de groene Nissan Micra van haar moeder, die in de tweede versnelling huiveringwekkend kraakte, deed de handen van iedereen in Main Street vriendelijk de lucht in gaan om te wuiven, tot ze zich realiseerden dat het niet Moira Fitzgerald was die achter het stuur zat, maar iemand anders.

Toch was ze onopgemerkt Threadbare binnengeslopen, en met een beetje geluk kon ze een paar boeken te pakken krijgen, een paar munten bij de kassa achterlaten en ongezien weer wegglippen.

'Eleanor?'

O jee.

'Ben jij dat?'

Ellie keek en zag... Niets. Niemand. De winkel was net zo leeg als zij zich vanbinnen voelde. Aan de lange lijst van dingen die mis met haar waren, kon ze nu blijkbaar ook toevoegen dat ze gek was.

De spookachtige stem weerklonk opnieuw. 'Ellie?'

Ze tuurde in de duisternis. 'Hallo?'

Er verscheen een hoofd. Het leek te zweven boven een plank met dameskleding en toen kwam er ook een groot lichaam tevoorschijn, van onder tot boven in een vormeloos gewaad gewikkeld van honderd grillige gekleurde lapjes die aan elkaar waren gestikt alsof ze in een blender waren gegooid en in elkaar uit waren gelopen.

'Bernie?' Ellies schouders zakten van opluchting. Bernie was de beste vriendin en relatief discrete vertrouwelinge van haar moeder, een zeldzaam goed in Ballinn. 'Bernie, ik... Als ik had geweten dat jij hier werkte, was ik niet naar binnen geslopen...'

'In vermomming?'

Ellie zette haar grote zonnebril af. Het was een belachelijk idee geweest, zich in het volle zicht verstoppen in een landelijk Iers dorp.

Bernie deed een stap naar voren, met een grijns op haar brede gezicht, en gaf Ellie een dikke knuffel. 'Arm *cratúir*. Je moeder zei dat je een tijdje in het huis zou blijven.'

'Het is fijn om je te zien,' zei Ellie naar waarheid. 'Het is goed om terug te zijn.' *Nog een leugentje om bestwil.*

Ze hield echt van Ballinn. Het was charmant op geheel eigen wijze, ingeklemd tussen de met heide bezaaide uitlopers van de MacGillycuddy Reeks en de woeste Atlantische Oceaan. In het dorp had je een kerk, twee pubs, een koffiehuis waarvan de eigenaar per seizoen veranderde, een oude liefdadigheidswinkel vol oude spullen en een politiebureau dat eens in de twee weken op dinsdag geopend was. Natuurlijk was er een winkel op de hoek waar de enkele tientallen lokale bewoners – en een paar honderd eigenaren van vakantiehuizen – bij elk pak melk gratis roddels kregen. In de winter rook het dorp naar turf, waarbij de aardse rook zich vermengde met de mist die opsteeg boven Kenmare Bay. In de zomer kon het heerlijk weer zijn of pijpenstelen regenen. Op sommige dagen werden er onophoudelijk buien aangevoerd vanaf de Golfstroom, op andere dagen was het zonovergoten. Dan stond het plein vol met hordes opgetogen toeristen die truien van Ierse wol en veel te duur ijs kochten. Het dorp was prachtig. Schilderachtig. Groots. Maar ze had het nog niet losgelaten. Het was nog steeds haar thuishaven. Niet haar thuis, maar een plaats waar ze veilig was. Een comfortabele, vertrouwde omgeving en de keuken van haar moeder, waar het altijd rook naar met roomboter bereide gerechten.

'Je ziet er Dublins uit,' zei Bernie, terwijl ze haar op armlengte van zich afhield. 'Hebben ze je daar uitgehongerd?'

'Ik heb gewoon niet zo goed voor mezelf gezorgd.'

'Nee. Natuurlijk niet.'

Ellie wist niet zeker hoeveel Bernie wist, maar Moira had haar ongetwijfeld een gedegen samenvatting gegeven, scherven van Ellies gebroken leven. In elk geval de sappige details die haar moeder kende. Ze zuchtte, deed een stap achteruit en keek langs Bernie heen naar de regen die tegen de ramen striemde. Maar door Bernies blik te ontwijken keek ze plotseling zichzelf in de ogen, daar in het glas, terug starend. Haar doorgaans nette pony zat slordig. Haar haar had wel wat weg van het kapsel van Ozzy Osbourne. Ze droeg een zwart leren jasje en een verbleekte spijkerbroek: haar standaard kloffie. En een glimp rode lippenstift: haar pantser.

'... en mijn Sean zei altijd dat jij de beste van de klas was.'

Ze wendde zich weer tot Bernie. 'Sorry?'

'Hij beschouwde jou als zijn beste leerling.'

‘Van de twaalf?’

‘Eigenzinnig, maar slim.’ Bernie knikte. ‘Of beter gezegd, nieuwsgierig.’

‘Nieuwsgierigheid kan fataal zijn.’

Bernie raakte haar lichtjes op de schouder aan. ‘Je bent nog niet dood, liefje. Verre van.’

Maar Ellie voelde zich wel zo. Zowel geestelijk als lichamelijk. Het verlangen om de klok terug te kunnen draaien deed haar pijn. Terug naar haar oude baan. Terug naar haar oude liefde. Terug naar haar oude leven.

De oudere vrouw strekte haar arm uit en gaf een kneepje in haar hand alsof ze wilde zeggen dat ze allemaal konden barsten, en dat verraste haar. Ellie sloeg haar ogen neer en voelde een bekend prikkend gevoel opkomen. Ze duwde het echter weg, terwijl ze haar hand terugtrok. Ze verachtte die nieuwe zwakke kant van zichzelf, maar toch kon ze er niets aan doen.

Bernie fronste haar wenkbrauwen en draaide zich toen op haar hielen om. ‘Als vicevoorzitter van de vrijwilligers van Threadbare bied ik je een rondje vipshoppen aan, Ellie.’ Ze liep naar de deur, draaide het slot om en zwaaide toen met een arm door de ruimte alsof ergens tussen de warboel het antwoord op al Ellies problemen lag.

Hoewel ze zich triest voelde, glimlachte Ellie. ‘Vicevoorzitter? Ik dacht dat jij het opperhoofd hier zou zijn.’

‘De baas zou die hoge positie nooit opgeven. Hoe dan ook, er is eigenlijk niets wat me erger lijkt.’ Bernie leunde samenzweerderig naar voren. ‘Vorige week zijn we begonnen alles op kleur te sorteren. In een kringloopwinkel!’ Ze had gelijk, er was een zwakke poging gedaan om alles op kleur te zetten. Een rek met rood, wat geleidelijk overging in roze en vervolgens naar gebroken wit. De blauwe spullen bevonden zich in de achterste hoek. En bij de deur lagen producten in vijftig tinten geel opgestapeld, alsof ze elk moment konden ontsnappen.

Bernie pakte een scharlakenrood overhemd en hing het met een tevreden knikje bij de grijstinten. ‘Nou, El, ik weet dat je geen kleding nodig hebt. Vertel… wat zoek je precies?’

Mijn oude leven, wilde Ellie zeggen, maar in plaats daarvan streek ze met haar hand langs de gehavende ruggen van de boeken op de plank. 'Leesvoer. Alles wat helpt om de tijd te doden.'

Bernie nam haar stille hint – dat ze niets anders te doen had – ter harte, pakte een paperback van de plank en hield die omhoog.

'Nou ja, alles was misschien wat te enthousiast...' zei Ellie.

Bernie zocht en ging de boeken op de plank langs. 'Nee. Nee. Nee. Penny is verschrikkelijk. Deze is te gewelddadig. Deze cover is niks. Ah...' Ze hield de Ierse klassieker van Frank McCourt omhoog. 'Er zijn altijd wel een paar exemplaren van *De as van mijn moeder* te vinden.'

Ellie had al genoeg ellende in haar leven en Frank McCourt was het laatste wat ze nodig had. Ze schudde haar hoofd en liet haar hand langs de boeken glijden. Het was een vreemde mix van fictie en non-fictie, een kookboek uit de jaren zeventig, ingeklemd tussen *Kippen houden voor beginners* en een dikke pil van Ken Follett.

Bernie stak een worstachtige vinger op. 'Wacht even.' Ze verdween door een deur aan de achterkant van de winkel. Ellie hoorde het geluid van het slepen van dozen. Ze richtte haar blik op haar eigen ringvinger en streek met haar hand over de gladde huid alsof ze tastte naar iets wat er niet meer was.

'Vind je dit wat?' Bernie kwam terug met een grote kartonnen doos in haar hand. 'Niemand koopt ze, dus we zetten ze niet in de winkel.' Ze hield Ellie de doos voor: *Twintigduizend mijlen onder zee*, een Conan Doyle, verschillende boeken van Jane Austen.

'Staan deze pareltjes echt achter?'

'Yep.' Bernie krabde aan een onzichtbare vlek op haar jurk.

'Meen je dat nou?'

'Ik weet wat je wilt zeggen, maar het is volledig in strijd met het beleid van Threadbare om spullen te bewaren voor vrienden en familie. De chef zou me meteen ontslaan. Ze heeft altijd al een hekel aan me gehad...'

'Bernie!'

'Iemand van Blackwater Hall heeft ze afgegeven... Je weet wel, dat oude huis op het plateau,' voegde ze eraan toe, alsof het iets was wat Ellie zou moeten weten. 'Ik heb geen tijd gehad om ze uit te zoeken. Toen ik hoorde dat je zou komen, heb ik ze gewoon... opzijgelegd.'

Er vormde zich een brok in Ellies keel. 'Bedankt.' Alleen terugkeren naar Kerry kon de harde kant van de stad verzachten.

Bernie grijnsde, duwde de doos in Ellies armen en weigerde het geld ervoor. Toen pakte ze een paperback van een plank en hield die in de lucht. Op het omslag staarde een vrouw verlangend in de donkere ogen van een man die kennelijk zijn overhemd kwijt was. Ze legde het boek op een Jane Austen en knipoogde.

'Zo,' zei ze, 'die is voor je moeder.'

De regen kwam in stromen naar beneden en Ellie rende de laatste paar meter naar de auto. Ze rommelde met haar sleutels en liet ze een, twee keer vallen voordat ze het portier aan de passagierszijde eindelijk open kreeg en de doos haastig in de droge auto zette. Tegen de tijd dat ze op de bestuurdersstoel plaatsnam, droop haar pony van de regen. Ondanks het middaguur was het zo donker dat het wel leek te schemeren, maar de zonsondergang was pas over enkele uren. Dit was een typische septemberdag in Ballinn: het kon zomer of winter zijn of iets daartussenin. Naast haar stond de doos met boeken, met de klep half open, als een schreeuw om snel even de inhoud te bekijken. Ze schoof het vochtige karton opzij en pakte Moira's bouquetroman. Kijk weg, wilde ze tegen de vrouw op het omslag zeggen, red jezelf. Ze legde het boekje opzij en boog zich over de overige titels. Helemaal onderin lag een gevlekte beschermhoes met een boek erin. Ze pakte hem op en liet het boek eruit glijden.

Het ABC-mysterie van Agatha Christie.

De stoffen rug kraakte uit protest toen ze het boek voorzichtig opensloeg. Zoals ze met alle oude boeken deed, bracht ze het naar haar neus en snoof de geur op.

De lucht van de eigenaar was al lang verdwenen, de pagina's waren doordrenkt van vocht en tijd.

Ze had het boek nog steeds onder haar neus toen haar telefoon ging, die haar terug naar de auto bracht, terug naar het dorp. Terug naar het hier en nu. Het was zo lang geleden dat ze een telefoontje had gehad dat ze verstijfde van angst. Maar toen ze naar het scherm keek, zakten haar schouders opgelucht naar beneden. Haar moeder belde haar via de vaste lijn.

'Ik ben onderweg,' zei ze. 'Over een kwartier ben ik er.'

'Je hoeft je niet te haasten, Ellie,' was het antwoord van Moira, 'maar het eten is om vijf uur klaar.'

Ellie glimlachte in zichzelf. Het avondeten was altijd stipt om vijf uur klaar. 'Ik ga net het dorp uit.' Ze hield de telefoon tussen haar schouder en haar oor en legde het open boek op haar schoot. De druk was netjes en voelbaar, het leek wel braille. 'Ik kwam Bernie tegen. Ze wist dat ik terug was...'

'Zoiets kan ik niet voor Bernie achterhouden! Je weet hoe ze is. Die weet al wat je gaat zeggen voordat je het zelfs maar denkt.'

'Kan ze gedachten lezen?'

Moira verhief haar stem, en Ellie ervoer zowel schuldgevoel als plezier. 'Ze had wat boeken voor me.'

'O?' Moira's stem klonk net wat hoger dan normaal.

Ellie zweeg even. 'Je wist het van de boeken?'

Ineens klonk het alsof de verbinding niet goed meer was. 'O... Ik moet gaan... De piepers, ze... koken over. Drommels.'

'Juist.'

'Tot ziens, liefje.' Liefje? O ja, dacht Ellie, huiverend toen er een tractor door de lege straat voorbijraasde, Moira had het geweten van de boeken. Nog zo'n trucje van haar om Ellie op pad te krijgen. Terug in het echte leven. Moira was namelijk van de generatie die verdriet, tegenslag en de verschrikkingen van het leven verwerkte door in actie te komen, terwijl Ellie van de generatie was die ze met Netflix bestreed. Maar omdat de boerderij geen breedbandverbinding had – en geen mobiele ontvangst – kon Ellie alleen ontsnappen via boeken. Nu had ze de doos. Ze gaf er een liefdevol klopje op terwijl ze *Het ABC-mysterie* dichtklapte en het weer boven op de stapel legde.

'Tot gauw,' zei ze.

Ze hing op en bekeek haar telefoon. Die was eerder die middag al tot leven gekomen toen ze de heuvel afdaalde naar Ballinn, pingelend en rinkelend, zodat ze in Threadbare was aangekomen met een volle mailbox en talloze berichten die erom schreeuwden gelezen te worden. Een andere keer, dacht ze. Ze stopte de telefoon diep in haar zak en draaide toen de sleutel van de Micra om. De auto kwam sputterend tot leven, alsof die zijn tegenzin wilde uitdrukken, terwijl de ruitenwissers de weg voor haar zichtbaar maakten.

Terwijl ze zichzelf eraan herinnerde de tweede versnelling over te slaan, reed ze de hoofdstraat van Ballinn in en vertrok.

2

Blackwater Hall, County Kerry
Juli 1939

Het was vroeg in de avond toen de auto eindelijk de bosrijke laan bereikt had en de laatste langzame kilometer naar Blackwater Hall stapvoets reed. Juli liep ten einde en de chauffeur zei dat de lokale bevolking al een warme nazomer voorspelde. Maar de drukkende hitte was niet de enige reden voor Nancy's vochtige handpalmen.

Teddy reikte over de achterbank heen en pakte haar hand. 'Je gloeit helemaal,' zei hij. 'Gaat het?' Het was niet de eerste keer dat hij deze vraag stelde sinds ze het station hadden verlaten.

'Het is bloedheet.'

'Een Zuid-Engels meisje zou geen last moeten hebben van deze temperaturen.'

Ze maakte de kraag van haar jurk los. 'Het is gewoon zo… broeierig.'

'Dit is nog niets, geloof me!' Het geluid van zijn lach kwam gemakkelijk, maar ze wist dat hij zijn zenuwen alleen maar verborg.

Ze glimlachte en trok haar hand terug, waarna ze de ring aan haar vinger ronddraaide en de vijf kleine diamantjes op het inmiddels zo vertrouwde sieraad telde. Dit was hun eerste bezoek aan het landgoed sinds de bruiloft. En ze hoopte dat het hun laatste zou zijn.

'Het komt wel goed,' zei hij met de stem die hij reserveerde voor momenten waarop het helemaal niet zo voelde. Hij keek langs haar heen en ze volgde zijn blik, terwijl het beklemmende gevoel in haar borst heviger werd.

Aan de overkant van het donkere, gladde oppervlak van Lough Atoon doemde Blackwater Hall op. Het was minder majestueus en imposant dan ze het zich herinnerde, maar zeker mooi. Het was niet per se hoog, maar dat werd door de uitgestrektheid meer dan goedgemaakt. Dikke klimop bedekte de muren en het dak van blauwe leisteen was voorzien van meerdere schoorstenen. De voorgevel werd gekenmerkt door drie rijen witte schuiframen, waarvan sommige openstonden om voor wat verkoeling te zorgen op deze warme avond. De grote openslaande deuren kwamen uit op een glooiend gazon dat honderd meter doorliep, tot aan de rietkraag van het meer.

Op dat moment verscheen er in die openslaande deuren een slanke gestalte in het wit.

'Ah, moeder is er,' zei Teddy. 'Daar ben ik blij om.'

'Ik ook.' Nancy streek de klassieke lage wrong glad, waarvoor ze speciaal zo vroeg was opgestaan. Ze had talloze hoeden meegenomen om haar weerbarstige haar te verbergen. Teddy's moeder was kieskeurig als het om netheid ging. In haar compacte spiegel controleerde ze haar make-up. Ondanks de hitte bleef haar foundation mat en haar donkere wenkbrauwen en wimpers waren nog steeds netjes gefixeerd met een vleugje mascara. Een Engelse roos op het Ierse platteland. 'Ik wed dat ze de hele dag...'

'Heeft schoongemaakt?'

'Of in de keuken heeft gestaan?' vroeg ze, en Teddy lachte. 'Misschien heeft ze wel een taart gebakken. Om mij te verwelkomen in de familie.' Twee kameraden, dacht Nancy, terwijl ze haar best deed om de naderende familieoorlog luchtig te benaderen.

'De weken zullen voorbijvliegen.' Maar zelfs hij klonk onzeker. Nu ze getrouwd waren, was het moment aangebroken om over zijn erfenis na te denken en moesten er documenten worden ondertekend. Daarom waren ze hier. Ze hadden het al lang genoeg uitgesteld. Nancy keerde zich om naar het meer, deels om haar angst te verbergen, deels om het uitzicht op Cottah Mountain in zich op te nemen. De tweehonderdvijftig meter hoge rotspartij torende hoog boven Blackwater Hall uit, bedekt met een woeste vegetatie, paars gekleurd door de uitbundig bloeiende heide. In de winter warmde de zuidelijke helling overdag op, en de familie beweerde dat als de avondbries over de top heen blies, de warme adem van de berg de vorst op afstand hield.

Toen ze bij het huis aankwamen, was de uitdrukking van Lady

Rathmore echter ijzig, ondanks de hitte. Ze stond naar hen te kijken. Hen op te wachten.

Teddy draaide Nancy's gezicht teder naar zich toe. 'Je bent mooi, ik hou van je.' Hij streek over haar wang. 'Die ogen, Nancy. Je hebt schitterende ogen. Zo rijk, zo blauw.'

In tegenstelling tot mijn bloed, dacht ze, maar ze zei eenvoudigweg: 'Ik hou ook van jou.'

Ze liepen door de openslaande deuren een lichte eetzaal binnen. De muren waren zachtblauw, de kleur van eendeneieren, en het lichte tapijt was zo onberispelijk dat het de avond ervoor gelegd had kunnen zijn. Nancy bleef midden op een oosters tapijt staan dat dwars door de ruimte lag en zowel links als rechts eindigde bij een donkere houten deur. Tegen de andere wand stond een enorm dressoir, dat bijna doorboog onder het gepolijste zilverwerk. De tafel voor twaalf personen was gedekt voor zes. Aan de andere kant van de eetzaal stonden twee bordeauxrode fauteuils bij een open haard van groen marmer, turf en aanmaakhout lagen opgestapeld maar gezien de warme middag brandde het vuur niet.

De geur van gebraden vlees hing in de lucht. 'Het leek me goed om vanavond informeel te dineren,' zei Lady Rathmore. Ze praatte tegen Nancy, maar keek haar niet aan. 'Dat lijkt me voor jou ongetwijfeld prettiger.'

Nancy beet op haar tong en glimlachte. 'Wat attent.' Ze sprak zonder aarzelen, maar achter haar rug kneep ze haar handen samen en haar vingernagels drukten pijnlijk in haar handpalmen. Het was, hoopte ze, de enige manier waarop haar irritatie zichtbaar was.

Lady Rathmore knikte. 'Uitstekend.' Met haar licht Oost-Amerikaanse accent was ze een elegante vrouw. Ze was lang en had een zeer lichte huidskleur. Ze droeg een witte jurk tot aan de grond, zo smetteloos en onpraktisch dat alleen een dame voor zoiets zou kiezen. 'Ik had het gepland voor halfzes, maar omdat jullie nogal laat zijn, is zeven uur waarschijnlijk beter.' Ze wachtte niet op een reactie, maar volgde het tapijt en verdween door een deur aan de linkerkant, waardoor Teddy en Nancy alleen in de eetzaal achterbleven.

Ergens in huis sloeg een klok zes uur. Nancy leunde naar voren en fluisterde tegen Teddy: 'Geen taart dus?'

'Het spijt me erg.'

Ze lachte er echter om. Alles was nu anders. Zíj was anders. Dit keer had ze een ring aan haar vinger, waardoor ze zich veilig en geborgen voelde. Nu waren zij en Teddy één en kon er niets meer tussen hen komen.

Ze trok haar schoenen uit en stapte op het crèmekleurige tapijt. Het voelde koel en luxueus onder haar tenen. 'Ik heb in elk geval niet in het wilde weg gebabbeld.' Ze boog zich voorover en ging met haar vingers over de vloer. Wol. Het moest een fortuin gekost hebben. 'De laatste keer dat ik begon te twijfelen over koning Edwards troonsafstand... Ik ging maar door. En toen – daarna pas – vertelde je me dat je moeder bevriend is met de neef van Wallis Simpson...'

Dat was echter drie jaar geleden. Als tweeëntwintigjarige vrouw was ze diep onder de indruk geweest van de pracht en praal. En gefascineerd door de schoonheid van Kerry, het enige echte aan Blackwater Hall, dacht ze. Op Charlotte na. Haar verliefdheid voor Teddy was nog pril geweest en ze hadden alles gedeeld. Hun leven in Londen had net vorm gekregen en ze hadden hun onafhankelijkheid langzaam opgegeven om partners te worden.

Ze pakte haar schoenen en liep over het tapijt. 'Dit keer ben ik vastbesloten mijn mening voor mezelf te houden.' Ze bleef even bij het raam staan. Buiten weerspiegelde het water van het meer de berg, binnen waren de muren bedekt met portretten van de adellijke familie Rathmore. Vier baronnen, hun vrouwen en een handvol kinderen.

De familie had een vreemd pad bewandeld: hun bloed was zowel Iers en Engels als Amerikaans. Er waren zowel protestanten als katholieken onder hen geweest. Ze balanceerden op het dunne koord tussen verleden en heden. Hoewel Teddy de tweede zoon was, dus eigenlijk slechts reserve, hadden ze hoge verwachtingen van hem. Hogere verwachtingen. De komst van Nancy had een toch al broze relatie doen wankelen.

Ze wendde zich tot Teddy, die naast haar bij het raam stond. 'Ik had gehoopt dat Charlotte er zou zijn als we aankwamen.' Hij ging achter haar staan, een hand op haar middel. Warmte stroomde door haar lichaam, maar ze keek meteen om zich heen of iemand hen zag en trok zijn vingers weg.

In haar handtas had Nancy de laatste brief bij zich die ze aan Charlotte had geschreven. Ze had hem niet meer gepost, omdat ze de brief dan ergens op de Ierse Zee zouden hebben ingehaald. Via hun correspondentie wisselden de vrouwen hoop en dromen uit. Ze schreven elkaar over en weer en koesterden de details uit elkaars leven.

Niet alle details, dacht Nancy, en ze voelde zich schuldig over de geheimen die ze bewaarde. Ze was er nog niet klaar voor om haar verdriet onder woorden te brengen. Charlotte was echter altijd openhartig geweest. Ze was een brievenschrijfster in hart en nieren en schreef aan Nancy, aan Teddy en had een stuk of tien penvrienden. Nancy wist dat het haar manier was om aan haar beperkende leven te ontsnappen.

'Ze is er echt wel,' zei Teddy. Ze stonden inmiddels naast elkaar bij het raam en raakten elkaar nauwelijks. 'Ik zou willen dat mijn enige zus mij net zo verafgoodde als jou.'

'Ik weet zeker dat ze op ons allebei even dol is...' Ze draaide zich om en knipoogde naar hem, wat suggereerde dat ze wist dat hij gelijk had. De kuiltjes in zijn wangen verraadden hem. Hij glimlachte terwijl hij naar haar keek.

Maar toen zijn blik over haar schouder zweefde, werd zijn gezichtsuitdrukking stoïcijns. Nancy zweeg even en fronste. Achter haar verbrak een stem de stilte. 'Ah.' Een luide stem. Vol vertrouwen. Van iemand die zichzelf belangrijk vond. 'Jullie zijn er.'

Ze draaide zich om, met een geoefende glimlach op haar gezicht. De man die de ruimte in liep negeerde het tapijt, zijn schoenen lieten kort een afdruk achter.

'Hugo,' zei Teddy, terwijl hij zijn hand zachtjes op Nancy's rug legde. 'Broertje.'

Nancy vond het altijd fascinerend om deze twee mannen samen te zien. Toen ze Hugo voor het laatst had gezien, hadden ze opmerkelijk veel op elkaar geleken, maar de oudere man was gedurende de voorbije jaren zwaarder geworden en er waren fijne lijntjes rond zijn ogen verschenen. Ze vroeg zich af waar de kraaienpootjes vandaan kwamen, want ze had hem nog nooit zien lachen. Het was alsof ze een evenbeeld van Teddy zag, maar dan groter en extremer. Elke trek werd geaccentueerd, en soms, zoals bij de neus, was dat iets te veel van het goede. Ze waren allebei blond, maar terwijl Hugo's haar glansde door de pommade, zat dat van Teddy gewoon natuurlijk. Het viel steeds over zijn slaap en hij duwde het voortdurend opzij.

Na een te lange stilte wendde Hugo zich tot Nancy. Hij maakte geen aanstalten om haar de hand te schudden. 'Ah, je lieve vrouw.' Hij wierp een blik op haar kousenvoeten. 'Hopelijk heeft moeder voor een warm welkom gezorgd, lieverd,' zei hij op een manier die suggereerde dat hij dat helemaal niet hoopte.

'Ja, natuurlijk.'

'En de reis?' Dat was tegen Teddy.

'Die was lang.'

Hugo pakte zijn broer bij de arm en leidde hem naar de comfortabele fauteuils. 'Ik kijk er zelf niet naar uit.'

'Wat bedoel je?' Teddy keek weer naar Nancy. Woordeloos communiceerden ze: daar gaan we.

'Ik kom binnenkort naar Londen. Er heeft zich een kans voorgedaan. Een naderende oorlog heeft meestal dat effect. We zullen het... later bespreken.' Dit laatste werd na een korte stilte gezegd, met een klein knikje naar Nancy.

Ze schoot bijna in de lach. Het hoofd van de familie regelde de zaken terwijl de vrouw haar plaats diende te weten. Hugo zou verbluft zijn als hij wist dat hun relatie zulke ouderwetse beperkingen oversteeg. Nancy verwachtte echter niet dat Teddy zou protesteren, want hij had altijd gezegd dat Hugo gewoon het soort man was die je moest verdragen.

'Laat me eerst even bijkomen van de reis voordat we over zaken beginnen.'

Hugo gaf zijn jongere broer een klap op de rug en die kromp ineen bij de kracht ervan. 'Natuurlijk, kerel.'

Nancy liep de eetzaal door en pakte Teddy's hand. 'Waar is

Charlotte?' zei ze. 'Ik had gehoopt haar nog voor het eten te kunnen zien.'

'Vast op weg naar dat liefdadigheidsgedoe van haar.' Hugo pakte een sigaret uit een houder en tikte er geïrriteerd mee tegen het zilveren oppervlak. 'Die domme meid.'

Nancy's glimlach verdween. Ze had haar gezicht vrijwel meteen weer in de plooi, maar de blik op Hugo's gezicht suggereerde dat hij het had gezien en opgemerkt had dat ze uit haar rol viel. Ze vermoedde dat hij het zou onthouden om later tegen haar te kunnen gebruiken. Ze liet Teddy's hand zachtjes los en legde de hare met overdreven kalmte tegen haar voorhoofd. 'Ik moet even gaan liggen voor het diner.' Ze knikte naar de rest en liep naar de deur. Ze stapte erdoorheen en stopte aan de andere kant.

Hugo lachte. 'Het lijkt me niet gemakkelijk om zo'n lastige leerlinge decorum aan te leren, maar doe eens een poging. Al was het maar voor moeder.'

Teddy zuchtte hoorbaar. Hij deed zijn best om zichzelf te beheersen. Ze hadden het er al over gehad voordat ze gearriveerd waren, zij en Teddy. Ze moesten dit gewoon doorstaan. Geen drama's. Geen ruzies. Gewoon de documenten ondertekenen en vertrekken. Ze voelde zich niet verraden door zijn zwijgen. In plaats daarvan vroeg hij: 'Liefdadigheidsgedoe?'

'Onze kleine Charlotte is in Ballinn. Ze wil het gepeupel leren schrijven of zoiets. Vreselijk. Maar je kent haar, ze heeft een klein hartje. En haar verstand is al net zo beperkt…'

Een gedempt protest van Teddy. Nancy pakte de deurklink vast en deed haar best om de gedempte stem van Hugo te kunnen onderscheiden. Haar man gaf scherp antwoord: 'Je mag niet zo over haar spreken.'

'Onzin, Edward. Het stelt niets voor.' Hugo's stem weerklonk door de eetzaal. Een doosje ging open en klapte dicht. Toen de klik van een aansteker. 'Bovendien plaatst haar liefdadigheidswerk haar in een goed daglicht. Het zal een goed huwelijk zijn.' Zware voetstappen doorkruisten de ruimte. 'Zijn we daar tenslotte niet voor opgevoed,' zei Hugo, even pauzerend voor het dramatische effect. 'Om een goed huwelijk te sluiten?'

Nancy deed een stap achteruit bij de deur. Ze was sterk. Zij kon dit aan. En na dit bezoek zou ze nooit meer terugkeren naar Blackwater Hall.

Nooit meer.

3

Cahercillín Farm, County Kerry
September 2019

Ellie had altijd van de landweg gehouden, die vanuit Ballinn slingerend naar het platteland voerde. De onverharde weg liep langs de lappendeken van velden, afgebakend met stenen muurtjes, die lager gelegen waren dan de boerderij van haar moeder, en klom vervolgens door de vallei omhoog totdat het slechts een verlaten pad werd door de heide. Daar aan het eind lag de woning van de Fitzgeralds: een witte bungalow aan de voet van de berg, omgeven door een door de wind geteisterde laurierhaag die zich leek vast te klampen om niet om te vallen.

Toen ze de oprit op reed, nam de regen af. Een overvloed aan kleuren leek de met heide bedekte berg in een buitenaards licht te zetten, schuimend wit water stroomde door de valleien en ravijnen. Binnen een paar uur zou het water dat naar beneden stroomde verdwenen zijn, opgeslokt door de zoetwaterbaai. Er was nog zo veel om te doen, zo veel plaatsen om te bezoeken. In een tijdsbestek van vijftien minuten was Ellie vanuit het winterse Ballinn weer in de herfst terechtgekomen op Cahercillín Farm. Ironisch eigenlijk, want thuiskomen was sowieso alsof je terug in de tijd reisde, in meer dan één opzicht.

Terwijl ze de voordeur openduwde, kwam een golf van zetmeelrijk vocht haar tegemoet, vermengd met de geur van iets wat te gaar was gebakken – karbonades? – en de soepachtige geur van groente die lang gekookt had. Ze liet de doos met boeken op de grond ploffen voordat ze haar jasje uittrok en aan de volgeladen kapstok hing.

'Hallo?' riep ze.

Een hoofd met een wilde bos krulhaar verscheen in de gang en verdween meteen weer. 'Net op tijd,' klonk Moira's gedempte stem. Zelfs na vijfenveertig jaar was Moira nog steeds niet op haar plaats. Ze was in de jaren zeventig aangekomen, toen bloed en liefde de enige redenen waren die mensen naar Kerry bracht. Dat laatste had ze gevonden in Ellies vader, een Ier in hart en nieren. De boerderij was van hem. Hij was er geboren. Letterlijk, in wat nu de keuken was, weken nadat zijn ouders het uitgestrekte land van honderd hectare hadden geërfd. Ellies grootouders hadden de boerderij naar hem genoemd: Cahercillín. Geboorteplaats van Cillian.

Als tiener had Ellie dat gênant gevonden, zo'n intieme naam voor de boerderij, maar tegenwoordig kon ze het waarderen: als ze door die hekken reed, was de naam van haar vader er altijd om haar te begroeten, ook al was hij er zelf niet.

Ze pakte het cadeautje voor Moira uit de doos en stapte de keuken in. 'Van Bernie,' zei ze, 'voor jou.'

Moira's gezicht vertrok van verbazing en klaarde vervolgens op van vreugde. 'Voor mij? Nou, ik heb helemaal niet...' Ze bladerde door het boek en draaide het om, terwijl ze de flaptekst net zo snel oplas als de catechismus in de kerk. Toen keek ze op. 'Was het uitstapje naar het dorp niet te veel voor je? Was het fijn om er even uit te zijn?'

Ellie kneep haar ogen tot spleetjes en dacht zorgvuldig na over haar volgende woorden. Als het te veel was geweest, zou het namelijk Moira's schuld zijn, aangezien ze dit duidelijk gepland had met Bernie. 'Het was prima,' was het enige wat ze zei.

Op de rommelige vensterbank lag een exemplaar van *The Guardian*, en Ellie las met een half oog de kop over de laatste herschikking van het Britse kabinet. Moira volgde haar blik. 'Ik heb dat vandaag opgehaald bij de winkel van de O'Briens. Deidre weet dat je hier bent... Ze vroeg het ronduit, het spook. Ik heb gezegd dat mijn artritis opspeelde, alleen maar om van onderwerp te veranderen.'

'Je hebt geen artritis.'

Alweer een leugentje om bestwil.

Moira schraapte haar keel. 'Heb je... nog iets gehoord?' Ze gebaarde naar Ellies hand.

In haar handpalm lag haar telefoon. Ze was er al die jaren zo verbonden mee geweest dat het toestel zelfs zonder ontvangst als lijm aan haar bleef plakken. Ze legde het weg. 'Ik heb niet gekeken.'

'Niets van Dylan?' Moira sprak zijn naam uit alsof het vergif was.

'Nee.'

'Ellie...'

'Mam.'

Moira draaide zich weer om naar de aardappelen en mompelde iets.

'Wat zei je?' Ellie onderdrukte een glimlach. Ze wist wat haar moeder had gezegd. Moira had het er al jaren over.

'Ik ben je bloedeigen mama, niet een of andere mam uit de grote stad.'

Ellie schonk een glas water in en wenste dat het wijn was. 'Niemand noemt zijn moeder nog mama.'

'Wel waar,' zei Moira, terwijl ze een flink stuk boter op de aardappelen gooide en het botte mes intimiderend omhooghield. 'Jij zei dat ooit ook!'

Ellie vulde een tweede glas en zette het neer. Het kleine tafeltje stond zo ongeveer klem onder het raam in de piepkleine keuken. Er was ruimte genoeg voor twee personen, zelfs voor drie als je elkaar echt goed kende. Alles lag al klaar: borden met stukjes uit de randen, een glazen botervloot, vervaagde placemats van Ierse toeristische attracties.

Ze liet de stilte op zich inwerken, maar verbrak die toen. 'Kan ik ergens mee helpen?' Toen ze naar de kookplaat keek, zag ze echter dat het eten al gaar was. Te gaar zelfs.

'Nee, nee. Ga maar gewoon lekker zitten...' Moira liep bedrijvig door de keuken, pakte Ellie bij de schouders en duwde haar naar een stoel. 'Eet een stevige maaltijd. Dat is alles wat je nodig hebt.' Het was niet alles wat Ellie nodig had, maar ze deed wat haar werd opgedragen, en meteen landden er twee verkoolde, gekrompen karbonades op haar bord. Die werden al snel gevolgd door een flinke portie weke broccoli en een kwak kruimige aardappelen. Ze voegde er een klontje boter aan toe en keek hoe het in de groenten smolt. Hoezo calorieën? 'Het ziet er heerlijk uit, mam,' zei ze.

Moira perste zich op de stoel tegenover haar, met haar linkerelleboog onder het lage raam geklemd dat uitkeek over de vallei.

Ellie hief haar glas en probeerde haar op te vrolijken. '*Sláinte*. Bedankt.'

'Bedankt, mama,' mompelde Moira, terwijl ze haar glas omhooghield. 'Sláinte, Ellie. God zij met je.'

'Met jou ook,' antwoordde Ellie. Ze dronk van het water uit de turfbron bij de boerderij, de smaak van tannine was overduidelijk. Als God echt met me was, dacht ze, zou Hij me dan niet een pleziertje gunnen en dit water in wijn veranderen?

Na het eten zaten Moira en Ellie bij het knetterende haardvuur, terwijl ze appelkruimeltaart aten en naar het zesuurjournaal keken, iets wat Ellie al jaren niet meer had gedaan, tot voor kort. Ze was er zo aan gewend geraakt dat ze zelf koos welke informatie ze tot zich nam dat de verscheidenheid en structuur van het nieuws van zes uur een soort schok was geweest.

De afgelopen maanden was haar eigen bubbel van nieuwsinteresse gekrompen tot niets meer en niets minder dan dat: een bubbel. De huizenbubbel. De huizenbubbel in Dublin. Die werd elke dag groter, nieuwe gebieden opslokkend, als een bezem mensen van de kaart vegend, alsof ze slechts een pluisje waren. Iedereen in Ierland, zelfs de jongeren, droeg de littekens van de Keltische Tijger, zoals de eerdere sterke economische groei in het land ook wel werd aangeduid. Nu gebeurde het opnieuw: kopers hadden het niet langer voor het zeggen en huurders maakten al helemaal geen schijn van kans.

In de eerste week dat ze naar Kerry was teruggekeerd, was huisvesting volop in het nieuws geweest. Dat had natuurlijk vooral aan haarzelf gelegen. Nu was het bulletin van zes uur weer als vanouds: politiek, wijdverbreide conflicten, een hond op een skateboard in Sligo. En wie zou niet genieten van wat vreemd goed nieuws, want in het leven moest zowel duisternis als licht zijn, toch?

Toen het nieuws afgelopen was, stond Moira op en zette de televisie uit. 'Kopje thee?' vroeg ze, waardoor Ellie weer met beide benen op de grond stond.

'Als die maar sterk is,' zei Ellie resoluut.
'Een sterke thee? Op dit tijdstip?'
'Ja, graag.'
Moira mompelde een waarschuwing. 'Daar kun je niet van slapen.' Ze gaf Ellie een tikje op de schouder toen ze langsliep.
Het vuur was gedoofd, het enige wat er nog van over was, was gloeiende as. Ellie stond op om het aan te wakkeren en deed er nog een blokje gedroogde turf bij, waarna de geur van zoethout de kleine kamer vulde. Ze liep naar de deur en deed die open. Haar blik werd automatisch naar de vloer van de gang getrokken.
De doos.
Een manier om even te ontsnappen.
Ze reikte naar beneden en pakte het boek van de bovenste stapel. *Het ABC-mysterie* van Agatha Christie.
Ze draaide het om in haar handen en liep terug naar de woonkamer. Ze had zich nog niet eens lekker op de bank genesteld toen er een vel papier uit viel dat achter in het boek was gestopt. Het dwarrelde zachtjes naar de grond en kwam neer aan haar voeten.
Alsof het zijn plek zocht.
Ze fronste en pakte het op. Het was maar één keer dubbelgevouwen. Ze vouwde het open en keek vluchtig naar het vervaagde handschrift in blauwe inkt.
Een brief.
Ze trok verrast haar wenkbrauwen op. Een oude brief. De datum – 3 augustus 1940 – was netjes met de hand in de linkerbovenhoek geschreven, onder een briefhoofd dat half werd bedekt door een bruine veeg. Wynn's en dan stond er nog wat. Ze fronste toen ze het bekende woord las, maar drukte de gedachten die er meteen door opkwamen weg. Ze streek met haar hand over de pagina. Toen draaide ze haar rug naar het vuur en begon te lezen.

Moira kwam terug met twee mokken in de ene hand en Bernies cadeau in de andere. Ze zette de drankjes neer en ging in de fauteuil zitten die bij de verschoten geruite bank paste. De stoel was van Ellies vader geweest en ze herinnerde zich nog dat de fauteuil precies het juiste formaat voor hem had gehad. Soms wist ze zeker dat ze een flinke kuil zag, die was ontstaan door vele jaren avondenlang bij het vuur zitten, wanneer hij vaderlijke grapjes vertelde terwijl hij met zijn ogen rolde en trots klopjes op haar rug gaf als ze goed haar best had gedaan op school.

Als Moira er echter in zat, zag ze er klein uit. 'Wat is dat?' vroeg ze, terwijl ze naar Ellies schoot wees.

Ellie gaf haar de brief en pakte haar mok. 'Een aanwijzing, van Agatha Christie in hoogsteigen persoon,' zei ze met een knipoog, terwijl ze van haar kleurloze thee nipte en zich afvroeg of Moira een vingerhoedje had gebruikt als theezeefje.

Haar moeder pakte het papier, haar wenkbrauwen opgetrokken van verrukking. De kraaienpootjes rond haar ogen werden dieper terwijl ze het las. 'Wat mysterieus...' Ze gaf het blad terug aan haar dochter.

Ellie streek over de krasjes die de pen tachtig jaar geleden op het papier had achtergelaten.

3 augustus 1940

Liefste T,

Wat je ook over me hoort, geloof er maar niets van. Het leven verandert steeds, zoals je weet, en mijn situatie is als volgt: ik kan niet langer in Ink House blijven. Het lijkt alsof het huis donker is als de nacht.

Ik weet zeker dat dit juist voor jou niet echt een schok zal zijn. Je wist hoe ik erover dacht. Je kende mijn toekomstdromen en je moedigde me aan om mijn eigen weg te gaan. Dat zal ik ook doen.

Daarbij moet ik je echter wel om hulp vragen. Ik kom met de volgende boot. Ik kijk er zo naar uit, maar het maakt me ook bang. Wat een avontuur, zeg. Ik heb het allemaal gepland. Ik ben behoorlijk gewiekst geweest en zal je er alles over vertellen als we bij elkaar zijn. Ik zal je niet tot last zijn, want ik ben goed voorbereid!

Ik hoef je niet te vertellen dat de familie niets over deze brief mag weten, maar alsjeblieft, alsjeblieft, ik smeek je, omwille van meer dan je beseft, zwijg erover. Hou het geheim en vertel niets over mijn toekomstplannen. Ik leg je alles uit zodra ik er ben.

Je Charlotte

De woorden stroomden over van jeugdige passie. Ellie probeerde zich het meisje voor te stellen, ze moest beslist jong zijn geweest toen ze dit schreef. Maar niet zo jong dat ze niet in haar eentje naar haar bestemming kon reizen. En Ink House? Dat was de enige echte aanwijzing in de brief, samen met de vlekkerige tekst bovenaan, dat bekende woord, Wynn's. Zou het over het kasteel gaan? Vast niet. Ellies hart sloeg over bij die gedachte.

Zich ervan bewust dat Moira haar aankeek, legde ze de brief opzij. Ze had er genoeg van om zich met andermans zaken te bemoeien. Ze trok een wenkbrauw op naar haar moeder alsof ze wilde zeggen dat het haar niets boeide en pakte *Het ABC-mysterie*. Toen ze nauwelijks de eerste pagina had omgeslagen, zag ze Moira plotseling door de deur van de woonkamer verdwijnen.

Er klonk een gekraak, vergezeld van een hoop gebonk en het onvermijdelijke gekreun en gepiep dat volgde op het openen van de gangkast. Die was altijd overvol, vol met herinneringen uit het verleden: documenten, boeken en snuisterijen die ze ooit gekoesterd had. Ellie kon zichzelf er nooit toe zetten ernaar te kijken. Eén hele plank stond vol met lokale historische non-fictie en romans. Als er een nieuw boek over het dorp uitkwam, was het eigenlijk verplicht om een exemplaar aan te schaffen bij O'Brien's.

Moira kwam terug met zo'n boek.

'O, mam.' Ellie hief haar handen op in een gebaar van overgave.

Maar Moira luisterde niet. Ze liet haar blik over de inhoudsopgave gaan terwijl ze ging zitten en gaf het boek opengeslagen aan Ellie. 'Ink House,' zei ze, niet zonder enige triomf.

Op de pagina was een wazige en vervaagde foto te zien van een landhuis dat van onder tot boven bedekt was met klimop, met een dozijn schuiframen die erdoorheen leken te gluren. Daarachter was een steile berg te zien. Een groot gazon leidde naar de rand van een meer waarvan het water zo zwart was dat het leek alsof het het omringende daglicht afwees. De naam van het huis stond in het onderschrift.

'Blackwater Hall?'

Wat had Bernie ook alweer gezegd toen ze met de doos vol boeken aan kwam zeulen? *Iemand van Blackwater Hall heeft ze afgegeven. Ik heb geen tijd gehad om ze uit te zoeken.*

Ze sloeg het boek open. Op de titelpagina stond *Landhuizen die de jaren overleefden: een catalogus.* Pagina's vol met nog bestaande landhuizen in Ierland. Het was een dun boek – de jaren twintig waren niet genadig geweest voor veel landgoederen – en op de meeste pagina's stond slechts een handvol regels, hele geschiedenissen samengevat in slechts een paar woorden. Het verslag met betrekking tot Blackwater Hall was daarop geen uitzondering:

> Blackwater Hall is een van de weinige overgebleven belangrijke georgiaanse landhuizen in het zuiden van Kerry. Het werd door Lord William Rathmore gebouwd aan de oevers van Lough Atoon, rond 1820, op het grote Landgoed Rathmore, dat zich uitstrekte over de gebieden van Munster en Connaught. In 1845 werd een hypotheek genomen op het pand om graan en havermout te kunnen betalen voor de pachters en om hen te helpen emigreren naar Amerika. Het domein en het huis zijn nog te bezoeken. Deze bestaan nog.

Deze bestaan nog. Ze hebben het overleefd. Ze zijn er nog. Ellie dacht over die woorden na, wikte en woog ze, paste ze op zichzelf toe.

'... nog maar een schaduw van zijn vroegere glorie, natuurlijk. Daar hoog op het plateau, ver van de weg, halverwege Kenmare. Het is gek dat we er niet meer over horen, maar gezien de huidige staat van het gebouw...'

Zoals altijd was Moira's geroddel net een stortvloed, en Ellie hield haar hand op. 'Hoe weet je dit allemaal?'

'De doos met boeken,' zei Moira, terwijl ze haar schouders ophaalde. Ze nipte van haar thee en leunde achterover in haar stoel. 'Bernie vertelde me dat er een mooie set boeken was afgeleverd van Ink House, zoals zij het noemde. Perfect voor Ellie, zei ze...' Ze zweeg abrupt. Moeder en dochter keken elkaar aan.

Moira schraapte haar keel. Behoedzaam vervolgde ze: 'Daardoor hebben we wat gebabbeld over Ink House. De officiële naam is Blackwater Hall. Ik nam aan dat er in een van de boeken van papa wel iets over geschreven zou zijn.' Toen haar vader ter sprake kwam, sloeg Ellie, zoals altijd, haar ogen neer en knikte. 'Bernie zei dat de eigenaar het zwaar heeft. En dat zijn zoon voor een korte tijd terug is. Hij werd weggestuurd toen zijn moeder stierf, het arme kind.'

'O?' Ellie vouwde de brief opnieuw open. Hij was geschreven in keurig Engels in een omgeving waar dat vreemd klonk. Charlotte kwam beslist on-Iers over. Een vrouw die op de vlucht was voor haar lot, net als Ellie. Maar in tegenstelling tot Ellie was zij van plan weg te gaan en nooit meer terug te komen. En zij leek te genieten van het feit dat haar toekomst onzeker was.

Terwijl Ellie het, tegenwoordig in elk geval, verafschuwde.

Moira zei: 'Ik vraag me af wie die Charlotte was.'

Iemand met minder problemen dan ik, dacht Ellie, maar dat sprak ze niet uit. 'Een dochter? Een ongelukkige vrouw? Een pupil van Blackwater Hall?'

'Misschien,' zei Moira, terwijl ze het boek opende en in de verte staarde, zoals mensen doen als hun gedachten elders zijn.

Ellie legde de brief op de salontafel en schoof die zo ver mogelijk van zich af. Ze wist wat er zou volgen, en ze vond het niets. Vroeger zou het vinden van een brief, een oude brief, een brief met een tekst als 'hou het geheim en vertel niets over mijn toekomstplannen' net zo aanlokkelijk voor haar zijn geweest als nectar voor een honingbij. Maar dat was niet langer het geval. Haar wereld lag in duigen en dit meisje, die Charlotte, bestond slechts uit een aantal woorden op papier, een schaduw uit het verleden. Niet nog een onderzoek waardoor Ellie al het andere in haar leven zou vergeten, waardoor alles in puin zou komen te liggen.

Het is allemaal jouw schuld, Ellie.

Dat had Dylan gezegd toen ze de verlovingsring aan hem had teruggegeven. Toen ze het appartement verliet. Alles was haar schuld. Zij had hun levens verwoest. Omdat ze het niet kon laten zich met de zaken van anderen te bemoeien.

'Natuurlijk...' Moira keek haar weer aan, haar boek lag nu dichtgeslagen op de armleuning naast haar. 'De brief komt vast van Blackwater Hall.'

'Ja, dat denk ik wel.'

'Misschien is hij wel belangrijk voor hen. Voor Lord Rathmore.'

'Zo, dus het is een lord?'

'Volgens Bernie wel.'

Volgens Bernie wel. Het klonk alsof haar moeder ruzie had met Bernie. 'Ja, je hebt gelijk, mam,' zei ze, terwijl ze haar boek opensloeg en naar de bladzijde staarde, waar de woorden door elkaar heen leken te dansen. 'Je moet hem terugbrengen.'

'Ik?' zei Moira. 'Nee. Die brief is van jou.'

'Dat denk ik niet.'

'Het is maar een halfuurtje rijden.' Dus ze had er al over nagedacht. Ellie pakte de brief van de tafel. Ze was niet helemaal gevoelloos en ergens wilde ze dolgraag dat Ink House, oftewel Blackwater Hall, zien. Maar alleen om de brief terug te brengen. Niets meer. Ze zou geen onderzoek doen, geen vragen stellen, geen pogingen doen om mysteries op te lossen of schandalen te achterhalen waar ze niets van mocht weten. Ze zou haar neus niet meer in de zaken van anderen steken. 'Prima, ik zal hem morgenvroeg brengen. Maar ik weet niet waar...'

Voordat ze haar zin kon afmaken, stond Moira op uit haar stoel. 'Ik zal Bernie de weg vragen,' zei ze en ze rommelde luidruchtig in een lade in het bureau achter in de kamer. Ze probeerde een half dozijn pennen voordat ze er een vond die het ook daadwerkelijk deed, toen verdween ze in de gang en pakte de telefoon.

4

Blackwater Hall, County Kerry
Juli 1939

Charlotte was niet bij het diner aanwezig en Lady Rathmores woede was voelbaar in de te warme eetzaal. Nancy dacht niet dat haar woede veroorzaakt werd doordat Charlotte er niet was, terwijl haar broer en schoonzus net waren aangekomen en haar graag wilden zien, maar vooral omdat haar afwezigheid het toch al verstoorde tijdschema van haar ladyship nog verder in de war stuurde. De kokkin had gezegd dat het lam warm gehouden kon worden, maar Lord Rathmore knipte met zijn vingers en het diner werd geserveerd.

Toen de consommé op tafel kwam, werd er gesproken over Charlottes nieuwe liefdadigheidsinitiatief, een avondschool in Ballinn waar lokale meisjes één avond per week les kregen in literatuur. Hoewel Lord Rathmore duidelijk zijn afkeer liet merken, had hij zich er blijkbaar toch bij neergelegd en gunde hij zijn dochter voorlopig deze vrijheid.

'Haar maatschappelijke betrokkenheid zal haar voordeel opleveren in haar huwelijk,' zei hij tegen niemand in het bijzonder. 'Zo leert ze evenementen te organiseren en dergelijke.'

Lady Rathmore vouwde haar onberispelijke servet weer op. 'Er komt niet eens fondsenwerving bij kijken, Charles.'

'Charlotte moet het hebben van haar persoonlijkheid, liefste.' Dit koosnaampje benadrukte hij koeltjes. 'Het geld dat ze inbrengt zal niet helemaal toereikend zijn en ik vrees dat haar bloed niet zo zuiver is als het had kunnen zijn.'

Lady Rathmore schoof het bord soep van zich af. Ze draaide zich half om naar de bediende. 'Zeg tegen de kokkin dat ik haar na het eten wil spreken. En laat de chauffeur hier komen. Hij zou Charlotte een uur geleden al ophalen.'

Nancy beet op haar lip. Ze wist uit hun correspondentie dat het initiatief van haar schoonzus niet de fatsoenlijke liefdadigheid betrof die haar familie erin zag. Charlottes grote passie waren niet de klassiekers.

Het was het toneel.

Terwijl het gesprek om haar heen voortkabbelde, vroeg Nancy zich af hoe het met de Ballinn Dramatics Secret Society ging. Aan het begin van het jaar had Charlotte in haar brief gesmeekt om een toneelstuk uit Londen, en Nancy had daaraan voldaan, niet alleen met een schuldig gevoel dat ze het bedrog had aangemoedigd, maar ook tevreden dat ze er zelf bij betrokken was. Ze had het script van *Three Wise Fools* in een zijden sjaal gewikkeld en het pakketje opgestuurd ter gelegenheid van Charlottes verjaardag, waardoor Lady Rathmore het niet te zien had gekregen. Volgens haar schoonzus waren er eindeloos veel problemen, want iedereen wilde Sidney Fairchild spelen en niemand wilde advocaat, bankier of rechter zijn. Hierna had Charlotte besloten dat de toneelvereniging niet verder kon met alleen meisjes en had ze die opengesteld voor jongens. Of beter gezegd – zoals bleek uit de veranderende toon van haar brieven – voor jonge mannen.

Noch Lord, noch Lady Rathmore ontbeten in de eetzaal en Hugo was nog niet wakker, dus toen Charlotte de volgende ochtend bij Nancy en Teddy aan tafel kwam zitten om gekookte eieren en thee te nuttigen, konden ze vrijuit met elkaar spreken.

'Ik snakte al naar je komst,' zei Charlotte terwijl ze Nancy's hand pakte. Ze keek Teddy aan. 'Die van jullie allebei. Hoe was het op de boot? Is het eng om op het dek te zijn? Ik hoorde dat de Ierse Zee echt wild kan zijn!'

Teddy lachte. 'Vragen… altijd maar vragen.'

Charlotte wuifde met haar hand. 'Zo heb ik iets om over te dromen tijdens de lange winternachten.'

'Je ziet er prachtig uit, Charlotte,' zei Nancy. Dat was waar. In drie jaar tijd was Charlotte net zo lang en slank geworden als haar moeder. Ze was nog steeds een tiener, maar de vrouw die ze zou worden begon zichtbaar te worden.

'O.' Ze plofte neer aan tafel en grinnikte. De diepe kuiltjes in haar wangen waren erg aantrekkelijk. 'Ik zie er echt slecht uit. Het werd zo laat gisteravond!' Ze keek achterom en toen de bediende de eetzaal verliet, boog ze zich naar hen toe. 'Het is fantastisch. *Three Wise Fools* wordt onze eerste productie.'

Teddy's blik ging van de ene naar de andere vrouw over zijn kopje thee heen. Hij schraapte zijn keel. 'Charlotte,' zei hij, 'wat je ook van plan bent, wees voorzichtig.'

Ze lachte zachtjes, een pluk blond haar ontsnapte aan haar wrong. 'Dat ben ik altijd.'

Nancy verwonderde zich over het nieuw gevonden zelfvertrouwen van haar schoonzusje. De jaren hadden haar verlegen gegiechel doen verdwijnen. Ze sprak niet meer met haar handen, maar haar bewegingen waren doelbewust, weloverwogen. In plaats van een meisje met dromen kwam ze over als een vrouw met plannen.

'Volgend jaar word ik negentien en dan ben ik oud genoeg om mijn eigen beslissingen te nemen.' Charlotte reikte over de tafel om een net gekookt ei te pakken en wapperde meteen met haar handen omdat het zo warm was. 'Bovendien, als Nancy het kan, kan ik het ook.'

Nancy legde haar toast neer. 'Wat bedoel je?'

'Je eigen weg gaan.'

'Dat was heel anders, Charlotte...'

'Hoezo?'

'Dat weet je heel goed,' zei Teddy.

'De tijden zijn veranderd, Teddy. De wereld is veranderd. Hoeveel landgoederen als dit denk je dat er nog in dit land zijn? Ik ben geboren tijdens de oorlog...'

'Ik wil je niet tegenspreken, maar de oorlog eindigde al in 1918.'

'De Onafhankelijkheidsoorlog. Van Ierland.'

'Ah.'

'Ah? Ah? Je doet net als vader, alsof Ierland een kolonie van Engeland is,' zei Charlotte. Teddy's uitdrukking verhardde. Ze tikte tegen de zijkant van haar ei en haalde het topje eraf, waardoor een kleverige dooier zichtbaar werd. 'Nou, dat is niet zo.'

Teddy slikte zijn antwoord in toen de bediende terugkwam. Die had zijn neus in de lucht gestoken en voor zich hield hij een kan, op armlengte en balancerend op zijn vingertoppen, alsof het ding elk moment kon ontploffen. 'Koffie,' kondigde hij met afkeer aan.

Bij haar vorige bezoek had Nancy Irel gekregen toen ze om koffie had gevraagd, een gearomatiseerde siroop die precies zo smaakte als iemand die nog nooit koffie had gedronken zich voorstelde. Uit angst voor een herhaling was ze de avond ervoor stiekem naar de keuken geslopen en had ze een zak koffiebonen op tafel gezet.

'Moeder zal een hartverzakking krijgen,' zei Charlotte, terwijl ze naar voren reikte om een kopje te pakken. Ze hield het omhoog en keek toe hoe het tot de rand gevuld werd met de donkere vloeistof.

Ze nam een slokje. Knikte beleefd. Het duurde net te lang voor ze 'heerlijk' zei.

Nancy lachte. 'Je went eraan. Te snel zelfs.'

Charlotte schoof haar kopje opzij. 'Teddy, wil jij het?'

'Nee, dank je, Charlotte. Ik kan maar beter net als vader doen en het roddelen aan de vrouwen overlaten.' Hij stond op en keek overal naar behalve naar zijn zus. Met een snelle beweging schoof hij zijn stoel onder de tafel en vertrok.

Nancy hield Charlotte met zachte hand tegen. 'Laat hem maar.'

Charlotte staarde naar de deur, alsof ze hem wilde dwingen terug te komen. 'Ik weet niet waarom ik dat zei.' Teddy en Charles Rathmore waren als vuur en water.

'Je meende het niet.' Nancy streek met haar vinger over de rand van haar glas. Het was voor de helft gevuld met sinaasappellimonade en rook naar citroensnoepjes.

'Deze familie begrijpt niet hoe het leven buiten deze vier muren eruitziet,' zei Charlotte. 'De Rathmores zijn een uitstervend ras.'

'Charlotte... Ik kan het niet helpen, maar ik heb het gevoel dat dit niet jouw woorden zijn.'

'Jawel. Ze zijn helemaal van mij. De wereld verandert en mijn leven zou mee moeten veranderen.' Ze boog zich naar Nancy toe. 'Kleed je gemakkelijk in korte rokken, draag stevige laarzen, geef je juwelen en goud in bewaring bij de bank en koop een revolver.'

'Nou,' zei Nancy, 'die woorden zijn zeker niet van jou.'

'Gravin Markievicz sprak ze uit in 1915.'

Er ging Nancy geen licht op.

'Ze was ter dood veroordeeld. Voor de Paasopstand.' Charlotte nam een slok van de lauwe koffie en vertrok haar gezicht.

'O ja, natuurlijk.' Nancy had iets over Markievicz gelezen. De dochter van een baronet die ter dood veroordeeld was, maar uiteindelijk werd vrijgelaten. Haar verhaal en de passie erachter spraken zowel de adel als de gewone mensen aan. Voor Charlotte was ze echter niet zomaar een weerspiegeling van de tijdsgeest, ze was haar grote voorbeeld.

'Dit zijn gevaarlijke tijden, Charlotte. Niet alleen hier, maar op het hele continent. Doe voorzichtig.'

Charlotte schudde haar hoofd. 'Ik wil meer in het leven, Nancy. Net als jij.'

'Net als ik?' Nancy keek over haar schouder. Er was verder niemand in de eetzaal. Ze zei vlak: 'Ik werk als secretaresse bij een krant.'

'Je bent een wees. Alles wat je bent, heb je zelf bereikt!' Charlotte werd steeds enthousiaster. 'Je hebt ambitie. En voor je het weet, ben je journalist.'

'Zover is het voorlopig nog niet.' Nancy had een dozijn artikelen ingediend. Er was er nog geen van gepubliceerd. Haar meest recente stuk, waarin ze een prominentere rol voor vrouwen in het leger voorstelde, had ze direct aan haar baas gegeven. Hij had het niet gedrukt. De week erna gaf koning George groen licht voor de oprichting van de Women's Auxiliary Air Force. Nancy was daar graag zelfgenoegzaam over geweest, maar het heerlijke gevoel gelijk te hebben werd tenietgedaan doordat niemand het wist. 'Het gras is altijd groener bij de buren,' zei ze.

'*Bíonn adharca fada ar na ba i gcéin*.'

'Je zult me moeten helpen...'

'Het is Iers. Het betekent dat de hoorns van een koe in het buitenland altijd groter zijn, of zoiets. De tuinman heeft het me geleerd.'

Nancy trok haar wenkbrauwen op. 'Dus daar haal je al die revolutionaire praatjes vandaan?'

Charlotte bloosde een beetje en vervolgde: 'Ik ben zeer geïnteresseerd in mijn cultuur.'

Nancy keek over haar theekopje. 'Wiens cultuur?' Engels of Iers? Of Amerikaans?'

Charlotte haalde diep adem, alsof ze daaruit moed putte niet langer om de vragen heen te draaien en naar antwoorden te zoeken. 'Weet je... ik kom uit het type familie dat hier niet gewenst is. Mensen staren naar me als ik in Ballinn kom. Ik woon maar zestien kilometer verderop, maar het lijkt wel of ik van een andere planeet kom. Dat komt doordat ik half protestants ben...'

Nancy lachte. 'Ik denk eerder dat het je blonde haar is.'

'... en in het grote huis woon.'

'Veel huizen als Blackwater Hall werden in de jaren twintig in brand gestoken, dat van jou is aan dat lot ontsnapt. Je familie is hier dus wel gewenst.' Nancy voegde er niet aan toe: of wordt in elk geval getolereerd.

Charlotte zei: 'Alleen vanwege opa William.'

Nancy zweeg even. 'Ah ja, de man die het brood brak. Die het gewone volk te eten gaf.' Teddy had haar verteld over de eerste baron, Lord William Rathmore. Hij was rond 1820 in Kerry aangekomen, toen hij net in de adelstand was verheven, en was begonnen met de bouw van Blackwater Hall. Hij had zijn land in Connaught verkocht om het te kunnen bekostigen. In het dorp ging het gerucht dat er een groot ringfort was gesloopt om plaats te maken voor zijn droomhuis. 'Dat is allemaal onzin,' had Teddy gezegd, al was het een zeldzaamheid dat hij Kerry's rijke mondelinge geschiedenis tegensprak. 'Dat hebben ze gewoon verzonnen vanwege onze naam.' Toen Nancy fronste bij deze uitleg, had hij gezegd: 'Rathmore. Dat zou in het Iers vertaald kunnen worden als An Ráth Mhór. Het betekent groot ringfort.' Maar, zo had hij betoogd, de Rathmores hadden die naam al gedragen lang voordat ze in Ierland aankwamen. 'Je kunt niet alles Iers maken ten behoeve van het landhuis.' Het verhaal, of dat nu waar was of niet, was blijven hangen, maar niemand koesterde wrok jegens William. Twintig jaar na zijn aankomst verpandde hij zijn landgoed om voedsel te kunnen kopen voor zijn pachters tijdens de grote hongersnood. En in 1848 huurde hij schepen om dorpelingen te helpen emigreren naar Amerika.

'Het was zijn vrijgevigheid die het huis redde,' zei Charlotte. 'En de grootvader van moeder.'

Nancy knikte. Niamhs grootvader was een van de pachters die Williams aanbod had aangenomen. Hij was met zijn gezin vertrokken uit een door hongersnood geteisterd Ierland en naar de Verenigde Staten gegaan. Twee generaties later waren de Stacks een bekende naam in Amerika en stonden ze bekend als het nieuwe geld. Niamhs vader, Henry Stack, was opgegroeid met verhalen over hun oude land. In 1910 had hij Ballinn voor het eerst bezocht. Zijn dochter ging met hem mee. Ze was nooit meer weggegaan. 'Hij is geboren in Ballinn, toch? De grootvader van je moeder?'

Charlotte knikte. 'Niet dat ze dat wil toegeven.'

Niamh Rathmore was een vis op het droge op Ierse bodem. Ondanks de drie decennia dat ze in Blackwater Hall woonde, was haar Amerikaanse tongval nog onvervalst. Nancy vroeg zich even af hoe het was om verkocht te worden aan een lord, zoals zo veel Amerikaanse erfgenamen. Om op een dag je huis te verlaten en nooit meer terug te keren. Maar de manier waarop Niamh haar de vorige dag had aangekeken, weerhield haar ervan om enige sympathie voor de vrouw te voelen.

'Maar nu zijn de zaken anders,' zei Charlotte, Nancy uit haar mijmering halend. 'We kunnen niet langer doen alsof Blackwater een stuk van Engeland is, of een stuk van Amerika. De Ieren zijn de baas over hun eigen land. Dankzij de IRA.'

Nancy had gehoopt te voorkomen dat ze op haar eerste dag in het huis in een politieke discussie verwikkeld zou raken. 'Natuurlijk. Ierland is onafhankelijk. Maar...' Ze rook aan haar toast; de boter was ranzig. '... het Ierse Republikeinse Leger is verboden.'

'Ja, ik weet alles over de IRA.' Toen Nancy's wenkbrauwen omhooggingen, voegde Charlotte toe: 'Ik lees ook *The Irish Press*.'

'Dat geval van Éamon de Valera?'

Toen de naam van de *Taoiseach*, de premier van Ierland, werd genoemd, klaarde Charlotte zichtbaar op. 'De IRA verbieden, dat is gewoon een zoethoudertje. Een domme knipoog naar de Engelsen.' Toen doofde de vlam van haar fanatisme, net zo snel als ze die had ontstoken. Ze sloeg een hand voor haar mond. 'Sorry,' fluisterde ze.

Net toen Nancy haar hand uitstak om haar gerust te stellen dat ze niet beledigd was, kwam Hugo de eetzaal binnen. Charlotte liet snel haar hand zakken en ging rechtop zitten. Haar gezicht stond stoïcijns.

Hij liep langs de tafel en nam een van de deksels van de warmhoudschalen op. 'Hadden jullie het over mij?'

Charlotte lachte. 'Draait de wereld om jou, Hugo?' Ze sprak weer net zo zelfverzekerd als eerder. Ze verborg haar gevoelens, maar vleide niet, besefte Nancy, en dat deed haar goed.

Over zijn schouder vroeg hij: 'Was het weer laat gisteravond?'

Charlottes stem werd zacht, kalmerend. 'Ik weet het. Ik weet het. Maar de meisjes zijn zo goed bezig. Een van hen heeft een magnifieke tragedie geschreven...'

'Ik begrijp niet waarom je je druk maakt. Ze hebben geen enkele hoop voor de toekomst.' Hij draaide zich om, zijn bord flink volgeladen met eten. 'Je zou je moeten concentreren op het bezoek van Lord Hawley.'

Charlotte kreeg een kleur.

'Lord Hawley?' Nancy dronk de laatste slok van haar koffie, die een beetje drabbig was maar wel erg lekker.

Hugo nam plaats aan het hoofd van de tafel. 'Moeder en vader hebben hem uitgenodigd om volgende maand hier te logeren. Hij toont veel interesse in het verwerven van een vrouw.'

'Juist,' zei Nancy. 'Het verwerven van een vrouw?' Ze beet op haar tong. Geen drama's. Geen ruzies. Gewoon de documenten ondertekenen en vertrekken.

Maar als Hugo haar insinuerende toon al had opgevangen, deed dat hem niets. Hij sloeg de krant open. De krantenkoppen van een week geleden waren haar al bekend. Ze had die in Londen gelezen voordat ze vertrokken.

Charlotte stond op. 'Het kan me niet schelen wat je zegt, ik ga niet...'

'Charlotte,' onderbrak Nancy haar, 'je zei dat de lathyrussen bloeide. Wil je ze me laten zien?' Ze stond op en liep naar de openslaande deuren, die uitkeken op het inktzwarte meer. Ze opende ze en liet de buitenlucht binnen, waardoor de muffe lucht uit de eetzaal verdween. Ze keek over haar schouder en keek Charlotte strak aan. 'Ik wil er graag een paar voor onze slaapkamer.' Ze sprak langzaam en articuleerde elk woord terwijl ze de jongere vrouw het tafelkleed onder haar handpalm zag gladstrijken. Er zaten nog steeds flinke kreukels waar ze het had vastgegrepen.

Na een moment van aarzeling antwoordde Charlotte: 'Natuurlijk.' Ze draaide haar hoofd opzij, weg van Hugo, om een enkele traan van haar wang te vegen. Nancy keek om te zien of hij het had opgemerkt. Maar Hugo's ogen waren op de krant gericht, zijn hand ging weer naar zijn bord, zijn jasje was al bedekt met kruimels. Achter hem hing een nieuw schilderij van een kunstenaar genaamd O'Conor aan de muur, een stilleven met wat kannen en appels, een luxe rode doek eronder alsof het een plas bloed was. Het kleurde perfect bij de stropdas om zijn hals. Toen ze hem vanuit de deur gadesloeg terwijl Charlotte naar buiten stapte, de bewolkte dag tegemoet, herinnerde Nancy zich dat het ochtendbuffet werd geserveerd omdat Hugo daarop had aangedrongen.

Elke dag hetzelfde. 'Traditie,' zei hij altijd, 'is wat ons onderscheidt.'

Van wat, of van wie, had ze niet durven vragen.

5

Vlak bij Blackwater Hall, County Kerry
September 2019

De dag was fris en de hemel wolkeloos. Vanaf de Atlantische Oceaan stond er geen zuchtje wind. Ellie reed over een boreen, een smal pad, geheel volgens Bernies instructies, op zoek naar een stel dreigende ijzeren hekken. Na een paar verkeerde afslagen was ze teruggekeerd naar het dorp, waar ze weer verbinding had. Daar had ze de kaart op haar telefoon gebruikt om Lough Atoon te vinden. Ze had ingezoomd op Blackwater Hall, waarvan de vorm meteen opviel tussen het groen. Het zag er intimiderend uit. Donker en onaantrekkelijk, daar verscholen tussen de bomen.

Bij de hekken stopte ze even, zette uit gewoonte de alarmlichten van de Micra aan en deed ze meteen weer uit, want er was in de verste verte niemand te bekennen. Ze zwaaide het portier van de auto open en luisterde. De enige geluiden waren het geritsel van een klein dier en in de verte het getsjirp van een vogel. Wilde fuchsia's omzoomden het pad, de zachtroze en bordeauxrode bloemen vormden een explosie van kleur. Ze keek vanaf het plateau naar de gedeeltes van de boreen die ze had gevolgd vanaf het boerenland beneden, wat nu smaragdgroen in de zon lag, een lappendeken van velden. Daarachter lag Kenmare Bay, glinsterend en schitterend in het frisse ochtendlicht.

Ze stapte weer in de auto. Het was niet ver meer naar het huis.

Het ene moment reed Ellie nog over het smalle pad tussen de bomen, het volgende moment bevond ze zich weer onder de blauwe hemel en zag ze een groot meer, zwart als de nacht. Lough Atoon. Ze bracht de auto tot stilstand en liet haar blik over het gladde oppervlak van het water naar de andere oever glijden. En daar was het, zoals ze het zich had voorgesteld, in de vervaagde kleuren die ze had afgeleid van de wazige foto die ze de avond ervoor had gezien toen Moira haar die onder de neus had gedrukt.

Blackwater Hall.

Al twee eeuwen lang stond het daar, aan de rand van het met kreupelhout omzoomde water, de muren verborgen achter een dik gordijn van klimop, de ramen en deuren gesloten als om de wereld buiten te houden. Het hobbelige gazon was bezaaid met roestbruine en gele bladeren, weggeblazen uit het omringende bos. Een zwakke rookpluim steeg op uit een van de twaalf schoorstenen, die als torenspitsen afstaken tegen de berghelling. Ellie probeerde zich voor te stellen wat een weelde het huis ooit moest hebben uitgestraald. Ze trachtte de vroegere glorie op te roepen aan de hand van de foto die ze had gezien en zag in gedachten een lord of zijn rentmeester voor zich, die van het plateau naar beneden ging om geld en goederen op te halen bij pachters die zich dat niet konden veroorloven. Ze had gisteravond gelezen dat de eerste baron goed voor zijn pachters was geweest tijdens de hongersnood. Hij had graan gekocht en schepen gehuurd om de mensen een toekomst te bieden in de Nieuwe Wereld. Misschien was het huis een baken van hoop geweest, waar vele anderen dat niet waren. Maar het zag er zeker niet hoopvol uit, en het was ook geen baken, het licht dat het huis ooit uitgestraald had, was nu gedoofd. En hoe zat dat met Charlotte? *Ik kan niet langer in Ink House blijven.* Welke verschrikkingen had ze daar meegemaakt?

Ellie zette de auto in de versnelling en begon weer te rijden. Ze was hier om de brief terug te brengen naar zijn rechtmatige eigenaar. Dat was alles. Niets meer.

Ellie had geen idee waar ze aan moest kloppen. Er waren zo veel deuren en ramen dat Blackwater Hall niet beoordeeld kon worden volgens de conventionele architectonische normen. Nergens zag ze een mat met WELKOM erop, maar aan de zijkant van het huis, vlak bij de plek waar ze de Micra had geparkeerd, was een kleine deuropening waar onlangs de klimop was gesnoeid. Die deur wilde ze proberen, maar eerst bleef ze even staan om in haar zak naar een kam te zoeken. Die was echter onvindbaar. Ze haalde haar hand door haar verwarde pony. Dan maar zo.

Ze klopte aan.

De man die opendeed keek haar nauwelijks aan toen hij de deur openzwaaide, zijn gebogen gestalte verdween meteen weer schuifelend in de duisternis van het huis. 'De O'Conor is in de voorkamer,' zei hij met slechts een vaag Iers accent.

Ellie bleef bij de deur staan. 'Ik...' Maar de man was al weg. Aarzelend stapte ze over de drempel, niet wetend of ze hem moest volgen. 'Eh...' Ze liep langzaam door de donkere gang, de hakken van haar laarzen maakten een knarsend geluid op de ruwe tegels. Het huis was koud en rook naar vocht, niet de overweldigende geur van schimmel, maar de muffe geur van een onverwarmd gebouw dat op een vochtige plek gebouwd was. De geur van verwaarlozing in plaats van verval.

Ze bleef staan, in haar eentje in het donker. 'Hallo?'

'Hier ben ik.' De stem kwam van links, waar wat licht langs een deur kierde die bijna dicht was. Ze deed de deur open en knipperde met haar ogen tegen het licht in de kamer. De zachtblauwe muren waren van vloer tot plafond volgehangen met schilderijen in vergulde lijsten en in het midden stond een enorme eettafel, die doorboog onder stapels boeken. Het was er rommelig, maar niet vuil. Het uitzicht vanaf de brede openslaande deuren omvatte het meer erachter.

Ze keek of ze de man zag die de deur had geopend. 'Ik ben Ellie Fitzgerald,' zei ze tegen de kamer, en ze voelde zich met elke seconde die voorbijging meer een indringer.

Toen zag ze hem. Hij zat met zijn rug naar haar toe in een royale fauteuil aan de andere kant van de kamer, zijn voeten op een bijpassende bordeauxrode voetenbank. Hij staarde naar zijn handen, die hij gevouwen voor zijn gezicht hield, alsof hij dacht dat hij iets verkeerd had gedaan. Bij zijn voeten brandde een knetterend haardvuur. 'Nou,' zei hij, 'wat denk je?'

'Sorry?'

Hij draaide zich om in zijn stoel en wees naar iets achter haar. Zijn gelaat was beangstigend bleek. 'Het schilderij? Koop je het?'

Op de vloer, rustend tegen het langste dressoir dat ze ooit had gezien, stond een klein schilderij. Het was een stilleven met wat kannen en een paar appels. De penseelstreken waren dik en zwierig, het doek had een duidelijke textuur. Ellie wist niet veel over schilderijen, maar ze wist wel dat ze dit niet wilde.

'Sorry,' herhaalde ze, terwijl ze haar handen ophief in een verontschuldigend gebaar. 'Ik ben hier niet voor het schilderij.'

De man keek verward. Hij mompelde, meer tegen zichzelf dan tegen haar: 'Hij zei dat je vandaag langs zou komen. Of was het morgen?'

Ellie waagde een stap in zijn richting. 'Bent u Lord Rathmore?'

Hij fronste zijn voorhoofd, alsof ze hem de weg naar de winkels had gevraagd en hij nadacht wat de beste weg was. 'Ken ik jou?'

'Nee.' Ze schoof een stukje naar voren. 'Ik hoopte dat ik Lord Rathmore iets kon vragen over zijn familie...' Ze hield zichzelf tegen. Ze was hier niet om vragen te stellen, ze was hier om iets terug te geven wat niet van haar was.

Plotseling zei hij: 'Ik ben Lord Rathmore.'

Ze kreeg het warm. Met haar leren jasje nog aan was ze veel te dik gekleed voor deze ruimte. 'Mag ik plaatsnemen?'

Lord Rathmore knikte en richtte zijn blik weer op zijn handen. Zijn gedachten waren ergens anders. 'Mijn familie woont in de vallei aan de andere kant,' zei Ellie vriendelijk. Ze wees in een vage richting, niet zeker of het de juiste was. 'Ik ben net terug uit Dublin en van plan hier nog even te blijven.'

'En wat voor werk doe je?' vroeg hij.

'Ik ben journalist.'

Hij haalde zijn handen voor zijn gezicht weg en legde ze voorzichtig op de leuningen. Hij draaide zijn hoofd weg. 'Ik wil het er niet met je over hebben.'

Ellie leunde achterover. Hier was ze wel aan gewend. Als ze opbiechtte wat voor werk ze deed, lokte dat doorgaans twee reacties uit: een vijandige stilte of extreme verbale diarree. 'Ik ben hier niet om te vragen...'

'Het gebeurde al in 1958!' Hij schudde treurig zijn hoofd. 'Ik wist wel dat jullie er uiteindelijk achter zouden komen.'

'Nee, ik...'

'Zestig jaar geleden!' Hij had zich van haar afgewend alsof ze hem zou slaan.

Ze zei snel: 'Nee... nee, ik ben hier niet voor mijn werk. Ik ben thuis vanwege... vanwege de gezondheid van mijn moeder.'

In gedachten verontschuldigde ze zich bij Moira. Haar woorden leken hem echter te kalmeren. Hij kneep zijn lippen samen en knikte. Toen trok hij zijn wenkbrauwen op, zijn woede ogenschijnlijk net zo plotseling vergeten als die was opgekomen. 'Wil je thee?' vroeg hij.

'Nee, bedankt...' zei ze aarzelend. Toen zijn gezicht betrok, voegde ze de universele acceptatie toe: 'Doet u geen moeite voor mij.'

'Wat vreselijk onbeleefd van me,' zei Lord Rathmore, zijn stem nu formeel en op een pompeuze manier verwelkomend. Hij zou haar elk moment kunnen aanspreken met 'beste meid'. Hij stond op uit de stoel, waardoor zijn lange gestalte zichtbaar werd. 'Met citroen? We hebben geen melk meer. Ik moet mama vragen om wat te halen.'

Ellie stond op. 'Laat me alstublieft...'

'Nee, nee.' Hij maakte een kalmerend gebaar. 'Wacht hier maar. Doe alsof je thuis bent.'

Toen hij eenmaal in de gang was verdwenen, liet Ellie zich in de stoel zakken. Wat deed ze hier? Lord Rathmore had ze duidelijk niet meer op een rijtje. Hij had hulp nodig, iemand die hem assisteerde. Er waren verschillende gemeentelijke initiatieven, dat wist ze. Bezoek aan huis. Warme maaltijden die een paar keer per week werden bezorgd.

Ze pakte haar telefoon en zag tot haar verbazing twee streepjes ontvangst. Ze stuurde een bericht naar Bernie: *Krijgt Lord Rathmore wel hulp hier?* Toen keerde ze weer terug naar het startscherm. Het aantal ongelezen mails was inmiddels opgelopen tot duizenddrie. Ze had verschillende nieuwe gemiste oproepen. Ze stopte de telefoon weer in haar zak. Het echte leven kon wachten.

Ze stond op en liep door de kamer. Het schilderij van O'Conor (toch zeker niet dé O'Conor?) had een donkere plek op de muur achtergelaten, waardoor de rijke gloed van de oorspronkelijke verf zichtbaar was. De vloer was bedekt met een oosters tapijt in vervaagde rode, blauwe en gele tinten. Het was minstens acht meter lang en bijna net zo breed. Het had ooit waarschijnlijk een klein fortuin gekost. Eromheen zag ze het vlekkerige beige van het onderliggende tapijt. Ze realiseerde zich dat het waarschijnlijk ooit wit was geweest. Een kleur, dacht ze, die waarschijnlijk niet was gekozen door iemand die was opgegroeid in de modderige omgeving van County Kerry. In de verste hoek van de ruimte stond een klein glazen kastje, vrijwel aan het oog onttrokken door de schaduwen. Ze liep ernaartoe en keek erin. In het midden lag één enkel object, ingebed in diepblauw fluweel. Het had de vorm van een vlinder, en aan de onderkant zaten twaalf tanden, die zich als klauwen uit leken te strekken. Een kam. Kleiner dan de palm van Ellies hand en zo aangetast dat het zilver van de zetting bijna net zo zwart was als de obsidiaanstenen die in de rand waren aangebracht. Bij de aanzet van elke tand was een saffier gezet, waarvan de kleur overeenkwam met het fluweel eronder. De onderste vleugels waren bij de basis voorzien van twee scharlakenrode robijnen, die eruitzagen als bloeddoorlopen ogen. Het glas was bedekt met een dikke laag stof en ze haalde haar hand eroverheen, maar toen ze die weer terugtrok, was haar handpalm schoon.

Het vuil, zo leek het, zat aan de binnenkant.

'Niet aanraken!' weergalmde de stem van Lord Rathmore door de ruimte. Hij was in de deuropening verschenen met een zilveren dienblad.

Ze haalde haar hand van het glas. 'Het spijt me, ik...'

'Ik zeg het voor je eigen veiligheid,' zei hij, alsof het vanzelfsprekend was. 'Het is vervloekt.'

Hoewel ze normaal gesproken een nuchter type was, deed ze een halve stap achteruit. 'Vervloekt?'

'Ja. We mogen het niet aanraken.' Ze zag een emotie in zijn ogen opdoemen. Een herinnering? Twijfel? Angst? Het dienblad beefde in zijn handen en Ellie deed snel een stap in zijn richting. Daardoor werd zijn mijmering verbroken en was hij terug van waar hij ook was geweest.

Hij zette het dienblad neer. 'Kom. Ga zitten.'

Ellie deed wat haar werd opgedragen.

'Vertel me nu eens,' zei hij toen ze zat, met haar benen over elkaar en een poging tot een kalmerende glimlach op haar gezicht.

'Je lijkt zo op mama. Ben je een nichtje van haar?'

Ellie schudde haar hoofd. 'Nee, ik...'

'Een vriendin dan?'

'Nee. Nee. Ik ken uw moeder niet.'

'Ken je haar niet?' Hij lachte hartelijk. 'Je zult het heerlijk vinden om kennis met haar te maken!' Hij glimlachte terwijl hij de kopjes neerzette. Drie in totaal. 'Nancy. Zo heet ze,' zei hij terwijl hij opkeek. Wachtend op haar reactie.

'Ik... ik kijk ernaar uit haar te ontmoeten.' Ze fronste. Nancy Rathmore moest al heel oud zijn.

'Je zult haar graag mogen.'

Ze had het al eerder gezien, de manier waarop hij over zijn moeder sprak. Vol ontzag en verwondering. Dylan was net zo geweest. Wat ze ook deed, hoe ze zich ook tegenover Ellie gedroeg en hoezeer ze zich met hen bemoeide, zijn moeder kon niets verkeerd doen. Alsof ze, alleen doordat ze hem ter wereld had gebracht, verbonden waren door een onbreekbare band.

Ze keek naar de extra kop, keek over haar schouder, en zei: 'Lord Rathmore, ik kwam langs omdat...'

'Noem me maar Albert.'

Ze knikte. 'Albert. Ik kwam langs omdat ik een brief heb gevonden.' Ze haalde een nieuwe witte envelop uit de zak van haar jas en hield hem die voor. 'Deze zat in een boek dat ik in de kringloopwinkel in Ballinn heb gekocht. Ik dacht... Ik vond dat ik hem aan je moest teruggeven.'

Met vaste handen pakte hij de envelop aan en haalde het oude papier eruit. Hij keek naar het handschrift. Toen vouwde hij hem op, deed hem terug in de envelop en legde die naast zich op de salontafel. 'Deze brief kan niet van mij zijn, jongedame. Hij is geschreven voordat ik geboren werd.' Hij pakte de zwart geworden zilveren theepot en schonk de drie groezelige kopjes vol. De thee was zo donker als teer. Ergens tussen dit brouwsel en de slappe thee van haar moeder moest het perfecte kopje zitten, dacht Ellie.

'Misschien is de brief niet van jou persoonlijk,' zei ze, 'maar ik denk dat hij van je familie is. Hij komt van Ink House. Dat is een andere naam voor Blackwater Hall, toch?'

'Een vreselijke naam,' zei hij.

Ze nam een slokje thee en zette snel haar kopje opzij. 'De brief lijkt geschreven te zijn door iemand die Charlotte heet...' Ze sloot haar ogen en schudde haar hoofd. Geen vragen, geen onderzoek.

Toen ze haar ogen opende, waren Alberts handen leeg. Zijn kopje lag op de grond, de donkere vloeistof als een plas uitgelopen op het oosterse tapijt, al versmolten met de vele vervaagde vlekken die er in de afgelopen decennia op gemaakt waren.

'O!' Ellie pakte een papieren servet van het theeblad en viel op haar knieën, terwijl ze de grond depte. Ze pakte het kopje op, zette het op tafel, keek op en gaf Albert een geruststellende glimlach. Maar zijn ogen waren gericht op het vuur, zijn handen waren samengeklemd als een bankschroef. Zijn lippen bewogen geluidloos, alsof ze een bezwering mompelden. In gedachten was hij allang mijlenver weg en ze vroeg zich even af of ze hem terug zou kunnen brengen.

'Albert?' Ze legde een zachte hand op de zijne. 'Gaat het goed?'

Hij keek haar aan met zijn groene ogen. 'Charlotte?' zei hij. 'Ze is weg.'

'Het spijt me zo.' Dit was een vergissing geweest.

'En het is allemaal haar schuld,' voegde hij eraan toe.

Ellie fronste. Die woorden, die beschuldiging. Beide waren haar bekend. Zo bekend.

Het is allemaal jouw schuld, Ellie.

Ze knipperde. Eén keer. Twee keer. Maar haar gevoelens kwamen kolkend naar boven. Het verdriet, de rouw. Het schuldgevoel. Steeds maar weer, alsof ze erin was...

'Verdronken,' zei Albert, alsof hij haar gedachten las.

Ellie schrok. 'Pardon?'

'Charlotte. Ze is verdronken in het meer.'

Daar lag het, achter de openslaande deuren, achter het ruisende, met bladeren bezaaide gras. Dat kwikzilveren oppervlak, glad als een spiegel. Lough Atoon.

Albert ging verder, hoewel hij nu in de vlammen staarde. 'Maar ze is er nog.'

Ellie keek geschrokken om zich heen. Ze wierp een blik op de derde kop. 'Leeft ze nog?' De brief was bijna tachtig jaar geleden geschreven.

'Wie?' Albert glimlachte nu naar haar. 'Charlotte.'

Hij schudde langzaam zijn hoofd en keek haar aan alsof zij degene was die in de war was. 'Ik ken geen Charlotte.' Met een kalmerende stem voegde hij eraan toe: 'Wil je nog meer thee?'

Ellie knikte en liet zijn hand los. Hij was druk bezig met het bijvullen van zijn lege kopje en van haar bijna volle kopje. Het derde kopje stond aan de kant. Terwijl ze opstond, keek Ellie naar haar been. In haar haast was ze op het doorweekte servet geknield en de thee koelde af op haar scheenbeen. Ze pakte het servet op en wierp dat in het vuur, waar het sissend in vlammen opging. De stoom verdween in de schoorsteen, alsof die opgezogen werd. Tegen de tijd dat ze weer naar Albert keek, dronk hij zijn thee, een zachte glimlach op zijn gezicht.

'Waar hadden we het ook alweer over?' vroeg hij, alsof ze slechts door een kleine afleiding waren onderbroken.

Ellie zocht naarstig naar bekend terrein. 'Het schilderij...'

'Ja?'

Ze verstrengelde haar vingers. 'Zijn daar nog... details over? Misschien in de archieven?' Toen ze de laan op reed, had ze zich voorgesteld dat er onder het landhuis een kelder vol documenten zou zijn. Tweehonderd jaar aan kwitanties, akten en foto's van vele generaties.

Hij lachte. 'De Rathmore-archieven zouden je teleurstellen, lieverd! In de oude studeerkamer van papa ligt nog wat correspondentie en er zijn nog wat oude rapporten. Ik vrees dat dat alles is. Toen we hier net kwamen wonen, was er een historicus die vragen stelde. Ze was van plan om een deel van de familiegeschiedenis in een boek op te nemen. Brigid nog wat? Een knappe vrouw.' Hij keek weer naar het vuur, zijn gezicht stond opnieuw onbewogen. 'Ze vertrok teleurgesteld. Bijna alles was weggegooid toen mijn grootmoeder de boel had laten verbouwen. Ze was een harde, grootmoeder Niamh. Ze zei altijd dat als mensen niet aan de geschiedenis vasthielden, haar leven er heel anders uit zou hebben gezien.' Hij zweeg even en draaide zich toen met een gretige blik om naar Ellie. 'Een mooie gedachte, vind je niet?'

'Ja,' hoorde ze zichzelf zeggen. En ze besefte dat ze dat ook echt vond. *Het is allemaal jouw schuld, Ellie.* Ze legde een hand op haar buik.

Achter haar luidde een klok.

Albert boog zich naar voren. 'Grootmoeder Niamh heeft de O'Conor destijds gekocht. Dit huis is al meer dan tachtig jaar zijn thuis. En zoals je kunt zien...' Hij zweeg even en wees naar de plek op de muur. '... heeft het altijd een goede plek gehad.'

Ze humde wat. Toen glimlachte ze en zei: 'Bedankt, ik zal erover nadenken. Sorry dat ik je heb gestoord, Albert.' Het speet haar oprecht.

'Geen probleem.'

Ze boog zich naar hem toe en legde haar hand op zijn arm. 'Luister, is er iemand met wie ik contact kan opnemen over het schilderij?' Het idee om hem alleen achter te laten in dit grote huis gaf haar een ongemakkelijk gevoel.

Hij schudde treurig zijn hoofd.

'Je zei dat iemand had gezegd dat ik vandaag op bezoek zou komen? Of morgen?'

'Milo?' Hij sprak de naam uit alsof het een complete verrassing voor hem was. 'Mijn zoon! Mijn zoon!' zei hij, waardoor het net leek of de jongen net geboren was.

Hij stond op en liep naar het dressoir, met nieuwe veerkracht in zijn stap.

Terwijl hij met zijn rug naar haar toe stond, keek Ellie met een hernieuwde interesse om zich heen. Deze ruimte was niet verwaarloosd. Hij was comfortabel en schoon, een schril contrast met de muffe gang en de met klimop overwoekerde buitenkant van het huis. Bij de haard lag voldoende hout opgestapeld. Op het dressoir stonden verse bloemen. Het zandkoekje op het dienblad was kortgeleden gebakken. Iemand kwam regelmatig langs bij Albert, en lette op de oude man. Zijn zoon?

Of zijn moeder, Nancy? Albert had drie kopjes neergezet. Was zij ergens hier?

Dat zou ze prima na kunnen vragen via een telefoontje.

Albert kwam terug en gaf haar een stukje papier. 'Alsjeblieft.'
'Dank je,' zei ze, terwijl ze het aannam. Er stonden twee telefoonnummers op gekrabbeld. En twee namen.
Milo en Hattie.
Ellie fronste. 'Hattie?'
'Ja, Hattie,' zei Albert instemmend.
'Wie is zij?'
'Hattie ken je wel! Harriet. Mijn zus. Ja, ja. Jullie zijn goede vriendinnen. Mama zei dat altijd.' Hij staarde weer in de verte, zijn blik verloren.
Ze liet het stukje papier in haar zak glijden en stond op. 'Ik zie je wel weer, Albert.' Zodra ze het had uitgesproken, wist ze niet waarom ze dat had gezegd. Ze stak haar hand uit en kneep in de zijne. 'Gaat het goed met je?'
Bij haar aanraking keek hij plotseling weer stralend. 'Natuurlijk, natuurlijk,' zei hij. Hij liet haar hand los en stak een vinger op. 'Maar… wacht even…'
'Ja?'
Hij pakte een envelop van de salontafel. 'Vergeet je bonnetje niet.'
De brief. 'Maar ik…'
Hij gaf hem aan haar. De envelop voelde zwaar aan, van iets wat ze nog niet begreep. Ze wilde hem teruggeven, het laten rusten, maar ergens… Charlottes woorden waren veilig bij haar, toch? Tot ze die kon doorgeven. Ze stopte de brief weer in haar zak. Toen de envelop uit het zicht was, verscheen er een brede glimlach op zijn gezicht. 'Uitstekend, uitstekend. Dan is dat geregeld!'
Voordat Ellie kon protesteren, werd ze naar de deur begeleid, het huis uit, en hij zwaaide haar uit terwijl ze het pad af reed. Toen ze de verroeste poort passeerde, beloofde ze zichzelf dat ze Milo zou bellen. En Hattie. Ze zou hun vragen of het goed ging met Albert. En ze zou de brief aan een van hen geven.
Maar voorlopig was hij weer in haar bezit.

6

Ambleside, Lake District
November 1957

Hattie kwam binnen. Het regende. Ze veegde haar ogen af met haar mouw en hoopte dat de tranen van die dag zich zouden vermengen met de druppels die uit haar pony vielen. Echt ongewoon was het niet dat ze huilde. Ze haatte school. En school haatte haar. Ze trok haar doorweekte schoenen uit en deed stilletjes de deur dicht om de ijzige wind buiten te sluiten die van Lake Windermere waaide en het huis tot elk hoekje en gaatje ijskoud dreigde te maken. Het was net geweest of de straten van Ambleside een zachte zucht hadden geslaakt, alsof ze het begin van de winter aankondigden, en ze huiverde toen ze haar jas uitdeed en met haar hand door haar natte haar streek. Ze fronste. Er zat iets hards in haar piekerige kastanjebruine vlecht. Ze trok het eruit. Het was een dropje, plakkerig van het speeksel van iemand anders. De tranen dreigden weer op te komen en ze wreef boos over haar ogen met haar kleine vuisten.

Ze zette haar tas naast papa's aktetas, die net zo doorweekt was als die van haar. Mama's papieren lagen op een voetenbankje, slordige stapels met gekrabbelde aantekeningen die vanzelf leken te groeien en haar door het huis volgden.

Alberts tas was echter nergens te bekennen. Haar grote broer was weer eens te laat thuis van school. Hattie wist waarom. De reden, waarvan haar ouders zich niet bewust waren, was blond en mooi, twee jaar ouder dan hij, met ogen zo blauw als de zomerhemel.

Ze stopte en luisterde. De klok tikte in de keuken, een pan op het fornuis stond te borrelen. De regen striemde tegen het raam. Het was stil in huis. Te stil. Nergens klonk muziek, geen gemurmel van gesprekken, geen vertrouwde geluiden die uit de keuken kwamen met de belofte van de avond die zou volgen.

Er was iets mis. Ze hield haar adem in.

Daar had je het. Ze hoorde gemompel. Niet meer dan een gefluister. Het zocht zijn weg door het sleutelgat van de deur van de woonkamer. De deur was gesloten. *Een open deur symboliseert een open geest, Hattie.* In gedachten hoorde ze het papa zeggen. De deur naar de woonkamer van de Rathmores stond altijd verwelkomend open.

Ze liep er aarzelend naartoe en drukte haar oor tegen het hout. Haar doorweekte sokken lieten glanzende voetafdrukken achter op de eikenhouten vloer.

'... nooit echt hersteld van Bergen-Belsen, dat denk ik. Ik had geen idee dat het hem te veel werd. Hoe kon ik dat weten?'

Dat was papa's stem.

'Ik weet het, Teddy.' Dat was mama's stem. Geruststellend, een beetje buiten adem, alsof ze haar ogen dicht had en haar handen tot vuisten gebald.

Papa's stem klonk afgemeten. 'Dit is niet de officiële lezing... In de kranten zal te lezen zijn dat het een aneurysma was.' Hij zweeg. De pendule verbrak de stilte en sloeg vier keer. 'Wat als het in de familie zit, Nancy?' vroeg hij verstrooid.

Ze hoorde het zachte gekraak van de bank. Leunde mama nu naar voren? 'Wat bedoel je?'

'Zelfmoord.' Hattie haalde oppervlakkig adem. Ze had dat woord eerder gehoord – ook toen speelde ze luistervinkje – en wist wat het was. Wat het betekende. 'Hij heeft zichzelf verdronken in het meer. Precies op de plaats waar Charlotte verdween.'

Het bleef stil.

Terwijl Hattie tegen de deurpost leunde, begon ze te rillen, maar ze kon zich niet omdraaien, kon niet weggaan. De deur ging stilletjes op een kier open en ze trok haar hand terug.

De bank kraakte toen papa opstond. 'Ik heb gehoord dat dit soort dingen in de familie kunnen zitten. Dit soort... malaise.' Zijn haastige voetstappen gingen naar het dressoir, binnen Hatties blikveld. Ze week terug van de deur en zag haar reflectie in de spiegel in de gang. Sproetenkop, zo noemden de meisjes op school haar, vanwege haar rode haar en sproeten.

Toen mama weer sprak, was haar stem zachter. 'Ik denk niet dat dat waar is, Teddy. Het was de oorlog. Daarvoor, nou ja, je weet hoe hij toen was. Het is bijna twintig jaar geleden dat je hem hebt gezien. Sinds we hem in 1939 in Blackwater Hall zagen. Het afscheid is voor niemand geweldig verlopen.'

'Nee,' zei papa. 'Maar we hebben wel gecorrespondeerd. Zijn brieven... er waren er niet veel.' Hij vloekte. 'Maar ze waren altijd zo vrolijk... vol bravoure. God helpe hem.'

In de daaropvolgende stilte streek Hattie haar pony opzij en beoordeelde haar spiegelbeeld. Toen keek ze weg. Mama zei dat ware schoonheid vanbinnen zat, maar Hattie besefte inmiddels dat alleen knappe mensen dat zeiden.

'En je vader?'

'Hij kon nauwelijks uit zijn woorden komen, zo overstuur was hij.' Het gerinkel van ijs, geklater in een glas. Papa stond nu dichter bij haar. Ze kon hem horen slikken terwijl hij zijn glas leegdronk. Toen hoorde ze nog meer gerinkel, nog meer geklater. 'We mogen dan onze meningsverschillen hebben, maar... Hij heeft zijn zoon verloren. Hoe voelt het om een zoon te verliezen? Hoe zou het zijn om Albert te verliezen? Ik kan het me niet voorstellen. Ik kan het me echt niet voorstellen.'

'En je moeder... hoe is het met haar?' Mama's stem klonk stroef.

'Die komt niet meer uit bed.' Hij liep naar de deur en bleef een paar centimeter van Hattie vandaan staan.

'Wanneer is de begrafenis?'

'Volgende week.'

Mama mompelde iets, maar ze kon het niet verstaan.

'Ja, misschien is het beter dat je hier blijft. Ik ga wel alleen. Het is een lange reis. Maar dan...'

'Ja?'

'Dan moeten we er in het nieuwe jaar met z'n allen heen.' *Waarheen?*

'Ja, natuurlijk. De kinderen moeten hun grootouders ontmoeten.' Hatties hoofdhuid prikte bij het vooruitzicht. Grootouders. Ze kon het zich nauwelijks voorstellen. 'We gaan volgende zomer.'

Papa zweeg even alsof hij zijn gedachten op een rijtje moest krijgen. Of moed verzamelde. 'Nee, niet alleen volgende zomer.'

'Ik ga niet.' Dit was de toon waarop mama altijd duidelijk maakte dat er niet aan haar besluit te tornen viel.

'Het is nu mijn plicht.'

'O, die verschrikkelijke tradities weer.'

'Zeg dat niet zo.' Hattie begreep er niets van. Welke plicht? Welke tradities? Als Albert hier was, dan zou hij het uitgelegd hebben. Hij wist altijd wat zulke dingen betekenden.

'De tijden zijn veranderd… we hoeven niet terug naar Ierland.'

Papa zei: 'Het komt nu aan mij toe. Daarna gaat het naar Albert. Wij zijn de eersten in de lijn van opvolging.'

Mama snoof. Ze stond op het punt om iets te zeggen, maar zweeg toen.

'Het is een adellijke titel, geen prijs in de loterij.' Papa dronk zijn glas leeg, het laatste getinkel van het ijs betekende dat het gesprek afgelopen was.

Maar mama zweeg niet. 'Teddy, ik ga niet terug naar dat huis. Niet na wat er… na wat er met Charlotte is gebeurd.'

'Het spijt me, Nancy. Het spijt me zo.'

Er klonk een zacht geruis van linnen, een trage zucht, het geluid van een warme omhelzing. Mama's stem klonk gedempt. 'Ik ga niet terug, Teddy, ik ga niet.' Maar haar vastberadenheid was verdwenen, haar vurigheid was gedoofd, en hoewel ze niet precies begreep hoe of waarom, besefte Hattie Rathmore op dat moment dat haar leven voorgoed zou veranderen.

7

Blackwater Hall, County Kerry
Juli 1939

Charlotte stond te wachten naast de zee van lathyrus.

'Je hebt me niets verteld over Lord Hawley,' riep Nancy door de verlaten ommuurde tuin. Ze had de tuinmannen bij de steiger gezien. Ze had ze opgemerkt vanwege het lawaai dat ze maakten, terwijl ze houten planken op de muren van het boothuis hamerden bij het ochtendgloren, waarbij de zon het waas boven het spiegelgladde meer deed verdampen. Maar ook al waren er geen mensen, de tuin was vol leven. En kleur. Een prachtige verzameling groenten, bloemen en vogels die over de pas omgewoelde aarde hipten.

'Waarom heb je er niets over gezegd? In je brieven?' zei Nancy terwijl ze over een grindpad liep dat half verborgen was onder pompoenbladeren. De geur van vochtige aarde deed haar denken aan haar laatste pleeggezin, bij Rod en Barbara. Ze waren dol op tuinieren. Rod was geobsedeerd door de enorme pompoenen waar hij prijzen mee won en Barbara door haar rozen. Ze waren erg oud toen ze bij hen werd geplaatst, en ze wenste dat ze jonger waren geweest. Dan zouden ze haar nu kunnen zien.

'Wat had ik dan moeten zeggen?' Charlotte had een armvol pastelkleurige bloemen geplukt. Zelfs vanaf de plek waar Nancy stond, was de geur bedwelmend.

Er was erg veel wat ze gezegd zou kunnen hebben. 'Weet Teddy het?'

Charlotte schudde haar hoofd. Nancy had al verondersteld, of beter gezegd verwacht, dat hij het niet wist.

Aan het uiteinde van de tuin bevond zich een rijk begroeid prieel, waar een blauwe clematis doorheen slingerde. Eronder stond een gietijzeren bank, omringd door witte en gele lelies. 'Laten we daar onder die wilg gaan zitten,' zei Nancy.

Charlotte volgde de blik van haar schoonzus, terwijl haar ogen over het bankje vlogen. 'De wat?'

'De wilg.'

'Je bedoelt de Ierse *sally*?' Ze leidde Nancy naar het bankje, dat nog vochtig was van de regen van de nacht. 'De boeren vervloeken deze boom, hij groeit zo snel. Deze is pas een paar jaar geleden geplant.'

Nancy kon het niet geloven. De boom was ingebed, zwaar van het gebladerte. Het leek of hij altijd in de wilde ommuurde tuin gestaan had.

Ze zaten in stilte. De lucht was aangenaam zwaar van wat verre regen, de geur van lelies was bijna overweldigend. Nancy strekte haar hand uit om er een aan te raken, het oranje stuifmeel kleurde haar vingers.

'Nou, wat betekent het?'

Charlotte plukte een bloem die boven haar groeide. Een beetje dauw viel op hen neer. 'Het betekent dat mijn leven in kaart is gebracht.'

'Het is maar een bezoekje. Dat kan nauwelijks...'

'Ik hoorde vader met moeder over geld praten.'

'Misschien zijn we er dan nog steeds, Teddy en ik.' Nancy dacht niet dat het zou helpen.

Alsof ze haar gedachten kon lezen, zei Charlotte: 'Dat is lief van je. Maar het zal niet helpen.' Ze plukte een bloemblaadje van de blauwe clematis. 'Ik heb hem geschreven, die Lord Hawley. Thads, wat een grappige naam.'

'Thads?'

'Thaddeus. Zijn vader was een classicus. Hij is eigenlijk best aardig. Een beetje excentriek. Hij woont in een soort kasteel en is geobsedeerd door het idee van lotsbestemming en onvermijdelijkheid. Een groot fan van Conan Doyle, en dan bedoel ik vooral de spirituele onzin, niet de detective.' Een glimlach speelde rond Nancy's lippen, maar die verflauwde toen Charlotte eraan toevoegde: 'Hij is wel oud.'

'Hoe oud?'

'Vijfenveertig.'

Ze beet op haar onderlip. 'Als je hem leert kennen, dan...'
'Nee.' Charlotte schudde haar hoofd. 'Ik wil weg.'
Nancy dacht na. 'Je moet met Teddy praten. Hij zal het begrijpen.'
'Ja, hij ging zijn eigen weg,' zei Charlotte, 'en dat veranderde onze familie.'
Nancy zweeg.
'Begrijp me niet verkeerd. Op een goede manier, bedoel ik.' Charlotte grijnsde, een glimp van haar humor keerde terug. 'Maar toch, misschien moet ik je voortaan Trouble noemen. Trouble Rathmore.' Toen Nancy haar wenkbrauwen optrok, vervolgde ze: 'Ik wil ook mijn eigen weg gaan.'
Nancy voelde dat ze in iets gevaarlijks werd meegezogen. 'Charlotte, ik weet niet hoe ik dit moet zeggen.' Ze wreef het stuifmeel in kleine cirkels rond op haar handpalmen, een mooie, kleurige vlek. 'Teddy is een man. Voor hem ligt het anders. Ik zou willen dat het niet zo was.'
'Maar ik kan van alles. Ik zou naar Londen kunnen komen. Ik zou ook secretaresse kunnen worden. Ik kan zelfs met mijn handen werken. Borduren misschien?'
Nancy keek naar haar schoonzusje, een wezen uit een ander tijdperk. 'Wanneer ben je voor het laatst in een stad geweest?'
'Twee jaar geleden, in Dublin.'
'En?'
Charlotte draaide de handen van haar schoonzus om en streek over de oranje vlek. Toen liet ze ze weer los, plotseling verlegen. 'Het was druk... echt druk. Ik begreep niet hoe iedereen wist waar hij moest zijn. Overal auto's, fietsen en trams natuurlijk. Ze deden me denken aan moeder, want ze zouden nooit stoppen als je ze in de weg zou staan. We verbleven in het Gresham. En het Abbey Theatre was geweldig. *Juno and the Paycock*. Ik stond erop om te gaan, maar vader heeft het slechts tot het tweede bedrijf volgehouden. Helaas heb ik het einde niet kunnen zien.'
Nancy ging verzitten. 'Het is heerlijk om die kant van de stad te zien. De drukte, de pracht en praal. Het entertainment. Maar het echte leven in de stad is anders. Vooral als je op je uitgaven moet

letten. Alles kost geld. En aan het eind van elke maand, wanneer je salaris op is gegaan aan huur en boodschappen, moet je helemaal opnieuw beginnen.'

'Ik weet hoe je over me denkt. Je ziet me als een verwend meisje dat haar handen niet vuil wil maken.'

'Ik denk helemaal niks.'

'Je hebt waarschijnlijk gelijk.'

Nancy wilde het er niet langer over hebben. Ze veranderde van onderwerp. 'En ben ik welkom bij de volgende bijeenkomst van je toneelvereniging?'

Charlotte kleurde. 'Nou, ik... ik zou me schamen. We doen maar wat.'

'Goed, dat is geregeld. Donderdag, toch?'

Ze lachte. 'Ik heb je door, Nancy. Ik kan ook van onderwerp veranderen. Eens denken...' Ze krabde aan haar kin, een theatrale beweging. Nancy zag de doorschijnende huid van haar handen, zo verfijnd, zo delicaat. Beschaamd verschool ze haar eigen handen. 'Hoelang zijn jullie ook alweer getrouwd?'

Nancy glimlachte. 'Tweeënhalf jaar.'

'Hoe bevalt het?'

'Nou... wat zal ik zeggen?' Ze voelde zich Engels. 'Het is leuk. We hebben het gezellig samen.' Ze lachte, waardoor er meteen wat druk van de ketel leek te zijn. 'Ik zou het vreemd vinden om erover te praten... Teddy is je broer.'

Charlotte trok een gezicht.

'Ik voel me heel gelukkig. Dat heb ik nooit geheimgehouden in mijn brieven, toch?' zei Nancy.

'Jullie lijken gelukkig samen.'

'Tegen jou kan ik de waarheid vertellen, we zijn zeker gelukkig. Maar sommige mensen vinden een gelukkig huwelijk nogal verdacht, dus we schreeuwen het niet van de daken.'

Een klein roodborstje fladderde van de tuinmuur naar beneden om wat in de rozemarijn te pikken. Hij bleef even stilzitten om naar hen te kijken, de rode veertjes op zijn magere borst vol en pluizig.

'Dat kleintje staat op het punt om een groots avontuur te beleven,' zei Charlotte en Nancy voelde een diepe genegenheid voor het meisje. Ondanks haar zijdezachte handen had ze oog voor de kleine dingen in de natuur.

'Nou, wat is het geheim?'

'Geheim?' zei Nancy.

'Voor een gelukkig huwelijk.'

Ze dacht na. 'Respect voor elkaar. Gelijkwaardigheid.' Charlotte keek verward.

'Niet qua sociale status. Ik bedoel dat je moet weten als je trouwt – nee, daarvoor al – dat je partner je wil om wie je bent, niet om degene die je zou moeten of kunnen zijn.'

Het roodborstje zong en hipte met korte sprongetjes over een onzichtbaar springtouw.

'Juist...'

Nancy sloot haar ogen. 'Charlotte, ik wilde niet zeggen...'

'Natuurlijk niet.'

'Het spijt me.' Hoe vaak zouden ze dat vandaag nog zeggen? Nancy had het gevoel dat het gesprek de verkeerde kant op ging en uit de hand liep zonder dat ze er iets aan kon doen.

Charlotte pakte haar hand. 'Ik ben blij voor jou en Teddy. Als jullie elkaar niet hadden ontmoet, had ik jou niet gekend.' Ze glimlachte. 'En wat had ik dan gemoeten? Met wie zou ik al mijn geheimen moeten delen?'

Charlotte was heel openhartig tegen haar geweest in hun correspondentie – haar bekentenissen over de Ballinn Dramatics Secret Society, haar gevoelens over haar moeder, haar ontevredenheid met haar lot. Nancy voelde een steek van schuld. Waarom kon ze zelf niet zo openhartig zijn? Ze had niets om zich voor te schamen.

Alsof ze haar gedachten kon lezen, vroeg Charlotte: 'En kinderen? Wanneer wil je daarmee beginnen?'

Nancy keek weg. 'Ik denk dat het nog een paar jaar duurt. Vijfentwintig voelt tegenwoordig te jong voor een gezin.' Ze vroeg zich af of ze bloosde.

Teddy verscheen door de poort. Hij zette zijn hand boven zijn ogen om die tegen het streepje zon te beschermen dat door de wolken piepte. 'Daar zijn jullie. Samenzweerders.'

Charlotte sprong op en rende naar hem toe. 'Het spijt me, Teddy.'

'Hou maar op.' Hij sloeg zijn armen om haar heen en knipoogde over haar schouder naar zijn vrouw, die omringd werd door de saffierblauwe bloemen van de clematis. Een scheut van pijn ging door Nancy heen. Bij een andere vrouw zou het een steek van jaloezie zijn. Bezorgdheid dat haar man misschien meer van zijn zus zou houden dan van zijn vrouw. Dat hun gedeelde herinneringen rijker zouden zijn dan die die zij en Teddy samen hadden. Maar voor Nancy lag het anders. In die simpele omhelzing toonde Teddy een ander soort liefde. Liefde voor zijn familie.

Ze voelde zich, niet voor het eerst, ontoereikend. Ze wenste alleen dat haar lichaam niet langer zou falen en dat ze hem nog een reden kon geven om zich zo te voelen. Nog een mens om van te houden. Zijn eigen vlees en bloed.

8

Ballinn, County Kerry
September 2019

Ellie parkeerde de Micra tegenover het nieuwe koffiehuis aan de rand van het dorp, een klein zaakje met een groene gevel en een bord waarop stond dat ze er GEWELDIGE KOFFIE hadden.

Ze verlangde net zo wanhopig naar echte koffie als dat ze haar gedachten van die ochtend op een rijtje wilde zetten. Nu dwarrelden ze door haar hoofd als bladeren in de herfst. Ze had de behoefte om ze bij elkaar te harken, ze op een grote hoop te vegen of ze door de wind te laten wegwaaien. Haar telefoon met de honderden e-mails brandde in haar ene zak en de brief van Charlotte in de andere. Ze moest met allebei iets doen. En daarvoor had ze cafeïne nodig. Echte, bittere cafeïne, van echte, bittere bonen.

Ze bekeek het koffiehuis met argusogen. Binnen zaten twee mensen koffie te drinken uit dubbelwandige glazen. Ellie keek toe hoe de vrouw haar glas naar haar lippen bracht en haar ogen sloot van genot.

Dat was meer dan ze hebben kon. Het verlangen gierde door haar lijf. Ze stapte uit haar auto en stak de lege straat over.

De andere klanten knikten toen Ellie het koffiehuis binnenkwam, het geluid van een melkopschuimer begeleidde haar bij haar weg naar binnen. De geur van koffie en gebak vulde de warme ruimte en haar schouders ontspanden zich onmiddellijk. Ze kon de cafeïne bijna uit de lucht opsnuiven.

De barista draaide zich om van zijn plek bij het koffiezetapparaat en schonk haar een overdreven brede glimlach. Hij zag eruit als een Romeinse soldaat. 'Het kan zijn dat je even moet wachten,' zei hij met zachte stem. 'Het is erg druk op het moment.' In zijn woorden klonk een Frans accent door.

'Natuurlijk, ik heb geen haast.' Ze koos een tafeltje bij de muur en pakte haar telefoon. Toen bleef ze staan en keek naar zijn vragende gezicht. 'Je maakte een grapje...'

Hij trok een wenkbrauw op. 'Niet echt geslaagd blijkbaar.'

Ellie sloeg haar hand voor haar ogen. 'Het is weer zo'n ochtend...'

'*Désolé*. Koffie?'

'Ja, zwart, graag.' Ze liep naar de vitrine en bekeek de inhoud. 'Is dat nou een chocolade-bietentaart?'

'*Oui*.' Hij lachte om haar blik. 'Wil dan echt niemand in Ballinn de bietentaart proberen?'

'Je weet maar nooit...' Ze keek onzeker, maar als het hem stoorde, liet hij het niet merken. 'Ik kan beter een stukje nemen.' Zodat het niet weggegooid hoeft te worden, wilde ze zeggen, maar in plaats daarvan zei ze: 'Het ziet er heerlijk uit.'

Hij knikte terwijl hij gemalen koffiebonen in de filter deed. Zijn lange vingers bedienden de machine behendig. Hij keek over zijn schouder en zei: 'Je klinkt... hoe zal ik het zeggen? Een beetje lokaal?'

Ze vroeg zich af of dat een compliment was. 'Een beetje lokaal?'

'*Mais oui*. Je bent geen toerist. Maar je jas, die laarzen en dat kapsel, nee, ik denk niet dat je hier woont.'

'Nee?'

'Dan zou ik je wel eerder opgemerkt hebben,' zei hij luchtig, voordat hij zich weer naar het koffiezetapparaat keerde.

Ze ging er niet op in. Het was nu drie jaar geleden en ze was al vergeten hoe ze moest flirten. Maar lonken naar een man was wel het laatste waar ze zin in had. 'Mijn moeder heeft een boerderij in de heuvels.'

Hij legde een groot stuk van de chocolade-bietentaart op een bordje en schoof het naar haar toe. 'Je ziet er niet uit als een boerin.'

'Nee, ik ben journalist. Hoewel ik op dit moment... tussen twee banen in zit.'

Hij keek zogenaamd angstig. 'Toch geen culinair recensent, hoop ik?'

'Nee. Maar ik kijk ernaar uit om dit te bekritiseren.' Ze vertrok haar gezicht.

Hij lachte zachtjes. 'Nils,' zei hij en hij strekte zijn hand uit.

Ze reikte over de vitrine heen. 'Ellie.'

Drie jonge toeristen kwamen het koffiehuis binnen. Hun ogen lichtten op bij het zien van het met hout beklede interieur. Ze trokken hun dikke gewatteerde jassen uit en toen ze naar de toonbank liepen, nam Ellie plaats aan het tafeltje en luisterde ze naar wat de nieuwkomers bestelden. Bietentaart, een plak vegan pompoencake en drie lattes met sojamelk. Nils keek haar over hun schouders aan. Ze schudde haar hoofd. Misschien had de man toch een gat in de markt gevonden.

Ze nam een hap van de chocoladetaart. Niet slecht, helemaal niet slecht. Ze kauwde traag en genoot ervan. Wat een ochtend had ze achter de rug. Na twee weken opgesloten te hebben gezeten in het huis voelde ze zich uitgeput, maar ook enigszins verkwikt door het uitje. En ze was opgelucht dat haar aanwezigheid er voor niemand echt toe leek te doen. Integendeel, eigenlijk. De mensen in het dorp – sommigen liepen langs het raam en keken argwanend naar binnen – gingen rustig door met hun leven. Alleen dat van haar had stilgestaan.

Ze ontgrendelde haar telefoon en haalde het stukje papier uit haar zak. De twee telefoonnummers waren geschreven in een beverig, schuin handschrift. Ze tikte dat van Milo in.

Het nummer dat u hebt gedraaid is onjuist.

Ze probeerde het tweede nummer, dat van Hattie.

Het nummer dat u hebt gedraaid is onjuist.

Arme Albert. Helemaal alleen, met nog wat familieleden die misschien wel of misschien niet bestonden. Ze belde Bernie, maar die nam niet op, dus ze nam zich voor om het over een uur opnieuw te proberen.

Toen haalde ze diep adem. Ze opende haar e-mails en scrolde door de berichten, op zoek naar één specifieke afzender.

Niets. Ze typte zijn naam in de zoekbalk. De meest recente e-mail die verscheen, was het laatste bericht dat ze hem had gestuurd. Ze kreeg er een droge mond van toen ze het opnieuw las. Ze had geen moment gedacht dat hij ermee zou instemmen haar te laten gaan. Dat hij niet zou protesteren. Dat hij wat ze hadden, alles wat ze hadden meegemaakt, zomaar weggooide.

Het is allemaal jouw schuld, Ellie.

Ze voelde een bekende golf van angst en probeerde alleen van het heden te genieten. Het was een prachtige herfstdag en de geur van koffie hing in de lucht. In gedachten proefde ze de bittere smaak al. Ze liet de geluiden van het warme koffiehuis over zich heen spoelen terwijl ze haar ogen sloot en terugtelde vanaf tien. Toen ze ze weer opendeed, stond Nils voor haar neus.

Hij hield twee glazen omhoog.

'Beide voor mij?' vroeg ze.

'Ja.'

Een van de drankjes zag er heerlijk uit, het andere nogal ongewoon. 'Die heeft een bijzondere kleur.'

'Een kurkuma latte.'

Ze trok een gezicht.

'Goed tegen de stress. Deze zijn... hoe zeg je dat? Van het huis.'

Was het zo duidelijk dat ze erdoorheen zat? Haar gedachten raasden terwijl ze probeerde een ad rem antwoord te bedenken, maar haar hoofd leek vol watten te zitten, dus antwoordde ze simpelweg: 'Dank je wel.' Hij knikte naar haar, en vertrok bijna net zo snel en stil als hij was gekomen.

Ze keerde terug naar haar e-mails en scrolde er doelloos doorheen, terwijl ze haar best deed om haar gezicht in de plooi te houden. Dat ze niets meer van Dylan had gehoord, had haar echter van haar sokken geblazen. Ze had gedaan alsof het goed met haar ging, de zorgen van haar moeder terzijde geschoven. Meer dan één keer. En ook al meer dan twee keer. Zelfs tegen Bernie had ze bijna gezegd: 'De bruiloft is alleen uitgesteld.' En misschien was dat ook zo, ze had geen idee. Of wel? Het was... niet echt uitgesproken.

Ze raakte haar buik aan terwijl ze van haar koffie nipte. Die was goed. Het drankje smaakte naar de stad, naar het leven dat ze achter zich had gelaten. Naar de lange ochtendwandeling van huis naar kantoor, met een koffiemok in haar hand. Haar eigen tijd om na te denken. Om adem te halen. Voordat het leven van alledag haar opslokte.

Bij de les blijven, Ellie. Ze keek weer naar haar telefoon en schoonde haar inbox op, waarbij ze alle spam, rommel en abonnementen selecteerde en verwijderde. Toen las ze snel e-mails van vrienden: *Waar ben je? Ik hoorde dat je weg was. Ik heb je al tijden niet gezien. Waarom kan ik je nooit bereiken?* Ze opende WhatsApp en stuurde een groepsbericht: *Sorry voor de radiostilte. Bij mijn moeder, geen ontvangst hier. Een stuk chocolade-bietentaart eten in een echt koffiehuis in Ballinn, kun je het geloven? Hoe dan ook, ik leef nog. Liefs, Els x*

Bij de resterende e-mails was er ook een van Jeremy, haar redacteur bij *The Irish Times*. Of beter gezegd, haar ex-redacteur. Ze gaf zelfs de voorkeur aan terughoudende ex-redacteur. Een man die door de mensen die het echt voor het zeggen hadden was overtroefd. 'Ik zal het goedmaken, Ellie,' had hij beloofd, terwijl hij haar de genadeklap gaf. Terwijl hij haar de laan uit stuurde.

Ze opende zijn e-mail:

Ellie,

Er valt niet veel te melden van deze kant. Ik vecht nog steeds om je weer aan te stellen, maar ik vrees dat het tevergeefs is. Vincent, van dat vod waar je zei nooit voor te willen werken, heeft naar je gevraagd. Ik heb zijn e-mail hieronder bijgevoegd. Ik heb je natuurlijk een lovende referentie gegeven.

Jez

PS *Ik neem aan dat je niet online bent geweest daar in the middle of nowhere, maar... hier moet je echt even naar kijken.*

Ze fronste bij het zien van de link, klikte erop en werd naar een Twitter-pagina geleid. Ze staarde er verward naar. Knipperde één keer, twee keer. Toen besefte ze wat ze zag.

Mijn god.

Dit was niet goed.

Dat was zij, haar gezicht gefotoshopt op een rood-wit gestreepte Where's Wally-trui. Where's Ellie, heette het account. Het profiel had meer dan tienduizend volgers en duizenden vermeldingen. Allemaal mensen die dachten haar gezien te hebben. Fragmenten van foto's waar ze op te zien zou moeten zijn in de pub, in het park, op het strand. Alles werd gepost onder de hashtag #StanleyStreetScandal. Dit was het laatste wat ze wilde, dat de resten van haar carrière aan stukken gereten werden door een meme. Terwijl ze verder scrolde, zag ze haar langgekoesterde droom om vastgoedredacteur te worden voor *The Irish Times* verdampen. Ze keerde terug naar het profiel; daar, in blauw, stond een link naar Dubble.

Ze klikte erop. *Error 404, een foutmelding.*

Ze had in elk geval het inzicht gehad om iets goed te doen tijdens de hele crisis.

Dubble – een samentrekking van Dublin en *bubble* – was haar blog, begonnen in een impuls. Slechts een paar losse artikelen over de krapte op de huizenmarkt. Na verloop van tijd kreeg de site een handvol trouwe volgers: millennials die volhielden dat ze niet meededen aan de hype van avocadotoast, babyboomers die niet kleiner wilden gaan wonen, huurders die de droom van een eigen huis al lang geleden hadden opgegeven. Ze had ze allemaal een stem gegeven, hun gedachten vermengd met die van haar. Het was een hobby, iets waarvan ze dacht dat het van pas zou komen als de bubbel uiteen zou spatten.

Dat was alles.

Totdat de e-mail binnen was gekomen. Een tip van een ontevreden werknemer van projectontwikkelaar Maxwell Cray. Hemel, wat verachtte ze die man. Hij en zijn maatje Davy McCarthy. Ze kon de gedachte aan hen nauwelijks verdragen. Maar zij hadden gewonnen. En Dublin en zijzelf hadden verloren.

Ze proefde de kurkuma latte, hopend dat Nils gelijk had dat het goed was tegen stress.

Crays in Abu Dhabi gevestigde bouwbedrijf, Maxibuild, had een verlaten gemeentehuis opgekocht in Stanley Street, een locatie in het centrum van Dublin die eerder toegewezen was voor de bouw van sociale huurwoningen. Er zouden honderdtwintig appartementen komen.

Ondanks de Dublin Agreement, die de verkoop van openbare grond verbood, verkocht de ontwikkelingsafdeling van de raad, onder leiding van Davy McCarthy, het terrein aan Maxibuild, op voorwaarde dat het bedrijf betaalbare woningen zou leveren. Het werd geprezen als een grote stap voorwaarts in de samenwerking tussen de gemeente en commerciële vastgoedontwikkelaars en Ellie schreef er zelf een aantal artikelen over, waarin ze de vooruitziende blik van de raad prees.

Totdat de secretaresse die voor Cray werkte zijn seksuele avances beu was en zelf ook geen woning kon vinden besloot Ellie een e-mail te sturen met de bewering dat Maxibuild van plan was de ontwikkeling van Stanley Street uit te stellen totdat de bouwvergunning was verlopen. Er was een nieuwe planningsaanvraag in behandeling voor dertig luxe appartementen met drie slaapkamers. Alleen de drie penthouses zouden al vier miljoen euro moeten opbrengen. Per stuk.

Sociale huisvesting leek van de agenda te zijn.

Ellie ging aan de slag. Ze kreeg een kopie van de koopovereenkomst en ontdekte dat deze een ongebruikelijke clausule bevatte: dat Maxibuild verplicht was sociale huisvesting te bieden als dat rendabel was. Dat was een slimme zet. Nu de huizenmarkt uit zijn voegen barstte, was ze er zeker van dat sociale huisvesting niet langer rendabel was in het centrum van Dublin. Ze was er zelfs zeker van dat het nooit rendabel was geweest. Ze sloot vriendschap met een architect van Maxibuild en kreeg de nieuwe bouwplannen in handen. Ze hadden geen naam, geen datum en er stond geen locatie bij.

Dat had haar alles verteld wat ze moest weten.

Jeremy had zitten watertanden toen ze de tekst voor hem neer had gelegd. Ze herinnerde zich dat hij aan zijn bureau had gezeten, een kop koffie in zijn hand. Zijn favoriete hawaïhemd deed nog steeds pijn aan de ogen.

'Ellie, dit is geweldig.' Hij had opgekeken. 'Zijn je bronnen betrouwbaar?'

Waren ze waterdicht? Op dat moment had ze gedacht dat de naden misschien wat lekten, maar dat het verhaal zo groot was dat het zichzelf op zou lossen. Jeremy ging meteen naar boven om groen licht te krijgen. Tien minuten later was hij terug.

Hij had nul op het rekest gekregen.

Maxibuild was een belangrijke adverteerder in de vastgoedpagina's en de redactie had het verhaal meteen geweigerd. *Een verbitterde secretaresse is geen betrouwbare bron. Plannen zonder titel zijn geen bewijs. Een contractuele clausule is niet meer dan dat, een clausule.*

Toen maakte Ellie haar fout.

Ze had zo veel tijd en energie in het exposé gestoken dat ze het niet los kon laten. Ze had haar koppigheid altijd als een deugd beschouwd. Maar in dit geval werd het een vloek. Met één druk op de knop publiceerde ze het artikel op Dubble. Omdat mensen het moesten weten. Daarbij had ze eigenlijk niet verwacht dat het iemand zou boeien.

Ze had er faliekant naast gezeten.

Tegen de tijd dat ze de volgende ochtend wakker werd, was de post viraal gegaan. Zíj was viraal gegaan. 'Dubble Trouble' was de schreeuwerige kop in een roddelblad. Mensen waren boos. Woedend. Ze eisten dat de raad de verkoop zou intrekken. #StanleyStreetScandal was een week lang trending op Twitter.

Raadslid Davy McCarthy ontkende de beschuldigingen heftig en openlijk. Hij beweerde dat er geen bewijs was van enig wangedrag. En in zekere zin had hij gelijk. Ellie had alleen een wettelijke clausule in een contract en het woord van een werknemer. Ze had nergens zwart-op-wit dat er geld van eigenaar wisselde. Dat het hier om een complot, om corruptie ging, kon ze niet bewijzen.

McCarthy riep *The Irish Times* op het matje om zich te verantwoorden voor hun personeelslid. Ellie kreeg een uitbrander en de krant publiceerde een brief waarin stond dat ze geen verantwoordelijkheid namen voor de persoonlijke meningen van hun personeel.

Einde verhaal.

Althans, dat had ze gedacht.

Davy McCarthy was niet van plan het daarbij te laten. Zijn advocaat eiste dat Ellie werd ontslagen. Tot haar afgrijzen had Jeremy gehoor gegeven aan het verzoek, al stond hij niet achter de beslissing. Hij had moeten toegeven aan de druk van boven.

Ellie was voor de leeuwen gegooid en binnen zes weken stond haar hele leven op zijn kop. Ze was niet langer een gerespecteerde journaliste die bijna in het huwelijksbootje zou stappen, maar een werkloze vrijgezel die in de logeerkamer van haar moeder sliep.

Ze zuchtte en sloot haar e-mail af. De inbox was in elk geval bijgewerkt, het nare rode cijfertje was verdwenen. Het had echter niet geholpen haar gedachten op een rijtje te zetten. Het had haar niet gekalmeerd. Sterker nog, nu ze wist dat ze tot een meme was verworden, voelde ze zich nog slechter.

Ze had meerdere gemiste oproepen: Jeremy, wat vrienden, een paar onbekende nummers uit Dublin, in het beste geval reclame, in het slechtste geval advocaten. En nog één, een uur geleden.

De vaste lijn van haar moeder.

Moira nam op toen de telefoon voor de derde keer overging. 'Ellie, waar ben je?'

'Bij Procaffination. Het nieuwe koffiehuis.'

'Bernie heeft gehoord dat ze koffie in glazen serveren.' Moira zweeg even verwachtingsvol. Toen vervolgde ze: 'Luister, aangezien je nu toch in het dorp bent...'

'Ja?' zei Ellie argwanend.

'Kun je dan even langsgaan bij het dorpshuis?'

'Dat hangt ervan af wat...'

'Mooi, want ik heb gezegd dat je dat zou doen.'

'Mam...'

'Een of andere kerel daar is geïnteresseerd in je brief.'

De brief zat nog steeds in haar zak. 'Ik heb geprobeerd hem aan Albert te geven, maar...'

'Hij heet Jules Bristole en is Engels,' vervolgde Moira. 'Hij is de oprichter van de Ballinn Historical Society.'

'Goed van hem,' zei Ellie.

'Hij is een aardige man.'

Was dit een valstrik? Zelfs voor haar moeder was dit wel erg snel. 'Hoe weet hij dat ik de brief heb?'

'Bernie heeft het hem verteld.' De dorpstamtam was dus aan het werk geweest. Moira ratelde maar door. 'Mooi. Bedankt, Ellie.' Er viel een stilte, maar toen zei ze: 'Nu we het toch over Bernie hebben, ik was gewoon...'

Ellie dronk het laatste restje van haar kurkuma latte op en trok een vies gezicht bij de koude drab op de bodem van het glas. Ze stak haar duim op naar Nils. Lekker, mimede ze.

Ze pakte een pen uit haar zak – af en toe mompelde ze een 'hm' op de roddels in haar oor – en schreef een berichtje op haar schone servet.

Fantastische koffie, geweldige sfeer en taart. Beoordeling? 9/10 :)
PS Schaf wat mokken aan voor de lokale bevolking.

Ze liet het op tafel liggen en zwaaide naar de toonbank toen ze naar buiten liep.

Terwijl haar moeder verder kletste liep ze de straat op en draaide zich om naar het koffiehuis. Ze zag Nils naar haar tafel lopen en het briefje oppakken.

En glimlachen.

9

Blackwater Hall, County Kerry
Februari 1958

Hattie onderdrukte haar opwinding. De stemming van het gezin tijdens de reis vanuit Ambleside was op zijn zachtst gezegd ingetogen geweest en ze vond dat dit niet het moment was om – nogmaals – te vragen of ze er al waren.

In plaats daarvan leunde ze voorover en tikte op de brede schouder voor haar. 'Zijn dat de hekken, papa? Die waar je het over had?'

Twee zuilen van paarse zandsteen doemden aan weerszijden van de weg voor haar op. Daaraan waren fraai gebogen zwarte ijzeren hekken bevestigd, die openzwaaiden naar het pad erachter.

'Dat zijn ze,' zei papa. Hij draaide zich om naar de chauffeur. 'Wil je even stoppen?'

De auto reed naar de zijkant van het pad en Hattie keek verwachtingsvol naar mama, die één oog een klein stukje opende. 'Rij maar door,' zei ze, voordat ze het weer dichtdeed.

Hattie gaf Albert een por, die naast haar lag te snurken. Met een knor werd hij wakker. Zijn stem was dik van de slaap en dunne stoppels bedekten zijn kin. 'Wat is er, snotaap?'

'We zijn er,' zei ze.

Albert keek uit het raam. In de groene uitgestrektheid van een nabijgelegen veld stond een verlaten huisje, kale winterse jonge boompjes leken zich vast te houden aan de scheuren in het dak. Hij trok zijn wenkbrauwen op met overdreven verbazing. 'Het is niet helemaal wat ik had verwacht.' Hij grijnsde brutaal en er verschenen kuiltjes in zijn wangen.

Ze keek naar de verlaten boerderij en giechelde. 'Albert!' Hij deed de deur open en zwaaide zijn benen eruit terwijl Hattie zich al langs hem wurmde. Toen liet hij zich achterovervallen, zijn hoofd op mama's schoot. Zonder haar ogen te openen legde ze teder een hand op zijn hoofd.

Papa zei altijd dat ze twee handen op één buik waren. 'Ga je niet mee?' vroeg Hattie.

'Nee,' zei Albert, terwijl hij deed alsof hij snurkte, knorrend bij elke ademhaling. 'Ik blijf hier om van thuis te dromen.'

Daardoor wist Hattie dat hij aan zijn meisje dacht. In het weekend dat ze naar Ierland zouden vertrekken had hij haar ontmoet onder de kale plataan. Haar rok had treurig gewapperd in de wind, alsof die wist wat er ging komen. In haar handen had ze een klein bosje gele sleutelbloemen gehouden. Toen ze elkaar omhelsden, hadden Alberts schouders geschokt op een manier die Hattie deed wegsmelten. Ze nam zich voor dat hij nooit zou weten dat ze daar was geweest.

De waarheid was dat zij – en het leek alsof zij de enige was – dolblij was met deze wending, dit avontuur waar ze aan begonnen, deze nieuwe start. Toen haar leraar na Nieuwjaar aan de klas vertelde dat Hattie zou vertrekken, had er gegiechel geklonken vanaf de achterste rij. Ze had zich omgedraaid en zag een van de meisjes doen alsof ze huilde, met haar tot vuisten gebalde handen hevig over haar ogen wrijvend. Dat was de eerste keer zolang ze zich kon herinneren dat de spot van haar klasgenoten haar niet stoorde. Binnen een paar weken zou ze vrij zijn en in februari zou Ambleside School niets meer dan een herinnering zijn.

Papa ging haar voor over de oprijlaan. 'Ruik je dat?'

Hattie snoof de lucht op. Het was zeker frisser dan in de auto, waar de plakkerige hitte van vijf mensen de ramen had doen beslaan toen ze door de aanhoudende motregen reden. Nu was de grijze lucht echter opengetrokken en was er alleen nog een wit waas over dat rond de bergtoppen in het binnenland dreef. 'Ik ruik niks,' zei ze. 'Niet na zo lang Alberts eau de cologne te hebben geroken.'

Papa keek lachend over zijn schouder. Ze konden nog net Alberts lange benen uit de auto zien steken. Een schoen waarvan de veter los was, bungelde aan zijn voet.

'Het is de geur van de oceaan,' zei hij.

'Ik zie niks.'

Papa knielde neer en klopte op zijn rug. 'Spring er maar op.'

Ze keek hem aarzelend aan.
'Spring er maar op,' hield hij aan.
Ze klom omhoog en toen haar vader opstond, had ze een majestueus uitzicht, de heldere grijstinten en blauwtinten van de oceaan, met daarachter bergen die in wolken waren gehuld. Drie meeuwen zweefden in de lucht, keken naar hen en doken toen diep de vallei in.
'Is dat de zee?'
'Kenmare Bay,' zei papa. Het woelige water glinsterde in het middaglicht. 'Een geweldige plek voor oesters, al dat brakke water.'
'Walgelijk,' zei Hattie.
'Als je chef-kok wilt worden, Hattie...'
'Maar ze zijn zo... slijmerig.'
Papa lachte. 'En wat ruik je nog meer?'
Er hing een zoetige geur in de stille lucht. Bloemig? Nee, dacht ze. Het moest iets anders zijn. De geur was bekend. Het deed haar denken aan kokosnoot. 'Ulex,' zei papa, wijzend naar de zee van geel onder hen. Het golfde door de vallei en hield op bij een lappendeken van velden waar een groepje huizen stond, rook steeg op uit de schoorstenen. 'Het zal nu een paar maanden bloeien.' Hij liet Hattie op de grond zakken. 'Maar meestal kun je op elk moment van het jaar een paar bloemen vinden. Het gezegde is niet voor niets: pas als de gaspeldoorn niet meer bloeit, zal kussen uit de mode raken.'
'Is het gaspeldoorn? Net als thuis?'
'Ja,' zei papa. 'Net als thuis.' Een lok haar viel over zijn oog en hij duwde die weg. 'Kom op, tijd om je grootouders te ontmoeten.'
Dit waren ook nieuwe woorden voor Hattie, vanaf nu had ze echte grootouders die ze kon zien en aanraken. Ze voelde een schok van opwinding toen ze weer in de auto sprong.

Toen ze door het hek reden en de laatste kilometer naar Blackwater Hall aflegden, klom Hattie op mama's knie en tuurde door het raam, dat ze opendeed terwijl de rest van het gezin protesteerde vanwege de kou. Maar ze werden stil toen ze haar hoofd naar buiten stak en een uitbundige kreet slaakte. Ze gunden haar dat moment van vreugde, voordat het huis in zicht kwam aan de overkant van het inktzwarte meer.

Hattie haalde diep adem. Daar stond het, onder een bergtop die vrijwel bedekt was door wolken, het dak bedolven onder klimop. Uit verschillende schoorstenen kwam rook en een keurig gazon liep naar de rand van het water. De schemering begon in te vallen en plots zag ze een zwak licht aangaan achter twee centrale dubbele deuren. 'Is de stroom al aangesloten?' had mama gevraagd, een paar weken voordat ze Ambleside verlieten. Papa had zijn hoofd geschud. 'Kenmare is vorig jaar aangesloten en Ballinn is waarschijnlijk in 1959 aan de beurt. Ik vrees dat het voor Blackwater Hall veel langer zal duren...' De elektrificatie van het platteland in Ierland zou zo rond de eeuwwisseling wel voltooid zijn, had hij lachend gezegd. Bij mama had er nauwelijks een glimlach vanaf gekund. Geen stroom? Hattie kon het zich niet voorstellen. Haar ogen werden weer getrokken naar het warme, zwakke licht – een kaars, een lantaarn? – dat door die openslaande deuren scheen. Ze stelde zich voor dat ze die zou openen, naar buiten zou stappen op het verzorgde gazon, dan over het gras zou rollen en een salto zou maken naar de gaspeldoorn die de waterkant omzoomde.

Het diner in Blackwater Hall was helemaal niet zoals Hattie had verwacht. Ze aten in een grote blauwe kamer, in de haard smeulde een zwak vuur. De tafel stond vol en ze kregen drie gangen. Stormlantaarns vulden de eetzaal met een zware geur, maar heel weinig licht, en de kandelaars in het midden van de tafel wierpen een griezelige gloed over het gezin. Het gesprek verliep moeizaam en Hatties ogen zakten dicht toen de vermoeidheid van de reis haar begon in te halen en haar opwinding langzaam in rook opging.

'Ga rechtop zitten,' was het eerste wat grootmoeder tegen haar zei, op 'hallo' na. Haar Amerikaanse accent was veel minder romantisch dan Hattie had verwacht. Ze was erg slank en lang, hoewel een beetje gebogen, en ze liep met een stok die op de tegels van de gang tikte, waardoor haar komst altijd aangekondigd werd.

Hattie trok haar schouders naar achteren en legde haar lepel opzij. 'Sorry.' Toen ze de lepel weer oppakte, zat er een bruine veeg op het verder onberispelijke tafelkleed.

Grootmoeders ogen gleden van de vlek naar Hatties gezicht en weer terug. Ze was ongelooflijk bleek en de diepe lijnen rond haar mond trokken naar beneden terwijl ze haar hoofd schudde. 'Goede manieren zijn vereist in dit huis. Je doet er goed aan dat te onthouden.' Ze keek naar papa.

'Vader,' zei hij, iets te luid, 'hoe was het fazantenseizoen vorig jaar?'

Grootvader – die nog helemaal niet had laten merken dat hij Hattie überhaupt had opgemerkt – kauwde luid. 'Ik heb al tien jaar geen fazant meer geschoten, Edward.' Hij pakte zijn glas op, de wijn klotste eroverheen, op het tafelkleed. Hattie keek naar grootmoeder, maar haar gezicht stond onbewogen. 'Je broer meenemen wanneer er wapens bij betrokken waren? Dat dacht ik niet.'

'Hugo had het in zijn kerstkaart altijd over de jacht...'

Toen Hugo's naam genoemd werd, slaakte grootmoeder een kreetje en legde haar hand op haar borst. 'Ik heb een ontzettende hoofdpijn.' Het woord ontzettend sprak ze zo theatraal uit dat Hattie wilde applaudisseren. Toen ze van tafel ging, vergat ze haar stoel aan te schuiven en een koude luchtstroom trok door de eetzaal toen ze de deur achter zich dichtdeed. Mama huiverde.

Hattie keek naar Albert en probeerde zijn blik te vangen, zoals ze in Ambleside vaak deden over de eettafel heen. Zoals ze vaak hadden gedaan. Hij staarde alleen maar naar zijn eten alsof dat van iemand anders was, terwijl ze haar broer nog nooit een goed stuk vlees had zien weigeren.

'Mag ik wat wijn, alstublieft?' vroeg hij, terwijl hij nog steeds naar zijn bord keek. Voordat papa kon antwoorden, gaf mama de karaf beaujolais door. Albert dronk het laatste beetje water uit zijn geslepen kristallen glas en schonk het toen vol met wijn. Even trok er een blik over zijn gezicht, alsof hij zich ineens weer herinnerde dat Hattie ook aan tafel zat. Hij knipoogde zonder enig enthousiasme naar haar. Zijn vermoeidheid was af te lezen aan zijn bloeddoorlopen ogen.

‘Hij is te jong,’ zei papa, zijn ogen schoten naar de lege stoel van grootmoeder, alsof hij bang was dat ze er nog steeds was.

‘In hemelsnaam,’ zei mama. ‘Hij heeft niets van zijn bord aangeraakt. Hij mag best iets hebben om zijn maag te kalmeren.’ Alleen Hattie, die links van mama zat, hoorde haar ‘en zijn zenuwen’ mompelen terwijl ze haar eigen glas bijvulde.

Grootvader fronste. Zijn borstelige wenkbrauwen zakten diep over zijn blauwe ogen.

‘Nancy,’ zei hij, ‘hoe gaat het met het… eh… met schrijven?’

Mama zette haar bijna lege glas neer en streek zachtjes langs de voet voordat ze zich naar grootvader omdraaide. ‘Nou, Charles, zoals je je kunt voorstellen, heb ik mijn baan bij de krant moeten opgeven.’

‘Je kunt toch wel vanuit hier schrijven? Wat opinieartikelen misschien?’

Mama lachte en nam toen een grote slok wijn. ‘De rol van de vrouw is inmiddels veranderd, maar het is niet aan haar om er een mening op na te houden. Dat was toch wat je ooit tegen me zei? Vroeger. Voor Charlo…’

Papa klopte theatraal op zijn buik en viel mama in de rede. ‘Ik heb vandaag geen greintje beweging gehad. Misschien moeten we het dessert overslaan en meteen overgaan op koffie.’ Hattie was de enige die teruglachte.

‘Niets te zeggen, Charles?’ Mama vulde haar glas bij. ‘Helemaal niets?’

Grootvader nam een hap vlees. Niemand anders at. ‘Het is bijna twintig jaar geleden. Laat het rusten. Laat haar rusten. Dit gesprek is niet geschikt voor aan tafel.’ Toen pas slikte hij.

Mama schoof haar bord opzij. ‘Niet geschikt voor aan tafel? Net als de laatste keer dat ik hier zat… Ik weet nog dat ik zei: “Je kunt een jong meisje niet dwingen met een oude man te trouwen.”’ Ze draaide zich om naar Hattie. ‘Ik zei dat je tante… Charlotte, ik zal haar naam maar noemen, aangezien niemand anders dat zal doen, Charlotte, Charlotte, Charlotte…’ Mama’s ogen glinsterden door de tranen. ‘Ik zei dat Charlotte geen handelswaar was, en hij zei…’ Ze knikte naar het hoofd van de tafel. ‘… dat de rol van de vrouw inmiddels was veranderd, maar dat het niet aan haar was om er een mening op na te houden.'

Hattie kreeg het warm en keek naar papa.

'Nancy, alsjeblieft,' zei papa.

'Ze was bang. Ze wilde weg.'

'Ze begreep niets van het concept verantwoordelijkheid en van plichten.' Grootvader gebruikte een stuk brood om de jus van zijn bord op te deppen.

'Haar plichten zijn haar dood geworden!' Een snik bleef in mama's keel hangen. 'Ze was nog maar een kind.'

Grootvader liet zijn vuist naar beneden komen en de kaarsen midden op de tafel flikkerden. Hatties hart bonkte als een razende. Ze wilde haar oren bedekken, maar ergens wilde ze ook meer horen. Hij schraapte zijn keel, kwam weer tot zichzelf en zei toen zachtjes: 'Een kind zou nooit haar eigen leven kunnen nemen.'

Mama sloeg haar handen voor haar gezicht en stond op. Haar gesnik zorgde voor een stilte die alleszeggend was. Toen stond papa naast haar, zijn arm om haar schouder. 'Vader, zo is het genoeg. We zijn allemaal uitgeput. Het is een lange reis geweest.'

'Het is een smerige leugen,' riep mama. 'In het telegram stond dat ze was verdronken bij een ongeluk in het meer. Een óngeluk. Dat stond er duidelijk bij...' Ze zweeg en keek om zich heen aan de tafel alsof ze zocht naar iemand die haar steunde. Toen haar ogen op papa bleven rusten, ontweek hij haar blik.

Ze trok zich terug. 'Denk jij dat Charlotte zichzelf heeft verdronken, Teddy?' Er hing een stilte in de ruimte. Albert hield zijn glas in de hand en keek van zijn vader naar zijn moeder. Hij haalde diep adem alsof hij zich in het gesprek wilde mengen, maar zweeg toch.

Papa aarzelde. 'Ik begrijp dat in het telegram stond dat het een ongeluk was, maar Hugo schreef me na de oorlog. Het lag er te dik bovenop, Nancy.' Hij zweeg even. 'Ik wilde het je vertellen, maar wat zou het uitgemaakt hebben?' Grootvader liep door de eetzaal en gooide een houtblok op het vuur. Papa liet zijn stem zakken. 'Het huwelijk met Lord Hawley, dat kon ze niet aan. Hugo dacht dat Charlotte de ontvoering in scène had gezet, zodat haar... zelfmoord de familie geen slechte naam zou bezorgen.'

Mama's stem klonk zo scherp alsof ze een klap uitdeelde. 'Deze familie?' Ze lachte bitter. Grootvader stond met zijn rug naar de tafel, zijn handen boven de knetterende vlammen. 'Wat je zegt kan niet waar zijn,' zei ze. 'Want als er iets was wat Charlotte de wil om te leven zou hebben gegeven, was het wel om deze familie een slechte naam te bezorgen.'

Grootvader draaide zich niet om.

Mama schudde haar hoofd. 'Je hebt het mis, heel erg mis.' Ze legde een hand op Alberts schouder, kuste Hatties voorhoofd en fluisterde 'welterusten'. Bij de drempel draaide ze zich nog even om. 'Charlotte, die mooie Charlotte, had het leven lief boven alles.' Terwijl haar voetstappen op de trap weerklonken, waaide een koud winterbriesje door een open deur ergens in het huis.

10

Ballinn, County Kerry
September 2019

Het dorpshuis was een groot gebouw, ingeklemd tussen de twee pubs van Ballinn. De wanden van de krappe hal waar je binnenkwam, die groots 'de Lobby' werd genoemd, waren van onder tot boven bedekt met mededelingen: yogalessen aangeboden, een bed te koop, graafmachines te huur. Vergeten jassen hingen aan haken en een retrofiets zonder versnellingen stond tegen een schoenenrek. Op een bankje stond een stapel boeken om te ruilen of te lenen, waardoor het leek alsof ze dicht bij elkaar gekropen waren om warm te blijven.

De laatste keer dat Ellie in het dorpshuis was geweest was in haar tienertijd, toen haar ouders haar meenamen naar een voorstelling van de Dramatics Secret Society. Waarom de vereniging geheim was, was ze nooit te weten gekomen. De toneelstukken werden altijd geschreven door de apotheker en de hoofdrollen werden gespeeld door lokale mensen: de dokter, Bernie en verschillende boeren die hun tekst zo enthousiast declameerden dat het publiek de hele tijd zat te giechelen.

De Lobby kwam uit in een ruime zaal, waar stoelen tegen de muren stonden opgestapeld, en aan weerszijden van het podium hingen scharlakenrode gordijnen. In het midden van de ruimte stonden een kleine schraagtafel en een grote doos. Afgezien van de deur waar Ellie doorheen was gekomen, was er maar één deur, halverwege de linkerkant van de hal, en die ging nu naar buiten open. Er verscheen een dienblad met daarop een pot, twee kopjes en een berg koekjes. Het dienblad wankelde naar links en toen naar rechts, toen kwam de man die het droeg tevoorschijn. Hij zag eruit als een gepensioneerde die in 1975 een aardig potje golf had gespeeld en naar de toekomst was geteleporteerd.

Ellie nam zijn verschijning opgelucht in zich op.

Er zat dus toch niets achter.
'Ellie!' zei hij. 'Ik ben blij dat je er bent.' Hij zette het dienblad op de schraagtafel. Zijn perzikkleurige geruite trui kwam nog heviger op je af zonder de dekking van de ochtendthee. Of was het een lunch? Ellie keek op haar horloge. Het was bijna één uur.
'Jules Bristole?' Ze volgde hem naar de tafel.
Hij schudde haar stevig de hand. 'Inderdaad.' Hij had een bos wit haar en wenkbrauwen die wel een trimbeurt konden gebruiken. Ellie kon het niet laten om naar zijn broek te kijken; die was bruin, echt zo'n tint die je in de jaren zeventig veel zag. 'Je moeder vertelde me dat je een heel interessante brief hebt gevonden.' Hij schonk in en trok toen zijn wenkbrauwen op, precies op het moment dat hij de twee kopjes van het blad optilde. Zijn wangen waren bezaaid met heel fijne sproeten. Of was het... modder?
Ze ging zitten en hij nam snel plaats tegenover haar, terwijl hij met een verwachtingsvolle blik naar haar toe leunde. 'Eerlijk gezegd,' zei ze, 'kom ik net terug van Blackwater Hall, maar Albert – Lord Rathmore – lijkt niet helemaal in goede gezondheid te zijn. Hij wilde de brief niet aannemen.'
'Heb je hem bij je?' Ze kon zijn handen bijna zien jeuken.
'Ja.' Maar ze maakte geen aanstalten om de brief tevoorschijn te toveren. Ze tuurde wantrouwend in haar kopje, maar nam toch een slokje om de stilte die viel te vermijden. 'Echt lekker,' zei ze. Deels verrast, deels opgelucht.
'Yorkshire Tea,' zei Jules. 'Vertel het niet aan de mensen hier.'
Ellie lachte. Deze man mocht hier dan niet vandaan komen, dacht ze, hij was in elk geval goed thuis in de lokale regels als het om thee ging. Ze probeerde zich een indruk van hem te vormen. 'Kom je uit Sussex?'
Zijn kopje, dat onderweg was naar zijn mond, wankelde gevaarlijk. 'Geboren en getogen. Heeft je moeder je dat verteld?'
Ze schudde haar hoofd. 'Ik had een collega uit Brighton. Je hebt hetzelfde accent.' Ze leunde achterover. 'Geloof me, Jules, als mam sappige details over je wist, had ik die allang gehoord. Het hele verhaal, bij voorkeur meerdere keren.'
Hij begon iets te zeggen en glimlachte toen. Er vormden zich

twee kuiltjes in zijn wangen. De stilte die viel was aangenaam.

'Nou...' Ze graaide in haar zak, haalde de envelop tevoorschijn en vouwde de brief voor hem open.

Jules haalde een koker met een ronde bril tevoorschijn. Hij zette die op het puntje van zijn neus en las de brief met een verwachtingsvolle blik door. Ellie vroeg zich af of hij verwachtte dat de brief tot leven zou komen en zijn geheimen zou prijsgeven. 'Arme Charlotte,' mompelde hij toen hij hem helemaal gelezen had. 'Arme, arme Charlotte. Toen ik over de brief hoorde...'

Ze fronste haar wenkbrauwen. 'Wanneer hoorde je over de brief?'

'Je moeder belde vanmorgen.' Moira had beweerd dat Bernie het hem had verteld.

Ellie kneep haar ogen tot spleetjes. Hij ging verder. 'Toen ik over de brief hoorde, herinnerde ik me iets over die naam.'

'O?'

'Charlotte was de tante van Lord Albert.'

'Wat?' Dat was een verrassing.

'Ja, het staat hierin.' Hij boog zich voorover, tilde een doos op tafel en haalde er een boek uit: *Ballinn: A History, A Legacy*. 'Dus ik pakte het er nog eens bij om de details te controleren.'

Details. Dat woord had Jeremy ook gebruikt, toen hij van bovenaf terechtgewezen was. *Als je meer details had gehad, dan was publicatie mogelijk geweest. Denk aan plaatsen, tijden, getuigen. Wanneer en waar hadden Cray en McCarthy elkaar ontmoet?* Ze had het aan Crays secretaresse gevraagd en die zei dat hij vaak uren weg was. 'Ik nam altijd aan dat hij bij een van zijn maîtresses was,' had ze bitter gezegd. 'Details heb ik niet.'

Jules sloeg het boek open bij een pagina met een ezelsoor. 'Lady Charlotte Rathmore. Ze groeide op in Blackwater Hall. Toen...' Hij draaide het boek naar haar toe zodat ze zelf kon lezen.

> In augustus 1940 werd de familie Rathmore getroffen door een tragedie. Charlotte Rathmore werd als vermist opgegeven en al het personeel werd opgetrommeld voor een grootscheepse zoektocht op het landgoed. Om drie uur 's middags

werd de politie gebeld. Een parelsnoer, dat Charlotte naar verluidt voor haar achttiende verjaardag had gekregen, werd gebroken gevonden en de parels werden her en der aangetroffen in het meer. Een houten roeiboot was verdwenen uit het boothuis. De zoektocht ging door tot diep in de nacht, met de hulp van vrijwilligers uit Ballinn, waar Charlotte bekendstond om haar liefdadigheidswerk. In de vroege ochtenduren werd de boot gevonden op de rivier de Atoon, erin lag een roeispaan die bedekt was met bloed. Het meer werd grondig doorzocht, maar Charlottes lichaam werd nooit gevonden. Twee vermeende IRA-leden werden gearresteerd en verhoord, maar ze werden later vrijgelaten zonder dat er een aanklacht werd ingediend. De zaak is nooit opgelost. Op het moment van haar verdwijning was ze negentien jaar oud.

Ellie knipperde langzaam. Charlotte was verdwenen in dezelfde maand dat ze de brief schreef, augustus 1940. Ze sloeg een pagina om en zocht vluchtig naar details over Blackwater Hall en de familie Rathmore, maar er stond weinig meer in dan de alinea die ze de avond ervoor had gelezen, waarbij de tweehonderd jaar geschiedenis van het huis gevangen werd in een paar beknopte zinnen.

'Het zou een geweldig onderzoek zijn voor een journalist,' zei Jules.

Ze keek op. 'Wat?'

'Een prachtig mysterie om je tanden in te zetten. Een brief van iemand die is verdwenen.' Hij sperde zijn ogen wijd open bij die laatste woorden.

'Jules,' zei ze, 'cold cases zijn niet echt mijn ding.' Ze zette haar thee opzij.

'En Charlottes brief... die móét je toch wel interesseren?'

Me interesseren? Als ze deze brief twee maanden geleden had gevonden, zou de aantrekkingskracht onweerstaanbaar zijn geweest. Maar dat was vroeger. 'De laatste keer dat ik een schandaal onderzocht, verloor ik mijn baan en mijn...' Ze zweeg abrupt en duwde de brief naar hem toe, terwijl het verdriet haar hart verzwolg en voor een raar gevoel in haar buik zorgde. 'Neem deze alsjeblieft. Geef de brief aan Alberts zoon. Stop hem in je archief. Doe wat je denkt dat goed is.'

'Dit zijn niet mijn dossiers, Ellie. Ze zijn van Brigid Sullivan. Ik heb ze vorige maand geleend. Wat een vondst!'

Ondanks alles vroeg Ellie: 'Brigid wie?'

Jules sloeg het boek dicht en tikte op de kaft. Daar stond de naam, Brigid Sullivan, auteur van *Ballinn: A History, A Legacy*. 'Zij wist alles over de lokale geschiedenis hier. Haar dochter erfde haar passie niet, maar wel haar bezittingen.' Wat had Albert ook alweer gezegd… *Ze was van plan om een deel van de familiegeschiedenis in een boek op te nemen. Brigid nog wat? Een knappe vrouw.* Ellie draaide het boek om. Daar was ze, Brigid. Ze had groene ogen en donker haar. Knap? Ja, op een ietwat stijve manier. Ze bladerde naar de titelpagina. Het was gepubliceerd in 1958.

Jules haalde een foto uit de doos en legde die voor Ellie neer.

Ze kon het niet laten om te kijken.

Het was een zwart-witportret van een mooi meisje. Haar bambiogen werden omzoomd door dikke, donkere wimpers en ze keek naar boven, naar iets rechts van haar. Hoewel ze niet lachte, was vaag te zien dat ze daarbij kuiltjes in haar wangen zou hebben. Ze had een gladde, bijna doorschijnende huid en een deel van haar blonde haar was in twee rollen gedraaid, waarvan er een was vastgezet met een kam.

Ellie draaide de foto om. *Lady Charlotte Rathmore, juli 1940.*

Jules zei: 'Ze werd geboren in 1921 als de dochter van Charles en Niamh Rathmore en zus van Hugo en Edward.' Hij draaide zijn notitieboekje naar haar toe. 'Ik ben een stamboom aan het samenstellen.'

'Dat is geweldig,' zei Ellie, zonder nog een blik op de foto te werpen.

Dochter van Charles en Niamh. Grootmoeder Niamh? Albert had zich haar goed genoeg herinnerd.

'Brigid schreef dat de politie destijds dacht dat de IRA erbij betrokken was, wat behoorlijk aannemelijk lijkt. Een rijk meisje. Waarschijnlijk protestants. Mogelijk voor losgeld.'

Ellie trok een wenkbrauw op. 'Maar aangezien de brief in dezelfde maand is geschreven als de verdwijning...'

'Moeten ze wel met elkaar in verband staan?'

'Gezien Charlottes woorden denk ik van wel.' Ze had erover nagedacht. In gedachten was ze de brief keer op keer doorgelopen. Ze had geprobeerd hem voor de geest te halen toen ze midden in de nacht wakker was geworden. Maar het was één ding om aan Charlotte Rathmore te denken en iets heel anders om deze hele zaak te onderzoeken.

Jules knikte, verzonken in zijn notitieboekje. 'Het waren moeilijke tijden, denk ik.' Hij keek op. 'Wanneer heeft De Valera de IRA verboden?'

'Vlak voor de oorlog, volgens mij.'

Hij opende een tweede notitieboekje. De bladzijden waren volgeplakt met post-its. 'Juni 1939. Drie maanden later verklaarde Ierland dat het zich neutraal zou opstellen.' Hij spreidde zijn handen. 'Aan de ene kant de IRA tevredenstellen, aan de andere kant de Duitsers op afstand houden. En een tango dansen met Chamberlain, die woedend was vanwege de havens.'

Ellie dacht na. 'Zweden en Noorwegen stelden zich ook neutraal op...'

'Maar in Ierland was alles veel ingewikkelder.' Jules zei het alsof hij genoot van de complexiteit. 'Er waren rantsoenen. Zeventigduizend Ieren vochten voor de Britten. Nog eens duizenden gingen in Groot-Brittannië werken om geld te verdienen.'

'En op zoek naar avontuur,' zei Ellie, denkend aan Charlottes woorden. *Wat een avontuur, zeg. Ik heb het allemaal gepland.* Ze leunde voorover en fronste. 'Je wist hoe ik erover dacht, schreef ze in haar brief. Ze moet een goede band hebben gehad met de persoon aan wie ze schreef, die T. Maar de brief lijkt zowel op het laatste moment te zijn geschreven als gepland te zijn. Ik denk... Ik denk dat ze niet kon wachten om weg te gaan.' Ze pakte Charlottes portret op. Die afwezige blik die van de camera wegkeek, naar iets buiten het kader, naar een andere plek...

De klap van de deur van de lobby deed haar opschrikken. Ze draaide zich om en zag een grote, bonte gedaante de zaal in komen. Kleurrijke stoffen, een brede grijns. 'Bernie!' zei ze, terwijl ze hetzelfde gevoel van opluchting voelde als de dag ervoor.

Bernie droeg een stoel door de zaal. 'Je mams zei al dat je hier was.' Ze knikte naar hen beiden. 'Ik was even bij Tabby Ryan. Ik kan je wel vertellen, Ellie, als ik maar half zo levendig was als zij, zou ik heel blij met mezelf zijn.' Tabby Ryan was een voormalig schooljuf en ze droeg een flink steentje bij aan de gemeenschap. 'Ze was in topvorm.' Bernie ging naast Ellie zitten. Toen boog ze zich voorover en las de brief.

'Dus ze wilde weglopen?'

'Dat was in elk geval de bedoeling,' zei Ellie. 'Is ze ooit gevonden?'

'Niet dat ik weet.' Bernie pakte Charlottes portret op. 'Ink House staat net op de grens van het dorp. Het is moeilijk te zeggen of de praatjes van hier of uit Kenmare geloofwaardiger zijn. Ik wil niemand op de tenen trappen.'

Ellie keek naar Bernies voeten. Ze waren enorm. 'Oké,' zei ze.

'Je bent dus bij Albert geweest?'

'Ja, hij was niet... in blakende gezondheid.'

'Nee.' Bernie maakte zich minder zorgen dan Ellie had verwacht. 'Ik ben er een paar maanden geleden naartoe gegaan. Ik dacht dat hij misschien maaltijden aan huis zou willen.' Ze zweeg even. 'Ik was ook wel een beetje nieuwsgierig naar het landhuis. Als kind ben ik er ooit geweest en ik wilde het graag nog een keer zien. Hij stemde ermee in om één keer per week eten te ontvangen.'

'Goed, ik maakte me zorgen.'

'En nu zijn zoon bij hem is, is het oude huis een beetje opgeknapt.'

Ellie vroeg zich af hoe het er eerder had uitgezien. 'Zijn zoon? Bestaat die echt?'

Bernie keek haar aan. 'Die is net zo echt als jij en ik.' Ze wendde zich weer naar de brief. 'Toch is Charlotte waarschijnlijk al verdwenen voordat Lord Albert werd geboren. Maar dat is moeilijk te zeggen. Ik weet het alleen door het gedicht.'

Ellie fronste. 'Welk gedicht?'

'Dat liedje,' zei Bernie. 'Dat liedje dat jullie als kinderen vroeger altijd zongen. Ik heb het al tien jaar niet meer gehoord.' Ze keek naar het plafond en begon:

'Pak je laarzen en wees flink,
Neem je fakkels mee naar de Ink,
Kijk tussen het riet en de linden,
Om het parelsnoer te vinden,
Vertel me, wat moet er gebeuren...'

Ze zweeg even en gebaarde naar Ellie, die meteen aanvulde: 'Om de Vrouwe van het Meer te bespeuren?'

'Ja, weet je het nog?' zei Bernie.

'Ik herinner me er nog iets van. Ik dacht dat het over een zeemeermin ging.'

'O, Ellie!'

Jules krabbelde iets in zijn notitieboekje.

'En dit...' Bernie ging met haar vinger over het briefhoofd. Daar zat een bruine veeg overheen, waardoor de helft onleesbaar was. 'Wynn's... Nou, dat zou Wynn's Castle kunnen zijn.'

'Waar is dat?' vroeg Jules vertwijfeld, alsof zijn examens eraan kwamen en hij een deel van de leerstof was vergeten te bestuderen.

'In Glenbeigh,' zei Ellie zachtjes. Ze was er ooit geweest, als kind. Daarna was ze er nooit meer geweest. Dat kon ze niet opbrengen. Het uitstapje was met haar vader geweest.

'Eigendom van Lord Heaney, denk ik,' zei Bernie.

'Heaney?' vroeg Jules.

Bernie fronste. 'Ja, dat denk ik. Of was het Healy? Iets in die trant.'

Jules legde nog een foto neer. 'Deze vond ik ook, genomen in Blackwater Hall.'

Het was een formele foto van een groep mensen: een rij zittend, een rij staand. Er was een duidelijk verschil in de kledingstijl en houding van de twee rijen. Jules streek met zijn vinger over de zittende figuren. 'Dit is de familie.' Hij wees naar de mensen die achter hen stonden. 'En het personeel.'

Ellie draaide de foto om. *Zomerfeest, 12 augustus 1939*. Onderaan stond een lijstje met namen. Ze keerde de foto weer om, op zoek naar Charlotte.

'Hier is ze.' Jules wees naar het meisje dat helemaal links op de foto zat.

'Dat herinnert me eraan,' zei Bernie fronsend. 'Dit is Edward – of Teddy, zoals hij werd genoemd – Charlottes broer.' Hij was blond en had dezelfde donkere, oosters aandoende ogen als zijn zus. Hij hief zijn hand op naast zijn gezicht, alsof hij op het punt stond een pluk haar uit zijn ogen te duwen. 'Ik heb hem ontmoet toen ik daar als kind op bezoek was.'

Ellie trok haar wenkbrauwen op. 'Teddy?' Ze draaide de brief naar zich toe. *Liefste T.*

Jules volgde haar blik, knikte en schreef Teddy's naam op. Toen bewoog hij zijn vinger langs de aristocraten die er zaten. 'Dit zijn Lord Charles Rathmore, Lady Niamh Rathmore… en hun oudste zoon en erfgenaam, Hugo.'

Tussen Charlotte en Teddy zat een vrouw, haar lange benen netjes onder haar. Haar gezicht was prachtig omlijst met golvend haar en ze had elegante wenkbrauwen. De mannelijke hoed met de veer die ze droeg, hing diep over haar rechteroog. Ze hield een hand in de lucht om het hoofddeksel op zijn plaats te houden. Ze had haar hoofd naar Charlotte gewend. Ellie keek beter. 'Wie is dit?'

'Dat is Teddy's vrouw, Nancy,' zei Jules.

Ellie fronste, denkend aan het derde kopje dat Albert had ingeschonken, het kopje waarvan ze had gedacht dat het voor zijn moeder bestemd was geweest. 'Charlotte kijkt bezorgd,' zei ze. Eigenlijk vond ze het maar niets dat ze zo veel opmaakte uit een uitdrukking die tachtig jaar eerder was vastgelegd.

Jules verraste haar door te zeggen: 'Ja, dat ben ik met je eens.'

'Nou, geen van beiden ziet er echt opgetogen uit,' zei Bernie, die haar aandacht begon te verliezen.

Ellie bestudeerde de twee vrouwen, Charlotte en Nancy. Nancy's hand rustte op die van Charlotte en ze keken allebei ergens halverwege de ander en de fotograaf, alsof ze betrapt waren bij het delen van een geheim. Charlottes lange jurk zag er formeel en ouderwets uit vergeleken met de kokerrok tot net over de knie die Nancy droeg.

'Zijn ze even oud?' vroeg ze.

'Volgens mevrouw Sullivan...' Jules raadpleegde zijn notitieboekje. '... werd Nancy geboren in 1914. Zeven jaar vóór Charlotte.'

'Staat er verder niets over haar?'

'Nee,' zei Jules. 'Het verhaal van de Rathmores vormt maar een klein onderdeel van het boek, slechts een paar alinea's.'

Ellie dacht terug aan haar bezoek aan het huis die ochtend. 'Lord Albert zei dat zijn grootmoeder Niamh flink had opgeruimd toen ze Blackwater Hall liet renoveren. Misschien had Brigid niet veel om mee te werken.' Ze zweeg even. 'En trouwens, mensen zijn hier waarschijnlijk niet zo geïnteresseerd in verhalen over de landadel.'

Bernie voegde toe: 'Het ligt wat gevoelig.'

'Ik snap het...' Jules keek teleurgesteld naar zijn notitieboekje.

'Dat betekent echter niet dat de geschiedenis van de Rathmores niet belangrijk is,' zei Ellie snel. Ze keek van de een naar de ander. 'Hoelang bestaat deze historische vereniging eigenlijk?'

Jules herpakte zich. 'Dit is onze eerste bijeenkomst.'

'Juist.'

'Tot nu toe zijn we met z'n drieën,' voegde hij eraan toe.

Ellie schrok. 'Dank je, Jules, maar ik...' zei ze.

Op hetzelfde moment zei Bernie: 'Ah, luister, ik lieg niet, maar ik kwam alleen maar langs omdat Moira me belde...'

Ze keken allebei naar het bedrukte gezicht van de man. Toen stond Bernie op en mompelde: 'Ik haal even nieuwe thee.'

Ellie hield zich bezig met het bestuderen van de hoge ramen in de hal. 'Hoelang woon je al in Ballinn, Jules?' vroeg ze na een tijdje.

Hij bloosde. 'Een jaar. Ik was hier vorige zomer, ik had het aanbod van een vriend geaccepteerd om een huisje bij Derrynane Beach te huren. Daar bleef ik drie weken, en toen ik terugkwam in Londen, voelde het, nou ja...' Hij zweeg even. 'Het voelde leeg. Ik probeerde op de oude voet verder te leven, ook al was ik al met pensioen.' Hij deed zijn bril af en legde die op tafel. 'Ik ben veertig jaar advocaat geweest. Mijn hele wereld bestond uit werk. Toen dat voorbij was, had ik niets meer. Ik ben nooit getrouwd. Ik heb nooit kinderen gekregen. Alles wat ik deed, deed ik voor mezelf.'

'Jammer.'

Hij wreef in zijn ogen en zette zijn bril weer op. 'Kerry bleef in mijn gedachten hangen. De rust. De ruimte. Het feit dat ik niet meer hoefde te proberen iemand te zijn die ik niet meer was. Dus ik ben teruggekomen.'

'Je zou versteld staan als je wist hoeveel van dit soort verhalen je hier hoort,' zei Ellie. In de heuvels van Kerry vond je van Killarney tot Kenmare talloze nieuwkomers, mensen die vluchtten voor hun oude leven, op zoek naar iets anders. Ze dacht eraan hoe vriendelijk Bernie was geweest om wat boeken voor haar te bewaren, hoe gezellig het huis van haar moeder was, hoe warm het gevoel in het dorp was, na de kilheid in Dublin.

Hij glimlachte tevreden. 'Mijn vroegere collega's zouden me niet meer herkennen. En dat is maar goed ook. Ik voel me herboren. Ik wil het leven op me af laten komen. Iets interessants doen. Iets wat ertoe doet.'

'Waarom denk je dat dit ertoe doet?' vroeg Ellie, terwijl ze het portret aanraakte dat voor haar lag.

Hij draaide de foto van het zomerfeest weer naar haar toe. 'Kijk nog eens naar Charlotte.'

Voorzichtig boog ze zich naar voren. Charlottes gezicht was getekend door bezorgdheid. Of was het verdriet? Misschien had Nancy haar hand vastgepakt om haar te troosten…

Ellie snakte naar adem. 'Jules, kijk eens naar haar hand!' Een wit verband, half bedekt door Nancy's hand, was om haar pols gewikkeld, tot aan haar vingertoppen.

Hij knikte. 'Eerst dacht ik dat het een handschoen was, maar dat is het niet, hè?'

'Nee.'

'Volgens mij kijkt Charlotte niet bezorgd… Ik denk dat ze bang is.'

'Je zoekt er te veel achter.' Ze wist echter dat Jules gelijk had. Charlotte Rathmore was bang geweest.

Bernie keerde terug. 'Ik heb de hele keuken doorzocht… Alleen deze rotzooi.' Woest zette ze de Yorkshire Tea op tafel. 'Ik neem aan dat dit van jou is?' De Engelsman trok een grimas.

Ellie keek op haar horloge. Het was tien over halftwee. 'Luister,' zei ze terwijl ze opstond. 'Ik moet gaan. Ik moet even naar de dokter. Hier...' Ze stak Jules Charlottes brief toe, en toen Bernie, om hem zelf niet meer bij zich te hoeven dragen. 'Het lijkt me het beste als een van jullie deze meeneemt.'

Jules keek op. 'En die zoon van Albert... Milo was het, toch?'

Ellies hand bleef op de rugleuning van de stoel liggen. 'Heb ik zijn naam genoemd?'

'Natuurlijk!' zei Bernie, die zich er meteen mee bemoeide, waardoor zij en Jules weer op één lijn zaten. 'Als je er toch bent, kun je de brief meteen afgeven.'

'En als je er toch bent,' zei Jules, die op Bernies enthousiasme meeliftte, 'kun je hem vragen of hij de medische dossiers wil bekijken. Dan wordt misschien duidelijk of de plaatselijke dokter Charlotte in de zomer van 1939 heeft bezocht.'

Ellie kneep haar ogen tot spleetjes. 'Als ik er toch ben? Waarom zou Alberts zoon toegang hebben tot de medische rapporten?'

Jules sloeg zijn notitieboekje dicht. 'Milo Rathmore is de nieuwe huisarts.'

'Zeg alsjeblieft dat je een grapje maakt.'

Er verscheen een tevreden glimlach op Bernies gezicht.

Ellie schudde haar hoofd en griste de brief van de tafel. 'Jullie twee,' zei ze met een priemende vinger. 'Jullie zijn allebei net zo erg als mijn moeder.'

'Dat beschouw ik als een compliment,' zei Jules terwijl hij de dozen in een kist deed en naast het podium zette. De vergadering was duidelijk voorbij. Zijn hand zweefde boven Charlottes foto. 'Hier,' zei hij, en hij legde hem in haar hand. 'Neem die ook maar mee.' Ze begon te protesteren. Hij onderbrak haar. 'Alleen voor nu.'

Bernie stond op en draaide zich om. 'Ik moet weg,' riep ze over haar schouder. 'Ik zie je zaterdag.'

'Zaterdag?' riep Ellie.

Bernie bleef even staan en liet haar hand op de deurpost rusten. 'Dan viert Tabby Ryan haar honderdste verjaardag. Hier in het dorpshuis. Iedereen is welkom.' Ze keek Jules aan. 'Zelfs mensen die hier niet vandaan komen.'

Ellie zweeg even. Moira had iets gezegd over een wild feest, maar dit klonk meer als een zaal vol nieuwsgierige kletskousen. 'Ik was niet van plan om te gaan.'

'O?' zei Bernie. 'Meen je dat nou?'

'Dat meen ik.'

'Nou,' vervolgde ze. 'Je moet weten dat Tabby voor de oorlog in het grote huis, in Blackwater Hall, heeft gewerkt. Waarschijnlijk kende ze Charlotte persoonlijk. Voordat ze... verdween.' En toen, met een snelheid die helemaal niet bij haar omvang paste, was Bernie verdwenen.

Jules volgde Ellie naar buiten. Hij liep naar het schoenenrek in de Lobby en tilde de fiets zonder versnellingen op, waarvan ze had gedacht dat die allang was afgedankt.

'Rij jij op dat ding?' vroeg ze.

'Mijn nieuwe speeltje,' zei Jules terwijl ze naar buiten liepen. 'Zoals ik al zei, mijn vroegere collega's zouden me niet meer herkennen.' Hij zwaaide zijn been over het zadel en zette zich af van de stoep, terwijl hij over zijn schouder riep: 'Vergeet Milo niet naar je meisje te vragen.'

Jouw meisje, wilde ze hem naschreeuwen, maar hij was al halverwege de straat.

11

Ballinn, County Kerry
September 2019

'Hoi,' zei Ellie. En toen nog eens: 'Hallo?'

'Ah.' Dokter Milo Rathmore keek op van zijn computer en Ellie bleef even staan, met één hand op de deur. Was dit Alberts zoon? Ze had een of andere ouwe sok verwacht. Iemand op leeftijd, gekleed in een ouderwets tweedpak.

'Eleanor Fitzgerald? Ga zitten.'

'Dank u wel. En noem me Ellie, alstublieft.' Ze glimlachte, maar zijn ogen waren alweer teruggekeerd naar het scherm, zijn hand op de muis. Hij was volledig geconcentreerd op zijn werk.

'Je bent al zeventien jaar niet meer in deze kliniek geweest?' Hij trok een wenkbrauw op.

'Ik ben terug uit Dublin. Voorlopig althans.' Ze sloeg haar handen in haar schoot. 'Ik ben hier op bezoek.'

'Juist.' Hij sprak op een dusdanige manier dat de andere partij min of meer gedwongen werd om de stilte te vullen.

'Het zijn een paar zware maanden geweest. Het gaat niet goed met mijn werk en...' Ze wilde nog meer zeggen, maar dokter Rathmore begon te typen, wat haar enorm irriteerde. 'En ik zou graag wat hulp willen met...'

Tik, tik, tik. Zijn haar was donkerblond.

Ze zweeg even. 'Luistert u wel naar me?'

'Ja, natuurlijk.' Zijn gezicht verzachtte. Hij duwde het toetsenbord van zich af en legde zijn handpalmen plat op tafel. Ze veronderstelde dat dat gebaar bedoeld was als geruststelling.

Ze aarzelde. Het was warm in de praktijk, benauwd zelfs, en ze ritste haar jas open.

Hij wachtte. 'Ga verder.'

Inmiddels vroeg ze zich af wat ze hier deed. Ze was naar de praktijk gekomen met het vage idee om een tijdelijke oplossing voor haar problemen te vinden in de vorm van medicijnen. Nu ze hier was, wilde ze niets liever dan weggaan. Kwam het door de manier waarop dokter Rathmore met haar omging? Of door het beeld van Alberts trillende handen? Gaf ze de man die voor haar zat er de schuld van dat hij er niet was om zijn vader te kalmeren? Ze schraapte haar keel en ging wat rechter zitten. 'Ik heb moeite met slapen,' zei ze. Dat was waar. Maar niet de hele waarheid.

'Oké.' Hij leunde achterover. 'Is dat een recente ontwikkeling?'

'Iets van de laatste paar maanden.'

Hij knikte. 'Is er in die periode iets veranderd?'

Alles, wilde ze zeggen. 'Ik...' Ze zweeg even. 'Ik heb veel aan mijn hoofd gehad.' Verdriet. Zo veel verdriet. Ze beet op haar onderlip.

Hij probeerde haar te peilen en liet de stilte voortduren. Toen vroeg hij: 'Problemen op het gebied van werk?'

'Ik ben mijn baan kwijtgeraakt,' zei ze, dankbaar voor de uitweg.

'Wat doe je voor werk?'

'Ik ben journalist.'

Hij typte weer iets in haar dossier. 'Ben je afgevallen?'

'Nauwelijks.' Ze kreeg het woord bijna niet over haar lippen en viel terug in haar Dublinse accent. 'Mam kookt behoorlijk... uitgebreid.'

Tik, tik, tik.

Ellies handen jeukten van ergernis. Dit was niet wat ze zich had voorgesteld toen ze eindelijk de moed had verzameld om een afspraak te maken. 'Ik wil gewoon graag een paar nachten ononderbroken slapen.' Ze spreidde haar handen op een manier die zei: is dat soms te veel gevraagd? Er zaten wallen onder haar ogen, alsof er een paar naaktslakken onder haar huid gekropen waren.

Hij knikte. 'Doe je ook aan beweging?'

'Yoga, een paar keer per week,' loog ze, terwijl ze zich probeerde te herinneren wanneer ze voor het laatst haar tenen had aangeraakt.

'Heb je eerder slaaptabletten voorgeschreven gekregen?'

'Nee.' Ze keek naar haar vingernagels, die helemaal waren afgekloven.

Als hij bij binnenkomst een bril op had gehad, dan had hij die nu afgezet. 'Hoe is het thuis?'

'Prima, zolang ik de boekenkast van mama maar vermijd.' Ze lachte, maar er kon bij hem slechts een glimp van een glimlach vanaf.

'Ik bedoelde je andere thuis. In Dublin.'

Ellie dacht verlangend naar de deur achter haar. Wat zou ze die graag achter zich dichttrekken. 'Geen bijzonderheden.'

'Je lijkt een beetje te aarzelen...'

'Ik weet niet wat u bedoelt.'

'Maak je je ergens zorgen over, Ellie? Iets waarover je het nog niet hebt gehad?'

Ze beet nadenkend op haar onderlip. 'Niet dat ik kan bedenken.' Ze nam hem peilend op. Zijn ogen waren felgroen en hij had kraaienpootjes. Blijkbaar beschikte hij toch over een gevoel voor humor, al kon ze het zich niet voorstellen.

Hij zocht in een la en haalde er een brochure uit. 'Er is een geweldige praatgroep hier in Ballinn...'

Ze deinsde geschokt terug. 'Ik hoef met niemand te praten...' Het nieuws over haar leven zou zich als een lopend vuurtje verspreiden.

Hij leek te doorzien waar ze mee zat. 'Er is ook een wekelijks praatuurtje in Kenmare.'

Kenmare lag op drie kwartier rijden van Ballinn en was dus nog te dichtbij. 'Nee,' zei ze vastberaden. Ze staarden elkaar over de tafel heen aan.

Hij keek weg. 'Goed, Ellie. Ik zal je iets milds voorschrijven om je te helpen slapen, maar dan wil ik je graag nog een keer spreken, misschien volgende week?' Voordat ze kon protesteren, vervolgde hij: 'Overigens, weer bij een ouder gaan wonen...'

'Voor even.'

'Voor even,' gaf hij toe, 'kan ook... moeilijk zijn.' Hij zweeg. 'Zorg dat je genoeg tijd voor jezelf vrijmaakt. Beweeg genoeg. En laat cafeïne voorlopig staan, als je kunt.'

'Oké,' was alles wat ze zei.

Aan de andere kant van de kamer begon de printer te zoemen.

Dokter Rathmore stond op om het recept op te halen. Hij was langer dan ze had verwacht en de pasvorm van zijn donkerblauwe chino leidde haar even af.

Ze schraapte haar keel. 'Eigenlijk wilde ik nog iets zeggen...'

'Ja?' Hij draaide zich naar haar om.

Inwendig vervloekte ze Jules. 'Of eigenlijk eerder iets geven dan zeggen.'

Hij stopte het recept in een envelop en ging weer zitten. 'Vertel.'

Ze haalde de brief uit haar zak. 'Dit is een beetje ongemakkelijk, maar aangezien ik toch al van plan was om vandaag langs te komen...'

Hij trok zijn wenkbrauwen op. Zijn ogen zagen er moe uit. 'Vanmorgen heb ik uw vader ontmoet. Albert.'

Dokter Rathmore knipperde snel. Er was een vluchtige emotie van zijn gezicht af te lezen. Ergernis? Meer dan ergernis? Boosheid?

'Het lijkt me dat hij... hulp nodig heeft.'

'Ja.'

Ze zweeg even. 'Bent u het daarmee eens?'

'Zeker, en ik werk eraan.'

'Hij leek nogal... in de war,' hield ze aan.

Dokter Rathmore haalde diep adem. 'Mijn vader verkeert in de beginfase van dementie...'

'Het spijt me.'

'... zoals je vast wel vermoedde. Hij wil geen anderen in huis hebben, alleen familie. Vandaar dat ik hier nu ben.' Hij spreidde zijn handen en keek op zijn horloge. 'Eigenlijk moet ik naar huis.'

'U verblijft in Blackwater Hall?' Ze voelde een steek van schuldgevoel dat ze hem zo snel had veroordeeld.

Hij toverde moeizaam een glimlach op zijn gezicht. 'Net als jij, Ellie, ben ik terug. Voor even.' Hij zweeg weer een paar tellen. Toen zei hij: 'Ik heb liever niet dat je hem bezoekt.'

Haar schuldgevoel verdween in een oogwenk en in één beweging nam ze de envelop van hem aan en drukte hem Charlottes brief in handen. 'Ik wilde hem dit geven.' Hij vouwde het vel open en liet zijn blik over de inhoud gaan. Zijn uitdrukking veranderde van gefronst in verbaasd en toen... ja, toen hij helemaal aan het eind de laatste woorden las... zag ze angst op zijn gezicht? Hij liet de brief abrupt los en die fladderde naar zijn bureau terwijl hij opstond. 'Je recept.' Hij liep naar de printer en bleef staan toen hij zag dat de printer leeg was.

Ze wapperde met het vel papier. 'Ik heb het al, dank u.'

'Waar heb je die brief vandaan?' vroeg hij, nog steeds met zijn rug naar haar toe.

'Die zat in een van de boeken die u naar de kringloopwinkel hebt gebracht.'

'Ik snap het.' Hij legde wat papieren recht en liep toen terug naar het bureau. 'Bedankt. Ik weet zeker dat we ergens een plek kunnen vinden om deze op te bergen. Ik zal het met Harriet bespreken.'

'Uw tante?' *Alberts zus.*

De verraste blik op zijn gezicht verdween snel. 'Ja.'

'Weet u dat uw oudtante Charlotte in 1940 is verdwenen?' vervolgde ze.

'Dat herinner ik me vaag, ja.'

'Nou, deze brief is diezelfde maand geschreven,' zei Ellie.

Hij keek weer naar het papier. Zag ze daar een sprankje interesse? 'Er is in het dorp een man, Jules Bristole, en hij is erg geïnteresseerd in de brief.'

'Waarom?'

Ellie fronste. 'Hij is bezig een historische vereniging op te richten.' *Was dat een misdaad tegenwoordig?*

'Nou, ik weet helaas helemaal niets over Charlotte.' Dat was het dan. Hij liep naar de deur.

Ellie draaide zich om. 'Ik heb een foto van haar gezien uit 1939, en daarop is haar hand verbonden. Ik...' Meteen corrigeerde ze zichzelf. 'Jules vroeg zich af... of Charlotte misschien mishandeld werd.'

Hij glimlachte. Zijn lach liep niet over van warmte, maar zijn opluchting was duidelijk. 'Dat is nogal wat.'

Ze lachte met hem mee om die dwaze Jules, maar zodra zij begon te lachen, hield hij ermee op. Ze schraapte haar keel en zei: 'Dokter Rathmore, volgens de plaquette buiten werd deze praktijk in 1889 opgericht.'

'Als jij het zegt.'

'U zou dus – ten behoeve van deze historische vereniging – de archieven van augustus 1939 kunnen inzien om te controleren of Charlotte behandeld werd door de plaatselijke dokter.'

'Dat ga ik absoluut niet doen.'

'Waarom niet?'

'Ambtsgeheim.'

'Het is tachtig jaar geleden!'

'Luister,' zei dokter Rathmore, die nu bij de open deur stond te wachten. 'Ik waardeer de interesse van de vereniging. Ik weet zeker dat jullie er allemaal door gefascineerd zijn, maar ik zie niet in waarom er zo veel waarde gehecht moet worden aan een foto en een dubieuze brief die wel of niet van mijn oudtante zou kunnen zijn.' Hij draaide zich om naar de gang.

Ellie bloosde. Charlotte was zijn familielid, ze had op Blackwater Hall gewoond, ze was onder de neus van zijn overgrootouders verdwenen. Haar eigen terughoudendheid om onderzoek te doen was begrijpelijk, redeneerde ze, maar de zijne was onvergeeflijk.

Ze aarzelde slechts een seconde. Toen hij haar de rug toekeerde, pakte ze voorzichtig Charlottes brief van de tafel en stopte hem in haar zak. Voor Jules. 'Bedankt, dokter Rathmore.' Ze liep met een nonchalante blik langs hem heen. 'U bent ongelooflijk behulpzaam geweest.' De gedachte hem nooit meer te zien gaf haar een schokje van plezier.

Alsof hij haar gedachten had gelezen, zei hij: 'Ik neem volgende week contact met je op.'

Ze aarzelde en bleef in de deuropening staan. Ze stonden dicht bij elkaar. 'Gaat u toch in de archieven duiken?'

'Nee.' Hij stak zijn hand uit. 'Zelfde dag, zelfde tijd?'

Ellie keek hem boos aan en alle schaamte die ze had gevoeld voor het stelen van de brief was alweer verdwenen. 'Ik zal in mijn agenda kijken,' zei ze terwijl ze zich omdraaide en de bedompte praktijk verliet en de hoofdstraat van Ballinn in liep.

12

Ballinn, County Kerry
Juli 1939

Ze stonden in de hoofdstraat van Ballinn.

'Waar wil je heen?' Nancy keek naar Charlotte. Moest ze het meisje terugbrengen naar Blackwater Hall voordat de zon onderging? Haar relatie met haar schoonouders was al zo slecht dat die vrijwel niet meer te herstellen was.

'Naar het *rambling house*.'

Inmiddels liep Nancy al een week lang op haar tenen rond in het huis van de Rathmores. Ze verstopte zich vaak in de bibliotheek of, als de zon scheen, in de tuinen. Het gedoe rondom Charlotte en Lord Hawley bezorgde haar een slecht humeur en zes dagen lang had ze opmerkingen onderdrukt waarvan ze wist dat ze er later spijt van zou krijgen. Als ze haar ware gevoelens over het voorgenomen huwelijk zou uiten, zou dat betekenen dat ze voor altijd uit de gratie was bij de familie Rathmore. Toch, dacht ze, zou dat in elk geval een probleem oplossen: ze zou nooit meer hoeven terugkeren naar Blackwater Hall.

Charlotte was er echter ook nog en als ze niet meer welkom was, zou ze haar niet meer kunnen steunen. 'Het is tijd om terug te gaan,' zei ze. Ze haatte het dat ze klonk als een dominante vriendin, of een hooghartige moeder.

'Onzin. Je zult het geweldig vinden.' Charlotte glimlachte onbeschaamd. 'Dat beloof ik.' Ze legde haar hand op haar hart.

Nancy wist dat je op de details moest letten als Charlotte iets beloofde. Er zat altijd wel een addertje onder het gras en Nancy begon te begrijpen hoe gewiekst haar schoonzus was geworden.

Charlotte keek zo pruilend dat zelfs de grootste brompot overstag zou gaan. 'Er komt vanavond een *seanchaí*...'

Nancy keek haar angstig aan. 'Een seanchaí? Is dat iets revolutionairs?'

'Een verhalenverteller.' Charlotte wuifde met een bleke hand. 'Het zijn maar een paar verhalen en misschien een scheutje poitín.'

Nancy legde een hand op haar voorhoofd. Het voelde warm aan.

Charlotte knipoogde. 'Ik neem maar een paar druppels.'

Nancy wist niet wat ze moest zeggen. 'Charlotte... als je moeder je zou horen...' Ze schudde haar hoofd.

Ze stonden even stil voor het dorpshuis. Ze waren uit de Lobby gekomen, zoals het in Ballinn groots werd genoemd, en de Dramatics Secret Society was uiteengegaan. De avond had vol verrassingen gezeten. Nancy was nooit een toneelspeler geweest. Ze volgde liever de verhalen in haar hoofd, die ze uit de romans haalde waarin ze graag verdwaalde. Ze ging zelden ergens heen zonder een boek. Ze had *Moord op de Nijl* meegenomen naar het dorpshuis. Teddy klaagde weleens dat Agatha Christie bij hun bruiloft aanwezig zou zijn geweest als het niet zo'n klein feestje was geweest. Ze had verwacht dat ze discreet wat zou kunnen lezen, terwijl Charlotte een groepje giechelende meisjes in de hand probeerde te houden. Maar ze had het talent van de lokale bevolking onderschat.

Toen ze aankwamen, herinnerde ze zich dat de toneelvereniging niet langer alleen uit meisjes bestond, en dat degenen die zich bij de artistieke gelederen hadden aangesloten geen jongens meer genoemd konden worden, maar echte mannen waren. Ze was nooit een echte flirt geweest, maar de breedgeschouderde jongens met hun donkere Keltische haar, waardoor Charlottes blonde haar des te meer opviel, zouden de avond zeker veraangenamen. Ze hadden een vet, sexy accent en een aangeboren talent op het gebied van entertainment. Ze konden een couplet voordragen, een grap maken of een personage creëren zonder een script of spiekbrief. Het zat allemaal in hun hoofd, maakte deel uit van hun cultuur, een rijke opvoeding in gezinnen waar geen rijkdom was. Toen een jonge man het podium betrad om solo te zingen, liet het magische ritme van zijn stem een rilling over Nancy's ruggengraat gaan. Alsof iemand over haar graf was gelopen.

Ze tuurde de weg af. 'Nou, als je moeder zo teruggetrokken is...'

'Om niet te zeggen beangstigend mensenschuw...'

Wat kon het voor kwaad? Een paar verhalen aanhoren. Een praatje maken. Even dat huis uit was precies wat ze nodig had. Ze legde een hand op haar buik, als om het geheim in haar te beschermen.

Ze kon de poitín gewoon overslaan.

De twee vrouwen volgden een hobbelig pad naar het rambling house, een woonhuis waar typisch Ierse bijeenkomsten werden gehouden. Er werd tot in de late uurtjes gepraat, muziek gemaakt en gedanst. Het huis was omzoomd met fuchsia's, rood-paarse bloemen kwamen uit het gebladerte tevoorschijn als druppels bloed na een speldenprik. Het zachte licht van de zomeravond was inmiddels helemaal verdwenen en Cottah Mountain was in schaduwen gehuld. Nancy was blij dat Blackwater Hall ergens achter die top lag.

Kleine rookwolken stegen op uit de schoorsteen voor hen en de geur van turf hing in de lucht. Een enkele ekster zat vanaf het dak naar hen te kijken. Toen de deur van het huisje openging, kwam een flauwe etensgeur hun tegemoet, gevolgd door gelach. Nancy volgde Charlotte over de drempel, haar ogen pasten zich aan het schemerige licht in de ruimte aan.

Het gesprek stokte toen ze binnenkwamen en een tiental hoofden draaiden zich naar hen om. De aanwezigen zaten met z'n allen op een kluitje op de benedenverdieping van het kleine huisje. Een trap leidde naar een slaapgedeelte erboven. Vier kerosinelampen verlichtten de ruimte en Nancy was geschokt toen ze zag dat de vloer was gemaakt van netjes geveegde aangestampte aarde. Er was niet eens vloerbedekking.

Alles in het huis stond een beetje scheef, alsof de woeste winden van Kerry in de loop van de tijd een trucje hadden uitgehaald en het huis beetje bij beetje hadden bewogen, zodat de bewoners er niets van gemerkt hadden.

Een jonge vrouw stapte naar voren en maakte een handgebaar naar de rest op een wijze die zei: let op je manieren. Nancy herkende haar als het dienstmeisje van Blackwater Hall. Ze hadden elkaar kort gesproken en ze was op Nancy overgekomen als een slim meisje dat gretig inging op vragen, waarbij de woorden uit haar tuimelden, totdat ze abrupt stopte en zich verontschuldigde. Dan zette ze haar werk weer voort, ingetogen als een muis. Alsof ze zich dan plots herinnerde waar ze was en voor wie ze werkte, en snel haar persoonlijkheid liet verdwijnen om zich weer op de taak te richten die voor haar lag.

'Tabby,' zei Charlotte, terwijl ze het meisje omhelsde. Nancy had hen in het huis nooit samen gezien. Het benadrukte het dubbelleven dat Charlotte nu leidde.

'*Céad míle fáilte*. Welkom.' Tabby nam Nancy's handen in de hare, een onverwachte intimiteit, en Nancy bloosde. 'We hadden niet gedacht dat je zou komen.' Ze droeg een felrode blouse, die contrasteerde met de duisternis van de ruimte.

Charlotte zei: 'Het was haar idee, toch, Trouble?' Nancy onderdrukte een protest. Charlotte had aan Teddy verteld dat ze een nieuwe naam voor haar had bedacht en die had het enthousiast overgenomen. Kopje koffie, Trouble? Een wandeling langs het meer, Trouble? Kom naar bed om wat herrie te schoppen, Trouble. 'Ze was vanavond bij de Dramatics Secret Society en...'

'En nu is de helft van de Dramatics Secret Society hier.' Tabby draaide haar hoofd om. Op haar hals, aan de linkerzijde, had ze een grote moedervlek. 'Ze zijn plannen aan het smeden voor het Abbey Theatre.' Plannen smeden sprak ze uit met één opgetrokken wenkbrauw en een gulle glimlach.

Verschillende bekende gezichten zaten ineengedoken rond een lamp, hun hoofden dicht bij elkaar. Een typisch beeld van een samenzwering. Een jongen keek op en grijnsde. Nu was het Charlottes beurt om te blozen. Ze stopte een losse pluk haar achter haar oor, knipoogde naar Tabby en toen de jonge vrouw lachte, kabbelde het gebabbel weer verder. Nancy's bezorgdheid smolt een beetje weg, maar toch bleef er iets van hangen, een hardnekkige gedachte, een knagende twijfel dat ze net medeplichtig was geworden aan iets waar ze niets van wilde weten.

Het groepje rond de tafel was gefascineerd door Nancy's verhalen over Londen, een heel andere wereld dan die van hen. Opeens was zij degene geworden die de boel vermaakte en behoorden de anderen tot het publiek. Het gesprek ging al snel over het theater.

'Ben je weleens in het Adelphi geweest?'

Eén keer. Vanaf haar stoel zag je bijna niets. Vanaf Teddy's plaats nog minder. 'Het was geweldig. *Bobby Get Your Gun* speelde.'

'Is er niet ook een Gaiety Theatre in Londen? Net als Dublin?'

'Dat klopt.'

Een van de meisjes lachte. 'Kunnen de Engelsen zelf soms geen naam bedenken?'

'Hoe kan ik daar een baan krijgen?' vroeg iemand.

'Bij het Gaiety?' Nancy verschoof een beetje.

'In Londen, bedoel ik.'

'Je moet slim zijn,' zei een jongen lachend. 'En fatsoenlijk spreken.'

'Liever een Iers accent dan bekakt Engels,' grapte een ander, terwijl hij het restje van zijn poitín opdronk. Hij bleef abrupt staan en hief blozend zijn glas naar Nancy.

Ze liet zich meeslepen door het moment en zei met de bekende zelfspot van Kerry: 'Als ík daar een baan kan krijgen, dan kan iedereen dat.'

De manier waarop ze het bracht werd gewaardeerd en ze voelde een verandering aan tafel, alsof ze allemaal een zucht van verlichting slaakten. 'Wat voor baan heb je?' Het was de jonge zanger die haar een uur eerder nog rillingen had bezorgd. Hij zat aan de andere kant van Charlotte.

'Ik ben maar een secretaresse.'

'Binnenkort wordt ze journaliste. En ze werkt aan een roman.'

Nancy wuifde Charlottes woorden weg. Er klonk een bulderend gelach aan de andere kant van het huis. Blijkbaar kwamen daar de verhalen al op gang. Het groepje verloor zijn concentratie en al snel werden er allerlei onderwerpen aangekaart.

'Een roman?' vroeg de jonge man toen geïnteresseerd.

'Misschien.' Nancy bloosde. 'Ik heb het al een keer eerder geprobeerd, maar...' Ze maakte haar zin niet af.

'De volgende keer zal het beter gaan,' zei hij. 'En de keer daarna nog beter.' Nancy's maag draaide zich een beetje om bij deze onverwachte aanmoediging. 'Hier zeggen we dat je het beste inzicht niet krijgt door vooruit te zien, maar door iets achteraf te bekijken.'

'Loop je weer met mijn wijze woorden te pochen, Tomas?' Tabby mengde zich grijnzend in het gesprek. Ze zette twee kopjes op tafel. 'Poitín. En thee.' Toen Charlotte haar haar eigen kopje voorhield om een slokje te proeven, schudde Nancy haar hoofd. Ze nam haar eigen kopje van tafel en sloeg haar handen eromheen, hoewel ze volkomen warm waren.

Charlotte knikte naar Tabby. 'Die twee zijn broer en zus. Zie je?' Nancy zag het. Tomas en Tabby. Ze hadden dezelfde kleur ogen, smaragdgroen als de velden die het dorp omringden en naar de zee voerden. 'Ze werken allebei in het huis.'

Nancy had Tomas daar nog nooit gezien. Ze schaamde zich dat ze hem niet opgemerkt had.

Alsof hij aanvoelde dat ze zich ongemakkelijk voelde, zei hij: 'Ik werk in het bos sinds jij hier bent, en help mijn vader. Hij is de tuinman.' Ze had hem gezien, op de dag dat ze Charlotte bij de lathyrus had ontmoet. Hij was bezig geweest met het repareren van het boothuis. Ze nipte van haar drankje, knikte en probeerde een vraag over het bos te bedenken om het gesprek op hem te brengen. Achter hen brandde het vuur. De rook verdween grotendeels de schoorsteen in en de geur van turf hing zwaar in de lucht. Op de bakplaat lag platbrood bruin te bakken en aan een haak boven het vuur hing een dampende ketel.

Charlotte zei: 'Tomas kan je alles vertellen wat je wil weten over hakhout.' Nancy trok een wenkbrauw op en wachtte. 'En over geschiedenis.'

'Hij zal je de oren van je hoofd kletsen,' zei Tabby. Tomas hief zijn handen op om zich over te geven. Zijn glimlach was brutaal en hartveroverend.

'Maar het is erg belangrijk om te begrijpen hoe geketend Ierland ooit was. En nog steeds is.' Charlotte nipte aan haar poitín.

Nancy voelde een preek aankomen over de tekortkomingen van de aristocratie. 'We moeten nooit vergeten waar we vandaan komen,' zei ze snel, terwijl ze besefte hoeveel ironie er in haar woorden school. 'Maar we moeten ons er niet door laten weerhouden.' Ze zweeg even. 'Het beste inzicht krijg je niet door vooruit te zien, maar door iets achteraf te bekijken.'

Tomas bloosde door het genoegen geciteerd te worden en Tabby gaf haar broer een speelse duw voordat ze naast hem ging zitten. 'We hebben vanavond een verrassing voor je in petto, Nancy.'

'O?'

Ze haalde een gekreukt stukje papier uit haar zak. 'Ik ben gevraagd om wat poëzie te reciteren.'

Tomas keek naar de tekst die ze in haar handen hield. 'Wat is dat?'

'Poëzie,' zei ze ongeduldig.

'Het rijmt niet.'

'Nee, het rijmt niet.' Dit gesprek was duidelijk al eerder gevoerd.

'En jij noemt dat poëzie?'

'Idioot,' zei Tabby. 'Poëzie is een schilderij van woorden. Het hoeft niet te rijmen. Het zou niet eens moeten rijmen.'

'Wat blaas je weer hoog van de toren.' Tomas nam een slok van zijn drankje, maar liet zijn kopje bijna vallen toen Tabby hem lachend een elleboogstoot gaf. Hij veegde zijn mond af met zijn mouw. 'Kom op, schrijf het op rijm.'

'Nee.'

'Kom op.'

'Ik zal je wat vertellen, Tomas, op mijn honderdste verjaardag schrijf ik een rijm voor je. Wat denk je daarvan? Een belofte… aan Tomas.'

Hij trok een wenkbrauw op en Charlotte giechelde, een blos kroop omhoog in haar hals. Warmte door de drank en de ruimte, maar vooral door het gezelschap. 'Afgesproken,' zei hij. 'Je kunt iedereen verlichten met je favoriete spreekwoorden.' Hij stak zijn hand uit en die werd enthousiast geschud. 'Nog maar tachtig jaar wachten,' zei hij vrolijk.

Plotseling daalde er een stilte neer en alle ogen werden op de deur gericht. Daar stond een kleine, pezige man. Hij had woeste wenkbrauwen die eruitzagen alsof ze elk moment aan zijn gezicht dreigden te ontsnappen.

'De seanchaí,' fluisterde Charlotte ten overvloede.

Hij observeerde zijn publiek, duidelijk genietend van de verrukte aandacht, en verbrak de stilte toen met één woord: 'Prachtig.' Toen nam hij zijn plaats in bij het vuur en begon te spreken. 'Mijn broer werd verliefd op een Duitse. Dat is vast weleens eerder gebeurd en in de toekomst zal het ongetwijfeld nog weleens gebeuren. Uiteindelijk trouwden ze. Maar in het begin was alles niet zo rooskleurig...'

Nancy nam een slokje thee en wierp een blik op Charlotte. Ze leunde voorover. Het vuur wierp een gloed over haar gezicht en haar mond was lichtjes geopend. Haar haar zat door de war. In het dorpshuis had iemand – een van de jongens? – eraan gezeten, en er waren lokken uit haar half opgestoken kapsel ontsnapt. Ze droeg, zoals altijd, haar vlinderkam, waarop de edelstenen glansden in het zachte amberkleurige licht. En toen ze zich omdraaide naar Nancy, haar halflege glas poitín opheffend, was haar glimlach zo teder en warm dat daar een eerste voorbode van de liefde in lag.

13

Blackwater Hall, County Kerry
Februari 1958

'Maar ik wil het ook leren.'

'Daar ben je nog te jong voor.'

Hattie stampte met haar voeten op het gras, met haar tenen raakte ze een boomwortel. 'Het komt gewoon doordat ik een meisje ben.'

'Nee.' Mama bleef staan op het hobbelige pad dat om het meer heen leidde. Het leek net of de grijze ochtend het blauw van haar ogen had weggenomen. Haar trekken verzachtten. 'Als je net zo oud bent als Albert, zal papa het jou ook leren.'

'Dat duurt nog zes jaar...'

Die ochtend was het gezin naar de heide gelopen, aan de rand van het plateau, vanwaar ze uitzicht hadden op het in mist gehulde boerenland beneden. Papa had een hagelgeweer en een zak munitie bij zich. Geen kogels, had hij tegen Hattie gezegd, die de avond ervoor bij de deur van de wapenkamer had gestaan terwijl hij het wapen traag en met vaste hand schoonmaakte, maar patronen.

'Het belangrijkste wanneer je een geweer gebruikt,' had hij tegen Albert gezegd tijdens het lopen, terwijl de natte heide donkere vlekken op zijn broekspijpen achterliet, 'is om goed op alles om je heen te letten. Kijk niet alleen naar je doelwit. Vergeet niet ook te kijken naar wat er naast je gebeurt, en in de verte. Hou in de gaten waar je metgezellen zijn en wat ze doen.' Albert knikte serieus bij papa's afgemeten instructies, draaide zich om en grijnsde naar zijn zusje, waarna hij tegen zijn tweed pet tikte. In een koffer op zolder had hij een oude rijbroek gevonden en die stond hem komisch. 'Het hagelgeweer is een heel ander wapen dan een geweer, je doel raken doe je vooral op instinct,' vervolgde papa. 'We gaan eerst een goede grip oefenen.' Hij hield een rammelende verzameling blikjes omhoog die met touw aan elkaar waren vastgebonden. 'En daarna gaan we een goed plekje zoeken om af te wachten.'

Albert keek zowel angstig als opgewonden. 'Gaan we een duif schieten?'

'Als je er klaar voor bent.'

'En dan een hert?'

'Als je schieten met een hagelgeweer onder de knie hebt, leer ik je meer over een gewoon geweer.'

Hattie was gestopt, haar laarzen zakten weg in de moerassige grond. 'Ik zal nooit meer met je praten,' zei ze, 'als je een hert doodt.'

'Hert is heerlijk.' Albert wreef theatraal over zijn buik en Hattie keek weg. 'Dan blijft er alleen maar meer voor mij over,' zei hij schouderophalend.

Papa omhelsde mama. 'Tot later, Trouble,' zei hij. Het was de eerste keer sinds ze in Ierland waren aangekomen dat Hattie hem mama's bijnaam hoorde gebruiken. Buiten leken ze meer op hun gemak. Papa gaf Hattie een kus op haar hoofd en zwaaide. Toen wenkte hij Albert om hem te volgen.

Mama draaide zich om naar Hattie. 'Kom op,' had ze gezegd, terwijl de twee mannen wegliepen. 'Laten we een andere weg naar huis nemen.'

'Ik zal nooit hertenvlees eten,' had Hattie gemompeld toen ze mama over de heide volgde om het lange pad langs de rand van het meer te nemen.

Ze kwamen uit op een open plek en zagen een eenzame figuur aan de waterkant staan. Hij had een takje gaspeldoorn in zijn handen. Zijn vingers volgden de trotse bloemblaadjes, slechts een millimeter verwijderd van de stekels eronder, alsof het een groen met gele rozenkrans was. Voor hem strekten de zwartgeblakerde resten van een steiger zich uit in het glanzende water, de golfjes flonkerden in de zon.

Mama wilde zeggen dat ze moest wachten, maar Hattie was al vooruitgerend. 'Hallo.'

Haar stem klonk luid en de man schrok, ruw uit zijn mijmeringen gehaald. Zijn handen klemden zich om de stengel van de gaspeldoorn, terwijl hij zich snel van haar wegdraaide.

Ze had hem verrast, dat was alles. 'Hallo,' zei ze opnieuw, zachter.

De man haalde adem en liet zijn schouders zakken. Hij draaide zijn gezicht half naar haar toe, en toen hij haar zag, verscheen er iets van opluchting in zijn blik. 'Hallo.' Hij slikte het woord half in, maar hij glimlachte, aarzelend. Zijn tanden waren parelwit. 'Waar kom jij nou vandaan?'

In het gedempte ochtendlicht dacht Hattie hem te herkennen. Had ze hem eerder op het landgoed gezien? Ze dacht van niet. Hij leek precies op Marlon Brando, maar dan met groene ogen en hij was een stuk onverzorgder. Hoewel zijn gezicht verweerd was, was hij duidelijk een knappe man.

Ze voelde mama naast haar verschijnen en de uitdrukking van de man veranderde.

'Nancy...' zei hij. Opnieuw was er een aarzeling hoorbaar. De geur van de gaspeldoorn was zoet in de koele lucht en de stekels veroorzaakten kleine druppels bloed op zijn vingers.

Mama pakte Hattie bij haar hand en greep die iets te stevig vast. 'Het spijt me dat we... je hebben gestoord.' Ze keek uit over het meer.

'Ik heb je bijna twintig jaar niet gezien.' Zijn stem was vriendelijk, mama's gezicht niet.

'Dat klopt,' zei mama.

'Ik ben nu de hoofdtuinman. De enige tuinman.' Hij grijnsde lichtjes, maar toen die lach niet beantwoord werd, keek hij weer naar zijn handen. 'Je zou denken dat ik wel iets beters voor haar kon vinden. Maar het weer was niet best in februari, de sleutelbloemen zijn te laat.'

Mama wilde iets zeggen, maar ze zweeg. Ze schudde haar hoofd. Hattie wurmde met haar vingers. De felle greep deed pijn. Alsof ze op dat moment pas merkte dat haar dochter er ook nog was, liet mama los.

'Hier is Char...'

'Ja,' zei mama, 'ik weet het.'

Hij zweeg even, als om zijn gedachten op een rijtje te zetten. 'Heb je het gerucht ook gehoord?'

'Welk gerucht?'

'Over de zelfm…'

'Wie heeft je dat verteld?'

'Dat is geen geheim.'

'Dat dacht ik al.'

Hattie had het gevoel dat ze naar een wedstrijd keek, tennis misschien, want het ging steeds van de een naar de ander.

'Tabby vertelde het me toen ik terugkwam.' Hij huiverde, alsof er iets bovenkwam wat hij reeds lang vergeten was. 'Maar Charlotte zou dat nooit gedaan hebben.'

Voor het eerst keek mama hem aan en ze knikte bijna onmerkbaar. Toen zei ze: 'Kom op, popje, we moeten…'

De man ging verder alsof ze niets had gezegd. 'Hier zijn de parels gevonden. Hier.' Hij schraapte over de grond, alsof er nog meer tussen het bedauwde gras verborgen lag. 'De jongens die het gedaan hebben… Ik heb geprobeerd ze te vinden…'

Mama fronste. Ze wilde iets zeggen, maar ze zweeg opnieuw.

Om de stilte te vullen draaide de man zich van haar af. 'En wie is dit?'

'Harriet,' antwoordde mama, terwijl ze een hand op Hatties schouders legde. Opnieuw te stevig. 'Dit is Harriet.'

'Hallo, Harriet. Je liet me wel een beetje schrikken.'

'Het spijt me,' zei ze, plotseling verlegen.

Hij boog zich voorover om de gaspeldoorn op een grote platte steen te leggen. Hij veegde het takje dat er nog lag opzij, die bloemen waren nu verwelkt. 'Het geeft niet. Ik schrik snel tegenwoordig.' Hij veegde zijn handen af aan het gras. Zijn gezicht vertrok door het rode spoor dat ze achterlieten.

Mama knikte zoals volwassenen deden als een gesprek voorbij was. Eén keer, toen twee keer, snel achter elkaar. Ze glimlachte, maar haar mond was vertrokken tot een smalle streep.

Hij negeerde haar toespeling, of hij had die misschien niet eens opgemerkt. Hij rechtte zijn rug en zei: 'Ik zou willen vragen, heb je dat boek ooit nog geschreven?'

Het bleef even stil. Toen zei mama: 'Pardon?'

'Je roman?' Zijn stem was luchtig, informeel.

Mama worstelde met haar antwoord. Ze haalde haar handen van Hatties schouders. 'Nee, blijkbaar heb ik niet geleerd van mijn fouten bij het eerste.'

'Het beste inzicht krijg je niet door vooruit te zien, maar door iets achteraf te bekijken.' Hij sprak de woorden veelbetekenend uit, en Hattie besefte dat het een zin was die alleen volwassenen konden begrijpen. De zwakke grijns op zijn gezicht verdween toen hij mama's blik zag.

Ze struikelde over haar volgende woorden. 'Ik heb het niet…' Ze schraapte haar keel en pakte Hatties hand weer vast. 'Het leven liep anders, Tomas.'

'Zo gaat dat nu eenmaal,' zei hij triest.

Achter hem was een vage omtrek te zien in de begroeiing. Iets bevond zich aan de oever, de rechte lijnen contrasteerden met het omringende bos. Er groeiden wat jonge essen voor, maar Hattie zag nu dat het ooit een gebouw moest zijn geweest.

Tomas begon te praten, zijn hoofd gebogen. 'Ik weet niet waarom zij een doelwit was. Waarom zij?'

In het midden lag een bergje rottend gebladerte.

'Ze begreep hun benarde situatie…'

Mama leek sprakeloos. Als ze de woorden gevonden dacht te hebben, waren ze alweer verdwenen.

Vervaagde kleuren. Blauw, rood, geel. En nog iets anders. Een lint dat ooit wit moest zijn geweest.

Plotseling zag Hattie wat het was. Het waren ruikertjes. Honderden. Jaren en jaren aan bloemen, allemaal op een hoop.

Ze begon aan mama's hand te trekken en wilde haar erop wijzen, haar laten weten dat de man misschien verdrietig was en dat ze misschien niet zo hard moest zijn. Zo koeltjes. Ze kneep in haar vingers…

Zonder waarschuwing werd de stilte verscheurd. Via hun verstrengelde handen voelde ze mama schrikken op het moment dat het scherpe geluid over het meer raasde. Toen weerklonk het nog eens, de gedempte echo die hen bereikte. Aan de overkant steeg met een kletterende vleugelslag een enkele vogel op uit de bomen. Even onderdrukte ze haar instinctieve paniek, toen ontspande mama's hand en giechelde ze nerveus. 'Het zijn papa en Albert maar,' zei ze, Hattie een flauwe glimlach toewerpend.

Haar gezicht stond weer serieus toen ze zich naar Tomas omdraaide. Hij was op zijn knieën gevallen, zijn handen boven zijn hoofd alsof hij bang was door rondvliegende brokstukken geraakt te worden. Toen Hattie haar hand uitstak om zijn schouder aan te raken, om hem te vertellen dat er niets aan de hand was, dat het Albert maar was met zijn hagelgeweer, trok mama snel haar hand weg. 'Kunnen we iets doen, Tomas?'

Er klonk een zweem van tederheid door in haar stem.

De man maakte geen aanstalten om te antwoorden.

Ze stapte naar voren, haar eigen hand zweefde boven zijn hoofd. Toen bedacht ze zich en zei: 'We laten je met rust.' Ze knikte naar Hattie, die haar volgde, terug naar het pad dat langs het meer liep. Langs de steiger en de flonkerende golfjes, langs het lang vergeten gebouw, langs de duizend bloemen die vergingen op de aarde eronder.

'Wat is er mis met hem?' fluisterde Hattie terwijl ze achter mama aan strompelde.

'Hij heeft vreselijke dingen gezien,' zei ze, nu buiten adem door haar haast om weg te komen. 'In de oorlog.'

'Net als oom Hugo?' Zodra Hattie de woorden had uitgesproken, had ze er spijt van.

Maar als mama boos was dat haar dochter dingen wist die ze niet zou moeten weten, liet ze dat niet blijken. Haar voetstappen wezen Harriet snel en bijna geluidloos de weg. Haar gedachten waren al elders, dacht Hattie. Voordat het kale bos zich weer om hen heen sloot, draaide Hattie zich nog even om, zodat ze een laatste glimp van Tomas kon opvangen, die zijn hoofd naar de hemel had geheven.

Alsof hij verwachtte dat die elk moment kon neerstorten.

14

Ballinn, County Kerry
September 2019

‘Daar ben je weer.’

Nils stond achter de toonbank bij Procaffination. Hij glimlachte breed en had een garde in zijn hand. Hij wuifde ermee naar Ellie terwijl hij met de andere een mengsel maakte dat iets donkerder groen was dan de Micra. Ze realiseerde zich dat het nog geen achtenveertig uur geleden was dat ze haar eerste voorzichtige uitstapje naar Ballinn had gemaakt, en nu trotseerde ze het dorp alweer, terwijl het haar nog maar een paar dagen eerder met angst had vervuld.

‘Het kwam door de kurkuma latte,’ zei ze en ze zette haar tas op een tafel en liep naar hem toe. Het koffiehuis was verlaten. ‘Ik kon niet wegblijven.’

Hij glimlachte en wees naar de mossige inhoud van de kom. ‘Over vijfenveertig minuten kun je mijn nieuwe recept proberen. Matcha cake met een vleugje vanille.’

‘Geweldig,’ zei ze zo enthousiast als ze kon. Matcha was goed om wat kilo’s kwijt te raken, had ze gelezen.

Hij keek haar aan. ‘Je ziet er... een beetje anders uit. Lichter, misschien?’

Ze trok haar leren jasje naar beneden zodat het soepel over haar heupen viel. Ze vroeg zich af of de taart die Nils aan het bakken was speciaal voor haar was. ‘Nou, ik... heb niet gesport of zo, als je dat...’

‘*Non, non*.’ Hij gebaarde naar zijn gezicht. ‘Dit bedoel ik. Je ziet er meer ontspannen uit.’

Ontspannen was niet hoe ze zich voelde. Ze was te geïrriteerd door dokter Rathmore om langs de apotheek te gaan met haar recept, en vannacht had ze slechter geslapen dan ooit. In de vroege uurtjes was ze naar beneden gegaan, op zoek naar koffie en afleiding. Terwijl het water begon te koken, had ze naar de regen op het raam gekeken. De stad Dublin zou al volledig ontwaakt zijn op dat tijdstip, de nieuwe dag begroetend, zonder dat er tijd was of de behoefte gevoeld werd om even stil te staan. Doorgaan was het motto, het leven was gevuld met actie en doelen. Ze had met haar tenen gewiebeld, die gevoelig waren door de ochtendkou, en had verlangend gedacht aan haar vloerverwarming, comfort dat je met één druk op de knop kon oproepen. In hun appartement – of beter gezegd, zíjn appartement, want haar naam kwam niet eens voor op het huurcontract – waren de omstandigheden altijd hetzelfde. Alleen aan de vroege zonsopkomst in de zomer en de korter wordende avonden in de winter was het verloop van de seizoenen af te lezen. Ze was zo melancholisch geworden dat ze bij het raam weg was gegaan en de koffie had laten staan. Ze had haar herinneringen daar gelaten en was naar de woonkamer gegaan. Ze had de haard aangemaakt. Het methodisch opstapelen van aanmaakhout had haar gekalmeerd en toen het vuur begon te knetteren, was ze op de bank gaan liggen en eindelijk in slaap gevallen.

Dus ze voelde zich misschien uitgerust, maar ontspannen? Ze wist niet zeker of ze zich ooit nog zo zou voelen.

Alsof hij haar gedachten kon lezen, wees Nils naar de muur achter hem. Die was zwart geverfd en in een keurig handschrift stond er van alles geschreven. Het waren citaten. Met zijn vinger wees hij een tekst aan.

Vous n'êtes pas encore arrivés mais vous êtes plus proche qu'hier.

Ze fronste haar wenkbrauwen. 'Sorry,' zei ze, 'mijn Frans is...'

'Het betekent dat je er misschien nog niet bent...' Hij zweeg even en dacht na. 'Maar dat je er dichterbij bent dan gisteren.'

Ellie fronste. 'O, ik...' Maar hij stond al met zijn rug naar haar toe en vulde de filter weer met die lange, behendige vingers. Iets roerde zich in haar binnenste, al was het maar een begin.

Ze voelde zich inderdaad dichterbij dan gisteren, maar waarbij dan? Ze wist het niet zeker.

Ze draaide zich weg van de toonbank, van Nils, van zijn goedbedoelde vriendelijkheid. Hij bedoelde er niets mee, wilde niet zeggen dat ze er... lichter uitzag. Want hoewel een klein deel van haar zich zo voelde, was het grootste deel van haar daar nog lang niet. Haar hart voelde zwaarder dan ooit, wegzinkend naar een diepte die ze niet kon bevatten.

'Weer aan het werk?' Nils stond naast Ellie met een zwarte koffie in zijn hand. Ze had haar mobiele werkplaats opgezet, bestaande uit haar laptop, een notitieboekje en een pen. Nu wachtte ze tot haar lang verwaarloosde computer klaar was met updaten. Inmiddels was de lucht opgeklaard na de stortvloed van vanochtend, stukjes blauwe hemel piepten door de voorbijdrijvende wolken.

'Dank je,' zei ze terwijl ze de koffie aannam. 'Misschien... een beetje.'

'Ah ja,' zei Nils. 'Dat is ook mijn tic. Een beetje van dit en een beetje van dat. John zegt ook altijd dat ik dat doe.'

'John?'

'Mijn...' Hij zweeg even. 'Mijn partner.'

Ze keek om zich heen. 'Is hij er niet?'

'Non. Hij is in Cork. Hij is ons appartement aan het opruimen. Maar hij komt binnenkort. Over een week of twee.'

Twee boeren keken behoedzaam door het raam. Nils liep het koffiehuis door, deed de deur open en na wat gemompel – ze ving iets op over 'van het huis' – leidde hij hen naar een tafel achter in het koffiehuis, ver weg van nieuwsgierige blikken. Ellie tuurde weer naar haar laptop en sloot een deal met zichzelf.

Voordat ze al haar nieuwe e-mails begon te beantwoorden, zou ze één ding controleren. Eentje maar. Was Charlotte Rathmore uit Blackwater Hall verdwenen nadat ze haar brief had geschreven? Of ervoor?

Als ze dát wist, zou ze die informatie doorgeven aan Jules, of aan Hattie, of aan die onaangename dokter Rathmore als dat nodig was. Daarna zou ze er geen aandacht meer aan besteden. Einde verhaal.

Ze typte een naam in haar internetbrowser.

Rathmore.

Er waren genoeg hits. Pagina na pagina spitte ze de resultaten door. Maar alles wat ze vond verwees naar steden en plaatsen.

Ze voegde 'Lord' toe voor 'Rathmore' en kwam uit op een Wikipediapagina.

> Baron Rathmore, in County Kerry, is een titel binnen de Ierse adel. Deze werd in 1821 voor het eerst gedragen door William Rathmore, de eerste baron, die eerder County Kerry vertegenwoordigde in het Lagerhuis. De Rathmores kwamen rond 1680 in Ierland aan en kregen in totaal bijna vijfenderttighonderd hectare grond in Munster en Connaught.
> William Rathmore nam in 1846, tijdens de Ierse hongersnood (1845-1849), een hypotheek op zijn landgoed om voedsel te kunnen kopen voor de mensen die honger leden en schepen te regelen om zijn pachters te helpen emigreren. Hij stierf in 1880 op negentigjarige leeftijd.
> De titel werd via zijn zoon doorgegeven aan zijn achterneef. Geen van beiden woonden op het landgoed, iets wat gebruikelijk was in Ierland. Een groot deel van het familielandgoed werd in de tussenliggende jaren verkocht om de hypotheek te betalen.
> In 1910 ging de titel over op ingenieur Charles Rathmore (de vierde baron) die vanuit Londen naar de familiezetel verhuisde. Hij trouwde in 1911 met Niamh Stack, de dochter van de Amerikaanse vastgoedmagnaat Henry Stack.
> Charles Rathmores tweede zoon, Edward Rathmore (de vijfde baron), een voormalig journalist en onderscheiden veteraan uit de Tweede Wereldoorlog, erfde de baronie in 1960 en zijn zoon, Albert Rathmore (de zesde baron Rathmore), is de huidige lord. Miles Rathmore is de eerstvolgende in de lijn van erfopvolging (geboren 1980).
> De familiezetel is Blackwater Hall, nabij Ballinn, County Kerry.

Ellie fronste haar wenkbrauwen. Over Charlotte Rathmore werd met geen woord gerept. Sterker nog, afgezien van de verwijzing naar het huwelijk van Niamh en Charles kwam er in deze beknopte geschiedenis geen enkele vrouw voor. En Ellie vermoedde dat als Niamh niet de dochter van een vastgoedmagnaat was geweest, ze misschien ook helemaal geen vermelding waard was geweest.

Ze dronk haar koffie op, logde in bij de archieven van *The Irish News* en herhaalde haar zoekopdracht. Het eerste resultaat was een kort artikel uit *The Kerryman* waarin de aankomst van Lord Charles Rathmore, Charlottes vader, in Kerry in 1910 werd vermeld, met een citaat: 'Ik voel me vereerd dat ik degene ben die Blackwater Hall in zijn oude glorie mag herstellen.' Ze ging terug naar de Wikipediapagina. Als zowel de tweede als derde baron niet op het landgoed hadden gewoond, dan had Blackwater Hall waarschijnlijk al zo'n dertig jaar leeggestaan. In 1910 moest het beslist in vervallen staat zijn geweest.

In februari 1936 stond er in de kolom met aankondigingen van de *Kerry News* een felicitatie van de mensen uit Ballinn ter ere van de onlangs getrouwde heer en mevrouw Edward Rathmore uit Holborn, Londen. Mevrouw Edward Rathmore was Nancy natuurlijk, haar naam was door het huwelijk zo goed als uitgewist.

Verder waren er slechts wat fragmenten van vermeldingen. Een overlijdensbericht voor Hugo Rathmore, de oudste zoon van Charles en Niamh, uit november 1957. Drie jaar later stierf Charles zelf. En toen dook haar naam op. Charlotte Rathmore. 10 april 1940.

Lord en Lady Charles Rathmore van Blackwater Hall kondigen de verloving aan van hun dochter, juffrouw Charlotte Niamh Rathmore, met Lord Thaddeus Hawley, majoor van het Britse leger en zoon van wijlen Lord Hawley. Verdere details volgen.

Een verloving! En dat slechts een paar maanden voordat Charlotte verdween. Hawley. Dat was vast de naam die Bernie zich dacht te herinneren toen ze zei dat de brief op papier vanuit Wynn's Castle geschreven moest zijn. Niet Heaney of Healy, maar Hawley. Thaddeus Hawley. Ellie sloeg de pagina op. Het voelde alsof er een puzzelstukje op zijn plaats viel.

Ze bekeek de andere zes hits. Die betroffen voornamelijk foto's van Charles en Niamh Rathmore bij verschillende evenementen, allemaal gepubliceerd vóór 1920. Af en toe werd Niamhs naam verengelst naar Neve. Ze was een bijzonder aantrekkelijke vrouw. Lang en slank en haar donkere haar viel in modieuze golven over haar rug. Op vrijwel elke foto droeg ze kleding in een lichte kleur, waarschijnlijk wit, alsof ze een tijdloze debutante was. Ellie zocht naar sporen van haar dochter. Naar iets wat op Charlotte wees.

'Je kunt altijd... inzoomen.' Nils stond naast haar.

Ze leunde achterover. Hij had natuurlijk gelijk. Ze had haar gezicht maar een paar centimeter van het computerscherm verwijderd, zo geconcentreerd dat ze volledig van de wereld was.

Hij hield haar een koffie voor. 'Nog een?'

Ze knikte dankbaar. 'Het is zoeken naar een speld in een hooiberg.'

Nils keek naar haar. 'Als je een speld zoekt, kun je de hooiberg het beste verbranden, *n'est-ce pas*?'

Ze lachte. 'Het probleem is dat ik de hooiberg al heb doorzocht en dat hij er niet is. De speld.'

'Welke speld?'

'Een vrouw. Charlotte.'

'Prachtig,' zei hij. 'De naam van mijn moeder.'

'O ja?' Ellie nipte van haar koffie.

'Mais oui. Het is een Franse naam.' Hij keek over zijn schouder en zag dat een van de boeren bij de vitrine stond te wachten. Toen hij wegliep, draaide hij zich nog even naar haar om en zei: 'Maar elke taal heeft een Charlotte, non?' Hij kwam bij de toonbank aan. 'Ah, Monsieur Moriarty...'

Verlegen mompelde de boer iets en wees toen naar de bietentaart. 'Een paar stukjes van deze jongen voor ons, Nils.'

Ellie nam nog een slokje van haar koffie en dacht na. Toen liet ze haar pen vallen. Natuurlijk! Charlotte verdween tijdens de Ierse Noodtoestand, toen er censuur heerste en de Ierse identiteit alles was. Op een plek waar de namen Niamh en Neve door elkaar werden gebruikt, in een tijd waarin politiek onlosmakelijk verbonden was met het dagelijks leven.

Maar elke taal heeft een Charlotte, non?
Séarlait.
Dat was Charlotte. In het Iers.
Verwoed typte ze de naam Séarlait Rathmore in de zoekbalk. Duizenden resultaten.
Nils liep voorbij met twee borden. 'Je kunt natuurlijk altijd de hooiberg wegblazen.'
'Wat?' Maar hij was alweer weg. Ze staarde naar het scherm. Een verdwenen aristocrate kon toch niet onopgemerkt blijven in zo'n kleine plaats. Iedereen zou het over haar gehad hebben. Als er nieuws was, zou het gepubliceerd worden.
Het was duidelijk.
Ze had het hooi weggeblazen en de data eruit gehaald die er niet toe deden.
Ze had gezocht naar wat er wel toe deed.
De speld: Séarlait. Blaas het hooi weg: alle data die niet in augustus 1940 vielen.
Ellie drukte op enter en leunde achterover. En daar verscheen een bericht over Charlotte, in *The Kerry Champion*, 1 augustus 1940.

> *Een groot gezelschap is op pad gestuurd om te zoeken naar Séarlait An Ráth Mhór, 19, het jongste kind van Cathal en Niamh An Ráth Mhór uit Ballinn. Deze verslaggever kon een opmerking van een van de vrijwilligers loskrijgen: 'Aan de oever [van Lough Atoon] vonden we een gebroken parelketting en stroomafwaarts een roeiboot. Er waren tekenen van een worsteling.' De gardaí beschouwen het naar verluidt als een verdwijning onder verdachte omstandigheden. Drie vermeende IRA-leden zaten vast toen dit ter perse ging.*

Zelfs de naam van Charles was in het Iers geschreven. Maar Ellie wist dat *The Kerry Champion* een uitgesproken republikeinse krant was geweest. Ze tikte met het uiteinde van haar pen op tafel. De Charlotte Rathmore die de brief had geschreven, klonk niet als een meisje dat was ontvoerd. Maar 'tekenen van een strijd' zouden zeker geen slechte manier zijn geweest om een afleiding te creëren in een Ierland dat op scherp stond, waar de IRA op de loer lag en een continent in oorlog was.

Charlotte Rathmore verdween namelijk op of vóór 1 augustus 1940. En twee dagen later dook ze weer op.

15

Dertig kilometer ten westen van Ballinn, County Kerry
September 2019

Ellie onderdrukte een kreun. Voor haar strekte zich een rietvlakte uit tot aan de verre zee, waar mistflarden stil langs de horizon zweefden. Ze keek op haar horloge. 'Is het ver?'

'Nee, het is niet ver.' Moira droeg een verrekijker die eruitzag alsof hij op het dek van een torpedobootjager thuishoorde.

'Niet ver door dat... dat moeras?' zei Ellie.

'Het moeras, ja.'

Ze kneep haar ogen tot spleetjes. 'Sinds wanneer kijk jij naar vogels?'

Moira klom echter al over het hek. 'We volgen de oude afrastering,' zei ze over haar schouder. 'Dan gaan we gebukt verder.'

Ellie overbrugde de afstand tussen hen en huppelde om haar bij te houden. 'Wanneer ben je geïnteresseerd geraakt in ornithologie?'

'Ik ben er vorig jaar mee begonnen. Je weet wel. Het leven van een pensionado en zo.'

Ellie had een versleten exemplaar van *The Birds of Kerry* op de tafel in de hal zien liggen. Ze vroeg zich af of het uitstapje van vandaag haar eigen eerste kennismaking met het leven van middelbare leeftijd was.

'Hou je gedeisd,' zei Moira terwijl ze gebukt verder liep. Het riet torende hoog boven haar kleine gestalte uit. Zich gedeisd houden? Als Ellie dát had gedaan, was ze nu niet in Ballinn geweest en sjokte ze niet door een moeras. Haar benen voelden zwaar aan en ze realiseerde zich dat ze die vandaag nauwelijks had gebruikt. Net als haar armen, of enig ander lichaamsdeel. Een paar stappen van het huis naar de Micra, van de Micra naar Procaffination, en toen het hele proces nogmaals, maar dan in omgekeerde volgorde. Als ze maar in het koffiehuis had kunnen blijven hangen, had ze misschien naar Lord Hawley gezocht, Charlottes stappen gevolgd.

Ik kom met de volgende boot.

Ze zette het meisje uit haar gedachten. Vergeet haar, dacht ze, laat het rusten.

Het is allemaal jouw schuld, Ellie.

Moira stopte en schoof het riet uiteen. 'Hier is het,' fluisterde ze. En ja hoor, slechts een paar stappen verder was een klein houten zitje, diep tussen het riet. Het was overwoekerd en wankel, een lang vergeten schat, verborgen in de jungle.

'Hoe wist je in hemelsnaam dat dit hier was?'

'Een vriend heeft me dit plekje laten zien. Is het niet geweldig?'

Een zwerm muggen zoemde boven hen, alsof ze op hen neerkeken vanaf hun eigen uitkijkpunt, een kleine meter hoger. 'Welke vriend?' Ellie kon zich Bernie in elk geval niet voorstellen in camouflagekleding.

Moira hief de verrekijker op en siste: 'Een zilverreiger! Kijk!'

Ellie volgde haar blik. Ze zag niets.

Haar moeder haalde haar schouders op en zei: 'Ik zag hem op het nippertje, dus jij hebt hem net gemist.' Ze klopte op de stoel naast haar. Uit een zak van haar vest, een nieuwe en zeer mannelijke toevoeging aan haar garderobe die Ellie niet was ontgaan, haalde ze een kleine thermosfles tevoorschijn. 'Thee?'

Op een normale werkdag, peinsde Ellie, zou ze nu net thuiskomen en een fles shiraz opentrekken. Dan zou ze het avondeten klaarmaken en wat met Dylan babbelen.

Ze snoof terwijl ze ging zitten. 'En wat nu?'

'Nu wachten we,' zei Moira, terwijl ze dampende vloeistof in twee kleine kopjes goot.

Ellie sloeg haar ene hand om haar thee en voegde er, toen de eerste hand warm was, de tweede aan toe. Ze keek naar beneden. Haar duimen zweefden boven de rand van het kopje en vormden een hart. De vorm stoorde haar en ze veranderde haar greep, zodat haar vingers in elkaar haakten. Een cirkel. Wat toepasselijk, dacht ze. Hier ben ik dan, weer terug in Kerry, in Ballinn, met mijn staart tussen mijn benen. De cirkel was rond, ze was weer terug waar ze was begonnen.

'Ellie...' begon Moira. Het was díé stem. De stem die voorzichtig peilde, zoekend naar antwoorden op vragen die ze niet eens wilde horen. 'El...'

Ellie verstijfde. Ze wist wat er ging komen, waar dit heen ging. Ze voelde zich overvallen terwijl ze hier in het riet zat, gekleed in het muffe, waterdichte jasje dat Moira haar had gegeven toen ze het huis verlieten ('Anders loop je wel erg in de kijker,' had ze gezegd, met een blik op Ellies blauwe waterdichte jas). Ze nam een slok thee in plaats van antwoord te geven.

Moira veranderde van koers. 'Hoor je dat?' zei ze. De avond was stil, bijna zwaar, net als de lucht in Kerry, koel, maar vochtig, alsof er altijd regen dreigde, zelfs als de hemel volkomen onbewolkt was. 'Het zachte gefluister van duizend geesten.' Ze knipoogde. 'Zo noem ik het.'

'Wat?'

Toen bemerkte Ellie het. Een vleugje wind bracht de losse plukken van haar haar in beroering en nam de frisse geur van zout en zee met zich mee. Om hen heen begon het riet te ruisen en te fluisteren, miljoenen pluimen die langs elkaar schuurden.

'De wind van het land,' zei Moira, 'vlak voor zonsondergang. Je kunt er de klok op gelijkzetten.' Een donkere schaduw rees op van de verre rand van het moeras. 'Nu komt het.' Ze gaf de verrekijker aan haar dochter.

Ellie pakte hem aan en zette hem aan haar ogen.

'Wilde eenden,' zei Moira, haar blik volgend naar de zwerm vogels terwijl ze uitwaaierden over de hemel en naar links draaiden, waarbij ze langs het riet scheerden. 'Op zoek naar een plek om de nacht door te brengen.'

Ondanks zichzelf voelde Ellie dat haar hart sneller begon te kloppen. De vogels passeerden hen als water dat over rotsen kabbelt, glad en zijdeachtig. Alles was stil, op het geluid van de wind na, dat hen volgde. Ze krabbelde op van haar stoel en klom over de afrastering om op haar buik in het gras te gaan liggen om de vogels aan de andere kant na te kijken. De zwerm begon hoogte te verliezen en daalde neer op een kleine vijver. Achter hen stegen traag een paar strak getekende vogels op. 'Kieviten,' fluisterde Moira. Hun iriserende vleugels klapperden ritmisch tijdens hun vlucht. Ze hingen in de lucht als tevreden geliefden. Ellie draaide zich om zodat ze hen goed kon zien. Ze vlogen zo losjes, leken zo op hun gemak. Hoe zou het zijn om zo te zweven, met je partner aan je zijde, in de zekerheid dat jullie samen zouden zijn, waar de reis ook zou eindigen?

'Het worden er steeds minder, weet je?' Moira lag naast haar dochter op het vochtige, verrotte riet dat op de glooiende oever lag. 'Die twee hebben geluk dat ze een partner hebben gevonden. Het is het eerste paar dat ik zie.' Ze waren al een stipje aan de hemel, op weg naar een oase in de verre duinen. 'Zo veel vogels vinden nooit een partner. Dat komt helaas steeds vaker voor.' Ze zweeg snel en draaide zich om naar de gouden lucht die zich verlaten boven hen uitstrekte. 'Prachtig, hè?' zei ze.

Dat was het inderdaad. Op het moment dat de kieviten haar aandacht hadden getrokken, toen ze vergat adem te halen bij het zien van het zwevende paartje, toen het enige geluid het zachte gefluister van duizend geesten was, was Ellie er gewoon... bij geweest. Haar bestaan werd bevestigd. 'Ja,' zei ze, 'het is prachtig.'

Moira ging rechtop zitten. In de warme gloed van de stervende dag zag de huid van haar gezicht eruit als porselein en waren de rimpels rond haar ogen diep en mooi. Ze had een gezonde blos op haar wangen. Ellie werd gegrepen door het verlangen om het moment vast te leggen. Ze klopte op haar zak om te voelen of ze haar telefoon bij zich had.

Leeg.

Naast haar glimlachte Moira verstolen. Ellie realiseerde zich dat de verandering van jas meer was geweest dan een praktische aanpassing voor het vogelspotten. Zonder telefoon kon ze ook geen e-mails bijwerken, zinloos scrollen of naar bereik zoeken.

Moira greep in haar eigen zak en haalde er iets uit wat Ellie niet had verwacht. 'Een slokje?'

Ellies schouders ontspanden zich. Ze schudde haar hoofd, maar pakte de heupfles toen aan, verbaasd over de onbekende vrouw die naast haar zat.

Moira zei: 'Het is Bernies bramenport, dus neem geen grote teug.'

Ellie nam een slokje van de zoete vloeistof en een vuur verspreidde zich in haar buik. Ze hoestte en veegde haar mond af. 'Hemel,' zei ze, terwijl ze de fles terug wilde geven. Toen veranderde ze van gedachten en nam ze nog een slokje.

Moira keek naar de verlaten hemel boven hen. 'Fijn dat je thuis bent, El.'

Ellie draaide zich om, bang voor het prikkelende gevoel achter haar ogen. 'Ik ben op dit moment geen fijn gezelschap, mam.' Ze nam nog een slokje port. 'Het spijt me.' En dat meende ze. Het speet haar dat ze zo'n puinhoop van haar eigen leven had gemaakt. Dat ze Moira tot last was geweest toen ze op het station aankwam met een enorme tas en een miezerige uitleg. 'De bruiloft gaat niet door,' had ze gezegd, alsof dat alles zei.

'O, El... Het is logisch dat je triest bent. Gezien de bruiloft en het werk...' Moira zweeg even, duidelijk in afwachting van een ontwijkende reactie.

Maar tot Ellies eigen verbazing kwam die niet. In plaats daarvan hoorde ze zichzelf zeggen: 'Ik had gewoon niet gedacht dat het zo zou aflopen.'

'Nee, lieverd, natuurlijk niet.'

'Het is niet wat je denkt. Het waren niet mijn zenuwen.'

'Nee.' En door dat ene woord wist Ellie dat Moira het al die tijd al vermoedde, dat Dylan de bruiloft had afgeblazen.

'Hij was het. Dylan. Hij...' Dat bekende gevoel van beklemming benam haar opnieuw de adem. Ze drukte haar vingers tegen elkaar, sloot haar ogen, luisterde naar het stromende geluid van opkomend water. Toen voelde ze Moira's hand. Ze verstrengelde haar vingers met die van Ellie en hield haar stevig vast. Haar huid voelde onmogelijk zacht en glad, warm in de koele lucht. Ellie hield haar adem in, diep in haar binnenste welde de pijn op. 'Het was mijn schuld, mam.'

Moira fronste. 'Nee, El. Nee. Ik weet zeker dat het niet jouw schuld was.'

In de weken dat Ellie thuis was, was Moira overdreven vrolijk tegen haar geweest, waardoor Ellie zich gekwetst en schuldig had gevoeld. Ze had geprobeerd de pijn van haar dochter weg te nemen met van alles en nog wat, taken, ideeën, welke afleiding dan ook. Ellie was boos geworden. Dat was onterecht geweest, want Moira kende de waarheid niet. De enige manier waarop Ellie zichzelf tegen verdriet kon beschermen was door zich apathisch en afstandelijk op te stellen. Ze realiseerde zich met een schok dat ze Moira in stilte had gedwongen het dan maar op te geven en haar net zo erg te haten als Ellie zichzelf haatte.

Moira nam het gezicht van haar dochter in haar handen en zei vastberaden: 'Wat is er gebeurd?'

'Ik was zwanger, mam.' Ellie hoorde het zachte gekabbel van het wassende water en keek naar haar voeten, verwachtend dat ze een golfje zou zien. Het bleef echter droog en ze realiseerde zich dat er zich een vloed binnen in haar roerde. Voordat ze zichzelf kon tegenhouden, zei ze: 'De hartslag was zomaar... weg.'

Moira sprak, maar de woorden waren nauwelijks hoorbaar door... nou ja, de greep van haar handen, de warmte van Bernies bramenport, de roze gloed die de lucht in vuur en vlam zette... Dat alles benam Ellie de adem, en ze kon Moira's stem niet meer goed horen, begreep niet wat ze zei, omdat ze begon te huilen. Het gebeurde voordat ze het zelfs maar besefte. De ogen die eerst alleen hadden geprikt, stroomden nu over van tranen, die zich een weg zochten over haar wangen, heet en vol opgekropte woede en verdriet en alles wat ze zichzelf had ontzegd. Haar mond was een beetje geopend en ze ademde moeizaam, maar ze kreeg geen woord over haar lippen tussen het snikken door. Haar schouders schokten, schouders waarop Moira's handen nu lagen, haar dochter in een omhelzing trekkend die warm en veilig was. Ze klemden zich aan elkaar vast, gingen op in de moerassige omgeving zodat ze van bovenaf gewoon deel uit leken te maken van dat doolhof van stroompjes. Toen Ellie kalmeerde, zuchtte ze diep, de lucht uitblazend die er voor haar gevoel al weken had gezeten. Ze vertraagde haar ademhaling en Moira hield haar op armlengte bij zich vandaan. Ellie voelde een scherpe steek van schaamte en keek naar haar handpalmen, die nat waren van tranen waarvan ze niet wist dat ze die had weggeveegd.

Moira zei: 'El, het...'

'Ik was zwanger,' fluisterde Ellie opnieuw. Ze pakte een dode rietstengel van de grond naast haar laarzen op en begon die in stukken te breken. 'Ik...' Ze zweeg. Haar keel voelde strak. 'Ik wilde tot de achtste week wachten voordat ik het je zou vertellen. Maar... ik kreeg een vroege echo, dus ik wist het al voordat ik het iemand verteld had... voordat we het jou verteld hadden...'

'O, El.'

Ze tikte de stukjes rietstengel uit haar handpalm, waardoor ze op de grond vielen. Ze waren zo licht en papierachtig dat de wind ermee speelde, ze omhoogtilde en wegvoerde. Nu ze eenmaal was begonnen, kon ze niet meer stoppen. Het was alsof de wind haar verleidde, alsof hij zachtjes tegen een deur in haar hart duwde die uiteindelijk toch niet op slot bleek te zijn. 'Het was iets waar ik nooit aan had gedacht. Moeder zijn. Al die jaren had ik gewacht tot het moederinstinct zich zou doen gelden.' Moira streelde over haar lange haar, zoals ze had gedaan toen Ellie nog een kind was. 'Toen ik erachter kwam, was het een verrassing. Maar het was net alsof er een schakelaar omgezet was. Ik kon gewoon niet wachten... om moeder te worden.' Ze kneep haar ogen dicht en voelde de tranen weer komen. 'Een paar dagen later vroeg Dylan me ten huwelijk. Ik was gelukkig. Wij waren gelukkig.'

'Ik weet het, ik weet het.'

'En toen... lieve hemel.' Ellie keek omhoog. 'Het was mijn schuld, mam.'

'Nee.' Moira keek fronsend naar haar dochter. 'Nee, Ellie. Dit is iets wat ons vrouwen zo vaak overkomt.'

Ellie boog zich naar voren en veegde boos haar ogen af, alsof ze de vriendelijkheid en het medelijden weg kon wrijven. 'Je begrijpt het niet. Het kwam door het artikel. Mijn onderzoek.' Ze spuugde het woord uit. 'Door de stress... Twee dagen nadat ik het publiceerde...' Ze kon haar zin niet afmaken, was niet in staat om het hardop te zeggen. Ze kon het nauwelijks toegeven. De tranen kwamen weer, brandden op haar wangen, en ze duwde haar handpalmen tegen haar ogen. Ze sloot de woorden buiten, ze sloot de waarheid buiten.

Het is jouw schuld.

Ze was vergeten voor zichzelf te zorgen.

Het is jouw schuld.

En voor de baby.

Het is jouw schuld.

Haar baby. Hun baby. Weg. Alleen omdat ze haar leven geen prioriteit had gegeven ten opzichte van haar werk. Omdat ze het leven van een ander geen prioriteit had gegeven.

Het is jouw schuld.

Moira pakte haar dochter weer bij de schouders. 'Ellie, kijk me aan.'

Ellie haalde haar handen van haar gezicht en deed haar ogen open.

Haar blik bleef echter op de lucht gericht.

'Ik heb je dit nooit verteld,' zei Moira, 'maar voordat je werd geboren, heb ik drie miskramen gehad. Drie. En na jou nog twee.' Ze glimlachte naar haar dochter en liet haar schouders los. Haar handen vielen werkeloos naar beneden. 'Jij was ons wonder.'

Ellie snikte.

'Ik weet dat je je schuldig voelt. Dat had ik ook. Een tijdje. Maar het was niet mijn schuld. Zo is het leven nu eenmaal.' Moira draaide de heupfles om in haar handen en volgde de initialen op het oppervlak.

CF. Cillian Fitzgerald.

'Zo is het leven nu eenmaal,' herhaalde ze.

Ellies blik volgde een zwerm ganzen. Ze hingen in de lucht als een mobile boven een wieg. 'Ik zou hem Cillian genoemd hebben. Als het een jongen was geweest.' Ze zei het voordat ze er überhaupt over nagedacht had, maar ze besefte dat het waar was. Moira sloeg haar arm weer om haar heen, over haar schouders. Toen ze zich omdraaide, zag ze dat haar moeder in stilte huilde.

'Ik zou willen dat je het me had verteld,' zei Moira. Het was geen beschuldiging. 'Ik zou willen dat je het had gezegd.'

'Ik wilde het wel, maar...' Ellie kon de woorden niet vinden. Ze probeerde het opnieuw. 'Maar ik was zo gestrest, ik at niet goed, sliep niet goed.' Moira fronste, het was haar nog niet duidelijk. 'Ik maakte me zo'n zorgen over mijn baan dat ik vergat wat belangrijk was. Dat zei Dylan, en hij had gelijk.'

'Wat?'

'Hij zei: "Het is jouw schuld."' Ellies stem sloeg over. 'Hij wilde gewoon wat tijd om het te verwerken, omdat ik zo egoïstisch was geweest.'

Moira greep Ellies vingers stevig vast en hield haar tegen. In het afnemende licht zag ze een blos over de wangen van haar moeder kruipen. 'Nee,' zei Moira. Ze opende de fles en nam drie slokken. Veegde haar lippen af. Haar handen trilden.

'Als ik het onderzoek met rust had gelaten...'

'Ellie, een miskraam maakt deel uit van het leven. Het is je lot, of niet. Ik kan het weten. De helft van de vrouwen kan het weten.' Ze maakte een gebaar richting de oceaan, alsof er een stil leger achter de duinen lag. 'Dat Dylan jou de schuld geeft...' Ze nam nog een slok port. 'Nou, ik kan niet onder woorden brengen hoe boos dat me maakt.'

'Hij was in shock.'

Ze draaide zich om naar haar dochter. 'Laat hem doodvallen, Ellie.'

Ellie zweeg, te verbaasd om te spreken. Het was de eerste keer dat ze Moira zoiets hoorde zeggen – die uitdrukking die ergens tussen een vloek en een schreeuw in zat – en het bracht haar terug naar het heden. Terug naar het moeras, de zonsondergang. Het zachte gefluister van duizend geesten. Ze lachte snikkend, haar stem dik van de tranen. 'Wat heeft Bernie in die port gedaan?' Ze werd zich ervan bewust dat de inhoud van haar neus over haar kin was gelopen en veegde die af met haar mouw.

'Luister naar me, Ellie.' Moira's stem was vuur. 'Het is niet jouw schuld. Als dat zo is, dan ben ik ook schuldig aan van alles wat ik wel of niet heb gedaan voordat je werd geboren, en daarna. Als Cillian ook maar íéts tegen me had gezegd, had ik...'

Ellie likte langs haar lippen. Ze proefde zout, van de wind, van haar tranen. 'Maar dat zou hij nooit hebben gedaan.'

'Nee.'

Ze knikte. In de huisjes in de vallei begonnen lichtpuntjes te schijnen.

'Heb je het aan niemand verteld? Van je miskraam?' vroeg Moira.

'Nee.'

Moira's gezicht stond verdrietig. Haar zwijgen zei genoeg. Nu Ellie het had verteld, drong het tot haar door wat voor verschil het zou hebben gemaakt als ze dat eerder had gedaan. Het had de scherpe kantjes van haar eenzaamheid gehaald. 'Achteraf… was het misschien beter geweest als ik het aan iemand verteld had. Als ik met iemand gepraat had.'

'Ja.'

Ellie legde haar hoofd voorzichtig op de schouder van haar moeder en keek naar de horizon. Ze zag het laatste licht verdwijnen. Het was tijd om te gaan. Tijd om terug te keren naar hun eigen lichtpuntje ergens in een verre vallei. Tijd om naar huis te gaan.

16

Blackwater Hall, County Kerry
Augustus 1939

De bloeding die de middag voor het zomerfeest begon, was zo hevig dat Nancy wist dat er weer een miskraam ophanden was. Toen Charlotte haar kwam opzoeken, zag ze Nancy's rode ogen en omhelsde haar. Ze vroeg wat er aan de hand was, maar Nancy aarzelde.

'Niets,' zei ze. Ze probeerde een gezicht te trekken. *Niets om je zorgen over te maken.*

Charlotte ging naast haar zitten aan de kleine kaarttafel waar ze zat, pakte de hand van haar schoonzus en draaide die om in haar eigen hand. Ze streek over haar handpalm zoals ze onder de clematis had gedaan en keek toen op, haar ogen bruingroen in het gouden licht dat door het open raam naar binnen stroomde. 'Ik zie dat het niet niets is, Nancy.' Een briesje waaide door de kamer en tilde een pluk van haar blonde haar op. Het danste op een onzichtbare draad.

Nancy's last was zo zwaar dat ze het niet kon verdragen die te delen. 'Ik heb gewoon een beetje hoofdpijn.' Ze trok haar hand weg, maar voelde zich daar toen schuldig over. Haar keel deed pijn van het huilen. 'Soms heb ik dat.'

Ze waren een tijdje stil, de leugen hing onzichtbaar tussen hen in. Charlotte kwam van haar stoel en knielde voor Nancy neer zoals een moeder dat voor een kind zou doen. Toen legde ze haar handen op haar knieën.

'Weet je nog dat ik de Dramatics Secret Society oprichtte?' vroeg ze op luchtige toon.

Nancy fronste en lachte toen half, blij met de afleiding. Ze trok vragend een wenkbrauw op.

'Drie jaar geleden,' zei Charlotte. 'Het maakt al meer dan een zesde van mijn leven deel van me uit.'

Nancy dacht na over haar eigen leven. Een zesde ervan. Vier

jaar. Vier jaar was ze secretaresse geweest, vier jaar had ze geprobeerd te schrijven. Vier jaar was de langste periode dat ze bij een pleeggezin had gewoond. Vier jaar was ze toen haar ouders stierven. Ze had Teddy meer dan vier jaar geleden ontmoet, hoewel het – op een goede manier – langer voelde. Natuurlijk was deze zwangerschap ook nummer vier. Ze richtte haar blik weer op Charlotte. 'En?'

'In die tijd heb ik geleerd om te acteren. En om te herkennen wanneer iemand anders dat doet.'

'Is dat zo?'

'Eigenlijk is acteren gewoon liegen.'

Nancy had recensies over shows in het West End gelezen die dat tegenspraken. 'Wat wil je daarmee zeggen?' Dat wist ze al.

Charlotte kneep haar ogen theatraal tot spleetjes. 'Wat heb je gedaan, Trouble Rathmore?' vroeg ze, terwijl ze Nancy in haar knieën kneep, alsof ze werd ondervraagd. Maar als ze al had gehoopt een lach te zien, dan verscheen die niet.

Nancy fronste haar wenkbrauwen en perste haar lippen samen tot een streep om dat wat ze met zich meetorste binnen te houden. Schuldgevoel dat ze verantwoordelijk zou kunnen zijn voor het falen van haar lichaam. Verdriet vanwege haar verlies. Angst dat ze nooit meer zwanger zou worden. Ze liet haar hoofd in haar handen zakken en snikte, dikke tranen druppelden door haar vingers op de vloer.

'O, Nancy. Het spijt me, het spijt me. Ik plaagde je maar. Ik dacht gewoon dat je ruzie had gemaakt met moeder...' Charlotte omhelsde haar opnieuw, en dit keer liet Nancy het toe. Ze liet haar hoofd tegen de hals van haar vriendin zakken en sloeg haar armen om de smalle schouders van het meisje tot die van haarzelf niet meer trilden. Toen, met haar wang in dat zachte blonde haar gedrukt, fluisterde ze Charlotte haar geheim in het oor.

Charlotte trok zich met een hoorbare ademteug terug. 'Ben je zwanger?'

Nancy maakte zich van haar los en veegde haar ogen af. 'Dat wás ik. Dit was mijn vierde. Onze vierde. Ik had gehoopt dat het dit keer goed zou gaan.'

'Mijn hemel.'

'Je mag het Teddy niet vertellen.'

Charlotte fronste, maar toen verscheen er een bezorgde uitdrukking op haar gezicht. 'Weet hij het dan niet?'

Ze schudde haar hoofd. Nancy had het hem niet kunnen vertellen. Dit keer niet. Dit keer had ze besloten te wachten tot ze er zeker van was. En toen ze er zeker van was, wilde ze er nóg zekerder van zijn. Ze wilde absoluut zeker zijn dat ze hem niet zou teleurstellen.

Maar dat had ze gedaan.

'Hij... hij geeft jou toch niet de schuld ervan?'

'Nee.' Ze dacht aan de laatste keer, acht maanden geleden in hun appartement in Londen. Ze was 's nachts wakker geworden, de lakens onder haar waren kleverig. Het was kerstavond. Hij had haar stevig vastgepakt, haar hoofd tegen zijn borst gedrukt. 'Miskramen horen erbij, Nancy. Het is het lot,' had hij in haar haar gefluisterd. Ze zouden het nog een keer proberen. 'Nee, helemaal niet.' Ze stond op, streek haar rok glad, liep naar het raam en ademde de frisse berglucht in. Die doemde achter hen op, wolken kusten de top.

'Luister,' zei Charlotte. 'Het is echt niet jouw schuld. Dat weet ik zeker.'

Nancy ging op de bordeauxrode chaise longue bij het raam zitten en haalde diep adem. Het was benauwd. De lucht was warm en – vreemd genoeg – koud tegelijk. Ze voelde vocht ontsnappen en vroeg zich verstrooid af hoe je bloed van leer kon verwijderen. Maar haar onderbroek was gevoerd met verband. Ze had die niet bewust, maar wel met angst in haar hart, in Londen ingepakt. Uit haar eerdere ervaring wist ze dat de vloed langzaam op gang kwam. 'De dokters weten niet wat er met mij aan de hand is.'

'Ik weet zeker dat er niets met jou aan de hand is.'

'Elke keer zeggen ze dat ik meer moet rusten of juist meer moet bewegen, minder moet eten of juist meer moet eten. Ze geven me vitaminen en pillen. Die neem ik in. Ik denk aan ieder kleintje dat mijn lichaam binnenkomt en ik vraag me af of ze allemaal nog ergens zijn, als een klein leger dat ontstaan is in mijn baarmoeder.'

Haar woorden tuimelden over elkaar heen.

Charlotte fronste haar wenkbrauwen toen ze de zachte voetstappen van een dienstmeisje de gesloten slaapkamerdeur hoorden naderen. Toen gingen de voetstappen verder.

'Ik begin een beetje hysterisch te doen,' zei Nancy.

'Welnee.' Toen Charlotte haar hand vastpakte, voelde Nancy dat hun rollen waren omgedraaid, nu was zij plotseling de jongste en Charlotte de oudste en meest wijze. Ze begon weer te huilen. Het was een zacht gesnik, heel anders dan de zielloze tranen die ze al had vergoten.

'Het spijt me zo,' zei Charlotte.

Terwijl ze haar ogen afveegde, zei Nancy: 'Nee, het is gewoon... het lucht me op om het iemand te vertellen.' Ze wist het pas vier weken, maar als je een geheim bewaarde, leek het ineens veel langer.

'Je kunt me alles vertellen.'

Nancy had in haar leven best weleens een speciale vlaag van vriendschappelijke verbondenheid gevoeld, momenten waarop iemand precies het juiste zei op precies het juiste moment. Maar iets had die relaties doen vervagen, op hun beloop gelaten tot ze alleen nog in haar herinnering hadden bestaan. Was het door haar gelukkige huwelijk gekomen? Of door de drukte van Londen? Op dit moment echter, nu ze in een slaapkamer zat die niet van haar was, in een huis waarvan de grote proporties waren gekrompen tot een vertrouwd doolhof, voelde ze zo'n warme genegenheid voor de vaste hand om de hare, voor de vriendelijke woorden die zo ongedwongen klonken, en voor het medeleven dat Charlotte toonde voor iets wat ze onmogelijk kon begrijpen. Het voelde blijvend, als meer dan een pseudozusterlijke band die door het huwelijk was ontstaan. Het was echte vriendschap, dacht ze.

'We kunnen de dokter uit Ballinn vragen om langs te komen. Of eentje van verder weg, als je wilt. Uit Sneem bijvoorbeeld?' Charlotte siste het woord, zoals een dorpeling zou doen.

Nancy schudde haar hoofd om het theatrale gedoe en Charlottes brutale grijns. 'Als je moeder je zo hoort praten, krijgt ze een hartverzakking. Nee, geen dokter, dank je.'

'Moeder krijgt de hele dag door hartverzakkingen,' zei Charlotte. 'En jij hebt een dokter nodig.'

Nancy's kaak spande zich toen het pijnlijke gevoel in haar buik heviger werd. Ze wist dat een warm bad zou helpen, maar de badkamer had geen slot en de roze gloed van het badwater zou haar verraden. 'Maak je geen zorgen. Ik ben hier goed in.'

Charlotte stond op. Buiten werd het snel donker, het licht leek over de berg weg te vliegen. 'Dokter Mortimer uit Ballinn is heel geschikt. Ik heb hem ontmoet. Hij is Engels en erg discreet.'

'Zijn de Ieren dat niet soms?'

Charlotte lachte. 'Hemel, nee! Mijn vrienden in het dorp hebben veel deugden, maar discretie behoort daar niet toe.'

Charlotte was niet aanwezig bij het diner en toen Nancy vroeg waar ze was, zei Lady Rathmore haar dat ze onwel was.

'Een verwonding,' zei ze. 'Ik zal een van de dienstmeisjes na het eten even bij haar laten kijken.'

'Een verwonding?' vroeg Teddy.

'Blijkbaar is ze naar de tuin gegaan en is ze uitgegleden. Een verstuikte pols.' Vanuit de gang weerklonk een kletterend geluid, alsof er een dienblad of pan viel. Lady Rathmore vertrok haar gezicht.

'Hoe sneller ze met Hawley trouwt, hoe beter,' zei Hugo. Hij draaide zich met volle mond om naar zijn vader, die het onderwerp uit alle macht negeerde. 'Hoe denk je over die nieuwe antiterrorismewet?'

'Beesten zijn het, allemaal,' zei Lord Rathmore. Hoewel de karaf binnen handbereik was, knipte hij met zijn vingers, ten teken dat de bediende zijn glas moest bijvullen.

Vorige week was er een exemplaar van *The Times* afgeleverd bij Blackwater Hall. Nancy had met groeiende ongerustheid een vetgedrukte lijst gelezen met IRA-aanvallen die de vorige maand hadden plaatsgevonden: zeven bommen in het midden van Engeland, twee in Londen – bij de stations King's Cross en Victoria – en nog eens drie in Liverpool. Er was een nieuwe wet aangenomen, de Prevention of Violence Act, en de deportaties waren al begonnen.

Hugo dronk zijn wijn leeg. 'Ik zeg: pak ze op en schiet ze allemaal dood.' Hij zei het hartgrondig.

'Volgens mij is het punt dat ze nogal moeilijk te vinden zijn,' zei Teddy.

Hugo snoof. 'De Ieren? Doe niet zo raar. Gepeupel.'

Nancy's buik trok samen en ze onderdrukte een kreet. De krampen waren nu heviger en volgden elkaar sneller op. Bij twee miskramen was ze alleen bloed verloren, maar de derde was anders verlopen. Traumatischer. Veel traumatischer. Onder de tafel zette ze haar nagels in haar dijen. Pijn en angst concurreerden met de eis om zich volgens de etiquette te gedragen. Zoals Charlotte al duidelijk had gemaakt, was ze geen geboren actrice.

Teddy keek haar vanuit zijn ooghoek aan, zijn blik vol bezorgdheid. Hij legde zijn hand op de hare, boog zich naar haar toe en vroeg of ze zich misschien niet lekker voelde.

'Een beetje misselijk,' fluisterde ze.

Daardoor klaarde hij zichtbaar op.

'Gewoon iets wat ik gegeten heb,' verduidelijkte Nancy. 'Ik heb vanmiddag in de tuin gewandeld en onrijpe appels gegeten. Gewoon dom.' Hoewel ze er wat kleur op had aangebracht, waren haar lippen bleek.

Hij kneep in haar hand en zijn vriendelijkheid gaf haar een schok van schuld. 'Gewoon dom,' fluisterde hij. Om hen heen stokte het gesprek.

'Over kinderen gesproken...' zei Hugo.

'O, hadden we het daarover?' Teddy's gezicht vertrok. Was het woede? Frustratie? Verdriet?

'Ik dacht dat jullie twee inmiddels wel iets geproduceerd zouden hebben.'

Geproduceerd. Nancy klemde haar vork steviger vast.

'Binnenkort breekt de oorlog uit in Europa,' zei Teddy snel. 'Niet het beste moment om een gezin te stichten.'

'Dat denk ik niet, Edward,' zei Lady Rathmore, alsof hij alleen maar had voorgesteld om het dessert uit te stellen. 'Oorlog. Wat een achterhaald concept.'

'Moeder denkt liever niet aan zulke dingen,' zei Hugo. Op een andere avond had Nancy misschien gelachen. Niamh Rathmore was alleen wat haar voornaam betrof Iers. Verder was ze typisch iemand van het nieuwe geld uit Amerika. Hooghartig, arrogant en op zichzelf. Vorige week hadden Duitsland en de Sovjet-Unie een niet-aanvalsverdrag getekend. Oorlog in Europa was onvermijdelijk. Amerika zou daar echter niet bij betrokken raken. En Lady Rathmore ook niet.

'Ik zie mezelf liever als een optimist,' zei ze. Die gedachte was zo belachelijk dat zelfs Lord Rathmore zijn gezicht even niet meer in de plooi had.

'Ik weet niet zeker of dat beter is, lieverd.'

'Als er oorlog komt, denk ik niet dat Ierland erbij betrokken zal zijn,' vervolgde ze.

Nancy, verrast door haar inzicht, leunde naar voren. 'Daar ben ik het mee eens. Neutraliteit is waarschijnlijk de enige optie voor De Valera.'

'Het land heeft domweg geen capaciteit. Wat zouden ze in de strijd willen gooien? Hooivorken?'

'Als er een Europese oorlog dreigt,' zei Nancy, terwijl ze een kruimel van het witte tafelkleed veegde, 'zouden jullie dan niet moeten overwegen om terug te keren naar de Verenigde Staten?' Ze wist heel goed dat Lady Rathmore sinds haar eerste en enige reis over de Atlantische Oceaan in 1910 niet meer in haar geboorteland was geweest.

'Misschien, Nancy. Misschien.' Het was de eerste keer dat Lady Rathmore Nancy's voornaam gebruikte. Het verraste de jongere vrouw. In plaats van een gevoelige snaar te raken, zoals ze had gehoopt, had ze iets anders ontdekt. Een punt van zwakte.

Lord Rathmore veranderde van onderwerp. 'Vertel me eens over dat zomerfeest, lieverd. Krijgen we dit jaar voor de verandering fatsoenlijk te eten?'

Nancy's gedachten dwaalden af naar Charlotte. De jongere vrouw had haar aan het begin van de avond gezelschap gehouden en was pas vertrokken toen Nancy uit het verkoelende bad was gestapt. Ze had op wacht gestaan en vanaf de andere kant van de deur met een levendige stem uit *Moord op de Nijl* voorgelezen.

'We zouden hier een toneelstuk van kunnen maken,' had ze gezegd, terwijl het ene na het andere personage opdook.

'Maar jullie zouden het nooit uit kunnen vechten over wie Poirot mag zijn. Kan iemand in jullie geheime genootschap een Belgisch accent opzetten?'

Hierop was Charlotte stil geworden.

'Nou?'

'Ik denk erover.'

'Aan die jongen zeker... Hoe heette hij ook alweer?' Nancy deed net of ze het niet meer wist. 'Tomas Deenihan? Hoor je Tomas al met een Belgisch accent spreken?'

'Nancy!'

'Het is slechts een formaliteit,' zei Lady Rathmore, Nancy's gedachten onderbrekend. 'Alleen directe familieleden zijn welkom.'

Tijdens het zomerfeest mochten de families van het personeel van Blackwater Hall het landgoed bezichtigen. Nancy had tegen Teddy gezegd dat het een ongewoon genereus gebaar was van de adellijke familie, waarop hij had geantwoord dat de traditie was ingesteld door zijn grootvader, Henry Stack, die het altijd had gepland tijdens zijn jaarlijkse bezoeken. Na Henry's dood had Teddy zijn moeder ervan weten te overtuigen dat het stopzetten van het jaarlijkse evenement voor consternatie in het dorp zou zorgen.

'Moeder heeft gelijk. Het is belangrijk om niet te veel mensen binnen te laten,' zei Hugo. Terwijl hij sprak, werd het dessert geserveerd: vroege frambozen die Nancy die ochtend in de ommuurde tuin had geplukt. 'Vorig jaar waren het er meer dan ooit. Het lijkt wel of het hele dorp familie van elkaar is.'

Toen het diner eindelijk voorbij was, verontschuldigde Nancy zich. Teddy volgde haar snel, kwam naast haar liggen en hield haar hand vast.

'Je voelt je niet goed.'

'Het waren gewoon die appels.' Ze keek naar de schaduwen die op het plafond dansten. Ergens buiten stond een wassende maan aan de hemel.

'Zou je het me vertellen als het iets anders was?'

'Natuurlijk.'

'Sorry voor mijn familie.'
'Je familie?' zei ze. 'Inmiddels ben ik er wel aan gewend.'
'Dat weet ik. Maar toch. Het is niet makkelijk.'
'Jij hebt hen niet gekozen.'
'Nee. Ik heb jou gekozen.'
In de duisternis glimlachte ze. Zijn lichaam voelde warm aan naast haar. Ze wenste dat ze zich naar hem toe kon draaien, haar hoofd op zijn schouder kon leggen, haar arm om zijn middel. Maar als ze dat deed, en hij haar wilde, zou ze moeten weigeren.

17

Ballinn, County Kerry
September 2019

Op weg naar het feest voor Tabby Ryans honderdste verjaardag belde Dylan. Ellie reed in de Micra en Moira zat op de passagiersstoel. Het dorp Ballinn lag in de verte en kwam snel dichterbij.

'Laat maar gaan,' zei ze toen haar telefoon begon te zoemen en haar moeder die oppakte. 'Het is vast een advocaat van McCarthy.'

'Het is Dylan.' De telefoon lag plat op Moira's handpalm als een kikker die ze had gered uit een afvoerputje. 'Hoe kan ik de oproep weigeren?'

Ellie remde. 'Nee, ik zal...'

'Met deze rode knop?'

'Nee, mam, niet doen...'

Moira weigerde het gesprek.

'Mam!'

Zwijgend zaten ze naast elkaar, terwijl de auto stilstond op de lege rijstrook. De lucht tussen hen in werd zwaar.

'Ik had in elk geval willen weten waaróm hij belde.'

'Nee.'

'Mam, alsjeblieft. Het is mijn leven.' Ellies stem klonk harder dan ze wilde. Ze stak haar hand uit en gaf een kneepje in die van haar moeder. 'Sorry. Ik weet dat je om me geeft.'

'Dat is zo, lieverd, dat is zo.' Moira had in elk geval het fatsoen om verlegen te kijken. 'Het spijt me, het is gewoon...' Ze zweeg.

Ellie begreep het. Als de rollen omgedraaid waren geweest, had ze hetzelfde gedaan, of erger. Ze zou de telefoon opgenomen hebben en de man aan de andere kant ongezouten de waarheid hebben gezegd. Maar de rollen waren niet omgedraaid. Ellie wilde weten wat Dylan te zeggen had. Hij was toch ook in shock geweest? Hij had zijn eigen verdriet om te verwerken. Toen het bloeden was begonnen had hij toch haar hand vastgehouden en haar gezegd dat alles goed was? Of niet? Ellie kon het zich niet meer goed herinneren, alsof ze alleen maar gewild had dat het zo zou gaan.

Alsof het nooit echt was gebeurd.

Ze zette de auto weer in de eerste versnelling en reed verder. Ze zou hem terugbellen. Morgen misschien. Als ze alleen was.

Toen ze het politiebureau passeerden, verbrak Moira de stilte. 'De politieauto staat er. Op een zaterdag. Beddy komt vast naar Tabby's feestje. Wat aardig van hem.'

Ellie, wier mijmeringen ruw onderbroken werden, zweeg even. 'Beddy?'

'Beddy Cullen.'

Ellie trok haar wenkbrauwen op. Beddy Cullen. De lolbroek van de school. In zijn laatste jaarboek had Ellie geschreven: *Veel succes met het leven! Probeer niet meteen gearresteerd te worden…* Gevolgd door een heel kleine smiley om te laten zien dat ze (half) een grapje maakte.

'Beddy is toch niet de plaatselijke politieagent?'

'Nou, hij doet hier om de twee weken op dinsdag zijn ronde.'

In de vijfde klas had Ellie gezien hoe Beddy zijn hand in de collectezak van de kerk stak, er een handvol briefjes uit haalde en ze in zijn zak stopte. Ze hadden op dat moment oogcontact gemaakt en Ellie besefte dat dit de reden was dat ze nooit het mikpunt van zijn spot zou worden.

Toen ze het dorp in reden, kwamen ze in een file terecht. Een echte file in Ballinn. Tabby was blijkbaar populair. 'Nou, dat is er eentje voor in de boeken,' zei Moira, en Ellie vroeg zich af of ze het over het verkeer had, over Beddy of over de man in geruite trui, die met verrassende behendigheid zijn been over zijn fiets zwaaide.

Jules kwam naar het raampje en boog zich voorover, zodat hij Moira in de ogen kon kijken. Vandaag zat er nog meer modder op zijn gezicht dan vrijdag.

'Jules!'

Ellie fronste. Dit was een nieuwe stem van Moira. Ze klonk een beetje buiten adem. Ze vroeg zich af wat het betekende.

'Moira,' zei hij. 'Ellie.' Hij rommelde wat met zijn slecht passende helm.

Ellie maakte zich even zorgen dat ze zo afwijzend had gereageerd op Jules' bijeenkomst van de historische vereniging dat hij haar al als een verloren zaak beschouwde, maar tot haar opluchting keek hij op en glimlachte breed naar haar. 'Ben je er toch?'

'Ik kon niet wegblijven,' zei ze, en ze realiseerde zich dat ze hetzelfde had gezegd tegen Nils in Procaffination, nauwelijks vierentwintig uur eerder. Ze voegde eraan toe: 'Ik wilde Tabby graag weer eens zien.' De voormalige lerares was een vaste bezoeker geweest bij de Ballinn National School, een eregast, en ze had altijd vooraan gezeten bij sportwedstrijden en kerstconcerten. De laatste keer dat Ellie haar had gezien was meer dan zeventien jaar geleden. Ze was toen dus drieëntachtig jaar en zo levenslustig als een jong veulen. Het was dus waar dat ze Tabby graag wilde zien. En wat als Tabby Charlotte had gekend? Zou zij niet de perfecte persoon zijn om naar haar te vragen?

Ellie had zich de avond ervoor, toen ze met Moira in het moeras had gezeten, namelijk iets gerealiseerd. Toen ze terugging naar Kerry, was ze niet alleen gevlucht voor het schandaal. Ze was hier niet alleen omdat ze haar baan was kwijtgeraakt en vanwege haar schuldgevoel. Ze was hier ook voor zichzelf.

In haar hart had ze geprobeerd te vluchten van iets wat altijd bij haar was. Iets wat ze niet zomaar kwijt kon raken.

Haar nieuwsgierigheid.

Ze was nieuwsgierig naar Charlotte Rathmore en de brief die ze na haar verdwijning had geschreven. Nu had Ellie tijd om daarin te duiken. Om gewoon... nou ja... niet echt onderzoek te doen, maar gewoon om wat navraag te doen.

Vanochtend had ze zich voor het eerst in weken goed uitgerust gevoeld. Ze was uit bed geglipt en de trap af gelopen naar de keuken, genietend van de koude houten vloer onder haar tenen, terwijl ze de gedachten aan Dublin wegduwde. Ze had theegezet voor Moira en toast voor haar gemaakt. Vervolgens had ze alles op een dienblad gezet, net zoals ze als kind in het weekend had gedaan. Haar moeder was wakker geweest, een boek open op haar schoot, haar gezicht badend in het zonlicht dat door het raam de kleine, nette slaapkamer binnenstroomde. De ochtend was omgevlogen, terwijl ze gezellig in bed hadden gezeten en over koetjes en kalfjes hadden gepraat. Het was tot Ellie doorgedrongen dat het jaren geleden was geweest dat ze een ochtend voor zichzelf had genomen, dat ze de tijd had genomen om te laten gebeuren wat er ook gebeurde. Dat ze thee had gedronken in bed en zomaar wat gebabbeld had met iemand van wie ze hield. Ze keek naar Moira en Jules, die enthousiast over het weer spraken. Wat had Jules ook alweer gezegd? *Ik wil het leven op me af laten komen. Iets interessants doen. Iets wat ertoe doet.* Deed een vrouw die tachtig jaar geleden verdwenen was ertoe? Ja, dacht Ellie, omdat haar eigen familie niet aan haar herinnerd wilde worden, terwijl ze op het punt had gestaan om uitgehuwelijkt te worden. Omdat ze twee dagen nadat ze was verdwenen een brief vol hoop en energie had geschreven.

Ellie wist heel goed dat je je leven niet achter je kon laten. Je moest het verleden onder ogen zien. Je moest de confrontatie aangaan.

Je kon wel afscheid nemen van een leven, maar het niet achter je laten. Ze had het zelf geprobeerd.

Net als Charlotte Rathmore.

De zaal zat vol toen ze aankwamen. Langs het plafond hingen slingers als een feestelijk spinnenweb en boven het podium hing een enorm spandoek met daarop de tekst GEFELICITEERD OVERGROOTMOEDER. In de zaal hing een heerlijke geur van lekkere hapjes en de lucht was zwaar door de vele mensen binnen. Er waren minstens honderd gasten, en er kwamen er nog meer binnen via de deur achter hen. Ballinn was veranderd in de jaren dat Ellie weg was geweest, een ware transformatie. Ze zag talloze onbekende gezichten – jonge vrouwen, hele gezinnen – en oude vrienden wier namen haar waren ontglipt. En vermoedelijk waren zij die van haar ook vergeten. Ze voelde een steek van schuldgevoel. Ze had haar wortels vaarwel gezegd. Ze had alles achtergelaten alsof het er niet toe deed.

Ze baande zich een weg door de menigte naar een tafel en zette de twee flessen redelijke shiraz neer die ze bij O'Brien's had gevonden. Deidre had net gedaan alsof ze verrast was toen ze haar zag, en haar gevraagd sinds wanneer ze terug was in Kerry. Ze hadden de beleefde gesprekken tussen eigenaar en klant (het weer, het steeds langer wordende toeristenseizoen, het weer) afgerond en Ellie was snel weggeglipt voordat ze werd blootgesteld aan of het onderwerp werd van dorpsroddels.

Ze opende een van de flessen wijn en schonk drie glazen in, waarna ze de flessen achterliet bij een snel groeiende verzameling.

'Op Tabby,' zei Jules toen ze terugkwam. Ze brachten een toost uit terwijl het geroezemoes in de ruimte toenam. Het liedje dat door de blikkerige speakers weerklonk, was oud en vrolijk.

Toen dook Bernie op, gehuld in wat ooit misschien een quilt was geweest. Ze spreidde haar armen en omhelsde Moira en Ellie tegelijk, waarna ze Jules de hand schudde. 'Hoe gaat het? En met je geschiedenisgroep? Zijn er al leden?'

'Nou,' zei Jules, terwijl hij zijn keel schraapte. 'Het is eigenlijk een vereniging.'

'Ah, gesproken als een echte politicus.'

Moira boog zich naar voren. 'Over historische verenigingen gesproken...'

'Ja?' zei Jules voorzichtig.

'Nou?' Ze wees naar Ellie. 'Is er al vooruitgang geboekt?' Dit laatste siste ze alsof Ellie buiten gehoorsafstand was.

Jules zweeg even. 'Nee,' zei hij toen. 'Ik denk dat we de brief aan de familie moeten geven. Misschien sturen we hem op. Dat hebben we uiteindelijk besloten, hè, Ellie?'

Haar hart sprong op toen ze besefte dat hij haar steunde. Hij had haar tegenstand aanvaard met een gratie waarover Bernie en Moira niet beschikten. Toch kenden de twee vrouwen haar zo goed dat ze haar bleven pushen, zelfs toen haar onverschilligheid in regelrecht verzet veranderde. Ze wisten dat de brief haar uiteindelijk uit haar schuilplaats zou lokken.

Ze draaide zich om naar Bernie, die Jules aanstaarde met teleurstelling op haar gezicht. 'Bernie, toen je die doos met boeken voor mij opzijzette, wist je van de brief, toch?' vroeg ze.

Bernie keek Moira van opzij aan. Ze leken net twee konijntjes die in de koplampen van een auto staarden. 'Het zou kunnen dat ik wat boeken heb doorgebladerd...' Ze nam een slok wijn. 'Maar ik heb alles teruggedaan op de plaats waar ik het gevonden had.'

'Juist.'

Jules keek van de een naar de ander en deed duidelijk zijn best te achterhalen welk spel er werd gespeeld. Op zijn gezicht was te lezen dat hij zich afvroeg of hij voor de gek was gehouden. Maar voordat hij iets kon zeggen, haalde Ellie de brief uit haar zak. 'De brief is geschreven twee dagen na Charlottes verdwijning.' Om haar heen veranderde de sfeer, de stemming werd gemoedelijker. 'Wist je dat?'

Blijkbaar wisten ze dat niet.

'Het cratúir,' zei Moira, en Ellie vroeg zich niet voor het eerst af voor wie het medelevende koosnaampje bedoeld was, voor haar of voor Charlotte. Voor Charlotte vanwege wat er met haar was gebeurd en voor Ellie omdat ze erin was meegezogen. Moira wist dat ze niet meer los zou laten totdat ze antwoorden had.

En ze zou zich door niets in de weg laten staan.

'Tabby was dienstmeisje in Blackwater House, toen ze nog een Deenihan was.' Sinds Ellie had laten doorschemeren dat ze wel verder onderzoek wilde doen naar Charlotte Rathmore, was Bernie niet meer gestopt met praten. 'Tot 1939. Of was het 1940? Want dat zou de zaak veranderen, toch?' Voordat Ellie kon antwoorden, ging ze verder. 'Ze was mama's eerste lerares. En zíj moet naar school zijn gegaan in...' Ze keek naar het plafond. 'In 1942?' Ze schudde haar hoofd en begon herinneringen op te halen aan wat ze van haar moeder had gehoord over haar kindertijd: danszalen, de markt en het Rose of Tralee Festival.

Ellie fluisterde tegen Jules: 'Dit kan nog wel even doorgaan.'

Een kind rende voorbij en stootte tegen haar glas. Gelukkig was het leeg. Het verraste haar, zowel haar reactie erop als het feit dat ze haar wijn had opgedronken. Ze voelde zich ontspannen. Ze glimlachte. Dit was iets om Nils te vertellen. En ze wist dat het niet alleen de wijn was waardoor haar schouders minder gespannen waren. Stapje voor stapje leerde ze te accepteren dat haar leven doorging.

'Nog eentje?' vroeg ze aan Jules.

Hij keek om zich heen naar de zee van onbekende gezichten, lichte zweetdruppeltjes parelden op zijn voorhoofd. 'Dat lijkt me een goed idee.' Hij dronk de rest van zijn glas leeg. 'Een beetje moed indrinken kan geen kwaad.'

Ze gaf hem een klopje op de schouder. 'Je zult je hier thuis voelen,' zei ze. 'Ooit.'

'Dat is een hele geruststelling. Dank je wel, Ellie.'

Ze knikte naar Moira en Bernie. 'Maak een aantekening als ze met iets concreets komen.' De twee vrouwen waren in een vurig gesprek verwikkeld. Hun armen wapperden en hun mond stond geen moment stil. Hun glazen waren nog vol, de wijn was van ondergeschikt belang nu er ook gekletst kon worden. Jules knikte en haalde een klein zwart notitieboekje uit zijn borstzakje. Ze wilde lachen omdat hij zo gretig was, maar ze bewonderde het eigenlijk gewoon.

Bij de tafel reikte iemand haar een fles cabernet sauvignon aan. 'O, bedankt,' zei ze, terwijl ze de fles pakte en die bekeek. 'Nieuwe wereld, tonen van eikenhout, grappig etiket met een kat en een kikker. Perfect! Helemaal mijn smaak.' Lachend zette ze beide glazen en de fles neer in een ongemakkelijke beweging, die veel weg had van een goocheltruc. Toen ze opkeek, bevroor haar glimlach.

'Dokter Rathmore.' Haar stem ging omhoog aan het einde van zijn naam, alsof ze niet kon geloven dat hij echt de brutaliteit had recht voor haar neus te staan. Of vanwege zijn brutaliteit in het algemeen.

'Ellie,' zei hij. Geërgerd constateerde ze dat er een glimlach om zijn mondhoeken speelde. Ze worstelde onhandig met de glazen. Een ervan viel om en rolde langzaam naar de rand van de tafel. Hij pakte het glas op en zette het weer rechtop. 'Hoe gaat het met je?'

'Prima geslapen,' zei ze. 'Dus u kunt die vervolgafspraak wel annuleren.' Een kleine man reikte tussen hen door naar de cabernet sauvignon.

'Momentje,' zei dokter Rathmore. Hij pakte de fles en schonk de beide glazen van Ellie royaal vol. De man stotterde wat en schuifelde weg, terwijl hij nog in zichzelf mompelde.

'Bedankt,' zei ze. 'Zoals ik al zei...'

'Ellie... ik vind dat ik je een excuus verschuldigd ben.' De vermoeidheid die in de praktijk op zijn gezicht te lezen was geweest, was vervangen door een ernst die eerder op bezorgdheid dan op veroordeling duidde. 'Toen je de praktijk binnenkwam, was ik niet mezelf. Ik was niet redelijk.'

Ze kon zich niet herinneren welk glas van haar was, maar toch pakte ze er een en nam een slokje dat uiteindelijk een teug werd. 'O nee?'

'Je weet best wat ik bedoel.' Hij spreidde zijn handen. 'Het spijt me. Ik bied mijn excuses aan.' Ze besefte dat hij geen drankje had. Was ze dan nu al aangeschoten?

'Bent u nu wel uzelf?' Ja, dacht ze, het was echt de alcohol. Het vuur in haar buik was een mengeling van rebellie en rode wijn, en ze merkte dat ze het branden wel lekker vond.

'Ja.'

Zijn kalmte irriteerde haar. Zijn nonchalante kapsel. De bezorgde frons van zijn wenkbrauwen. De pasvorm van zijn chino. Zijn handen, zijn lange vingers, deze nieuwe doordringende blik. Twee dagen geleden had hij haar nauwelijks aangekeken, en nu wenste ze dat hij dat niet zou doen.

'U hebt het ongetwijfeld druk.' Ze zei het alsof ze het niet meende en voelde meteen een steek van spijt. 'Hoe is het met uw vader?'

'Die had vandaag een van zijn betere dagen.'

'Is hij niet op het feestje?'

'Nee. Hij verlaat zelden het huis.'

Ze zwegen. Ze herinnerde zich de reactie van dokter Rathmore op Charlottes brief en probeerde hem te doorgronden. Zou hij zich afvragen wat ze ermee had gedaan? Zou hij hem terugvragen? Haastig gebaarde ze naar het spandoek dat boven hen hing. 'Hebt u Tabby al ontmoet?'

Hierop glimlachte hij. 'Vorige week heb ik een huisbezoek bij haar afgelegd. Uiteindelijk ben ik zelfs blijven eten.'

'Echt waar?' Ze probeerde niet verrast te klinken. Zou dokter

Rathmore werkelijk bij iemand in de smaak vallen?

'Het was de eerste keer dat ik haar ontmoette.' Hij schonk zichzelf een wijntje in. 'Heb je haar huis gezien?'

Ellie fronste. 'Dat is zeker twintig jaar geleden.' Het was een huisje aan de kust met een rieten dak. Zo vochtig als wat en als je nog geen reuma had, kreeg je het ter plekke. 'Daar woont ze toch hopelijk niet meer?'

Hij knikte en grijnsde. 'Volgende week mag ik weer komen eten.'

Ellie lachte. Het was duidelijk dat Ballinn hem verwelkomde als de verloren zoon. Toen dacht ze eraan hoe hij daar op het plateau in Blackwater Hall woonde, met de man over wie hij zo afstandelijk sprak. Tijdens hun vorige gesprek noemde hij hem zelfs 'Albert'. Ze herinnerde zich wat Moira had gezegd. *Zijn zoon is voor een korte tijd terug. Hij werd weggestuurd toen zijn moeder stierf, het arme kind.* Ze fronste haar wenkbrauwen. Had ze de zaken niet vanuit zijn oogpunt bekeken? Was ze bij hem binnengestormd en had ze antwoorden gewild op vragen over zijn familie die hij zelf niet eens zou stellen?

Voor ze zichzelf kon tegenhouden, zei ze: 'Ik had niet zomaar naar uw vader moeten gaan. Ik wist niet dat hij niet... in goede gezondheid was.'

Hij wuifde haar woorden weg. 'Hij vertelde me over je bezoek. Hij zei dat je de mooiste vrouw was die hij in decennia had gezien.' Hij lachte. Even hoopte ze dat hij lachte om de brutaliteit ervan. Een hartslag later hoopte ze weer dat dat niet zo was. 'Hij had echter de indruk dat je een vriendin van mijn oudtante Charlotte was en dat je een brief voor haar had.'

'Nou, hij was goed op weg,' zei ze.

'Hij zei dat je boos werd toen hij vertelde dat Charlotte zelfmoord had gepleegd, dat je woedend op de tafel sloeg en toen begon te huilen. Hij dacht dat je had gedronken.'

'Zelfmoord gepleegd? Wacht, ik...' Iemand bood haar een saucijzenbroodje aan, maar ze wuifde het weg.

'Hij zei dat er een lok haar over je blauwe ogen viel en dat je die terugduwde.'

'Wacht even...'

'Ik vertelde hem dat de Ellie die ik had ontmoet bruine ogen had.'

Ze bloosde. 'Ik weet niet wat ik moet zeggen, dokter Rathmore.'

'Zeg maar Milo.'

'Milo. Het is overigens niet zo,' zei ze, terwijl ze haar glas neerzette. 'Zou je het niet gemerkt hebben als ik had gedronken? Ik kwam een paar uurtjes later bij jou langs.'

'Het lijkt me ook nogal onwaarschijnlijk dat je op tafel hebt geslagen. Of woedend was.' Hij zweeg even. 'Nou ja, misschien wel dat laatste...'

Ze trok haar wenkbrauwen op. Ze glimlachten allebei. Ellie keek weg. 'We hebben theegedronken.'

'Was het een kopje à la Albert?'

'Je kon je lepel er rechtop in zetten.' Ze trok een grimas. 'Hij zette drie kopjes neer.'

Milo knikte. 'Dat doet hij soms. Dan vergeet hij dat mijn grootmoeder er allang niet meer is.'

'O.' Dat maakte haar vreselijk verdrietig. 'Ik probeerde hem de brief te geven, maar hij raakte in de war. Eerst zei hij dat Charlotte was verdronken. Toen ontkende hij dat hij iemand met die naam kende.' Dat leek Milo niet te verbazen. 'We hebben wat gepraat en hij probeerde me een schilderij te verkopen.'

'O, niet weer het schilderij. Hij is ervan overtuigd dat er iemand opduikt om het te kopen om het landgoed te redden.'

'Bestaat die mogelijkheid?'

'Nee. Het is een reproductie. Mijn grootouders hebben het origineel eind jaren vijftig verkocht, evenals wat andere schilderijen. Daardoor kan Albert nog steeds rondkomen.'

Ellie nam een slokje wijn. 'Maar even over Charlotte...' zei ze. 'Denkt Albert dat ze zelfmoord heeft gepleegd?'

'Vanmorgen was mijn vader rustiger. Ik heb hem opnieuw gevraagd naar je bezoek. Deze keer kwam zijn beschrijving overeen met jouw verhaal.' Milo zweeg opnieuw. 'Hij verwart het verleden met het heden.'

'Het spijt me,' zei ze, en ze meende het.

'Maar hij wist wel waar het andere verhaal vandaan kwam.'

Ze leunde gretig naar voren. 'Ja?' Uit haar ooghoek zag ze dat

Deidre O'Brien hen aandachtig opnam. Ellie draaide zich om, zodat haar rug haar het zicht ontnam.

'Het was gebaseerd op een herinnering aan zijn moeder, Nancy. Mijn oma. Het gebeurde op de avond dat ze voor het eerst in Blackwater Hall kwamen in 1958. Hij bleef het jaartal herhalen. 1958. 1958.'

'Is Hugo Rathmore, de erfgenaam, niet in 1957 overleden?'

'Je hebt gedegen onderzoek gedaan.'

Ze voelde zich even schuldig. 'Nou, ik heb alleen maar wat gegoogeld.' Ze wees over haar schouder en zei: 'Onder dwang.' Ze draaiden zich allebei om. Moira en Bernie praatten geanimeerd met hun handen, Jules knikte en krabbelde koortsachtig in zijn notitieboekje, scheurde vervolgens de pagina eruit en verfrommelde die in totale verwarring toen de vrouwen van koers leken te veranderen. Ze had medelijden met Jules: de mondelinge versie van de lokale geschiedenis was flexibel. Data en plaatsen, namen en gebeurtenissen veranderden zo vaak dat mensen net zo lang discussieerden totdat er een nieuwe waarheid was ontdekt. Hij keek op en ving haar blik. Er lag iets smekends in.

Milo was niet van zijn stuk gebracht door haar bekentenis. 'Er was die avond in 1958 een ruzie en Nancy had gedronken. Ze zaten allemaal in de vroegere eetzaal... Die heb je gezien, toch?' Ze knikte en kon zich de kamer nog goed voor de geest halen. De zachtblauwe muren. De versleten stoelen. Het tapijt dat ooit wit was geweest. 'Mijn overgrootvader, Charles, vertelde Nancy toen dat ze zeker wisten dat Charlotte niet zomaar was verdwenen. Dat ze niet was meegenomen door de IRA, zoals sommigen beweerden. Hij zei dat ze zelfmoord had gepleegd om te ontsnappen aan een gearrangeerd huwelijk.'

Ellies vingers tintelden. *Lord Hawley?*

Voordat ze kon spreken, vervolgde Milo. 'Mijn vader zei dat hij zijn moeder nog nooit zo boos had gezien. Hij en Harriet – mijn tante – waren bang. Hij was zeventien en daarvoor had hij nog nooit een onvertogen woord gehoord van zijn ouders. Toen Charlottes zelfmoord ter sprake werd gebracht veranderde zijn moeder echter.'

Ellie fronste. 'Maar Charlotte kon geen...'
'Volgens Albert zei zijn vader dat Charlotte koppig was geweest. Ze geloofde dat vrouwen op gelijke voet stonden met mannen.' Plotseling kreeg ze een zwak voor Charlotte. 'En ze verafgoodde mijn oma.'
'Nancy?' Ellie knikte langzaam. 'Waarom?'
'Ze was van niets iets geworden. Ze was een wees. Alles in haar leven had ze zelf bereikt.' Hij zweeg even en voegde toen toe: 'Dat bewonder ik. Dat je je eigen weg uitstippelt.'
'Waarom vertel je me dit allemaal?'
'Omdat je de brief hebt meegenomen.'
'Ah.' Ze bloosde. 'Ja, nou ja...'
'En dat wekte mijn interesse,' ging Milo verder. 'Als jij dapper genoeg was om hem te stelen...' Ze keek hem geschrokken aan, maar hij wuifde het weg met een lach. '... dan kon ik ook wel mijn boekje een beetje te buiten gaan en in de archieven van de praktijk duiken.'
Dat was een verrassing. 'Wat?'
'Ja,' zei hij met een licht berustende blik. 'Je had gelijk dat je het wilde weten. Op 12 augustus 1939 bezocht dokter Mortimer Blackwater Hall. Hij maakte altijd zeer grondig aantekeningen.'
Haar hart maakte een sprongetje. 'En? Werd Charlotte mishandeld?'
Milo perste zijn lippen op elkaar en schudde zijn hoofd. Hij glimlachte licht, met iets van... trots? 'Het blijkt dat mijn oudtante nogal een samenzweerster was.'
'Ik snap het niet.' Aan de andere kant van de kamer was er commotie, gejoel en gejuich. Ellie draaide zich om. Hoewel ze haar niet kon zien, wist ze dat de jarige was gearriveerd.
Milo raakte zachtjes haar arm aan en ze keek hem weer aan.
In zijn hand hield hij een vel papier. 'Voor jou.' Hij gaf het haar.
Het was een medisch dossier uit 1939. Fronsend begon ze te lezen, op de achtergrond weerklonk een beschonken versie van 'Happy Birthday' die steeds luider werd. 'Milo, ik moet je iets vertellen over de datum van de brief. Hij is geschreven nadat Charlotte was verdwenen...' Ze aarzelde en las verder. Ergens diep in haar bin-

nenste veranderde iets, alsof een ijsklompje in haar hart begon te smelten, ontdooid door de daden van een jonge vrouw tachtig jaar geleden en de schoonzus die haar inspireerde.

18

Blackwater Hall, County Kerry
Augustus 1939

Er werd een foto gemaakt voordat de gasten arriveerden. Blackwater Hall doemde achter hen op, het gezelschap staarde naar het zuiden. Het was droog, iets wat al een wonder op zich was, en alleen het sponsachtige gazon verraadde dat het de dag ervoor geregend had. Lady Rathmore was gespannen, maar de rest van de familie leek in een goede bui, zelfs Hugo. Nancy vroeg zich af wat de kokkin die ochtend door de eieren had gedaan.

'Waar is Charlotte?' vroeg ze, terwijl ze op het hoekje van de voorste rij ging zitten.

Dit bracht een frisse blos op Lady Rathmores wangen. 'O, lieve hemel.'

Op het gazon beneden was een feesttent neergezet. De zijkanten waren opgerold en onthulden een verzameling tafels en stoelen. Op een lange schraagtafel stond van alles en nog wat: sandwiches, taarten, een warmhoudschaal die nog gevuld moest worden. De helft van de tafel was echter nog leeg. Nancy wist dat dit gedeelte bedoeld was voor het eten dat de families van het personeel per se mee wilden brengen. Teddy zei dat het elk jaar zo ging.

'Tabby! Tabby!' Lady Rathmore snelde langs Nancy. Het personeel probeerde het werk af te maken en hield de fotograaf in de gaten, wachtend op het verzoek om hun plaatsen in te nemen. 'Tabby, ga jij Charlotte eens zoeken.'

'Ja, mevrouw.' Tabby verscheen uit de tent, maakte een ongemakkelijke buiging en liep over het gazon. Het strakke dienstmeisjesuniform stond haar niet, alsof ze maar een invaller was en op het laatste moment was opgeroepen. Ze zwaaide naar haar broer, die al in de rij stond, en knipoogde naar Nancy toen ze voorbijliep.

Ze kwam terug met Charlotte, die grijnzend haar pols vastgreep. Die was omwikkeld met een wit verband.

'Ik denk dat ik op de hoek moet zitten,' zei Charlotte, terwijl ze voor Nancy stopte. 'Jij moet naast Teddy zitten.' Ze kreeg een blik die suggereerde dat dit al besproken was met Lady Rathmore. 'Echt,' zei ze, 'ik sta erop.' Ze werkte zich op de stoel en dwong Nancy tussen haar en Teddy in te gaan zitten. De koelte van haar lange rok streek langs Nancy's blote enkel.

Nancy beschermde haar ogen tegen de zon. 'Je moeder zei dat je gisteravond in de tuin bent uitgegleden.'

'Ja, ik heb de dokter gevraagd om vandaag langs te komen. Daar komt hij juist aan.' Ze wees naar het meer, waar een zwarte auto traag over de oever reed. 'Wil je met me mee?'

Nancy draaide zich naar haar om. Ze zocht op het gezicht van de jongere vrouw naar tekenen van pijn terwijl ze haar rok gladstreek met haar omzwachtelde hand. Toen porde ze stevig in Charlottes pols.

'Nancy!' zei Charlotte. Maar ze knipperde niet met haar ogen.

Nancy siste: 'Heb je dit voor mij gedaan?'

'Oké, ga maar zitten.' De fotograaf ging achter het statief staan. 'Een, twee...'

De jongere vrouw haalde haar schouders op. 'Hij zal naar mij kijken, dan zou jij ondertussen met hem kunnen praten. Dat moet je zelf weten.' Ze keken elkaar aan. Charlottes blik was niet langer ondeugend.

Nancy's ogen prikten en ze knipperde met haar ogen om niet te hoeven huilen. Een zacht briesje streek langs haar hoed. Het model had Lady Rathmore doen fronsen en ze bewoog haar hand naar haar hoofd. Toen keek ze naar Charlotte. Een personeelslid, Tabby misschien, maakte een spitsvondige opmerking en iedereen op de achterste rij lachte. De fotograaf keek hen indringend aan alsof hij wilde zeggen: dit is een portret voor het nageslacht, geen pantomime. Meteen viel er een stilte en veranderde de stemming.

Nancy legde zachtjes een hand op Charlottes pols, het verband voelde ruw onder haar vingers. Haar hart stroomde over van dankbaarheid. 'Bedankt,' fluisterde ze. 'Heel erg bedankt.' De fotograaf klapte in zijn handen om iedereen stil te krijgen, toen klikte de camera en was het moment vastgelegd.

19

Blackwater Hall, County Kerry
Maart 1958

De deur naar het kleine schuurtje aan het einde van de moestuin stond op een kier. Hattie zat binnen met haar benen languit voor zich, een boek open op haar schoot. Buiten regende het hevig. 'Nog een Kerry-dingetje', zoals papa zou zeggen.

Ze moest nog één bladzijde uit haar boek lezen, maar haar gedachten dwaalden af. Gisteravond had grootmoeder tijdens het diner aangekondigd dat haar gouvernante in april zou arriveren. Mama was daar boos om geworden. 'We leven niet in 1890. Een leraar een gouvernante noemen is belachelijk. En hoe gaan we dat betalen?' Grootmoeder was naar een schilderij gelopen dat achter mama hing, eentje met drie kannen en een handvol appels. Het doek was geschilderd met ferme streken, waardoor het zo hobbelig was als het meer tijdens een storm. Met één vinger had ze het weer recht gehangen. 'Sommige mensen hebben in de loop der jaren uitstekende investeringen gedaan.' Hierop had mama gezegd dat de plaatselijke school prima was. Grootmoeder had Ballinn een sloppenwijk genoemd waar mannen vieze schoenen en versleten hoeden droegen. Later vertelde papa Hattie dat het dorp een trots was waar geen schoenpoetser of hoedenmaker tegenop kon. Hij had beloofd haar er volgende week mee naartoe te nemen. 'Dan is de parade ter ere van St. Patrick's Day,' had hij met een knipoog gefluisterd.

Het knarsen van grind bracht haar terug naar het heden. De voetstappen buiten waren doelbewust, snel en direct, net als die van grootmoeder. De tred klonk echter zwaarder.

De schuurdeur ging open. Er kwam een man binnen. Hij boog zich onder de lage deurpost en stapte over de drempel. Zijn ogen waren neergeslagen.

Hij reikte naar een schop die in het schuurtje stond. Hattie zat ernaast en zei: 'Hallo.'

'Heilige Moeder Gods!' Hij maakte een sprongetje, krabbelde haastig achteruit en botste tegen de deur. Die viel met een klap dicht. Hij bedekte zijn gezicht met zijn handen.

Hattie deinsde terug in de hoek, stil en met wijd opengesperde ogen.

De regen nam af en door het ene raam met de vier ruitjes scheen weer wat meer licht. Het viel op de man die trillend en ineengedoken tegen de deur zat.

'Het spijt me dat ik u bang heb gemaakt,' fluisterde ze, terwijl ze haar boek tegen haar borst klemde. De schrik om de indringer werd snel vervangen door het gevoel dat zíj hier de indringer was.

De man haalde diep adem en liet zijn schouders zakken. Toen hij opkeek, fronste hij zijn voorhoofd, zijn ogen lichtten op onder zijn donkere wenkbrauwen.

Hattie herkende hem. Hij was de man die op Marlon Brando leek, maar dan met groene ogen en onverzorgder. Tomas, de tuinman.

'Je hebt me laten schrikken, dat is alles.' Zijn stem klonk zachter dan ze zich herinnerde van de dag bij het meer, toen mama's hand de hare zo stevig vasthield. Hij vermeed haar blik, alsof zij de volwassene was en hij het kind.

Hatties boek, *De club van zeven en de geheime grot*, voelde glad aan in haar handen. Ze had het al meer dan tien keer gelezen, maar inmiddels was ze er eigenlijk te oud voor en ze schaamde zich dat ze het bij zich had. Ze legde het met de kaft naar beneden op de bank naast haar. Het vormde een scherp contrast met de vuile gereedschappen die her en der lagen.

Tomas haalde diep adem. 'Laat me hier maar even mijn gang gaan.' Uit zijn zak haalde hij een pakje sigaretten en een doosje lucifers tevoorschijn. Hij hield ze haar voor.

'O. Nee, bedankt. Ik rook niet.'

Hij trok zijn wenkbrauwen op en knikte. 'Waarschijnlijk maar beter ook,' zei hij, terwijl hij een lucifer aanstak. Het flikkerende licht werd gevolgd door de geur van zwavel.

'Mama zegt altijd dat het je helpt nadenken,' waagde Hattie terwijl ze de rook in wolkjes uit zijn mond zag komen. Het zag er luxueus uit. Zijn schouders zakten nog wat verder.

'O ja?' zei hij. Voor het eerst glimlachte hij. Hij leunde met zijn armen op zijn knieën en zijn kleding kreukelde op zo'n manier dat Hattie moest denken aan een accordeon die werd gevouwen. 'Dat rode haar van je...'

Ze zwaaide haar vlecht over haar schouder, uit het zicht.

Vol schaamte.

Hij schudde zijn hoofd. 'Het is prachtig.'

Hattie realiseerde zich toen dat ze haar handen had samengeknepen. Ze keek ernaar toen ze ze weer losliet, de huid wit met rood gevlekt. 'Prachtig?'

'Ja,' zei hij. Ze zaten in stilte bijeen terwijl de regen op het dak roffelde en het getik weer luider werd. De schemering viel. Ze had de hele middag in het schuurtje gezeten.

Toen hij zijn sigaret half opgerookt had, vroeg hij: 'Wat doe je hier eigenlijk?' Er klonk geen beschuldiging in zijn vraag door.

'We zijn hierheen verhuisd toen oom Hugo stierf.'

Hij nam een trekje en knikte. 'Ah ja, een trieste zaak.'

'Kende u hem?' vroeg ze. Toen bloosde ze en zei: 'Sorry.'

'Niet echt.' Als hij haar brutaal vond, liet hij dat niet blijken. 'Ik kende hem alleen van gezicht.'

'O,' zei ze, haar aandacht gericht op het vuil onder haar nagels. Ze zou ze voor het avondeten moeten schrobben, anders riskeerde ze een preek van grootmoeder.

'Nou ja, ik vroeg eigenlijk waarom je hier was.' Hij tikte met zijn sigaret op de aarden vloer en maakte een gebaar naar de schuur om hen heen alsof het een enorme hal was. 'Hier in mijn schuur.'

'Is dit uw schuur?'

'Nou...' Hij dacht even na. 'Strikt genomen niet, nee.'

'O,' zei Hattie. Ze stak haar hand omhoog en pakte *De club van zeven* op. 'Ik vond het een goede plek om te lezen.' Ze hield hem het boek voor.

Hij veegde zijn handen af aan zijn broek. Die was inmiddels gekreukeld. 'Ah, is het een avonturenboek?' vroeg hij, terwijl hij het boek aannam. Hij bladerde erdoorheen.

'Ja. Het gaat ook over een geheime schuur.'

'Is die net zo mooi als deze?'

Ze keek naar de aarden vloer, waardoor ze haar rok eerst zou moeten afkloppen voordat ze naar het huis ging. 'Nee, niet zo mooi als deze,' zei ze, want ze dacht dat hij dat graag zou horen.

'Deze schuur is door mijn vader gebouwd. Beetje bij beetje. Van hout dat overbleef nadat we het boothuis hadden gerepareerd. Voordat dat tot de grond toe afbrandde.'

Het was een eenvoudig bouwwerk: ruw gekapte planken die horizontaal waren aangebracht en op plekken waar de regen doorheen was gesijpeld zaten vlekken. Het rook naar vochtige aarde. Aan de ene kant stond een kleine kachel, waarvan de deur op een kier stond. Aan de andere kant stonden een dozijn grote zakken in rijen naast elkaar.

'Wat zijn dat?' zei Hattie.

'Die zakken? Piepers.' Toen ze fronste, zei hij: 'Ze zijn aan het uitspruiten.'

'Uitspruiten?' Ze sprak het onbekende woord langzaam uit.

Hij stond op, zette drie stappen naar de andere kant van de schuur en deed een greep in een van de zakken. Hij haalde er een aardappel uit. Die zat vol met kleine witte scheuten met groene vlekken. Ze staken alle kanten op alsof ze bang waren.

'Door deze scheuten weet ik dat de aardappel klaar is om te planten. Klaar voor St. Patrick's Day.'

'O?' zei ze.

Toen het duidelijk was dat ze het niet begreep, vervolgde hij: 'We planten ze altijd op St. Patrick's Day. Dat brengt geluk. Van deze aardappelen kunnen we een jaar lang eten.'

Ze stond op en liep naar hem toe. Hij gaf haar de aardappel. Een scheut brak af in haar hand. 'O, sorry.'

Hij lachte. 'Ah, dat geeft niks. Er zijn er nog veel meer. We zetten ze met de ogen omhoog.' Hij wees naar de scheuten.

'Ik heb nog nooit een aardappel zien groeien.'

'Nou, als je op St. Patrick's Day komt, planten we ze samen,' zei hij, terwijl hij de aardappel weer terugnam.

'Sorry,' zei ze, in tweestrijd. 'Papa heeft al beloofd me mee naar Ballinn te nemen voor de parade.'

'Maakt niet uit, dan zijn we al klaar,' zei hij. 'Je kunt het allebei doen als je het leuk vindt.'

Ze zou het inderdaad leuk vinden. 'Op welke dag is het... St. Patrick's Day?' vroeg ze.

'Op 17 maart. Elk jaar weer.'

'Waarom?'

Hij draaide de aardappel in zijn hand, zijn lenige vingers gingen over de scheuten zonder ze te breken. 'Om Sint-Patrick te herdenken. Hij bracht het christendom naar Ierland.'

Dat vond Hattie nogal ingewikkeld klinken. 'Wanneer deed hij dat dan?' vroeg ze.

Hij keek peinzend. Alsof het een vraag was die hij zelf nooit had bedacht. 'O, een eeuwigheid geleden,' zei hij toen nonchalant. 'Meer dan duizend jaar. Misschien al wel veel langer. Er wordt gezegd dat hij op 17 maart is gestorven. Het is een nationale feestdag én de beste dag om aardappelen te planten,' zei hij knikkend.

'Zelfs voor Engelsen?'

Hij lachte erom en deed de aardappel terug in de zak, waarbij hij de bovenkant weer dichtdraaide. Een teken dat hun gesprek voorbij was. Hij stak zijn hand uit en zij schudde hem, zoals een volwassene dat zou doen. 'Het was fijn om u te ontmoeten, juffrouw Rathmore.' Toen hij haar bij haar naam noemde, fronste hij een beetje, alsof hij het woord proefde. Toen keek hij weer vrolijker.

Ze zei: 'U mag me wel Hattie noemen.'

Hij hield haar hand nog steeds vast. Hij had een stevige greep. 'Pas goed op jezelf, Hattie. Daar in het grote huis.'

'Dat zal ik doen.' Ze realiseerde zich dat ze zijn achternaam niet wist, dus zei ze maar: 'Dat zal ik doen, Tomas.'

Hij stond inmiddels bij de deur en keek om. 'Kom maar naar me toe als je iets nodig hebt. Ik zal mijn best doen om het voor elkaar te krijgen.'

Ze wilde dank je wel zeggen, maar hij was al weg, de tuin in, de afnemende regen in, de avond in terwijl de schemering langzaam inviel.

20

Ballinn, County Kerry
September 2019

Er viel een stilte in de zaal en Ellie draaide zich om naar het podium, waar een klein figuurtje met wit haar traag en voorzichtig de trap beklom. De handen die zich uitstrekten om te helpen werden ongeduldig weggeslagen.

Bernie boog zich naar voren. 'Daar is ze. De jarige job.'

Toen ze boven was, draaide Tabby zich om en toonde het publiek een brede grijns. De perfecte parelwitte tanden die zichtbaar werden, konden volgens Ellie echt niet van haarzelf zijn.

De menigte juichte en de kraaienpootjes rond haar groene ogen verdiepten zich. Haar huid was gerimpeld, als papier dat verkreukeld was, en net boven de kraag van haar karmozijnrode blouse zag je het begin van een moedervlek.

'Céad míle fáilte. Welkom.' Zelfs zonder microfoon klonk haar stem als een klok, en Ellie herinnerde zich dat Tabby Ryan, samen met Bernie, de apotheker en de boeren, altijd lid was geweest van de Ballinn Dramatics Secret Society. Dat was ze waarschijnlijk nog steeds. 'Volgens mij willen jullie wel wat advies. Daarvoor zijn jullie toch allemaal hier?' Ze hief haar handen vragend op en de gasten lachten. 'Daar komen we zeker nog op, maar eerst moet ik jullie blijkbaar een beetje over mijn leven vertellen. Ze zeggen...' Ze wees naar een groepje familieleden onderaan het podium. '... dat een eeuwfeest hét moment is voor mijn eigen lofrede.' Weer ging er een gelach op. 'Maar dat doe ik voor mijn honderdtiende verjaardag wel.' Vanuit de zaal weerklonk gejuich. Tabby maakte een afwerend gebaar.

'Voor het geval je niet goed bent in rekenen, ik ben geboren in 1919, in een Ierland dat verlangde naar vrijheid. Net als bijna iedereen om ons heen was ons gezin, met zeven kinderen en al, nogal arm. Ik ging naar de Ballinn National School voordat ma me naar Kenmare stuurde, naar Blackwater Hall, om daar te werken.' Ze sprak zonder bitterheid, hoewel er veel verdriet achter de woorden zou kunnen schuilen. 'Pa was de tuinman en ik was een soort dienstmeisje. Ik kan niet zeggen dat ik er echt goed in was. Maar door daar te werken heb ik wel een belangrijke les geleerd: geld hebben is prettig, maar je kunt er geen geluk mee kopen.' Ze zweeg even en zocht naar woorden.

De menigte hield de adem in.

'Tijd voor de wijze woorden,' werd achter in de zaal gejoeld.

Tabby's gezicht klaarde op. 'Het ongeduld van de jeugd,' grapte ze. Ze stak haar handen in de zakken van haar pantalon, de vouwen aan de voorkant waren er pas in gestreken. 'Ik kreeg een helpende hand, van de vrouw des huizes nog wel, om mijn droom na te jagen om lerares te worden. Waarschijnlijk was ik het enige meisje uit Kerry in de geschiedenis dat niet wilde emigreren, en achteraf kan ik zeggen: gelukkig maar! Vanaf het begin van mijn opleiding in de herfst van 1940...' Op dit punt knikte Bernie in zichzelf. '... tot mijn laatste les in 1980 was het mijn lust en mijn leven.' Ze zweeg en keek naar de hemel. 'Naast mijn drieënvijftigjarige huwelijk natuurlijk.

In die tijd werd ons huis het rambling house, zoals dat van de O'Briens, voordat het in brand vloog. Het waren de gelukkigste dagen van mijn leven.' Ellie wist dat nog steeds te zien was waar het huisje had gestaan, er stond nog een stuk muur achter de winkel. 'Als het werk erop zat, verdrongen mannen en vrouwen zich in onze keuken en was het tijd voor praatjes en vermaak. Ook politiek natuurlijk. Het was een kruising tussen het Abbey Theatre en Dáil Éireann, het Ierse lagerhuis. Ons huis was het hart van het dorp.

Maar de tijden veranderden en wij ook. Mensen gaven niet meer om ons rambling house. Iedereen had het druk. Nu is elke dag tot de laatste seconde toe gevuld met dingen. Maar ik zal jullie gratis advies geven: het geheim van een goed leven is om te leren wat ertoe doet en wat niet. En dat,' zei Tabby, 'is moeilijker dan het klinkt.'

Een zonnestraal piepte door de hoge ramen en wierp een baan van licht door de zaal. Even zag de oude vrouw er weer uit als een jong meisje en Ellie kon voor zich zien hoe ze jaren geleden op dat podium had gestaan: een gladde huid, een goed figuur en een lichte, soepele tred.

'Twintig jaar geleden verloor ik mijn geliefde Noel. Hij was de rots op wie ik bouwde en mijn beste vriend. Hij zorgde voor de twinkeling in mijn ogen. Mijn ouders verlieten deze wereld meer dan veertig jaar geleden, mogen ze in vrede rusten. En het is een eeuwigheid geleden dat mijn broer...' Tabby aarzelde. Voor het eerst leek ze breekbaar, ondanks haar sterke en zelfverzekerde façade. 'Tomas, hij... wij...' De stemming in de zaal werd minder vrolijk. De menigte zweeg en hield de adem in. Tabby's ogen glansden van tranen door een langgekoesterde of lang vergeten herinnering.

Toen verstoorde een geluid de stilte: het gehuil van een kind, gevolgd door een sussend geluid en snelle voetstappen en het dichtslaan van de lobbydeur. Het bracht haar terug van waar ze ook was geweest.

'Nou...' Ze keek de menigte opnieuw rond. 'Zo'n tachtig jaar geleden heb ik beloofd dat ik op mijn honderdste verjaardag een aantal van onze *seanfhocal*, onze gezegdes, op rijm zou zetten.' Ze keek naar de hemel en rolde met haar ogen, alsof ze met iemand communiceerde.

Moira snakte naar adem van genot en Ellie glimlachte. Iemand stapte het podium op met een kop thee. Tabby nam een slokje. Ze haalde een vel papier uit haar zak. Ze vouwde het theatraal open en trok haar wenkbrauwen veelbelovend op. Toen begon ze te lezen, met een zangerige stem vol ritme en de langgerekte klinkers die zo typisch waren voor Kerry.

'Heb je misschien geen schoenen,
Dans op de kleur van de seizoenen,
Want op een dag ontmoet je een man, die helemaal niet dansen kan.
En wie je vader ook mag wezen,
Leer eerst je eigen hart maar lezen,
Zijn fouten staan niet in jouw plan.

Durf de weg van de minste weerstand te betreden,
Maar wees alleen met de maximale inzet tevreden,
Hou de wind in de rug, al gaat die tekeer.
Winderige dagen zijn niet bedoeld om hout te hakken,
Een verkoudheid heb je zo te pakken,
Als je naar buiten gaat bij slecht weer.

Zorg dat je snel aan de hemelpoort klopt,
Voor de duivel je een deurtje verder schopt,
Want iedereen heeft wel een onrecht begaan.
Soms is het leven net als thee,
Een kopje vol met wel en wee,
En bitter van smaak als het te lang heeft gestaan.

Natuurlijk is de wereld sterk,
Van de Ierse mis tot de Engelse kerk,
De weg is altijd langer als je die alleen loopt.
Zij die reizen hebben verhalen,
Soms heel sterke, in allerlei talen,
Maar alleen jouw vuur brandt zoals gehoopt.'

Ze vouwde het papier op. Het laatste deel van haar gedicht zei ze uit haar hoofd op terwijl de strofen korter werden en haar stem steeds sterker werd:

'Honderd jaar
Was ik op aard'
En ik doe dit maar even klassikaal:
Deze wijze woorden wezen mij de weg,
Dit is mijn geschenk aan jullie allemaal.

Hiermee los ik als heldin
Eindelijk een belofte in,
Gedaan in een heel andere tijd:
"Als ik een hoge leeftijd zou bereiken,
Zorg ik voor een rijm van kwaliteit."'

21

Holborn, Londen
Augustus 1940

Nancy had het afgelopen jaar veertien artikelen gepubliceerd. Hoewel ze nog steeds vooral secretarieel werk deed, zat ze 's avonds aan haar bureau met uitzicht op de in duisternis gehulde Parker Street, pen in de hand, verkreukelde proppen papier verspreid aan haar voeten als pluisjes die wachtten op de wind.

Teddy was weg. Als ze geluk had, hoorde ze elke week iets van hem. Zijn gecensureerde brieven kwamen van het front en roken naar zweet. Ze wist niet waar hij gestationeerd was en hij liet ook nooit veel doorschemeren. Soms waren hele stukken zwart gemaakt, of afzonderlijke woorden, kleine donkere vlekken die leken op hitlersnorren op het vel papier. Hij was één keer thuis geweest met verlof en ze hadden over van alles en nog wat gepraat, behalve over de oorlog. En 's nachts had ze zich om hem heen gekruld totdat het zachte op en neer gaan van zijn ademhaling haar vertelde dat hij in dromenland was. Soms sliep hij door tot zonsopgang. Op hun laatste avond samen bedreven ze de liefde.

Dat was ruim vijftien weken geleden. Nancy wist dit omdat ze de datum in haar dagboek had genoteerd zonder enige hoop of verwachting. Nu bevestigde de kleine zwelling van haar buik en de lichte misselijkheid die haar als een trouwe hond achtervolgde echter wat ze al wist.

Ze was weer in verwachting.

Ze had Teddy in de achtste week geschreven. Zijn antwoord was vol hoop en vreugde. Het vervulde haar niet alleen met geluk, maar ook met zenuwen. Ze had bij zichzelf gedacht dat als de vijand haar angst onder het Britse volk kon verspreiden, ze de oorlog morgen al zouden verliezen.

De straat voor het appartement was verlaten. In de afgelopen maand hadden de Duitsers drie luchtaanvallen op Cardiff uitgevoerd. Voor Londenaren voelde dat als ver weg en onverzettelijk gingen ze door met hun dagelijkse leven, één oor open naar de hemel. Achttien maanden geleden zou ze op een vrijdagavond met Teddy naar het theater zijn gegaan, naar een restaurant of het British Museum, om langzaam langs de exposities te dwalen en te praten over de geschiedenis, het leven of zaken die er helemaal niet toe deden. Nu bleef Nancy's wereld echter beperkt tot de grauwe kantoren van *The London Chronicle* en deze woonkamer, waar ze genoot van een roman van Agatha Christie en een mok slappe thee met wat melkpoeder. Die avond had ze licht gegeten: een beetje corned beef, een aardappel en verse maïs, dat laatste had ze van haar baas gekregen uit de moestuin van zijn neef. Ze was al behoorlijk moe, hoewel het nog geen acht uur was.

Ze nam nog een slokje van haar drankje. De warmte was rustgevend, ook al was de smaak dat niet. Een vlieg zoemde langs haar oor en even sloeg haar hart over van het geluid. Ze legde haar boek neer en liep naar het raam.

Buiten op straat stopte een jongen op een fiets. Hij haalde een kleine envelop uit zijn leren tas, keek vervolgens de straat af, zette zijn fiets tegen de muur en verdween uit het zicht. Hij kwam haar gebouw in.

Nancy stapte weg bij het raam.

De deur beneden gaf toegang tot drie appartementen. Zij en Teddy woonden op de middelste verdieping in een appartement als een schoenendoos, met twee slaapkamers die ze beetje bij beetje hadden ingericht. Eerst hadden ze een bed gekocht, daarna een kleine fluitketel voor op het fornuis. Een maand later hadden ze genoeg geld voor een bank van een vriend van een vriend op Teddy's werk. Daarna kochten ze een tafel en een paar stoelen. Zo was het maar doorgegaan. Elk meubelstuk voegde iets toe aan hun leven.

Onder hen woonde mevrouw McLaughlin, een gezette, oudere dame met een Schots accent en een slecht – of selectief – gehoor. De perfecte buurvrouw. Ze was weduwe, voor zover Nancy wist kinderloos. Ze bracht de meeste avonden door met kaarten met een groep vrouwen die zichzelf de Dames noemden, en elke dag ging ze lunchen bij Rules, dat bekendstond om het niet-gerantsoeneerde voedsel dat ze serveerden: konijn, korhoen, fazant, zaken die niet op de bon waren te verkrijgen. Af en toe, als ze elkaar toevallig buiten het gebouw tegenkwamen, vroeg ze Nancy binnen voor een kop thee. Die werd dan vervolgens koud terwijl ze praatten onder het genot van een glas whiskey in de volle voorkamer van mevrouw McLaughlin.

De verdieping boven Nancy en Teddy was onlangs gehuurd door een jong stel met een peuter, wiens naam Nancy waarschijnlijk niet snel zou vergeten, aangezien ze besloten hadden hem Winston te noemen. De vader vocht aan het front, en hoewel Nancy en Winstons moeder van dezelfde leeftijd en stand waren, hadden ze nauwelijks contact.

Nancy liep naar de deur en drukte haar oor tegen het blauwe oppervlak. Ze hoorde de voordeur dichtslaan – mevrouw McLaughlin moest die weer open hebben gelaten. Even was het stil, de jongen aarzelde. Toen ging hij de trap op, snel en lichtvoetig. Recht langs haar deur.

Haar hart klopte weer rustiger. De angst voor het telegram heerste voelbaar in de straten van Londen. Af en toe kwamen bezorgers zelfs voor een dichte deur te staan terwijl het duidelijk was dat er iemand thuis was.

Ze hoorde een zwak geklop boven haar. Er volgde een gedempt gesprek. Toen, vrij snel, kwamen de voetstappen terug, langzamer naarmate ze afdaalden.

Telegrammen bevatten natuurlijk niet altijd slecht nieuws. Ze hoopte dat de envelop die de jongen uit zijn fietstas had gehaald hem niet tot een boodschapper van de dood maakte. Haar bovenburen hadden het ooit over familie in Amerika gehad. Misschien hadden ze gewoon een nieuwtje en waren ze zich niet bewust van de angst die een telegram in Groot-Brittannië in tijden van oorlog met zich meebracht.

Voor haar deur haperden de voetstappen, een beetje schuifelend, alsof zij en hun eigenaar in een soort geschil verwikkeld waren. Toen stopten ze. Er viel een hartverscheurende stilte. Nancy kon een speld horen vallen. Ze wilde haar handen op haar oren leggen, tegenhouden wat er zou komen.

Er werd ferm geklopt.

Ze schrok. Van het geluid, van de adrenalinestoot die door haar heen ging. Van angst. Ze ademde langzaam, streek haar haar glad en sloot haar ogen. Plotseling knikten haar knieën, haar rug deed pijn, haar lichaam voelde zwaar. Met haar linkerhand hield ze de open kraag van haar blouse vast tegen een kou die uit het niets op kwam zetten. Met haar rechterhand pakte ze de klink vast en deed de deur open.

De jongen die aan de andere kant stond, was nog kleiner dan hij van bovenaf had geleken. Door zijn gladde blonde haar en zijn gebruinde huid zag hij eruit als een schoolkind. Toen hij zijn mond opendeed, besefte ze dat hij dat niet was. 'Missus Rafmore?' zei hij. Zijn ogen waren rond en blauw en verontschuldigend. Net als zijn stem.

Tegen zijn zijde, tussen zijn duim en wijsvinger geklemd, hield hij een klein stukje papier. Het was dun, bijna onbelangrijk. Nancy verstijfde.

'Bent u Nancy Rafmore?' vroeg hij opnieuw. Ofwel zijn stem werd zachter, ofwel Nancy's gehoor liet haar in de steek. Ze kon hem nauwelijks verstaan.

Ze zette zich met één hand tegen de deurpost schrap, schraapte haar keel en forceerde een glimlach. 'Wat onbeleefd van me,' zei ze. 'Kom binnen.'

Ze liep naar de bank en ging zitten.

'Mevrouw?' zei de jongen, terwijl hij snel achter haar aan de kamer in rende. 'Wacht.'

Hij bleef voor haar staan. 'Zal ik een glas water voor u halen?'

Ze moest geknikt hebben, want hij verdween. Ze hoorde de kraan in de keuken lopen, een suizend geluid dat de stilte in de kamer verbrak. Hij kwam terug met een glas. Een elegant kristallen Waterford-glas, de laatste van een set van vier. 'Teddy's glas,' zei ze met een glimlach.

Hij knielde naast haar neer. 'Is dat uw man? Teddy?'

'Ja.' Haar stem was slechts een ademhaling. Het water was onaangenaam warm toen het in haar keel gleed.

Ze keek op naar de jongen. 'Hoe heet je?'

'Jimmy.'

'Jimmy,' zei ze, terwijl ze over haar buik wreef. 'Jimmy. Wat een mooie naam.'

Hij probeerde het opnieuw. 'Mevrouw, heet u Nancy Rafmore?'

Ze zweeg even. 'Ja,' zei ze en haar wijsvinger raakte de rand van Teddy's glas. 'Ik vrees van wel.'

Vertraagd gaf hij haar het telegram, draaide zich om en liep met langzame, voorzichtige stappen door de kamer. Ze keek niet op toen de deur achter hem in het slot viel.

Ze waaierde zichzelf koelte toe met het telegram. Zolang het nog verzegeld was, bevatte het nog steeds potentieel nieuws, iets wat wel of niet gebeurd kon zijn. Een ongeopend geschenk, een ongeteste theorie. Een onontplofte bom.

Ze legde het op de rommelige tafel in de woonkamer. De hitte van de nazomer was drukkend en de recente regenval had de luchtvochtigheid flink opgevoerd, maar Nancy begon onbeheersbaar te rillen. Ze liep naar de keuken, zette de gaspit aan en vulde de fluitketel. Nadat ze met haar trillende handen een kopje Barry's Tea had gezet, ging ze terug naar de tafel en nam plaats, voorzichtig nippend van de thee. Het was Teddy's favoriete smaak en deed haar altijd aan hem denken. Thee was, zoals de meeste dingen, een gevoelig onderwerp in Blackwater Hall. De familie was het natuurlijk niet met elkaar eens. Lady Rathmore dronk alleen Lyons, maar zijn lordship stond erop dat er Barry's Tea werd gedronken. Afgelopen zomer had Charlotte een speciale smaak voor haar gemaakt, half Lyons en half Barry's Tea. Ze had geknipoogd toen ze nog een extra theelepel van de laatste erbij schepte. Nancy reikte over de tafel heen en ruimde haar aantekeningen op. Ze stapelde alles op de grond naast zich, zodat het blad leeg was, afgezien van haar halflege kop thee en het telegram.

Ze pakte het met trillende handen op en bracht het naar haar neus, zoals ze vaak met boeken deed. Het rook helemaal nergens naar. Het was een geurloos voorwerp. Leeg en hol.

Ze liep naar het raam om het laatste beetje licht op te vangen. Elke andere avond zou ze de verduisteringsgordijnen dichttrekken en een lamp aandoen om te schrijven.

Maar vanavond niet.

Ze opende het telegram. De tekst op de pagina was kort.

De letters waren blokkerig en de woorden met grote tussenpozen geplaatst.

Het kwam niet van het ministerie van Oorlog. Het kwam van Hugo Rathmore.

Charlotte, de mooie Charlotte, was dood.

22

Derrynane Beach, County Kerry
September 2019

Toen Ellie uit de auto stapte, drong het tot haar door dat dit waarschijnlijk de eerste keer was dat ze in haar eentje naar Derrynane Beach ging. Zeker op dit tijdstip van de dag. Of was het nog nacht? Boven haar hoofd voltrok zich een spectaculair schouwspel. De Melkweg was zichtbaar aan de zuidelijke hemel, miljarden sterren blonken in het ochtendgloren. En hoewel het nog niet eens oktober was, kondigde de kou die aan haar onbedekte oren knaagde de naderende winter aan.

Vol energie liep ze over de met gras bedekte duinen, trok met één hand haar capuchon omhoog en hield in de andere een kop koffie vast.

Ze was al vóór vijf uur die ochtend wakker geworden en haar gedachten bleven maar malen. De koude lucht had haar even de adem benomen toen ze de dekens had teruggeslagen, maar toen was ze op haar tenen naar de keuken geslopen. Buiten was het pikdonker en het tl-licht in de keuken was fel, waardoor ze het gevoel had dat er een verhoor ophanden was. Op dat moment klonk er een gekraak van boven. Het licht in de badkamer ging aan. Er begon een kraan te stromen. Toen hoorde ze langzame, slaperige voetstappen, op de terugweg naar Moira's kamer. Ellie had er meteen zin in gehad op pad te gaan en wat frisse lucht te happen. Ze wilde gebruikmaken van dit moment van rust. Het was al de tweede ochtend in evenzoveel dagen dat ze wakker was geworden met een energiek gevoel en ze wilde graag haar gedachten op een rijtje zetten en haar hoofd leegmaken.

Toen haar ogen aan het donker gewend raakten, kon ze het zandpad onderscheiden. Een schim vloog over haar heen – was het een uil? – en het omringende gras wuifde in de wind. *Het zachte gefluister van duizend geesten.* Alleen was het vanmorgen niet echt zacht. Het klonk nogal hectisch en het gras ruiste als nooit tevoren toen de wind aantrok.

Ze bereikte de top en bleef staan. Derrynane Beach strekte zich voor haar uit, een lichte strook in de duisternis, een kleine twee kilometer lichtgekleurd zand dat de baai leek te omhelzen, zilveren slierten schuim die onder de fonkelende hemel richting het land golfden. Aan de westkant werd het begrensd door donkere rotspartijen, aan de oostkant strekte Lamb's Head zich uit in de oceaan. Ze bleef staan en nam het in zich op.

Het was gisteravond laat geworden op het feestje. Ellie was gebleven in de hoop in de buurt van Tabby te komen en haar van alles te kunnen vragen. *Kende je Charlotte? Was ze net zo mooi als haar portret? Ik heb een foto van haar bij me...* Toen het rustiger werd, was ze er eindelijk in geslaagd de jarige job te pakken te krijgen, en Tabby was opgetogen geweest haar te zien.

'Ellie Fitzgerald,' had ze gezegd als begroeting. 'Je bent een klein ding, maar wat zie je er goed uit!' Toen ze van het podium af was, had Tabby er nog veel kleiner uitgezien en Ellie had haar slechts lichtjes omhelsd, bezorgd omdat ze er zo kwetsbaar uitzag. Oeps, had ze gezegd toen Tabby haar stevig omhelsde. In haar adem was een geur van whiskey te bespeuren, maar haar blik was rotsvast toen ze Ellie op armlengte bij haar vandaan hield. 'Ik hoor dat je tegenwoordig schrijver bent?'

'Journalist.'

'Als je over de juiste woorden beschikt, kun je altijd je weg vinden.'

'Seamus Heaney?'

'Inderdaad.' Tabby schatte haar in. 'Ken je zijn werk?'

Ellie knikte. 'Maar dat is niets vergeleken met jouw poëzie.' Ze knipoogde en de oude vrouw wuifde dat puffend weg.

'Beloofd is beloofd. En uiteindelijk had ik er geloof ik nog plezier in ook. Misschien ga ik er wel mee verder. De honderdjarige dichteres.' Het idee beviel haar en ze lachte.

'Aan wie had je het beloofd?'

'Mijn broer, Tomas. Hij was een fijne man. Ik mis hem nog steeds.' Ze nam een slok uit haar vrij volle whiskeyglas en Ellie zag verschillende familieleden in de buurt, duidelijk wachtend om het uit haar handen te trekken. 'Ik herinner me de nacht dat we de afspraak maakten nog goed. Het gebeurde in het oude rambling house. Iedereen probeerde indruk te maken op een echte dame... zo kwam het eigenlijk.'

'Een dame?'

'Ze kwam uit Londen. Nancy Rathmore. Mijn hemel. Ze zouden het verkeer nog voor haar hebben tegengehouden in die tijd.' Toen fronste Tabby, alsof de goede herinnering verdrongen werd door iets minder prettigs.

Ellie zweeg even. Nancy? Bij het grote huis. Hier in Ballinn? 'Nancy Rathmore? Charlottes schoonzus?'

Toen ze Charlottes naam hoorde, keek Tabby perplex. 'Ja,' zei ze voorzichtig. 'Heb je weleens van haar gehoord?' Ze hield haar glas niet meer recht, het ijs tinkelde tegen de rand van het glas. Een man kwam dichterbij, nam het van haar over en fluisterde iets in haar oor. Ellie dacht even dat hij haar een boze blik toewierp. Tabby maakte een afwijzend gebaar.

Inmiddels keken er meerdere mensen naar hen.

Ellie probeerde het gesprek op gang te houden. 'Ik herinner me het liedje, over de dame van het meer. Trek je laarzen aan en wees flink...'

'Ja, ja, dat herinner ik me,' onderbrak Tabby haar haastig. 'Dat liedje stak de draak een beetje met het hele gebeuren.'

'Wat is er gebeurd?'

'Ze is verdronken,' zei Tabby snel.

'Kende je haar van Blackwater Hall?'

'Ik kende haar maar kort.' Ze glimlachte. 'Ik heb daar bijna drie jaar gewerkt en ben vertrokken nadat ze stierf.'

'Je zei dat Niamh Rathmore je op de een of andere manier heeft geholpen.' Toen Tabby fronste, legde Ellie uit: 'In je toespraak.'

'Heb ik dat gezegd?'

'Ja. Je had het over een helpende hand, van de vrouw des huizes.'

Tabby lachte. 'Nee, dat was niet Niamh. Wat een verschrikkelijke vrouw was dat.' Ze zweeg even en dacht terug. Aan de toespraak of iets anders, dat kon Elle niet zeggen. 'Nee, Niamh was niet degene die me hielp. Dat was Charlotte.'

Natuurlijk. 'Hoe dan?'

Tabby reageerde niet meteen en keek naar het plafond, net zoals ze op het podium had gedaan, alsof ze zich van bovenaf bekeken wist. 'Ze moedigde me aan om een beurs aan te vragen. Ze geloofde dat vrouwen alles konden, en ze had helemaal gelijk. Die was haar tijd ver vooruit.'

Ondanks de decennia die tussen hen in lagen, zou Ellie Charlotte wel willen omhelzen, haar leren kennen en haar zeggen dat ze gewaardeerd werd. Dat Ellie zag wat ze voor anderen had gedaan, dat ze zorgzaam was geweest en dat status of geslacht er voor haar niet toe had gedaan.

'Hoe was ze?'

Tabby fronste en keek Ellie peilend aan. Eerst leek het of ze van onderwerp zou veranderen, maar toen zei ze: 'Een prachtige vrouw. Charismatisch. Vastberaden.'

'Echt waar?' Ellie glimlachte.

'O ja, ze sloop vroeger stiekem naar de IRA-vergaderingen. Er is iets wat ik nog nooit aan iemand heb verteld!' Ze knipoogde. 'Ze verachtte de aristocratie, maar toch maakte ze er deel van uit.' Ze schudde haar hoofd. 'Ze zou ook met een aristocraat trouwen.'

Ellie begon. 'Ja, ik wilde je vragen...'

'Mam?' Naast Tabby verscheen een man die haar bij de arm pakte. 'De verslaggever van *The Kerryman* wil nog even met je praten voordat hij weggaat. Herinner je je hem nog?' Hij sprak op die manier zoals veel mensen dat deden tegen ouderen, te luid, te langzaam en ietwat neerbuigend. Ellie voelde een flits van woede. Ze trok een gezicht en draaide zich om naar Tabby, met de bedoeling haar welterusten te wensen. Terwijl ze dat deed, pakte de oudere vrouw haar hand. Ze hield hem stevig vast.

'Ik zie je nog wel, Ellie Fitzgerald.' Toen liet ze haar los en zwaaiend verdween ze.

Ellie daalde het duin af, richting het strand, dat ondanks eb en vloed altijd daar was: standvastig, vastberaden, betrouwbaar. Er waren geen voetafdrukken voor haar, noch voetafdrukken achter haar, alleen die van haarzelf. Ze bleef even aan de waterkant staan, buiten het bereik van de rollende golven, en dronk haar inmiddels koude koffie terwijl de duisternis optrok. Haar gespannen schouders zakten en ze voelde iets wat ze al heel lang niet meer had gevoeld.

Kalmte.

'Goedemorgen!' Een vlotte stem werd weggevaagd door de wind. Ellies bubbel barstte. Plotseling werd ze zich weer bewust van de wereld om haar heen. Ze probeerde niet geïrriteerd te zijn en draaide zich om naar de gestalte die naast haar stond, met zijn capuchon op. In zijn hand hield hij een reisbeker, de dop opengeklapt. Er kwam stoom uit. Sterke zwarte koffie.

Ze werd zich bewust van haar eigen gezicht. Ze was niet opgemaakt en moest het doen met haar bloeddoorlopen ogen en bleke, droge lippen. 'Milo.' Haar stem was niet meer dan een piepend geluid. 'Goedemorgen.' Ze keek hem even aan, maar hij was gebiologeerd door de golvende zee. Wolken pakten zich samen in het zuiden, als een suikerspin die traag boven de oceaan gedraaid werd.

'Vond je het een leuk feestje?' zei hij.

'Ik ben nog niet helemaal helder.' Ze hoopte dat de wind de mist van de wijn van gisteravond zou doen optrekken. 'Maar het was zeker een leuk feestje.'

'Tabby is een hartendief.' Ellie glimlachte. Het klonk wat ouderwets, maar dat paste wel bij hem. 'Niet zo sterk als ze doet voorkomen, al scheelt het weinig.'

'Ze lijkt wel… krachtig. Ze werkte op Blackwater Hall. Maar dat weet je waarschijnlijk wel.'

'Ja,' zei Milo. 'Zij en haar vader. Ze heeft het me verteld. Hij was de tuinman en kwam in dienst op de dag dat mijn overgrootvader, Charles, aankwam in 1910.'

'O?' Ze beet vrijwel ongemerkt op haar onderlip om die wat kleur te geven.

'Blijkbaar heeft hij de tuin echt tot iets moois omgetoverd. Ik ben bang dat mijn gehak op de begroeiing het geen recht doet.'

'Zin in een wandeling?' vroeg Ellie.

Ze draaiden zich om en ze volgden het strand. De zee bulderde aan hun linkerhand, hun trage stap ging gelijk op. Hij zei: 'Ik heb er nog eens over nagedacht…' Haar hart maakte een sprongetje. 'Zou je misschien wat meer onderzoek willen doen?' Zijn woorden waren zowel een vraag als een verklaring. 'Want nu ik erover nadenk…'

'Ja?'

'Het zou veel voor Albert betekenen. Als hij zou weten wat er met Charlotte is gebeurd. Ik denk dat het hem zou helpen…' Hij schraapte zijn keel. Hij schaamde zich, besefte ze.

'Het is oké, ik begrijp het.' Hoewel ze er niets van snapte. Ze liet de stilte voortduren, wetend dat hij verder zou gaan.

Dat gebeurde ook. 'Mijn hele leven hing er een gevoel van onheil boven mijn familie en Blackwater Hall. Het beïnvloedt alles. Zelfs nu… Albert vindt het vreselijk dat ik daar ben. Hij is bang dat er iets met me zal gebeuren.' Hij streek met zijn hand door zijn haar en lachte een beetje. 'Het is de vloek.'

'Sorry?' Ellie deed haar capuchon af, de kou deed pijn aan haar oren. 'Wat zei je?'

'Ga je me dat echt nog een keer laten zeggen?' Hij wreef in zijn ogen. 'Albert gelooft dat Charlotte het huis en alle dingen die er nog van haar waren heeft vervloekt. Daarom is mijn moeder gestorven. Daarom is Hugo gestorven. Dat is wat mijn vader denkt.'

'O.' Ze fronste en dacht terug aan haar bezoek aan Blackwater Hall, toen Albert thee ging zetten. Toen hij terugkwam, was hij zo geschrokken. *Niet aanraken! Het is vervloekt.* In haar hart voelde ze medelijden voor hem.

'Het is natuurlijk belachelijk,' zei Milo.

'Nee, dat is het niet. Als Albert erin gelooft…'

'Ja, Harriet vertelde me dat hij er altijd in heeft geloofd. Al sinds zijn zeventiende.' Ze gingen de duinenrij weer over. 'Als Charlotte is weggelopen, wil ik dat hij het weet.'

Ellie knikte. Het voelde alsof iets haar de adem benam.

Milo haalde zijn schouders op en probeerde de stemming wat luchtiger te maken. 'Je weet maar nooit, misschien heb ik nog ergens neven en nichten. Familieleden.' Hij keek naar de zon, die nu half tevoorschijn kwam van achter de oostelijke heuvels. 'Dat zou wat zijn.'

Op dat moment kwam hij zo eenzaam over dat ze haar handen wilde uitstrekken om zijn handen te pakken. 'Ik snap het.' Dat meende ze. Ook zij had geen broers of zussen. Ze had ook een ouder verloren. Moira was wees geweest en Cillian enig kind. Ze waren een klein Iers gezinnetje op het platteland, een zeldzaamheid. Maar zij had de mensen uit het dorp gehad.

Milo niet.

Ze stond even stil en keek achterom naar hun voetstappen in het zand. 'Als Charlotte ergens anders een leven heeft opgebouwd, moet ze sporen hebben achtergelaten.'

'Als iemand ze kan vinden, ben jij het.' Ze begonnen weer te lopen.

'Hoezo?'

'Ik heb me verdiept in de zaak McCarthy...'

Ze verstijfde. Nadat het allemaal naar buiten was gekomen, in de tijd dat Davy McCarthy achter haar aan zat en excuses eiste, zeiden mensen vaak zoiets tegen haar als: ik hoorde over de Stanley Street-kwestie. Vanaf dat punt kon het gesprek twee kanten op gaan: het kon uitmonden in een schouderklopje of in een tirade over het feit dat ze haar neus in andermans zaken had gestoken.

'... en ik kan niet begrijpen waarom het niet verder wordt onderzocht,' zei Milo. 'Heb je contact opgenomen met een parlementslid dat daarover gaat?'

Zijn blijk van vertrouwen bezorgde haar een onverwachte blos van plezier. 'Nee,' zei ze. 'Nu ik weg ben, zal het wel in het vergeetboek raken.' Dat had Jeremy gezegd toen ze hem had verteld dat ze naar Kerry vertrok.

'Zullen we?' Milo knikte naar het rijtje bomen, waar ze even verderop de Micra had geparkeerd. Ze knikte en dronk met een grimas haar koude koffie op.

Hij keek haar even aan en zei toen: 'Wil je nog wat?' Hij kantelde zijn kopje al naar het hare. Het voelde als een vreemd intiem gebaar en ze aarzelde. 'Ik heb er nog niet van gedronken,' zei hij, en ze besefte dat hij haar zwijgen als een aarzeling had opgevat.

Ze keek weg en glimlachte. Ze voelde dat haar gezicht begon te gloeien, ondanks de snijdende wind. Ze haalde het deksel van haar mok. 'Graag.' Ze keek naar de hete, donkere vloeistof die erin spatte en nam toen een slok. De koffie was net zo sterk en bitter als die had geroken.

Er verschenen kleine kuiltjes in Milo's wangen en ze besefte dat hij grinnikte. 'Wat?'

'Die blik van genot op je gezicht,' zei hij. 'Het lijkt wel alsof ik je een mok goud heb aangeboden.'

Ze liepen verder, kwamen aan bij het rijtje bomen en bleven even staan bij hun auto's. 'Bedankt voor de koffie,' zei ze.

'Bedankt voor het gezelschap,' antwoordde hij en hij bloosde, alsof toegeven dat hij van haar gezelschap had genoten te intiem voor hem was, alsof hij zich nu voelde zoals zíj zich had gevoeld toen ze de koffie deelden. Hij keek weg. Zijn blik volgde een dwarrelend blad dat van de boom viel en ritselend neerkwam op het pad dat naar het strand leidde.

23

Ballinn, County Kerry
September 2019

Later die ochtend, met een koffie van Procaffination naast zich, begon Ellie met het zoeken naar passagierslijsten van de veerboot in 1940. Vanuit Dublin. Vanuit Cork. Vanuit Belfast.

Ik kom met de volgende boot.

De lijsten met passagiers die naar Amerika vertrokken waren volledig digitaal en compleet, maar een zoektocht naar Rathmore leverde niets op. Groot-Brittannië en Europa waren echter een ander verhaal. Daar waren geen emigratielijsten of documenten van. Dan was er geen spoor te vinden. Als Charlotte over de Ierse Zee was gereisd – of verder, naar Europa – was haar vertrek uit Ierland niet geregistreerd.

Ze belde Jules.

'We weten nu in elk geval dat ze niet naar Amerika is gegaan,' zei hij. 'De kans bestond toch dat ze de oversteek had gemaakt om de familie van haar moeder te vinden.'

'Over familieleden gesproken… of mensen die dat bijna zijn…'

'Ja?'

'Kun je Lord Hawley voor me natrekken?' Ze zag voor zich hoe Jules haastig naar zijn notitieboekje zocht. Het bleef stil. 'Hallo?' vroeg ze.

Toen klonk er een gedempt geluid, en was hij terug. Zijn stem stroomde over van opwinding. 'Ik pakte alleen even mijn notitieboekje.'

'Echt?' Ze onderdrukte een glimlach.

'Laat het maar aan mij over,' zei hij. Meteen hing hij op.

Toen Dylan belde, dacht Ellie net aan hem. Ze was afgeleid door haar onderzoek naar Dún Laoghaire. Zou Charlotte een boot genomen hebben vanuit die haven? Een uur lang had ze Google Maps doorgespit om te kijken naar alle plekken waar ze vroeger geweest was. Dublin voelde als een eeuwigheid geleden.

Haar trillende vinger zweefde boven de telefoon. Eerst boven het kruisje in rood, toen boven de groene knop, toen weer boven de rode knop. Terwijl ze nog nadacht, had hij alweer opgehangen.

Lafaard.

Ze dacht terug aan Moira, hoe ze was geweest toen ze samen in het riet hadden gezeten en naar de ondergaande zon hadden gekeken. Laat hem doodvallen, Ellie, had ze gezegd, terwijl haar ogen vuur spuwden. Ellie wilde niets liever dan zo boos zijn op Dylan. Ze wilde niets liever dan hem haten.

Maar ze hield nog steeds van hem. Toch? Onder haar vingers begon de telefoon weer te trillen.

Ik wil graag naar Kerry komen om je te ontmoeten.

Toen volgde er nog een bericht.

Het spijt me zo x

Ze legde de telefoon neer en stak haar handen diep in haar zakken. Daar konden ze in elk geval niet meer trillen. Ze stond op en liep naar de toonbank. 'Een kurkuma latte, alsjeblieft, Nils. Met een shot espresso.'

Terwijl hij haar bestelling begon klaar te maken, draaide hij zich half naar haar om en fronste. 'Is het werk... zwaar?'

'Nee, er is niets aan de hand.' Ze glimlachte geruststellend, terwijl ze Nils' laatste citaat las dat met felblauw krijt op het bord achter hem was geschreven.

Het donkerste moment van de nacht is net voor zonsopgang.

Wat hoopte ze dat dat waar was.

Hij gaf haar de latte, leunde voorover op de toonbank en legde zijn kin in zijn handen. 'En, mevrouw de journaliste, over wat voor zaken schrijf je?'

Ze streek met haar vinger over de rand van het dubbelwandige glas. 'Vooral over huisvesting.'

Hij trok een gezicht. 'Huisvesting?'

'Nou ja, de menselijke kant van huisvesting.' Ze schoot meteen in de verdediging.

'Ah, oui. Het huis van een Engelsman is zijn kasteel.'

Ze glimlachte om het gezegde dat hij gebruikte. 'Tabby Ryan zou je vast graag mogen.'

'De honderdjarige?'

Ze knikte. 'Ze is dol op gezegdes. Seanfhocal, noemen we die in het Iers. Dat betekent zo veel als "oud woord".'

'Mais oui. Seanfhocal. Dat weet ik.'

'O?'

'Ik ben Iers aan het leren.'

'Echt waar?'

'Ik ben dol op talen.'

Ellie voelde een steek van schaamte. Van haar eigen Iers was weinig meer over dan wat uitdrukkingen die ze nog uit haar schooltijd kende. Het was bijna net zo belabberd als haar Frans. 'Ik ben er verschrikkelijk slecht in.'

Hij schudde zijn hoofd. 'Talen zijn als muziek, Ellie. Iedereen draagt er wel iets van mee, toch?'

'Ik niet.' Ze zwegen even. Buiten brak de zon door de wolken en ineens baadde het rijk begroeide plein van Ballinn in het licht. Verschillende esdoorns wuifden in de wind, de grond eronder was dieprood van de vroeg gevallen bladeren.

'Nou,' zei hij, terwijl hij een glas melk voor zichzelf inschonk. 'Dat huis... over wiens kasteel schrijf je?'

'Kasteel?'

'Oui, het huis van een Engelsman... zijn kasteel?'

Ze dacht aan haar blog. 'Ik denk dat ik vroeger over huizen schreef als... iets wat meer was dan een plek om te slapen, iets wat meer was dan een paar muren. Huizen kunnen... een anker zijn.' Ze staarde naar de lege hoofdstraat van Ballinn. 'Iets waar mensen hun hoop op vestigen als het stormachtig is.'

'Nou...' zei hij, terwijl hij de toch al smetteloze toonbank schoonmaakte. '... klinkt goed. Maar...'

'Ja?'

'Een kasteel is meer... hoe zeg je dat? Sexy?'

Ze lachte. Een kasteel. Ze keek weer uit het raam. De zonnestralen wierpen een gouden deken over de heuvels. Het koffiehuis was verlaten. 'Nils,' zei ze voordat ze het wist, 'wil je er misschien even op uit?'

Ze leunden met hun armen op een hek van een boerderij en staarden naar de torenhoge ruïne in het veld. 'Nou,' zei Nils, 'het is bepaald geen Versailles.'

Ellie keerde zich van hem af en sloot haar ogen. 'Nee...' Wynn's Castle was niet zoals ze het zich herinnerde. Haar geest had een wrede streek uitgehaald. Haar herinnering werd gekleurd door de woorden van haar vader. *Creëer het beeld, Ellie. De rook die uit de schoorstenen komt, de geur van een rozentuin, de smaak van brood gebakken boven een kolenvuur. Zie je het hoge dak voor je? Zie je de kraaien erboven rondcirkelen?* Het kasteel leek al eeuwenlang verlaten te zijn. Het gebouw telde vier verdiepingen en de gevel zat vol gapende gaten, die ooit dienst hadden gedaan als raam. De ruïne werd omringd door een indrukwekkende, imposante stenen muur, maar het kasteel zelf was grotendeels verdwenen, het lag verspreid in het veld aan de voet ervan.

Op de poort was een bord bevestigd.

Privéterrein. Geen toegang.

'Ik denk dat het niet waarschijnlijk is, Ellie.' Nils onderbrak haar gemijmer. Het weer was opgeklaard en van de wind was nog maar een zacht briesje over.

'Wat niet?'

Hij keek haar fronsend aan. 'Die speld van jou. Dat je die hier vindt. In dit kasteel. In 1940.'

Er misten te veel puzzelstukjes in Charlottes verhaal en er waren geen losse eindjes om aan elkaar te knopen. Dat had Ellie Nils verteld toen ze vanuit Ballinn westwaarts reden.

De rit van anderhalf uur over de kronkelende kustweg was omgevlogen.

Waarom was ze tot de conclusie gekomen dat Charlotte de brief vanuit Wynn's Castle had geschreven? Ze had gedacht dat het tweede woord in het briefhoofd, dat onleesbaar was geworden door een vlek, 'Castle' had moeten zijn. Het kwam door Bernie, dacht ze. Bernie had uitgesproken wat zij zelf eerst alleen maar gedacht had.

En Ellie had zich erin vastgebeten door de betekenis die het voor haar had.

Nils gaf haar een elleboogstoot. Ze volgde zijn blik. Een enorme man kwam over het veld naar hen toe. Hij had handen als kolenschoppen en een gezicht als een donderwolk. Het vee ging haastig voor hem aan de kant toen hij passeerde.

'Dit is privéterrein!'

Ellie en Nils deden een stap achteruit.

Toen hij dichterbij kwam, met een rood gezicht en hijgend, drong het tot Ellie door dat ze hem eerder had ontmoet.

'Meneer O'Leary?' zei ze, terwijl ze weer naar het hek liep. Hij hield zijn pas in en zijn ogen vernauwden zich. Hij bleef drie meter bij hen vandaan staan, vol achterdocht. 'Meneer O'Leary, ik ben Ellie Fitzgerald. Ik ben hier ooit geweest. Met mijn vader.'

'Je vader?' Hij keek naar een plek ergens achter haar, alsof hij verwachtte dat er nog iemand zou opduiken.

Ellie schraapte haar keel. 'Cillian. Cillian Fitzgerald. We kwamen hier toen ik jonger was.'

De man keek haar onderzoekend aan en fronste zijn wenkbrauwen. Toen wist hij het weer. Een vlaag van medelijden en verdriet trok over zijn gezicht. 'Jonge Eleanor?'

Ze spreidde haar handen. 'Niet meer zo jong. Maar inderdaad.'

Hij deed zijn pet af, die bedekt was met verfvlekken en modder. 'Hoe gaat het met je? En met je mams?'

'Prima, het gaat goed met ons.' Ellie wilde vragen naar zijn vrouw of kinderen, maar ze wist niets over hem behalve zijn naam en zijn gezicht, al was hij twee decennia ouder geworden. Ze glimlachte en aarzelde.

'Ik ben Nils.'

Meneer O'Leary keek op, duidelijk blij met zijn tussenkomst. 'Neil!' Hij stak zijn hand uit en met zijn vlezige vingers schudde hij Nils' elegante handen. Hij wendde zich stralend tot Ellie. 'Fijn om te zien dat je onder de pannen bent.'

Nils en Ellie keken elkaar aan en lachten. 'Ja,' was alles wat ze zeiden, want meneer O'Leary was duidelijk verrukt bij het idee van haar en 'Neil', hier bij zijn veld.

Ellie knikte over zijn schouder naar de toren die boven hen uittorende. 'We kwamen hier eigenlijk om een glimp van het kasteel op te vangen.'

Meneer O'Leary keek geïrriteerd om zich heen, alsof de ruïne net was verschenen. 'Ah ja. Het is er nog steeds. Het staat hier nog steeds. Er zou best wat aan gedaan kunnen worden natuurlijk, maar wie gaat dat betalen, vraag ik je.'

Ellie dacht aan Blackwater Hall, de muffe lucht, de klimop die alles overwoekerde, het onverzorgde gazon dat naar het meer leidde. In vergelijking met Wynn's Castle leek dat nog in perfecte staat. 'Nou... het is beslist een grote klus,' zei ze, zonder daarmee echt antwoord te geven op zijn vraag.

'Deze plek heeft al genoeg levens verwoest,' zei hij. 'Laat het maar verdwijnen.'

Ze bekeken de ruïne in stilte. Het enige geluid was nu het zachte grazen van het vee. De oceaan zweeg, hoewel ze die in de verte konden zien. De wind was gaan liggen. Dat was typisch Kerry: vier seizoenen op één dag.

'Wanneer is het gebouwd?' vroeg Nils.

'In 1867 werd met de bouw begonnen in opdracht van een Lord Headley. Een Engelsman natuurlijk.' Meneer O'Leary rolde met zijn ogen en trok toen een grimas. 'Niet beledigend bedoeld, jongeman.' Ellie en Nils grinnikten samenzweerderig.

'Weet u zeker dat het niet Lord Hawley was?' vroeg Ellie.

'Nee, Eleanor. Het was Lord Headley.' Hij tikte op zijn slaap. 'Head-ley, zeker weten. Hij had een architect meegenomen vanuit Engeland. Maar zodra ze begonnen met werken, verhoogde hij de pacht. Als mensen dat niet konden betalen, werden ze eruit gezet.' De boer leek opgetogen over zijn publiek nu duidelijk was dat ze geen bedreiging vormden. 'Sommigen verhongerden. In 1886 was Lord Headley verdwenen. Failliet.'

Nils probeerde een Engels accent, maar zonder succes. 'En daarna?'

'Het stond leeg,' zei meneer O'Leary. 'Uiteindelijk werd het gebruikt als opleidingscentrum voor reservisten tijdens de Eerste Wereldoorlog.'

Ellie probeerde het zich voor te stellen: het dak nog intact, het terrein vol bedrijvigheid, schoorstenen waaruit de rook van turf opsteeg. 'En toen?'

Meneer O'Leary haalde zijn schouders op. 'De IRA heeft het tijdens de Burgeroorlog in brand gestoken. Samen met vrijwel al het andere wat Engels was. Maar dat is verleden tijd. Toch, Neil?' Hij tikte op Nils' schouder en de Fransman knikte vriendelijk.

'Dus in de jaren veertig woonde hier niemand?' vroeg Ellie, hoewel ze het antwoord eigenlijk al had geweten vanaf de eerste aanblik.

Meneer O'Leary bulderde van het lachen. Hij leunde over het hek en keek naar Nils. 'Hoor haar nu eens!' Hij schraapte zijn keel. 'Welnee. Tuurlijk niet, het is al zo sinds 1921.'

Ellie knikte en voelde zich dom. Ze herinnerde zich Wynn's Castle van toen ze hier met haar vader was geweest en zag de dingen zoals ze die wilde zien in plaats van zoals ze waren. Was dat ook zo geweest met Maxwell Crays secretaresse? Een idee, een aanwijzing die ze had geïnterpreteerd zoals ze zelf wilde dat die zou zijn?

Nils keek haar aan terwijl meneer O'Leary hem verslag deed over de verblijfplaats van Lord Headleys nakomelingen. Toen stak hij zijn hand uit, greep haar hand en gaf er een kneepje erin. Ze glimlachte naar hem.

'Jonge liefde,' zei meneer O'Leary, terwijl hij stopte om ervan te genieten. 'Je vader zou het hebben goedgekeurd, dat weet ik zeker.' Ellie glimlachte. Cillian Fitzgerald zou de humor van de situatie hebben ingezien, dat wist zíj zeker.

Het geluid van een telefoon verstoorde de stilte van het platteland. Meneer O'Leary zocht in zijn zak naar de bron ervan. Hij stak een vinger op en antwoordde met weinig meer dan een grom. 'Moeder de vrouw. Lunch.' Hij zei nog eens dat ze de groeten aan 'haar mams' moest doen en liep terug over het veld, zijn schouders iets meer ontspannen dan toen hij op hen af was gerend en het vee schrik aan had gejaagd.

Ellie keek naar de ruïne, boos om haar eigen stommiteit. 'Allemaal voor niets.'

‘Nee,’ zei Nils, terwijl hij haar hand losliet en achteroverleunde tegen het hek. ‘Dat geloof ik niet.’

‘Charlotte is hier nooit geweest.’

‘Nee, maar jij wel.’ Zijn stem was zacht. ‘Daarom wilde je hiernaartoe.’ Het was geen vraag.

Ze zag een roodborstje de afdrukken van de laarzen van meneer O’Leary doorzoeken naar lekkers. ‘Ik was hier met mijn vader. Ooit.’

‘Wat is er met hem gebeurd, Ellie?’

Ze keek naar haar afgebeten nagels. ‘Hij is gestorven. Toen ik zeventien was.’

Nils wachtte geduldig.

‘Een ongeluk. Hij...’ Ze keek naar de ruïne. ‘Hij was onderweg hierheen. Naar Wynn’s Castle. Ik zou met hem meegaan.’ Het was waar, maar het was niet de hele waarheid. Ze duwde de gebeurtenissen die daarop gevolgd waren weg: de *garda* die op de deur van de boerderij klopte, de onvoorstelbare woorden, het asgrauwe gezicht van haar moeder toen ze op haar knieën viel. ‘Maar ik ben niet gegaan.’

Het had allemaal anders kunnen zijn.

‘En je bent nooit meer terug geweest op deze plek?’ vroeg Nils zachtjes.

‘Nee.’

‘Is het wat je ervan verwachtte?’

Ze schudde haar hoofd. Het kasteel was helemaal niet zoals ze het zich herinnerde. Maar toen ze naar Nils keek, besefte ze dat hij iets anders bedoelde. ‘Hij is niet hier, als je dat bedoelt. Ik was bang dat ik zijn aanwezigheid zou voelen. Ik was... bang dat als ik hier was, ik zijn gezicht in de schaduwen zou zien.’

Nils pakte haar hand opnieuw vast en draaide die om in zijn eigen hand. ‘Ellie, heeft niemand je ooit verteld dat... de doden niet voortleven op plekken als deze?’ Hij legde haar eigen handpalm op haar borst. ‘Hier. Dat is de plek waar ze voortleven,’ zei hij.

Toen ze alleen maar knikte en naar haar voeten keek, haalde hij zijn hand weg en keek weer naar het kasteel. De stilte duurde voort. Toen schraapte hij zijn keel. ‘Het is vreemd, n’est-ce pas, met Charlotte...’

Ze keek op, blij met de onderbreking. 'Wat is er met haar?'

'Het is vreemd dat de brief niet vanuit een hotel geschreven was. Want ze moet ergens verbleven hebben voordat ze de boot nam.'

Ellie knipperde met haar ogen. Een hotel? Ze staarde weer naar de ruïne en zocht toen in haar tas. Voorzichtig vouwde ze Charlottes brief open en hield hem tegen de heldere lucht.

Daar was het. Nu zag ze het. Het woord 'hotel', nauwelijks zichtbaar door de bruine vlek op het briefhoofd.

Het was zelfs een bekende plek voor haar.

'Nils, je bent een genie.'

'Ik doe mijn best.'

Ze pakte zijn hand en gaf er een kneepje in. Toen trok ze hem weg van het hek. 'Ik moet gaan.'

'Waarheen?' Hij lachte om haar enthousiasme.

'Naar Dublin.'

24

Holborn, Londen
Augustus 1940

Nancy's verjaardag kwam en ging als de flakkering van een kaars. Niet zo een die op een verjaardagstaart staat, maar een die wordt aangestoken om geliefden te herdenken die er niet meer zijn. Hij stond op haar tafel en ze staarde erin terwijl de dag overging in de nacht.

Het aansteken van kaarsen was een traditie die ze op grote schaal had zien beoefenen tijdens haar twee bezoeken aan Ierland. Ze stonden achter ramen, schenen bij graven, flakkerden in de wind. Tabby had haar verteld dat er in hun ouderlijk huis constant drie brandden, een voor ieder broertje of zusje dat bij de bevalling was overleden. En in de dorpskerk van Ballinn – die Nancy met Teddy had bezocht – hadden de muren een gouden gloed door de vele lichtjes.

Het was de allereerste keer in Nancy's volwassen leven dat ze op 6 augustus wakker was geworden zonder een bal van opwinding in haar buik. Als Teddy er was geweest om haar te troosten, had ze de werkdag misschien wel doorstaan, had ze misschien niet hoeven doen alsof ze ziek was en was ze voor de lunch thuisgekomen. Misschien zou ze een moedig gezicht hebben opgezet, voor zijn bestwil. Want haar verdriet, haar smart, de leegte op de plaats waar haar hart hoorde te zitten werd overheerst door gepieker. Hoe moest ze het hem vertellen? Wat moest ze zeggen? Zouden een paar gekrabbelde woorden op flinterdun papier echt kunnen zeggen dat zijn enige zus, zijn geliefde zus, er niet meer was? Verdronken bij een ongeluk in Lough Atoon, het diepdonkere water dat altijd de wacht hield bij het huis.

Niemand kende de diepte van die inktzwarte poel. Soms, op een rustige dag, leek het bijna moerassig, het riet aan de oevers ruiste loom in de warmte. Maar als er een stevige wind vanaf de

Atlantische Oceaan stond, konden er golven ontstaan die van honderden meters diep leken te komen.

Tientallen meters, honderden meters, het maakte niet uit. Charlotte was weg.

Ze was van de punter gevallen, had Hugo geschreven. De sobere beschrijving gaf geen antwoord op al haar vragen. Wie zag haar vallen? Wat deed ze daarbuiten? Waarom was ze niet naar de rotsachtige zuidelijke oever van het meer gezwommen? Waarom had ze zichzelf niet uit het water gesleept langs de modderige, met kreupelhout omzoomde oever bij het huis? Waarom was ze niet op de steiger aan de westkant van het meer geklommen? Die was sterk genoeg, al was hij dan in een slechte staat, en hing hij in een vreemde hoek over naar het water. Charlotte had haar verteld dat de steiger en het aangrenzende boothuis waren gebouwd toen Charles in Ierland aankwam. Het boothuis had dienstgedaan als tijdelijke accommodatie terwijl het lang geleden verlaten Blackwater Hall weer tot leven werd gewekt. 'Hij zou er nu nog steeds wonen als moeder niet met al haar geld was gekomen,' had ze gezegd. Een moment later was ze opgesprongen en over de wankele steiger gerend, waarna ze aan het einde ervan met een kreet in het water was geplonsd.

Nancy voelde hitte op haar gezicht en duwde de kaars van zich af. Toen dat geen effect had, veegde ze met haar hand over haar wang. Haar handpalm was nat van de tranen. Ze stond op en liep door de duisternis naar de keuken. Daar tastte ze rond in een kast tot ze Teddy's glas en een halflege fles brandewijn om mee te koken vond. Ze nam ze mee terug naar de tafel, zette ze neer en bekeek ze in het flakkerende licht.

Uiteindelijk schonk ze een maatje in.

Vorig jaar rond deze tijd was ze in Blackwater Hall geweest. Teddy had de auto voor een dagje geleend en Charlotte uitgenodigd voor de Grand Tour, een tocht over het ruige schiereiland Iveragh. Onderweg waren ze gestopt bij Derrynane Beach, waar ze over de winderige duinen hadden gelopen en in de zee pootje hadden gebaad.

Vanaf daar waren ze naar het noorden gereden om uiteindelijk in Glenbeigh stil te houden voor een picknick. Ze aten aan de voet van Wynn's Castle, een ruïne die boven het dorp uittorende. Het was de perfecte plek voor Charlotte om een verhandeling te houden over de gebreken van de aristocratie en Teddy en Nancy hadden haar beleefd knikkend aangehoord. 'Als er ooit een voorbeeld is geweest van machtsmisbruik, dan is het Lord Headley wel,' had ze haar pleidooi zwierig afgerond toen ze wegreden.

Tegen de tijd dat ze bij het hek van Blackwater Hall aankwamen, ging de zon onder boven de monding van Kenmare Bay. Ze waren even gestopt en uit de auto gestapt. En omdat ze niet langer stilletjes piekerde over haar pijnlijke buik, was Nancy op de motorkap gesprongen, waarbij haar zachte veterschoenen nauwelijks geluid maakten. Vandaar had ze het uitzicht om hen heen bewonderd.

'Bedankt, allebei,' had ze gezegd. Want ondanks de duisternis in haar was er ook licht geweest.

Nu nam ze een slok van de brandewijn, slikte en kneep haar ogen dicht tegen het brandende gevoel in haar keel. Ze schudde haar hoofd, duwde de tranen weg en keek in het licht van de kaars.

Charlotte mocht er dan misschien niet meer zijn, maar haar licht brandde nog fel.

25

Onderweg naar Dublin
September 2019

Ellie zwaaide naar Moira, die erop stond haar op het perron na te kijken, terwijl de trein Killarney verliet. Een dagtripje naar Dublin, had Ellie besloten, was de beste optie om de stad in en uit te komen zonder haar verstand te verliezen.

De middag ervoor had ze Jeremy's gemiste oproepen beantwoord. Hij was verrast en misschien zelfs blij eindelijk van haar te horen. Er was nieuws, zei hij, over Davy McCarthy. Ze had hem onderbroken en gezegd dat ze naar de stad zou komen om het persoonlijk te bespreken. In dat geval zou *The Irish Times* de treinreis betalen. Hij had daarmee ingestemd – met een zeer achterdochtig 'als je dat liever hebt' – en ze had opgehangen zonder een greintje schuldgevoel. Nou ja, misschien een klein beetje. Ze had haar uitgaven nu terugverdiend. Haar vinger had boven Dylans naam gezweefd. Ze verlangde ernaar om hem te bellen en zijn stem te horen. Ze verlangde ernaar hem die woorden te horen zeggen. Het spijt me zo. Maar ze aarzelde.

Als hij haar wilde zien, was dat prima. Ze zou naar Dublin gaan. Maar hij was niet het hoofddoel van haar reis.

Ze ging voor Charlotte.

Ik zie je morgen in Dublin. Twaalf uur, had ze gestuurd.

Ja, was zijn antwoord. *Lunchen bij het Westbury?*

Oké.

Ze had haar telefoon daarna meteen voor de rest van de dag uitgezet. Ze wilde niet terugkrabbelen, ze wilde niet van gedachten veranderen. Maar toch wilde ze dat alles anders was.

Tegen Moira had ze simpelweg gezegd: 'Er is iets wat ik moet checken. Over Charlotte.' Moira was opgetogen geweest door dat bericht, maar toen ze haar uitzwaaide, vertelden de rimpels op haar moeders gezicht Ellie dat ze wist dat ze, opnieuw, iets verborg.

Die ochtend had ze zich gekleed voor een dagje stad en ze vertrok in nauwsluitende kleding en op donkere pumps, maar in haar handtas had ze een paar platte schoenen zitten. Ze had een afspraak gemaakt bij de kapper en was van plan er tiptop uit te zien als ze Dylan ontmoette. Ze wilde niet voor hem verschijnen als de persoon die nu in de trein zat, met een hevige angst in haar maag.

Op het moment dat ze stopten bij een klein station ging haar telefoon.

'Goedemorgen.' Het was Jules. 'Ik heb wat onderzoek gedaan naar Lord Hawley.'

'O.' Ze ging rechtop zitten. Ze realiseerde zich met een blos van schuldgevoel dat ze hem niet meer had gebeld na haar bezoek aan Wynn's Castle.

'Een zware jongen.'

'Sorry?'

'Ik ben een foto van hem tegengekomen. Hij is nogal rond, om het maar zo te zeggen. Bizar genoeg was hij een spiritualist en meer dan een kwart eeuw ouder dan Charlotte.' Hij zweeg even en Ellie haalde Charlottes portret uit haar notitieboekje: die grote ogen, die verre blik. Was ze op het moment dat deze foto genomen werd haar ontsnapping al aan het plannen? Een vrouw die de aristocratie haatte, maar toch voorbestemd was om met een lord te trouwen.

'In april 1940 werd hij naar Noorwegen gestuurd, vlak voor de Duitse bezetting,' vervolgde Jules. 'Hij was daar nog steeds toen de Noren zich een paar maanden later overgaven. Een fascinerend verhaal, echt waar. Hij dook onder bij een rijke familie in de buurt van Bergen, blijkbaar verstopt in een schuur.'

'Wat is er met hem gebeurd?'

'Hij ontsnapte en nam de dochter des huizes met zich mee. Hij trouwde met haar en kreeg haar fortuin tot zijn beschikking. Hun kinderen wonen verspreid over Surrey.'

'Dus zijn verloving met Charlotte liep op niets uit?'

'Daar lijkt het op.'

Toen Jules ophing, sloot Ellie haar ogen. Haar handen rustten op haar dichtgeklapte laptop en ondanks het schommelen van de trein, of misschien juist daardoor, viel ze in slaap.

Na een tijdje begon haar telefoon te trillen. Ze negeerde het. Nu ze Jules om hulp had gevraagd, zou hij niet meer van ophouden weten. Ze draaide zich om in haar stoel en liet haar hoofd tegen het koele raam leunen. Hij zou moeten wachten.

Op dat moment trilde haar telefoon weer.

Ze kreunde en deed haar ogen open. De trein was gestopt in Mallow, de eerste regendruppels waren zichtbaar op het trottoir. Haar telefoon lag op het tafeltje.

Een onbekend nummer.

Ze liet de telefoon overgaan en tikte het nummer toen in op Google. Ze scrolde door de hits, maar zag geen waarschuwingen voor hinderlijke telefoontjes of meldingen van oplichting. Op de tweede pagina stond wel een link naar een nieuwsbrief van de gemeente Kildare van twaalf maanden geleden. Ze opende hem.

> The Men's Shed volgt weer het gebruikelijke schema deze winter, met bijeenkomsten op donderdag om 19.00 uur. De lezing van deze week: scheiding en mentale gezondheid, de ervaringen, door dokter Rathmore.

Ze haalde een briefje met Alberts handschrift erop uit haar notitieboekje. Daar was het, hetzelfde nummer, alleen was het laatste cijfer geen drie zoals ze had gedacht, maar een acht, versmolten met de nul ervoor. Ze keek uit het raam terwijl de bijna lege trein wegreed. In het grijze licht van de ochtend leek haar weerspiegeling op een schaduw.

Hij nam op bij de derde keer overgaan. 'Ellie, met Milo. Bedankt voor het terugbellen.' Ze begon te praten, maar hij ging verder. 'Ik hoorde dat je onderweg bent naar Dublin.' Mijn hemel, dacht Ellie. Haar moeder had duidelijk de dorpstamtam in werking gezet. 'Als je daar toch bent...' Hij werd onderbroken door een gedempte stem.

'Sorry?' zei Ellie.

Toen was hij terug. 'Wil je misschien mijn tante ontmoeten?'

'Harriet?' Haar hart maakte een sprongetje.

'Je zou haar kunnen vragen naar Charlotte. Ik heb haar over de brief verteld.'

Ellie opende haar notitieboekje. De brief zat achterin, veilig in de witte envelop. 'Ja, dat zou ik eigenlijk heel graag willen,' zei ze.

'Wacht...' Er klonken stemmen op de achtergrond. 'Luister, ik moet gaan. Ze werkt rond lunchtijd bij de Pickled Oyster. Ik laat het haar weten dat je komt.'

Ze schraapte haar keel. 'De Pickled Oyster?'

Milo had al opgehangen. Ellie staarde even naar haar telefoon voordat ze NIEUW CONTACT MAKEN selecteerde en toen 'Dokter Rathmore' typte.

Ze haalde het meteen weer weg en typte simpelweg 'Milo'.

26

Dublin
September 2019

Als Ellie al had gehoopt op een van die zeldzame herfstdagen waarop de sepiatinten van Dublin eerder historisch dan somber leken, dan zou ze worden teleurgesteld. Het regende pijpenstelen en de wind trok zo hard aan de slappe paraplu die ze op station Heuston had gekocht dat een van de baleinen het al begeven had.

Ze koos een tafeltje bij het raam in de lobby op de eerste verdieping van het Westbury. Om haar heen zaten mensen vrolijk te kletsen. Ze dronken koffie en cocktails en luierden op de relaxte loungebanken, wat enorm contrasteerde met hoe zij zich voelde.

Het was twaalf uur, dus ze was precies op tijd. Ze keek Harry Street en de beroemde Grafton Street van Dublin af. Buiten had zich een bloemenverkoper gevestigd, wat voor een kleurenpracht in een verder grijze omgeving zorgde. De mensen die passeerden, waren allemaal doelgericht op weg, gekleed in het zwart en met een al net zo donkere uitdrukking op hun gezicht.

Enkele ogenblikken daarvoor was Ellie de luxe toiletten van het hotel binnengeglipt, waarvan de nette marmeren oppervlakken een scherp contrast vormden met haar slordige uiterlijk, haar natte haar en verwilderde blik. De trein was te laat en ze had niet meer bij de kapper langs gekund. Met een frons had ze haar gezicht opgemaakt en vervolgens had ze in haar tas naar een kam gezocht. Niets. Weer een kam kwijtgeraakt of verloren. Ze had haar vingers door haar haar gehaald – waardoor het alleen maar erger werd – en daarna wat dure parfum opgespoten en haar pols naar haar neus gebracht. De geur was veranderd, de citrus overheerste, de lelietjes-van-dalen roken onnatuurlijk zoet. Ze had het eraf gewreven met een papieren doekje en haar tas met een zucht over haar schouder gehangen.

Ze zag Dylan met een half sprintje aankomen in Grafton Street, zijn tas onder zijn arm geklemd. Dat hij geen paraplu bij zich had, was niet verrassend, maar de blik op zijn gezicht wel. Zijn fronsende uitdrukking was nieuw, alsof hij in de weken dat Ellie hem niet had gezien serieuzer was geworden. Toen ze door het raam naar hem keek, voelde het alsof ze een privémoment verstoorde.

Hij was halverwege Harry Street toen hij stopte en zich omdraaide. Ellie voelde haar hart kloppen. Het was een van de gevoelens waar ze zichzelf streng over had toegesproken. Ze mocht geen band voelen. Geen hoop. Niets.

Laat hem doodvallen, Ellie.

Maar zo kon ze niet denken. Zo zou ze niet handelen. Want dat zou betekenen dat ze een leven weggooide waar ze zo van hield. Net zoals ze van haar parfum had gehouden.

Ze depte haar ogen en dwong zichzelf nergens meer aan te denken. Ze keek nog eens uit het raam. Hij was gestopt bij de bloemenkraam en in een gehaast gesprek met de verkoper verwikkeld. Toen kwamen ze tot een uitwisseling en liep hij weer richting het hotel, een klein bosje rozen in zijn hand.

Ze waren geel.

Geen goed begin, dacht ze.

Toen Dylan bij de tafel aankwam, had hij zijn tas en jas niet meer bij zich, die had hij beide achtergelaten bij de portier, maar hij hield de rozen als een offer voor zich uit.

Laat hem doodvallen, Ellie.

Ze verdrong Moira's uitspraak.

Nu hij voor haar stond, voelde Ellie zich helemaal niet zoals ze had verwacht. De pijn was er natuurlijk. Evenals het schuldgevoel dat nog steeds bleef hangen. Maar op het moment dat zijn hoopvolle blik de hare ontmoette, realiseerde ze zich dat zich in de afgelopen weken een extra laag over haar hart had gevormd, iets stevigs en ondoordringbaars, een omhulsel. Het hing tussen hen in als een chaperonne.

'Hallo,' zei hij. 'Mag ik plaatsnemen?'

Ze knikte. Het irriteerde haar dat hij zo formeel deed. Ze negeerde de aangeboden bloemen en hij legde ze tussen hen neer terwijl hij ging zitten. Hij leunde naar voren. 'Nou, hoe gaat het met je?'

'Prima,' zei ze. 'En met jou?'

Hij keek naar zijn handen en wreef over zijn ogen. 'Niet geweldig, eerlijk gezegd.'

Haar eerste instinct was om hem te troosten. Haar hand uit te steken en de zijne te pakken, om hem te vertellen dat het goed was. Ze stelde zich Moira even voor en duwde de impuls weg.

'Vervelend om te horen,' zei ze koeltjes.

Een ober kwam dichterbij en Ellie keek naar het menu, maar haar eetlust was volledig verdwenen. Ze bestelde een shiraz, Dylan hield het bij water. Ergens aan een tafel in een verre hoek werd gejuicht, er was duidelijk iemand die reden had om te feesten.

'Hoe was het in Kerry?' vroeg Dylan, toen de ober verdwenen was.

'Hoe het in Kerry is? Uitstekend.'

'Ga je vanavond terug?'

Ellie fronste haar wenkbrauwen. 'Natuurlijk.'

'O. Ik dacht dat je in elk geval één of twee dagen in Dublin zou zijn. Dan hadden we bij kunnen praten. Maar oké.' Stelde hij voor dat ze zou blijven? Blijven slapen?

Meteen maakte ze zich zorgen dat de verwarring van haar gezicht af te lezen was en ze herpakte zich. 'Kunnen we nu niet bijpraten dan, Dylan?'

'Ja, zeker. Gaan we doen.' Hij glimlachte geruststellend.

Ze zaten zwijgend tegenover elkaar. Het vuur aan de andere kant van de lobby knetterde toen een houtblok doormidden spleet, waardoor lang vastgehouden vocht vrijkwam.

'Ellie...' begon Dylan.

Ze stak haar hand op toen de ober hun drankjes bracht. 'Laten we eerst lunchen. Ik heb trek,' loog ze. Ze koos de paté van de kleine kaart, maar had daar meteen spijt van. Het was het kleinste gerecht en ze wilde niet onder de vrouwen geschaard worden die verdriet verdoofden door zichzelf uit te hongeren.

'Hoe is het met je moeder?' vroeg hij.

'Het gaat goed met haar.'

'En Ballinn? Gaat daar alles nog zijn gangetje?'

'Gaan we het hierna over het weer hebben?' Ellie weerstond de drang om haar glas in één keer leeg te drinken. Ze nam een klein slokje en zorgde ervoor dat haar ademhaling weer tot rust kwam. Ze hield zichzelf voor dat hij het ook moeilijk had gehad. 'Waarom wilde je me zien?' vroeg ze, wat vriendelijker.

Hij keek naar de bubbels in zijn glas Perrier. 'Ellie... ik weet niet waar ik moet beginnen.' Toen hij haar ten huwelijk had gevraagd in het belachelijk dure restaurant Mulberry Garden, had ze Perrier besteld. Ze was toen al zwanger geweest. 'Het was een verwarrende tijd. Vind je niet?'

'Ik weet niet of verwarrend het juiste woord is.'

'Nee.' Zijn hand reikte naar haar. 'Nee, dat was niet de juiste manier om het te zeggen...' Hij zweeg even, zijn vingers een paar centimeter van de hare verwijderd. 'Ik weet dat ik dingen heb gezegd die... hard waren. Verkeerd.'

Ze keek op.

'En het spijt me.'

Ze wilde ineenzakken, een lang ingehouden adem uitblazen, de grond onder haar voeten voelen wegzinken. Hem dat te horen zeggen. Die woorden uit zijn mond te horen. Dat betekende alles voor haar.

Toen ging hij verder: 'Weet je dat mam met Deborah McCarthy op school zat?'

Ze dacht na en keek uit het raam. Het begon harder te regenen. Het water striemde tegen het glas en kwam in stromen naar beneden. 'Dat wist ik inderdaad.'

'Het zette hun relatie onder druk, jouw onderzoek.'

'Juist...'

'En ik voelde me... verscheurd. Qua loyaliteit. Begrijp je wat ik bedoel?'

'Nee.'

Er kwam een ober langs. Ellie boog zich naar hem toe en hief haar glas op. 'Nog een shiraz, alstublieft.'

Dylan keek naar haar halflege glas. 'Is dat wel verstandig?'

Toen de ober weg was, ging Ellie naar voren zitten. 'Dylan, wat probeer je te zeggen?'

'Dat ik niet eerlijk tegen je was omdat mijn oordeel vertroebeld was.'

Ze fronste. 'Waardoor?'

'Door mijn moeder. Ze was boos op je. Het zorgde voor... spanning.'

Spanning tussen hen? Of tussen Dylan en zijn moeder? Ze was beslist geen makkelijke vrouw. Ellie wist dat ze er geen geheim van had gemaakt dat ze een bruiloft in de Dublinse society plande. Alleen het beste was goed genoeg voor haar zoon. Ze had brochures en gastenlijsten in hun appartement laten slingeren. Ellie had het vriendelijk afgewezen. Dat had ze gedacht tenminste. Misschien was ze zelf wel vriendelijk afgewezen toen het schandaal losbarstte.

Haar miskraam was dagen later geweest. Maar nu ze erover nadacht, was Dylan koel geweest sinds het moment dat ze was gestart met het onderzoek.

'Ik heb het op jou afgereageerd. Het spijt me.'

'Je hebt het op mij afgereageerd vanwege... je moeder?' Het was de nachtmerrie van iedere vrouw.

'Ik was in de rouw. Het was oneerlijk.'

Ellie lachte spottend en een paar mensen draaiden zich om om naar hen te kijken. 'Het spijt me zo. Je hebt gelijk. Ik ben niet éérlijk tegen je geweest.'

Hij kwam half overeind en probeerde haar vingers te grijpen, die net buiten bereik waren. 'Ik bedoel oneerlijk tegen jou.'

Ze trok haar hand weg. 'Wat wil je, Dylan?'

'Ik wil je terug.' Daar was het: de woorden die ze gehoopt had te horen en toch ook weer niet. Voordat ze zijn woorden kon verwerken, ging hij alweer verder.

'We hoeven geen groots huwelijk te plannen. We kunnen gewoon in stilte trouwen. Alleen wij tweeën. Maak je geen zorgen om mam, ze komt er wel overheen.'

Ze staarde hem aan.

'En als we terug zijn, beginnen we opnieuw. Dan zal het weer net zo goed zijn als voorheen. Het zal zelfs beter zijn.'

'Beter?' Ze dacht aan hun leven in Dublin: het gezellige appartement, de warme omhelzingen. Een druk leven. Een gelukkig leven? Was dat echt zo? Ze wist niet wat ervoor en wat erna was gebeurd, ze kon die kluwen niet meer ontwarren. Er roerde zich iets in haar. Ze moest weg. Ze moest alleen zijn. Ze moest nadenken.

Of misschien moest ze helemaal niet nadenken.

Ze pakte haar tas en stond op. 'Ik moet gaan.' Haar stem klonk schor. Ze liet de rozen op tafel liggen. 'Het spijt me.' Ze wist niet precies wat haar speet. Alles?

Misschien.

Hij stond op. 'Ellie, wil je niet blijven voor de lunch? Alsjeblieft? Je wijn?'

'Je hebt gelijk,' zei ze, terwijl ze haar glas naar het midden van de tafel schoof. 'Het is niet verstandig.'

Ze keken elkaar aan. Een moment, een jaar, of misschien zelfs drie, flitste tussen hen. Ze keek weg.

'Wacht,' zei hij, terwijl hij in zijn zak greep. 'Ik heb iets voor je.' Hij gaf haar een bordeauxrood doosje ter grootte van haar hand. Een kanariegeel lint was er met een zwierige krul omheen gewikkeld. 'Een geschenk.'

Ze maakte geen aanstalten om het aan te nemen.

'Alsjeblieft.' Hij stopte het in haar tas en ze knikte, zijn blik ontwijkend. Hij pakte haar hand en gaf er een kneepje in.

'Ik moet nadenken,' zei ze.

Ze wist dat hij haar nakeek toen ze wegging, haar ongemakkelijke schoenen klikklakten op de glimmende tegels. Bovenaan de trap stond ze even stil, pakte de leuning vast en daalde langzaam af. Toen ze beneden was, verwisselde ze haar hakken voor platte schoenen en liep met opgeheven hoofd het Westbury uit en de blauwe hemel boven het centrum van Dublin tegemoet.

27

Blackwater Hall, County Kerry
Maart 1958

Papa zei dat St. Patrick's Day de winter omarmde en die een laatste liefdevolle omhelzing gaf voordat hij de deur naar de lente opende. Toen de ochtend aanbrak, na een week regen, liep Hattie op haar tenen de trap van Blackwater Hall af. Ze tuimelde de voordeur uit en de lucht was zo fris dat haar longen tintelden. Het was prachtig weer, een zeldzame wolkeloze dag in Kerry.

Ze passeerde Albert toen ze het gazon overstak. Hij had zijn belachelijke rijbroek hoog opgetrokken en het jachtgeweer hing over zijn schouder.

'Weet papa dat je dat hebt?' zei ze. Vroeger, toen ze nog een team waren, zou hij meteen op haar plaagstootje hebben gereageerd, maar nu negeerde hij haar en liep door. 'Albert, je mag alleen schieten als je er klaar voor bent.'

Hij stopte even en draaide zich om, de kolf naar haar gericht zodat ze langs het open geweer kon kijken. In de dubbele loop zag ze twee blauwe cirkels van de lucht. Het was niet geladen. 'Ik oefen gewoon de grip. Mama komt straks.' Hij sloot het geweer met een duidelijke klik, zette het aan zijn schouder en sloot één groen oog toen hij zijn denkbeeldige doelwit zag.

Hattie keek naar hem. 'Papa zegt dat je met beide ogen open moet schieten.'

Hij liet het geweer zakken en streek door haar haar. Even zag ze een glimp van de oude Albert. Dit was hoe hij nu was: wisselvallig. Hoe verder hij van het huis af was, hoe meer hij weer zichzelf leek te worden.

Zijn waterdichte jas leek zwaar, zijn zakken puilden uit.

Hattie wees ernaar. 'En ik kan zien wat erin zit.'

'Nou...' zei hij met de blik van iemand die betrapt was, maar er niets om gaf. '... het is moeilijk om een duif te schieten zonder kogels.'

'Patronen,' verbeterde ze.

Hij zei niets. Ze zaten in een patstelling. Toen knikte hij kort en draaide zich om, op weg naar de rand van het bos waar het gazon werd opgeslokt door klimop.

Hattie vroeg zich af of ze ooit duif had gegeten. Of dat ze dat ooit zou doen.

Ze ontmoette Tomas in de ommuurde tuin. Hij stond bij het overwoekerde prieel, waar kleine dauwdruppels als diamanten aan de kale takken van een clematis hingen. Ze glimlachte onzeker. 'Hallo.'

'Fijne St. Patrick's Day.' Hij lachte. Hij had een opgewektheid over zich die er de week ervoor niet was geweest.

Terwijl hij naar de schuur liep, volgde Hattie hem, twee stappen achter hem. Hij tilde een zak aardappelen over zijn schouder en wees naar een zak bij zijn voeten. Die was veel minder vol dan de zak die hij vasthield. Er stonden meer zakken tegen de schuur, een zak in het formaat dat Tomas droeg en een kleintje. 'Je moet hooien als de zon schijnt,' zei hij, terwijl hij al terugliep naar de poort van de tuin.

Hattie nam haar aardappelen op haar schouder en rende achter hem aan. 'Hoe kunnen we die vandaag allemaal planten?'

'Het gaat snel,' zei hij. 'Al word je er nogal dorstig van. Overal in de vallei zijn vandaag mannen bezig om aardappels te poten.'

'En meisjes ook?'

Hij hield even in en keek haar aan. 'Ook meisjes.'

Ze volgden een overwoekerd grindpad dat vanuit de tuin door kreupelhout voerde. Het kwam uit bij een veld met vers omgespitte aarde. 'Hier hebben we de voren. Ik teel hier al aardappelen sinds mijn vader op het landgoed begon.'

Elke voor was ongeveer dertig centimeter breed en liep over de hele lengte van het veld, dat zich een kleine honderd meter naar beneden uitstrekte op de glooiende helling. De rijen waren erg regelmatig. Hattie vond dat het eruitzag alsof God met Zijn vingers de aarde had geharkt ter voorbereiding op het komende seizoen.

'Hebt u dit allemaal gedaan?'

'Ja, dat heb ik gedaan.'

Ze keek naar hem op.

'Het is goede grond, Hattie. Mijn vader heeft de stenen er met zijn blote handen uit gehaald...' Hij wees naar de stenen muur rond het veld. '... en toch komen er elke zomer weer bij. Geschenken van God.'

'Geschenken?'

Hij knikte. 'Ze blijven maar komen. Een verrassing en toch... verwacht.'

Hij had zijn schop gepakt en leunde erop, zijn ogen gericht op iets in de verte. Er was nog geen zuchtje wind, de hemel was blauw en het was stil om hen heen. Hattie verplaatste haar gewicht van de ene voet naar de andere en liet haar zak vallen, de plotselinge klap deed Tomas' opschrikken. Hij haalde een zakdoek uit zijn zak en veegde zijn voorhoofd af.

'Iedereen heeft zijn eigen manier van planten, en ik doe het als volgt.' Hij wees naar de middelste voor op het veld. 'We beginnen hier.'

'Is het normaal om in het midden te beginnen?'

Hij glimlachte, een zachte grinnik verdreef de verre blik in zijn ogen. 'Ik heb alvast een beginnetje gemaakt.' Hattie probeerde haar teleurstelling niet te tonen. 'Ik zou niet willen dat je de parade mist.'

Ze knikte zonder enige verwachting.

Gisteravond had papa aangekondigd dat Hattie en Albert met hem mee zouden gaan naar de festiviteiten ter ere van St. Patrick's Day in Ballinn. 'Geen sprake van,' had grootmoeder gezegd, terwijl haar waterige ogen zich vernauwden. 'Het is een doordeweekse dag en dit meisje...' Ze had een beweging met haar hand gemaakt zonder echt naar iemand te wijzen, maar ze bedoelde natuurlijk Hattie. '... zal moeten wennen aan discipline.'

Tomas liep naar voren en gaf aan dat ze naast hem moest komen planten, zodat ze konden samenwerken. Zij aan zij.

Albert had, zoals zo vaak tegenwoordig, de zaken erger gemaakt.

Hij had zijn koppige stem opgezet, die hij van mama had overgenomen, en gezegd: 'Wie wil er nou iets vieren waardoor Ierland aan banden werd gelegd?' Grootmoeders gezicht was zo rood geworden dat Hattie bang was dat ze zou ontploffen. Ze had een hand op haar borstkas gelegd en diep ademgehaald voordat ze hen allebei met slechts één blik zonder avondeten naar bed had gestuurd.

De aarde voelde warm aan de oppervlakte, maar koel eronder. Hij verkruimelde tussen haar vingers. Met elke aardappel die in de grond verdween, verbeterde haar humeur.

Mama was ook niet bij het avondeten geweest. Zij had weer hoofdpijn gehad. Toen Hattie later bij haar ging kijken in haar slaapkamer, sliep ze vast, de lakens als een touw om haar lichaam gedraaid.

Toen Hattie de laatste aardappel in de voor had begraven, zei ze: 'Doen we er nog meer?'

Tomas pakte de lege zakken op en hing ze over zijn arm. 'Zeker, zeker. Maar eerst thee.'

Ze volgde hem naar de verste hoek van het veld, waar een platte steen op de muur lag. Tomas reikte erachter en haalde een canvas rugzak tevoorschijn. Hij pakte er een rood geblokt servet uit met twee grote scones, een blokje boter en een pot donkere jam.

'Bramenjam,' zei hij. 'Vooral bramen althans, je weet nooit wat mijn zus erin doet. Eén keer heeft ze er meidoornbessen aan toegevoegd. Dat heb ik haar nooit vergeven.' Met zijn zakmes smeerde hij een dikke laag op de scone en gaf die aan Hattie. Hij keek gefascineerd toe hoe ze die in vier happen naar binnen werkte.

'Krijg je soms niet te eten in het grote huis?' vroeg hij lachend.

Ze wilde hem niet vertellen over de ruzie van gisteravond. Of hoe ze over grootmoeder dacht. Of hoe eenzaam ze was. In plaats daarvan zei ze: 'Heeft uw zus de scones ook gemaakt?'

'Tabby? Ja. Zij zorgt voor me, dus dit maakt ze ook voor me.' Hij zei het op een manier waaruit zowel liefde als tegenzin sprak. Ze zag een schaduw over zijn gezicht vallen en Hattie keek naar boven. Een zwerm ganzen vloog over. 'Toen ze hoorde dat er een kleine dame op Blackwater Hall was, stond ze erop om thee met wat lekkers mee te geven.'

'Ik ben geen dame!' Hattie lachte.

Tomas hield zijn hoofd schuin en keek over het veld. 'Een dochter van Blackwater Hall is een dame,' zei hij. 'Op een dag erft je vader de titel.'

Ze had hier nog nooit eerder over nagedacht. 'Word ik dan echt een dame?'

Hij knikte. 'Dat denk ik wel. Zo ging het vroeger in elk geval.'

'Vroeger? Wanneer dan?'

'Kijk! Twee eksters.' Tomas' hand was uitgestoken en Hattie volgde zijn blik. Over de verste heuvelrug hipten twee vogels, hun iriserende vleugels glinsterend in het zonlicht. 'Dat staat voor de vreugde, wist je dat?'

Ze had de chauffeur dat ook al horen zeggen die week. 'Ik zou willen dat ik wat vreugde had,' zei ze, haar onderlip begon te pruilen.

Tomas begon het servet op te vouwen en veegde de kruimels eraf voordat hij het in zijn tas stopte. 'Klagers hebben geen nood.'

'Wat betekent dat?'

'Dat betekent, Hattie, dat het goed is om dankbaar te zijn voor wat je hebt: een dak boven je hoofd, een plek om te slapen. En normaal gesproken, denk ik, genoeg om je buik te vullen.'

'Ik vind het hier gewoon niet leuk.' Ze keek naar haar vingernagels. Ze tekenden kleine cirkels op het zachte zandsteen. 'Ik zou willen dat... ik zou willen dat ik weg kon gaan.'

'Je weet niet wat je zegt,' zei hij scherp. Toen werd zijn blik zachter en zijn ogen ontmoetten de hare. 'Ik maak geen vergelijking, juffrouw Hattie. Het is gewoon iets wat iemand ooit tegen mij zei toen ik ook meer geluk wenste.'

'Wie dan?'

Bij die vraag lachte hij en schudde zijn hoofd. 'Je bent een brutaaltje, dat geef ik toe.'

Hoewel hij een man was en zij slechts een klein meisje, voelde ze zich op haar gemak bij hem. Toch kleurden haar wangen.

Hij streek een lok haar uit zijn gezicht. 'Tabby zei dat tegen mij. Ze heeft me op het rechte pad gekregen, één voet tegelijk. Ze is een lieverd. Op een dag, Hattie, mag je het rambling house in haar voorkamer bezoeken.'

Ze wilde hem vragen wat het was, een rambling house, maar hij was al opgestaan en ze liep achter hem aan terwijl hij langs de rand van het veld liep. 'Zou Tabby mij aardig vinden?'

Hij bleef staan en draaide zich om. 'Ja, Hattie. Tabby zou jou heel aardig vinden. Mijn zus zorgt voor iedereen en ze zal jou graag mogen.'

Ze liep hijgend voor hem uit. 'Ik zou willen dat mijn broer voor mij zou zorgen.' Toen ze jonger waren, had Albert haar beschermd en hij was altijd aan haar zijde geweest. Toen hadden de zes jaar leeftijdsverschil geen wig tussen hen gedreven. Het was eerder elastiek, waarbij ze allebei voldoende ruimte hadden gehad, maar ook bij elkaar gehouden werden. 'Hij wil alleen maar terug naar Engeland. Om te studeren. Maar grootmoeder zegt dat hij naar de universiteit in Amerika moet.'

'O ja?'

Hattie ging zachter praten. 'Ik denk niet dat hij grootmoeder aardig vindt.'

Tomas lachte daar zachtjes om.

'Maar hij houdt van Engeland... of in elk geval van een meisje daar. Dat heeft hij aan mama verteld.' Toen bloosde ze, want nu kwam er nog iets wat ze niet mocht weten. 'Ze gaat hem helpen om bij Cambridge binnen te komen. Hij studeert bijna elke dag met haar in de bibliotheek. Ik zie hem nooit meer!'

Ze sloegen de hoek om en liepen het veld af, terug naar het overwoekerde pad dat weer naar de tuin leidde, terug naar de wachtende zakken aardappelen. Het knarsen van het grind was het enige geluid in het kreupelhout.

Maar toen weerklonk er een gefladder in de bomen links van Hattie. Een zachte vleugelslag, een glimp grijs tussen de kale takken. Ze draaide zich om om Tomas erop te wijzen, maar hij zag het al en bewonderde het schouwspel voor hen. Hij keek haar even aan, trok zijn wenkbrauwen op zoals Albert dat vroeger zou hebben gedaan en draaide zich toen weer om naar het theater voor hen. Twee duiven, niet vechtend, maar bezig elkaar te versieren, zoals mama zou zeggen met een lichte blos op haar wangen. Op dat moment verscheen Albert door de poort van de tuin, zo'n vijftien meter verderop. Mama was bij hem en wees naar de boomtoppen. Het belangrijkste aan het gebruiken van een geweer, had papa gezegd toen ze de heide overstaken, is om goed op alles om je heen te letten. Kijk niet alleen naar je doelwit. Alberts gezicht verdween achter de kolf terwijl hij het geweer aan zijn schouder zette. Vergeet niet te kijken naar wat er naast je gebeurt, en in de verte. Hij volgde het geluid van de baltsende duiven, terwijl mama op de achtergrond bleef, haar ogen gericht op haar zoon. Hou in de gaten waar je metgezellen zijn en wat ze aan het doen zijn.

Hattie wilde zich omdraaien om Tomas te waarschuwen, maar ze kon haar blik niet losmaken van wat ze zag... en toen haalde Albert de trekker over.

Er klonk een klap als een donderslag. Het duurde slechts een moment, maar het benam haar de adem.

Ze draaide zich om. Tomas stond niet meer overeind. Hij had zich als een bal opgerold op het pad. Zijn handen bedekten zijn oren en hij had zijn ogen dichtgeknepen. Zijn schouders waren gekromd als om zichzelf te beschermen.

Ze stapte naar voren en legde zacht haar hand op hem.

Hij sloeg. Hard. Hattie tuimelde achterover en kwam op de grond terecht. Haar raspende ademhaling klonk alsof die ergens anders vandaan kwam, van iemand anders was. Haar schouder deed pijn en ze schreeuwde, maar ze kon geen geluid uitbrengen. Ze hijgde en voelde toen een druk op haar scheenbeen.

Een hand.

Tomas hees zichzelf overeind en boog zich over haar heen. Ze hief haar handen beschermend op.

'Het spijt me,' zei hij. 'Het spijt me zo. Het kwam door het schot. Ik wilde niet... Soms raak ik... in paniek. Het spijt me.' En ze wist dat het hem echt speet. Misschien probeerde Hattie iets te zeggen, misschien ook niet. Maar er kwamen geen woorden uit haar mond toen ze naar Albert en mama keek, die de grond onder het bladloze hazelaarsbos afzochten. Even voelde ze een golf van geluk.

Albert had gemist. De duiven leefden nog.

Op dat moment draaide mama zich naar hen om, haar hand op de schouder van haar zoon. Ze zag hen nu pas. Ze zag de tuinman over haar dochter heen geknield zitten. Haar gezicht vertrok, eerst van verwarring, toen van angst. In één snelle beweging trok ze de zoom van haar rok omhoog en begon naar Hattie toe te rennen. Ze schreeuwde het uit en duwde Tomas met zo veel kracht opzij dat hij van het pad vloog.

Ze viel op haar knieën en legde haar handen aan weerszijden van haar dochters geschokte gezicht.

Een moment voordat ze zich omdraaide om naar mama te kijken richtte Hattie haar blik op Tomas. Zijn verwilderde blik stond smekend, toen verdween hij, opgeslokt door de duisternis en de schaduwen.

28

Dublin
September 2019

Ellie huiverde. Ze liep in de schaduw over Duke Street en voelde zich hopeloos verward en een beetje duizelig door het glas wijn dat ze op een lege maag achterover had gegooid. Ze schuilde in een portiek voor de koude regen en pakte haar telefoon om Jeremy te bellen, maar die nam niet op. Ze had al drie gemiste oproepen van Dylan, de laatste van een minuut geleden. Ze zuchtte en scrolde door. Onder zijn naam stond het gesprek met Milo van die ochtend. Ze opende haar berichten. En ja hoor, hij had een herinnering gestuurd:

Harriet zou je graag ontmoeten, ze is tot 14.00 uur bij de Pickled Oyster. Xm

Ellie kneep haar ogen tot spleetjes bij het laatste woord. Was dat bedoeld als een kus? Of gewoon een vergissing? Ze keek op haar horloge en draaide zich om naar St. Stephen's Green.

Als de Mulberry Garden al een duur restaurant was, dan bracht de Pickled Oyster verfijnd dineren helemaal naar een nieuw niveau. Reserveren was bijna onmogelijk en het restaurant ontving de hele high society van Dublin. Zelfs Dylans moeder had er waarschijnlijk nooit gegeten, en Ellie stapte door de deuren met de zenuwen van iemand die een wereld betrad waar hij beslist niet thuishoorde. Ze liep de trap op naar een kleine formele hal. De geur van versgebakken brood en misschien iets hartigs vulden de lucht en vanuit de volgende ruimte weerklonken de geluiden die typisch waren voor een restaurant: gesprekken, bestek op servies, een lachbui. Naast de gesloten dubbele deuren die naar de zaal leidden, stond een lessenaar en daarachter stond een kleine, nette man in formele kledij.

Hoewel Ellie verwachtte dat hij haar uit de hoogte zou toespreken, bleek al snel dat ze het mis had. 'Het is hier beslist beter dan daarbuiten.' Hij stapte naar voren om haar jas en paraplu aan te nemen, zonder ook maar aandacht te besteden aan de verminkte toestand van de laatste. 'Een mooie dag voor een verfijnd diner.'

Ellie glimlachte. Hij kwam zeker uit Kerry. Zijn ontspannen manier van doen, die zo contrasteerde met de formaliteit van zijn pak, was ontwapenend, geruststellend en heel erg prettig.

'De voorspelling was... beter.' Ze gaf hem verontschuldigend haar doorweekte spullen aan.

'Het zal allemaal kurkdroog zijn als u weer vertrekt.' Hij verdween door een deur links van hem, stapte toen terug achter de lessenaar en keek naar een lijst die voor hem lag. Uit zijn lichaamstaal sprak de vraag of ze wel gereserveerd had, maar hij had een warme glimlach om zijn mond.

'We hebben u nog niet eerder ontvangen, juffrouw...'

'O,' zei ze. 'Fitzgerald. Ellie Fitzgerald.'

'Maakt u deel uit van het Newman-gezelschap?'

Ze voelde zich niet op haar gemak. 'Nee, nee. Ik ben hier om Harriet Rath... Harriet, eh...' Ze realiseerde zich plotseling beschaamd dat ze geen idee had of Harriet de naam Rathmore nog steeds gebruikte of inmiddels een heel andere naam droeg.

'Hattie Walker?' Zijn houding veranderde merkbaar, van vriendelijk en meegaand naar héél vriendelijk en meegaand.

'Ja. Haar neef heeft haar verteld dat ik zou komen...'

De man begon te stralen. 'Milo?' Hij bekeek haar aandachtig en glimlachte wat breder. 'Een fijne kerel.'

Ellie wipte van de ene voet op de andere. 'We hebben elkaar pas kortgeleden ontmoet. In Ballinn.'

'Ah, ik kom uit Noord-Kerry, maar ik hou ook van het zuiden.' Hij sprak het uit alsof hij het over een compleet ander land had. Hij zweeg even en nam toen zijn besluit. 'Deze kant op.'

Ze volgde hem naar een eetkamer met veel houten lambrisering en het rijkst versierde plafond dat ze ooit had gezien. Langs de muren stonden banken. Ze waren bekleed met rood leer en het restaurant zat vol. Het was het ultieme tijdstip voor de lunch.

De man uit Kerry knipoogde samenzweerderig naar haar voordat hij haar alleen liet om langs de bank aan het laatste tafeltje te schuiven. Vanuit haar positie was het bijna onmogelijk om de gezichten van de andere gasten te zien. De muur van de bank belemmerde haar zicht. Een grote open haard domineerde de wand aan de andere kant. Vlammen likten zachtjes aan een houtblok dat net op het vuur gelegd was.

'Ellie?'

Een vrouw stond aan het andere eind van de tafel. Ze was een opvallende verschijning: dieprood haar dat tot over haar schouders hing, een vleugje grijs bij de aanzet, en een oprechte glimlach op haar gezicht. Ze zag er goed uit voor haar leeftijd. Ze had heel weinig make-up op en het groene montuur van de bril die ze droeg, verschilde twee tinten van de turkooizen trui die losjes over haar slanke schouders hing.

'Harriet?'

'Hattie, alsjeblieft,' zei ze. 'Alleen mijn neefje en mijn vrouw noemen me Harriet. Ik zou willen dat ze dat niet deden.' Ze lachte warm en ging tegenover Ellie zitten.

Ze was noch als ober, noch als chef gekleed. Ellie waagde het erop: 'Dit moet een geweldige plek zijn om te werken.'

'Dank je wel. Het is het vierde restaurant waar ik mijn geluk heb beproefd.' Ellie probeerde haar verbazing te verbergen. 'De eerste drie waren zonder Vikki. Dat liep uit op een ramp.' Een kruimel op het witte tafelkleed trok Hatties aandacht en ze veegde hem weg. 'Achter iedere sterke vrouw staat een sterkere vrouw.' Ze sprak met een Dublins accent, al schemerde er een vleugje Engels in door.

Ellie zei: 'Ik heb gehoord dat dit verre van een ramp is.'

'Een heel ander concept, Vikki's idee. Een vast menu, seizoensgebonden ingrediënten. Vier gangen. Als het iemand niet aanstaat, gaan ze maar ergens anders heen.'

'Ik denk niet dat veel mensen ergens anders naartoe gaan.'

'Nog niemand.' Een ober passeerde hen met een geurig gerecht, een zweem van komijn steeg op.

'Zal ik later terugkomen, na de lunch?' Zodra ze het had gezegd, had Ellie spijt van haar woorden. Het idee om deze plek te verlaten en weer de regen in te moeten was op zijn zachtst gezegd onaantrekkelijk.

'Nee, nee.' Hattie wuifde met haar hand. 'Maar ik heb trek in oesters. Vind je die lekker?'

'Ik heb zelden de kans gehad ze te eten,' zei Ellie. Ze leunde ontspannen achterover. Een klein deel van de spanning van die ochtend verdween. Haar arm streek langs het bordeauxrode doosje dat uit haar handtas stak. Snel duwde ze het uit het zicht.

Hattie trok de aandacht van een ober, een man met een mahoniekleurige huid en een brede glimlach. 'Mevrouw?' Hij sprak veel formeler dan de man uit Kerry, die Ellie nog maar een paar minuten eerder in de hal had begroet. Een rode anjer sierde het knoopsgat van zijn revers.

'Twee bloody mary's, Armand. En een dozijn oesters, alsjeblieft.'

'Ja, mevrouw.' Hij schreed naar het einde van de ruimte en verdween door geruisloze klapdeuren links van de open haard. 'Mijn beste ober. Een Fransman en harde werker. Die man vergeet nooit een gezicht. Al onze vaste gasten vragen naar hem als ze reserveren.' Hattie sloeg haar handen ineen en boog zich naar voren. 'Nou, Ellie, Milo vertelde me dat je een geheim van de familie Rathmore aan het ontrafelen bent.'

Het werd op een vriendelijke manier gezegd, maar Ellie zag deze ontmoeting even vanuit het perspectief van de andere vrouw: een vreemdeling die zich verdiept in een privégeschiedenis, een buitenstaander die probeert binnen te komen. 'Ja.' Ze pakte de brief en legde hem op tafel.

De oudere vrouw schoof haar bril met dik montuur over haar neus. 'Arme tante Charlotte,' zei ze, terwijl ze las. 'Mijn ouders aanbaden haar, mijn grootouders spraken nauwelijks over haar. Ik heb haar natuurlijk nooit ontmoet, want ze stierf voordat ik werd geboren, maar je voelde altijd haar aanwezigheid in Blackwater Hall.'

'De datum op de brief...'

'Ja,' zei Hattie. 'Wat mysterieus.'

Armand kwam terug. Op zijn hand balanceerde een dienblad, dat de zwaartekracht trotseerde. Met een soepele beweging zette hij alles op tafel: een bord met glinsterende oesters, tabasco en citroen. Terwijl hij twee bloody mary's neerzette, zei hij: 'Ik heb het genoegen niet eerder gehad.'

Hattie keek Ellie aan.

'O, bedoel je mij?' Ze legde een hand op haar borstkas en vroeg zich af of ze bloosde. 'Eleanor Fitzgerald.'

'*Enchanté*, Eleanor Fitzgerald,' zei hij, alsof hij haar naam wilde verifiëren. '*Je suis* Armand.' Hij glimlachte hartelijk toen hij vertrok.

Hattie tikte op haar slaap. 'Zie je? Nu kent hij je.' Ze deed een snufje peper in haar glas, waarna ze het hief om met Ellie te klinken. Beide vrouwen namen een slokje. Het was een geweldige combinatie, zout, zoet en pittig tegelijk.

'Er schemert een zekere romantiek door in de brief. Maar ik zie niet in wat dat nu nog voor verschil zou maken. Charlotte is al tachtig jaar dood.'

Ellie boog zich naar voren, de wodka brandde al in haar buik. 'Ze zou nog kunnen leven, Hattie.' Het was de eerste keer dat ze die gedachte hardop uitsprak, en het idee maakte haar enthousiast.

Maar Hattie trok alleen een wenkbrauw op. 'En dan? Ze zou... honderd jaar oud zijn?' Ze spoelde een oester weg met een slokje van haar drankje. Ellie dacht terug aan Tabby Ryans verjaardagsfeestje. In haar geval leek honderd jaar een eitje. 'Als je wat dieper graaft, Ellie, is de werkelijkheid soms nogal saai. Mijn familie is een bijzonder stel, maar ook saai. Maar als het je interesseert, help ik je graag.'

'Dank je wel.' Ellie bekeek de oesters wantrouwend.

'Ik kan me niet voorstellen wat ik eraan toe te voegen heb. Maar vraag maar raak.'

Ellie besefte dat ze hier totaal niet op voorbereid was. Het was allemaal zo last minute dat het ontmoeten van Charlottes nichtje voelde als een prestatie op zich in plaats van een beginpunt. Ze pakte een schelp. 'Mag ik je iets vragen over een avond die Albert zich herinnert uit zijn jeugd?' Ze zette de oester aan haar lippen. Die smaakte naar de oceaan en herinnerde haar eraan dat ze de vorige dag nog bij de branding van de Atlantische Oceaan had gestaan.

'Albert is zes jaar ouder dan ik, maar je kunt het proberen.'

Zes jaar maar? De vrouw die voor haar zat, zag er twee decennia jonger uit dan haar broer.

'Hij vertelde me over een incident in Blackwater Hall tijdens een diner,' begon Ellie uitvoerig. 'Je moeder raakte erg overstuur omdat je grootvader suggereerde dat Charlotte zelfmoord had gepleegd. Herinner je je dat?'

Met een afwezige blik in haar ogen fronste Hattie. Meerdere obers passeerden, vakkundig de borden in evenwicht houdend, en Ellies maag knorde. Ze pakte met een verontschuldigende blik nog een oester.

Hattie wenkte een serveerster en vroeg aan Ellie: 'Hert of duif?'

Ellie gaf niet meteen antwoord en keek verlegen.

Moeiteloos keek Hattie door haar ongemakkelijkheid heen. 'Twee keer hert, alsjeblieft. Iets wat al op het bord ligt, het heeft haast.' Ze draaide zich met een knipoog weer om naar Ellie. 'Ik ben bang dat ik me niet veel kan herinneren van mijn tijd op Blackwater Hall,' zei ze toen.

Ellie fronste. 'Hoe oud was je toen je daarheen verhuisde?'

'Elf.' Ze nipte van haar drankje. 'Maar ik heb nauwelijks tijd doorgebracht in Kerry. Ik werd al snel naar een kostschool in Dublin gestuurd.'

'Dat moet moeilijk zijn geweest. Het spijt me.'

'Vergis je niet, het was fantastisch. Het veranderde mijn leven. Eerlijk gezegd had ik nog nooit vrienden gehad voor ik naar de kostschool ging.' Ze zweeg even en voegde toen toe: 'Geen echte tenminste.'

'En voordat je in Ierland woonde?'

Hattie lachte, een beetje bitter en spottend. 'Ik heb nog steeds nachtmerries over de basisschool. Kinderen kunnen wreed zijn. Toch zijn mijn kwelgeesten van destijds waarschijnlijk veranderd in heel aardige mensen die zelf kinderen en kleinkinderen hebben.'

Ellie dacht aan Dylan. 'Denk je dat iemand echt kan veranderen?'

'Mensen kunnen zeker in staat zijn om te veranderen, dat garandeer ik je. Zowel ten goede als ten kwade.' Hattie leunde achterover toen de serveerster hun borden bracht. 'Ik moet zeggen dat het heerlijk is om een paar gerechten in mijn eigen restaurant te nuttigen.'

Ellie keek naar de met Michelinsterren bekroonde kunst op haar bord. 'Ik wil niet nieuwsgierig zijn, maar... wat kost zo'n lunch?'

'Een fortuin.' Hattie pakte haar vork en prikte er een stuk hertenvlees aan. 'Maar slechts een deel van onze inkomsten komt van het hoofdrestaurant. De privévertrekken leveren het echte geld op.' Ze wees naar een ober die champagne in een koeler door de zaal droeg en door een deur rechts van de open haard verdween. 'Er komen allerlei gasten. De machtigen en de hoge heren. De rijken en beroemdheden. Zelfs een paar politici.' Ze pakte de selderij uit haar bloody mary en legde die op haar bord. 'Ze betalen er goed voor.'

'Kwam je in de zomervakantie niet thuis?' vroeg Ellie, om het gesprek weer op Blackwater Hall te brengen.

'Ik heb maar een paar maanden in Blackwater Hall gewoond nadat we daarheen verhuisden. Die plek voelde nooit als mijn thuis. Nee.' Hattie zweeg even. 'Er zijn wel momenten geweest dat ik me ergens thuis voelde. In Ambleside bijvoorbeeld, voordat we naar Ierland verhuisden. Misschien ook met mijn eerste man, hoewel dat niet goed afliep.' Ze nam een slokje van haar drankje. 'Nee, thuis is voor mij een plek waar je de deur dichtdoet en het binnen beter is dan buiten. Na Ambleside was het eerste echte thuis dat ik had met Milo. Toen hij bij mij kwam wonen voelde mijn huis als een thuis.' Ze zette haar bril af en legde hem op tafel. 'Hij was pas vijf jaar oud en hij maakte me compleet.'

'Zo jong?'

'Zijn moeder was net overleden aan borstkanker. Ze was jong, veel jonger dan Albert. Ze hadden elkaar hier in Dublin ontmoet. Hij bracht een zeldzaam bezoek aan de stad en kwam terug met een vrouw.' Hattie glimlachte. 'Ik overdrijf natuurlijk. Maar het was een wervelende romance. Majella was prachtig. Ze leek heel erg op een meisje dat mijn broer in Ambleside had achtergelaten.' Ze nam een slokje van haar drankje. 'Toen ze stierf, nam ik Milo mee naar Dublin voor de zomer. Om voor hem te zorgen. Hem een plek te geven waar hij… gelukkiger kon zijn.' Ellie wist niet wat ze moest zeggen. Ze had Milo gezien als iemand in het heden, zonder rekening te houden met het feit dat hij een verleden had. 'Mijn moeder was toen al ruim in de zeventig en mijn vader was drie jaar eerder overleden. Ik kon hem moeilijk alleen laten met Albert. Het zou alleen voor die eerste zomer zijn, daarna zou hij teruggaan en naar school gaan in het dorp. Misschien zelfs bij jou in de klas?'

Daar had Ellie nog niet over nagedacht. 'Ja, waarschijnlijk wel…'

'Nou, het klikte tussen Milo en mij.' Ze keek opzij en iets, een dierbare herinnering waarschijnlijk, deed haar glimlachen. 'Dus hij bleef.'

Ellie voelde dat ze een brok in haar keel kreeg. 'Dat was aardig.' Ze voelde zich onwetend, beschaamd dat ze Milo niets over zijn leven had gevraagd. Dat ze zomaar zijn spreekkamer was binnengelopen en antwoorden had geëist die hij misschien helemaal niet had willen geven.

'Het was niet helemaal onbaatzuchtig. Voor mij was het ook goed. We zijn twee handen op één buik,' voegde ze eraan toe, bijna tegen zichzelf pratend. 'We bezochten Blackwater Hall om de paar maanden, maar Albert had liever niet dat we daar kwamen wonen.'

Ellie zette haar drankje neer. Vanwege de vloek. Ze besloot Hattie te testen. 'Maar… waarom?'

'Albert wilde dat Milo kansen kreeg die hij in Kerry niet kon krijgen.' Zelfs als Ellie de waarheid niet had geweten, zou ze de leugen hebben herkend: het snelle neerslaan van de ogen, het opnieuw vouwen van het servet. Hattie vervolgde: 'Zoals je weet laat Alberts gezondheid wat te wensen over en we willen graag dat hij naar een tehuis verhuist. Op zijn minder heldere dagen is hij wantrouwend tegenover iedereen, zelfs tegenover mij. En hij wil het huis niet leeg laten staan, want er moet toch iemand wonen.' Ze haalde nonchalant haar schouders op. 'Hij wil het natuurlijk nooit hebben.'

Ellie fronste haar wenkbrauwen. 'Wie zou het nooit willen hebben?'

Hattie keek verbaasd op van haar drankje. 'Milo.'

'O?' was alles wat Ellie kon bedenken, maar het was natuurlijk duidelijk. Milo was Alberts enige kind.

'Hij heeft geen interesse. De jongen heeft niets met de aristocratie. Een rebel in hart en nieren.'

'Wil hij de titel niet?'

Hattie schudde haar hoofd. 'Hij vindt het niets. Maar dat maakt niet uit.'

'Wat bedoel je?'

'Het is niet mogelijk om afstand te doen van een Ierse titel. Mannelijke erfgenamen die wettig verwekt zijn en zo. Als Milo het niet wil, dan blijft de titel zweven, wachtend op zijn zoon.'

'En als hij geen zoon krijgt?'

'Dan verdwijnt de titel. Er zijn voldoende nichten, maar geen mannen.' Ze haalde haar schouders op. 'Milo zou niets liever willen dan een eind maken aan de zielige vertoning.'

'En het huis?'

'De titel en het huis waren tot de jaren zeventig onlosmakelijk met elkaar verbonden. Mama heeft een kwart van haar leven gevochten om het landgoed te scheiden van de adelstand. Ze heeft gewonnen. Het huis staat nu op zichzelf.'

'Het is een… prachtige omgeving.'

Hattie lachte. 'Heel diplomatiek. Het is een opknappertje. Of, zoals mijn vrouw zou zeggen, een bodemloze put.'

Ellie glimlachte en schudde haar hoofd. Wat een leven. Hattie trok een wenkbrauw op. 'Jij bent zijn type, weet je?'

Ellie kuchte en dronk snel het laatste restje van haar bloody mary op. Ze vroeg zich af of de kleur van de vloeistof overeenkwam met de blos op haar wangen. Snel zei ze: 'Mag ik vragen… of is het misschien een beetje persoonlijk…' *Net als je laatste opmerking.*

'Zeg het maar.'

'Waarom heeft het huis zulke slechte herinneringen voor je?'

Hattie legde haar vork netjes op haar lege bord. 'Niets bijzonders,' zei ze, op een manier die Ellie het gevoel gaf dat het iets heel bijzonders was.

Berustend leunde Hattie voorover en vouwde haar handen voor

zich. 'Voordat we in 1958 naar Ierland verhuisden, slechts enkele maanden nadat oom Hugo was overleden... Je kent de omstandigheden wel, toch? In die tijd hadden we een heel gelukkig huishouden. Mijn moeder was vol warmte en liefde. Ik aanbad haar toen.' Het laatste woord bleef tussen hen in hangen. 'Maar de verhuizing naar Blackwater Hall maakte haar tot een ander mens. Het was alsof ze twee verschillende personen was. Eentje van vóór Blackwater Hall en eentje van erna.'

'Weet je hoe dat kwam?'

Hatties antwoord kwam net te snel. 'Nee.'

Ellie voelde dat Hattie op het punt stond dicht te klappen en veranderde van koers. 'Je verwachtte dat ik meer zou weten over de omstandigheden van Hugo's dood. Hoe is hij gestorven?'

'Hemel,' zei Hattie. 'Ik dacht dat iedereen in het dorp dat wel wist. Het moest natuurlijk binnen de familie blijven, maar je weet hoe Kerry is...' Het was geen vraag.

'Ja.'

'Hugo was beschadigd door de oorlog, net zoals zo veel andere mensen. Ik weet nog dat ik iemand kende die...' Ze zweeg even, alsof ze werd opgeslokt door een ver verleden. Maar net zo snel als haar gedachten afdwaalden, was ze weer terug in het heden. 'Hugo was aanwezig bij de bevrijding van Bergen-Belsen, papa geloofde dat hij daar nooit overheen is gekomen. Hoe zou hij dat ook gekund hebben? Toch was hij blijkbaar geen aardige man.' Ze glimlachte treurig. 'Men dacht dat Charlotte zelfmoord had gepleegd vanwege een gearrangeerd huwelijk, en Hugo had dat geregeld. Later vroeg ik me af of hij zichzelf de schuld gaf van haar dood.'

'Wat is er met hem gebeurd?'

'Hij heeft zelfmoord gepleegd. Net als Charlotte.' Ellie fronste haar wenkbrauwen en Hattie voegde eraan toe: 'Dat werd in elk geval aangenomen.'

Ellie nam een slokje van het drankje dat de ober even daarvoor had neergezet en deed er een scheutje tabasco bij. 'Je moeder, was ze Brits?'

'Ja. Als je haar in haar latere jaren had ontmoet, zou je zeggen dat ze een typische stijve Engelse was. Maar voordat we naar

Ierland verhuisden was ze... altijd levendig. Ze heeft het behoorlijk ver geschopt. Ze was wees en werd Lady Rathmore. Papa en zij kwamen bij elkaar via hun liefde voor schrijven. Ze werkten allebei bij een krant in Ambleside voordat we vertrokken. Ik denk dat ze altijd al de wens had om fictie te schrijven, maar daar is het nooit van gekomen.'

Ellie kon zich niet voorstellen dat ze de journalistiek in zou ruilen voor fictie, fantasie in plaats van feiten. Zelfs op dit moment raakten de twee met elkaar in de knoop in haar hoofd. Ze herinnerde zich de foto van Nancy en Charlotte op het tuinfeest, hoe ze had gedacht dat ze samenzweerderig tegen elkaar aan leunden. 'Konden Charlotte en zij het goed met elkaar vinden?'

Hattie haalde haar schouders op. 'Dat weet ik niet. Er werd niet vaak over Charlotte gesproken. Het hing gewoon altijd... in de lucht.'

'Ik snap het niet.'

'Ze leek overal en nergens op dat landgoed aanwezig. Er was geen graf om bij te rouwen, ik herinner me dat mijn vader daarover klaagde. Mijn grootmoeder was een heel harde vrouw, onverschillig, maar toch liet zelfs zij ons niet spelen bij het meer waar Charlotte zichzelf verdronk.' Ze corrigeerde zichzelf: 'Waar ze dachten dat ze zichzelf verdronk. Ze was mooi, Charlotte, althans op de paar foto's die ik zag, net als mijn moeder. Ze moeten een bijzonder stel zijn geweest toen mijn ouders in de jaren dertig Blackwater Hall bezochten.'

'Heeft Charlotte je ouders ooit in Ambleside bezocht, denk je?' Als Charlotte eerder in het buitenland was geweest, had ze in 1940 het vertrouwen gehad om te reizen.

Hattie fronste. 'Waarschijnlijk heeft ze in Londen een bezoek aan hen gebracht.'

'Woonden je ouders in Londen?'

Ergens sloeg een klok. Halfdrie. 'Vóór de oorlog. En gedurende die tijd. In Parker Street, geloof ik.'

Ellie dacht terug aan de aankondiging uit 1936 die ze in de *Kerry News* had gevonden. 'Holborn?'

Hattie was verrast. 'Ja. Blijkbaar hadden ze samen voor de aanbetaling gespaard. Mijn moeder was er erg trots op dat ze niet teerden op het geld van de Rathmores. Ze kregen wel wat geld een paar jaar nadat ze getrouwd waren, niet veel, maar genoeg om de flat af te betalen, maar ze werkten zichzelf op voordat papa het allemaal erfde. Ik neem aan dat mijn grootouders de journalistiek niet als een geschikt beroep zagen. Ze dachten dat mijn moeder mijn vader had aangemoedigd, dat zij een einde had gemaakt aan hun ambities voor zijn politieke toekomst. Ze konden niet met elkaar overweg, mijn moeder en mijn grootouders. Ze vonden dat mijn moeder problemen veroorzaakte.' Ze fronste haar voorhoofd. Er kwam een herinnering naar boven. 'Vandaar ook haar bijnaam. Trouble. Papa noemde haar vaak zo. Het was een beetje gek, maar ook schattig.'

Ellie glimlachte.

'Ik vind het echter heel nobel,' vervolgde Hattie.

'De bijnaam?'

Hattie lachte. 'Nee, de journalistiek. Ik vind het een mooi beroep.' Ze zweeg even. 'Daarom heb je toch een neus voor dit mysterie?'

Ellie dacht na. 'Ja.' En nee. 'Het interesseert me.' Ze zei het verontschuldigend, alsof ze om toestemming vroeg. 'En op dit moment ben ik een beetje ten einde raad.'

'Ah...' zei Hattie. 'Het gedoe met de advocaat.'

'Je hebt duidelijk je huiswerk gedaan.'

'Hij is een cliënt van ons.'

Ellie zette zich schrap op de bank.

'Hij is er vandaag niet. Anders had ik je niet binnen kunnen laten,' zei ze met een knipoog. Het was een soort grapje, maar niet helemaal. 'Ik heb wel genoten van je artikel.'

'Heb je het gelezen?'

'O ja. Een schandaal boeit altijd.' Hattie keek op haar horloge. 'Nou, Ellie, ik moet gaan.' Ze zweeg even. 'Maar ik zou graag nog eens willen kletsen.'

'Dat zou ik leuk vinden,' zei Ellie, en ze meende het.

Hattie stond op. 'Doe de groeten aan mijn neefje als je hem tegenkomt.'

'O, ik was niet van plan... Ik bedoel... We hebben niet...'

Hattie gaf haar een veelbetekenende glimlach en draaide zich om om te gaan. Ze liet een klein wit kaartje achter op het tafelkleed. Ellie pakte het op. Zwaar papier, getextureerd, in zwart reliëf. Alleen haar naam stond erop, Hattie Walker, en een telefoonnummer. Geen titel, geen bedrijf. Het was het kaartje van iemand die bij iedereen bekend was. Ze stopte het achter in haar notitieboekje, bij de foto van Charlotte.

29

Dublin
September 2019

'Wynn's Hotel?' vroeg Jeremy, toen ze had gevraagd of ze een wandeling konden maken om bij te praten. Hij zag er nog steeds even verstrooid uit, verward haar en een versleten tas over zijn schouders.

'Ja,' zei Ellie. Ze stonden in de drukke lobby van *The Irish Times*. 'Overnacht je hier?'

'Nee.'

Ze namen elkaar peilend op, toen leidde hij haar het gebouw uit en keek over zijn schouder. 'Ik heb toch wat frisse lucht nodig,' zei hij, terwijl hij de capuchon van zijn jas omhoogtrok en een zijstraat in dook. 'Koffie?' Er was een doorgang in de muur waar een groep mensen zich ophield.

'Dit is nieuw,' zei Ellie. Het had wel wat weg van een bruin café.

'Dit is nu mijn favo tentje.' Hij zei vaak zulke dingen: favo, lol, gezel. Het was een techniek die hij gebruikte om mensen te ontwapenen en ze hun geheimen te laten onthullen. Het zorgde er echter ook voor dat hij aanzienlijk minder intelligent overkwam dan hij was, dacht Ellie. 'Het gebruikelijke?' Hij pakte twee herbruikbare koffiekopjes uit zijn tas en zwaaide ermee naar haar. Het leek erop dat hij ook liever niet op kantoor met haar wilde praten.

Ze knikte, leunde toen tegen de muur van het steegje en sloeg haar armen over elkaar. Het regende niet meer zo hard, en zachtblauw verdreef het grijs in de lucht. Om haar heen weerklonk geroezemoes en aan het einde van het steegje trokken flarden van Dublin in allerijl voorbij. Mensen en auto's, levens die naadloos in elkaar over leken te gaan. Nu al kwam de stad haar vreemd voor, alsof ze in die paar weken op het platteland had geleerd om het rustiger aan te doen.

Jeremy kwam terug en gaf haar een kop koffie. De warmte deed haar denken aan de ochtend ervoor, toen ze met Milo over het strand had gewandeld. Ze nam een eerste slok en verborg haar glimlach achter haar kopje.

'Ik begrijp niet hoe jij er zo opgewekt uit kunt zien,' zei Jeremy terwijl hij een paar zakjes suiker aan zijn koffie toevoegde en kalmpjes roerde, terwijl zij stond te wachten.

'Ik ben gewoon zo blij je te zien, nadat je me hebt ontslagen.'

Hij kneep zijn ogen tot spleetjes. 'Tuurlijk.' Ze liepen richting Tara Street en lieten de duisternis achter zich. Door het zachte licht leek het alsof de zon zou doorbreken.

'Nou, je wilde praten?' vroeg ze. 'Mij mijn baan teruggeven misschien?'

Jeremy kwam meteen ter zake. 'Ellie, wist je dat Davy McCarthy gaat scheiden?'

Ze gaf geen moer om Davy McCarthy. De man had de ziel van Dublin verkocht en haar carrière verwoest. 'Een gelukje voor zijn vrouw.'

Ze maakten ruimte om een paar oudere dames te kunnen passeren die arm in arm over straat liepen. 'Misschien is het een gelukje voor jou,' zei hij over hun hoofden heen.

Ze liepen weer naast elkaar. 'Ik luister.' Ze nam een slokje koffie om haar groeiende zenuwen te kalmeren.

Jeremy vertraagde zijn pas. 'Vorige week kreeg ik volkomen onverwacht een verzoek van Deborah McCarthy om een afspraak te maken. Ze wil wraak.'

'Wraak klinkt positief.'

Ze stopten bij het stoplicht. 'Wat ze te zeggen had was positief. Voor jou in elk geval.'

'Maar voor Davy niet?'

De twee oudere dames kwamen achter hen staan. Ze giechelden als kinderen en Ellie zou best even in hun schoenen willen staan en zich nergens zorgen over hoeven maken. Een van hen liet haar handschoen vallen en Jeremy boog zich voorover om die voor haar op te rapen. Toen giechelden ze nog harder.

Hij draaide zich met een blos op zijn wangen weer om naar Ellie. 'Nee, voor Davy niet.' Hij liep naast haar toen ze de weg overstaken en afsloegen om de rivier te volgen. 'Er is nog geen concreet bewijsmateriaal, het is alleen maar anekdotisch. Maar als je dieper graaft, zou je iets kunnen vinden.'

'Ik wil niet dieper graven,' zei ze. 'Dit heeft me geruïneerd.'

'Maar hiermee zou je het goed kunnen maken.' Hij bleef even staan bij de kademuur. 'Luister alleen even naar wat ik te zeggen heb.' Zijn onderarmen rustten op de stenen muur en hij nodigde haar uit hetzelfde te doen. 'Deborah vertelde me dat Davy behoorlijk heeft moeten bloeden door de scheiding. Het meeste geld was van haar, oud geld, familie van Guinness of zoiets. Hij heeft helemaal niets meer.'

Ze keek in haar koffiekopje. Het was bijna leeg. 'Hij heeft zijn salaris als raadslid.'

'Dat bedraagt toch maar een kleine twintigduizend euro...'

'Plus een onkostenvergoeding. En hij heeft functies in meerdere besturen.' Een windvlaag trok aan haar haar en ze stopte een losgekomen pluk achter haar oor. 'Ik weet het allemaal. Ik heb een profiel van hem gemaakt, weet je nog?' Ze dronk haar kopje leeg en Jeremy pakte het van haar aan en zette het rechtop in zijn tas.

'Blijkbaar rijdt hij in een gloednieuwe Mercedes. Hij woont in een dure wijk van Dublin, in een penthouse.' Hij trok aan een draadje van zijn versleten jasje. 'Een overdekte parkeerplaats en een loopjongen die de auto's voor de bewoners parkeert. Er is zelfs een sportschool.'

Ellie lachte, deels om de brutaliteit van Davy McCarthy, deels om het idee dat haar baas – ex-baas – jaloers was op de aanwezigheid van een sportschool in het gebouw waar hij woonde. 'Mannen zoals hij moeten de schijn ophouden,' zei ze. 'Voor hen is krediet gemakkelijk te verkrijgen.'

Jeremy spreidde zijn handen, zijn gezicht stond serieus. 'Ze heeft me in niet mis te verstane bewoordingen ervan verzekerd dat hij blut zou moeten zijn.'

Ellie ging rechtop staan en strekte haar rug. Ze was teleurgesteld. 'Wat wil je hiermee zeggen, Jeremy? Dat Davy McCarthy geld op een geheime rekening heeft staan? Dat het via Maxwell Cray naar hem is weggesluisd? Dat is niet echt nieuws voor mij. Dat verhaal heb ik al opgedist.' Ze begon weer te lopen. 'Was dit het? Wilde je me hierover spreken? De praatjes van een ex-vrouw?'

Hij trok zijn wenkbrauwen op. 'Dit is nog niet alles.' Hij opende zijn tas, pakte een map en gaf haar een vel papier. Ze bleef even staan en las het vluchtig door, terwijl ze haar best deed haar handen niet te laten trillen. *Beste Jeremy, namens mijn cliënt... bedreiging... bedreiging... bedreiging... bedreiging... Met vriendelijke groet, Barton Smith, vennoot, Harsgrove Lawyers.* Ze gaf het papier aan hem terug en liep verder.

'Ze willen *The Irish Times* aanklagen? De kránt?'

'Wegens smaad.'

'Maar het is op mijn blog gepubliceerd.'

'Ze zullen beweren dat wij, en ik in het bijzonder, je daartoe hebben aangezet.'

Ellie lachte luid. Het idee dat Jeremy, of wie dan ook, haar tot iets zou aanzetten was ronduit belachelijk. 'Ik heb Dubble uit de lucht gehaald, wat willen ze nog meer?'

'Ze willen dat het beleid veranderd wordt.'

Ze fronste.

'Ze willen het verbod op openbare gebouwen die aan particuliere aannemers worden verkocht terugdraaien,' ging hij verder. 'En ze willen via de hysterie die door jouw artikel is ontstaan aantonen dat de publieke opinie geen rol zou moeten spelen in het proces.'

'Dat kon je nauwelijks hysterie noemen.'

'Een opstootje dan. Ze willen de verontwaardiging van de linkse hoek gebruiken om duidelijk te maken hoeveel schade deze kwestie het publieke belang heeft berokkend.'

Ellie snoof. 'Dit is wel wat verwarrend.'

'Heb je het nieuws niet gelezen, Ellie?' vroeg hij.

'Ik moest het loslaten.'

'Davy McCarthy doet mee aan de volgende verkiezingen.'

'Voor de regering? Wil hij in het parlement?'

Jeremy knikte. 'Volgens Deborah is dat alles wat hij ooit heeft gewild. Een zetel in de Dáil.' Hij zweeg even. 'Nou ja, en een paar sexy werkneemsters natuurlijk.'

Ze liepen een brug op en begonnen de rivier over te steken. 'Dus door die stunt van mij heeft hij juist een podium gekregen?'

'Gekke millennial versus stoïcijns raadslid.' Ze begon te protesteren, maar hij ging alweer verder: 'Hij is, politiek gezien, op zoek naar de centrumrechtse stem, en als er iets is wat hén in beweging brengt, is het sociale huisvesting.'

'Die groep wordt door alles in beweging gebracht.'

'Als datgene wat Deborah me vertelde waar is, dan moeten er zaken op papier staan. En nee, het zal officieel niet van haar komen.'

'En het zal niet door mij onderzocht worden.'

Hij spreidde zijn handen. 'Nu er een smaadzaak boven ons hoofd hangt, kunnen we niets doen bij de krant.'

Ellie zuchtte. 'McCarthy en Cray zijn nooit samen gezien, op de vergaderingen na, waarvan notulen zijn gemaakt. Ik heb geen idee waar we zouden moeten beginnen.' Ze keek op haar telefoon. De dag vloog voorbij. 'Luister, ik ga terug naar mijn bron,' zei ze. 'Werk jij ondertussen aan de ex. Dat is alles wat ik kan bieden.'

'Je zou mijn reddende engel zijn.'

Ze knikte. 'Ik zal het proberen.' Zij was niet de enige die in deze puinhoop verzeild was geraakt. Jeremy had toch aan haar kant gestaan? Hij had alleen maar bevelen van bovenaf opgevolgd. Hij had haar zelfs aanbevolen bij Vincent, de redacteur van die krant waar ze nooit voor zou willen werken. Ze bleven staan bij de kruising. Achter hen stroomde juist het publiek van een matineevoorstelling in het Abbey Theatre de straat op.

'Nou...' Ze keek de straat in, de vlaggen van Wynn's Hotel wapperden in de wind. 'Hier moet ik zijn.'

Jeremy was duidelijk nieuwsgierig, maar wist zijn interesse te onderdrukken. 'Hou me op de hoogte, Ellie.' Hij kneep in haar schouder, iets wat hij nog nooit eerder had gedaan. 'We missen je bij de krant.' Er volgde geen grapje, zelfs geen brutale glimlach om duidelijk te maken dat hij een grapje maakte. Gewoon een knikje, toen draaide hij zich om en liep weg.

30

Dublin
September 2019

Wynn's Hotel bestond al honderdvijfenzeventig jaar, dat had Ellie in de trein gelezen, al was het wel veranderd. De voorgevel was ouderwets groots. Het gebouw telde vier verdiepingen van grijs gehouwen steen en had een koperen mansardedak. De grote openslaande deuren zagen er uitnodigend uit, net als de warme gloed van de koetslantaarns die ze flankeerden.

Ze stapte de lobby in. De warmte was geruststellend. Ze deed haar jas uit, hing die over haar arm en liep naar de receptie. Een groot boeket lelies verspreidde een rijke geur en er speelde zachtjes een klassieke melodie op de achtergrond. Tekenen van ouderdom – een afgebrokkelde kroonlijst, een vouw in het behang, het tentoonstellen van opgezette dieren uit een ander tijdperk – droegen alleen maar bij aan de charme van de ruimte.

De uitdrukking van de vrouw achter het bureau deed dat echter niet.

'Hallo,' zei Ellie.

De vrouw, wier hoofd bedekt was met kort grijs haar, gaf een nauwelijks zichtbaar knikje dat ze haar gehoord had.

'Dit is een beetje ongemakkelijk, maar...'

'Hebt u gereserveerd?'

'Gereserveerd?' Ellie glimlachte. 'Nee. Eerlijk gezegd...'

'Het spijt me,' zei de vrouw. 'De bar is deze week alleen open voor hotelgasten.'

'O, ik ben hier niet voor een drankje.' Ellie lachte en probeerde de spanning uit de lucht te halen.

Achter haar ontstond wat commotie. Een groep mensen kwam luidruchtig binnen door de voordeur. Een van de mannen liep meteen naar de receptie en werkte Ellie met zijn elleboog aan de kant. 'Hé,' zei hij met een accent, terwijl hij een pluk haar uit zijn gezicht streek. 'Waar is de bar?'

'De bar is deze week alleen open voor hotelgasten,' herhaalde de vrouw. 'Hebt u gereserveerd?'

'Gereserveerd? Nee, we willen hier niet blijven.' Hij lachte luchtig.

'Dan moet ik u vragen te vertrekken.' De vrouw keek hem aan met een blik die de rivier de Liffey kon doen bevriezen.

'We willen alleen maar...'

'Nee,' zei ze kortaf.

De man staarde haar aan en draaide zich toen om naar zijn vrienden. 'We komen later nog weleens terug,' zei hij, terwijl hij naar zijn vrienden knikte als om te zeggen: wat zeggen jullie nu van zo'n type?

Toen ze weggingen, mompelde de vrouw: 'Volgende week ben je ons vast vergeten. Er opent een nieuwe bar in de stad, een echte Instagram-hotspot. Ah, Terrance,' zei ze toen er een grote man in de deuropening achter haar verscheen. 'Deze dame wilde net vertrekken.'

Terrance stak een potige arm uit en wees naar de ingang van het hotel. Zijn hoofd leek direct op zijn brede schouders geplant. 'Deze kant op, juffrouw.'

'Luister,' zei Ellie, die haar mannetje wel stond. 'Houdt u ook de administratie bij voor het hotel?'

Terrance liet zijn arm roerloos in de lucht hangen, als een zwevende boomstam.

'Administratie?' papegaaide de vrouw.

'Ja, de administratie. Van hotelgasten.'

'U bent hier niet om de bar te fotograferen?'

Ellie keek verward, in de hoop de serpentachtige vrouw op die manier voor zich in te nemen. 'Nee.'

De vrouw knikte naar Terrance, die bij de ingang van de lobby ging staan, en draaide haar totaal veranderde gezicht weer naar Ellie. Haar dunne wenkbrauwen, die Ellie voor scherp had aangezien, gingen nu uiteen alsof ze op een ongepast moment waren betrapt op knuffelen.

'We hebben er genoeg van. Een van die influenstypes stuurde vorige week een foto van onze bar naar Instadinges. Sindsdien komen er voortdurend jonge mensen langs.' Ellie besefte dat deze vrouw kon wedijveren met haar moeder als het om technische kennis ging. 'Ze maken foto's, vragen om een glas water en blijven dan urenlang voor shelfies. Zelfs met gasten. Kun je je dat voorstellen?'

'Barbaren,' zei Ellie. Ze zweeg even. 'Misschien kunnen we opnieuw beginnen?'

'Kan dat?'

'Ja.' Ellie glimlachte en maakte gebruik van haar voordeel. 'Ik wil graag de gegevens van een gast bevestigen.'

De vrouw fronste haar wenkbrauwen weer. 'We kunnen geen gegevens van gasten vrijgeven, gezien de GPRD. Of was het de AVG? Je weet wel, die EU-regels. Uit Brussel...'

'Iemand die hier in 1940 verbleven heeft.'

'Ah. Nou, ik weet het niet...'

'Het gaat om mijn oma. Ik probeer haar op te sporen.' *Waar kwam dat vandaan?* Ellie greep in haar tas. 'Ze schreef in 1940 een briefje vanuit dit hotel. Of in elk geval was het briefhoofd van dit hotel.' Ze legde de brief voorzichtig op het bureau, behandelde het papier als een erfstuk. Op de een of andere manier begon het ook zo te voelen. 'Dit is het laatste wat we van haar hoorden.'

'Mag ik?' Toen Ellie knikte, pakte de vrouw een bril met een rood montuur van achter de receptie, zette die op haar neus en begon te lezen. 'Is ze weggelopen?'

'En nooit meer teruggekomen.' Naast de brief legde ze nu Charlottes portret. Die porseleinen huid, het blonde haar dat opgestoken was in rollen en vastgezet met de kam met edelstenen. 'Dit is ze.'

De vrouw raakte de brief aan. 'Aan wie was hij geschreven?'

'O. Mijn moeder,' zei Ellie botweg. 'Ze is vorig jaar overleden... en ik vond dit in haar spullen.' Mijn hemel, dacht ze, wat ben ik een vreselijk mens.

Het gezicht van de receptioniste verzachtte en ze pakte Charlottes foto. 'Je grootmoeder was prachtig.' Ze keek op haar horloge. 'Ik zou het aan mijn manager moeten vragen...'

'Ik kom helemaal uit Kerry.'

De vrouw nam haar taxerend op. 'Nou ja, gezien mijn slechte manieren tegenover jou, en, eh... er zijn wat klachten over mij geplaatst op TripAdvisor...'

'Ik zou een goede recensie kunnen achterlaten, en melding maken van de situatie op Instagram.'

'Dat zou erg aardig van je zijn.' Ze rommelde op het bureau. 'Ik kan altijd even snel in de archieven kijken. We hebben gastenboeken vanaf 1927, maar er ontbreken er helaas wel een paar.'

Ellie knikte. Ze hoopte dat de blik op haar gezicht dankbaar genoeg was, maar niet wanhopig. 'Dank u.'

'Hoe heet je?' De vrouw pakte een notitieblok.

'Ellie.'

'En je grootmoeder?'

'Sorry?'

'Je grootmoeder. Hoe heette zij?'

'O, Rathmore. Charlotte Rathmore.' Ellie knikte. 'Ze verbleef hier wellicht begin augustus 1940.'

De vrouw glimlachte vriendelijk naar haar. 'Kom over een uur terug. Ik zal kijken wat ik kan doen.'

Toen Ellie terugkwam, stond er een andere vrouw achter de receptie. Jonger, blond en met een brede glimlach rond haar lippen. Er stond nu een hele rij mensen te wachten, niemand van hen nam selfies. Het leek erop dat Terrance zijn werk deed.

Ellie aarzelde even. Waar was de behulpzame vrouw van daarstraks?

Ze liep terug naar de deuropening en vroeg het aan Terrance. 'Ik werk hier maar tijdelijk,' zei hij schouderophalend. 'Vanwege de situatie op Instagram.'

'Excuses dat u moest wachten,' zei de vrouw toen Ellie eindelijk aan de beurt was. Ze had een Oost-Europees accent met een rollende r en haar handen gingen snel over het toetsenbord. 'Op welke naam staat de reservering?'

'O, ik heb niet gereserveerd.'

'Het spijt me, we zitten vanavond helemaal vol.' Ze keek al achter Ellie naar de volgende persoon in de rij.

'Eerlijk gezegd heb ik eerder met uw collega gesproken. Ongeveer een uur geleden. Ze zou wat... documentatie voor me achterlaten.'

Haar gezicht klaarde op. 'Ellie?'

'Ja.'

'Sinéad moest weg. Altijd maar druk, druk, druk.' Ze zei het op een manier die suggereerde dat ze echt niet begreep hoe iemand het altijd maar druk kon hebben. 'Ik heb hier een boek voor u.' Ze pakte een groot, in leer gebonden boek van de bovenkant van een archiefkast en legde het aan het uiteinde van de receptiebalie. 'Oké?'

Ellie knikte. 'Dank u wel.'

Het was een gastenboek, bijna identiek aan het boek dat op een tafeltje in de verste hoek van de lobby stond. Maar dit boek was vervaagd, het ooit rijke rood van het leer was nu bleek aan de randen. Op de voorkant stond in goud gegraveerde letters WYNN'S HOTEL. Ze sloeg de kaft open. Het boek kraakte heerlijk en ze weerstond de drang om eraan te ruiken.

April 1940-oktober 1940, stond op de titelpagina. Ze bladerde naar achteren. Het was volgeschreven tot de allerlaatste regel. Voorzichtig reisde ze terug in de tijd. Oktober. September. Augustus. De vijfde, vierde, derde van de maand.

De achternamen waren een mix van Iers en Engels. O'Sullivan, Byrne, Kelly. Smith, Reynolds, Jones. Bij elke vermelding stond een datum, een naam en een adres om post naartoe door te sturen. Er was ruimte voor opmerkingen. Het schepte een prachtig beeld van de tijd. Toch ontbrak Charlottes naam.

Ellie wreef in haar ogen. De dag begon haar te overweldigen. 'Pardon,' zei ze tegen de blonde vrouw, die druk bezig was achter het toetsenbord, haar achterstand aan gasten weggewerkt.

'Heb je een identiteitsbewijs nodig om in te checken in het hotel?'

'Ja. Bij voorkeur een paspoort. Een Europees rijbewijs volstaat ook.'

Ze wist dat het zinloos was om te vragen, want dit meisje kon onmogelijk het antwoord weten, maar... 'En in 1940. Had je toen ook een identiteitsbewijs nodig?'

'Identificatie? In 1940?' Ze leek niet in de war door de vraag, maar keek Ellie aan alsof ze misschien zelf wat traag van begrip was. 'Tijdens de Ierse Noodtoestand?'

'Ja.'

'Dat lijkt me wel logisch, ja.'

'O ja?'

'In 1940 kon je zonder identificatie en vergunning niet reizen. Dat was in elk geval erg ingewikkeld.'

Ellie nam haar peilend op. 'Echt waar?'

'Ik volg een master geschiedenis aan University College Dublin en schrijf een scriptie over De Valera.' Het meisje haalde haar schouders op. Een luidruchtig jong gezin kwam de lobby binnen en ze draaide zich om en keek de nieuwkomers stralend aan. Ze had geen aandacht meer voor Ellie.

Ze zuchtte. Wynn's Hotel was ook een doodlopende weg. Het briefpapier waar Charlotte op had geschreven, kon overal vandaan komen: misschien van een familielid dat hier had verbleven voordat ze naar Kerry reisde? Ze sloeg een bladzijde om naar de tweede pagina van augustus. Doherty, Doyle. Walsh. Drie Quinns, de een na de ander. Een briefje van ene Marianne Moore die het personeel van Wynn's bedankte voor een onvergetelijk verblijf. Ze streek met haar vinger over de bladzijde, haar hart zakte bij elke regel verder in haar schoenen. Niets. Niets. Niets.

Maar wacht... een naam. Daar. Niet Charlotte Rathmore, maar een andere naam. Een naam die Ellie herkende. En niet alleen een naam, er stond ook een adres bij.

Ze week wat terug van de pagina en zette haar handen aan weerszijden van het boek. Het geklets van de familie naast haar was niet meer dan een geroezemoes terwijl ze diep nadacht.

'Bedankt,' zei ze tegen het meisje, die vluchtig glimlachte. Ellie maakte een foto van de pagina in het gastenboek en trok toen haar jas weer aan. Als ze opschoot, kon ze de trein van vijf uur halen. Ze móést terug naar Kerry om deze nieuwe aanwijzing te volgen.

Of beter gezegd, aanwijzingen.

Ze haalde de trein op het nippertje, en toen die wegreed, belde ze Milo. Hij nam meteen op en ze kwam ter zake.

Ze vroeg om zijn hulp.

Hij stemde onmiddellijk toe. Hij zou diezelfde avond navraag doen, beloofde hij. Hij zou haar bijstaan in de zoektocht naar antwoorden op haar vragen. Ze kon de radertjes in zijn hoofd bijna zien draaien, zich het gesprek bijna voorstellen. Ze vroeg zich af of hij dacht dat het iets zou veranderen.

Of dit het verleden zou uitwissen zoals ze het nu kenden.

31

Holborn, Londen
Augustus 1940

Nadat hij haar had onderzocht en haar bleke verschijning had bekeken, had haar dokter gezegd dat Nancy meer eiwitten moest eten.

'En hoe moet ik dat doen?' vroeg ze. Haar groene bonnenboekje, dat aan zwangere vrouwen werd verstrekt, gaf haar al recht op extra melk en eieren.

Zonder op te kijken van zijn aantekeningen schoof hij een klein, bijna doorzichtig stukje papier over het bureau. Er stonden een naam en adres op. 'Meneer Hodges is eigenaar van de boekwinkel aan High Holborn.' Hij wees naar zijn gekrabbel. 'Net om de hoek van waar u woont.'

Ze kende de zaak, die heel fantasierijk vernoemd was naar de man zelf.

De dokter vervolgde: 'Hij is gek op gezoete thee.'

'Gezoete thee?'

'Ja, maar dat hebt u uiteraard niet van mij gehoord. Hij heeft ook een neefje, een kleine jager die flink wat vangt. Als u op zoek bent naar extra eiwitten, zou u daar kunnen beginnen.'

'Ik heb geen suiker en thee om te ruilen,' zei ze voorzichtig.

Dat laatste was een leugen. Dankzij Teddy's liefde voor Barry's Tea hadden ze vorig jaar een dozijn dozen uit Ierland meegenomen, besteld bij de hoofdvestiging van het bedrijf in Cork. Thee was pas een maand op rantsoen en Nancy had de voorraad onder in de kledingkast verstopt.

'Eiwitten zijn nodig voor de baby. Suiker en thee niet.' Londen veranderde in oorlogstijd, en snel ook. Mensen als Nancy, die nooit zelfs maar hadden overwogen de wet te overtreden, waagden zich nu op de zwarte markt. Voedsel dat op rantsoen was, kon nu gebruikt worden als ruilmiddel en schaarse artikelen waren zelfs nog beter. Een vleugje luxe, zoals chocolade, een goede brandewijn of een bepaald merk sigaretten, kon je humeur aanzienlijk verbeteren en de Britse veerkracht een klein beetje opkrikken.

Toen ze terugkwam in Parker Street, droeg ze een tas met twee worsten, wat zielig uitziende groenten, en zo veel boter, spek, suiker en thee als ze op rantsoen kon krijgen. Helemaal onder in haar tas lag een heel konijn, panklaar.

Mevrouw McLaughlin deed net de deur van haar appartement op slot toen Nancy het gebouw binnenkwam. Met haar forse gestalte nam ze de helft van de smalle gang in beslag. Het begon al donker te worden en de enige gloeilamp gaf nauwelijks genoeg licht om de trap te kunnen onderscheiden. Ze deed snel de voordeur dicht, waardoor er geen licht naar buiten scheen.

'Gaat u naar de club?' vroeg ze.

De grote vrouw maakte een sprongetje van schrik en slaakte een geschokte kreet. Ze legde haar hand op haar borstkas. 'Hemel, wat laat je me schrikken.'

Nancy verontschuldigde zich terwijl ze haar boodschappentas op de grond zette en over haar pijnlijke ruggengraat wreef.

Mevrouw McLaughlin legde een hand op haar arm. 'Hoe gaat het, lieverd?'

'Goed.' Ze wist dat er wallen onder haar ogen te zien waren.

De afgelopen nachten had ze zo veel aan Charlotte gedacht dat ze er niet van had kunnen slapen.

De oudere vrouw zag dat ze er niet op door wilde gaan. 'En hoe gaat het met de kleine?'

Opgelucht glimlachte Nancy. 'Daarom ben ik zo laat.' Ze legde een hand op de zwelling onder haar ruime jas. 'Ik moest naar de dokter.'

'Een huisarts die tot zo laat doorwerkt? Dan moet het wel echt oorlog zijn.'

Mevrouw McLaughlin stak haar afkeer van artsen niet onder stoelen of banken en had Nancy, onder het genot van een glaasje whiskey, trots verteld dat ze al twintig jaar niet meer naar de dokter was geweest. 'Gewoon wat sterk spul en veel bloedworst. Meer heb je niet nodig.' Nadat Nancy had verteld dat ze zwanger was, kreeg ze van haar benedenbuurvrouw een wekelijkse voorraad zoute donkere worst, die ergens bij de grens vandaan kwam. Elke woensdagochtend werd die goed verpakt bij haar thuis afgeleverd. Nancy had er weleens aan gedacht om te vragen naar de herkomst, maar ze wilde haar geluk niet op de proef stellen en nam de gulle gaven in plaats daarvan dankbaar aan. Mevrouw McLaughlin keek naar het wortelloof dat over de rand van Nancy's tas piepte. 'Ik hoop dat je wat vlees gehaald hebt?'

'Een paar worstjes en wat spek.'

De oude vrouw trok een vies gezicht. 'De vorige keer...' Nancy begreep dat mevrouw McLaughlin hiermee op de Grote Oorlog doelde, of de Eerste Wereldoorlog zoals mensen die inmiddels begonnen te noemen. '... bestonden worstjes vooral uit beschuit en water.' Ze eindigde haar zin met een zwierig rollende r.

Nancy moest toegeven dat de worstjes die ze had gekregen er verdacht uitzagen. Ze trok haar wenkbrauwen op en draaide zich om naar de brievenbus. Er stak een eenzame brief uit. Ze trok hem eruit en fronste. In een klein, net handschrift stonden haar naam en adres erop geschreven.

'Daarom noemden we ze *bangers*. Ze barstten als waterleidingen bij vorst als je ze bakte.'

Nancy trok een grimas. Iets om naar uit te kijken.

'Daar heb je nooit genoeg aan.' Mevrouw McLaughlin deed haar sleutel in het slot. 'Ik heb nog een stuk lamsvlees liggen, dat kun jij beter nemen, anders zou ik het nog weg moeten gooien.'

'Eerlijk gezegd heb ik nog wat.' Nancy pakte haar tas en duwde de wortels opzij. Het bleke vlees van het konijn werd zichtbaar in het donker.

Mevrouw McLaughlin knikte goedkeurend. 'Je zit vol verrassingen. Mag ik vragen...'

Nancy gaf het papiertje met de gegevens van meneer Hodges en knipoogde. 'Hij is dol op gezoete thee. Maar ik denk dat hij ook geen nee zou zeggen tegen een borreltje of twee.'

Vóór de oorlog zou Nancy het konijnenvlees in karnemelk hebben geweekt om de wildsmaak eruit te krijgen. Daarna zou ze het urenlang in de oven hebben gezet, op een lage temperatuur en met veel wijn en boter. Toen ze terugkwam in het appartement, maakte ze een snelle stoofpot, waarbij ze het vlees dichtschroeide voordat ze er blokjes wortelen – en het loof – en kleine stukjes raap en aardappel aan toevoegde. Ze deed een bouillonblokje in heet water en goot dat in de pan, voegde een paar laurierblaadjes toe en toen leunde ze, met knorrende maag, achterover tegen het aanrecht en pakte de brief uit haar tas. Ze draaide de envelop om in haar hand en bekeek hem eens goed.

Het handschrift was niet van Teddy, maar het was wel bekend. Er stond geen retouradres op. Een roze briefje – GEOPEND DOOR DE CENSOR/AN SCRÚDÓIR D'OSCAIL – bedekte één kant van de envelop en er was lukraak een groene postzegel op de rechterbovenhoek geplakt. Op het stempel was te lezen BAILE ÁTHA CLIATH.

De brief kwam dus uit Dublin. Ze opende de envelop en haalde er een enkel stuk papier uit. Het was een brief, geschreven in een net handschrift op briefpapier van Wynn's Hotel, gedateerd op 3 augustus 1940, een week geleden.

Liefste T,

Wat je ook over me hoort, geloof er maar niets van. Het leven verandert steeds, zoals je weet, en mijn situatie is als volgt: ik kan niet langer in Ink House blijven. Het lijkt alsof het huis donker is als de nacht.

Nancy zette zich schrap tegen het aanrecht. De konijnenstoofpot begon te pruttelen en de rijke geur ervan vulde de kleine keuken. Ze wist niet of ze moest lachen of huilen of allebei tegelijk.

Charlotte leefde nog.

32

Ballinn, County Kerry
September 2019

De wekker op Ellies nachtkastje gaf halftien aan. Ze kreunde en zwaaide haar benen uit bed. Haar tenen krulden zich toen ze de koude laminaatvloer raakten.

Gisteravond had de trein uit Dublin voor haar gevoel dagen stilgestaan bij Limerick Junction. Uiteindelijk kwam ze twee uur te laat in Killarney aan. Moira had haar op het station opgehaald, haar tas gepakt en haar in de auto gezet. Ze had de hele kronkelige weg terug naar de boerderij geslapen, een uur lang. Ze had nauwelijks verstaanbaar nog wat gemompeld. 'Ik heb iets gevonden, iemand die je niet zou verwachten.' Toen had ze een afwijzend gebaar gemaakt op de vragen van haar moeder en eenmaal in bed was ze in een droomloze slaap gevallen.

De geur van spek kwam haar al tegemoet toen ze de keukendeur opende.

'Daar zul je haar hebben!' zei Moira, zwaaiend met de metalen vleestang die ze al sinds de eeuwwisseling bezat. Ellie kende die stem. Het was de toon die haar moeder gebruikte als ze niet alleen was. Als er een gast was.

Een figuur in een grijsgroene geruite trui draaide zich naar haar om. 'Ah, Ellie. Goed gedaan gisteren. Wynn's Hotel, heel slim!' Zijn wenkbrauwen gingen, zoals altijd, hun eigen gang. Hij tikte op de tafel naast hem. Die was netjes gedekt met Moira's mooiste servetten, in driehoeken gevouwen en zo neergezet dat ze leken op drie witte kronen. Het was een vleugje formaliteit in een verder huiselijke keuken.

Ellie ging zitten. 'Jules. Wat een verrassing.'

'Ik wilde erbij zijn om je overwinning te vieren.'

Ze keek naar Moira. 'Heeft mam... je uitgenodigd?'

'Mama,' mompelde Moira, nog steeds boven het fornuis hangend.

'Inderdaad,' zei Jules, terwijl hij haar een kopje thee à la Moira inschonk uit de afzichtelijke theepot.

'Wanneer?'

'Gisteravond. Ze belde me om te vertellen dat je iets ontdekt had.'

Ik heb van alles ontdekt, wilde Ellie zeggen. Maar ze genoot van het moment en wilde het niet verstoren. Ze keken haar allebei afwachtend aan. Moira hield de tang half boven het knapperende spek dat inmiddels wel erg goed doorbakken begon te ruiken, Jules had zijn pezige wenkbrauwen opgetrokken van nieuwsgierigheid. 'Koffie,' was alles wat ze zei, terwijl ze opstond en Jules een klopje op de schouder gaf, voordat ze haar moeder op de rokende koekenpan wees. Ze zette de waterkoker aan en verliet de keuken terwijl Moira en Jules door de ruimte hopten om te proberen het ontbijt te redden van zijn zwartgeblakerde ondergang.

Ze kwam terug met een cafetière en een pak gemalen koffie, dat ze de dag ervoor had gekocht bij Bewley's. 'Iemand?' Ze hield haar schatten in de lucht, zodat iedereen ze kon zien.

Moira weigerde beleefd en vulde haar theekopje tot de rand. Jules knikte toen Moira even niet keek en schoof zijn kopje waterige thee subtiel opzij.

Ellie schepte koffie in de cafetière. De geur van de stoom die ontstond toen het hete water de gemalen koffie raakte, deed haar meteen denken aan haar appartement, het appartement waar zij en Dylan gewoond hadden. Het ochtendritueel dat haar de kans had gegeven om even op adem te komen voordat de dag begon. Ze duwde de gedachte weg.

'Nou, we zitten op het puntje van onze stoel.' Jules had een stuk toast half in zijn mond, een klodder marmelade hing wankel aan de rand.

'Wynn's Hotel is een fijne plek,' zei Ellie, terwijl ze de cafetière naar de tafel meenam. 'Houten lambrisering. Kroonluchters. En een grote pot met gratis snoepjes op de receptie.'

'En?' zei Jules, terwijl hij een hap nam. 'Ook een goede administratie?'

'Nou, ze houden wel een administratie bij.' Ze schonk de koffie in. 'Een soort van tenminste. Via gastenboeken.'

'En?' Hij knikte bemoedigend.

'En helaas kwam ik Charlottes naam niet tegen in het boek,' zei ze. De twee gezichten tegenover haar betrokken meteen.

'Maar ik dacht...' Moira zette een schaal met witte pap op de al overvolle tafel. Ze keek Jules aan. 'Het spijt me, Jules, ik dacht dat ze zei dat ze Charlotte had gevonden.'

Jules gaf haar een klopje op haar hand. 'Geeft niks.' Hij wierp Ellie een blik toe alsof hij wilde zeggen: jammer, maar laten we het niet opgeven. Toen richtte hij zijn aandacht op het brood voor hem. 'Maar we kunnen in elk geval nog wel ontbijten, hè?' Hij had het fatsoen om beschaamd te kijken toen hij een kruimel van de mouw van zijn trui plukte.

Ellie schudde haar hoofd. *De liefde van de man...* 'Maar hoewel ik Charlottes naam niet tegenkwam,' vervolgde ze terwijl ze een gebakken ei op haar bord legde, 'kwam ik wel een andere bekende naam tegen.'

Jules' hand bleef even hangen boven het spek. 'Een andere bekende naam?' Als hij zijn wenkbrauwen nog hoger optrok, zouden ze het plafond raken.

'Ja. Een naam die we allemaal kennen.' Ellie zweeg even en voerde de spanning op. Ze nipte van haar koffie en genoot van zowel de smaak als het moment.

'Nou?' zei Moira geërgerd. 'Wie dan? Wie was het?'

'Ik zal je een hint geven.' Ellie bewoog veelbelovend haar wenkbrauwen. 'Honderd jaar was ik op aard...'

'O, mijn hemel,' zei Jules.

'Ga weg,' zei Moira.

Ellie knikte. 'Tabby Deenihan. Of, zoals wij haar kennen, Tabby Ryan.'

Moira fronste. 'Zijn ze daar samen geweest? Zij en Charlotte? In het hotel?'

Ellie schudde haar hoofd. 'Nee, het handschrift in het gastenboek kwam overeen met dat van Charlotte. Ik denk dat ze onder Tabby's naam reisde.'

'Heeft ze Tabby's identiteit gestolen?' Moira keek geschokt.

Ellie dronk haar koffie. Die was heerlijk. De radertjes in haar hoofd begonnen te draaien. 'Misschien.' Maar daar twijfelde ze aan. Ze dacht terug aan Tabby's toespraak. *Ik kreeg een helpende hand, van de vrouw des huizes nog wel.* Tabby had even gezwegen en omhooggekeken toen Ellie haar ernaar vroeg. Ze had gezegd dat Charlotte haar had geholpen bij het aanvragen van een beurs.

Ellie had toen al geweten dat ze iets achterhield.

Jules legde zijn vork naast zijn bijna vergeten ontbijt. 'Het moet nogal wat lef hebben gekost om in 1940 op een ander paspoort te reizen.'

Ellie knikte trots, omdat hij zag dat Charlotte echt lef had gehad. 'Ze is waarschijnlijk per koets naar Kenmare gereisd, en vandaar met de trein naar Dublin.' Ze had de route de avond ervoor bekeken, terwijl haar eigen trein door de duisternis reed.

'En de boot dan?' vroeg Moira.

Jules krabde aan zijn kin. 'Van Dún Laoghaire? Naar Liverpool misschien?' zei hij, voordat Ellie iets kon zeggen.

'Waarschijnlijk.' Ellie zweeg even theatraal. 'En vanaf daar... door naar Londen.'

'Londen? Hoe kun je dat nou weten?' Hij boog zich naar voren, zijn ellebogen zweefden gevaarlijk dicht bij de kom met gebakken bonen. Ellie pakte haar telefoon uit haar zak en opende haar galerij.

Ze tikte op de foto van het gastenboek en liet de afbeelding aan hen zien. 'Er stond een adres bij om post door te sturen.'

Jules las. 'Parker Street 28b, Holborn, Londen.' Hij tikte met zijn vinger tegen zijn kin. 'Nou,' zei hij, 'er was natuurlijk geen volkstelling tijdens de oorlog. Alleen de nationale registratiedag in 1939. Ik heb een vriend bij het archief in Kew. Ik zal hem bellen.' Hij knikte naar hen beiden, duidelijk verheugd dat Charlottes spoor hen naar bekender terrein voerde.

Ellie trok een wenkbrauw op. 'We hebben de archieven in Kew niet nodig.'

'Waarom niet?' vroeg Moira.

'Omdat ik weet wie er in 1940 op Parker Street 28b woonde,' zei Ellie.

Er klonk een zucht.

'Maar hoe...'

'Ik heb Harriet Walker in de stad ontmoet.'

'Alberts zus?' vroeg Jules, zijn ogen op Ellie gericht.

Ellie besmeerde een dikke plak sodabrood, nam een hap en bekeek haar publiek. 'En Hattie, zoals ze bij voorkeur genoemd wordt, vertelde me wat over de geschiedenis van haar familie. Nancy, Teddy, Albert en Hattie verhuisden in 1958 van Ambleside naar Blackwater Hall. Maar daarvoor woonden haar ouders ergens anders.'

'Parker Street?'

'Ja.'

Ze zwegen allemaal even, denkend aan wat dat betekende.

'De brief was dus aan Teddy Rathmore gericht,' zei Jules.

Ellie streek met haar vinger over het tafelblad en dacht aan Charlottes woorden. 'Ik denk niet dat deze brief aan Teddy is geschreven.'

'Maar hij begint met "Liefste T"...'

'Iemand anders steunde Charlotte. Zoals zij haar had gesteund.' Ze dacht aan twee vrouwen op de voorste rij, de hoofden dicht bij elkaar in een verbond, een foto op het juiste moment. Een zomerdag.

Een verleende gunst.

En een jaar later kon daar iets voor teruggedaan worden.

Moira's gezicht vertrok. 'De brief was aan... Tabby gericht?' Ze keek verward van Jules naar haar dochter.

Ellie schudde haar hoofd en sloot haar ogen. Ze dacht aan Charlottes woorden, die ze niet meer kon vergeten. *Je moedigde me aan om mijn eigen weg te gaan. Dat zal ik ook doen.*

'Het was niet Teddy of Tabby. Of een van de andere T's die we kennen.'

'Wie dan wel?' Die vraag kwam van Jules.

'Trouble.'

'Trouble?' vroegen Moira en Jules in koor.

'De wees. De vriendin. De vrouw die haar eigen weg ging. Trouble, zo noemden haar man en haar familie haar. Zij was de vrouw die Charlotte het meest vertrouwde.' Ellie zweeg even. 'Nancy Rathmore.'

33

Holborn, Londen
Augustus 1940

De dag nadat Nancy Charlottes brief had ontvangen, werd er op de deur geklopt. Het was zondagmiddag en de hitte had de mensen naar de parken en straten van Londen gedreven. Hitler stond op het punt om de oorlog te winnen, maar als het aan de Britse veerkracht lag, zou hij deze slag verliezen.

De neef van meneer Hodges had zijn best weer gedaan die week en Nancy had een halve fles Ierse whiskey geruild voor een hele haas. Het was een fles Jameson van tien jaar oud en het leek haar niets bijzonders, maar ze kon zien dat meneer Hodges zijn vreugde over het vooruitzicht van de voorgestelde ruil probeerde te verbergen. Ze had afgedongen en hij had er een paar duiven bij gedaan, die Nancy afleverde bij mevrouw McLaughlin, haar nieuwe ruilpartner.

Als Teddy hier was geweest, zou hij waarschijnlijk niet mee-eten van de hazenstoofpot die ze had klaargemaakt. Veel mensen in Kerry geloofden dat hazen de ziel van hun grootmoeder herbergden en ook Teddy had deze folklore met de paplepel ingegoten gekregen. Nancy had haar eigen grootmoeder natuurlijk nooit gekend, evenmin als haar moeder. Maar ze dacht er nu aan, vroeg zich af hoe het was geweest toen haar moeder in de buik van haar grootmoeder had gegroeid, net zoals haar eigen dochter of zoon nu in haar buik groeide.

Ze zette de gedachten opzij terwijl ze nog een laatste keer in de pan roerde, het gas uitdraaide en naar de deur liep, haar handen afvegend aan haar schort. Ze zette de angst opzij dat er misschien weer een telegram zou zijn, deed voorzichtig de deur open en tuurde de schemerige gang in.

'Lieve hemel,' bracht ze hijgend uit.

Charlotte.

Net zo echt en levend als Nancy zelf.

Ze stond daar op de versleten mat, een nette koffer op de grond naast haar, haar haar opgestoken in een losse Franse knot, in kleding waarin Nancy haar nog nooit eerder had gezien. Het mocht dan geen arbeiderskleding zijn, maar het had er veel van weg. Haar bruine jas was te groot, haar schoenen versleten en de hakken waren laag. Er waren echter twee dingen die verraadden dat ze een vrouw van stand was: haar bleke handen, zonder eelt, en de blik in haar ogen, een van zelfvertrouwen, een standvastige blik in een onzekere situatie.

De twee vrouwen omhelsden elkaar. 'Hier ben ik dan.' Charlotte draaide zich langzaam om en spreidde haar armen. Ze liet zien dat ze nog bestond.

'Charlotte, ik...' Nancy voelde hete tranen over haar wangen biggelen. Ergens had ze de brief niet kunnen geloven. Ze had hem de vorige avond steeds opnieuw tevoorschijn gehaald en de tekst gelezen. Het handschrift vergeleken met eerdere brieven. Ze had iemand ernaar willen vragen... Wie dan ook... Als ze dan maar zeker zou weten dat het geen droom was. Maar Charlotte had haar gesmeekt dat niet te doen, ze had erop vertrouwd dat ze het geheim zou houden.

Beneden sloeg de voordeur dicht. Nancy deed een stap achteruit en Charlotte pakte haar koffer en ging het appartement binnen, waarbij ze de deur achter zich dichtdeed.

'Nou, waar zal ik beginnen?' Ze lachte en even was er weer iets van haar oude zelf te zien. Ze liep naar de bank en wreef over haar onderrug. 'Ik ben uitgeput. Mag ik zitten?'

'Natuurlijk. Natuurlijk.' Nancy's mond was droog.

'Wat ruikt er zo verschrikkelijk lekker? En moet je jou nou eens zien! Je ziet er fantastisch uit. Je teint. Prachtig... onberispelijk.' Charlottes ogen daalden af naar de buik van haar schoonzus. 'Toen je me het nieuws schreef, was ik zo blij!'

'Charlotte...'

'En wat een mooi appartement! Het is precies zoals je het beschreef. Of misschien nog beter. Zo gezellig! Goed gedaan!'

Ze kreeg hoofdpijn door Charlottes enthousiasme. Ze kwam

zomaar binnenwaaien, zwaaiend met haar handen, druk pratend. Het was alsof ze een geest tegenkwam die het over het weer had.

Toch speelde Nancy mee. 'Je bent net op tijd voor het avondeten. Het is een konijnenstoofpot,' zei ze. Net als Teddy zou Charlotte waarschijnlijk geen haas eten, en Nancy had verder weinig te bieden. Het was maar een klein leugentje, troostte ze zichzelf, vergeleken met wat Charlotte had gedaan.

'Het ruikt heerlijk.'

Als Nancy had verwacht dat Charlotte zich zou verontschuldigen, verlegen zou zijn, overstuur over haar in scène gezette dood en ogenschijnlijke herrijzenis, zou ze nu verrast zijn geweest. Onder de ogen van de jongere vrouw waren lichte wallen zichtbaar, maar over het geheel genomen straalde ze. 'Wil je wat drinken?' vroeg Nancy. 'Ik heb niet echt veel, vrees ik. Thee?'

'Geen koffie?' zei Charlotte met een knipoog.

Ondanks zichzelf lachte Nancy. 'Nee. Geen koffie.'

Charlotte trok een kleine pruillip en zei dat thee heerlijk zou zijn. Nancy verdween naar de keuken. Ze greep haar kans om haar gezicht met koud water te besprenkelen, en terwijl de fluitketel zijn werk deed, keek ze naar een trage, eenzame wolk aan de verder onberispelijke hemel.

Met een verontschuldigende blik gaf ze Charlotte een kop slappe zwarte thee. Toen trok ze een stoel onder de eettafel vandaan en draaide die naar haar schoonzus. Het leek erop dat er een verhoor in de lucht hing en Charlotte keek haar over de rand van haar kopje argwanend aan.

'Ik heb negen dagen geleden een telegram ontvangen. Van je broer.' Charlotte rolde met haar ogen. Een kinderlijk gebaar. 'Daarin vertelde hij me dat je dood was. Verdronken in het meer.'

Het was niet duidelijk of dit nieuws een verrassing was voor Charlotte. Ze zette haar theekopje neer en zei: 'Nou, dat was het dan, denk ik.'

Nancy trok haar wenkbrauwen op. 'Hoe bedoel je?'

'Niemand zal naar me op zoek zijn. Dat is positief.'

'O ja?'

'Ja, natuurlijk.' Ze zei het alsof het vanzelfsprekend was.

'Charlotte. Je familie denkt dat je dood bent. En dan krijg ik een week later een brief van je waarin staat dat je eraan komt en of ik dit piepkleine...' Ze hield haar duim en wijsvinger iets uit elkaar. '... geheimpje voor mezelf kan houden?'

'Heb je dat gedaan?'

'Ja.'

Charlotte glimlachte. 'Ik wist dat ik je kon vertrouwen.' Ze zei het triomfantelijk.

'Ik had het iemand willen vertellen.' Nancy keek naar haar handen. 'Maar ik wilde je eerst zien.'

Charlotte negeerde de onderliggende boodschap. 'Aan wie had je het willen vertellen?'

'Je ouders bijvoorbeeld!'

'En Teddy?'

'Teddy weet nog niet dat je... dood bent.'

Charlotte trok een wenkbrauw op.

'Ik wilde wachten. Tot ik weer van hem hoorde.'

Ze fronste. 'Heb je niks van hem gehoord?'

Een zucht. 'Een paar weken geleden voor het laatst. Dat is niet ongewoon.' Maar dat was het wel. Nancy zette haar nagels in haar handpalmen en glimlachte kalm. 'Als ik me geen zorgen maak, zou jij dat ook niet moeten doen,' zei ze zo luchthartig mogelijk.

Charlotte knikte en streek haar rok glad. Die was bruin, net als de jas die ze had uitgetrokken. Verder droeg ze een afschuwelijke blouse, in een roze tint die aan de huidskleur van een zieke deed denken, met pofmouwen. Een karikatuur van een normaal, alledaags meisje.

'Je kijkt naar mijn kleren.'

Nancy glimlachte. Het was bijna een echte lach. 'Probeerde je erbij te horen?'

Charlotte keek naar beneden. 'Is dat niet gelukt?'

'Nee,' zei Nancy. 'Je ziet eruit als een zwaan die een paar gordijnen heeft omgedaan.'

Ze liep naar het raam, schoof het open en ging op de vensterbank zitten. De schemering nam langzaam meer terrein in. Frisse lucht dreef het appartement binnen, klam door het vocht. Uit een zilveren blikje nam ze twee sigaretten. Ze hield er Charlotte ook een voor, maar die schudde haar hoofd.

'Wanneer ben je daarmee begonnen?'

Nancy knipte de aansteker aan en liet de vlam zweven. 'Nadat Teddy was vertrokken. Ik wilde iets te doen hebben.' Ze besefte hoe stom dat klonk, maar het was waar. Haar handen waren altijd rusteloos en haar geest voelde als verdoofd. Roken hielp haar om na te denken. 'De dokter raadde het aan. Tegen de zenuwen, zei hij. Vier per dag.' Ze nam een trekje. 'Ik heb gehoord dat het ook voorkomt dat je aankomt.' Ze wees naar haar buik en klopte er beschermend op.

Charlotte knikte. 'Ik zou het graag proberen, maar ik kan de geur niet verdragen. Het herinnert me aan vader.'

Nancy leunde uit het raam en blies de rook weg. Die verdween geruisloos in de stille Londense avond. Er bleef een klein stukje tabak aan haar lip hangen. Ze haalde het er met haar duim en wijsvinger af en liet het in de asbak vallen. 'Nou, wat is er gebeurd?' vroeg ze.

'Kunnen we niet eerst eten?'

'Nee.'

Charlotte leunde achterover op de bank en strekte haar benen voor zich uit. 'Het is nogal ingewikkeld.'

'Dat mag ik hopen. Je eigen dood in scène zetten en naar het buitenland verdwijnen zou behoorlijk drastisch zijn geweest als het niet ingewikkeld was.'

Charlotte nipte aan haar thee, haar ogen onophoudelijk op Nancy gericht. Ze leek vastbesloten om het moment te rekken, om haar schoonzus de stiltes te laten opvullen met geklets, zoals ze vroeger altijd had gedaan. Maar Nancy blies een lange rookwolk uit, stak nog een sigaret op en liet de stilte voortduren.

In de afgelopen tien maanden van alleen wonen, schrijven en denken was ze veranderd. Haar neiging tot oneindig babbelen was verdwenen, net als de behoefte om het juiste te dragen en op het juiste moment te spreken. Ze waren in oorlog, en vrouwen vochten ook. Ze vochten tegen ongelijkheid, tegen onderdrukking. Ze waren bekwaam, vindingrijk en sterk. Er was een verandering gaande in Groot-Brittannië en Nancy was erin meegesleurd.

Ze maakte haar sigaret uit en deed het raam dicht. Het werd donker en ze knipte een staande lamp aan. De gloeilamp wierp een zwak geel licht door de kamer. Ze trok het gordijn omlaag en pakte een stuk zwarte stof van achter de boekenplank. Dat hing ze over de rail en bevestigde het aan de knopen die ze aan de zijkant van het raamkozijn had bevestigd. Over haar schouder zei ze: 'We moeten tegenwoordig de boel verduisteren.'

Ze ging de kamer uit en herhaalde het proces in de keuken en de slaapkamers, waarvan er een Teddy's geïmproviseerde studeerkamer was. Zijn papieren lagen nog steeds verspreid over het bureau. Toen ze terugkwam, zei ze: 'Nou?'

'In Dublin worden de ramen nog niet verduisterd,' zei Charlotte. 'Ik was zo onder de indruk van de stad. Het was fascinerend. Ik ben 's nachts de straat op gegaan, alleen om te kijken. Wat een licht.'

'Heb je in je eentje door de straten van Dublin gelopen? 's Nachts?'

'Het was volkomen veilig.'

Nancy ging weer op haar inquisiteursstoel zitten. 'Dat er niets is gebeurd, betekent niet dat het veilig was.'

De weemoedige blik verdween van Charlottes gezicht.

Nancy zuchtte. 'Nou,' zei ze, 'vertel me dan in elk geval hoe je hier terecht bent gekomen. Of allereerst, hoe ben je eigenlijk in Dublin gekomen?'

'Eerst ben ik naar Waterville gelopen...'

Ze fronste haar wenkbrauwen. 'Dat moet minstens vijfentwintig kilometer zijn?'

Charlotte haalde haar schouders op. 'Het was verder dan ik had gedacht, dat geef ik toe. Maar ik had in de weken daarvoor veel gewandeld. Elke dag een beetje meer. Voordat ik van huis wegging, kon ik Cottah Mountain op lopen en terug in iets meer dan drie uur.'

'Ik ben onder de indruk.'

'Toen ik daar aankwam, ging ik op een huurfiets naar Kenmare. Daarna nam ik de trein naar Dublin. Ik verbleef in Wynn's Hotel.'

'Je hebt toch niets in het gastenboek geschreven, hè?'

Charlotte knikte en de moed zonk Nancy in de schoenen. Een spoor dat naar haar voordeur leidde. 'Dat is tegenwoordig verplicht. Ik moest me legitimeren.'

'En het adres?'

Charlotte knikte weer. 'Maar maak je geen zorgen, ze zullen nooit weten dat ik het was. Ik heb mijn sporen uitgewist.' Ze knipoogde en Nancy onderdrukte de neiging om haar hoofd in haar handen te laten zakken.

'Heeft niemand je herkend?'

'In deze jas?' Ze wees naar de bruine trenchcoat op de rand van de bank. 'Nee. Ik had een nog afschuwelijker blouse aan dan deze. En een hoed.' Ze zweeg even. 'Die was ook bruin.'

'O jee.'

'Ja, ik weet het. In elk geval was niemand naar me op zoek. Waarom zouden ze ook? Ik heb mijn parels verspreid bij het meer achtergelaten. En de roeiboot op drift. Met een roeispaan en wat bloed.' Ze trok haar rok op. Een rode kras liep over haar dij. Een snijwond die mooi genas.

'Wat wilde je daarmee suggereren?'

'Een worsteling.'

'Mijn hemel.' Nancy's voorhoofd voelde klam aan.

Charlotte haalde haar schouders op. 'Wat?'

'Dit is bedrog. Het is... verkeerd.' Nancy wist nauwelijks wat erger was.

'Maak je geen zorgen,' zei Charlotte met een nonchalance die Nancy verontrustend vond. 'Niemand zal de schuld krijgen.'

'Jawel. Je bent... Je bent...'

'Wat?'

'Je bent een Rathmore. In Kerry. Ze beginnen met voormalige IRA-leden en gaan vandaar verder zoeken.'

'Dat gebeurt niet. Iedereen in Ballinn weet dat ik ze steun. Hoe dan ook, ze hebben allemaal een alibi, alles is geregeld. Zo werkt het, ook als iemand me wel had meegenomen.' Ze lachte om de ironie.

'Charlotte!'

'Ik zeg alleen dat het goed komt. Dat weet ik zeker.'

'Het telegram suggereerde niet dat alles goed was.'

Charlotte haalde haar schouders op. 'We hebben ruzie gehad. Vreselijk.'

'Ik snap het.'

'Ik heb gedreigd weg te lopen en zelfmoord te plegen.'

Nancy schrok. 'Wat?'

Charlotte keek naar haar handen.

'Ging het over Lord Hawley?'

'Dat was... denk ik... een deel ervan.'

'Het huwelijk moest toch uitgesteld worden? Werd hij niet in april naar Noorwegen gestuurd?' Charlotte had haar niet verteld waar hij nu was. Noorwegen had in juni gecapituleerd.

'Ja, op beide vragen. Zijn volgende verlof zou pas met Kerstmis zijn, maar er is al zes weken niets meer van hem vernomen.' Ze keek op naar Nancy. 'Het spijt me. Het was zo'n bijzondere zomer. Ik... ik kon je niet schrijven om je alles te vertellen.'

Nancy schoof haar stoel naar voren en streek haar rok glad. 'Maak je daar maar niet druk over.'

Voor het eerst begonnen Charlottes ogen te glanzen. Een traan druppelde uit een ooghoek en stroomde midden over haar wang. Hij viel op de achterkant van haar hand. Ze veegde hem afwezig weg met haar vinger.

'En?' zei Nancy zachtjes. 'Weigerde je het huwelijk door te zetten?'

Charlotte snuffelde en liet haar hoofd zakken. 'Nou, ik... heb een goede reden gegeven. Waarom het niet door kon gaan.'

'Wat voor reden?'

Ze lachte door haar tranen heen en veegde ongeduldig haar ogen af. 'Een heel... grondige reden.'

Nancy boog zich naar haar toe en omhelsde haar, de roze blouse ruw onder haar huid. 'Alles komt goed.'

Er viel een stilte. 'Nancy?'

'Ja?'

'O, Nancy. Ik ben zwanger.'

34

Blackwater Hall, County Kerry
Maart 1958

De gevolgen van het misverstand in de tuin waren onvermijdelijk.

Als Albert goed had gemikt, had mama nooit de grond afgezocht naar duiven die er niet waren. Dan zou ze nooit naar links hebben gekeken en hebben gezien hoe Tomas zich over Hattie heen boog, liggend op het pad, naar adem happend. Dan zou dat allemaal niet gebeurd zijn. In plaats daarvan zou Tomas haar overeind hebben geholpen. Zijn excuses hebben aangeboden. Hij zou uitgelegd hebben dat hij nerveus was geweest en slecht tegen harde geluiden kon. Dat hij slecht met verrassingen kon omgaan.

Ze zou hem hebben omhelsd en dan zou het goed zijn gekomen.

Maar zo ging het niet.

Grootmoeder had haar met milde minachting aangekeken toen mama haar terug naar het huis droeg. 'Wat is dit?' Haar stem was laag en kalm, in schril contrast met mama's hoge, hysterische gebabbel.

'De tuinman. Hij heeft haar aangevallen. Gelukkig... o, gelukkig maar dat ik er was.' Mama's handen trilden, als de vleugels van een vogel. Ze was afgevallen sinds ze in Blackwater Hall woonden.

Grootmoeder trok alleen een dunne wenkbrauw op. 'De tuinman? Tomas?'

'Ja, natuurlijk was het Tomas! Ik heb je toch voor hem gewaarschuwd?'

De oudere vrouw stak een hand uit naar Hattie. Ze was nog nooit eerder door grootmoeder aangehaald en nerveus keek ze naar mama, die nu zo wit zag dat haar huidskleur overeenkwam met de strakke blouse die ze onder haar geruite jasje droeg.

Toen mama knikte, stapte ze naar voren en hief haar blik terwijl de oude vrouw voor haar knielde, met één hand zwaar leunend op haar wandelstok. Haar ademhaling ging moeizaam, alsof het tonen van interesse in haar kleinkind haar uitputte. Ze waren nog nooit zo dicht bij elkaar geweest. Grootmoeders waterige ogen werden omzoomd door dunne wimpers met mascara. Het was een vreemde aanblik. Ze keek Hattie onderzoekend aan. Niet aardig, maar toch ook niet wreed.

'Heb je je pijn gedaan?'

Hattie werd zich bewust van een stevige, warme hand op haar bovenarm. Ze keek naar beneden en was verrast om te zien dat het de hand van haar grootmoeder was. Mama zat nu op een stoel bij het vuur. Ze had haar schoenen uitgedaan en haar knieën tegen haar borst opgetrokken.

'Wat is er gebeurd?'

'Ik ben gevallen.' Ze keek naar mama terwijl ze sprak. 'Het schot, ik schrok ervan. Ik struikelde.'

'En?'

'Tomas hielp me.'

'Wat deed je daarbuiten? Op dit tijdstip?'

'Aardappelen poten. Dat brengt geluk, want het is St. Patrick's Day.' Hattie babbelde er gespannen op los bij het zien van de samengeknepen lippen. 'Hij gaf me scones met jam als ontbijt...'

Grootmoeder liet haar handen zakken en knikte licht om aan te geven dat het gesprek voorbij was. Onzeker liep Hattie achteruit de kamer uit. Ze deed de stevige houten deur niet helemaal achter zich dicht en hurkte in de donkere gang, haar oor bij de kier.

'Nancy,' zei grootmoeder.

Mama mompelde wat.

De oudere vrouw sprak weer. Het volume van haar stem gaf aan dat ze geen van beiden een stap in elkaars richting gezet hadden. 'Dit is de vierde keer dat je me vraagt de tuinman te ontslaan. De eerste keer suggereerde je dat hij niet goed was in zijn werk. Toen zei je dat hij lui was. De derde keer... nou, ik kan me je argument niet eens meer herinneren... Ik vraag je nogmaals om je niet met mijn personeel te bemoeien. Tomas Deenihan werkte hier met zijn vader, die deze tuin heeft doen opbloeien.' Ze hoestte hevig.

Daarna viel er een stilte. Er weerklonk een geritsel en het gekletter van metaal. Mama stookte het vuur op.

'Pardon?'

'Ik zei...' Mama's stem kwam dichterbij. '... dat hij is beschadigd.'

'Zijn ze dat niet allemaal, Nancy? Jij bent toch ook beschadigd?'

'Niet zo.'

Grootmoeder zei: 'Je moet dingen gezien hebben... tijdens de oorlog. Jij bent zeker niet het meisje dat hier eerder op bezoek was.'

'Nou, haar vond je toch ook niet aardig,' zei mama met een onvriendelijk lachje.

Hattie hoorde voetstappen. Ze kwamen niet vanuit de kamer, maar vanuit de gang. Hattie drukte zich tegen de deur aan. Er ging een deur open. Iemand, de kokkin mischien, neuriede wat aan het andere einde van de gang. Het geluid overstemde het gemompel aan de andere kant van de deur.

Grootmoeder schraapte haar keel. Haar stem was hees toen ze weer sprak. 'Het is moeilijk geweest. Maar we moeten allemaal leren om met elkaar te leven. Als Teddy de boel moet overnemen...'

'Als?'

'... dan moet je leren hoe je bepaalde delen van het landgoed moet runnen. Personeel ontslaan omdat je iets tegen hen hebt, is gewoon niet gepast.'

'De man is gevaarlijk.'

'We hebben vastgesteld dat Hattie uit zichzelf is gevallen en dat Tomas haar alleen maar hielp.'

'Ik vertrouw hem niet. Hij... hij kijkt zo vreemd naar me.'

Grootmoeder zuchtte.

'En naar Hattie,' zei mama. 'Ook naar Albert. Hij staart.'

'Dat is niet echt eerlijk.' Grootmoeders stem klonk weer verder weg, uit de richting van het raam. 'De man is nooit in de buurt van het huis en jij brengt al je tijd door in de bibliotheek. Met Albert.'

'Weet je, Niamh... hij is niet in orde.' Hattie had mama die naam nog nooit horen gebruiken. Niamh. Neve.

Grootmoeder snoof. Ze zette twee langzame stappen naar de deur en draaide zich toen om. Hattie bleef staan en hield haar adem in.

'Luister eens naar jezelf, Nancy. Je beeldt jezelf dingen in. Je ziet spoken. Misschien mocht ik je inderdaad niet zo voor de oorlog, maar ik benijdde je wel. Zo veel potentieel, zo veel passie. Charlotte en jij waren… twee handen op één buik.'

Mama ademde scherp in. 'Begin niet over Charlotte…'

Grootmoeder negeerde haar. 'Maar kijk jou nu eens.'

Mama's stem was weer zacht. 'Het komt door deze plek. Ik voel me hier niet op mijn gemak.'

'Het huis is twee eeuwen oud. Het is vochtig. Wat wil je nog meer horen? We blijven hier gewoon omdat het landgoed iets is waar de lokale bevolking naar kan opkijken.'

Mama lachte bitter. 'Mensen kijken niet op naar dit huis. Ze kijken er nog eerder op neer. Misschien zit er wel een kern van waarheid in die geruchten over het ringfort dat hier ooit gestaan heeft… het ongeluk dat deze familie heeft getergd…'

'De lokale families zijn niet onbekend met verdriet.'

'Nee, maar zij verwerken het. Ze praten erover. Jullie niet.'

'Ik heb mijn eigen manier om ermee om te gaan.'

Het bleef stil. Misschien schudde mama haar hoofd. Misschien had ze haar armen om haar lichaam geslagen, dat elke dag magerder werd. Misschien deed ze helemaal niets. 'Charlotte is overal in dit huis,' zei ze zachtjes, 'maar niet in onze gesprekken.'

'Charlotte is dood. Verleden tijd.'

'Ja.' Snelle voetstappen haastten zich naar de deur. 'Ik weet het.'

Hattie schoot weg en dook onder de haltafel. Het was geen ideale verstopplaats, maar dat maakte niet uit. Toen mama door de deur kwam, was ze niet op zoek naar haar dochter. Ze stond even stil en keek naar zichzelf in de ovale spiegel aan de muur. Ze fronste verdrietig. Een moment later was haar spiegelbeeld verdwenen.

35

Holborn, Londen
Augustus 1940

Hoewel Charlotte had gezegd dat ze slechts een klein beetje wilde eten, had ze haar bord stoofpot al bijna leeg voordat Nancy was begonnen.

'Het was heerlijk.' Ze glimlachte verontschuldigend. 'Ik heb nog nooit konijn gegeten.'

Nancy schraapte haar keel en duwde de pan naar haar toe. 'Er is nog meer. Neem maar. Voedselverspilling is tegenwoordig een strafbaar feit, dat weet je toch?'

Sinds haar onthulling had Charlotte onrustig op de bank zitten huilen en Nancy was naast haar gaan zitten om haar zachtjes te troosten, hoewel haar hoofd vol zat met vragen. Inmiddels, terwijl ze aan het tafeltje zaten en op de radio zachtjes een ongepast vrolijk liedje van Ella Fitzgerald te horen was, wilde ze niets liever vragen dan wat ze nu ging doen.

In plaats daarvan zei ze: 'Morgenochtend vertrek ik tegen acht uur naar mijn werk. Je hoeft niet vroeg op te staan. Ga lekker slapen en dan praten we morgenavond.'

Charlotte knikte. 'Dank je.' Ze legde haar vork neer, haar bord opnieuw leeg. 'Ik weet dat ik je in een onmogelijke positie heb gebracht. Maar ik wist niet waar ik anders...'

Nancy stak haar hand op. 'Zeg er maar niets meer over. We zijn familie.'

'Gebruik dat woord niet.' Charlotte glimlachte verdrietig. 'Mijn familie heeft nooit om me gegeven. Dan heb ik het niet over Teddy natuurlijk. Maar ze geven alleen om zichzelf en om de naam Rathmore.'

'Charlotte, je ouders moeten wel overstuur zijn.'

Ze onderdrukte een snik. 'Moeder zei dat het beter was geweest als ik dood was in plaats van zwanger. Dat was tenminste een verklaring geweest voor het afgezegde huwelijk.'

Nancy sloeg haar hand voor haar mond en slikte een geschokte kreet in.

'Ze dreigden me naar een Magdalena-wasserij te sturen. Weet je hoe ze meisjes daar behandelen? Wat ze met ze doen?'

Nancy sloeg haar ogen neer en dacht aan de Ierse kloosters waar ongetrouwde zwangere vrouwen naar verluidt naartoe werden gestuurd om te werken. 'Wil je de baby houden?'

'Natuurlijk.'

'Wie is de vader?'

Charlotte aarzelde. Ze veegde haar voorhoofd af. 'Nou ja, wat maakt het ook uit?' zei ze. 'Het was Tomas.'

Tomas Deenihan. De jongen met wie Nancy Charlotte had geplaagd. Had zij dit aangemoedigd?

'Hou je van hem?'

'Ja.'

'Nou, dat is iets.' Ze had meteen spijt van haar ontoereikende antwoord. 'Ik bedoel… dat is geweldig.'

'Maar?'

'Maar… had hij niet met je mee kunnen gaan?'

Charlotte lachte bitter. 'Hij is weg.'

Hij had haar verlaten. Nancy voelde haar hart naar het meisje uitgaan. 'O, Charlotte, het spijt me zo.'

'Het komt door vader.' De donkere blik in haar ogen werd niet veroorzaakt door gedachten aan Tomas, besefte Nancy nu. 'Ik haat hem.'

'Ik snap het niet.'

'Toen ik hierachter kwam…' Ze raakte haar buik aan. '… heb ik het aan moeder verteld. Ik had niemand anders. Ik dacht dat er wel een weg zou zijn.' Nancy was verbaasd over Charlottes naiviteit na de vindingrijkheid die ze had getoond om in Londen te komen. 'Ze ging rechtstreeks naar vader. Hij dreigde Tomas, zijn vader en Tabby te ontslaan. Het hele gezin leeft van hun loon. Alle negen.'

Nancy nam een slok water. Ze voelde zich warm en koud tegelijk worden. 'En Tomas vertrok? Kon je niet met hem meegaan?' Nancy wist dat wat ze voorstelde schandalig en bijna onmogelijk zou zijn geweest. Ze hadden naar een stad moeten gaan, werk moeten zoeken en zich moeten aanpassen. Ze hadden in elk geval onmiddellijk moeten trouwen.

'Vader zei dat hij zich moest melden. Bij het leger.'

'O, mijn hemel.' Nancy wist dat duizenden Ieren zich hadden aangesloten om met de Britten mee te vechten, hoewel hun land neutraal was. Velen beschouwden hen als verraders.

'Vanaf het moment dat ik het aan moeder vertelde, heb ik hem niet meer gezien. Ik ben naar het dorp gegaan om zijn moeder te bezoeken.' Charlotte plukte aan een pluisje van haar rok. 'Zij liet me niet binnen. Zo kwam ik erachter dat schandalen niet alleen beperkt zijn tot de aristocratie.'

'Wist het hele dorp het?'

'Niemand wist het, en dat wilde ze zo houden.'

'Waar is hij nu?'

'Dat weet ik niet. Maar hij wacht op me. Dat weet ik zeker. Ik heb hem geschreven. Ik heb hem laten weten waar ik ben. Dat ik nog... leef.' Bij dat laatste woord moest ze bijna lachen.

Nancy reikte over de tafel en pakte Charlottes hand. Die voelde erg koud. 'Je hebt zo veel meegemaakt.'

Charlottes lip trilde. 'Ik zal je niet tot last zijn. Dat beloof ik.'

'Charlotte, ik zal je helpen. Natuurlijk help ik je. Maar je familie... Ik weet dat ze boos waren, maar ze denken dat je dood bent! Dat is...' Nancy hief haar handen op. 'Dat is waanzin.'

'Als Tomas weer in Ierland is, ga ik terug. Dan verhuizen we naar Cork of Dublin en zitten we niet met een schandaal.'

'Laat me nadenken...'

Charlotte zei snel: 'Ik heb een werkvergunning.'

'Die heb je niet nodig. Je hebt Britse papieren.'

'Ik heb niet onder mijn eigen naam gereisd.' Ze keek Nancy aan alsof haar schoonzus haar verstand had verloren. 'Dat zou waanzin zijn geweest.'

'Vertel me alsjeblieft niet dat je papieren hebt vervalst?'

Charlotte lachte. 'Nee. Natuurlijk niet.'

'Maar hoe...'

Ze stond op en hief een vinger op. 'Wacht even.' Ze liep naar de logeerkamer. Nancy hoorde dat ze haar koffer openklikte.

Toen ze terugkwam, pakte ze Nancy's bord en verving het door een identiteitskaart en een vel papier. Het was een werkvergunning voor het Royal Arsenal in Woolwich. Een munitiefabriek. Beide zaken waren uitgegeven onder dezelfde naam: Tabby Deenihan.

'De zus van Tomas?'

Er zat een foto van Tabby op de reisvergunning. Ze leek helemaal niet op Charlotte. Een donkerharig meisje met een rond gezicht. Boven de kraag van haar blouse zag je nog net een moedervlek.

Nancy trok haar wenkbrauwen op. 'Ben je hiermee de grens overgekomen?'

'Misschien heb ik wat mensen omgekocht.'

'Charlotte...'

'Het is oorlog. Alles heeft zijn prijs.'

Nancy schudde haar hoofd. Ze lachte bijna. Het leek wel een spannend boek. Ze zweeg even en zei: 'Charlotte, munitiefabrieken zijn... gevaarlijk.'

Het jongere meisje haalde haar schouders op.

'Ik kan je helpen. We vinden wel ergens anders werk voor je.' Terwijl Nancy dit zei, vroeg ze zich af hoe dat mogelijk zou zijn. Het zou waarschijnlijk niet makkelijk zijn om een werkvergunning van een Ierse vrouw aan te passen.

Alsof ze haar gedachten kon lezen, zei Charlotte: 'Dat zal niet meevallen.' Ze tikte op Tabby's documenten. 'Dit is wie ik nu ben. Ik ben een Ierse. Een immigrante.'

Vorige maand had *The Times* een artikel geplaatst over de toename van het aantal Ierse immigranten. De enorme toestroom had het ministerie van Buitenlandse Zaken gedwongen om eisen te stellen aan nieuwe werknemers. Er was een Brits kantoor in Dublin opgezet om de nieuwe regelingen te faciliteren, en Ieren konden niet langer zonder goedkeuring naar Groot-Brittannië reizen om op zoek te gaan naar werk, hoewel Nancy had gehoord dat het in werkelijkheid nog wel gebeurde.

Charlotte zei: 'Tabby bood het me aan. Uit zichzelf.'

‘Het is een vreselijk risico voor haar.’

‘Ze steunde onze relatie. Ze heeft talloze keren een smoes voor me verzonnen zodat Tomas en ik elkaar konden ontmoeten. Ze vertelde moeder dat ik mensen in het dorp bezocht en liefdadigheidswerk deed.’

‘Weet ze dat je hier bent?’

Charlotte schudde haar hoofd. ‘Dat was te riskant.’

‘En wat heeft het haar opgeleverd?’

‘Wat ben je achterdochtig.’ Charlotte vouwde de documenten op. Ze haalde haar schouders op. ‘Een bedrag dat je in twee jaar in een munitiefabriek zou verdienen. Genoeg om lerares te worden en dan nog houdt ze eraan over.’

Nancy had gehoord dat je in een munitiefabriek goed verdiende. Erg goed. Zeker voor een Ierse arbeidersvrouw. Maar niet voor een aristocrate. Ze keek naar Charlottes zachte handen.

‘Het is hard werken, Charlotte. En behoorlijk... vies werk. Je zult onder de zwavel zitten. De arbeidsters worden niet voor niets kanariemeisjes genoemd.’

‘Dat heb ik gehoord.’

‘En je bent zwanger.’

‘Net als jij.’

‘Ja. En ik werk aan een bureau.’

‘Ik heb mijn besluit genomen,’ zei Charlotte. ‘Ik ben nu hier. Mijn bedje is gespreid en daar ga ik nu in liggen, zoals moeder zou zeggen.’

‘Je hoeft niet te werken,’ zei Nancy. ‘Ik kan voor je zorgen.’ Hoewel ze eigenlijk niet dacht dat ze dat kon. Ze had al moeite om rond te komen.

Charlotte staarde naar haar handen. Ze volgde de levenslijn aan de linkerkant en keek toen naar de rechterkant. ‘Weet je nog wat je zei toen je vorige zomer Blackwater Hall bezocht?’

Nancy fronste.

‘Je zei – of beter gezegd, impliceerde – dat ik er niet aan gewend was om mijn handen vuil te maken.’

Ze dacht terug aan hun gesprek, een jaar geleden in de ommuurde tuin. Charlotte en zij, onder de clematis.

'Ik weet niet zeker of ik zoiets heb geïmpliceerd.'
'Maar je dacht het wel.'
'O, dus je kunt nu ook al gedachten lezen?'
Charlotte lachte. 'Heb ik je verrast?'
'Ja.' Nancy antwoordde zonder aarzeling.
'Nou, geef me dan het voordeel van de twijfel. Ik ben vastbesloten om dit nieuwe leven aan te gaan. Ik wil Tomas' baby krijgen, met hem trouwen en onze eigen weg gaan, niet geketend door mijn familie, of de zijne. Zoals Teddy en jij.'
Het was een fantasie. Er waren zo veel potentiële risico's dat Nancy ze niet eens allemaal overzag. Maar ze zou Charlotte helpen ze een voor een onder ogen te zien. Ze keek haar onbewogen aan en zei: 'Er is een groot probleem dat we moeten aanpakken. En dat ga je niet leuk vinden.'
'Wat is het?'
Ze keek naar de foto van Tabby Deenihan en stak toen haar hand uit om een losse pluk haar van Charlotte achter haar oor te stoppen. Het was een moederlijk gebaar van een vrouw die nooit een moeder had gehad, en zelf nog geen moeder was geweest.
'Je haar.' Ze hield het identificatiebewijs in de lucht. 'Ik ben bang dat je niet meer als blondine door het leven kunt gaan.'
Charlotte zag er ellendig uit.
'En daarna, Tabby,' zei Nancy, 'zullen we verder praten.'

36

Ballinn, County Kerry
September 2019

Gesterkt door haar ontdekking in Wynn's Hotel had Ellie agent Beddy Cullen gebeld in de trein vanuit Dublin. Het plaatselijke politiebureau was maar eens in de twee weken bemand, maar ze wist dat Beddy de rest van de week in de nabijgelegen plaatsen Waterville en Kenmare te vinden was. Ze probeerde eerst het nummer van Ballinn, zonder enige verwachting dat ze hem daar zou bereiken, en daarna belde ze beide andere bureaus. Bij beide kreeg ze te horen dat hij in de andere plaats was, maar het laatste bureau verbond haar door met zijn mobiel. Uiteindelijk kwam ze erachter dat hij gewoon thuis was. Op de achtergrond klonk een tv. En… was dat het geluid van een driftbui van een kind? Of van meer dan één kind? Beddy als vader. Ze stond perplex.

Hij had niet met zo veel woorden beloofd om de documenten over de tragedie in Rathmore op te zoeken, maar hij had gezegd dat hij ernaar zou kijken, wat in Ellies ervaring vooral een manier was om te doen alsof je behulpzaam was om ervanaf te zijn. 'Ik kijk ernaar uit om ze bij je op te halen,' had ze dan ook gezegd. 'Er lijkt echt iets mis te zijn in dit mysterie.' Ze vroeg zich af of de subtiele verwijzing naar de mis hem na twintig jaar nog aan zijn diefstal uit de collectezak zou herinneren.

Het gesprek was niet echt vriendschappelijk, maar wel gezellig geweest en Ellie was van plan om hem een berichtje te sturen om af te spreken. Jules had roet in het eten gegooid door aan de ontbijttafel van haar moeder te verschijnen, maar ze moest toegeven dat het een fijne ochtend was geweest.

Bovenaan haar lijstje stond een telefoontje naar Milo om te vragen of hij Tabby de avond ervoor had bezocht. Als dat niet zo was, zou ze zelf langsgaan om wat vragen te stellen. Jules had aangeboden om met haar mee te gaan. 'Ik red me wel,' had ze glimlachend gezegd, waarna ze zich schuldig voelde toen ze zijn teleurgestelde gezicht zag. 'Maar ik zal je laten weten hoe het verlopen is.' Voordat hij kon protesteren, had Moira aangeboden om hem en zijn fiets terug naar het dorp te brengen.

Nu het huis verlaten was, maakte Ellie een vuur aan in de koude woonkamer en stapelde de turf en het wilgenhout hoog op, dat flink knetterde voordat het echt vlam vatte. Ze had vanuit het raam naar de komedie gekeken die zich op de oprit afspeelde. Jules probeerde de wielen van zijn fiets te halen en krabde uiteindelijk wanhopig aan zijn hoofd. Vervolgens schuifelde hij naar de schuur, als in een aflevering van Laurel en Hardy, met een vinger in de lucht. Toen hij eenmaal uit het zicht was, had Moira de twee wielen eraf gehaald, de fiets achter in de auto gegooid en plaatsgenomen op de bestuurdersstoel. Jules kwam terug met een moersleutel, die hij trots in de lucht hield. De blik van triomf werd echter vervangen door verwarring toen hij zag dat de klus al geklaard was. Hij wierp zijn handen in de lucht, nam plaats op de passagiersstoel en barstte zonder aarzelen in lachen uit. Ze pakte haar jas en handtas, die allebei nog vochtig waren door de regen in Dublin van gisteren, en hing ze op in de woonkamer. Toen opende ze haar notitieboekje en haalde Charlottes portret er nog eens uit. Ze nam de jonge vrouw taxerend op.

'Waar liep je voor weg?' vroeg ze zachtjes.

Binnen enkele minuten begon er stoom uit haar handtas te komen en ze boog zich voorover om die bij het vuur weg te halen. Terwijl ze aan het handvat trok, viel er iets uit. Het was het bordeauxrode doosje. Het gele lint zat er nog steeds met een sierlijke strik omheen.

Ze fronste haar wenkbrauwen.

Ze had geen idee gehad wat ze bedoelde met haar mededeling dat ze moest nadenken toen ze het Westbury met opgeheven hoofd had verlaten. Het was vrijblijvend en op dat moment was het alles geweest wat ze had kunnen bedenken. Maar moest ze er wel over nadenken? Over zijn simpele aanbod. *We kunnen gewoon in stilte trouwen. Alleen wij tweeën.* Zouden ze zo hun beschadigde relatie kunnen herstellen, met een snel en eenzaam huwelijk? De scheuren bedekken met een laag pleister zodat alles er aan de buitenkant glad en sterk uitzag?

Ze had verwacht een adrenalinestoot te voelen bij het weerzien. Ze had verwacht duidelijkheid te hebben. En ze had verwacht dat ze hem terug zou willen. Maar zo was het niet gegaan. *Het is jouw schuld.*

Ze trok aan het gele lint en opende het doosje. Er lag een zilveren kam in, ingebed in blauw fluweel. Ze nam hem in haar hand. Hij was zwaar en zo koud dat het in de warme kamer wel leek of hij vochtig was. Toen ze hem omdraaide, zag ze drie keurmerken. Ze wist genoeg om het middelste symbool te herkennen: de vorm van een Monopoly-huis. De kam was van platina.

Eronder lag een briefje. Er stond simpelweg:

Verlies deze niet. Dylan xx

Het verwees naar haar gewoonte om kammen te verliezen. Overal en nergens.

Natuurlijk verwees het daarnaar.

Maar het was een vreselijke woordkeuze. Het sneed door haar heen als een mes.

De kam viel met een doffe klap op de grond. *Verlies deze niet.* Ze slaakte een kreet, iets wat tussen een snik en een schreeuw in zat. Toen haalde ze diep adem, klemde haar kaken op elkaar en scheurde het briefje aan flarden. De snippers gooide ze in de wachtende vlammen. Ze vatten meteen vlam en verbrandden tot as voor haar ogen.

37

Blackwater Hall, County Kerry
April 1958

Lady Niamh Rathmore werd begraven op de familiebegraafplaats bij een oude kapel waarvan de drie overgebleven muren alleen nog uit puin en mortel bestonden. De begraafplaats lag boven de glooiende heuvels van Kenmare Bay. Het was een prima plek voor een laatste rustplaats, maar mama zei dat grootmoeder zelfs na haar dood kritiek zou hebben op het uitzicht.

Hattie had bij de deur geluisterd toen de dokter tegen papa zei dat grootmoeders hart het 's nachts gewoon had begeven en dat ze er niets van zou hebben gemerkt. Ze vroeg zich af wat ze had moeten merken.

Het was de eerste begrafenis waar ze ooit was geweest. De wake vond plaats in Blackwater Hall en het huis stroomde vol met mensen – inwoners van Ballinn – die Hattie slechts twee maanden geleden zo graag had willen ontmoeten. Maar nu ze er waren, wilde ze niets liever dan wegrennen en zich verstoppen in het doolhof van kamers dat ze eerder had proberen te vermijden. Ze was niet verdrietig dat grootmoeder er niet meer was. Niet dat ze dat ooit aan iemand zou toegeven. De oude vrouw had haar angst aangejaagd en, afgezien van St. Patrick's Day, hadden ze nauwelijks een woord met elkaar gewisseld. Maar voor het eerst dacht Hattie na over hoe het zou zijn om iemand te verliezen van wie ze echt hield. Om ze nooit meer te zien. Papa. Mama. Albert. Zelfs Tomas, die haar enige gezelschap op het landgoed was geworden en die ze stiekem ontmoette wanneer mama met hoofdpijn op bed lag, wat vaak gebeurde.

Hij was erbij, bij de begrafenis. Grootmoeder, die nooit een goed woord voor iemand over had gehad, stond erop dat hij na het 'incident' op Blackwater Hall zou blijven werken. Ze zei dat zijn vader de tuinen van het landgoed had omgetoverd van een heidense jungle naar iets beschaafds en verfijnds.

Na St. Patrick's Day had mama Hattie en Albert verboden om Tomas te zien. Albert had even gefronst bij het horen van die nieuwe regel, maar was toen akkoord gegaan. Hij volgde steevast elk bevel van mama op en Hattie wist dat hij dat deed zodat ze hem zou helpen terug te keren naar Engeland en het meisje dat hij had achtergelaten.

De kerkelijke gemeente bestond uit arbeiders van het landgoed Blackwater Hall. Dat waren er niet veel, maar ook hun gezinsleden waren er en die waren talrijk. Hattie zat op de eerste rij tussen mama en Albert in. Haar donkerblauwe jurk, die tot net over de knie kwam, bedekte jeukende wollen kousen en ze had haar handen tussen haar benen geklemd. Ze zat stil, net als mama en haar broer, terwijl papa geknield zat, met een rood kussen onder zijn knieën. Toen het tijd was om de communie te ontvangen, schudde mama haar hoofd. 'Daar doen wij niet aan mee,' zei ze terwijl het dorp in stilte voorbijtrok.

Na de kerkdienst, de wake en de begrafenis was het stil in Blackwater Hall en Hattie was alleen in de eetzaal. Het vuur knetterde en boven haar kraakten de vloerplanken terwijl er iemand heen en weer liep. Papa misschien. Onder de eettafel had ze een plekje voor zichzelf uitgezocht, een boek voor haar neus. Haar benen wiebelden terwijl ze op haar buik lag en dat getuigde van een gebrek aan fatsoen waar grootmoeder haar voor zou hebben berispt.

De deur naast de open haard ging open en grootvader kwam binnen. Hij ging bij het vuur zitten, stak een sigaret op en inhaleerde diep. De voetstappen boven waren gestopt en alles was weer stil.

Toen kwam mama de eetzaal binnen.

'Charles.' Ze begroette grootvader en wees naar de stoel naast hem. Een blok hout op het vuur knapte. 'Mag ik?'

Hattie hoorde geen antwoord, maar mama ging zitten en trok haar voeten schuin onder zich. 'Het verliep goed,' zei ze. 'Zo goed als je bij dit soort dingen mag verwachten.'

Misschien knikte grootvader.

'Ze zou tevreden zijn geweest.'

'Tevreden?' zei grootvader.

'Nou, tevreden is misschien niet helemaal het juiste woord.'

Grootvader haalde zijn voeten van de voetenbank en stond langzaam op. Hij schudde zijn hoofd en liep naar het dressoir. 'Wat een belachelijke opmerking, Nancy.'

'Het spijt me... Mijn woordkeuze...' Ze wreef over haar slaap. 'Het was een lange dag.'

'Mijn vrouw was nergens tevreden over in het leven. Ze zou ongetwijfeld commentaar hebben gehad over haar afscheid. Maar we zullen het nooit weten,' zei hij, terwijl hij een flinke scheut whiskey inschonk voor zichzelf. Hij hief een leeg glas naar mama, zijn wenkbrauwen vragend opgetrokken.

Ze knikte.

Zijn kousenvoeten maakten nauwelijks geluid op de vloer toen hij langzaam terugliep naar het vuur en haar het drankje gaf, amberkleurige vloeibare honing achter het geslepen glas. 'De zaken zullen veranderen.'

Wat hij zei was waar. Grootmoeder had altijd lange schaduwen vooruitgeworpen, haar aanwezigheid was altijd voelbaar geweest in het huis. Hattie had voortdurend haar best gedaan om haar te ontwijken. Alleen in de keuken vond Hattie rust, omdat grootmoeder zich daar nooit zou wagen, evenals in de ommuurde tuin, die modderig was door de aanhoudende regenval in Kerry.

Mama snoof boven haar drankje. 'Ik ben bereid Niamhs rol in het huishouden op me te nemen, als dat handig is. Ik kan toezicht houden op de aankopen en helpen met de boekhouding.' Ze zweeg even en staarde naar het tapijt alsof ze nu al bedacht welke tapijten ze zou kopen. Hattie wist dat ze het witte tapijt haatte, dat ze er niet graag overheen liep uit angst om afdrukken achter te laten. 'Ik kan ook de zorg over het personeel op me nemen, als je wilt. Dat soort dingen.'

Grootvader knikte. 'Ik vroeg me al af wanneer je daarmee zou komen.'

Mama keek hem scherp aan. Haar nek was bleek boven haar hoge kraag. De jurk was elegant van snit, maar ze was de afgelopen maanden zo sterk vermagerd dat er bij haar taille stof te veel was. Ze wreef over haar blote armen, er verscheen een lichte kippenvel, geaccentueerd door het licht van de vlammen. 'Wat bedoel je?'

'Niamh vertelde me dat je erop had aangedrongen om de tuinman te ontslaan.'

Mama schudde haar hoofd en kneep haar lippen samen. 'Ze begrijpt me niet goed.' Ze corrigeerde zichzelf. 'Ze begreep me niet goed.'

Grootvader draaide zijn whiskey rond in zijn glas.

'Ik heb alleen mijn bezorgdheid geuit na het incident met Hattie,' vervolgde mama. Toen haar naam werd genoemd, kroop Hattie verder terug onder de tafel. 'Zo'n man in de buurt van kinderen is stressvol voor... een moeder.'

Grootvader haalde diep adem. 'Ja, de gebeurtenissen van St. Patrick's Day. Jammer. Die man heeft het moeilijk, weet je?'

'Ja, dat weet ik.'

Meer snelle voetstappen boven, de planken kraakten heviger. Grootvader liet zijn stem zakken, een gewoonte die hij maar moeilijk zou kunnen afleren. 'Hugo had dat ook.'

Van opzij zag Hattie een vragende uitdrukking op mama's gezicht verschijnen. 'Maar Hugo werd nooit gewelddadig, toch?'

'Dit soort dingen manifesteren zich op vele manieren.' Grootvader raakte de medailles aan die op de voorkant van zijn blazer waren gespeld en dronk het laatste restje whiskey op. Hij stond op. 'Ik zou je hulp bij de meer... vrouwelijke taken op het landgoed graag aannemen. Ik weet zeker dat je de financiën en het personeel met de nodige zorg zult beheren.'

'Dat zal ik doen,' zei Nancy en ze stond op om hem na te kijken. Ze zette haar onaangeraakte glas opzij en liep naar de schouw, waarbij ze met haar hand over het groene marmeren oppervlak streek om te controleren of er stof op lag. Vast niet.

38

Cahercillín Farm, County Kerry
September 2019

'Ellie?' Moira's stem was luid. Ze hing uit het autoraam. 'Ellie! Waar ga je heen?'

'Ik maak even een wandelingetje!' Ellie stampte over het landweggetje dat de heuvel af liep richting de zee. De Micra reed achteruit en volgde haar, gevaarlijk dicht bij de greppel naast de weg.

'Heerlijk weer om te wandelen,' zei Moira.

Ellie was doorweekt, compleet doorweekt. Haar haar was piekerig geworden door de koude regen. Drie schapen keken haar met een air van onverschilligheid na terwijl ze herkauwden.

Moira stopte de auto, trok de handrem aan en stapte uit. Toen ging ze voor haar dochter staan. 'Wat is er?' Ze nam Ellies gezicht in haar handen. 'Wat. Is. Er?'

'Niets. Ik...' Ellie voelde tranen op haar gezicht. 'Ik... Hij gaf me een... Ik had afgesproken met Dylan in...'

Moira liet haar dochter los en liep naar de deur aan de passagierskant. Het gebruikelijke krakende, uitdagende geluid bleef uit toen ze die met kracht opentrok, alsof zelfs de deur begreep dat verzet zinloos was. De schouders van haar blauwe trui waren al doorweekt, donkere vlekken verspreidden zich over de voorkant. 'Stap in de auto.'

Ellie sjokte om de auto heen en kromp ineen toen de deur achter haar dichtsloeg. Ze beet op haar nagels en Moira reed weg.

Ze volgden het kronkelende pad terug de berg op, terwijl de regen op de voorruit tikte in een poging om binnen te komen.

De kam lag voor hen op de tafel in de veel te warme kamer en het vuur was gedoofd.

'Verlies deze niet,' herhaalde Ellie, terwijl ze van haar thee nipte. Die was opvallend sterk, Moira had haar specialiteit klaargemaakt, een brouwsel dat een shock veroorzaakte. Melk, suiker en dan flink lang trekken. 'Het was gewoon een ongelukkige formulering.'

'Ellie, je weet dat ik me er niet mee wil bemoeien...'

'O nee?' Ellie glimlachte bijna. Haar ogen waren rood van de tranen.

'... maar ik had wel aangenomen dat je hem zou ontmoeten.'

Ze knikte, zich de bezorgde uitdrukking op het gezicht van haar moeder herinnerend toen de trein de vorige ochtend van het station was vertrokken. 'Het spijt me. Ik had moeten...'

Moira stak haar hand op. 'En ik ben trots op je.'

Ellie zette haar thee neer. Dit had ze niet verwacht toen Moira haar mee naar binnen had getroond, Ellie naar boven had gestuurd om zich om te kleden terwijl ze zelf naar de keuken was gegaan om water te koken. 'Trots?'

'Ja. Om twee redenen. Ik ben er trots op dat je Dylan ermee hebt geconfronteerd. Ook al heb je het me niet verteld. Ik begrijp dat je van hem houdt. Dat je dat gevoel niet zomaar kunt uitzetten.'

Ellie keek weer naar de kam.

'Maar ik ben er vooral trots op dat ik een dochter heb opgevoed die mensen het voordeel van de twijfel gunt. Die het goede in anderen zoekt. Want als je dat vermogen verliest, wordt het alleen maar minder in je leven.'

Ellie dronk haar thee en slikte een snik in. 'Maar...'

'Maar?'

'Het beste inzicht krijg je niet door vooruit te zien, maar door iets achteraf te bekijken.'

'Heb je dat van Tabby?' Het was echter waar, en diep vanbinnen wist Ellie dat.

'Mam?'

'Ja?'

'Dank je wel. Voor alles.'

'Dat hoef je niet te zeggen, lieverd.'

Ze omhelsden elkaar en Ellie legde haar jukbeen op Moira's schouder. Ze besefte dat hoewel zijzelf nu droog en warm was, haar moeder nog steeds kletsnat was.

Moira begon. 'O!' Ze hield haar dochter een stukje van zich af. 'Ik zag Beddy nog bij O'Brien's.'

'Vandaag?' Ellie fronste, wreef in haar ogen en duwde haar gedachten weg. 'Ik dacht dat het bureau pas volgende week dinsdag bemand zou zijn?'

'Nou, hij is er vandaag. Hij verlengt een jachtvergunning,' zei Deidre. Voor een nieuwkomer.' Ze leunde naar voren en fluisterde: 'Een jager. Blijkbaar loopt die man rond in kaki.'

Ellie keek haar aan.

Moira hief haar handen op. 'Ik herhaal alleen wat Deidre zei. Hoe dan ook, toen ik de winkel uit liep, vertelde Beddy me dat hij graag wilde dat je even langskwam.' Ze zweeg even. 'Deidre stond met haar oren te klapperen.'

'Ik heb hem alleen gevraagd naar wat dossiers over Charlotte.' Ze was blij dat hij informatie voor haar leek te hebben. Ellie stopte de kam terug in het doosje en borg het op in de la van de salontafel, zodat hij uit het zicht was.

'Dossiers?' fluisterde Moira.

'Het gaat niet om smokkelwaar, mam.' Ze stopte haar notitieboekje in haar tas. Hoog tijd om naar Procaffination te gaan en hopelijk zou Milo ook snel bellen. Ze had koffie nodig en telefoonbereik, in die volgorde.

Moira stond op en porde in het vuur. Een hoopvolle vlam flakkerde op en doofde vervolgens weer. Ze legde er drie stukken turf op en de twee vrouwen keken toe hoe de rook krullerig opsteeg en verdween. 'Hij zei dat hij tot één uur op het politiebureau zou zijn.'

'Het is nu al halfeen geweest!'

'Is dat zo?' Moira keek naar de vervaagde witte lijn op haar pols waar ooit een horloge had gezeten. 'Ik dacht dat het nog ochtend was.'

Ellie pakte haar jas bij het vuur, die nu droog was, maar een beetje stijf. Ze gooide hem over haar arm, pakte haar tas en bleef even staan voor de spiegel in de hal. Ze maakte zich klaar voor de strijd en deed lippenstift op, in een helderrode kleur. Daarna zwaaide ze opgewonden naar haar moeder terwijl ze de sleutels van de Micra pakte en de deur uit liep.

Het politiebureau waar de garda van Ballinn gevestigd was, stond aan de westelijke rand van het dorp. Het was opgetrokken uit ruwe steen en een traditionele gardalamp stond bij de deur als een schildwacht, een eenzame indicatie van de officiële status van het gebouw.

Ellie duwde de afbladderende deur open en stapte een gang in waar aan de ene kant een mededelingenbord hing en aan de andere kant een lange rij kapstokken. Er hing alleen een fluorescerend jasje op, met het woord GARDA op de achterkant.

'Hallo?'

Van wat verderop in de gang galmde een stem. 'Hier ben ik.'

Ze volgde het geluid naar een kantoor aan haar rechterhand. Binnen stond een groot bureau, met daarop een monitor en een stapel papieren. Een kop koffie stond dampend op het blad, een hand eromheen. Die hand was van Beddy Cullen, hoewel dit een veel grotere versie was van de Beddy Cullen die ze ooit had gekend. 'Ellie.' Hij stond op. Zijn postuur was stevig en zijn wangen hadden de rozige gloed van iemand die het nogal warm had of behoorlijk aangeschoten was. 'Lang geleden! Wat zal het zijn, zestien, zeventien jaar?'

Ellie pakte zijn uitgestoken hand aan. Die was warm en zijn greep was stevig. Het voelde, verrassend genoeg, als de handdruk van een betrouwbaar persoon. 'Beddy. Leuk je te zien!' zei ze overdreven vrolijk. 'Je ziet er...' Ze zocht naar het woord.

'Dik uit?' Hij lachte hardop.

Ze voelde dat ze kleurde. 'Ik zocht eigenlijk naar het woord... gelukkig.'

Hij grijnsde en klopte op zijn buik. 'Het gezinsleven bevalt me,' zei hij.

Ze liet zich zakken in de plastic stoel tegenover hem. Een kleine ventilatorkachel onder het bureau blies loeiend warme lucht uit en op de achtergrond speelde een radio.

'Ik weet dat je snel weg moet,' zei ze. Hij keek meteen op zijn horloge en fronste zijn voorhoofd, alsof de tijd een ergernis was waar beter niet over gerept kon worden. 'Maar wat betreft de dossiers over Charlotte Rathmore...'

'Dat is niet echt mijn terrein, Ellie.' Hij wees naar de hoek van de kamer, waar een verzameling bevlekte kopjes naast een pot oploskoffie stond.

Ze onderdrukte een rilling en schudde haar hoofd. *Nee, bedankt.* 'Maar je zei tegen mam dat je me wilde spreken?'

Hij rommelde in de bureaula. 'Ik heb deze formulieren voor je. Aanvragen voor het vrijgeven van de documenten.' Hij keek verontschuldigend. Het was een blik die daar veel op leek in elk geval. 'Ik moet me aan de regels houden.'

Ellie was niet alleen verrast, maar ook teleurgesteld. Dit was de man die drie dagen voor het examen een kopie van de uitwerking had gevonden en naar de hele klas had gestuurd. De lerares dacht dat haar tieners getransformeerd waren tot aspirant-fysici. Die illusie duurde niet lang, maar het had Beddy wel een zekere bekendheid opgeleverd.

Nu was hij blijkbaar een beetje soft geworden. In meerdere opzichten. Ze keek eens naar de formulieren. 'Dat gaat tijden duren.'

'Ik heb gehoord dat jij genoeg tijd hebt.' Ook dat was verrassend. Dat hij haar had nagetrokken, toonde meer verstand dan ze van hem had verwacht. Zijn blik was licht uitdagend, maar daar zou ze snel genoeg verandering in brengen. Ze had zelf eveneens haar huiswerk gedaan.

Ze schoof de formulieren opzij en glimlachte liefjes. 'Bernie vertelde dat ze je vorige week in de kerk had gezien. Nog steeds vroom, hè?'

Hij bracht zijn kopje naar zijn mond, maar liet het in de lucht hangen. 'Ja, dat zou ik zeggen. Tegenwoordig wel.'

'En je vrouw. Ze is erg religieus, toch? Ze zit ook in het kerkbestuur en dergelijke.' Dat bevestigde hij aarzelend. Ellie verbrak het oogcontact en legde haar handen op het bureau. Ze streek met één vinger over de bleke maan van de kring van een kopje op tafel. 'Ik hoor dat ze uit een oude familie uit Galway komt. Iemand zei... Is haar oom niet priester?'

Beddy ging rechtop zitten.

'O nee,' vervolgde Ellie. 'Hij is geen priester. Hij is bisschop! De bisschop van Galway en Kilmacduagh.' Toen hij niet antwoordde, begon ze haar tas over haar schouder te slaan. 'Kan ik volgende week terugkomen?'

Hij zette zijn kopje neer en stak zijn hand op. Uit zijn bureaula pakte hij twee mappen. Theatraal likte hij een dikke vinger af en opende de eerste. 'De verdwijning van Lady Charlotte Rathmore,' zei hij. 'Dat was nogal wat.'

Ellies mond werd droog terwijl ze nadacht over haar volgende opmerking. 'Idioot dat je bent.' Ze liet haar tas op de grond vallen, vertrok haar gezicht bij het horen van de zware klap en ging weer zitten.

Beddy haalde zijn schouders op. 'Je was altijd zo braaf op school. Ik wilde weten of je veranderd was.' Zijn grijns keerde terug.

Ze reikte over de tafel. 'Dat is het geval.'

'Dat zie ik.' Hij trok de mappen terug en bladerde door de papieren alsof het kaarten waren. 'Er is een uitgebreide zoektocht op touw gezet voor die Charlotte. Vijf dagen lang is er gezocht. Een groep plaatselijke bewoners zocht zelfs nog langer, meer dan een maand.' Hij trok een wenkbrauw op. 'Waarom ben je in deze zaak geïnteresseerd?'

Ze zweeg even en dacht na over haar volgende woorden. *Ik kan Charlotte niet uit mijn hoofd krijgen. Ze was op de vlucht, net als ik. Ze mag niet vergeten worden.* 'Ik stuitte er bij toeval op,' was alles wat ze zei. Het was nauwelijks een verklaring.

'Ik neem aan dat je erover wilt schrijven?'

De gedachte was zeker bij haar opgekomen. 'Het is een mogelijkheid.' Beddy Cullen was ook veranderd. Hij wilde niet langer zelf overal het middelpunt van zijn, maar toonde ook interesse in andere zaken.

Hij boog zich naar voren. 'Dat was niet echt een antwoord.'

Als ze nu angst zou tonen, wist ze dat ze zijn interesse zou kwijtraken. 'Het was niet echt een vraag.'

Hij zuchtte. 'Ik weet niet wat je van plan bent, maar ik wil er niet bij betrokken worden. Ik wil niet dat zoiets als jouw Stanley Street-schandaal me achtervolgt.' Hij schoof de dossiers naar haar toe. 'Ik doe dit alleen omdat je denkt dat hier een soort geheim ligt dat het onderzoeken waard is.' Hij sloeg de bovenste map open en legde zijn hand op de eerste pagina. 'En hoewel sommige geheimen uit het verleden het daglicht mogen zien, kunnen andere zaken beter verborgen blijven. Als je begrijpt wat ik bedoel...'

'Zeker.'

Ze zwegen even, in het besef dat ze een wapenstilstand hadden gesloten.

Hij haalde zijn hand weg. 'Het dossier bevat details van de plaats delict. Observaties. Er zijn ook wat verslagen van verhoren, al zijn het er niet veel. De familie wilde haar dood al een paar dagen na haar verdwijning aankondigen. Dat was nogal overhaast, als je het mij vraagt.'

Ze trok een wenkbrauw op.

'Aanvankelijk kregen voormalig IRA-leden de schuld, maar er was geen bewijs en iedere verdachte had een alibi. Dat was vrij gebruikelijk in een klein dorp.'

'Dat kan ik me voorstellen.'

'Er ontbraken een paar dingen. Een parelketting, die bij het meer werd gevonden. Een robijnrode ring. Een speld die op een vlinder leek, blijkbaar nogal een opvallend ding.'

'Een speld die op een vlinder leek?'

Hij pakte de bovenste map terug en begon erdoorheen te bladeren. De pagina's waren vergeeld en zaten vol ezelsoren, het handschrift was vervaagd. 'Nee. Sorry. Een kam.'

Een kam met een vlinder. 'Mag ik die zien?' Ellie stak haar hand uit. 'Zijn er foto's van?'

De telefoon ging over. Beddy gaf haar met één hand het verslag aan waar het om ging en pakte met de andere de telefoon op.

De tekst betrof een vraaggesprek met Lady Niamh Rathmore, bijna onleesbaar, op drie opsommingstekens na: parelsnoer, robijnrode ring, saffieren vlinderkam met robijnen.

Beddy hing op. 'Ik moet gaan.' Hij stond op en duwde de mappen naar haar toe. Hij was al naar buiten gelopen, wat impliceerde dat ze hem moest volgen. 'Ik moet ze wel weer terug hebben, Ellie.' Hij trok zijn fluorescerende jasje aan. Doordat het gewatteerd was, leek hij meteen nog breder. Hij deed de deur open, deed een stap achteruit en gebaarde naar buiten. 'Ik moet echt gaan.'

'Eh… bedankt,' zei ze.

'Breng ze volgende week terug en vertel alsjeblieft niemand dat ik ze aan je heb gegeven. Voor het dossier van 1958 moest ik zelfs de afgesloten archieven in.'

Ellie stopte abrupt. 'Wat? Welk dossier van 1958?' Haar hoofdhuid tintelde.

'Je vroeg naar alle dossiers over de Rathmores.'

Was dat zo? Dat was ze vergeten.

Hij zat al in de auto. 'De moord in 1958?' zei hij, terwijl hij zijn wenkbrauwen fronste. 'Ik dacht dat je daarin geïnteresseerd was.'

Hij startte de motor, zette de sirene aan, reed de oprit af en sloeg links af richting Kenmare.

39

Holborn, Londen
Oktober 1940

Een maand en tien dagen lang hadden de Duitsers Londen geteisterd, de nachtelijke aanvallen waren onophoudelijk. De stad was eerst in shock geweest, maar nu was het dagelijkse leven weer hervat, alsof je door een storm reed, standvastig en op je hoede, maar vastbesloten om je bestemming te bereiken.

De meeste nachten trokken Charlotte en Nancy zich terug in station Holborn, waar geïmproviseerde stapelbedden waren neergezet. Ze zochten een plekje bij buren en arbeiders, maar in het donker zagen ze niet eens wie ze eigenlijk tegenover zich hadden.

De dag nadat Charlotte was aangekomen, namen de twee vrouwen tijd om een dekmantel te verzinnen. 'We moeten uitleggen hoe je aan die Ierse papieren komt. En aan dat accent. Je spreekt chic Engels, maar er klinkt een vleugje Kerry in door, en dat is een vreemde mix,' zei Nancy terwijl ze een notitieboekje pakte. Vanaf nu zouden ze als nichtjes door het leven gaan. Hun moeders, ooit hechte zussen, waren voor dezelfde man gevallen en van elkaar vervreemd. Charlottes, of beter gezegd Tabby's moeder had het hart van de man veroverd en was naar Oxford gevlucht. De geliefden werden door beide families afgewezen. Wat jammer was, zei Nancy terwijl ze hun fictieve stamboom opschreef, want zijn familiefortuin had Tabby's moeder kunnen redden van tuberculose. Tabby en haar vader verhuisden na haar dood naar Kerry om weer op het landgoed van zijn Engelse familie te wonen, waar ze haar toekomstige echtgenoot, Seamus, ontmoette. En toen was Seamus het leger in gegaan, zij aan zij vechtend met de Britten.

Charlotte had een grimas getrokken en over haar buik gewreven.

'Gaat het?' vroeg Nancy.

'Het is nogal... ingewikkeld. Vind je niet?'

'Families zijn nu eenmaal ingewikkeld,' zei Nancy.

Door de nachtelijke bombardementen en het gevoel dat de Britten hun greep op de oorlog verloren werd Charlottes plotselinge verschijning echter nooit in twijfel getrokken. De oorlog veroorzaakte zo veel chaos dat Londen deed denken aan een badplaats in de lente, waar er door de warmte steeds weer nieuwe gezichten opdoken. Charlotte werd simpelweg voorgesteld als nicht Tabby, en dat was dat. Nancy's buren vertrouwden haar en vonden het voldoende dat Nancy kon instaan voor de afkomst van haar nieuwe huisgenoot.

Het werk bij het Royal Arsenal viel Charlotte zwaar. Het was repetitief, monotoon werk en ze zat voortdurend in angst dat er iets mis zou kunnen gaan. Eén vonk en… nou ja, Nancy durfde niet eens na te denken over de mogelijke gevolgen. Ze wist dat ze het heel moeilijk zou vinden om zo veel vertrouwen te stellen in de andere meisjes. Voorzichtigheid alleen was niet genoeg. Door één metalen haarspeld zou de hele zaak kunnen ontploffen.

Charlotte hield echter vol dat ze het geweldig vond. Ze zei meer dan eens: 'Het is het eerste echte werk dat ik ooit heb gedaan in mijn hele leven. Ik moet nog zo veel inhalen.'

Een paar weken nadat ze was aangekomen, lag er een pakketje op de stoep. 'Ah,' zei ze, terwijl ze er bijna over struikelde toen ze naar de schuilkelders vertrokken. 'Dit is de reden dat ik je adres in het gastenboek van het Wynn's Hotel heb achtergelaten.'

In het pakket zaten vijf dozen Barry's Tea. 'Er werd gesproken over rantsoenering, ook in Ierland. Ik was van plan geweest om dit bij Bewley's te kopen, maar daar was alles uitverkocht. Maar de piccolo bij Wynn's… ik heb hem een aardige som geld gegeven en hij beloofde een voorraadje te sturen.' Als ze het over thee hadden, leek het altijd net of ze het over smokkelwaar hadden, wat ergens ook zo was. Het pakket was niet voorzien van een censuurstempel, zoals wel op de envelop van Charlottes brief had gestaan. 'Wist je dat Ierland nog geen tweehonderd censoren heeft? Ik heb het gecontroleerd,' zei ze toen ze zag dat Nancy de verpakking inspecteerde. 'Als ze dit hadden gezien, zouden ze het zelf hebben ingepikt.' Ze lachte en Nancy schudde haar hoofd. Haar schoonzusje dacht echt overal aan.

Gedurende de twee maanden dat Charlotte in Londen was, kregen beide vrouwen duidelijk een buikje. Nancy was mager voor haar zes maanden zwangerschap en Charlottes buik was met vijf maanden al net zo groot als die van haar schoonzus. Geen van beide vrouwen was sinds Charlottes aankomst nog bij de dokter geweest. Charlotte had het geweigerd. Ze was bang dat ze gedwongen zou worden haar werk op te geven. En Nancy wilde het ongeluk niet over zich afroepen. Ze voelde zich goed, sterk zelfs. De baby bezorgde haar wel wat ongemak. De pijn in haar borsten was de afgelopen week echter afgenomen en ze sliep beter. De resterende drie maanden zouden voorbijvliegen, wist ze, en januari zou haar – eindelijk – het kind brengen waar ze zo naar verlangde, het kind dat zo gewenst was. Het kind dat haar huwelijk, haar gezin, haar leven compleet zou maken. Dan zou zij de kans krijgen om de moeder te zijn die ze zelf nooit had gehad.

Ze had Charlotte de reservesleutel van de brievenbus gegeven en elke avond rende de jonge vrouw de gang in, deed de brievenbus open en zocht naar het ontbrekende element in haar leven.

'Niets,' zei ze vandaag, toen ze terugkwam in het appartement. 'Weer niets.' Hoewel ze niet wist waar Tomas gestationeerd was, had ze tientallen brieven gestuurd naar Kerry, zodat hij die tijdens zijn verlof kon lezen. Toch bleef het stil.

'Het is oorlog, Charlotte,' suste Nancy. 'Mannen zijn niet vaak in de gelegenheid om te schrijven. Ik heb al weken niets van Teddy gehoord en ik maak me geen zorgen.' Dat was natuurlijk niet waar, maar ze probeerde rust uit te stralen. Het stond in schril contrast met de angst die in haar groeide. En als ze ooit vermoed had dat Tomas' bedoelingen niet oprecht waren geweest, dan was dat nu wel. Het was haar duidelijk dat de knappe jongen met de stem van een nachtegaal Charlotte aan haar lot had overgelaten.

Ze veranderde van onderwerp. 'Hoe is het in de fabriek?'

'Volgende week word ik gefotografeerd voor een nieuwe poster,' zei Charlotte. 'Zwangere kanaries, dat soort dingen.'

Die mededeling alarmeerde Nancy. 'Is dat wel verstandig?'

Charlotte haalde een hand door haar inmiddels donkerbruine haar. Het viel over haar schouder naar voren. Bij de wortels schemerde het blond een beetje door. 'Ik denk niet dat reclame van de munitiefabriek Ballinn zal bereiken.'

De Valera, vastbesloten om Ierland neutraal te houden, liet alle nationale nieuwsberichten censureren. *The Irish Times* weigerde gewoon verslag te doen van de gebeurtenissen op het continent, ook al gingen de onderhandelingen over de Britse toegang tot de havens van het land door.

'Je weet wel hoe die posters eruitzien. Het zal net een tekenfilm zijn. Deze vrouwen dragen hun steentje bij. Een strijdlustig beeld en zo.'

Charlotte was gecharmeerd van de Londense veerkracht. Ze verwonderde zich voortdurend. Over de machtige St. Paul's Cathedral. Over de rode bussen die steeds weer andere routes volgden. Over de spervuurballonnen die de lucht bezaaiden. Toen het Palace of Westminster drie weken eerder was geraakt, stond ze erop dat ze een wandeling zouden maken om het standbeeld van Richard Leeuwenhart en zijn zwaard te bekijken, dat tijdens de aanval ietwat geknakt, maar niet gebroken was.

Nancy moest toegeven dat het leven in Londen – zelfs in oorlogstijd – de jonge vrouw goed beviel. Hoewel Charlotte uitgeput was, stond ze elke ochtend heel vroeg op en kwam ze glimlachend een kop thee bij Nancy brengen als die nog in bed lag, voordat ze vertrok om naar haar werk te gaan. Elke avond kwam ze uitgeput maar gelukkig terug, en vermaakte ze haar met verhalen over de fabrieksmeisjes, gefascineerd door hun gewone levens. Alles was nieuw voor haar, zo leek het.

De schemering viel over de stad. De geur van het avondeten vulde het appartement. Ze aten altijd voor het donker werd, altijd klaar om zich terug te trekken in de ondergrondse schuilkelders. Vanavond aten ze fazantencassoulet, alweer met dank aan de neef van meneer Hodges, bereid volgens een recept dat Charlotte had geleerd op Blackwater Hall.

'Ik wist niet dat je kon koken,' zei Nancy, de eerste avond dat Charlotte het had aangeboden.

'Een beetje. Moeder keurde het natuurlijk niet goed.'

Er was maar weinig wat Lady Rathmore wél had goedgekeurd.

Hoe meer Charlotte over haar jeugd vertelde, hoe meer Nancy begreep dat ze had willen vertrekken. Soms had ze Charlotte harteloos gevonden, maar inmiddels was ze geneigd daar de familie Rathmore van te beschuldigen.

Hugo was met verlof en in Blackwater Hall aanwezig geweest toen Charlotte haar moeder over de zwangerschap verteld had. Hij had al bekokstoofd dat Lord Hawley, zijn toekomstige zwager, een promotie voor hem zou regelen, zodat hij achter een bureau terecht zou komen en niet naar het front hoefde. Ook hij had tegen Charlotte gezegd dat het beter was geweest als ze dood was dan op deze manier schande over de familie te brengen. En, zei ze, het was duidelijk dat hij het meende.

Ze gingen zitten om te eten, Charlotte op Teddy's stoel, Nancy tegenover haar aan de kleine tafel. Ze dekten de tafel volgens de etiquette en gebruikten het beste bestek en twee kristallen wijnglazen, die ze plechtig vulden met behulp van de waterkan. Dat was een bewuste keuze. De oorlog kon zelfs de kleinste geneugten elk moment van je afnemen.

Er werd op de deur geklopt.

'Dat zal mevrouw McLaughlin zijn,' zei Nancy terwijl ze opstond. 'Ik heb beloofd haar *De moord op Roger Ackroyd* te lenen. Ze heeft nog nooit een Agatha Christie gelezen.' Ze trok haar wenkbrauwen op alsof ze wilde zeggen: kun je je dat voorstellen?

Charlotte wees naar haar eten. Ze was zo hongerig dat haar blik bijna verwilderd te noemen was.

Nancy pakte het boek van de salontafel. 'Begin maar alvast.' Ze keek op haar horloge. Het was bijna zes uur. Ze voelde de gebruikelijke nervositeit opkomen die gepaard ging met het vallen van de avond in Londen. Ze deed de deur open.

Een jongen stond op de mat. Ze kende hem. Blond haar met een nette scheiding, een gebruinde huid en blauwe ogen. Een jongen die eruitzag als een schoolkind, maar dat niet was.

'Jimmy.'

Hij knikte langzaam, maar zijn ogen stonden verrast. Of misschien angstig. Zijn anonimiteit voelde als een vermomming en Nancy had hem net ontmaskerd.

'Nancy Rafmore.' Dit keer was het een mededeling. Ze knikte en hij gaf haar het telegram.

'Dank je wel,' zei ze, maar ze meende het natuurlijk niet. 'Dank je wel, Jimmy.'

Hij deed twee stappen terug. Nancy sloot de deur. Toen draaide ze, zonder naar Charlotte te kijken, wier ogen ze in haar rug voelde branden, de envelop om in haar handen.

Er stond POST OFFICE TELEGRAM op. Ze opende het.

Toen viel ze op haar knieën. Achter haar hoorde ze het gekletter van vallend bestek. Voor haar zag ze het einde van haar toekomst. Haar tranen vielen traag, glanzend als regendruppels op gevallen herfstbladeren.

40

Ballinn, County Kerry
April 1958

Op het moment dat Tomas afscheid nam van Hattie piepte de zon voor de laatste keer die dag achter een wolk vandaan.

'Ik snap het niet.'

Hij had een schop schoongemaakt, door die steeds weer door een emmer zand en plantaardige olie te halen. Zo verdween de roest en ging het gehavende gereedschap weer glanzen, zo had hij haar dagen eerder verteld. Hij legde zachtjes een hand op haar schouder en zei: 'Ik moet een nieuwe baan zoeken en ergens anders gaan werken.'

'Maar jij werkt híér,' zei ze met een zekerheid die alleen een kind kon opbrengen. Het zelfvertrouwen van iemand die een situatie op een bepaalde manier zag en nooit een andere zienswijze had gehad. 'Net als je vader.'

'Dat is waar, hij heeft hier ook gewerkt. Maar het leven gaat door. Je moet je eigen groei doormaken, ondanks het goede voorbeeld van je vader, zegt Tabby altijd. We kunnen niet allemaal als onze ouders zijn.' Hij draaide zich om en boog zijn hoofd.

Hattie wilde niet als haar eigen ouders zijn. Ze wilde zichzelf zijn. 'Maar wie zal er dan voor de tuin zorgen?'

Tomas haalde zijn schouders op. 'Er zullen genoeg jongens in de rij staan voor de klus. De vrouw des huizes zal wel een advertentie laten ophangen.'

De vrouw des huizes, dat was mama nu.

'Maar we hebben net de erwten geplant. En de aardappelen komen al op.'

Tomas veegde de schop af met een doek en nam hem mee naar de schuur. Aan de andere kant van de donkere ruimte zag Hattie een appelkist vol spullen. Persoonlijke spullen. Boeken, een thermoskan, wat opgevouwen wollen kleding.

Ze wreef haar ogen droog. 'Wat zegt Tabby?' De laatste tijd vroeg ze steeds wat Tomas' zus ergens van dacht. Hoewel ze de vrouw nooit had ontmoet, had ze het gevoel dat ze haar kende. Tabby had veel wijsheden voor Tomas en hij gaf die op zijn beurt weer door.

Hij kwam weer uit de schuur. 'Zij zegt dat we het wel redden. Het is een nieuw begin. Winderige dagen zijn niet bedoeld om hout te hakken.'

'Wat betekent dat?'

'Het betekent dat dit niet het moment is om plannen te maken voor de toekomst,' zei Tomas. 'Het is nu gewoon het beste om... er niet tegenin te gaan.'

'Wat bedoel je met er niet tegenin gaan?'

Hij draaide de hooivork en de schop naar haar toe. 'Als het nu begint te waaien, welke valt er dan het eerst?'

Ze haalde haar schouders op en wees naar de vork. 'Die hou je minder stevig vast.'

Hij maakte een zacht geluid, bijna een snelle zucht, maar er verschenen lachrimpeltjes om zijn ogen. 'Je bent een boef.'

'De schop dan,' zei Hattie. 'Omdat die meer wind vangt.'

'Je bent dus niet alleen maar een knap meisje.'

Ze bloosde. Als ze in de spiegel keek, zag ze geen knap meisje, maar ze vond het leuk als hij dat zei.

'Ik heb een goede referentie,' zei hij. 'Ik vind wel een nieuwe baan.'

'Waar dan?'

'Er duikt wel iets op en ik heb nog wat spaargeld.'

Het verbaasde haar dat volwassenen zo vaak logen. 'Ik zal wel met mama praten.'

'Nee!' Zijn stem klonk hard. Hij liet de schop op de grond vallen. De klap deed Hattie opschrikken. 'Nee.'

Ze hief haar kin en rechtte haar schouders. 'Ja, dat ga ik doen.'

Hij greep haar bij haar arm en trok haar naar zich toe. Zijn ogen waren glazig toen hij haar losliet.

Hattie draaide zich om om te gaan. Ze was niet bang voor hem, alleen dat iemand hen zou kunnen zien. Ze keek nog eens naar hem. Zijn verbleekte blauwe overhemd was netjes gestreken, maar versleten, zijn schouders waren breed, maar hingen naar beneden. Hij hield zijn gezicht in zijn handen.

Opeens wist ze wat ze moest doen.

41

Holborn, Londen
Oktober 1940

De miskraam kwam twee dagen na het telegram. De dokter zei dat het niet te voorkomen was geweest. Dat de schok van Teddy's verdwijning niet de oorzaak kon zijn dat het hartje van de baby was gestopt met kloppen. Dat het kindje al een paar weken geleden, in de veilige buik van zijn moeder, was heengegaan.

Maar Nancy gaf zichzelf de schuld. Ze gaf de Duitsers de schuld. Ze gaf de blonde jongen de schuld die het telegram had bezorgd. De man die de woorden had geschreven. De persoon die ze had getelegrafeerd. Ze nam vrij van haar werk. Haar baas leefde tot op zekere hoogte met haar mee. Teddy werd alleen vermist en de dood van een ongeboren kind was voor hem ongetwijfeld veel minder pijnlijk dan de verhalen over vernietiging die hij elke dag publiceerde. Hij had ook een kind verloren – een zoon – door vijandelijk vuur. Van hem mocht ze een week vrij nemen.

'S Nachts staarde ze wezenloos naar de muren. Charlotte liep op haar tenen door het appartement. Nancy zag hoe de jonge vrouw zich anders kleedde en haar manier van bewegen veranderde. Ze probeerde continu haar buik te verbergen met losse jassen of door er iets voor te houden. Vroeger zou ze dergelijke gebaren hebben gewaardeerd vanwege de gedachte erachter, maar nu was er een donkere mist over haar neergedaald, waardoor ze niet helder leek te kunnen denken. Ze wendde haar gezicht af om naar iets onbekends in de verte te kijken, naar een toekomst die er nooit zou komen.

Een paar dagen later volgde er een brief op het telegram. Toen ze het de eerste keer las, vervaagden de woorden tot een onleesbaar geheel. Er stond niets nieuws in. Teddy's verblijfplaats was onbekend. Ze hield het vel papier in haar hand en zat op de vensterbank te kijken naar het leven in Holborn. Er was activiteit, veel zelfs. Mensen, die op weg waren naar hun bestemming, op weg naar wat ze ook moesten doen. Op weg naar hun geliefde familie. Ze dacht dat ze Jimmy over het voetpad zag fietsen, zijn leren tas vol slecht nieuws. Maar uiteindelijk was het gewoon een blonde jongen met een jas die hem niet paste en een zak op zijn rug.

Nancy kon geen greintje motivatie meer opbrengen. Ze had haar notitieboekjes en haar typemachine opgeborgen. Ze had ze onder Teddy's bureau gestopt, dat nu bezaaid was met vrouwelijke spullen: een haarborstel, een potje crème, een poederdons die een bleek laagje achterliet op het oppervlak. De geur van lavendelwater hing in de kamer. In een la had ze een paar kleine slofjes van schapenwol gevonden, verstopt onder een stapel papieren. Of ze daar nu verstopt waren door Teddy of, recenter, door Charlotte, wist ze niet. Ze legde ze terug op hun verstopplek en pinkte een traantje weg.

Onder haar bed stond een kleine kist met daarin haar eigen verzameling spulletjes voor de baby. Een paar slofjes die leken op die ze net had gevonden. Een klein truitje. En een gebreid wollen dekentje dat ze in Dublin had gekocht toen Teddy en zij het jaar daarvoor op weg waren naar Blackwater Hall, toen ze ook in verwachting was geweest.

Ze had de brief aan Charlotte laten zien, die haar hand voor haar mond had geslagen en haar armen om Nancy heen had geslagen, snikkend en zwaar van verdriet. Nancy had zachtjes tegen haar gepraat en haar getroost. Ze had haar haar gestreeld en haar verteld dat alles goed zou komen. Maar haar hart had een vrije val gemaakt, samen met haar toekomstdromen en hoop, alles was naar de verste hoeken van het appartement en daarbuiten verdwenen.

Charlottes bolle buik had tegen haar aan gedrukt en op dat moment had ze tot haar schaamte gewenst dat de rollen waren omgedraaid.

Daarna hadden ze nauwelijks nog over Teddy gesproken. Nancy vertelde Charlotte dat het beter was om krijgsgevangene te zijn, want dat was wat er gebeurd moest zijn, dan dag in, dag uit de strijd tegemoet te gaan. Af en toe vertelde Charlotte een verhaal over hem: over die keer dat hij een kikker op Hugo's rug had gezet of de verjaardag waarop hij een katapult voor haar had gemaakt en hoe woedend haar moeder was geweest toen ze erachter kwam. En Nancy knikte, deed alsof ze van haar verhalen genoot, totdat Charlotte het opgaf en de radio aanzette. Dan vulde de stem van iemand anders de stilte weer.

De avond voordat ze weer aan het werk moest, maakte Nancy haar besluit bekend. 'Ik ga mee naar de fabriek om met je samen te werken,' zei ze.

Charlotte legde haar vork neer. De verduisteringsgordijnen waren al dicht en ze hadden de radio zacht staan, zodat ze de sirenes niet konden missen. 'Pardon?'

'Ik wil niet langer bij de krant werken.' Nancy nam een lepeltje mosterd en deed er een beetje van op haar bord. Ze aten kliekjes voor het avondeten. Er was van alles wat: kaas met augurk, een beetje koude gekookte kool, wat restjes konijn dat tussen haar tanden bleef zitten.

Charlotte zweeg. 'Nee, dat mag je niet...' Nancy hief haar hand op.

'Het is niet juist. Ik werk in een comfortabel kantoor. Jij in een fabriek, in zo'n gevaarlijke omgeving...' Haar lippen deden pijn, zo deed ze haar best om te glimlachen.

'We zijn allemaal erg voorzichtig.'

'Je moet goed voor jezelf zorgen.' Nancy wees naar de buik die Charlotte onder een dubbele laag servetten verstopt had. Het was de eerste keer dat ze naar haar zwangerschap verwees sinds de miskraam.

'Ik zorg goed voor mezelf,' zei Charlotte, terwijl ze een klein stukje kaas in haar mond stopte en haar ogen sloot, genietend van de smaak.

'Ik wil een oogje in het zeil houden.'

Charlottes gezicht was zacht en onleesbaar.

'Wil je morgen voor me navraag doen?'

'Ben je niet overgekwalificeerd?'

Nancy snoof. Het voelde als een belediging, hoewel ze wist dat dat niet zo was.

'Overgekwalificeerd? Dat is in dit geval niet van toepassing. Ik heb de posters gezien. Die zijn echt overal aangeplakt. Ik wil ook mijn steentje bijdragen.' Ze herhaalde de slogan van de overheid opnieuw, zoals ze de afgelopen dagen eindeloos in zichzelf had gedaan. *Mijn steentje bijdragen. Mijn steentje bijdragen. Als ik geen gezin kan stichten... moet ik mijn steentje bijdragen.*

Charlotte reikte over de tafel en nam Nancy's hand in de hare. 'Neem een paar weken de tijd om erover na te denken. Na alles...'

Nancy trok haar hand weg om zogenaamd aan haar arm te krabben. 'Als je in elk geval navraag zou kunnen doen...'

'Ja, ja. Natuurlijk.'

'Bedankt.' Met tegenzin stak ze haar hand weer uit naar die van Charlotte, die nog steeds open op tafel lag. Haar huid voelde warm aan tegen Nancy's koele huid. 'Bedankt,' zei ze nog eens. Met moeite richtte ze haar aandacht weer op het avondeten en keek weg van Charlottes bolle buik, die als een derde persoon tussen hen in zat, wachtend om gehoord te worden.

42

Blackwater Hall, County Kerry
April 1958

Hoewel ze wist dat het verkeerd was, sleepte Hattie een stoel naar het schilderij in mama's kamer. Het was een afbeelding van lathyrussen, in wit en paars, die over een hekwerk groeiden op een zonniger plaats dan Zuidwest-Ierland. Een vergulde lijst maakte het geheel af.

Ze tilde het van de muur.

Hattie was bij mama in de kamer geweest toen grootmoeder haar de kluis had laten zien en haar de code had gegeven. Ze was er ook bij geweest toen mama de combinatie had veranderd en het voorwerp erin had gelegd. Het moest waardevol zijn en zou een wereld van verschil maken voor Tomas en zijn familie, terwijl het voor mama weinig betekende, die, voor zover Hattie wist, het schilderij scheef had opgehangen en er sindsdien niet meer naar had gekeken.

Ze opende de kluis, haalde de inhoud eruit en hing het schilderij weer net zo scheef terug, wat felgekleurd behang nog zichtbaar aan beide kanten van de lijst.

Op weg terug naar de tuin passeerde ze Albert. Het geweer bungelde tegen zijn onderarm en hij liep zelfverzekerd naar het huis. 'Ik ben mijn mes vergeten,' zei hij, wijzend naar de lege riem om zijn heupen. 'Hoog tijd om te zien of er hazen zijn. Ik zou niet willen dat je aardappelen worden opgegeten, snotaap.' Op elk ander moment zou Hattie hem hebben verteld dat hazen geen aardappelblad aten, omdat het giftig voor hen was. Albert fronste even toen ze haar hand achter haar rug verborg. 'Wat heb je daar?'

Ze zweeg even en dacht na over haar antwoord. 'Een geschenk,' loog ze, 'voor jou.' Dit laatste voegde ze toe als waarschuwing. *Dwing me niet om het je te laten zien.*

Hij grijnsde, nam een ongeïnteresseerde houding aan en deed

toen plotseling of hij haar wilde vastpakken. Ze draaide zich om, rende weg van het huis en liet hem lachend in de deuropening achter.

Op een dag, jaren later, zou Hattie bij zichzelf denken dat het de laatste keer was dat ze Albert zo had gezien.

Ze keerde terug bij de schuur juist toen Tomas de deur dichtdeed en bukte om de appelkist aan zijn voeten op te pakken. Hij richtte zich op en liet zijn blik over de ommuurde tuin gaan, de nette perken, waar af en toe een rij frisgroen blad tegen de donkere aarde afstak.

De lucht was zwaar van de geur van vocht. Er hing een onweersbui boven de Atlantische Oceaan en die kwam hun kant op. Het was bijna vijf uur, het einde van Tomas' laatste dag. De eerste dikke regendruppels vielen op het pad en kleurden het bleke grind grijs. Er volgden meer druppels - plons, plons, plons - totdat het goot. Hattie gilde en rende de laatste vijftig meter, huppend over de vers geploegde aarde.

Het had geen zin om te schuilen. Ze was toch al doorweekt. 'Ik heb iets voor je.'

Tomas trok zijn wenkbrauwen op. Er viel een druppel water van zijn neus. 'Als het maar geen medelijden is,' zei hij lachend, alsof hij plotseling geen enkele zorg meer kende.

Hattie stak haar hand uit. 'Dit is om te verkopen. Ik denk dat het veel geld waard is.'

Tomas fronste en keek naar het voorwerp in haar hand. De stenen waren dof onder de grijze hemel, maar er was geen twijfel over dat ze echt waren. Ze werden bijeengehouden door dof zilver. Het voorwerp zag eruit alsof het in geen tijden was gepoetst.

Hij fronste zijn wenkbrauwen, alsof hij naar iets zocht in een vergeten verleden. Hattie deed een stap achteruit.

'Waar heb je dat vandaan?'

'Het is van mij,' loog ze.

Hij maakte zijn blik niet los van de kam. 'Je hebt hem nog nooit gedragen.'

'Dat... mocht niet van mama... Hij is voor speciale gelegenheden.'

Het regenwater vulde de naden waarin de robijnen en saffieren waren gezet. Ze werden omringd door donkere stenen. Obsidiaan. 'Wanneer heeft ze je die gegeven?'

Hattie zweeg even. 'Voor mijn verjaardag.'

Hij stak zijn hand uit en liet zijn handpalm boven de juwelen zweven alsof hij vanbinnen in tweestrijd stond. Door iets geheims. Iets verborgens.

Toen hij hem van haar afpakte, gaf ze geen krimp. Hij hield hem op ooghoogte en bekeek de vlindervorm. Hij haalde zwaar adem en liet de appelkist vallen van waar hij tegen zijn heup rustte.

Ze keek naar de grond. 'Hij is voor jou. Zodat je kunt beginnen met houthakken. Ook al is het... winderig.' Ze zocht worstelend naar Tabby's woorden, die hem eerder zo veel troost hadden geboden.

Hij klemde zijn vuist om de kam en bloed vermengde zich met de regen, waardoor rode druppels op de grond vielen en in het grind bij Tomas' voeten trokken. Hij keek naar het huis. Toen beende hij langs haar heen en was hij verdwenen.

43

Ballinn, County Kerry
September 2019

Ellie stond bij het politiebureau en zag de politieauto in de verte verdwijnen. Ze keek naar de dossiers in haar hand, die ze voor zich uit hield als een pasgeborene, voorzichtig en met interesse.

Haar rechterslaap klopte. Ze had cafeïne nodig.

En snel.

Ze stopte de twee dossiers in haar tas. Het begon weer te regenen. Ze zette haar kraag omhoog en liep over het dorpsplein naar Procaffination.

'Ellie! Ellie!' hoorde ze plotseling achter zich.

Jules haastte zich naar haar toe, de capuchon van zijn waterdichte jas over zijn hoofd, een kleine rugzak met daaraan een helm hing over zijn schouder. Van zijn fiets was geen spoor te bekennen.

Ze verborg haar tas onder haar jas. 'Kom ik je nu alwéér tegen?' Maar ze kon het niet laten om te glimlachen, denkend aan de pantomime die ochtend tussen hem en haar moeder.

'Moira zei dat je op het politiebureau was.'

'Wanneer?' Ze probeerde de ergernis uit haar stem te weren. Al mislukte dat hopeloos.

'Zojuist. Ze belde me.'

Ellie kneep haar ogen tot spleetjes. 'Juist.'

'Ik wilde met je praten over het Royal Arsenal.'

Ellie was in gedachten nog in 1958. 'Het wat?'

'Het Royal Arsenal.'

Ze veegde haar ogen af met haar hand. 'Kunnen we dit gesprek binnen voortzetten?'

Ze vervolgde haar route naar Procaffination, op de voet gevolgd door Jules. Zijn canvas schoenen waren beslist niet berekend op de late herfst in Kerry terwijl hij door de plassen stampte die op de weg waren blijven staan.

'Je neemt de halve plas mee,' zei ze zelfvoldaan in haar leren laarzen.

'Waar gaan we heen?' vroeg hij.

'Tijd voor cafeïne.'

Nils stond achter de toonbank bij Procaffination en leek niet verrast haar weer te zien. 'Hoe was Dublin? Heb je je speld gevonden?'

Ze knikte en hij grijnsde toen hij zich omdraaide om de koffiefilter te vullen, al anticiperend op hun bestellingen. Ze namen een tafeltje bij het raam terwijl er meer klanten binnendruppelden. In de hoek zaten vier mannen in ruwe kleren en met modderige laarzen aan. Ze hadden de hoofden dicht bij elkaar gestoken en hadden ieder een bord chocolade-bietentaart voor hun neus. Onder hen waren de boeren die Nils een paar dagen eerder een kopje thee van het huis had aangeboden, besefte Ellie. Ze voelde een warme golf van trots voor haar nieuwe vriend.

Toen Nils hun drankjes had neergezet en zich weer terug haastte naar het groepje dat aan de toonbank stond te wachten, doopte Jules zijn amandelbiscotti in het overdadige schuim van zijn koffie.

'Nou?' zei Ellie. 'Wat is dat allemaal met Arsenal? Ik ben niet echt een voetbalfan, zodat je het weet.' Ze gaf hem de zoete verrassing die ze bij haar koffie had gekregen, een klein chocoladekoekje.

Jules fronste, toen klaarde zijn gezicht op. 'Niet Arsenal. The Róyal Arsenal. Woolwich. London.' Het laatste woord zei Ellie wel wat, maar toch staarde ze hem nog steeds wezenloos aan.

'Heb je soms van Nils' kurkuma lattes gedronken?' vroeg ze bezorgd.

Jules nipte aan zijn cappuccino. Het melkschuim liet een wit snorretje achter op zijn gladgeschoren gezicht. Zijn ogen fonkelden en Ellie voelde dat ze op het punt stond iets over Charlotte te weten te komen waarvan hij had aangenomen dat ze het al wist. 'Nou?'

'Ik heb geen kurkuma lattes op, nee,' zei hij olijk.

'Jules!'

Hij zette zijn koffie neer. 'Heb je nog niet met Milo gesproken?'

Ellie fronste en pakte haar telefoon. Twee gemiste oproepen en twee berichten. In het eerste stond: *Gesproken met Tabby, ze had véél te zeggen. Bel je me?*

Geen kus ter afsluiting, dat was alleen gisteren zo, of dat nu een vergissing was geweest of niet. In het tweede stond: *Maak je geen zorgen, ik heb Jules de info gegeven. Maar ik wil je ook iets laten zien. Wil je bij Blackwater Hall langskomen? Ik ben hier de hele dag.*

Ze las het laatste bericht twee keer. 'Jules?'

'Ik kwam Milo vanmorgen tegen op de fiets.'

De regen kletterde tegen het glas en ze draaiden zich om om te kijken hoe het langs het glas stroomde. 'Jullie zijn gek.'

Jules vatte de opmerking op als een compliment. 'We waren allebei op weg naar huis en we raakten aan de praat.'

'Is hij gisteravond nog bij Tabby geweest?'

'Ellie, ze heeft haar werk- en reisvergunningen verkócht aan Charlotte Rathmore, een paar weken voordat ze verdween.'

Ellie gaf een klap op tafel. 'Ik wíst het.' Een paar hoofden draaiden zich naar hen om en ze maakte een verontschuldigend gebaar naar Nils, terwijl ze probeerde de triomfantelijke glimlach van haar gezicht te krijgen. Er was iets met Tabby geweest, die avond op het feest. Ze had iets gezien op haar gezicht. Het kwam door de manier waarop ze naar het plafond had gekeken alsof ze moest nadenken over een antwoord en het zich niet simpelweg herinnerde. *Ze moedigde me aan om een beurs aan te vragen.* 'En Tabby kon haar studie tot onderwijzeres hiermee bekostigen?'

Jules knikte. 'Haar oorspronkelijke plan was om in een munitiefabriek te gaan werken. In augustus 1940 had ze al een vergunning aangevraagd en die had ze gekregen. Ze zou Ierland elk moment kunnen verlaten.'

'Om in het Royal Arsenal te gaan werken?'

'Precies. Charlotte gaf haar het equivalent van twee jaar loon in een munitiefabriek. Zomaar. En ik kan me voorstellen dat dat niet slecht was voor een dorpsmeisje.'

'Kunnen we de gegevens van de fabriek opvragen?'

Hij keek verrast op. 'Denk je dat Charlotte de baan heeft genomen? Een meisje dat nog nooit een dag in haar leven gewerkt had?'

Charlotte Rathmore zat vol verrassingen, wist Ellie. Ze had haar opvoeding getrotseerd en verlangde ernaar de mantel van privilege van zich af te schudden en de wereld te zien zoals die was. Haar ouders hadden haar in een gouden kooitje opgesloten om haar te beschermen tegen het echte leven en haar verlangen naar onafhankelijkheid te onderdrukken. Charlotte had echter de sleutel gevonden.

Ellie keek naar het dorpsplein. 'Ik durf er een paar rondjes bij Sheehan's om te verwedden.' Het was de enige fatsoenlijke pub in Ballinn, hoewel het interieur wat triest was. Bij de Southern Green serveerden ze lekker eten, maar de vloer was zo plakkerig dat Ellie er beslist niets zou oprapen.

Jules stak zijn hand uit over de tafel. Ze schudde die.

'Heeft Tabby Milo nog meer verteld?'

Jules schudde zijn hoofd. 'Niet dat ik weet.'

Ellie pakte haar telefoon en tikte op het scherm. 'Ik ga hem bellen,' mompelde ze. Ze klemde de telefoon tussen haar kaak en schouder, pakte de twee mappen uit haar tas en legde ze naast elkaar op tafel.

De telefoon ging over.

Jules fronste. 'Zijn dat...'

Ellie stak haar hand op. 'Je hebt ze niet van mij.'

Zijn wenkbrauwen schoten omhoog toen hij heimelijk om zich heen keek in het bijna volle café.

Ellie zuchtte. 'Dit is het dossier over Charlottes verdwijning. Notities van de gardaí, verhoren en een lijst met dingen die samen met haar verdwenen zijn.'

'Wat heeft ze meegenomen?'

Ze gaf hem de lijst met spullen en haalde haar vingers door haar natte, warrige haar. 'De parelketting natuurlijk,' zei ze, terwijl ze in haar tas naar een kam zocht. 'Een robijnrode ring. Blijkbaar behoorlijk groot.' Ze vond niets. 'En een...'

Jules wachtte. 'Een wat?'

Ellie sloot haar ogen en probeerde het zich te herinneren. Ze pakte haar notitieboekje en haalde Charlottes portret eruit. Die grote ogen. Die verre blik. En... ja, daar! De kam in haar haar. Op dit beeld zag ze hem in zwart-wit. Drie donkere tinten.

Saffier. Obsidiaan. Robijn.

'Een kam. Deze kam. Ik zag hem in Blackwater Hall liggen.' In gedachten stond ze weer voor de stoffige kast, waarvan ze had geprobeerd het oppervlak schoon te vegen. Ze had geprobeerd naar het doffe voorwerp erachter te kijken, maar het vuil had aan de binnenkant gezeten.

'Hier staat dat het stuk een geschenk was van Charlottes moeder voor haar zestiende verjaardag,' zei Jules, terwijl hij naar het dossier wees. 'En Niamh Rathmore had het blijkbaar voor haar eigen zestiende verjaardag gekregen. Het werd van moeder op dochter doorgegeven.' Hij keek haar aan. 'Er staat ook dat het nooit is teruggevonden.'

'Dat is onmogelijk.' *Niet aanraken! Het is vervloekt.* 'Als het tegelijkertijd met Charlotte is verdwenen, hoe kan het dan nu in Blackwater Hall zijn?' Ellie bladerde door de rest van de map, nu met enige haast. Bladzijde na bladzijde. Tot ze het einde van de map uit 1939 bereikte. En het begin van de map uit 1958.

Nieuwsgierig sloeg ze de eerste pagina open. Een paperclip hield een dunne stapel papieren bij elkaar. Het ging voornamelijk om bedrukte vellen met handgeschreven notities. De opmaak was groot en blokkerig. Ze draaide het eerste vel om.

Boven op het tweede vel papier zat een foto van een vrouw geplakt. Donker haar en een mooi gezicht, ontsierd door vermoeidheid. Ellie keek beter en ademde toen scherp in. Ze keek om zich heen naar de andere klanten en klapte de map dicht. Ze boog zich voorover en hield de mappen uit het zicht. Ze konden hem beter lezen in een donkere, verlaten omgeving.

'Jules, we gaan nog een drankje nemen,' zei ze.

Hij knikte en schoof zijn stoel naar achteren. De poten van de stoel gingen snerpend over de tegels.

'Nee,' zei ze en ze keek op haar horloge. 'Iets sterkers.' Haar handpalmen zweetten terwijl ze snel haar spullen pakte, de map tegen haar borst geklemd. Ze zwaaide naar Nils en mimede 'tot ziens'.

Toen ze het plein overstaken naar Sheehan's, begon het harder te regenen en voor het eerst kreeg Ellie natte voeten in haar laarzen.

44

Holborn, Londen
Februari 1941

Er was al drie maanden geen nieuws meer gekomen over Teddy en elke keer dat het geluid van voetstappen langs hun appartement kwam, voelde Nancy een adrenalinestoot door haar lichaam stromen.

Mevrouw McLaughlin had begrepen dat ze een miskraam had gehad zonder er ook maar met een woord over te reppen. Kort daarna had ze Nancy meegenomen naar haar voorkamer en haar een groot glas whiskey gegeven. Samen hadden ze zitten luisteren naar het rustgevende ritme van de schouwklok. Toen die het hele uur had geslagen, gaf Nancy haar het lege glas terug en probeerde ze te glimlachen. 'Je hoeft niet je best te doen om te lachen,' had mevrouw McLaughlin gezegd, haar eigen glas nog halfvol. 'Bij mij hoeft dat niet.' Nancy had geknikt en was vertrokken, een beetje opgewekter, een beetje opgeknapt.

In de daaropvolgende maanden ontwikkelde ze een felle beschermingsdrift ten opzichte van Charlotte. Ze werkten samen in Woolwich, waarbij Nancy de taken overnam als Charlotte het niet meer kon volhouden. De dagen in de fabriek waren lang. Ze werkten van zeven tot vijf, behalve op zondagen. Dan werkten ze maar een halve dag, en daar keken ze de hele week naar uit.

Het werk was zwaar, nog zwaarder dan Nancy had verwacht. Dat, met de extra spanning – de angst voor bommen van buiten en van binnen – zorgde ervoor dat ze constant op haar hoede was. Maar Charlotte, hoe onwaarschijnlijk het ook was, leek geknipt voor het werk. Als ze 's avonds haar voeten omhooglegde, zei ze: 'Hemel, vind je dat kloppende gevoel niet heerlijk, precies achter in je hiel? Het is vreselijk om de hele dag te staan, maar het is het waard, alleen al voor dit kleine genot.' Haar onwankelbare enthousiasme hielp Nancy erdoorheen.

Kerstmis was rustig verlopen. Ze hadden wilde gans gegeten, met dank aan de neef van meneer Hodges, en Nancy had een kerstpudding gemaakt met behulp van broodkruimels en geraspte wortel. Die had ze opgeleukt met een takje hulst, gedoopt in epsomzout, wat een beetje aan sneeuw deed denken. Ze hadden het laatste restje brandewijn apart gehouden en in een moment van decadentie over de cake gegoten, waarbij ze een lucifer aanstaken en keken hoe het blauwe licht over het zacht knisperende groen flikkerde totdat het begon te roken en ze de ramen moesten opengooien om de koude lucht in te ademen, waarna zelfs Nancy in lachen uitbarstte.

Na de lunch werd Charlotte een seanchaí en maakte er een Iers avondje van in hun woonkamer in Holborn. Ze kwam met Ierse folklore, vertelde verhalen over Tír na nÓg en zong hetzelfde spookachtige deuntje dat Tomas het jaar daarvoor had opgevoerd bij de Ballinn Dramatics Secret Society.

'Hoe is het met het rambling house in Ballinn?' had Nancy gevraagd.

'Weg. Tot de grond toe afgebrand,' zei Charlotte. Toen Nancy vol afschuw keek, voegde ze toe: 'Het was een ongeluk. De bron was drooggevallen en het rieten dak vatte vlam door een verdwaalde vonk. De O'Briens zijn boven de werkplaats gaan wonen. Tabby wil de bijeenkomsten nu ergens anders gaan houden.'

Charlotte stopte drie dagen voor Nieuwjaar met werken bij Woolwich. Op haar laatste dag werd er een foto gemaakt met een groepje vriendinnen voor de nieuwsbrief van de fabriek. Vijf meisjes verzamelden zich om haar heen en in één hand hield ze een klein taartje, gebakken van gedoneerde rantsoenen. Met de andere hield ze Nancy's hand vast. De sluiter van de camera klikte net op het moment voordat de jonge vrouwen werden overvallen door een ijzige stortbui.

Hoewel ze konden rondkomen van Nancy's loon – dat hoger was dan bij de krant – nam Charlotte haar robijnrode ring mee naar Hatton Garden om te verkopen. Het bedrag dat ze ervoor kreeg was niets vergeleken met de reële waarde, maar toch een flinke meevaller. Toen ze het geld aan Nancy overhandigde, had die het niet willen aannemen. 'Bewaar het goed. Je zult het nodig hebben als je naar huis gaat.' Daarop had Charlotte geknikt, hoewel niet per se instemmend. Het was de eerste keer dat een van hen over haar toekomst en een mogelijke terugkeer naar Ierland had gesproken.

Na haar miskraam had Nancy halfslachtig geprobeerd Charlotte ervan te overtuigen om naar het platteland te gaan, waar bij het uitbreken van de oorlog kraamklinieken waren opgezet door het ministerie van Volksgezondheid. Na de geboorte bleven moeder en kind in hun onderkomen op het platteland. Daar wachtten ze op het einde van de oorlog of een reden om naar huis terug te keren, wat zich het eerst voordeed. Maar Charlottes collega's bij de fabriek kwamen met verhalen over de eerste evacuatie. 'Het was een puinhoop,' herhaalde ze tegen Nancy. 'Echt een puinhoop. Mabels zus belandde in het verkeerde ziekenhuis, als ziekenhuis tenminste het juiste woord is. Het was een omgebouwde school met muren die zo vochtig waren dat het water eraf liep. Ze nam de trein rechtstreeks terug naar Londen en beviel thuis.'

Nancy had de geruchten natuurlijk ook gehoord, verhalen over te veel vrouwen op één plaats en buikgriep. Ze had aangeboden er een verhaal over te schrijven, maar haar toenmalige baas had gezegd dat er dringender zaken waren dan het 'gekakel van vrouwen die in een oorlog voor een dergelijk ongemak kozen'. Het resultaat van het grotendeels verplaatsen van de kraamzorg naar het platteland was dat Londen een tekort aan vroedvrouwen had. Nancy was verteld dat ze moest wachten tot de zevende maand voordat ze terechtkon bij de overbelaste dienst, en alle gesprekken met haar arts waren zo afstandelijk dat ze wenste dat ze er niet de tijd en het geld aan verspild had. Charlotte was drie weken eerder door een norse vroedvrouw bezocht. Ze had in de buik van de jonge vrouw gepord alsof het om brooddeeg ging dat voor de tweede keer was gerezen. 'Misschien hebben ze alle goede wel naar het platteland gestuurd,' had Charlotte gezegd terwijl ze de dikke vrouw de straat uit zagen waggelen.

Nu, terwijl de twee vrouwen op de bank zaten onder een stapel dekens, liep Nancy over van bezorgdheid. In de afgelopen week was de blos van Charlottes wangen verdwenen. Het was duidelijk dat de zwangerschap zijn tol eiste.

Toen Charlotte zag dat Nancy haar observeerde, zette ze een vrolijk gezicht op. 'Ik voel me prima. Het is bijna zover.' Ze toonde een strakke glimlach, haar lippen waren gebarsten. Haar haar, waarin nu een brede blonde baan te zien was bij de scheiding, was onverzorgd. Ze deed nog maar half denken aan het meisje dat bijna zes maanden geleden bij Nancy op de stoep stond, al was ze dubbel zo groot onder de dekens. 'Ik ben er klaar voor,' zei ze op een manier die liet doorschemeren dat ze dat niet was.

'De vroedvrouw zal nog een keer langs moeten komen.'

'Dikke Bertha? Dat denk ik niet. Ik ga nog liever langs bij de dierenarts.'

Nancy lachte. 'Nou, ik bel morgenochtend wel even naar de koninklijke stallen,' zei ze. 'Als er geen dierenarts is die tijd heeft, kijk ik of er een andere vroedvrouw dan Bertha beschikbaar is.'

Charlotte knikte en sloot haar ogen. Ze rilde even. Nancy vatte dit op als toestemming.

'Het komt goed, weet je.' Het was een mededeling.

Charlotte knikte. Haar handen rustten teder op haar buik, haar gezwollen voeten op een keukenstoel. 'Ik ben gewoon zo moe.'

Nancy knikte. 'Dat is normaal.' Ze had twee boeken over verloskunde gekocht bij de boekhandel van meneer Hodges en ze 's avonds bestudeerd. Het was taaie kost en erg overweldigend.

'Wil je een kopje thee?' Ze legde haar hand op die van Charlotte en voelde hoe koel haar huid was.

'Mmm, dank je.'

Februari was nogal koud begonnen. Gedurende de ijzige ochtenden dwarrelde de sneeuw gestaag naar beneden en overdag steeg het kwik nauwelijks. Nancy liep naar het verduisteringsgordijn en trok een hoekje opzij. In de stille duisternis vielen er nog steeds sneeuwvlokken. Ze boog zich voorover en keek naar de vensterbank. Een centimeter wit poeder was zichtbaar tegen het glas.

Er was al twee dagen geen post gekomen en het was griezelig stil op straat. Nancy vond het vreselijk om te denken dat er nieuws was over Teddy en dat juist de kou de berichten bij haar vandaan hield. Charlotte had niets van Tomas gehoord, al gaf Nancy daar niet de sneeuw de schuld van. Ze keek niet langer met spanning in de brievenbus, of liet het in elk geval niet merken als ze dat wel deed. Als ze dacht aan de man die Charlottes toekomst zo had veranderd, kookte Nancy van woede. Wat moet hij genoten hebben van zijn verovering.

Om die gedachten uit haar hoofd te zetten liep ze naar de radio en zette die aan. Mussolini had volgens de berichtgeving Zuid-Italië tot oorlogsgebied verklaard en een staat van beleg afgekondigd. Het was gewoon weer zo'n dag. Ze keek naar Charlotte om haar mening over de kwestie te horen, maar het meisje had haar ogen gesloten. Ze liet haar hoofd achteroverleunen en haar adem hing als een wolkje condens in de lucht. Nancy voelde zich schuldig over de kou in het appartement, maar wat kon ze eraan doen? Ze stapte de keuken in, stak het gas aan, leunde achterover tegen het aanrecht en keek naar de flakkerende blauwe vlam. Voordat Teddy en zij trouwden, hadden ze grapjes gemaakt, halve grapjes in elk geval, dat ze voor hun bruiloft naar Italië zouden vluchten en gewoon zouden vergeten terug te keren. Ze zouden een kleine boerderij kopen, kippen houden, tomaten eten die net van de plant kwamen en nog warm waren door de zon. Ze had gefluisterd dat talen niet haar sterkste kant waren en hij had volgehouden dat het niet uitmaakte omdat ze thuis zou blijven, eten zou koken en kinderen zou krijgen. Maar hij had het met een knipoog gezegd. 'We zouden de eerste Engelstalige Italiaanse krant kunnen beginnen,' had hij er serieuzer op laten volgen. 'Zijn die er dan niet?' had ze gevraagd. Hij had zijn schouders opgehaald en gezegd: 'De beste dan.' Ze was minder bezig met het verloop van de oorlog sinds ze weg was bij de krant. Destijds had ze zich echt druk kunnen maken over actuele gebeurtenissen. Nu had ze het gevoel dat ze een wandkaart nodig had om bij te houden wat er overal gebeurde. De gevechten in Noord-Afrika gingen in rap tempo door. Meer dan honderdduizend Italiaanse soldaten waren al gevangengenomen. Ierland bleef neutraal, ondanks de bombardementen van vorige maand bij de Curragh.

De nachtelijke aanvallen van de Luftwaffe op Londen gingen maar door.

Ze liet het hete water in de pot rondwalsen en zette een slappe thee van het laatste restje van hun rantsoen. Ze waren aan de flauwe smaak gewend geraakt. Alles wat ze de afgelopen twee maanden over had gehad, hadden ze geruild voor magere stukken vlees. De groentevoorraad was ook behoorlijk geslonken in deze koude winter. Ze droomde al van de lente en de eerste knapperige groenten, het groeien en bloeien van de op dit moment bruine moestuintjes van de stad.

Toen ze terugkwam, zat Charlotte niet meer op de bank. Het gemompel van de man op de radio was het enige geluid dat de lege woonkamer vulde.

Vanuit de logeerkamer klonk gekreun.

'Charlotte?' Nancy zette de thee op tafel, hete vloeistof spatte over haar hand. Ze vloekte zachtjes en zoog op haar hand.

De jonge vrouw zat in het donker kromgebogen op het bed. Bij het openen van de deur werd haar figuur zwak verlicht. Ze stak een hand op. 'Het gaat goed, het gaat goed.' Op haar voorhoofd parelden zweetdruppeltjes.

Nancy knielde voor haar neer, legde haar handen op de knieën van haar schoonzus en hield haar hoofd schuin om Charlottes blik te vangen. 'Zo ziet het er niet uit.'

Charlotte glimlachte flauwtjes. Het was duidelijk dat dat haar veel moeite kostte. 'Het gaat goed. Ze is gewoon een beetje druk.'

Nancy fronste haar wenkbrauwen. 'Je hebt pijn. We moeten hulp halen.' Ze kreeg een wee gevoel in haar maag en wilde opstaan.

'Nee!' Charlotte greep haar hand. De kracht van haar greep was schokkend. 'Wacht. Wacht nog even.'

Nancy wachtte tot ze voelde dat de ijzeren greep wat minder werd, voordat ze haar brandende vingers wegtrok. Haar hart klopte hevig en ze haalde diep adem. Ondanks de kou brak het zweet haar uit. Charlotte boog zich voorover en sloeg met nog een zucht haar handen om haar knieën.

Nancy strekte haar hand uit en streelde zachtjes haar haar. Het was zacht en warrig. 'Wil je proberen te gaan liggen? Dan haal ik wat dekens en water en zal ik...'

'Nee! Alsjeblieft... Laat me alsjeblieft niet alleen.'

Het ene moment zaten ze nog gezellig te praten op de bank, gewikkeld in warme dekens, en hadden ze grapjes gemaakt over Dikke Bertha, en nu was alles opeens mis. Nancy streek met haar hand over Charlottes arm en liet die op het bed vallen met de bedoeling zichzelf op te tillen. De deken was nat. Heel nat.

'Is dat... Zijn je... vliezen gebroken?'

Charlotte begon te huilen en sloeg haar armen stevig om zich heen.

'Ik wil dat je langzaam ademt. Zo.' Nancy concentreerde zich. 'Luister naar me, Charlotte. De baby komt. Vanavond. Ik moet hulp halen.' Ze stond snel op en deed een stap achteruit voordat Charlotte kon protesteren.

Ze telde nog steeds in zichzelf en verliet de kamer. De kans was niet echt groot dat er een ambulance door de sneeuw zou komen. Het appartement kon verwarmd worden, want er was een gaskachel die ze tot nu toe maar heel zelden hadden gebruikt. Het was een net zo veilige omgeving als alle andere. Als de moffen maar uit de buurt bleven.

Ze pakte een wollen jas van de kapstok en de elektrische zaklamp die ernaast hing. Toen ze de voordeur opendeed, kwam de koude lucht haar als een muur tegemoet. Ze ging snel naar beneden en bleef even staan bij de telefoon.

De verbinding was slecht. Gezien het weer en de zware bombardementen van de afgelopen week verbaasde dat haar niet. Ze legde de hoorn neer en probeerde het opnieuw. Ze hoorde vaag het geluid van een stem aan de andere kant van de lijn. 'Kunt u me horen? Alstublieft. Kunt u me horen?' vroeg ze luid.

Een deur ging piepend open. Achter haar verscheen het grote hoofd van mevrouw McLaughlin, een blik van milde bezorgdheid op haar gezicht. Nancy had haar nog nooit een emotie zien tonen die dichter bij angst kwam dan op dat moment.

'Zijn er problemen, lieverd?'

Warmte straalde uit haar appartement en de oude vrouw had een blos op haar wangen. Ze zag eruit alsof ze het heet had en toen ze de deur uit stapte, trok ze haar geruite omslagdoek wat steviger om zich heen. 'Wat een avond om je buiten te wagen.'

Nancy rommelde met de hoorn en liet hem per ongeluk vallen. Hij kletterde tegen de muur en zwaaide toen geluidloos heen en weer. Ze pakte hem op en legde hem op de haak.

'We hebben een vroedvrouw nodig. Boven. Nu.'

Mevrouw McLaughlin had Nancy's verhaal over Charlottes afkomst zonder vragen geaccepteerd. Ze had het ingewikkelde verhaal over ruziënde zussen en Ierse familieleden stilzwijgend geaccepteerd. 'Is het zover?'

'Ja,' zei Nancy. Ze probeerde haar gedachten te ordenen, maar het voelde alsof ze een pot knikkers van de trap had laten vallen en er nu achteraan ging.

'Dat is te vroeg, toch?'

'Een week of twee, denk ik.'

Mevrouw McLaughlin knikte en verdween in haar appartement. Over haar schouder riep ze: 'Ik ga naar Great Ormond Street om iemand te halen.'

'De bombardementen kunnen elk moment beginnen.'

'Dan zoek ik onderweg wel een schuilplaats.'

Nancy volgde haar. 'Het sneeuwt.'

'Echt waar?'

'Dat weet u best.'

'Ik ben taaier dan ik eruitzie.' Ze sprak vanuit de slaapkamer, haar stem gedempt. Toen ze naar buiten kwam, zag ze eruit alsof ze op een poolexpeditie ging. 'Ik heb veertig jaar in de Hooglanden gewoond. Dit stelt niets voor.'

Ze liep Nancy met een vastberaden blik voorbij. Ze bleef even bij de deur staan om haar wandelstok te pakken. Haar leren laarzen waren enorm en Nancy's blik bleef erop rusten.

'Die zijn van wijlen mijn man geweest.'

'Dank u,' zei Nancy terwijl ze mevrouw McLaughlin het appartement uit volgde. 'Dank u.'

'Niets is zo fijn als een beetje opwinding om het oude hart sneller te laten tikken.'

Nancy voelde plotseling een rilling van angst. 'Ik weet niet of u...'

Mevrouw McLaughlin bleef staan en legde haar handen op

Nancy's schouders. 'Stel haar gerust, hou haar warm. Ga met haar lopen en concentreer je daarop.'

'Lopen?'

'Ja, laat haar maar lopen.' Ze trok haar handen terug en deed haar bovenste knoopje dicht. 'Blijf praten.' Toen wikkelde ze haar sjaal nog een tweede keer om haar hals. 'En geef haar een scheutje whiskey tegen de pijn.' Ze deed de voordeur open. Sneeuwvlokjes dansten tegen de donkere hemel. 'Kook alvast wat water, een grote pan. En leg schone handdoeken klaar.'

De instructies hadden een magische uitwerking. Nancy's ademhaling vertraagde en plotseling kon ze weer helder denken. 'Ik zorg ervoor.'

'Goed. Je nichtje...' Mevrouw McLaughlin trok een schrale wenkbrauw op. '... zal het prima doen. Er bevallen elke dag vrouwen. Vroeg, laat. Op straat. Thuis of in een veld.' Ze zweeg even, stapte weer naar binnen en gaf een kneepje in Nancy's arm. 'Met en zonder hulp.'

Nancy voelde iets achter haar ogen prikken. Ze knipperde één keer... twee keer... drie keer. Toen knikte ze. 'Dank u wel,' was het enige wat ze kon bedenken toen mevrouw McLaughlin de nacht in verdween.

45

Ballinn, County Kerry
September 2019

Sheehan's was bijna verlaten. Er zaten alleen een paar locals op de krukken een pintje te drinken om de tijd te doden. Ze namen plaats aan een tafeltje bij een smeulend vuur. De dropachtige geur van brandende turf was bijna overweldigend en een dun laagje rook hing als suikerspin onder het plafond.

'Een wijntje?' vroeg Jules, terwijl hij naar de bar liep.

Ellie knikte. 'Rood, graag.'

Het was stil in de pub en langs de wanden hing en stond van alles en nog wat: Ierse parafernalia, oude Guinness-flessen, groene rugbyshirts. De stemmen aan de bar klonken gedempt. Ellie staarde over het plein. Het was eindelijk gestopt met regenen, maar waterdruppels bleven koppig aan het glas van de kromgetrokken schuiframen hangen.

Toen hij terugkwam, pakte ze de tweede map en legde die open voor hem neer. Hij boog zich naar voren en kneep zijn ogen tot spleetjes. Hij bekeek de zwart-witfoto: een vrouw, donker haar warrig rond haar gezicht, ogen die blauw zouden kunnen zijn. 'Wie is dat?'

Ellie draaide de foto om.

Zijn ogen verwijdden zich. 'Is dit...' Hij sloeg het tweede blad om. 'Is dit een moordzaak?'

Ellie knikte. Ze nam een slokje van haar rode wijn. Het zat vol met alle verkeerde soorten tannine en had een turfachtige nasmaak, beslist niet lekker, maar ze werd meteen een beetje warmer vanbinnen.

'Werd Nancy Rathmore vermoord?' Jules schudde zijn hoofd. Hij nam een lange slok van zijn Guinness. 'Dat zou Milo gezegd hebben. Bernie zou het ook hebben geweten. Iemand moet toch...'

'Nee,' zei Ellie, terwijl ze de bladzijde omsloeg en erop tikte.

'Nancy Rathmore was niet het slachtoffer.' Ze waaierde de papieren over de tafel.

'Wat?'

'Zij was de dader.' *De verhuizing naar Blackwater Hall maakte haar tot een ander mens. Het was alsof ze twee verschillende personen was. Eentje van vóór Blackwater Hall en eentje van erna.* Ellie nam nog een slok van haar wijntje toen ze zich Hatties woorden herinnerde. 'Hoe kon het dat we dit niet wisten?' fluisterde ze, terwijl ze naar Nancy keek. Die ogen, zo gekweld, zo leeg. Wat had haar bezield? Wat was er gebeurd op die dag in 1958?

'De inwoners van Ballinn zijn toch niet zo loslippig als we dachten,' zei Jules.

Ellie sloeg de bladzijde om. Toen sloeg ze haar hand voor haar mond. 'Jules. Het slachtoffer.'

'Iemand van wie we hebben gehoord?'

'Jazeker.' Ze gaf hem het rapport.

Zijn wenkbrauwen schoten omhoog. 'Mijn hemel.'

Ze greep weer naar haar glas en dacht bij zichzelf dat dit een goede dag was voor twee glazen. 'Tomas Deenihan, Tabby Ryans broer. Ze had het nog over hem op het feest.'

'Heeft Nancy Rathmore hém vermoord?'

Ellie boog zich over een ander papier. 'Hier staat dat ze zich beroepen heeft op zelfverdediging.' Haar vinger vloog over de bladzijde, het handschrift volgend. 'Tomas bedreigde haar... Hij was ontslagen wegens... diefstal.'

'Wat had hij gestolen?'

Ze ging vlug door de pagina's en stopte toen ergens. 'Jules, dit ga je niet geloven. Tomas had de vlinderkam gestolen.'

Terwijl Jules het dossier met betrekking tot de doodslag doornam, begon Ellie een zoektocht op Google naar Tabby Deenihan. Bovenaan de resultaten stond een kort artikel van *The Kerryman* over Tabby's honderdste verjaardag, waarin haar meisjesnaam werd genoemd. Op de hoofdfoto waren Ellie en Milo op de achtergrond te zien, naast een tafel vol wijn. Ze waren diep in gesprek. Kort daarna had hij haar de medische rapporten gegeven die alles hadden veranderd. Dat had de manier waarop ze over Charlotte dacht veranderd, en over Nancy. En een paar dagen later had Hattie bevestigd dat haar moeder ooit lief en vriendelijk was geweest.

Ellie dacht terug aan die ontmoeting in de Pickled Oyster. Het gezellige restaurant. De intimiteit van de setting. De onthullingen over Milo's verleden. Hattie was openhartig geweest, maar toch had Ellie op dat moment het gevoel gehad dat ze iets verborg. Nu ze wist wat er in 1958 was gebeurd begon ze het te begrijpen.

Ze keek naar Jules. De uitdrukking op zijn gezicht vertelde haar dat hij het ook moeilijk vond zich voor te stellen dat een vrouw als Nancy betrokken was bij doodslag. Ellie was er zeker van dat ze een belangrijk puzzelstukje misten en haar onderbuikgevoel vertelde haar dat het niet in de map stond.

Ze wendde zich weer naar haar computer. Terug naar Tabby Deenihan en de zoekresultaten.

Er waren een paar resultaten van langer geleden waarin Tabby werd genoemd. Bijvoorbeeld van de lokale parade ter ere van St. Patrick's Day, waar ze op de foto stond met een groep tieners in kostuum, onderdeel van de Ballinn Dramatics Secret Society. Altijd en overal was het Tabby zelf die verscheen, de Tabby die haar hele leven in Kerry had gewoond, die had gewerkt in Blackwater Hall, die haar identiteitsbewijs had verkocht aan een aristocrate zodat ze haar dromen kon najagen. De Tabby Deenihan die later Tabby Ryan werd. Nergens was iets te vinden over de nieuwe Tabby. Ellie voegde 'Engeland' toe aan de zoekopdracht, en daarna 'Londen'. Geen van beide opties leverde iets interessants op.

Jules keek op van het dossier. 'Het lijkt erop dat Teddy Rathmore een dagje in Tralee was toen het gebeurde.'

'Was Nancy alleen?'

Hij haalde zijn schouders op. 'Hoeveel personeel zouden ze toen hebben gehad?'

'Behalve Tomas? Een huishoudster? Een kokkin?'

'Dit komt uit het verhoor van Nancy. "Ik zag hem met de kam en confronteerde hem, toen sloeg hij door. Hij gooide de kam naar me. Er zat bloed op, ik weet niet waarom. Plotseling viel hij me aan. Ik was bang. Zijn handen lagen om mijn nek en ik duwde hem weg…"' Jules kneep zijn ogen tot spleetjes. 'De tekst is moeilijk leesbaar… tegen de schouw?'

'De schouw? In de eetzaal?'

'Nee. In de bibliotheek.' Hij sloeg de pagina om. 'Hattie was erbij.'

'Wat?' Ellie zette haar glas neer en trok haar jas uit. De warmte in de pub was plotseling benauwend. 'Arme Hattie.'

'Arme Tomas. Blijkbaar was hij op slag dood.'

Ellie wreef over haar slaap. Die begon te bonzen. 'En Albert? Was hij er ook?'

'Nee… er staat dat hij bij het meer was. Op hazenjacht.'

Ellie trok een gezicht. Geen enkele inwoner van Kerry zou op hazen jagen. Maar in zijn hart was Albert ook geen inwoner van Kerry, toen in elk geval niet. Hij had zeventien jaar in Engeland gewoond voordat hij met zijn gezin naar een landhuis dicht bij de Atlantische Oceaan verhuisde, een huis waar hij de rest van zijn leven zou blijven wonen.

Ze keek op. 'Denk je dat Milo het weet?' Ze dacht dat hij als peuter was verbannen, niet omdat Albert te weinig van hem hield, maar juist te veel. Albert geloofde namelijk in de vloek. Eerst de dood van Hugo, toen die van Tomas. Toen stierf ook Milo's moeder. Hij kon het niet verdragen om zijn kind dicht bij zich te hebben. Alleen door hem weg te sturen kon hij hem bij zich houden.

Jules keek haar aan. 'Ik denk dat Milo het had gezegd als hij het had geweten.' Hij schraapte zijn keel en verzamelde de papieren. 'Heb je al wat gevonden via het Royal Arsenal?'

'Ik… Ik heb nog niet gekeken.' Ze draaide zich weer om naar haar computer en begon een nieuwe zoekopdracht. Dit keer waren de resultaten eindeloos. Het Royal Arsenal was sinds de zeventiende eeuw een grote munitiefabriek aan de oevers van de Theems. Tijdens de Tweede Wereldoorlog hadden er duizenden mensen gewerkt.

Tienduizenden.

Ellies moed zonk haar in de schoenen. Opnieuw een hooiberg. Dezelfde speld. Er doken talloze afbeeldingen op: kanariemeisjes die met patroonhulzen in de weer waren, een koninklijk bezoek in 1917, luchtfoto's van de fabriek en het kantoor, een terrein dat meer dan vijfhonderd hectare besloeg. Ze merkte op dat het Greenwich Heritage Centre weliswaar in het bezit was van de archieven, maar dat ze nog niet allemaal gedigitaliseerd waren. Ze stuurde een verzoek naar het e-mailadres dat erbij stond.

Jules tikte op de bladzijde voor hem. 'Ze hebben Tabby ook ondervraagd. Ze maakte zich zorgen over Tomas' aanwezigheid op het landgoed. Ze zei dat hij een ander mens was toen hij terugkwam uit de oorlog. Toch geloofde ze niet dat hij een dief was.'

'Waarom niet?'

'Omdat hij blijkbaar dol was op zijn werk. Ze vond het niet logisch dat hij iets zou doen wat zijn baan in gevaar zou brengen.'

'Het waren moeilijke tijden in Ierland in 1958. Ook op het platteland van Kerry. Die kam was zeer waardevol.'

'Ze is heel duidelijk in dit gesprek. Ze zei dat hij... beschadigd was, maar dat hij wist wat wel en niet door de beugel kon.'

Ellie knikte. Zo veel verliezen, zo veel verdriet. Ze dacht aan Albert daarboven op de heuvel, verborgen op het plateau. Hij hield nog steeds vast aan de verschrikkingen uit zijn verleden. Hoe moest het voor hem zijn om alleen in Blackwater Hall te wonen, waar alle muren geheimen kenden? Waar geesten in verlaten hoeken ronddwaalden? Hij leefde te midden van teleurstellingen, verdwijningen en zelfs de dood. Bovendien geloofde hij er heilig in dat al die tragedies, die in het verleden en die in de toekomst, onvermijdelijk waren.

'Nog een drankje?' zei Jules, terwijl hij haar aankeek.

Ze keek verbaasd naar haar lege glas. Wanneer had ze dat leeggedronken? 'Ik...'

Haar telefoon begon te trillen. Ze keek naar het scherm. Milo. 'Hallo?'

'Kom je even naar het huis?' Zijn stem klonk opgewekt.

Ze glimlachte om hun nieuwe intimiteit. 'Nu?'

'Oké.'

Toen ze ophing, zei ze tegen Jules: 'Wil je met me mee? Naar Blackwater Hall?'

Hij schudde zijn hoofd en glimlachte. 'Ga jij maar, Ellie. Bel me als je me nodig hebt.'

Buiten was de hemel blauw geworden. De wolken trokken naar het oosten en het binnenland, naar het met klimop bedekte huis met de openslaande deuren aan de rand van het meer.

46

Blackwater Hall, County Kerry
April 1958

Tomas duwde de openslaande deuren open en stapte naar binnen. Hattie volgde hem op de voet.

'Stop!' Haar hart bonkte zo hard in haar borst dat het pijn deed. De eetzaal was verlaten en zijn laarzen lieten modderige voetafdrukken achter toen hij door de ruimte beende. Een enkele kaars verspreidde een zwak geel licht.

'Tomas,' zei ze. 'Wacht.'

Hij draaide zich om. 'Waar is je moeder?'

'Ik... Ik weet het niet.' Ze stak haar hand uit om zijn arm te grijpen, maar hield zichzelf tegen.

Voor het eerst was ze bang voor hem.

Hij liep de gang in. Daar was het donker, zoals altijd. Links kierde licht onder een deuropening door. Het kwam uit de bibliotheek.

Hij liep ernaartoe, wierp de deur open en stapte naar binnen.

'Hoe durf je!' Mama's stem klonk boos en ze struikelde over haar woorden.

Hattie liep de hoek om en zag haar staan, een open boek aan haar voeten.

'Hoe durf je,' zei ze, dit keer zachter. Ze nam Tomas op en liet haar blik over zijn modderige laarzen glijden. Over zijn druppelende, donkere haar. Over zijn hand, bebloed, en over het juweel dat hij vasthield.

Hij hield de kam omhoog. 'Waar heb je deze vandaan?' Er zat een trilling in zijn stem, een dreunende dreiging.

Mama's mond ging open en dicht. Toen, alsof ze zich iets herinnerde, richtte ze zich op en rechtte haar schouders. 'Ik zou jou hetzelfde kunnen vragen,' zei ze, haar stem plotseling vol autoriteit.

'Waar heb je deze vandaan?' Deze keer draaide hij de kam rond in zijn vingers en hield hem vast bij de tanden.

'Hij lag hier in huis toen ik aankwam.'

'Niet waar.'

Een schorre lach ontsnapte mama. 'Pardon?'

'Ik zei dat hij hier niet was. Hij verdween met Charlotte.'

Mama deed een stap achteruit alsof ze een klap gekregen had. *Charlotte*. De tante over wie niemand sprak. De altijd aanwezige schaduw. Haar hand ging naar haar mond en ze ging zitten. 'Daar weet ik niets van,' zei ze zachtjes.

Hij deed alsof ze niets had gezegd. 'Hoe ben je eraan gekomen?'

Mama sloot haar ogen.

Een bliksemschicht doorkliefde de hemel en verlichtte zijn gezicht. 'Hoe?'

'Het was een geschenk,' zei ze vermoeid.

Hij zweeg en haalde twee keer diep adem. 'Een geschenk?'

'Ja.'

'Van wie?'

'Dat doet er niet toe.'

Zijn lach was wreed. 'O, Nancy. Dat doet er zeker wel toe.' Het gebruik van haar voornaam was een intieme bedreiging. 'Wie heeft hem je gegeven?'

Mama's handen trilden. Ze legde ze op haar knieën. 'Charlotte heeft hem me gegeven.'

Hij lachte. 'Leugenaar.' Een diep gerommel weerklonk door de kamer. Tomas stapte achteruit en ging naast Hattie staan.

Mama fronste. Ze leek nu pas te merken dat haar dochter als een standbeeld in de deuropening stond. Haar stem klonk hard. 'Harriet,' zei ze, 'laat ons alsjeblieft alleen.'

Hattie begon te protesteren, maar bij het zien van de blik op mama's gezicht draaide ze zich snel om en sloop de kamer uit. Ze bleef even stilstaan achter de deur en tuurde door de brede spleet die was ontstaan door de slecht aansluitende scharnieren.

'Leugenaar,' herhaalde hij. Hij had weer een stap naar voren gedaan.

Mama knikte. De blos van haar wangen was verdwenen. Ze haalde diep adem. 'Ga zitten, Tomas.'

Hij bleef staan.

'Charlotte...'

Tomas' schouders spanden zich. 'Wat is er met haar?'

'Ze heeft geen zelfmoord gepleegd,' zei mama.

'Ik wíst het.'

'En ze is niet ontvoerd.'

Bij die woorden zweeg hij even en fronste zijn wenkbrauwen.

'Ze is zelf vertrokken,' zei mama.

In de daaropvolgende stilte hield Hattie haar adem in en luisterde naar het tikken van de schoorsteenklok en het knetteren van vuur.

'Dat is onmogelijk.'

'Nee,' zei ze, 'dat is het niet. Ze... Ze moest. Ze moest vertrekken.'

Hij slaakte een kreet. Het klonk als een jammerklacht. 'Nee... nee.' Uiteindelijk zakte hij neer op de bank achter hem. Verslagen. Hij hield één hand op zijn hoofd en in de andere hield hij de kam zwakjes vast, tot die uit zijn greep gleed en op het tapijt viel.

Mama boog zich voorover om hem op te pakken. Uit haar mouw haalde ze een sneeuwwitte zakdoek en daarmee veegde ze de kam af. Scharlakenrode vlekken verschenen op het linnen.

'Ik snap het niet.'

Ze legde de kam op de tafel naast haar, vouwde haar handen en zette haar ellebogen op haar dijen. 'Ze... Ze kwam naar mij toe. In Londen. Het was haar plan om terug te keren. Niet hier, naar Blackwater Hall. Maar naar Ballinn.' Koeltjes vervolgde ze: 'Naar jou.'

Nog steeds bewoog hij niet. 'Maar ze kwam niet terug.'

'Nee.' Ze keek van hem weg, naar het vuur, en zag hoe een halfverbrand blok hout uiteenviel en zich in de stilte nestelde. 'Ze stierf.'

Tomas zat bewegingloos. Een flits van frustratie trok over mama's gezicht. 'Het gebeurde tijdens de Blitz.'

'De Blitz.' Hij herhaalde het woord alsof hij het nog nooit eerder had gehoord.

Mama zuchtte en stond op. Ze liep naar de schouw, pakte een houtblok uit de mand en legde het op het vuur. Hattie veranderde van positie, zodat ze beter zicht had. Mama gebruikte nu de pook om de vlammen aan te wakkeren.

Tomas hief zijn hoofd op. 'Gebeurde het plotseling?'
'Ja.'
'Ik geloof je niet.'
Mama draaide zich naar hem om. 'Wat?'
'Dat ze naar je toe kwam. In Londen. Waarom zou ze?'
Ze gaf hem haar zakdoek, die al bevlekt was met bloed, en hij nam die met een verwarde blik aan. Toen pakte ze een sleutel van haar hals, liep naar haar bureau en ontgrendelde de onderste lade. Ze haalde er een envelop uit.
Ze wachtte tot Tomas zijn handen had schoongemaakt en gaf hem toen de envelop.
Hij opende hem en haalde er een brief uit. Het bloed uit de kras op zijn hand maakte een vlek op het briefhoofd en hij veranderde zijn greep, zijn vinger volgde langzaam de woorden alsof hij een ploeg door droge aarde trok.
'Ze...' Mama zocht naar woorden. 'Ze was op de vlucht voor... haar familie.'
'Het slaat nergens op.'
'O nee?' zei mama. Een donderslag, nu luider, sneed door haar woorden heen. 'Een affaire met de dochter van Lord Rathmore? Wat had je dan gedacht? Samen een gezin stichten en nog lang en gelukkig leven?'
Tomas beefde als een rietje.
Mama liep naar het dressoir, zette twee glazen rechtop en schonk er een flinke scheut whiskey in. Ze bracht ze naar de bank en gaf er een aan Tomas. Hij maakte geen aanstalten om het aan te nemen.
'Waarom heeft ze het me niet verteld?'
'Ze heeft je geschreven. Heel vaak.'
Tomas schudde zijn hoofd. 'Ik heb nooit brieven ontvangen.'
Mama zette het glas naast hem neer.
Luid herhaalde hij: 'Er waren geen brieven.'
'Hoe kon ik weten dat je ze niet had ontvangen?'
Hattie zag hoe Tomas hierover nadacht. Hij streelde de brief en streek met zijn hand over het vel papier alsof hij de woorden kon uitwissen.
'De dag nadat ze verdween, kreeg ik een telegram,' zei mama.

'Van de familie. Er stond alleen in dat ze was verdronken in het meer, verder niets.' Ze nam een slok van haar whiskey en kuchte. Ze zette het glas opzij. 'Toen kwam die brief.'

Hij draaide het papier om, alsof er aan de andere kant nog iets van Charlotte viel te bespeuren.

'De volgende dag stond ze voor de deur. Ze vertelde me natuurlijk over jullie verhouding.' Mama stopte een pluk donker haar achter haar oor. De laatste tijd was het onhandelbaar geworden. 'Tomas, ze was van plan terug te komen.'

Hij legde een hand over zijn oren en wreef eroverheen alsof hij haar woorden buiten wilde sluiten. Toen streek hij over zijn gezicht en liet zijn handen een driehoek vormen voor zijn mond. 'En je hebt er nooit aan gedacht me te vertellen dat ze dood was?'

Ze staarde in het vuur en leek plotseling zo klein. Zo teer. Haar blouse hing los om haar heen, haar jukbeenderen staken uit. 'Ik...' Ze legde een hand op haar heup. 'Het spijt me. Ik dacht niet... Het was oorlog. Alles was... een waas.'

Tomas sloot zijn ogen. Achter zijn handen bewogen zijn lippen geluidloos.

'Dat begrijp je toch wel?'

Hij schudde langzaam zijn hoofd. 'En je komt terug naar Blackwater Hall... en je zegt niets?'

'Je wist duidelijk niet dat Charlotte gewoon was weggelopen,' antwoordde ze snel.

'Gewoon? Gewoon?' Zijn stem klonk weer hoger.

'Je dacht dat ze al dood was!' zei mama, de toon van haar stem paste bij de zijne. 'Wat zou je ermee opgeschoten zijn?'

'Wat zou ik ermee opgeschoten zijn?' Tomas vloekte. 'Ik had het al die jaren moeten weten. Ik dacht... Ik zag iedereen in Ballinn als een mogelijke verdachte in haar verdwijning.'

Mama's stem was geruststellend. 'Het spijt me. Ik dacht dat het zo het beste was.'

'Net zoals je denkt dat het het beste is om mij te ontslaan?' Hij kromp ineen toen de bliksem de kamer verlichtte.

'Ik maak me zorgen om... mijn kinderen.'

'Is dat zo?'

Ze draaide zich naar hem om. 'Een moeder doet alles voor haar kinderen.'

'Zelfs een al gebroken man de vernieling in helpen?'

'Ja,' zei ze zonder aarzeling.

Vrijwel meteen daarna vroeg hij: 'Wanneer heeft ze hem je gegeven?'

'Sorry?'

Een donderslag ratelde door de hemel en deed de ramen trillen. Tomas liet de brief vallen. Toen hij weer sprak, was zijn stem luider. Hij trilde zoals het glas dat nog maar een paar momenten eerder hadden gedaan. 'De kam. Wanneer heeft ze je die gegeven?'

Mama fluisterde: 'Net voordat ze stierf.'

Tomas schudde zijn hoofd. 'Net voordat ze stierf? Bij een bombardement?'

'Alsjeblieft,' zei ze en ze legde haar hand op haar borst. 'Ik wil het allemaal niet nog eens oprakelen. Het was... vreselijk.'

'Hoelang was ze bij je in Londen?'

Mama staarde in de verte. 'Niet lang. Een paar maanden.'

Tomas stond op. 'Het schandaal draaide, zoals je vast wel weet, niet alleen om het feit dat we verliefd werden.' Mama begon haar hoofd te schudden. 'Er waren ook gevolgen van onze daden.'

'Ja, dat is zo. Ze vertrok. En toen stierf ze.'

Tomas stond op en gooide het tafeltje omver. Het glas onaangeroerde whiskey liep uit over het tapijt. 'Je geeft mij de schuld van Charlottes dood?'

'Je geeft jezelf toch zeker al de schuld?'

Hij deed een stap in haar richting. Toen nog een. 'Vertel me wat ik moet weten.'

Hattie deed de deur een stukje open en haalde zwaar adem. De spanning in de kamer stootte haar af en trok haar tegelijk aan.

'Je hoeft helemaal niets te weten. Als jij er niet was geweest, zou Charlotte nog in leven zijn.'

'Dat is niet waar!'

Mama deed een stap achteruit tot ze tegen de muur stond. 'Wel waar! Wel waar. Een prachtig leven is door jou verloren gegaan!'

Hij greep haar bij haar schouders en rammelde haar door elkaar.

'Vertel het me!' schreeuwde hij. 'Vertel het me!' Ze begon te huilen, zijn gezicht een paar centimeter van het hare. 'Vertel het me nu!' siste hij. 'Heeft ze mijn kind gebaard?'

Zachtjes antwoordde mama hem.

47

Blackwater Hall
September 2019

Toen Ellie naar de met klimop omzoomde deur liep, drong het tot haar door hoeveel er was gebeurd sinds ze een week geleden op deze deur had geklopt. Toen was ze hier onwillig en ongeïnteresseerd naartoe gekomen, met de woorden van een onbekende vrouw in haar zak en de wens iemand anders ermee op te zadelen. Ze voelde nog steeds een vleugje angst toen ze op de deur klopte, maar dit keer niet voor haarzelf, maar voor Charlotte. Voor Nancy. Voor de herinnering aan hen. En voor degenen die waren achtergebleven.

Albert.

Hattie.

Milo.

In haar tas had ze de twee dossiers. Maar die zou ze daar laten zitten. Verborgen. Tot ze de waarheid kende. Tot ze alle antwoorden had. Of in elk geval tot ze de antwoorden had die nog gegeven konden worden.

Boven haar trokken de wolken weg, waardoor de eerst grijze hemel nu plotseling helderblauw was. Het meer, dat tijdens haar vorige bezoek net een spiegel was geweest, liet nu een rimpeling zien, door de beekjes die van Cottah Mountain vloeiden, witte stroompjes die waren ontstaan door de hevige regen van die ochtend.

Ze klopte aan en deed een stap achteruit. Ze streek haar pony uit haar gezicht.

Een moment later hoorde ze voetstappen. Het geluid van een deurklink.

Daar was Albert. 'Hallo.' Zijn accent was als de Ierse Zee, het lag ergens tussen Ierland en Groot-Brittannië in.

'Albert.' Ze was blij hem te zien. Hij zag er goed uit. Er lag een blos op zijn wangen en hij droeg een donkerblauwe gebreide trui die zijn slanke lichaam perfect omsloot. Bij de ellebogen sloot het model nog zo mooi aan dat het de nieuwheid verraadde.

Hij glimlachte. 'Ellie.' Ze slikte haar verbazing in toen hij haar meteen herkende. 'Milo is in de bibliotheek.' Hij gebaarde haar binnen te komen.

De gang was donker, net als voorheen, maar het rook er anders. Toen was het muf geweest, maar nu hing er verse dennengeur in de lucht, vermengd met een vleugje verf. Een stapel blikken en versleten kwasten stond bij de muur. 'Aan het opknappen?'

Albert klopte op de deurpost. 'Het ziet er een stuk beter uit met een nieuwe laag verf. Milo is druk bezig geweest. Hij heeft zelfs de vloer gedweild.' Dit zei hij met trots, alsof het een gebeurtenis was die maar eens in de tien jaar voorkwam. Ellie keek naar beneden. De rode en zwarte tegels glansden. Albert keek haar met vaste blik aan.

Herinnerde hij zich haar bezoek of had Milo hem verteld dat er een Ellie zou langskomen? Hij schraapte zijn keel en zei: 'Derde deur rechts.'

Ellie draaide zich om. Een lichtstreep sneed door de duisternis. Ze keek terug. 'Kom je erbij zitten?'

'In de bibliotheek?' De blik op zijn gezicht veranderde. 'Nee. Maar we kunnen straks wel een kopje thee drinken.' Hij gebaarde haar opnieuw om naar binnen te gaan, en tegen de tijd dat ze de deur bereikte, was hij weg.

Milo zat aan een klein bureau, een grote stapel boeken torende naast hem. Hij droeg een werkbroek en een geruit overhemd, de mouwen opgerold tot aan zijn ellebogen. Een goudkleurig blad hing nog in zijn vlasblonde haar.

'Aan het tuinieren geweest?' vroeg ze ter begroeting.

Hij keek naar zijn broek. Groene vlekken bedekten zijn knieën. Hij spreidde zijn handen. 'Hoe weet je dat?'

'Gewoon een voorgevoel.'

Hij stond op. 'Heb je Jules nog gezien?' Hij keek haar schuldig aan.

Ellie stapte naar voren en keek om zich heen. De ruimte stond van vloer tot plafond vol met boeken. 'Ik heb hem inderdaad gezien. Hij vertelde me over Tabby.' Om zijn schuldgevoel weg te nemen voegde ze eraan toe: 'Jules kan heel overtuigend zijn.' Er flakkerde een vuur in de groene marmeren schouw aan de overzijde van de ruimte, maar het was toch ijskoud in de kamer.

'Je zei toch dat hij een historische vereniging wilde oprichten…'

Dat had ze inderdaad gezegd, die dag in de praktijk. Het voelde als een eeuwigheid geleden.

Achter het bureau bevond zich een groot schuifraam, wat een omlijsting leek te vormen voor het bos, dat aan de voet van de berg lag. De helling baadde in zonneschijn en een nieuwe paarse vloedgolf, waar recent rotsblokken waren gevallen, sneed door het uitzicht. Het was nu licht, de wolken waren naar een andere plaats verdreven, meer landinwaarts, om daar de zonnestralen weg te nemen.

Milo liep naar het vuur. 'Wat ik ook doe, deze kamer voelt altijd alsof je op de noordpool bent.' Hij gooide een groot houtblok op de vlammen. 'Albert komt hier nooit. Het verbaast me dat de boeken het hebben overleefd.'

'Over boeken gesproken… de boeken die je naar de kringloopwinkel hebt gebracht…'

'Ja?'

'Waarom deed je juist die weg?'

Hij haalde zijn schouders op. 'Een willekeurige verzameling klassiekers. Ik zocht naar een excuus om Bernie te ontmoeten. Ze bracht Albert regelmatig maaltijden.' Hij draaide zich naar haar toe en prikte in het vuur. 'Ik wilde alleen maar even checken of ze goede bedoelingen had.'

Dat ze geen golddigger was? 'En wat vond je van haar?'

'Kleurrijk.' Toen vroeg hij plagerig: 'Ik hoop dat je een flink bedrag betaald hebt voor die boeken.'

'Een exorbitant bedrag.' Buiten steeg een groep spreeuwen op uit het bos. Ze zag ze naar het westen vliegen en uit het zicht verdwijnen. 'Nou,' vervolgde ze, 'je wilde me iets laten zien?'

Hij knikte. 'In de tuin.'

Ze stapte naar voren en reikte naar zijn gezicht. Hij keek geschrokken, verrast. Tevreden? Ze plukte het blad uit zijn haar, hield het in de lucht en gooide het toen in het vuur waar het opkrulde en tot as verging. 'De tuin?' Ze keek naar het bos erachter.

'Beneden bij het meer, tussen de bomen, is een ommuurde tuin.'

'Een geheime tuin?' Ze voelde haar vingers tintelen. Verborgen deuren. Roestige sleutels. Lang vergeten schatten die wachten om gevonden te worden.

Hij lachte en liep naar de deur. 'Nee, Ellie. Dit landgoed komt niet rechtstreeks uit een kinderboek.'

Voordat ze hem volgde, draaide ze zich om en stapte naar het vuur. De woorden uit het dossier brandden een gat in haar tas. *En ik duwde hem weg... tegen de schouw*. Ze streek met haar hand over het stoffige marmer.

Het was nog net zo glad en onberispelijk als op de dag dat het gemaakt was.

Ze liepen door de blauwe kamer naar de openslaande deuren. Daar zat Albert, comfortabel in zijn fauteuil. 'Waar gaan jullie naartoe?'

'Naar de tuin, Albert.' Zag Ellie een schaduw over Alberts gezicht trekken toen Milo hem bij zijn voornaam noemde in plaats van vader te zeggen?

Hij schraapte zijn keel. 'Ik dacht dat we thee zouden drinken.' Naast hem, op tafel, stonden drie kopjes en de doffe zilveren theepot. Er kwam stoom uit de tuit.

Milo liep naar het vuur, bezorgd over de hoge vlammen. 'Zo meteen, goed?'

Maar Albert stond op. Hij boog zich voorover naar het dienblad. 'Ik zet het wel buiten neer. Je hebt het prieel opgeruimd. Dat is de perfecte plek.' Hij keek uit het raam. 'En het is droog geworden.' Ellie zag hoe de twee mannen elkaar aankeken. Hun ogen hadden dezelfde kleur, groen als de heuvels verderop.

'Nou...' Milo's blik schoot naar de theepot. Ellie kon bijna zien wat hij dacht. *Zou je je theelepel er rechtop in kunnen zetten?*

Albert pakte het dienblad op. 'Gezellig.'

'Oké,' zei Milo en hij nam het blad van hem over. 'Ik zet nog even een verse pot. Dan is het lekker heet.' Hij knipoogde naar Ellie terwijl hij wegliep en fluisterde: 'Hij heeft een van zijn betere dagen.' Hij probeerde plagerig wat ergernis in zijn stem te leggen, maar ze zag dat hij er blij mee was. Heel blij. Ze keek hem na terwijl hij de kamer verliet en merkte, toen hij langs het dressoir liep, dat de O'Conor – althans de kopie ervan – weer aan de muur hing.

Albert nam waar hoe ze naar zijn zoon keek, en naar het schilderij.

Hij glimlachte. 'Hoe is het buiten, Ellie?'

'Koud.'

Hij wendde zich van haar af, ging naar het dressoir en pakte er drie dikke wollen dekens uit. Hij legde er een in haar armen. 'Zullen we?' Hij opende de openslaande deuren en ging de heldere dag tegemoet. Terwijl ze volgde, keek Ellie naar het andere eind van de kamer, waar het kastje stond. Iemand had het glas schoongemaakt. En het voorwerp erin. Het lag trots op het diepblauwe fluweel, de robijnen waren als twee rode druppels bloed op de vleugels. En de saffieren, voorheen zo dof en levenloos, weerkaatsten het zonlicht dat door het raam stroomde, zodat de weerspiegeling ervan zich over het plafond verspreidde, als sterren tijdens een heldere nacht in Kerry.

Vers gemaaid gras bleef onder hun schoenzolen kleven toen ze het gazon overstaken. Een dozijn mussen pikte in het afval, op zoek naar glibberige lekkernijen eronder. Alberts tred was verrassend veerkrachtig en Ellie liep vlak naast hem, hun ellebogen raakten elkaar terwijl ze liepen. Ze gingen het bos in en volgden een paadje tussen de bomen door. Het was bedekt met een dikke laag bladeren en plantaardig afval, maar daaronder voelde het stevig, door het stenen pad of grind dat er waarschijnlijk onder lag. Dikke druppels vielen van de bladeren boven hun hoofd, herinneringen aan de recente regenval, en Ellie tuurde door het gebladerte op zoek naar een muur.

Daar was het, niet ver het bos in.

'Ze hebben deze plek gekozen, omdat die uit de wind ligt, denk ik,' zei Albert. 'Toen ze het huis bouwden.'

Via een boog in de muur kwamen ze uit in de tuin.

Die was ietwat verwilderd en juist dat maakte het zo mooi. De stenen muur was ongeveer even hoog als zij lang was en er groeiden verwaarloosde fruitbomen langs, die ooit langs de muur geleid waren geweest. Ze draaide zich om en probeerde zich te oriënteren. Langs de westelijke muur stond een zee aan frambozenstruiken. De overrijpe vruchten hingen als donkerrode druppels aan de takken en hadden allang geoogst moeten worden. Het wemelde van de vogels in de tuin, die luidruchtig hun buikjes vol aten met de gefermenteerde vruchten van september.

Albert volgde haar blik. 'We hebben een overvloed aan fruit gehad dit jaar. En Milo is begonnen met de moestuin.'

De grond was ten dele bewerkt. De rijke aarde was onlangs omgeploegd. Maar er was ook nog veel te doen. Eigenlijk zou er een soort machine voor nodig zijn, dacht Ellie, maar ze verwierp het idee meteen. Dat was niet waar tuinieren om draaide, zei Moira altijd. Alles ging om het wonder dat je het ene moment iets uit de grond haalde en dat datgene het volgende moment op je bord lag. Ellie was altijd onzeker geweest over de tuin van haar moeder, die nogal winderig en kaal was, zo tegen de berg aan. Het was niet bepaald een oase van rust. De oogst – kruimige aardappelen, door slakken aangevreten kool, een enkele gevorkte wortel – was altijd... vermakelijk geweest. Toch moest ze toegeven dat niets haar zo het gevoel van thuis gaf als een aardappel die net uit de grond kwam, gekookt en overgoten met botersaus.

Alsof hij haar gedachten kon lezen, zei Albert: 'De aardappels werden altijd in het veld achter het bos geplant, maar dat is al jaren geleden.'

Tegen de zuidelijke muur, in de schaduw, stond een vierkante ruïne. Binnenin lag rottend hout opgestapeld. Aan één kant stond een oude kachel, zo verroest dat de bovenkant in het rookkanaal was gevallen. Albert staarde ernaar en fronste. Alsof hij was vergeten dat die er had gestaan.

'Is dit het prieel?' vroeg Ellie, terwijl ze naar de oostelijke muur wees, waar een houten frame werd omslingerd door de takken van een sally en baadde in het middaglicht. Een wilde en onhandelbare klimplant hing zwaar over de boog, een enkele blauwe bloem hing tussen de verwelkte zomerbloeiers. Er lag een enorme stapel bladeren naast.

Het prieel was inderdaad onlangs opgeknapt. 'Clematis,' zei Albert, terwijl hij een stap naar voren deed om de laatste dappere bloem te plukken. Hij gaf die aan Ellie, die het geschenk aannam en aandachtig de stervorm en saffierkleurige kleur van de bloemblaadjes bekeek. Ze hoefde de bloem niet eens tegen haar neus te houden om de amandelgeur te ruiken.

Ze stopte hem achter haar oor en trok een wenkbrauw op.

Albert knikte. Zijn blik was plotseling afwezig. In zijn hoofd was hij weer elders, besefte ze. Hij was in gedachten ver weg, net als de week ervoor.

Het prieel zag er gammel uit, maar er stonden een smeedijzeren stoel en een ronde tafel aan de andere kant van de tuin. 'Wacht hier even, Albert.' Ze haalde de meubels en zette die bij het prieel. 'Ga maar zitten.'

'De ogen van mijn moeder,' zei hij terwijl hij haar aankeek. Ze legde een deken over zijn knieën, omdat ze niet wilde laten merken dat ze doorhad dat hij wegglipte. Voorzichtig, om de stevigheid te testen, ging ze toen op het bankje van het prieel zitten.

Een roodborstje, klein en pezig, was haar door de tuin gevolgd. Ellie boog zich naar voren en haalde een modderige steen bij haar voeten weg. 'Probeer het hier eens,' zei ze tegen het kleine vogeltje, hem dichterbij lokkend.

Toen ze weer opkeek, was Albert terug. Zijn blik was helder. Hij streek met zijn vinger over de tafel en liet het water van zijn vingertop druppelen. 'Hoe is het met je moeder, Ellie?'

Ellie fronste. 'Ik wist niet dat je mijn moeder kende.'

'Je zei toch dat je hier was vanwege haar gezondheid?'

'O ja. Dat klopt. Het gaat gelukkig veel beter met haar.'

'We moeten voor onze ouders zorgen,' zei hij. Het roodborstje hipte snel naar voren om een worm uit de aarde te trekken, vloog toen weg en bleef stilzitten op de fundering van het ingestorte schuurtje. 'En je vader?'

Ellie keek naar haar handen. In haar handpalm was nog wat

modder van de steen achtergebleven. 'Hij is... niet meer onder ons.'

'Het spijt me dat te horen.'

'Het is lang geleden.'

'Wat is er gebeurd?'

'Hij kreeg een auto-ongeluk.'

'Wat vreselijk.' Hij stak zijn hand uit en klopte op haar hand. 'Gelukkig was je er niet bij.' Hij zei het vriendelijk, om de stilte op te vullen.

Ellie sprak voordat ze kon nadenken. 'Ik had bij hem moeten zijn. Ik...' Ze raakte de modder in haar handpalm aan, draaide die rond tot een aardse stigmata. 'Ik zou die dag met hem meegaan. Hij ging eropuit.' Ze kneep haar ogen samen en riep de herinnering op. 'Hij hield van geschiedenis. Elk weekend gingen we bezienswaardigheden bekijken. En hij had zo'n verzameling boeken.' Albert keek haar aandachtig en helder aan. 'We zouden een vervallen kasteel bezoeken, maar ik was de avond ervoor met vrienden op stap geweest en ik kwam de volgende ochtend later thuis dan ik had beloofd.' Ze keek naar Albert. 'Ik had de auto.'

Het roodborstje was terug voor een tweede portie. Het bleef even staan om naar hen te kijken en hield zijn hoofd schuin. Ellie zou dat beeld van haar vader, die zonder omkijken de voordeur uit glipte, nooit vergeten. In haar herinnering, in haar dromen, hoopte ze altijd dat hij zijn hoofd om zou draaien, dat ze zijn gezicht zou zien. Maar dat gebeurde nooit. 'Hij pakte de sleutels uit mijn hand en vertrok zonder mij. En kwam nooit meer terug.'

Ze draaide zich om en veegde driftig over haar ogen. Ze had nog nooit iemand verteld wat ze net aan Albert had verteld. Zelfs niet aan Dylan. En aan Moira al helemaal niet. Zij was die ochtend op haar werk geweest en had de hele confrontatie gemist. Of beter gezegd, het gebrek daaraan, want haar vader had zijn woede altijd getoond door te zwijgen.

Ze had het ook niet tegen Nils gezegd, die dag dat ze over het hek hadden geleund en naar de ruïne vlak bij de zee hadden gestaard.

Haar vingers voelden warm aan en ze draaide zich weer om

naar Albert. Zijn hand lag op de hare. 'Als je dit niet los kunt laten, zal het je kapotmaken,' zei hij. Hij stak zijn hand uit, pakte de bloem van achter haar oor en draaide die rond tussen zijn vingers. 'De ogen van mijn moeder waren net zo blauw als deze clematis. Blauwer zelfs, kun je het je voorstellen?' Hij streek over een bloemblaadje. 'Goede mensen overkomen ook slechte dingen, Ellie.' Hij stopte de bloem weer achter haar oor, fronste toen en tuurde in de richting van het aardappelveld, ergens in de verte.

Ellie haalde adem. Dit was haar kans om hem naar Tomas te vragen. 'Albert, ik vraag me af...'

Hij schrok, keek om zich heen en liet haar hand los. Alsof hij net pas zag dat ze er was. 'Hallo,' zei hij, met een peilende blik.

'Albert, ik wilde vragen...' Ze zweeg. Hij dacht na, net als dagen daarvoor. Zijn handen trilden licht. 'Albert, ik ben Milo's vriendin Ellie. We drinken thee in de tuin.'

Hij keek argwanend naar de tafel. 'Thee? Wil je iets?' De aarzeling, de hapering was weer terug in zijn stem. 'Laat me even...' Hij maakte een beweging om op te staan en duwde de deken van zijn knie. 'Ben je hier om mama te ontmoeten?'

'Nee, nee,' zei ze sussend, geschrokken door de plotselinge verandering.

'Sorry dat ik jullie heb laten wachten.' Milo kwam aanlopen, een dienblad vol servies en een geruststellend gezicht. 'Albert, we drinken even thee.' Hij legde een hand op de schouder van de oude man en knikte voorzichtig.

Albert ging zitten.

'Er zijn wat reparaties nodig,' zei Milo. 'Een zekering is doorgebrand. Ik moest de fluitketel op het fornuis zetten.'

Ellie trok een wenkbrauw op. 'Ik had geen Robinson Crusoe achter je gezocht.'

'Is dit je nieuwe vrouw?' vroeg Albert, terwijl hij zijn hoofd schuin hield en Ellie aankeek.

'Nee, Albert, Ellie is gewoon een vriendin.'

Albert keek van de een naar de ander en lachte, terwijl hij zijn hoofd schudde. Hij mompelde: 'Een vriendin.' Hij wees naar het dienblad. 'Je bent het vierde kopje vergeten.' Toen stond hij op en sloeg de hand van zijn zoon weg. 'Maar maak je geen zorgen om mij, ik ga even wat bloemen voor die vriendin van je halen die bij die ene achter haar oor passen.' Hij liep lachend naar de andere kant van de tuin.

'Het spijt me,' zei Milo. Hij schonk de thee in – die precies de juiste kleur had – en ging naast Ellie in het prieel zitten. 'Normaal gesproken is hij een paar uur zichzelf als hij een goede ochtend heeft. Heeft iets hem van streek gemaakt?'

Ze haalde de bloem achter haar oor vandaan. 'Zijn moeder,' zei ze. 'Het ging hetzelfde als toen ik hier eerder was.'

'Ze waren heel close.'

Ellie keek weer naar het huis. Alleen de schoorstenen kwamen boven het bladerdak van de bomenrij uit. Eén ervan blies flinke rookwolken uit. 'Thee smaakt beter als die boven het vuur gezet wordt,' zei ze terwijl ze een slok nam.

Ze keken hoe Albert tegen zichzelf praatte terwijl hij een vrolijk oranje boeketje Oost-Indische kers plukte.

'Hattie zei dat hij weigert naar een verpleeghuis te gaan,' zei Ellie.

'Hij is koppig.'

'Waarom wil hij dat niet?'

Milo dacht na over zijn antwoord. 'In de eerste plaats door zijn trots. Maar ik denk dat het...' Hij aarzelde. 'Weet je nog dat we elkaar die ochtend op het strand ontmoetten?'

'Natuurlijk.'

'Toen vertelde ik je iets.'

De vloek. 'Jij gelooft er toch niet in, hè?'

'Nee, dat is het niet. Als Albert weggaat, is hij bang dat ik hier alleen achterblijf. Hij maakt zich zorgen over wat er zal gebeuren.'

'Met jou?'

'Ja.'

'Gelooft hij dat het huis of de kam vervloekt is?'

Milo schrok bij het woord. 'Ze lijken in zijn hoofd onlosmakelijk met elkaar verbonden te zijn. Hij vertelde me ooit dat ze allebei zijn leven veranderden.'

Ellie fronste. Dit was het moment. 'Wist je dat Tabby een broer had?'

Hij keek verbaasd op. 'Ja. Natuurlijk. Daarom heb ik je gevraagd hier te komen. Ik wilde je iets vertellen over Tomas.'

Wist hij het? 'Ja?'

Maar Milo zei iets wat ze niet had verwacht. 'Ze waren verliefd op elkaar.'

'Wat? Nancy en Tomas?'

Hij lachte. 'Nee, niet Nancy en Tomas.'

'Wat bedoel je?'

Hij reikte over haar heen. Even – een vreselijk moment? Een prachtig moment? – dacht ze dat hij haar ging omhelzen. Maar hij ging met zijn hand langs de rand van het prieel en duwde de takken van de clematis opzij, waardoor de inkervingen eronder zichtbaar werden.

48

Ballinn, County Kerry
September 2019

Het witte huisje met het rieten dak stond aan de rand van de oceaan. Beneden sloegen schuimende golven tegen de rotsachtige kustlijn en honderd meeuwen cirkelden rond voor de kust, duikend naar een verborgen ondiepte. Om het huisje heen kwam het groen je tegemoet. Eindeloos groen. Velden die naar de zee liepen. Ellie stapte op de versleten deurmat, waarin het woord FÁILTE – 'Welkom' – geweven was, en klopte op de deur. Toen deed ze een stap achteruit en vroeg ze zich af wat ze moest doen. Traditioneel werd er door buren onderling in Kerry niet gewacht bij de deur. Ze liepen zo naar binnen. De onuitgesproken regel was dat je keuken altijd open was. Meteen klonk er een stem in het huisje, duidelijk makend dat die regel ook hier gold.

'Kom binnen.' Het was Tabby. 'De thee staat klaar.'

Het interieur van Tabby's huis zag er heel anders uit dan Ellie had verwacht. Ten eerste was de ruimte helemaal open. Links bevond zich een met eikenhout afgewerkte keuken, rechts was een zitkamer met een enorme hoekbank en een grote salontafel. Ten tweede was het er gezellig warm. En ten derde – Ellie kon haar ogen niet geloven – bestond de hele zuidelijke muur uit glas. Vanaf de oprit kon je deze kant van het huis niet zien, maar de glaswand keek volledig uit op de oceaan. Het uitzicht was adembenemend. Alsof iemand een foto had gemaakt van Kenmare Bay in perfect licht, op het perfecte moment, en toch het contrast in het plaatje nog wat verhoogd had.

Ellie realiseerde zich dat haar mond openstond. Ze deed hem dicht, maar bleef rondkijken in de lichte kamer met de witgekalkte muren. Ze keek naar de kamerplanten en de grijze leistenen vloeren. Vergeleken met dit zag haar appartement in Dublin er ouderwets uit. Wat ze zag paste helemaal niet bij het versleten, sombere interieur dat ze had verwacht. Er waren maar twee dingen die haar niet verrasten aan het huis: Tabby Ryan, die in het midden stond, met één hand een pot thee vasthoudend, en de geruststellende geur van versgebakken brood.

'Vind je het mooi?' zei Tabby, hoewel het eigenlijk geen vraag was, want niemand kon hier binnenkomen en dit niet mooi vinden.

'Het is... wauw.'

In de grote open haard waren blokken hout opgestapeld, maar er brandde geen vuur. Tabby volgde Ellies blik.

'Vloerverwarming.' Ze wees naar de donkere stenen tegels.

'Het is fantastisch,' zei Ellie. Het huis. De vloerverwarming. Het uitzicht.

Tabby knipoogde. 'Je kunt beter vandaag geld uitgeven alsof er geen morgen meer is dan doen alsof er geen geld meer is.' Ze draaide zich om en liep langzaam naar de oven – een zwart geheel in een tweede open haard – en pakte een schaal met scones. Ellie wilde vragen of ze kon helpen, maar ze had het gevoel dat Tabby zo'n vrouw was die dat als een belediging zou opvatten. Ze ging op een van de barstoelen bij het moderne aanrecht zitten en keek naar het uitzicht.

'Mijn kleinzoon is architect. Het begon met een plan om de keuken een beetje te moderniseren.' Tabby gebaarde achter zich. 'Toen... liep het enigszins uit de hand.'

Dat kon je wel zeggen. Een deur aan de andere kant van de ruimte stond op een kier. Ellie ving een glimp op van de hoek van een bed.

'Er is maar één slaapkamer,' zei Tabby. 'De weg is misschien langer als je die alleen loopt, maar ik hou wel van wandelen.' Ze lachte, zette de schaal neer, duwde een stapel papieren opzij en knikte ernaar. 'Een beetje aan het dichten geweest. Eigenlijk hou ik toch wel van ballades.'

Ellie overwoog haar volgende zet en besloot de koe meteen bij de hoorns te vatten. 'Tabby, ik kom net van Blackwater Hall.'

'O ja?' De oude vrouw liep om het aanrecht heen en ging zitten. Met een lichte grimas trok ze zich op. 'Hoe was het daar? Hoe gaat het met Milo?' Ze sprak zijn naam uit met zo veel genegenheid dat Ellie glimlachte.

'Het gaat uitstekend. Ik heb thee met hen gedronken in de ommuurde tuin.'

'In de tuin? Echt waar?' Tabby schoof de schaal met scones naar voren. 'Ik ben de jam vergeten…'

'Laat mij die maar even halen.'

Tabby knikte. 'In de koelkast. Achter dat kastje.' Ze wees. 'Nee… die links.' De koelkast was belachelijk groot. Ellie zag meteen een plank met potten. Frambozen- en meidoornjam. Vlierbessen- en meidoornjam. Bramenjam. Ze koos de laatste, ging terug naar haar plaats en begon een scone te besmeren.

'Je zei op je feestje dat je vader tuinman was op Blackwater Hall?'

'Jazeker. Hij had er aanleg voor. Helaas heb ik dat talent niet geërfd.' Ze gebaarde naar het raam, waar geen spoor van een tuin te bekennen was. 'Ik zoek liever naar eetbare dingen in de natuur.' De inhoud van haar koelkast getuigde daar zeker van.

'Ik zag een foto van jullie beiden, van Blackwater Hall in 1939,' vervolgde Ellie. 'Gemaakt op het zomerfeest.'

De oude vrouw knikte. 'Een jaarlijks evenement. Het stopte nadat Charlotte verdween.' Dit keer kreeg ze Charlottes naam gemakkelijk over haar lippen, alsof ze het had geoefend in de dagen na haar verjaardag. Gezien haar gesprek met Milo was dat ook zo.

'Milo vertelde me dat je je identiteitsbewijs in 1940 aan Charlotte hebt verkocht.'

'Ja. Zij wilde weg en ik niet.' Tabby zei het eenvoudig, alsof het het einde van het verhaal was. Maar Ellie wist dat dat niet zo was.

'Waarom vertelde je me dat ze je hielp een studiebeurs te krijgen?'

Tabby stak haar hand uit om de thee in te schenken. 'Omdat het waar was.'

'Wat bedoel je?'

'Ze hééft me geholpen bij de aanvraag. Charlotte was net zo goed met woorden als met mensen. Ze was talentvol, en een uitstekende actrice.' Tabby glimlachte steels. 'Ze hield van het toneel. Ik weet niet waar ze dat vandaan had. Haar ouders waren allebei nogal stijf.' Ze schoof een kopje naar Ellie en wees naar de melk en suiker. 'Maar we zouden de Ballinn Dramatics Secret Society niet hebben als zij er niet geweest was.'

Ellie wilde de melk pakken, maar stopte abrupt. 'Wat?'

'Charlotte heeft die opgericht. De Society. Toen ze vijftien was. Haar familie dacht dat ze literatuurles gaf aan lokale meisjes.'

Ellie lachte. 'Je maakt zeker een grapje.'

Tabby trok een dunne wenkbrauw op. 'In het noorden is men hard, in het zuiden is men zacht, in het oosten bloeit de industrie en in het westen brandt een vuur van inspiratie. Dat is een Iers gezegde, toch?'

Ellie glimlachte. Haar vader had dat ooit tegen haar gezegd, toen ze had gezegd dat ze de journalistiek in wilde. 'Zo is het.'

Ze zaten in stilte bij elkaar. In de baai voer een zeilboot rond Dinish Island. De zeilen staken wit af tegen de donkere gevouwen kliffen.

Na een moment keek Tabby op haar horloge. 'Mijn kleindochter komt zo. Ze is erg beschermend naar mij toe. Ze zou het niet leuk vinden als er iemand in mijn familieverleden aan het graven is. Dus...' Haar stem werd zachter. '... je kunt beter vragen wat je hier ook maar komt vragen.'

Mijn familieverleden.

Ellie zette haar kopje opzij. Ze veegde de kruimels van het aanrecht op haar bord. Ze waardeerde Tabby's directheid. Het deed haar aan Hattie denken. 'Je broer stond ook op de foto van het zomerfeest. Hij werkte ook in de tuin, toch?'

'Mag ik de brief zien waar Milo me over vertelde?' vroeg Tabby, in plaats van antwoord te geven. 'Die je gevonden hebt in een boek uit de kringloopwinkel?'

Verrast knikte Ellie. Ze pakte de brief uit haar tas, waar het naast de map uit 1940 lag.

Naast de map uit 1958.

Tabby pakte een dikke bril van het aanrecht en las de brief. Toen ze klaar was, keek ze op. Ellie had het gevoel dat ze beoordeeld werd. Vanwege haar lef? Vanwege haar stoutmoedigheid? Haar onvermogen om behoedzaam om te springen met iemand die bijna zeventig jaar ouder was dan zijzelf? 'Ze was het evenbeeld van haar moeder,' zei Tabby.

Ellie streek met haar hand door haar haar en ging rechtop zitten. Zij had nog een lange weg te gaan voordat ze Moira's charmante, maar onmiskenbaar moederlijke trekken zou ontwikkelen, dacht ze.

'Maar daar hielden de overeenkomsten op. Charlotte had pit. Ze was gepassioneerd en geïnteresseerd in het leven van andere mensen. In hun moeilijkheden. En ik kan je vertellen dat het leven in die tijd vol moeilijkheden was.' Tabby mijmerde verder, alsof er niemand anders aanwezig was. 'Een dergelijk meisje, van hoge komaf maar toch zo lieftallig, móést wel in de problemen komen.' Ze staarde in haar kopje. Er steeg een lichte damp van de thee op.

'Wat voor problemen?' vroeg Ellie verder.

Tabby stond op. Ze duwde zich af van het aanrecht en liep naar het raam, waardoor er door de zon een halo om haar witte haar verscheen.

'Tabby, in de tuin heb ik iets gezien. Twee namen die met elkaar verweven waren. Charlotte en...'

'Stop.'

'En Tomas.'

Tabby sprak zonder zich om te draaien. 'Je was altijd al nieuwsgierig.'

Ellie nam een slokje thee, maar verbrandde haar tong. Snel goot ze er wat melk bij. 'Charlotte was zwanger, of niet?' Ze zei het zo nonchalant als ze kon. Het lag er duimendik bovenop, toch? Ze had het geweten toen ze die namen in het hout in het prieel had zien staan. Charlotte en Tomas. Zo geschreven dat de o uit de naam van Tomas doorliep in die van Charlotte. En de datum, 1940.

Tabby's schouders zakten naar beneden. Ze drukte haar hand tegen het glas en liet die toen slap langs haar zij vallen. 'Ja,' was alles wat ze zei. Ze liep naar de bank en liet zich erin zakken. Ze sloot haar ogen. 'Niemand wist het. Alleen ma en Charlottes ouders. Haar vader had geregeld dat Tomas naar het front moest en dat Charlotte naar de nonnen zou worden gestuurd.'

'Hielden ze van elkaar?'

'Dat denk ik wel. Tenminste, zoals dat met jonge liefdes gaat.' Ze dacht even na. 'Ik denk uiteindelijk dat hij meer van haar hield dan zij van hem.'

'Waarom zeg je dat?'

'Omdat ze nooit meer terugkwam.'

'Wat is er met haar gebeurd?'

'Ik weet het niet.' Ellie zag dat de vrouw de waarheid sprak. Ze was er zeker van, want ze wist ook hoe Tabby keek wanneer ze niet de waarheid sprak.

'Heeft ze geschreven?'

'Ja, dat wel. Ze stuurde tientallen brieven. In eerste instantie. Ma verbrandde ze allemaal. Ze opende ze nooit. Ze bleven maar komen. Toen, op een dag, hield het gewoon... op.'

'Hemel,' zei Ellie, haar wenkbrauwen gefronst van verdriet. 'Wie wist nog meer dat Charlotte niet in het meer was verdronken?'

Tabby haalde diep adem. Ze schudde haar hoofd. 'Volgens mij was dat het enige geheim dat mijn moeder ooit heeft bewaard. Wie zijn mond kan houden, behoudt zijn vrienden. Zelfs mijn vader wist het niet.'

'En Tomas, toen hij terugkwam?'

'Dat is het meest trieste,' zei Tabby. 'Daar heb ik het meeste... spijt van.' Ze keek naar haar verwrongen knokkels, alsof haar handen zo geworden waren omdat ze al die jaren vast had gehouden aan dit geheim.

'Heb je het hem nooit verteld?'

'Nee.' Ze sloot haar ogen. 'Wil je een glas water voor me inschenken, Ellie?'

Toen Ellie met het glas water aan kwam lopen, had Tabby zich weer geïnstalleerd, haar benen nu op de bank, een deken over haar schoot. Eén arm lag over de rugleuning, zodat ze naar de zee kon kijken. Ellie gaf haar het glas water. Ze nam een slok en knikte. 'Het beste inzicht krijg je niet door vooruit te zien, maar door iets achteraf te bekijken.'

Ellie ging aan het uiteinde van de bank zitten. 'Dat is waar.' Al wist ze niet zeker op welk deel van haar eigen leven ze doelde.

Hoeveel was er uiteindelijk te voorkomen geweest van al het verlies? Ze legde haar hand op haar buik.

'Tomas had niet meer aan de slag moeten gaan bij Blackwater Hall toen hij in 1944 terugkwam. Maar dat gebeurde wel. Hij was veranderd, Ellie. Erg veranderd. Hij werd...' Tabby zweeg even. 'Onvoorspelbaar. Het was iets waar niemand het toen over had. Het was shellshock. Alle jongens die terugkwamen uit de oorlog hadden het, in wat voor vorm dan ook. En toen hij terugkwam, rouwde hij zo diep en... heftig om Charlotte dat ma tegen me zei dat ik hem nooit over de brieven mocht vertellen. Hij geloofde dat ze verdronken was en dat was dat. En toen de gelegenheid om het hem te vertellen voorbij was...' Ze keek Ellie aan, haar ogen nat van de tranen. 'Hoe kun je dan nog terugkomen op zoiets? Het was vreselijk. Soms overviel het schuldgevoel me.'

Er zat nu een heel andere Tabby tegenover Ellie. Een vermoeide en ernstige vrouw. Een vrouw die een groot geheim met zich mee had gedragen en het verborgen had gehouden voor iemand van wie ze veel hield.

'Ik snap het niet... Waarom kreeg Tomas een baan op Blackwater Hall? Niamh en Charles Rathmore wisten van de zwangerschap. Voor zover zij wisten, had Charlotte zichzelf om die reden verdronken. Gaven ze hem dan niet de schuld?'

Tabby streek met haar vingers over haar voorhoofd. 'Dat was dankzij ma. Ze was een sterke vrouw. Zij kon Niamh Rathmore wel aan. Ons gezin had geld nodig. Tomas moest werken, maar hij kon geen baan vinden. Wie zou er nog een Ier in dienst nemen die voor de Engelsen had gevochten? Ma ging naar het grote huis en vertelde hun in duidelijke bewoordingen dat ze Charlottes geheim – de zwangerschap – zou onthullen als Tomas zijn oude baan niet terugkreeg en weer met mijn vader in de tuin kon werken.'

'Dat was wel een gok,' zei Ellie.

'Maar het werkte wel. Blijkbaar woog Niamh Rathmores bezorgdheid over gezichtsverlies zwaarder dan wat Tomas had gedaan. Dat zegt wel wat. Maar ze heeft nooit meer met hem gepraat. Tomas heeft daar veertien jaar gewerkt zonder dat ze ook maar één woord met elkaar wisselden.' Ellie vroeg zich af of dit het moment was om het dossier in haar tas te noemen, maar Tabby ging door. 'Het was moeilijk te doorgronden wat er zou gebeuren als ma zou sterven. Zou ík dan degene moeten worden die de zaak chanteerde? Daar heb ik heel wat nachten door wakker gelegen.'

'Maar Tomas stierf eerder,' zei Ellie.

'Ja.'

Ellie aarzelde even. 'Tabby, ik weet wat er is gebeurd. In 1958. Ik vind het heel erg.'

Tabby keek verrast. Ze sloeg haar handen ineen en legde ze op haar schoot. De twee vrouwen staarden elkaar aan. Ellie keek weg.

'Sean Reilly zei altijd al dat jij de slimste van zijn klas was.'

Ellie moest er bijna om lachen. 'Er waren maar twaalf leerlingen,' zei ze, waarmee ze herhaalde wat ze de week ervoor tegen Bernie had gezegd.

Maar Tabby meende het. Met één hand wreef ze over de verwrongen knokkels van de andere hand. 'Artritis.' Ze keek op. 'Ik ben net als dit huis, Ellie. Vanbinnen jong en vanbuiten oud.' Ze lachte. 'Mijn voordeur is wel aan vervanging toe.'

'Winderige dagen zijn niet bedoeld om hout te hakken.'

Ze glimlachte. 'Ik ben blij dat mijn gedicht niet vergeten is.'

'Zeker niet.' Ellie had er sindsdien al verschillende keren aan gedacht.

'Kun je je voorstellen dat je zo'n schandaal zou begraven in Ballinn?' Tabby was terug in het verleden, in 1958.

'Nee,' zei Ellie. 'Hoe hebben jullie dat voor elkaar gekregen?'

'Er is maar één ding erger dan dat er over je wordt gepraat, en dat is dat er níét over je wordt gepraat,' zei Tabby. 'Tomas was een buitenstaander geworden. Het boeide maar weinig mensen wat de jongens hadden meegemaakt die in die oorlog hadden gevochten. Soms waren ze wreed, de dorpelingen van toen.' Ze knikte. 'Het is er wel op vooruitgegaan.'

'Maar waarom heeft Nancy Rathmore je broer gedood?' Ellie wilde het zelf horen.

'Uit zelfverdediging. Het ging de boeken in als doodslag,' zei Tabby. Er klonken geen verwijten of bitterheid door in haar stem.

'Geloof je dat?'

Ze fronste. ‘Natuurlijk. Tomas was onberekenbaar geworden… Hij had zijn woede niet meer in de hand.’ Ze zuchtte. ‘Toch was hij in zijn hart een goede man.’ Tabby was volledig in gedachten verzonken. ‘Hij was ooit een echt goed mens.’

‘Ik vind het heel erg,’ zei Ellie.

‘Ik ook. Ik denk er nog elke dag aan. Maar gedane zaken nemen geen keer. Het was een misverstand.’ Tabby begon de deken die op haar schoot had gelegen op te vouwen. ‘Langs elke weg liggen aan beide zijden greppels, Ellie. Er zijn altijd twee kanten aan een verhaal.’ De kleur was teruggekeerd naar haar wangen. ‘Tomas was geen dief,’ zei ze. ‘Mijn broer was een gecompliceerde man… nee… hij wérd een gecompliceerde man. Voor die tijd was hij lichthartig en vol vreugde. Hij voelde een intense passie voor Charlotte. Ik kan me alleen maar proberen voor te stellen hoe het voor hem was om thuis te komen. Zij was verdwenen, zijn toekomst was verdwenen. Zijn leven was voorbij.’ Ze keek Ellie aan. ‘Heb je dat ooit meegemaakt? Dat het voelde alsof je leven voorbij was?’

Ellie sloeg haar ogen neer. ‘Ja,’ zei ze.

Tabby knikte en boog zich voorover. Ze pakte haar hand en streek erover, alsof ze de gladde huid onderzocht met haar eigen verrimpelde hand. ‘Dan zul je het begrijpen. Tomas dacht niet aan die kam. Het enige wat voor hem telde was Charlotte, en dat wat had kunnen zijn. Materiële bezittingen betekenden niets voor hem. Hij was gebroken door het leven en verlies. En… door de liefde.’

49

Holborn, Londen
Februari 1941

Charlotte lag doodstil op het bed toen Nancy zich de slaapkamer in haastte. Ze legde haar hand op het voorhoofd van de jonge vrouw. Geschrokken trok ze haar hand terug, zo heet voelde het aan. Ze luisterde naar haar adem, een gebroken gefluister.

'Charlotte,' zei ze luid en ze schudde haar bij de schouders heen en weer. 'Charlotte!'

Een gekreun als antwoord.

'Mevrouw McLaughlin is hulp gaan halen. Ze kan elk moment terugkomen.' Ze knikte, vooral voor zichzelf, want Charlotte had haar ogen nog steeds gesloten. 'Het sneeuwt, dus je kleine meisje wordt geboren in een winterwonderland. Wat denk je daarvan?' Ze schraapte haar keel en had plotseling het gevoel dat ze haar te veel bemoederde. 'Ik ga wat water koken.'

Ze vulde een grote pan en zette hem op het gas, waarbij ze het zwakke vuur zo hoog mogelijk zette. Ze verzamelde handdoeken en een restje whiskey en ging terug naar Charlottes kamer.

'Kom, laten we je overeind zien te krijgen.' Ga met haar lopen, had mevrouw McLaughlin gezegd. Zulk soort adviezen had ze ook gelezen in haar boeken over verloskunde, die weggestopt lagen in de bovenste lade van haar nachtkastje en die ze allebei nog steeds niet uit had.

Charlotte schudde haar hoofd ten antwoord, maar rolde zich toch op haar zij. Nancy hielp haar om te gaan zitten, bracht haar voeten naar de vloer en sloeg een arm om haar schouder. De beweging veroorzaakte een kreet van pijn. 'Als je gaat lopen, is dat goed voor de baby,' zei ze bemoedigend, hoewel ze geen idee had of dat klopte. 'Zo komt de kleine in de juiste positie. Het hoofdje eerst.' Ze kromp ineen. Het hoofdje eerst? Het klonk alsof ze duikles gaf.

Ze probeerde zich voor te stellen hoe mevrouw McLaughlin met haar omvangrijke lichaam door de straten vol puin en sneeuw liep. Ze weerstond de drang om naar het raam van de woonkamer te gaan, de jaloezieën opzij te trekken en naar haar buurvrouw uit te kijken. Opeens wist ze dat zij had moeten gaan en dat mevrouw McLaughlin, de kalmte zelf en vol instructies, had moeten blijven.

Twee uur later, toen de baby kwam, ging dat helemaal niet zoals het in Nancy's boeken stond. Het hoofdje kwam niet eerst, dus was er ook geen pauze voordat de schouders en de rest van het lichaampje eruit glibberden. Charlottes ademhaling ging niet zoals ze geoefend hadden. In plaats daarvan was het een en al bloed en ledematen. Zware metaalachtige geuren. Charlottes ademhaling ging raspend.

Angst was voelbaar in de kamer.

De voetjes kwamen als eerste. Of beter gezegd, één voetje. Charlotte ging op het bed liggen, een handdoek over haar benen en Nancy knielde ertussen. De schaamte die ze bij die positie had gevoeld verdween toen ze merkte dat de jongere vrouw er totaal geen aandacht aan schonk, maar in plaats daarvan tegen haar moeder begon te mompelen, een spervuur van excuses en verontschuldigingen. Nancy zei dat ze moest persen, maar of dat wel goed was, wist ze niet. Haar handen, bedekt met bloed, trokken zachtjes aan het beentje van de baby, in de hoop dat er nog een zou verschijnen. Ondertussen sprak ze met kirrende stem tegen Charlotte. Ze zei tegen haar dat het zo goed ging en dat het snel voorbij zou zijn.

Dat klopte ook.

Ze trok het tweede beentje eruit en toen volgde de rest van het lichaampje, stil en levenloos. Ze wreef met twee vingers over de borst, als om het kindje tot leven te wekken, terwijl Charlotte probeerde zichzelf overeind te duwen.

'Ga liggen,' zei Nancy, terwijl ze een hand op haar schouder legde.

'Is ze...' mompelde ze.

Nancy hield de baby ondersteboven. Dat was iets wat ze een

vrouw had zien doen met het kleinste hondje uit een nest puppy's. Ze schudde zachtjes.

Charlotte schreeuwde. Pijn en afschuw vermengden zich op haar gezicht. 'Wat doe je?'

'Het is oké.' Nancy draaide haar rug naar het meisje en verborg haar tranen. De woorden bleven in haar keel steken, duwden de waarheid weg. Opeens was mevrouw McLaughlin er, haar gezicht was lijkbleek, haar lippen blauw. Met een snelle blik nam ze alles in zich op en toen stak ze haar armen uit. Zonder een woord te zeggen gaf Nancy haar de baby aan, glibberig van het bloed.

'Breng me een pan warm water. En extra handdoeken voor Tabby.' Met één snelle beweging draaide de vrouw het kind op zijn buik, de kleine ledematen hingen langs het lichaampje alsof het een lappenpop was.

Nancy aarzelde. *Voor wie?*

'Je nichtje,' spoorde mevrouw McLaughlin haar aan. 'We moeten haar warm houden.'

Nancy knikte en verliet de kamer. Ze liep naar de kist aan het voeteneind van haar bed en gooide die open. Geen handdoeken. Hij zat vol met beddengoed, gloednieuwe witte lakens die ze in een opwelling van huiselijkheid voor de oorlog had gekocht. Ze lagen te wachten op een speciale gelegenheid.

In paniek trok ze ze er een voor een uit, de nette vouwen herinnerden haar eraan hoe nieuw ze waren. De stof was zijdezacht. Egyptisch katoen met een hoge draaddichtheid. Deze lakens absorbeerden niet en waren volkomen nutteloos. Ze gooide er een op het bed uit frustratie. Het vouwde open en zweefde naar beneden, de koele lucht van de kamer eronder vangend.

En toen, heel dichtbij, klonk het geluid van een sirene. Een lange, enkele jammerkreet. Zoals altijd bezorgde het geluid haar rillingen, een adrenalinestoot trok door haar aderen. Met trillende handen trok ze de deken van haar eigen bed en nam de kriebelende wol in haar armen zodat die niet over de vloer sleepte. Alsof dat er ook maar iets toe deed.

Toen ze terugkwam in de slaapkamer, zat Charlotte rechtop, met een berg kussens in haar rug. Haar ogen waren half geloken, op haar bleke gezicht was een lichte glimlach zichtbaar, haar opgekrulde lippen hadden een vaag blauwe kleur. Een rode vlek breidde zich uit over het bed.

Bezorgd stapte Nancy de kamer binnen en legde de deken over Charlottes benen, in een poging kalmer te worden. Kon ze de Luftwaffe ook maar vertragen. Toen ging ze voorzichtig op het bed zitten. Het kraakte uit protest. En toen, onder de kin van haar schoonzus zag ze een klein hoofdje, bijna puntig. De huid van het kindje was zachtroze.

'Het luchtalarm...' Nancy keek van Charlotte naar mevrouw McLaughlin. 'We moeten gaan.'

Een verwarde frons verscheen op het gezicht van de oudere vrouw. 'Luchtalarm?'

'Ik dacht dat ik...' Opeens besefte ze hoe stil het buiten was. Het besef daagde. Het waren geen sirenes geweest. Er klonk geen zwaar gerommel van honderden motoren. Er zouden geen bommen vallen.

Ze keek weer naar het bundeltje in Charlottes armen. Daar kwam het vandaan. Het kleine mondje bewoog. Het ging open en weer dicht, proefde voor het eerst van het leven.

Het geluid, de sirene, was een kinderlijk gehuil geweest. De baby leefde. Ze stak haar hand uit en raakte Charlottes wang aan. Die was net zo koud als haar handen een paar uur geleden waren geweest. 'Je hebt het koud.'

Mevrouw McLaughlin schraapte haar keel en kwam naar voren. Ze legde een hand op Nancy's schouder. 'Kan ik even met je praten?'

Nancy volgde de oudere vrouw naar de woonkamer en keek met een schuin oog naar Charlotte, die haar ogen had gesloten. Haar borstkas ging traag en onregelmatig op en neer.

Mevrouw McLaughlin pakte haar hand. 'Ze bloedt erg. Ik heb het eerder gezien...'

Nancy fronste. 'Maar komt er hulp? Stuurt het ziekenhuis een vroedvrouw?'

'Zodra dat mogelijk is.'

'Wanneer is dat?'

De stilte was voldoende antwoord: mevrouw Maclaughlin wist het niet.

De radio stond nog aan. Op de achtergrond klonk een gemompel van stemmen.

'Het ziekenhuis was overvol toen ik aankwam, vanwege het weer. Er is chaos ontstaan, mensen vriezen dood, zijn ziek. Ze hebben maar drie vroedvrouwen, één konden ze niet bereiken, de andere twee waren aan het helpen bij een thuisbevalling. Ik heb een adres achtergelaten, meer kon ik niet doen.'

'Je zei dat je dit eerder hebt gezien.' Nancy zag plotseling haar met bloed bedekte nagels. 'Wanneer?'

Mevrouw McLaughlin aarzelde voordat ze antwoordde. Haar stem klonk ongewoon zacht. 'Bij mijn dochter. Bij haar ging het net zo.'

Nancy keek op. 'Uw dochter? Dat wist ik niet...'

'De baby, mijn kleindochter, overleed ook.'

'Het spijt me zo.' Nancy begreep niet waarom ze dit gesprek voerden na wat er net was gebeurd, na wat er hier in haar huis was gebeurd. Tegelijkertijd begreep ze het wel.

'Het was een kwestie van uren. Voor de baby, tenminste.'

Nancy knikte. 'We moeten hen allebei naar het ziekenhuis brengen.'

Mevrouw McLaughlin greep haar hand iets steviger vast. 'Nancy, ik denk dat het het beste is dat je de baby meeneemt en hulp gaat halen.'

'En Charlotte?'

Verwarring verscheen op het gezicht van de oude vrouw als een rimpeling op het water.

'Charlotte. Dat is haar naam,' zei Nancy. 'Ze is mijn schoonzus...' Haar stem werd smekend. 'Teddy weet het niet... niemand weet het. Ze heeft me gesmeekt het stil te houden.'

'Je hoeft me niets uit te leggen.' Mevrouw McLaughlin pakte een deken van de bank, de deken die nog maar een paar uur geleden over Charlottes knieën had gelegen. Ze hield hem omhoog. 'Jij bent sneller dan ik. Neem de baby mee en ga naar Great Ormond Street. Dat is het belangrijkste voor Charlotte...' Ze zweeg even, alsof ze de naam proefde op haar lippen en die uiteindelijk goedkeurde. 'Nu.'

Nancy keek naar de deken. Het vrolijke blauw ervan was storend. 'Ik blijf liever hier.'

'En ik zou liever een tweeëntwintigjarige nachtclubdanseres zijn. Je moet gaan.'

Ze besefte wat mevrouw McLaughlin probeerde te doen. Haar terugbrengen naar de realiteit, al was het met een omweg. 'Ik...'

Ze kreeg geen tijd om te antwoorden. 'Breng maar een dokter mee terug.' De vrouw stak haar hand uit om een pluk van Nancy's haar achter haar oor te stoppen en zei zachtjes: 'Je moet dit doen.'

Nancy keek mevrouw McLaughlin na toen die naar de keuken liep, een beetje mank en ongemakkelijk. Ze slikte en probeerde de angst die haar in zijn greep had te onderdrukken. Als ze Charlotte achterliet, zou ze haar niet kunnen helpen. Maar als ze niet vertrok, zou ze misschien ook sterven. De baby zou kunnen sterven. Toen ze terugkwam in de slaapkamer, voelde de lucht koel aan en was het licht zwak. Ze knielde naast het bed, haar knieën kraakten. Charlotte lag met haar hoofd achterover. Haar gezicht werd nu alleen verlicht door de lamp op het nachtkastje, waardoor ze aan één kant in schaduwen gehuld werd. Aan de andere kant was de huid van haar gezicht bijna doorschijnend en ze leek nog jonger dan ze was. Toen Nancy en Teddy Ierland slechts achttien maanden eerder bezochten, was zijn zus nog een jongedame geweest, op het randje van de volwassenheid. Ze had aan het begin van haar leven, haar volwassenheid gestaan. Ze was volledig opgebloeid. Nu leek ze echter weer op een kind. En het enige wat Nancy wilde doen was haar armen om haar heen slaan en haar stevig vasthouden. In plaats daarvan zei ze: 'Ik moet de baby meenemen, naar een dokter. Ik ben terug voordat je het weet. Met hulp.'

Charlotte knikte, haar ogen gingen bijna open. Ze glimlachte lichtjes, haar bleke lippen waren niet meer dan een streepje. Toen mompelde ze iets onverstaanbaars.

'Wat zei je?' Nancy boog zich naar haar toe. Ze streek een vochtige haarlok van Charlottes plakkerige voorhoofd. Die was half bruin, half blond.

Charlotte schraapte haar keel. Diep in haar borst klonk een geratel. 'Niet...' Een glimp van een glimlach verscheen om haar lippen. 'Dikke Bertha.' Het zware gevoel dat zich opbouwde in Nancy's borst kwam eruit als een snik, gevangen tussen een lach en iets wat duister was. Toen voelde ze iets heets achter haar ogen prikken. Iets nats, dat in een koele lijn over haar wang liep. Ze draaide zich om om de traan weg te vegen, om te doen alsof ze niet wist waarom ze huilde, in elk geval voor zichzelf.

'Dikke Bertha neem ik niet mee, dat beloof ik,' zei ze. Haar stem klonk vreemd. Niet zomaar vreemd, maar als de stem van een vreemde.

Met haar ogen weer dicht zei Charlotte: 'De kledingkast... ga ernaartoe.'

Dat deed Nancy, en ze opende hem.

'Nee... nee... eronder. Voel eronder.' Onhandig knielde Nancy neer en voelde onder de kledingkast.

De houten vloer was bedekt met stof. Tegen de plint vond ze een klein stoffen tasje. Ze haalde het tevoorschijn.

'Nancy?' Charlottes stem was zo zacht dat het bijna een herinnering was. 'Bescherm dit kind...'

'Natuurlijk, natuurlijk doe ik dat.'

'... als ik er niet meer ben.'

Nancy staarde naar haar vriendin. De baby was rustig, veel te rustig. 'Praat niet zo.'

'Neem het,' zei Charlotte. 'Voor als je iemand moet omkopen. Als je iets nodig hebt. Neem het.'

Ondanks alles lachte Nancy bijna. Het verlichtte het zware gevoel binnen in haar een beetje. Ze dacht na over deze jonge vrouw, van zo goede komaf en zo naïef, die anderen had omgekocht om een schip naar Liverpool te kunnen nemen. Die gereisd had onder een andere naam. Die gewerkt had dankzij de papieren van iemand anders. Tijdens haar zes maanden in Londen had Charlotte haar volledig verrast. Haar veerkracht, haar aanleg voor hard werken met die zachte, tere handen, haar enthousiasme voor de door oorlog verscheurde stad. De manier waarop ze zich had verwonderd over de Big Ben, terwijl ze zich hardop had afgevraagd of er daarbovenin een team van kleine mannetjes zat die de wijzers lieten bewegen. De keer dat Nancy een overjarige fazant had gebraden die zo'n vreselijke wildsmaak had dat ze het niet kon verdragen het vlees te eten, terwijl Charlotte het bittere maal tot de laatste hap had opgegeten. 'Wie het kleine niet eert, is het grote niet weerd,' had ze gezegd, terwijl ze op haar buik had geklopt. En natuurlijk dacht Nancy ook terug aan die dag dat ze plotseling bij haar op de stoep had gestaan, springlevend, met een brutale grijns, en een plaatsje in Nancy's leven had verworven.

Nancy opende het tasje. Zelfs in het schemerige licht glinsterde de inhoud.

'Als mij iets overkomt...'

'Jou overkomt niets.'

'Maar als dat wel zo is.'

Ze haalde het voorwerp tevoorschijn. Saffieren, obsidiaan en robijnen. Het fonkelde in het zwakke licht van de kamer. Ze schudde haar hoofd en haar stem stokte in haar keel. 'Nee... jou overkomt niets.'

'Neem het.' Charlotte haalde schor adem. 'Gebruik het als het nodig is.'

Ze had hem natuurlijk gedragen – haar vlinderkam – de eerste keer dat Nancy haar ontmoette. En de tweede keer. En talloze keren daarna. Maar in Londen nooit. Hier was ze iemand anders geworden, van het ene op het andere moment, alsof ze zich simpelweg omgekleed had.

Nancy probeerde geruststellend te glimlachen en knikte. 'Je doet gek, weet je dat?' Haar greep op het tasje werd heviger. 'Maar om je een plezier te doen...' Ze stopte het in haar rokzak, liep terug naar het bed, legde haar handen over Charlottes koude hand en verstrengelde hun vingers als om haar vast te houden. Er kwam een beeld in haar op en ze probeerde het weg te duwen. Het was te veel. Te veel om te bevatten. Want ze wisten allebei wat er zou gebeuren.

Charlotte was stervende.

Nancy's hoofd was vol. Vol verdriet. Vol afschuw. Vol van herinneringen die ze nooit zou vergeten, zolang ze leefde...

Charlotte, die nonchalant naar haar toe liep over het glooiende groene gazon van Blackwater Hall...

'En de baby?'

'Natuurlijk.'

Met een grijns op haar gezicht, haar hand in het verband en drieste plannen...

'Zul je ervoor zorgen dat mijn baby veilig is?'

'Ja.'

Ze had Nancy's geheim bewaard, nog een miskraam, nog een stukje van haar dat weg was, nog een vervlogen toekomst...

'Alsjeblieft?'

Ze had een plaatsje in Nancy's hart verworven.

'Dat doe ik.' Nu huilde ze, en toen de klok achter haar sloeg, realiseerde ze zich dat haar tranen precies op elke slag vielen... één, twee, drie. Ze telde de slagen, in de hoop dat het haar net zo zou kalmeren als Charlotte een paar uur daarvoor. Maar dat was niet het geval. Het werkte niet. De klok bleef maar slaan. Tot ze besefte dat het middernacht was en dat er een nieuwe dag aanbrak. Ze kneep in de hand van haar vriendin. 'Charlotte, ik beloof dat ik je baby zal beschermen,' zei ze.

Charlotte glimlachte zwakjes naar haar, alsof ze dacht dat de wereld weer op orde was en alles zo geregeld was. Voordat Nancy nog iets kon zeggen, voordat ze het meisje wakker kon schudden of 'Ik hou van je' kon zeggen of 'Ga niet weg' kon schreeuwen, sloot ze langzaam haar ogen. Haar zware wimpers raakten haar bleke wangen. Haar lippen waren een beetje geopend, alsof ze op het punt stond fluisterend een geheim door te geven aan iemand die dat waard was. Toen blies ze haar laatste adem uit, lang en op een vanzelfsprekende manier, een laatste gefluisterd afscheid aan een wereld die ze nauwelijks kende.

Achter haar hoorde Nancy een angstige kreet, een diep instinctief geluid dat haar tot in haar kern raakte. Ze keek naar de deuropening, waar mevrouw McLaughlin stond. Ze voelde woede in zich opkomen, razend en heftig, dat iemand die Charlotte nauwelijks kende dit moment van haar afnam. Die vrouw was een indringer en wilde ook deel uitmaken van dit moment. Maar toen ze zich omdraaide, zag ze iets van een weerspiegeling in de halfopen deur van de kledingkast. Op dat moment zag ze dat het helemaal niet mevrouw McLaughlin was die de kreet had geslaakt.

Zij was het.

Toen ze haar mond dichtdeed, werd het weer stil. En toen Nancy haar voorhoofd tegen Charlottes borst legde, naast het bundeltje nieuw leven, draaide ze haar hoofd opzij, drukte haar oor tegen vochtig katoen en zocht wanhopig naar een kloppend geluid dat er niet meer was.

50

Ballinn, County Kerry
September 2019

Ellie sliep onrustig en elke keer dat ze wakker werd – of ze het nu te warm of te koud had – tolden Tabby's woorden door haar hoofd. Als Charlotte was weggelopen terwijl ze zwanger was, zou er vast nog wel een spoor van haar zijn. Geboortes werden geregistreerd, sterfgevallen ook. Ze kon niet zomaar verdwenen zijn, een vervlogen schaduw. Ergens moest iets van haar te vinden zijn.

Tegen de tijd dat het zes uur was, had ze het opgegeven om te proberen in slaap te vallen. Ze trok een dikke wollen trui en al even dikke sokken aan en liep naar de keuken. Terwijl de waterkoker zijn werk deed, was ze voor het raam gaan staan met haar armen om haar lichaam geslagen. Het was nog donker genoeg om een glimp van haar weerspiegeling te zien. Ze moest nog ontwaken, net als de ochtend, en ze zag hoe een gouden deken de randen van de duisternis verdreef. De hemel was bijna helder, een paar schapenwolken hingen in de lucht als condenswolkjes na het stellen van een vraag. Ze bewogen langzaam oostwaarts, voortgestuwd door een zachte Atlantische wind.

Haar telefoon was twee keer gegaan toen ze vanaf Tabby's huis naar boven was gereden, en ze had de auto aan de kant van de weg gezet terwijl ze nog bereik had, voordat ze verdween in het wonderbaarlijke technologische zwarte gat van de heuvels voor haar. Een bericht van Dylan en een van Jeremy.

Jeremy had gevraagd of er al vorderingen waren in de zaak McCarthy-Cray. Ze trok een gezicht door zijn formulering – *Put jij al vreugde uit je bron?* – en dacht aan alle problemen die waren ontstaan na de tip.

Ze antwoordde eenvoudigweg: *Nee, geen vreugde.* Eerlijk gezegd had ze nog helemaal geen contact opgenomen met de voormalige secretaresse van Maxwell Cray. De vrouw had haar telefoon niet meer opgenomen nadat de blogpost op Dubble viraal was gegaan en had al Ellies pogingen om contact op te nemen genegeerd. Ze voegde eraan toe: *Ik blijf het proberen*. En dat zou ze doen. Later.

Haar eigen leven was op de tweede plaats gekomen gedurende de zoektocht naar Charlotte, die een welkome afleiding was geweest. Haar verhaal was hartverscheurend en meeslepend. Het zou fascinerende lectuur opleveren, echt iets bijzonders. Zelfs zonder dat alle antwoorden bekend zouden zijn. Een boek misschien?

Maar was het wel aan Ellie om Charlottes verhaal te vertellen?

Een klik bracht haar terug naar het heden. De waterkoker was klaar en het was bijna tijd voor haar eerste cafeïneshot. Ze richtte zich op de klus die ze moest klaren: drie scheppen koffie in de cafetière doen en haar favoriete mok klaarzetten, groot en blauw.

Het bericht van Dylan was nogal lang geweest. Hij verontschuldigde zich voor het feit dat hij zijn moeder ter sprake had gebracht tijdens de lunch. Ellie lachte bijna om zijn woorden: zijn moeder ter sprake brengen, alsof het een terloopse opmerking was geweest. Verder zei hij dat het hem speet, maar dat hij zo verward was geweest toen hij haar de schuld had gegeven van de miskraam. Dat woord zorgde, zoals altijd, voor een schok, voor een wee gevoel in haar maag.

Het was gewoon zo moeilijk na alles wat we hadden meegemaakt…

Ik voelde dat je je had teruggetrokken…

Als je meer over je verdriet had gepraat…

Nam ze inderdaad wat tijd om na te denken, zoals ze had gezegd? Zou ze binnen een week een antwoord voor hem hebben? Bij die deadline had ze haar hoofd geschud en haar telefoon weggelegd.

De geur van koffie vulde de keuken en ze schonk wat voor zichzelf in. Ze koesterde de warmte van de mok. Boven maakte het gekraak van de vloer duidelijk dat Moira wakker was. Ze pakte de theepot, vulde de waterkoker opnieuw en wachtte terwijl haar moeder langzaam de trap afdaalde.

'Goedemorgen.' Moira zag er bijna net zo slecht uit als Ellie zich voelde. Haar haar zat in de war, haar ochtendjas zat scheef en haar pantoffels hadden verschillende kleuren, hoewel ze wel van hetzelfde model waren.

'Mooi stel zijn we,' zei Ellie, terwijl ze een stoel naar achteren trok, waar Moira dankbaar op neerplofte. 'Een latertje gisteravond?'

'Heb je me niet horen binnenkomen?' Ellie schudde haar hoofd en zette de theepot op tafel. Moira glimlachte. 'Je bent een engel.'

'Daar ben ik nog niet zo zeker van.'

Ze zaten in knusse stilte bij elkaar terwijl er buiten leven in de brouwerij kwam. Een roodborstje hipte op de vensterbank en bleef even zitten, terwijl hij naar de twee vrouwen keek alsof hij ze als vermaak beschouwde. Toen ze alleen maar naar hem staarden, liep hij verder. 'Zelfs een vogel vindt ons vanmorgen maar niets,' zei Moira, maar de glimlach die op haar gezicht verscheen zorgde voor een golf warmte in de koude kamer.

De vorige avond, nadat ze er even met de Micra op uit was getrokken om Dylans bericht nog eens te lezen, had Ellie haar telefoon uitgezet. Ze was uit de auto gestapt en naar het huis gelopen. Moira had haar bij de deur opgewacht, een vleugje parfum op en gekleed in haar 'beste' jas.

'Ik ga uit eten,' zei ze. 'Er staat een ovenschotel voor je klaar. Het vuur is aan en er staat een fles wijn in de koelkast.'

Ellie was niet gewend dat haar moeder 's avonds nog wegging. Bovendien was de stortvloed aan gemakken die Moira had opgesomd zeer verdacht. Ze had zelfs wat lippenstift op – die opvallend veel leek op de kleur van Ellies lippenstift – en een blos op haar wangen. 'Waar ga je heen?'

'O... uit eten.'

'Dat zei je al.' Ellie bleef op de drempel staan en blokkeerde de deuropening.

'Even naar Kenmare om wat te eten.'

'Met wie?'

'Bernie,' zei Moira snel – te snel – terwijl ze haar handtas opende en erin rommelde om zich een houding te geven.

'Speciale gelegenheid?'

Moira stak haar hand uit naar de autosleutels. 'Wat zei je, lieverd?'

'Voor een speciale gelegenheid?'

'O,' zei ze, terwijl ze zich draaide om langs haar dochter te lopen. 'Bernie heeft... promotie gehad.'

'Bij de kringloopwinkel?'

'Ja,' zei Moira voorzichtig. 'Ze wil niet dat iemand het weet. Maar ik dacht dat het leuk zou zijn om het te vieren.'

Ellie grijnsde. Ze stapte opzij. 'Veel plezier.'

Ze dacht terug aan haar bezoek aan de kringloopwinkel, de middag dat ze de doos met boeken had gekregen. Bernie had duidelijk niet zitten wachten op een promotie. Ze had laten doorschemeren dat het managen van de kringloopwinkel haar net zo aansprak als bedorven melk.

En Kenmare? Dat betekende een rit van drie kwartier voor het avondeten. Een stad vol goede restaurants. Nee, dit was geen afspraakje met Bernie.

Ellie nam een slokje koffie en tuurde over haar mok naar haar moeder. 'Was het een leuke avond?'

Moira bloosde. 'Heel leuk.'

Ellie wachtte, maar Moira zweeg. 'Wat heb je gegeten?'

Moira veinsde interesse in de achterkant van het melkpak. 'Vis.'

'Vis? Wat voor soort vis?'

'Zeeduivel. Het was heerlijk.' Voordat Ellie meer vragen kon stellen, vroeg Moira: 'Wil je een ei bij het ontbijt?'

Ellie glimlachte. 'Heerlijk.' Terwijl ze nog een kop koffie inschonk dacht ze erover na hoeveel geheimen families hadden en dat ze, hoe goed de bedoelingen soms ook waren, niet voor altijd begraven konden blijven.

Ellie nestelde zich in de comfortabele bank bij Procaffination. Die was er sinds gisteren en stond in de achterste hoek van het koffiehuis, genesteld tussen twee torenhoge kamerplanten.

'Gisteravond bezorgd,' zei Nils. 'De chauffeur kwam laat. *Très* laat.'

Ellie lachte. Zo dicht bij de oceaan gelegen werd Kerry vaak vergeten. Door de mensen uit Dublin, door politici, door bezorgers. Het kon soms een week duren voor een pakket uit een andere regio aankwam. Nils klopte op de bank en zwaaide naar de prachtige herfstdag buiten, tenminste dat dacht Ellie.

Toen draaide ze zich om en zag een bekend gezicht. Het belletje bij de deur rinkelde toen Milo binnenkwam met een haastige tred en een gefronst voorhoofd. In zijn gedachten was hij op een andere plaats. Of in een andere tijd. En Ellie werd getroffen door een plotseling besef dat ze wilde weten waar. Of wanneer.

'O, hoi,' zei hij verrast, met een zweem van een glimlach. Nils' ogen gingen van de een naar de ander en hij vertrok snel om zich ergens anders mee bezig te houden.

'Hoi.' Ellie was geïrriteerd door de blos die langzaam op haar wangen verscheen. Ze was nerveus, vanwege de ontdekking die ze nog niet met Milo had gedeeld, redeneerde ze.

Hij wees naar de bank. 'Mag ik bij je komen zitten?'

Ze knikte.

Terwijl hij zich naast haar op de zachte bank liet zakken, kwamen ze door de dikke kussens automatisch vlak bij elkaar te zitten. Nonchalant schoof ze haar ongeopende laptop opzij, en gebruikte die als excuus om te gaan verzitten, haar benen over elkaar, een elleboog op de armleuning. Vriendelijk, maar afstandelijk. Twee kennissen die gewoon even bijkletsten.

'Hoe was het bij Tabby?' vroeg Milo.

'Geweldig.' *Je oudtante was zwanger*. Ze wilde het zeggen, maar wist niet hoe.

'En wat vond je van haar huis?'

Ze schudde haar hoofd. 'Dat was een verrassing.'

'Oud vanbuiten, jong vanbinnen.'

'Net als Tabby.'

Hij lachte. 'Net als Tabby.'

Nils kwam met koffie en zette die neer met twee macarons, van het huis.

Milo pakte zijn kopje op en sloeg zijn handen eromheen voor warmte. Of troost.

'Ze waren natuurlijk geliefden,' zei Ellie. 'Charlotte en Tomas.'

Was dat genoegen dat over zijn gezicht trok? Plezier dat hij een rol had gespeeld bij het ontrafelen van het mysterie? 'Het is een mooi idee, nietwaar? Liefde die grenzen overschrijdt?'

'Ja, dat denk ik wel.' Ze aarzelde. 'Maar hun liefde had gevolgen...'

Hij fronste en het voelde alsof er een knoop in haar maag zat. In haar opwinding over de ontdekkingen van die middag had ze het verhaal van Charlotte naar zich toe getrokken, alsof zij de enige was die er belang bij had haar te vinden. Terwijl dat beslist niet zo was. Charlottes verhaal was niet van haar. Het behoorde aan niemand toe.

Milo zette zijn glas opzij, de koffie was half op. 'Ze was zwanger, hè?'

Ellie knikte, blij dat hij haar de woorden uit de mond nam. Blij dat hij tot dezelfde conclusie was gekomen als zij. 'Het spijt me dat ik niet meteen heb gebeld toen ik erachter kwam.'

Hij lachte en Ellie voelde dat de knoop in haar maag verdween, als de strik bij een schoenveter wanneer iemand die lostrok. 'Je hoeft niet dagelijks te rapporteren, El. Maak je geen zorgen.' Ze haalde snel adem. Heel weinig mensen noemden haar zo.

El. Het was intiem, maar niet onwelkom. Ze nam haastig een slok van haar koffie om haar verwarring te verbergen en... nog iets anders? Plezier? 'We weten nu dat Charlotte naar Londen is gegaan en bij je oma verbleef. Maar daarna?'

Hij staarde naar zijn koffie. 'Wat zei Tabby?'

'Ze wist het niet.' Ze genoten van de warmte van het koffiehuis en de zoete geur van versgebakken brood en nestelden zich dieper in de bank om Charlottes verhaal nog eens door te nemen. Ze was een aristocratische rebel die verliefd was geworden op de zoon van de tuinman. Toen ze er in 1940 achter kwam dat ze zwanger was, dreigde haar moeder haar naar een Magdalena-wasserij te sturen. Daar zou ze haar kind zeker moeten afstaan. Tomas werd verplicht om te vechten in de oorlog. Charlotte zag echter een kans op een nieuwe identiteit, een nieuw leven en een kind. Ze leefde vanuit de intentie met hem herenigd te worden zodra de oorlog voorbij was en vertrok naar Londen. Vandaar stuurde ze brieven naar Kerry. Tot die brievenstroom, op een dag, gewoon stopte.

'En dan hebben we dit nog,' zei Ellie. Ze haalde een foto uit haar notitieboekje. 'De kam. Die nam ze mee toen ze verdween. Maar nu is hij weer in Blackwater Hall, dus die moet ze op een gegeven moment hebben meegebracht.'

Milo fronste. 'Hoe weet je dat ze hem heeft meegenomen op haar vlucht?'

'Dat stond in het dossier van de garda.'

'Heb je het dossier in handen?'

Ze was er bijna, bijna op het punt dat ze hem over 1958 zou vertellen. Over de doodslag. Ze wilde hem vragen wat hij dacht dat het betekende, maar ze hield zichzelf in en dacht weer aan Hattie. Zij wist wat er was gebeurd. Ze was erbij geweest, maar toch had ze niets gezegd.

'Ik heb het geleend,' zei ze. 'Charlotte nam ook een robijnrode ring en een parelketting mee, die uiteindelijk bij het meer is gevonden.'

Hij glimlachte bijna. 'Het verhaal van de parels ken ik.' Hij knikte. 'Oma verkocht ze om Alberts bruiloft te kunnen betalen. Hattie zei dat ik het hem nooit mocht vertellen. Wat zou hij zich verschrikkelijk hebben gevoeld dat er geld werd gebruikt dat een van Charlottes bezittingen had opgebracht...'

Ellie trok een wenkbrauw op. 'Hoeveel waren ze waard?'

'Heel veel.'

Charlotte had haar verhaal geloofwaardig gemaakt door zo'n schat achter te laten. Niemand zou raden dat ze zou weglopen en iets achter zou laten waarmee ze zich een nieuw leven had kunnen bekostigen. 'Een dure afleidingsmanoeuvre.'

'Maar niet erg subtiel.'

'Nee, maar daar ging het niet om,' zei Ellie. 'Charlotte was weg, samen met haar zwangerschap, wat voor een groot schandaal gezorgd zou hebben. Dat was het enige wat telde.'

Milo staarde in de verte. 'Zo klinkt mijn familie nogal kil.' Hij schraapte zijn keel en keek naar de klok aan de muur aan de andere kant van het koffiehuis. 'Ik moet gaan. Een huisbezoek aan Tabby, kun je dat geloven?' Ellie vroeg zich af of het een vriendschappelijk of professioneel bezoekje was. Die twee leken twee handen op één buik te zijn. Toen hij opstond, voelde ze een onverwachte schok van teleurstelling. 'Maar ik zou graag meer horen,' voegde hij toe.

'Ik laat het je weten als...'

'Ben je vanavond vrij?'

Ze zweeg even. Ze had vanavond niets te doen, maar de gedachte om de avond met Milo door te brengen – de gedachte om grenzen te verleggen – maakte haar nerveus. Ze legde haar hand op haar buik, een gebaar dat ze zich aangewend had. Ze dacht even na. 'Nee,' loog ze toen. 'Sorry, vanavond kan ik niet. Het is...' Ze zocht wanhopig naar een reden. '... mijn moeders verjaardag.' *Ik ben een vreselijk persoon.*

'Oké,' zei hij.

Ze bloosde voor de tweede keer die dag. 'Eh...'

'Geen probleem.' Hij glimlachte professioneel. 'Het was zomaar een ideetje.'

Ze waagde het. 'Een volgende keer misschien?'

'Tuurlijk,' zei hij op een manier waardoor ze zich afvroeg of het daar wel van zou komen. Maar hij voegde eraan toe: 'Feliciteer je moeder namens mij.'

Moira had Milo maar één keer eerder ontmoet, terloops, in het dorp. 'Dat zal ik doen,' zei Ellie met iets te veel enthousiasme.

Hij wilde weggaan, maar draaide zich toen weer om. 'Ik ben blij dat jíj de familiegeschiedenis onderzoekt. Hou me op de hoogte.'

Schuldgevoelens plaagden haar. 'Natuurlijk.'

Toen zei hij nonchalant tussen neus en lippen door: 'Bedankt, El.' Haar hart maakte een sprongetje.

Ellie was van plan om de Britse parochieregisters te doorzoeken naar gegevens over Tabby Deenihan. Een sterfgeval. Een geboorte. Een huwelijk. Wat dan ook. Een vrouw kon niet zomaar in het niets verdwijnen. Ze moest een spoor achterlaten.

De cafeïne deed zijn werk en zorgde ervoor dat ze zich beter kon concentreren. Al dacht ze ook aan andere dingen, zoals wat ze Dylan moest antwoorden, wat ze aan moest met Jeremy en Davy McCarthy en, nog verrassender, ze voelde spijt dat ze niet met Milo had afgesproken voor vanavond. Of was het een date geweest? Nee. Gewoon even bijkletsen als vrienden onder elkaar. Toch?

Ze opende haar e-mail. Die zat vol met de gebruikelijke spam, die ze snel selecteerde, een voor een, en toen allemaal tegelijk verwijderde. Er waren nog drie berichten over: een van Dylan, die gewoon vroeg hoe het ging; een van Jeremy, die zijn vraag herhaalde (*Al vreugde geput uit de bron?*); en een derde van een man genaamd Les Mills, de hoofdarchivaris van het Greenwich Heritage Centre.

Ellie,

Bedankt voor je vraag over Tabby Deenihan. Hierbij wat achtergrondinformatie:
Explosieve munitiefabrieken waren verdeeld in fabrieken die het materiaal maakten (productiefabrieken) en fabrieken die het geproduceerde materiaal in hulzen stopten (vulfabrieken). Bij de vulfabrieken werkten over het algemeen meer vrouwelijke werknemers, vandaar het grote aantal foto's van vrouwen op plekken zoals het Royal Arsenal, naast lange, schijnbaar eindeloze rijen hulzen.
Ik kan niet met zekerheid zeggen of Tabby Deenihan daar in 1940-1941 werkte zonder de archieven in te duiken, maar we zijn momenteel duizenden afbeeldingen aan het digitaliseren en ik heb een zoekopdracht uitgevoerd in de onvolledige database. Ik hoop dat je iets aan de bijgevoegde bestanden hebt.

Ze klikte op de eerste bijlage. Het was een zwart-witfoto van zes vrouwen die voor een enorm gebouw stonden. Dat de foto authentiek was, werd meteen duidelijk door hun Mary Jane-schoenen, trenchcoats en kapsels.

De vrouw die in het midden stond, hield met één hand een taart vast, de andere vijf verzamelden zich om haar heen. Eén meisje stond dichter bij haar dan de anderen. Ze glimlachten en toch was de lucht achter hen grijs en dreigend en de grond onder hun voeten donker gespikkeld alsof het net was begonnen te regenen.

Ellie kneep haar ogen tot spleetjes en zoomde in op de afbeelding.

Achter de taart was duidelijk een dikke buik zichtbaar, een zwangerschap die bijna ten einde liep. En dat gezicht... zo bekend. De hoge jukbeenderen, de rechte neus, die brutale grijns. En ja... daar waren ze, de kuiltjes in haar wangen.

Ze voelde een adrenalinestoot. *Ik heb je gevonden.*

Hoewel haar haar donker was, was het gezicht onmiskenbaar dat van Charlotte Rathmore.

En naast haar, nog een bekend gezicht.

Ellie opende het tweede bestand. Het was een scan van de achterkant van de foto.

Afscheidsfeestje voor Tabby Deenihan, bijgewoond door collega's, 29 december 1940
Achter van links naar rechts: Mabel Hughes, Ivy Alexander, Jennifer Stary, Meredith McCarthy
Voor van links naar rechts: Tabby Deenihan, Nancy Rathmore

Ze ging terug naar de foto en daar waren ze weer, in zwart-wit. Een hoogzwangere Charlotte, en vlak naast haar de vrouw die haar had verstopt, de vrouw die haar had geholpen.

Haar schoonzus, Nancy Rathmore.

51

Holborn, Londen
Februari 1941

Toen Nancy de straat op stapte, wist ze niet of het waas zich in of buiten haar hoofd bevond. Haar gedachten waren wazig, alsof ze net wakker was geworden. Of misschien had ze een nachtmerrie.

Mevrouw McLaughlin had haar geen tijd gegeven om alles te begrijpen, maar haar zonder pardon de deur uit geduwd. 'Tijd is van essentieel belang, Nancy. Je kunt deze baby redden. Maak niet dezelfde fout als ik.'

Charlotte is dood.

Charlotte is dood.

Charlotte is dood.

De woorden galmden door Nancy's hoofd. Ze stonden op haar netvlies gebrand en ze kon ze niet wegknipperen. Kon ze niet wegdenken.

De baby lag roerloos in haar armen. Ze trok de deken steviger om het kindje heen terwijl ze zonder zaklamp door de straten liep en haar ogen aan het donker wenden. De grond was oneffen, bezaaid met brokstukken, en struikelend, moe en verward sleepte ze zich door het donker voort.

Achter in haar keel klonk een snik. Ze voelde een diepe pijn in haar borst, maar ze wist zeker dat ze het ziekenhuis nooit zou halen als ze zich over zou geven aan het verdriet. Ze zou hier op de koude straat blijven liggen en de baby – dit stukje Charlotte, deze schat – zou gewoon verdwijnen.

Ze concentreerde zich op haar pas en zette de ene voet voor de ander, haar ademhaling moeizaam in de ijzige lucht. Toen weerklonk er een bekend geluid, een hoge kreet. Ze stond even stil, wilde dat het wegging, wenste dat het wegging, maar het ging door en werd luider, sterker.

Ze bleef even stilstaan in de beschutting van een portiek, deed haar zaklamp aan en zette die met de lamp naar beneden in de sneeuw. Ze knielde neer, trok de deken terug en staarde naar het bleke gezichtje. Ze deed een handschoen uit en streek over een van de wangetjes van het kind. De huid voelde koud aan.

'Nee, nee, nee,' riep ze zachtjes. 'Nee, nee, nee.' Ze wiegde het bundeltje zachtjes heen en weer en imiteerde de bewegingen van mevrouw McLaughlin. De oogjes van de baby gingen open en ze lachte hardop, een plotselinge adrenalinestoot stroomde door haar aderen. Aan de andere kant van de straat zag ze een schaduw voorbijgaan. Iemand verdween in de tegenovergestelde richting.

Het was te koud, veel te koud, om een kwetsbare pasgeborene zo door de sneeuw te dragen. Ze keek op haar horloge. Het zou twintig minuten duren, zo niet langer, om het Great Ormond Street Hospital te bereiken. Had ze nog zo veel tijd voordat de bommen vielen?

Ze draaide zich om en richtte haar aandacht op het oosten. Geen zacht gezoem, niets aan de horizon, alleen inktzwarte duisternis. Ze trok zich terug in het portiek, deed haar jas open en deed de trui die ze over haar blouse droeg omhoog. De koude lucht was als een klap in haar gezicht. Ze wikkelde de deken los en stopte de baby snel onder haar blouse. Haar huid voelde als vuur in vergelijking met het koele lichaampje. Ze trok haar trui weer omlaag en dacht eraan hoe kriebelig die was vergeleken met de plek waar de pasgeborene net vandaan kwam. Ze haalde diep adem, knoopte haar jas dicht en stapte de straat weer op. Ze keek naar de hemel, sneeuwvlokken landden op haar wimpers. 'Ik zal het kind beschermen,' fluisterde ze, terwijl ze zich nu met een nieuwe daadkracht voortbewoog, haar armen om het kostbare bundeltje heen.

Ze was nog maar vijf straten van het ziekenhuis verwijderd toen het begon. Eerst hoorde ze het geluid. Een gezoem dat aanzwol tot gedreun en toen tot gebrul. Een zwerm bijen met één enkel doel. Na vijf maanden wist Nancy het maar al te goed. De Luftwaffe kwam eraan. En de bommen ook. Ze versnelde haar pas, gleed een keer uit, twee keer, viel op haar knieën.

Nog vier straten.

Toen was er voor haar een bekende oranje gloed, een halo die zich vanaf de horizon verspreidde om zich te vermengen met het grijze waas van de nacht.

Nog drie straten.

Het donderende geluid van honderden bommen. Duizend, misschien. De grond trilde onder haar voeten. Boven haar was de inktzwarte duisternis. Nancy stopte en keek op. Toen zag ze niets meer.

52

Blackwater Hall, County Kerry
April 1958

Tomas deinsde terug alsof hij een klap gekregen had. Zijn stem was luid, gebroken. 'Heeft ze mijn baby ter wereld gebracht?'

Mama liep langs de muur achter de bank. Ze legde haar handen op de rugleuning. 'Ja, maar ze stierf. Tijdens de bevalling.'

Hij bedekte zijn gezicht met zijn handen en slaakte een kreet als een gewond dier. Hij draaide zijn rug naar mama toe en Hattie deinsde achteruit, weg bij de deur. 'Ik geloof je niet.'

'Ik was erbij.'

De stemming in de kamer veranderde van woede naar gelatenheid, alleen het gekletter van de zware regen vulde de stilte. Hij liet zijn handen langs zijn lichaam vallen en haalde diep adem. 'Je was erbij?'

Mama's stem klonk zacht. 'Ja.'

Aan het einde van de gang sloeg een deur dicht, voetstappen stopten in de gang. Hattie hoorde het geritsel van kleding. Iemand die een jas uittrok, waarschijnlijk doorweekt door de stortvloed buiten.

'Toen ze bij me in Londen kwam, was ze zo bang. Ze smeekte me het geheim te houden. Tomas...' Mama's stem klonk troostend, maar haar houding was stijf en alert. 'Ze was van plan om naar je terug te gaan, als de oorlog voorbij was. Maar toen ze niets van je hoorde, dacht ik dat je haar in de steek had gelaten. Dat het voor jou slechts een pleziertje was geweest...'

'Een pleziertje?'

'Toen we hier kwamen en ik je bij het meer zag... wist ik niet dat je echt om haar had gegeven.'

'Om haar had gegeven?'

'Nu begrijp ik pas dat het een vergissing was om het je niet te vertellen. Maar het voelde... te laat. Het was verleden tijd. Voorbij.

Gedaan.' Ze sprak met zachte stem terwijl ze van achter de bank vandaan kwam en weer voor hem ging staan.

Hattie durfde zich niet te bewegen. Een felle windvlaag waaide door de schoorsteen en vonken vlogen op van het vuur. Tomas' linkerhand spande zich en opende zich, met zijn rechterhand streek hij over zijn hals en masseerde de spieren onder zijn overhemdkraag.

'En onze baby? Was het een meisje?' Hij sprak het uit met een bijna vergeten verlangen.

Mama schudde haar hoofd.

'Stierf ze?'

De ene na de andere traan drupte op mama's witte blouse. Grote grijze vlekken verschenen op de plaats waar ze vielen. 'Nee. Het was een jongen.'

'Een jongen?' Zijn rechterhand viel zwaar langs zijn zij.

'Hij was te vroeg geboren en erg klein. Het spijt me, maar hij...'

Een flits verlichtte de kamer, toen ratelde de donder door de hemel, een intens geluid wat het huis op zijn grondvesten deed schudden. Tomas bewoog razendsnel. Hij greep mama bij de keel en duwde haar tegen de muur. Hattie slaakte een kreet. Aan de andere kant van de gang klonk een doffe klap. Iemand had iets laten vallen. Voetstappen kwamen dichterbij. Hattie duwde de deur open en rende naar mama toe.

'Heeft hij het overleefd?' vroeg Tomas scherp, terwijl mama naar zijn handen sloeg. 'Mijn zoon?'

Hattie greep hem bij zijn overhemd. 'Stop!' schreeuwde ze. 'Stop!'

Hij liet mama's hals los en duwde Hattie weg zonder te kijken. Ze struikelde, viel achterover en kreeg geen adem meer. Ze rolde op haar zij en hapte naar lucht.

De voetstappen waren nu dichtbij. Vanaf de plek waar ze op de grond lag, zag Hattie voeten. Grote voeten, ruime sokken. Als ze er later aan terug zou denken, zou ze zich herinneren dat ze rood waren, maar in feite waren ze blauw.

'Waar is hij?' Tomas tilde mama van de vloer. Hattie probeerde overeind te komen.

Mama's ogen gingen fladderend open en werden even weer helder. Ze keek naar iets achter Tomas, naar iemand achter Tomas. Ze sperde haar ogen wijd open van verbazing. Van opluchting.

Van liefde.

'Waar is mijn zoon?'

'Hij is hier,' fluisterde ze en ze sloot haar ogen.

53

Ballinn, County Kerry
September 2019

Ellies vinger zweefde boven haar telefoon. Ze moest Jules echt bellen, maar de ontdekking dat Charlotte eind december 1940 nog steeds in Londen was, was eerder een bevestiging van haar vermoeden dan een onthulling. Maar hij was haar wel een rondje bij Sheehan's verschuldigd, en het ontbijt leek al tijden geleden.

Hij nam op toen de telefoon voor de vierde keer overging. Het geluid van de wind klonk hard in haar oor.

'Ellie,' zei hij opgewekt. 'Zeg het eens.'

Ze zweeg even en keek naar buiten. Het was een prachtige dag. Een eenzame wolk dreef langs de blauwe hemel en er was zelfs nog een vleugje zonneschijn over van de zomer. 'Waar ben je?'

'Op weg naar het dorp.'

Ze zag voor zich hoe hij trapte, gekleed in ongepast lichte kleding die wapperde in de wind. 'Ik ben bij Procaffination, kom je hiernaartoe?' Ze wachtte alleen op een bevestigend geluid en hing op. Ze draaide zich weer naar haar laptop en keek nog eens naar de foto voor haar. Die beantwoordde vragen, maar riep ook nieuwe vragen op, en ze wist niet wat belangrijker was.

Charlotte had de baan bij de fabriek aangenomen en Nancy was haar collega geworden. Het leek bijna onmogelijk dat Nancy, die opgegroeid was in pleeggezinnen en toen een goed huwelijk had gesloten en volgens Hattie alles in haar leven zelf bereikt had, als kanariemeisje aan de slag zou gaan. Charlotte had het gedaan. Maar dat was uit wanhoop of omdat ze zich verplicht voelde. Wat waren Nancy's redenen geweest?

De twee vrouwen hadden een warme band gehad, dat sprak wel uit hun lichaamstaal. De foto van het zomerfeest van 1939 wekte in elk geval de indruk dat ze… een geheim met elkaar deelden?

Een list planden? Samenspanden? In feite was dat ook zo geweest. Ellie dacht weer aan het verband om Charlottes hand. Ook deze foto in de fabriek maakte duidelijk dat ze heel close met elkaar waren. Nancy hield Charlottes hand vast. De jonge vrouw draaide haar hoofd lichtjes naar haar schoonzus, en ondanks de duidelijke vermoeidheid die rond haar ogen zichtbaar was, glimlachte ze. Ze leek hoogzwanger en moest op dat moment bijna uitgerekend zijn geweest. Ellie telde op haar vingers. Hoelang was ze zwanger geweest toen ze Ierland verliet? Tweeënhalve maand? Drie maanden? Dat leek aannemelijk. Korter kon het niet zijn, want dan had ze het niet zeker geweten, maar als ze al wat verder was geweest, zou het al zichtbaar zijn geweest.

Ze was dus in februari uitgerekend. Misschien eind januari.

Toen ze een klap hoorde, keek Ellie op. Jules had zijn fiets tegen het raam gezet en kwam nu het koffiehuis binnen, een frisse wind met zich meenemend, een gezonde blos op zijn wangen. 'Wat snel,' zei ze.

Hij sloeg op zijn benen. 'Stalen dijen.'

Ze trok haar wenkbrauwen op. 'Cappuccino?'

'Nee, doe mij maar het echte spul.' Hij maakte een gebaar naar Nils dat hij thee wilde en trok toen zijn jasje uit. Er kwam weer een geruite trui tevoorschijn, dit keer met paarse en zwarte vlakken. Ze bewonderde zijn doorzettingsvermogen.

'Je bent me een lunch verschuldigd.'

Jules plofte op zijn stoel. 'Dus het Heritage Centre heeft gereageerd? Dat is goed nieuws.'

Ellie knikte en draaide haar laptop naar hem toe.

Hij kneep zijn ogen tot spleetjes. 'Wie is dat?'

'Charlotte.'

Jules legde zijn hand op zijn mond. 'Maar... Maar...'

'Ze is zwanger, ja.' Ellie vertelde hem wat ze de dag ervoor van Tabby had gehoord. Ze sprak ook over de inkervingen in het prieel op het landgoed.

Ze zaten zwijgend bij elkaar terwijl Jules het nieuws verwerkte. 'Maar haar haar... Had Tabby toen ze jong was donker haar?'

Ze herinnerde zich de foto van het zomerfeest. Tabby had op

de achterste rij gestaan, haar donkere haar kwam net onder haar mutsje vandaan. 'Het is een soort vermomming.'

Hij fronste. 'Die vrouw die haar hand vasthoudt...'

'Nancy Rathmore. Blijkbaar werkten ze samen.' Ellie wees naar de afbeelding van de beschrijving van de foto. *Afscheidsfeestje voor Tabby Deenihan, bijgewoond door collega's.*

Nils kwam aan met koffie en een theepot. Hij plaatste de thee voor Jules op tafel en zette er ook een zeefje, een kannetje dampende melk en een schoteltje met schijfjes citroen bij.

Jules wreef in zijn handen, die lichtroze waren door de frisse lucht, en keek in de pot. Er kwam een levendige, zoete geur vanaf. Hij voegde wat citroen toe en bood Ellie zijn melk aan. Ze bedankte ervoor. 'Nou,' zei hij. 'De vraag is: waar is Charlotte bevallen?'

'Vermoedelijk in Londen.'

Hij keek nadenkend. 'Tijdens de oorlog werden zwangere vrouwen uit de steden geëvacueerd naar geïmproviseerde kraamklinieken op het platteland.'

'Dat klinkt stressvol.'

'In sommige gevallen was dat ook zo, denk ik,' zei hij. Ellie probeerde zich voor te stellen hoe het was om voor de geboorte van je kind ver bij je familie en vrienden vandaan te zijn. Op een plek die je niet kende, met mensen die je nooit eerder had gezien. Het klonk verontrustend, ongemakkelijk. Angstaanjagend. 'Veel vrouwen gingen niet. Het was hun eigen keuze. Maar het was ook een risico om te blijven,' zei hij, terwijl hij een slok thee nam.

'Waarom?'

'Allereerst vanwege de Duitse bommen.' Hij boog zich voorover om de achterkant van de foto te bekijken. 'Charlottes baby werd ergens na december 1940 geboren. In januari, februari? Pats-boem, midden in de Blitz. Excuses voor mijn woordkeuze.'

'Ja, ik snap het.'

'Ten tweede vanwege de drukte, om nog maar te zwijgen van de vele slachtoffers, doordat er te weinig dokters en heel weinig vroedvrouwen waren.'

'Hoe weet je dat allemaal?'

'Mijn grootmoeder woonde tijdens de oorlog in Londen. Mijn vader was negen of tien toen hij werd geëvacueerd naar Devon. Hij heeft zijn ouders jarenlang niet gezien. Dat had veel invloed op hun relatie. Maar oma vertelde ons in onze kindertijd graag verhalen over tegenslagen. Vooral als we ons bord niet leegaten. Ze was fel tegen verspilling.'

'En je grootvader?'

'Die ging naar het front en kwam nooit meer terug.'

Ellie voelde een golf van verdriet. Zo veel levens die door de oorlog verloren waren gegaan, het verlies dat door de generaties heen voelbaar bleef. En zelfs zij die terugkwamen, waren erdoor aangetast. Beschadigd, zoals Hattie had gezegd.

'Maar maakt de zaak een stuk eenvoudiger,' zei Jules. 'Nu kunnen we op zoek gaan naar een geboorte onder de naam Deenihan in het Verenigd Koninkrijk in 1941.'

Blaas het hooi weg. 'Oké.' Ellie pakte haar laptop en zette die op haar knieën. Ze opende een zoekmachine en typte 'geboorteakten VK' in.

'Ik heb een vriend bij het General Records Office,' zei Jules. 'Hij is nogal belangrijk daar. Ik heb ooit een zaak voor hem geregeld – zijn echtscheiding was een ramp – en als ik het zelf mag zeggen, viel het beslist in zijn voordeel uit...'

Ellie scrolde naar een genealogiewebsite. Ze klikte erop en typte 'Deenihan 1941' in de zoekbalk. 'O jee,' zei ze zachtjes. Veertienhonderdtwee resultaten. Dat schoot niet op.

'... zijn vrouw was nogal avontuurlijk, vrees ik. Die kerel was echt overstuur. Nooit meer dezelfde geworden...'

Ze scrolde naar beneden, fronste en klikte op GEAVANCEERD ZOEKEN. De zoekmachine stond standaard ingesteld op een periode van tien jaar. Ze veranderde dit naar nul en klikte nogmaals op ZOEKEN. Dit keer kwamen er honderddrieënvijftig resultaten naar boven. Allemaal uit het jaar 1941. Dat was beter.

'Ik heb al die jaren contact met hem gehouden. We ontmoetten elkaar jaarlijks in het Caledonian en het komt erop neer dat...'

Ellie bekeek de resultaten, pagina na pagina. Er werden sterfgevallen vermeld, evenals geboortes, dopen en begrafenissen. Links op het scherm vond ze een filter. Ze klikte op GEBOORTEN EN DOPEN en drukte op enter. Tweeënvijftig resultaten. Nóg beter.

'Ik denk dat ik genoeg invloed heb om hem geboorteakten te laten onderzoeken uit de periode van de oorlog.'

Ze scrolde naar beneden op de eerste pagina met resultaten, ging toen naar pagina twee. Er waren geen Deenihans, alleen Dinihans, Denihams en Deenihams. De resultaten omvatten achternamen die op Deenihan leken, maar de naam Deenihan was er niet bij.

Jules zweeg even en toen Ellie niets zei, vroeg hij: 'Wat ben je aan het doen?'

'Ik zoek naar de geboorteakte van Charlottes kind.'

Een lege blik.

Ze zette de laptop weer op tafel. 'Ik kijk op een genealogiesite... Daar zoek ik naar geboortes met de achternaam Deenihan in 1941.' Jules knipperde twee keer met zijn ogen. 'Er waren tweeënvijftig geboortes in 1941 voor de achternamen Deenihan, Dinihan, Deniham en Deeniham.'

'O ja?'

'Ja,' zei ze. 'Eens kijken of ik het nog verder kan verfijnen.'

Ze ging weer naar het zoekvak, zette de achternaam tussen aanhalingstekens en drukte op enter.

Er verscheen een roze balk op het scherm.

Sorry, binnen de categorie Geboorten en Dopen waren er geen resultaten die voldeden aan uw zoekcriteria. Pas deze aan of selecteer een andere categorie.

'Misschien was ze eerder uitgeteld dan we dachten?' zei Jules, terwijl hij nog steeds vol ontzag naar de webpagina voor hen keek.

Ze veranderde het jaar in 1940. Geen resultaten.

'Argh,' gromde ze, terwijl ze haar handen door haar haar haalde. De koffie maakte irritatie bij haar los. Of misschien was het niet alleen de koffie. 'Die vriend van je bij het archief...'

'Ja?'

'Heb je zijn nummer?'

'Ik zal hem vanavond bellen.'

Ellie voelde het vuur in haar binnenste opvlammen. Ze waren zo veel te weten gekomen en nu was ze plotseling op een doodlopende weg aanbeland. Ze had Charlotte gevonden, hoogzwanger in 1940, bijna uitgerekend. De antwoorden hadden binnen handbereik gelegen. Nu was ze echter weer verdwenen, weggespoeld door een maalstroom van tijd. Een schaduw, en toch zo echt.

Ze legde haar hoofd in haar handen. Haar rechterslaap begon te bonzen. Ze was zo ver gekomen, het voelde alsof ze zo dichtbij was. En toch, waar het op neerkwam, was dat Charlotte vastbesloten was om te verdwijnen. Weg van haar leven, van haar angsten, van haar familie.

Haar familie.

Er ging een schok door haar heen. Ze boog zich over haar laptop en typte een andere achternaam in: Rathmore. Toen drukte ze weer op enter.

Ze fronste en vernauwde haar blik. Ze kon haar ogen niet geloven. Maar ook weer wel.

Het was duidelijk.

Uw zoekopdracht heeft 1 resultaat opgeleverd.

Ze draaide het scherm naar Jules. Hij begon iets te zeggen, maar zweeg en probeerde het opnieuw.

Toen, alsof iemand de blinddoek voor zijn ogen had weggehaald, zei hij: 'Mijn hemel.'

'Ja,' zei Ellie. 'Zeg dat wel.'

54

St. Thomas' Hospital, Londen
Februari 1941

De hemel rook naar geroosterd brood. Die geur van perfect bruin brood, besmeerd met boter en bedekt met een dikke laag jam. Aardbeiensmaak misschien, of framboos. Het was een geur die paste bij het eeuwige leven. Warm, huiselijk, een eenvoudig genoegen.

Het hiernamaals was vol geluiden. Onverwachte geluiden. Een zacht gezoem en gefluister. Het gekletter van metaal op metaal, gevolgd door een bijna verontschuldigend geschuifel. Het zachte geroezemoes van activiteit.

Ze wiebelde een beetje met haar tenen. Die waren er nog, ze kon ze voelen, bewegend tegen een zachtheid die je van de hemel zou verwachten. Ze had het heerlijk warm en lag heerlijk comfortabel. Maar wacht, nee, wat was dat? Een nieuw geluid… of gevoel? De puls van een stoomtrein, misschien. Een ritmisch gedrum. Voetstappen, die dichterbij kwamen. Nu werd het luider. Sterker.

Ze kreunde, toen voelde ze een druk op haar arm. Het bonzen zat in haar hoofd. Uiteindelijk begon het op te klaren, als mist die optrok bij de eerste zonnestralen.

'Je bent veilig. Sst…' zei een stem. Die was zacht, vrouwelijk, jong. 'Je bent veilig.'

Het zoemen keerde terug en het gebonk – de trein, het geroffel, de voetstappen die haar hoofd waren binnengedrongen – werd minder en verdween. In de verte. In de duisternis. In de warme en welkome vergetelheid.

Toen Nancy haar ogen opende, baadde de hemel in zwak licht. Ze knipperde langzaam. Ze hield haar hand op om die te kunnen zien. Ze zag zeker iets, maar het was slechts een schaduw, of liever gezegd, het tegenovergestelde van een schaduw, een bleke vorm die afstak tegen de duisternis erachter.

Rechts van haar klonken voetstappen.

'Je bent wakker, dat is geweldig.' Het was de stem weer. Ze keek waar het geluid vandaan kwam. Voor haar stond een gedaante.

Ik zie niks, probeerde Nancy te zeggen. Maar het lukte haar niet de woorden uit te spreken.

'Je bent in het St. Thomas' Hospital, in de kelder. Het gaat goed met je. Je hebt een klap op je hoofd gehad, een schok,' zei de stem, en Nancy voelde druk op haar hand. Ze trok zich bijna terug, als in een reflex. Vingers gleden om de hare. 'Het gaat goed met je,' herhaalde de stem.

Nancy knipperde nog eens en toen werd alles om haar heen wat helderder. Twee ogen, donkerbruin. Een glimlach. Een wit kapje. Ze probeerde zichzelf in een zittende positie te hijsen en de hand liet los, kwam achter haar, ondersteunde haar. 'Goed zo.'

'Dank je,' zei Nancy zachtjes fluisterend. Nu zag ze de afdeling om haar heen, een dozijn andere bedden. Mensen in verband. Mensen die sliepen. Mensen die aten.

Ze fronste, alsof ze op die manier de rest van het waas kon verdrijven. Alsof ze zo een herinnering kon oproepen aan hoe ze hier terecht was gekomen.

'Je hebt geluk gehad,' zei de verpleegster. Ze was mooi en hooguit begin twintig. Haar handen waren zo zacht als zijde. Zo zacht als die van Charlotte. 'Jullie allebei.'

Nancy keek opzij. *Jullie allebei.* Ze keek naar de verpleegster. Haar blik rustte op het kleine bed naast haar. Een wiegje. Erin lag een bundeltje.

Plotseling kwam er weer een herinnering boven. Charlotte omringd door bloed. Haar smekende koude handen. *Bescherm dit kind.* De wandeling door de sneeuw. Het geluid van de sirenes. Het gezoem boven haar hoofd. De duisternis. Toen niets.

'Hij had flinke trek,' zei de verpleegster. 'Hij heeft de hele ochtend geslapen.'

Nancy knikte. De kleine beweging was genoeg om een gebons in haar slaap te veroorzaken. Ze kon haar ogen niet afhouden van het bundeltje naast haar, het op en neer gaan, het kleine neusje dat tussen het mutsje en het dekentje uitstak. Charlottes jongen… levend.

Bescherm dit kind. 'Mag ik hem vasthouden?' Ze keek naar de verpleegster. 'Mag dat?'

De verpleegster knikte en draaide zich om om het bundeltje op te pakken.

Hij was warmer dan ze had verwacht en op de een of andere manier zwaarder, alsof zijn gewicht was verdubbeld door de melk. Ze keek naar zijn gezichtje, op zoek naar een gelijkenis met Charlotte.

'Hij is nu een wees,' zei ze. Haar ogen begonnen te prikken en toen ze de stroom niet meer tegen kon houden, vielen er twee tranen van haar kin op de wang van het slapende kind, als lenteregen op perzikbloesem. 'Mijn schoonzus… Charlotte. Ze was nog zo jong. Al dat bloed…' Ze hief een hand op, veegde haar wangen droog en probeerde langzamer te praten, maar haar ademhaling ging hijgend en ze moest verder. 'Ik wilde haar redden… Charlotte… Ze had alleen mij.'

De verpleegster ging zachtjes naast haar op het bed zitten en boog zich naar de jongen toe. 'Het is een moeilijke tijd om geboren te worden,' zei ze. 'Hij is een wondertje. Een wonderkind.' Ze glimlachte, een glinstering in haar ogen.

'Een wondertje,' herhaalde Nancy terwijl ze naar hem keek. Ze stopte een eigenzinnige pluk haar achter haar oren en dacht na over hoe vreselijk ze eruit moest zien. 'Wat zal er met hem gebeuren?'

'Zijn geboorte moet worden geregistreerd.'

Nancy knikte. 'En dan?' Een kleine arm wurmde zich uit de deken. Ze pakte zijn handje. Zijn greep was stevig.

'Hij wordt naar het platteland gestuurd.'

'Ik kan hem meenemen.'

'Het spijt me, dat mag niet.' Na een stilte die te langgerekt leek vervolgde de verpleegster: 'Maar ik beloof je dat er goed voor hem gezorgd zal worden.'

Nancy dacht aan haar eigen jeugd: het weeshuis, steeds weer een ander pleeggezin. Er werd overal voor haar gezorgd, maar ze was altijd alleen geweest. Ze streek met haar vinger over zijn kleine voorhoofd. 'Maak je geen zorgen, kleintje,' zei ze, haar stem brak van verdriet, van de herinnering. Ze keek naar de vrouw voor haar. 'Ik was ook een wees.'

Aan de andere kant van de ruimte riep iemand. Een kreet van pijn, hulpbehoevend. De verpleegster kneep in Nancy's schouder. 'Als de dokter er is, moet ik dit melden.'

Nancy raakte de wang van de baby aan. Zijn kleine lipjes gingen uiteen en hij gaapte, uitgebreid genoeg om de kleine huig te onthullen, die als een lichtroze traan achter in zijn keeltje zat. Zijn mutsje was te groot voor hem en gleed over zijn ogen. Ze deed het af, waardoor er een bos donker haar zichtbaar werd.

Toen kronkelde hij zich tegen haar aan, zijn wang tegen haar borst gedrukt. Hij opende zijn ogen. En Nancy werd verliefd.

Uren later haastte ze zich door de straten. Ze weerstond de verleiding om over haar schouder te kijken. Het was nog niet eens midden op de middag en toch leek het alsof ze al een eeuwigheid weg was. Om haar heen reden voertuigen langzaam door het puin: geïmproviseerde ambulances, legertrucks, af en toe een bus die een andere route zocht van de ene kant van de stad naar de andere. Het voelde alsof er ogen in haar rug brandden, en toch keek er niemand. De sneeuw was bijna gesmolten en een zwak zonnetje stond aan een helderblauwe hemel. De bijtende kou had plaatsgemaakt voor een natte kou die je tot op het bot verkilde. Gisteravond waren er onophoudelijk bombardementen geweest en degenen die het ziekenhuis binnen werden gebracht, waren niet alleen gewond, maar ook onderkoeld door het wachten terwijl de reddingsploegen bezig waren geweest het omringende puin te verplaatsen.

'Normaal gesproken zouden we proberen je een paar dagen ter observatie te houden,' had de verpleegster gezegd, 'maar zoals je kunt zien...' Ze gebaarde naar de afdeling. De ruimte stond vol met veldbedden.

Achter een gordijn rond haar bed kleedde Nancy zich aan. 'Ik snap het.'

Er had een streep opgedroogd bloed op de voorkant van haar jas gezeten, waarschijnlijk van haarzelf, gezien de wond bij haar haarlijn. Het voelde ruw aan toen ze met haar hand over haar lichaam streek, om te controleren of ze nog helemaal heel was. In de zak van haar rok had iets hards gezeten. Ze voelde en raakte meteen het koele oppervlak van Charlottes vlinderkam.

'Er is binnenkort ook een wisseling van de wacht,' zei de verpleegster. 'Dat is waarschijnlijk het beste moment om te vertrekken.'

Nancy knikte opnieuw. De verpleegster was aardig tegen haar geweest. Vriendelijk. Ze had de jongen subtiel weggehaald en hem naar de andere baby's in de kinderkamer gebracht.

Ze trok haar jas stevig om zich heen en deed het gordijn opzij. 'Ik veronderstel... Ik veronderstel dat ik iets moet tekenen?'

De verpleegster knikte. Uit haar zak haalde ze een geel stuk papier. Het was dun, met een gekartelde kant alsof het uit een loterijboek was gescheurd.

Nancy stak haar hand uit en pakte het aan.

Aan de andere kant van de gang klonk een kreet. Ze keek op. Een vrouw liep naar hen toe, een bundeltje in haar handen. Ze glimlachte toen ze Nancy zag. 'Is dit haar?' Ze had een verwachtingsvolle blik, alsof Nancy een wonder zou kunnen verrichten. 'Wat een nacht heb je doorgemaakt. We zouden je wel hier willen houden, maar...' Ook zij gebaarde met haar hand naar de zaal. 'Abby zal je helpen en de registratie voor je regelen. Weet je zeker dat je al weg kunt?'

Nancy keek haar verward aan.

'Het gaat prima met haar, hè, Nancy?' vroeg de verpleegster – Abby – teder.

Nancy knikte en keek naar haar handen.

Abby had de baby van de vrouw overgenomen en gebaard dat ze weg kon gaan.

Inmiddels was Nancy bijna bij Parker Street. Ze was moe. Misschien was het een vergissing geweest om zo snel het ziekenhuis te verlaten. Toch had dit haar het beste geleken. Om te voorkomen dat er vertragingen in het proces kwamen. Om te voorkomen dat er vragen gesteld zouden worden. Ze stopte even om op adem te komen. Een man hield halt om te vragen of alles goed met haar ging. Ze deinsde een beetje achteruit en zei dat het prima met haar ging. Hij liep verder en schudde zijn hoofd.

In het ziekenhuis had Abby haar een pen gegeven en Nancy had naar het papier in haar hand gekeken.

Geboorteregister.

Er was al een datum ingevuld: 5 februari 1941. En een plaats: St. Thomas' Hospital. Het stuk papier had in haar hand getrild, plotseling zwaar, alsof het van goud was.

'Vul jij de rest maar even in,' zei Abby voortvarend, alleen haar nerveuze glimlach verraadde haar. Nancy's gezicht was gaan glanzen en onder haar jas voelde ze een warm gevoel in haar buik, daar waar ooit haar eigen baby had gezeten. Ze legde haar hand er zachtjes op, alsof ze wilde dat dat wat er ooit geweest was zou terugkeren.

'Hoe is het mogelijk?' vroeg ze.

Een dokter liep door de zaal en controleerde met een uitgeput gezicht zijn patiënten. Abby glimlachte warm en zei snel: 'Je hoeft alleen de namen in te vullen.'

Nancy legde het papier op het nachtkastje en staarde naar de lege vakjes, omlijnd met rood, die wachtten om gevuld te worden.

De jongen in de armen van de verpleegster trappelde en kirde. Hij was zo klein, zo alleen. Hij was een wondertje, toch? Een Rathmore. Hij zou zelfs op Teddy kunnen gaan lijken. En tegelijkertijd was hij nog een beetje van Charlotte. *Bescherm dit kind.*

'Snel,' had Abby gezegd.

Nancy had zo diep ademgehaald dat het pijn deed. Haar longen leken uit te zetten om de lege plaats in haar borst te vullen, een holte die was ontstaan door verdriet en rouw. Ze begon te schrijven. De naam van de moeder. De naam van de vader. Het beroep van de vader. Ze zweeg even en keek op. 'Abby... waar is dat een afkorting van?'

'Alberta.' De dokter kwam dichterbij. 'Mijn moeder was Italiaans, God hebbe haar ziel.' Toen zei ze: 'Ik wil dat je me het formulier geeft. Ga. Ik regel dit wel.'

Nancy knikte, nam de jongen over in haar linkerarm en krabbelde met haar rechterhand een naam op het papier. Ze gaf het aan de zuster. 'Dank je.' Ze worstelde om de woorden uit te spreken, om haar gevoel erin te laten doorklinken. 'Ik zal hem voor altijd koesteren. Ik zal alles voor hem doen. Echt alles.'

Abby boog zich naar voren en streelde de wang van de jongen. Het wit van haar ogen glansde, hoewel ze vastbesloten leek om geen emotie te tonen. Ze keek naar het papier in haar handen, naar de naam die Nancy er haastig op had gekrabbeld. Ze sloot haar ogen en glimlachte. Toen ze ze weer geopend had, viel er een traan op haar wang.

Nancy sloeg af naar High Holborn. Dat dacht ze in elk geval, maar was het echt zo? Ze liep terug en draaide zich toen nog een keer om. Verward keek ze om zich heen op zoek naar iets bekends. Daar was Hodges' Bookshop. Het raam aan de voorkant was kapot, een handgeschreven bordje hing aan de deur, waarop stond: GEWOON GEOPEND. Ze sloeg de hoek om en bleef staan.

Parker Street 28b was verdwenen. Er restte alleen nog een krater, ter grootte van een huis. Maar zelfs toen ze daar stond, terwijl haar hele wereld was opgeslokt, voelde ze zich niet alleen. Ze omhelsde Albert steviger en liep naar de puinhopen.

55

Blackwater Hall, County Kerry
April 1958

'Hij is hier,' herhaalde mama, terwijl ze over Tomas' schouder keek.

Albert. Ze bedoelde Albert. Albert was hier.

Hij stapte naar voren en pakte de pook. Deze beelden, dit moment, zou Hattie nooit meer vergeten. Het zou haar de rest van haar leven bijblijven, in slow motion afgespeeld, keer op keer. In haar hoofd. In haar hart. Alberts gezicht, een mengeling van angst en vastberadenheid. Zijn korte stilte en besluiteloosheid.

Mama's armen vielen losjes langs haar lichaam en haar hoofd zakte naar voren. Op dat moment nam Albert zijn beslissing. Hij handelde snel en zwaaide met de pook alsof het een cricketbat was. Had hij op Tomas' hoofd gemikt? Hattie zou het nooit weten. Er klonk een scherp gekraak, het geluid van brekend bot. Als de zakken aardappelen die hij ooit over zijn schouder had gehesen, viel Tomas op de grond.

Bevrijd gleed Mama langs de muur naar beneden, haar handen om haar hals geklemd, happend naar lucht. Als een vis op het droge.

'Mama,' zei Albert, terwijl hij de pook met een doffe klap liet vallen. Terwijl hij naast haar knielde en haar in zijn armen nam, zwierf zijn blik door de kamer totdat hij, misschien voor het eerst, Hattie opmerkte. Hij keek haar aan, zijn voorhoofd gefronst, zijn ogen groen onder de donkere wenkbrauwen. En in het zachte licht van de grijze dag kwam er een herinnering naar boven, aan die ochtend bij het meer. De verbrande steiger, het schot. De bloemen en de man die ze had vastgehouden. Toen Tomas zich voor het eerst naar haar had omgedraaid, had hij haar doen denken aan Marlon Brando, maar dan met groene ogen en onverzorgder. Knap, ondanks zijn verweerde gezicht. Ze had gedacht dat ze hem herkende.

Nu wist ze waarom.

Toen de gardaí arriveerde, was de pook verdwenen, in hetzelfde meer gegooid als waar Charlotte had moeten liggen. Mama zei dat Tomas haar had bestolen en dat hij boos was geworden toen ze hem daarmee confronteerde. Dat hij haar had aangevallen.

Ze had hem, volgens eigen zeggen, hard van zich afgeduwd en hij had zijn hoofd gestoten aan de groene marmeren schouw. Hij was op de grond gevallen als een zak aardappelen. Zo zei ze het echt: een zak aardappelen. Precies wat Hattie had gedacht toen ze het zag gebeuren.

'Mijn dochter was de enige getuige.'

Toen de gardaí met Hattie had gesproken – in de blauwe kamer, niet in de bibliotheek, waar het tapijt met bloed besmeurd was – kon ze Albert buiten zien zitten, aan de rand van het bos. De onweersbui was overgetrokken en de golfjes op het meer schitterden in de zon terwijl de wind waaide. Hattie zei wat haar was opgedragen, terwijl de garda haar vragen stelde en mama achter hem bleef rondhangen.

'Was Tomas boos?'

'Ja.'

'Had Tomas zijn handen om je mama's nek?'

'Ja.'

Ze keken naar mama, die een grimmige trek op haar gezicht had gehad. Haar lippen waren op elkaar geperst alsof ze bang was dat er toch woorden zouden ontsnappen. De rode plekken op haar hals werden paars, de afdruk van de vingers was net zichtbaar.

'Denk je dat je mama bang was?'

Hattie had geknikt. Ze wilde eigenlijk schreeuwen, maar er kwam niets uit. Ze keek naar haar handen en hoewel ze schoon waren, veegde ze woedend over haar handpalmen.

Toen de garda vroeg of er nog iemand anders in huis was toen het gebeurde, zei mama: 'Mijn dochter is behoorlijk geschrokken, is dit echt nodig?' Op dat moment was papa gearriveerd en had hij het heft in handen genomen. Hij had Hattie naar de keuken gedirigeerd, waar de kokkin haar een glas warme melk had gegeven, zo zoet dat het naar siroop smaakte.

En nu, terwijl ze aan haar drankje nipte, trok er een rilling door haar lichaam. Ze dacht terug aan de hectische nasleep, aan het fluisterende gesprek tussen Albert en mama. Zijn wanhoop. Haar vastberadenheid. Ze had zijn gezicht in haar handen genomen en gezegd: 'Je bent mijn zoon, ik zou alles voor je doen. Niemand zal jou van me afpakken.'

Albert was even stil geweest. In zijn ogen had hij een lege blik gehad en alle kleur was uit zijn wangen getrokken. Zijn wenkbrauwen waren gefronst, waardoor er lichte rimpels ontstonden, een uitdrukking die hem volgens Hattie gedurende de jaren nooit meer zou verlaten. Hij had zijn handen gewrongen alsof hij zich zorgen maakte over wat ze moesten doen. Toen ze had geprobeerd een hand op zijn arm te leggen, deinsde hij terug alsof hij een klap gekregen had. Daarna werd zijn gezicht zachter, een beetje in elk geval, en had hij naar haar geknikt. 'Het spijt me.'

Toen Albert de kamer verliet, had mama de kam gepakt en die naast Tomas gelegd. Ze sloot haar ogen en er rolden tranen over haar wangen. Nooit – toen niet, maar later ook niet – had ze Hattie gevraagd wie hem die had gegeven. Maar Hattie wist het en ze zou het zich de rest van haar leven herinneren. Die wetenschap zou ze voor altijd met zich meedragen.

En het schuldgevoel.

Mama haalde diep adem, liep terug naar de bank en pakte een papier op. De brief.

'Is Albert mijn broer?' zei Hattie, die roerloos was blijven staan terwijl mama rondliep.

Zonder haar aan te kijken zei mama: 'Ja, hij is je broer.' Ze stopte de brief in de roman die ze aan het lezen was, liep toen langzaam naar het midden van de boekenkast en zette het boek op een lege plek op de bovenste plank. 'Je mag nooit iets anders tegen hem zeggen.' Ze stak haar hand uit. 'Kom hier.'

Toen ze de bibliotheek verlieten en Tomas daar achterlieten, had Hattie het gevoel dat er ook iets van haar daar achterbleef. Ze keek op naar het boek dat in de kast was gezet.

Het ABC-mysterie van Agatha Christie.

Aan de keukentafel zat de kokkin stilletjes naast haar te huilen. Tomas was er niet meer en Hatties leven zou nooit meer hetzelfde zijn.

56

Holborn, Londen
Februari 1941

Nancy liep langzaam naar de plek waar ooit haar voordeur was geweest. Drie mannen in blauwe uniformen ruimden puin. 'Zijn er overlevenden?' vroeg ze, maar door hun rustige manier van doen kon ze het antwoord al raden.

Ze schudden hun hoofd. 'We hebben een dame en een kind gevonden, waarschijnlijk van de bovenste verdieping.' De man die antwoordde zag er uitgeput uit, zijn gezicht was bedekt met stof en vuil. Hij hoestte en verontschuldigde zich. Ze keken elkaar even aan en Nancy dacht dat ze vast beiden beseften hoe belachelijk het was om je te verontschuldigen voor een hoestbui midden in een oorlog.

Ze zat langs de kant van de weg en wachtte. Waarop, wist ze niet. Al snel werd er geroepen door de mannen. Er waren twee lichamen gevonden. Ze hoefde niet te kijken, maar ze wilde het wel. Daar waren ze. Charlotte was gewikkeld in een wollen deken, haar gezicht onbeschadigd en vredig. Daarnaast de vorm van mevrouw McLaughlin, zorgvuldig bedekt. Toen de mannen naar hun namen vroegen, zei Nancy dat het mevrouw McLaughlin van de begane grond was en haar nichtje dat op bezoek was uit Edinburgh. Tabatha Deenihan. Ze was pas negentien jaar oud geweest. Ze huilde toen ze het zei, maar haar tranen werden eerder opgevat als triestheid dan als diepe, hartverscheurende rouw.

Later, terwijl ze door het puin aan het spitten was, vond Nancy Teddy's favoriete glas. Het was volledig onbeschadigd, onberispelijk, er was nog geen stukje uit. Ze vond Charlottes geld, verstopt in een koektrommel. Ze ontdekte de verkoolde resten van haar eigen bed en de kapotte houten kist die ze gisteravond nog had geopend om naar dekens te zoeken toen Charlotte doodbloedde tijdens de geboorte van haar zoon. Sommige spullen waren volledig verwoest, andere leken onaangeroerd, alsof ze daar gewoon waren neergelegd en bestrooid met een dikke laag stof. Onder een restant van de keukentafel kwam haar doos met brieven tevoorschijn. Van Teddy. Van Charlotte. Ze opende hem, haalde de bovenste eruit en las die voor het eerst in bijna zes maanden. *Liefste T...*

Een enkele traan rolde over haar koude wang en ze trok Albert dichter tegen zich aan. Het was al middag. Ze moest onderdak zien te vinden, en hulp, ze moest de jongen voeden. Ze verzamelde de spullen in de koffer die ze onder Charlottes bed vond en verwonderde zich erover hoe weinig ze om alle levenloze dingen gaf die ze was verloren. Dingen waarvan ze ooit had gedacht dat ze haar thuis vormden. Ze pakte de koffer en liet haar blik over de chaos gaan. Nog geen vierentwintig uur daarvoor hadden zij en Charlotte op de bank gezeten – die ze half geplet onder het bad had gevonden – dicht tegen elkaar aan, lachend om Dikke Bertha, de vroedvrouw.

Ze strompelde de straat weer op en werd overvallen door een gevoel van duizeligheid. Plotseling realiseerde ze zich hoe hongerig ze was. Ondanks de doordringende geur van eten in het ziekenhuis, had ze sinds gisteravond niet meer gegeten. En Albert had melk nodig.

Het station van Holborn was een optie, maar daar zou ze herkend kunnen worden. De zon stond al laag aan de westelijke hemel en ze liep die kant op, naar het stadscentrum. Er was een schuilplaats op nog geen kilometer afstand. Daar zouden ze veilig zijn.

Ze kneep haar ogen tot spleetjes vanwege het felle licht. Ze droeg Albert op haar arm en met haar vrije hand hield ze alles wat ze bezat in de wereld stevig vast. Het was niet veel, maar het was meer dan genoeg.

Op straat waren nog wat mensen. Meneer Hodges kwam naar buiten en draaide het bordje GEWOON GEOPEND om. Weer een dag voorbij, ook al rookten de brokstukken na het bombardement van gisteravond nog steeds.

Er klonken voetstappen achter haar. Drie vrouwen passeerden

haar en vroegen of het goed met haar ging. Ze bedankte hen, zoals iedereen dat tegenwoordig deed. Een versluierde onwaarheid. De vrouwen liepen door, arm in arm, en hun blik werd getrokken door een militair die over straat liep. Ze giechelden naar hem, maar hij gunde hun geen blik waardig. Hij keek voor zich uit. Alleen maar voor zich uit.

Zijn gezicht was niet duidelijk zichtbaar door de schittering van de zon achter hem, maar Nancy voelde dat zijn ogen op haar gericht waren. Hij staarde naar haar. Haar hart was gestopt met kloppen, dat moest wel. De wereld stond stil. Toen bonsde haar hart zo plotseling dat ze de koffer verrast op de grond liet vallen. Er brak iets. Het was het glas, besefte ze. Het glas dat ze al die tijd veilig had bewaard. Teddy's glas.

Nu herkende ze zijn manier van lopen: sterk en doelbewust. Hij versnelde zijn pas. Toen rende hij. Met een behoefte die op wanhoop leek rende hij naar haar toe.

Haar zicht werd wazig en even dacht ze dat ze nog last had van de klap op haar hoofd. Maar nee, dat was niet zo. Ze voelde iets warms over haar gezicht stromen. Tranen. Zo veel tranen. Pas toen hij er was – één stap van haar verwijderd – zag ze zijn gezicht duidelijk. Die donkere ogen, dat blonde haar dat onder de pet vandaan kwam die plots van zijn hoofd werd gerukt en wegwaaide, naar het puin van hun huis aan de rand van de verwoeste straat.

Hij riep haar naam en nam haar in zijn armen. Zijn vertrouwde gezicht was warm toen hij haar hals kuste. Ze huilde en haar knieën knikten, maar hij ving haar op. Albert lag veilig tussen hen in. En terwijl Teddy hen allebei dicht tegen zich aan hield, één hand op haar, één op zijn zoon, mompelde hij: 'We zullen voor altijd samen zijn. Vanaf nu, voor altijd.'

En ze wist dat het waar was.

57

Dublin
September 2019

Ellie stond voor de Pickled Oyster. Het was maandagochtend en het leven wervelde om haar heen in het mistige Dublin, terwijl zij te midden van dat alles loom stil was blijven staan. Het viel haar in dat ze de vorige keer dat ze hier naar binnen was gegaan vrijwel alleen aan Dylan en haar afbrokkelende leven had gedacht. Nu, slechts een week later, was ze terug met een nieuw doel in haar leven, een pas verworven zelfvertrouwen en, voor het eerst in tijden, een sprankje hoop in haar hart.

Afgelopen weekend had ze Hattie gebeld om haar te vertellen dat er vooruitgang was geboekt in de zaak-Charlotte. Ze had bijna gelachen om haar eigen beschrijving, de zaak-Charlotte, alsof ze leiding gaf aan een onderzoek. Hattie had eerst verbaasd geklonken en toen gevraagd of ze het telefonisch konden bespreken. Ellie had gezegd dat ze liever langskwam.

Er was niemand in de hal om haar te begroeten. Maar toen ze het restaurant in keek, was het daar een en al bedrijvigheid: tafels werden gedekt, er brandde een knetterend vuur en verder hing er een vage geur van boenwas in de lucht, vermengd met de rijke aroma's die uit de keuken kwamen. De zaal baadde in het licht en de sfeer was er totaal anders dan tijdens haar vorige bezoek, toen die intimiteit en rust had uitgestraald.

Ellie had zich vier dagen lang verborgen op de boerderij. Ze was niet naar Ballinn gegaan uit angst Milo tegen te komen. Ze had gedacht dat hij de eerste moest zijn die het hoorde, maar Jules had haar van het tegendeel overtuigd. Het moest aan Hattie verteld worden, en zij zou het Milo vertellen. Dat was de juiste aanpak.

Maar Ellie had nóg een reden om Harriet persoonlijk te ontmoeten. Een zwangere aristocrate in het Ierland van de jaren veertig, haar verlangen om te verdwijnen, de gevolgen van haar daden.

Een verhandeling over hoe Ierse vrouwen behandeld werden en de moeite die vrouwen deden om aan de society te ontsnappen. Ze wilde haar toestemming vragen om Charlottes verhaal te schrijven.

Ze trok de aandacht van een ober die voorbijsnelde, een dienblad met glimmend bestek perfect in balans op zijn handpalm. 'Is Harriet er ook?'

Hij stopte en keek haar aan. Zijn stralend witte glimlach contrasteerde met zijn donkere huid. Hij had zijn haar onberispelijk gekamd en droeg een rode anjer in het knoopsgat van zijn revers. 'Eleanor,' zei hij. '*Bienvenue*. Welkom terug.'

Hattie had gelijk gehad. Deze man had talent voor het onthouden van gezichten. En namen blijkbaar. Ze dacht even na.

'Armand,' zei hij.

'Armand,' zei ze, terwijl ze probeerde zijn naam dit keer te onthouden. 'Het is weer een drukte van belang. Sorry dat ik stoor.'

Hij keek om zich heen alsof hij verrast was. 'Zo gaat het altijd voordat het restaurant opengaat,' zei hij. Hij liet het dienblad zwierig neerkomen en zette het op de tafel naast hen. 'Ik zal mevrouw Walker laten weten dat je er bent.'

'Bedankt.'

Ze leunde ongemakkelijk tegen een tafeltje. Een tiental personeelsleden vloog van hot naar her en ze verwonderde zich erover dat er binnenkort een kalme sfeer in de zaak zou zijn, de gehaaste voorbereiding slechts een flauwe herinnering.

Hattie kwam op haar gemak door de klapdeuren. Ze glimlachte naar het personeel terwijl ze langsliep en verzekerde hun er met een handgebaar van dat ze niet kwam voor een inspectie.

'Ellie.' Vandaag was haar haar opgestoken. Het stond haar erg jeugdig en op de een of andere manier paste het bij haar. Ze omhelsden elkaar. De geur van warm brood bleef hangen.

Voordat Ellie iets kon zeggen, zei Hattie: 'Ik snak naar een kop koffie. Maar liever ergens anders.' Ze liep naar de deur. 'Zullen we?'

'Nou, ik neem aan dat je het grote familiegeheim ontrafeld hebt?' vroeg Hattie, een onaangeroerde espresso voor zich.

Ellie zette haar koffie neer. Dit had ze niet verwacht. Vier nachten lang had ze erover nagedacht hoe ze het Hattie zou vertellen, hoe ze haar zou uitleggen wat ze had gevonden.

'Je bent geadopteerd, toch?'

Hattie glimlachte en raakte haar haar aan. 'De eerste roodharige in de familie.'

'Nancy, je moeder, kon geen kinderen krijgen.' Ellie zei het voorzichtig, heel zachtjes. Bang om de vrouw die tegenover haar zat te beledigen. Ze had zich echter geen zorgen hoeven maken. Hattie schudde haar hoofd en zuchtte. Die simpele uitademing bracht duizend emoties met zich mee, maar verdriet hoorde daar niet bij.

'Het maakte voor mij geen verschil dat ik geadopteerd was,' zei ze. 'Ik wist al voordat we naar Blackwater Hall gingen dat ik niet de biologische dochter van mijn ouders was. Het was geen geheim. Mama zei altijd dat zij mijn echte ouders waren en dat Albert mijn echte broer was. Voor haar was een bloedband en liefde hetzelfde.'

Ellie voelde met hen mee. Met Hattie, met Albert. En met Nancy, die alles voor haar kinderen overhad. 'Hattie...'

'Vraag het maar.' Haar directheid deed Ellie aan Tabby denken en aan het geheim dat ze al die jaren had bewaard. Die twee leken op elkaar, wat eigenlijk ironisch was, gezien haar ontdekking.

Ellie zette haar koffie neer en roerde er met haar lepel in, hoewel ze er geen suiker aan had toegevoegd. Ze dacht terug aan dat moment in Procaffination toen ze de naam Rathmore in de zoekbalk had getypt.

> Uw zoekopdracht heeft 1 resultaat opgeleverd
> Albert Rathmore
> Geboren op 5 februari 1941

Ze had meteen geweten wat het betekende, want op de foto van het Royal Arsenal die slechts zes weken eerder was genomen, was Charlotte hoogzwanger.

En Nancy Rathmore niet.

Ze leunde naar voren en zei zachtjes: 'Albert was Charlottes zoon, hè?'

'Ja.'

'En Charlotte stierf tijdens de bevalling?'

Hattie keek verrast. 'Hoe weet je dat?'

Nadat ze Alberts geboorteakte had gevonden, had Ellie naar sterfgevallen onder de naam Deenihan gezocht. En nu ze een datum had, was alles duidelijk. Ze had het teruggebracht tot Alberts geboortedatum, 5 februari 1941, de dood van ene Tabatha Deenihan. In een paar bondige zinnen vertelde ze Hattie wat ze had gevonden. Terwijl ze sprak, kletterde de regen tegen de ramen van het café. Het water liep in stromen langs de ruiten, waardoor de mensen buiten veranderden in een kleurrijke groep vormen.

Toen ze ontdekt had dat Charlotte die nacht in februari bijna tachtig jaar geleden was overleden, gaf dat Ellie zo'n onverwacht gevoel van overweldigend verlies dat ze niet uit haar woorden kwam. Ze had haar hand voor haar mond geslagen en haar hoofd geschud. Ze had geprobeerd zich voor te stellen wat er was gebeurd. Jules had haar bezorgd gadegeslagen en de stilte tussen hen laten voortduren. Hij had zijn hand op de hare gelegd. 'O, Ellie,' had hij gezegd, alsof Charlotte van het ene op het andere moment was verdwenen. Alsof ze op dat moment die donkere, grote ogen had gesloten om ze nooit meer te openen. 'Het lijkt zo oneerlijk,' had ze gezegd, terwijl ze haar vrije hand op haar borst had gelegd en een snik had geuit. Toen was Nils er geweest, met een kurkuma latte in zijn hand. 'Voor de stress?' had ze met een halve glimlach gevraagd. Maar hij had zijn hoofd geschud. 'Nee, Ellie. Speciaal voor jou.'

'Ik snap het,' zei Hattie, toen Ellie haar over de online gegevens had verteld.

'Tomas, de tuinman van het landgoed, kwam erachter, toch?'

Een golf van bezorgdheid verscheen op Hatties gezicht. 'Wat bedoel je?' vroeg ze scherp.

'De confrontatie met je moeder. In de bibliotheek in Blackwater Hall.' Ellie greep in haar tas. 'Ik heb het dossier.'

'Niet doen.' Hattie stak haar hand omhoog met haar handpalm naar voren. 'Laat het alsjeblieft in je tas zitten.'

Ellie knikte en schoof het dossier terug in haar tas. 'Je was erbij, toch?'

Hattie antwoordde niet meteen. Verstrooid streek ze met haar vinger over de rand van haar espressokopje, maar toen, alsof ze ineens terug was in het heden en zich realiseerde dat ze werd geobserveerd, trok ze haar hand snel terug. 'Ja,' zei ze. 'Het was...' Ze staarde in de verte. '... extreem moeilijk voor een kind.'

'Wat erg voor je.'

Ze haalde diep adem en maakte oogcontact met Ellie. 'Daarna stuurden ze me natuurlijk naar een kostschool.' Er verscheen een glimlach op haar gezicht, hoewel die haar ogen niet bereikte. Ellie werd herinnerd aan hun vorige ontmoeting, toen Hattie had gezegd dat ze iemand kende die door de oorlog was beschadigd, net als haar oom Hugo. 'Hoe goed kende je Tomas?'

Hattie glimlachte een beetje. 'Tomas en ik... we werden vrienden, hoe onwaarschijnlijk dat ook klinkt. Een man van bijna veertig, een meisje dat nog geen tiener was. Hij was een zachtaardig mens. Maar zelfs toen we elkaar voor het eerst ontmoetten, zag ik dat er ook iets duisters in hem school. Geen kwaadaardigheid die aangeboren was, maar sporen van de oorlog. Dat werd getriggerd wanneer hij dacht aan alles wat hij was verloren.'

'Je bedoelt Charlotte?'

'Wat?'

'Hij verloor Charlotte. Ze waren geliefden.'

'Wie heeft je dat verteld?'

'Tabby Ryan. Zijn zus. Hij was de vader van Charlottes kind, toch? Hij was Alberts biologische vader.'

Hattie leek verscheurd. Ze begon iets te zeggen, maar toen zweeg ze. 'Mag ik vragen wat je met deze informatie gaat doen, voordat ik antwoord?' vroeg ze.

Ellie glimlachte op een open en vriendelijke manier. Op een manier die vertrouwen wekte. 'Dit verhaal... het spreekt nogal tot de verbeelding.' Hattie hield haar hoofd schuin en keek de jongere vrouw aan. Het was een berekenende blik. Ellie vond het niet leuk. 'Vooral na het referendum rondom abortus. De schandalen in Tusla. Vrouwen deden er alles aan om zichzelf te beschermen. Toen en nu.' Ze legde een hand op haar buik. 'De baby's die Nancy was verloren en waartoe ze bereid was om moeder te worden. De schuld die ze moet hebben gevoeld, de angst. Over het houden van Albert, maar ook vanwege de miskramen. Dat was ongegrond, maar voor haar leek het reëel.' Ze had er een goed verhaal van gemaakt.

Hattie zei niets.

'Ik zou het verhaal graag willen vastleggen.'

De oudere vrouw haalde diep adem.

'Om er een boek over te schrijven.'

Hattie boog zich naar voren. 'Nee, Ellie, ik ben bang dat ik dat niet kan toestaan.'

Ellie dwong zichzelf om niet te blozen. Ze beet op haar tong.

'Het spijt me. Maar nee.' Hattie legde een hand op haar hart. 'Ik denk niet aan mezelf, want voor mij betekent het persoonlijk maar weinig, maar ik maak me zorgen over wat het met Albert zou doen. Je weet vast wel dat hij bijgelovig is.' Ellie wilde zeggen dat dit alles voor hem zou veranderen, maar Hattie ging verder. 'Daarnaast heeft het gevolgen voor Milo's toekomst.'

Ellie fronste. 'Milo?'

'Mannelijke erfgenamen die wettig verwekt zijn. Albert was een buitenechtelijk kind.' Het volgende zei ze nadenkend: 'Mijn vader was de laatste wettige erfgenaam. Deze informatie brengt Milo in de gelegenheid om van de titel af te komen. Maar toch...'

'Maar toch?'

'Er schuilt een zekere ironie in, hè? Als Milo de titel opeist, zou die via de vrouwelijke lijn bij hem zijn gekomen. En dan ook nog via Iers bloed. Mama dacht altijd dat Charlotte daar de humor wel van in zou zien.' Toen Ellie verbaasd keek, zei ze: 'We hebben het erover gehad voordat ze stierf. Wanneer we het Milo moesten vertellen. Wanneer we hem de keuze moesten geven.'

'En wat hebben jullie besloten?'

'We hebben uiteindelijk geen beslissing genomen. Milo was nog geen tien jaar oud toen mijn moeder stierf.'

'En je vader, Teddy, wist hij niet van Alberts afkomst?'

Hattie schudde haar hoofd. 'Dat was een van de redenen waarom ik naar een kostschool werd gestuurd, terwijl mama zo vastbesloten was geweest dat ik naar de lokale school in Ballinn zou gaan. Kun je je voorstellen dat je een elfjarige vraagt om zoiets geheim te houden?' Ellie zag een diepe pijn op haar gezicht.

'En Albert dan?'

'Deze informatie zou een complete schok voor hem zijn. Mijn moeder en hij waren heel hecht. Tot het einde toe. Dat hij zo in het ongewisse is gelaten... Nou, ik kan me niet voorstellen hoe hij zich zou voelen.' Toen zag Ellie het, precies dezelfde uitdrukking die over Tabby's gezicht was gegleden. Nog een vrouw die een geheim had bewaard om een goede man te sparen en daardoor zelf tot in het diepst van haar ziel beschadigd was geraakt.

'Denk je niet dat Albert het recht heeft om te weten dat Charlotte zijn moeder was? En dat Tomas zijn vader was?' vroeg ze zachtjes. *Nu het nog kan.* Ze probeerde zich voor te stellen hoe het zou zijn, als je tachtig jaar lang niet wist dat je geadopteerd was en er dan achter kwam dat je adoptiemoeder je biologische vader had vermoord. En dat je biologische moeder niet je familie had vervloekt terwijl ze zelfmoord pleegde.

Integendeel, ze had hun alles gegeven.

Hattie dacht na over de vraag en vouwde toen haar handen in haar schoot. 'Ellie, Alberts gezondheid gaat achteruit. Zoals je hebt gezien, is het niet alleen fysiek. Na wat er gebeurd was met Tomas... is hij nooit meer de oude geworden. Nooit. Er was niemand met wie hij kon praten, alleen mama. Hij trok zich in zichzelf terug en ik ben bang dat hij maar zelden echt iets van zichzelf laat zien.' Ellie dacht aan de twee Alberts die ze had gezien: de een voorzichtig en verward, de ander gastvrij, vriendelijk en vol levenslust.

'Volgens het rapport van de gardaí was Albert er niet bij toen Tomas de dood vond.'

Hattie herschikte het bestek op tafel en verschoof het kleine lepeltje rechts van het mes. 'Ik haat het als ze dat doen,' mompelde ze terwijl ze naar de tafelsetting keek. Toen leek ze iets anders te willen zeggen, maar ze zweeg meteen weer. 'Albert heeft... iets gezien... de nasleep, misschien,' zei ze en ze richtte haar blik op iets achter Ellie en vouwde haar servet weer op. 'Maar destijds dacht mama dat het eenvoudiger was als er maar één getuige was. Zodat het verhaal gestroomlijnder zou zijn.'

'Gestroomlijnder?'

Hattie wreef over haar gezicht, waardoor er een klein veegje mascara achterbleef. 'Het spijt me, het is zo'n vreselijke herinnering. Ik kan me de details niet meer herinneren.'

'Ik snap het,' zei Ellie, al begreep ze het eigenlijk niet. Had Albert nu gezien dat zijn vader gedood werd of niet? Ze veronderstelde dat het uiteindelijk minder uitmaakte als hij er nooit achter kwam wie zijn echte vader was. De koffie was inmiddels koud geworden, maar met een grimas dronk ze hem toch op. 'Hattie... dit verhaal...'

'Ik heb het echt liever niet,' zei Hattie, op een toon die je aansloeg tegen een humeurige tiener nadat het ergste van de ruzie voorbij was.

Ellie leunde geërgerd achterover. Ze werd overweldigd door de behoefte om gehoord te worden, maar nu zonder dat ze begraven zou worden onder een schandaal dat te diep was om uit te komen. Ze wilde zeggen dat ze het recht had om dit verhaal te vertellen, maar haar mond wilde de woorden niet vormen. Aarzelend strekte ze haar hand uit om de eenzame bloem te pakken die in het midden van hun tafeltje stond. Die had precies de kleur van de bloem die ze een paar dagen eerder achter haar oor had gestopt. Het blauw van Nancy Rathmores ogen, volgens Albert. Hij had dat gezegd nadat hij aandachtig had geluisterd naar Ellies uitbarsting over schuldgevoel, dat haar, al die jaren na de dood van haar eigen vader, nog steeds in zijn greep had. Hij had haar hand gepakt en stevig vastgehouden, net zoals zij dat bij hem had gedaan op de dag dat ze elkaar hadden ontmoet. 'Goede mensen overkomen ook slechte dingen, Ellie,' had hij gezegd. Had hij aan zijn moeder gedacht, aan Nancy, en wat zij had gedaan toen ze de confrontatie met Tomas aanging?

Ze probeerde de vrouw tegenover haar te peilen en dacht aan de lijst met uitgevers die ze zou benaderen en het voorstel dat ze hun zou doen, bestaande uit een overzicht van duizend woorden. Ze zou een tiental mensen interviewen, een introductie schrijven en twintig titels voor hoofdstukken bedenken.

En ze wilde een slogan gebruiken.

Wat zou jij doen om degenen van wie je houdt te beschermen?
Haar tijd zat erop. Ze aarzelde.
Wat zou Charlotte gedaan hebben?
Maar dat was duidelijk, toch?
'Ik begrijp het, Hattie.' Ze zag het boek, het verhaal, haar nieuwe doel, wegzweven.
Maar toen zette Hattie haar handtas op tafel en haalde er een envelop uit.
Ze schoof die over de tafel. Er stond niets op, geen adres.
Dit was een primeur voor Ellie. Opeens voelde ze dat ze een wereld was binnengestapt waaruit ze zich snel wilde terugtrekken. Ze keek naar Hatties onbewogen gezicht en probeerde te begrijpen waar ze naartoe wilde. 'Ik heb je geld niet nodig. Ik heb gezegd dat ik het begrijp. En dat is ook zo.' Ze spreidde haar handen. 'Ik heb Charlotte gevonden. Dat is voor mij voldoende.'
En ze realiseerde zich verheugd dat dat ook echt zo was.
Hattie lachte en de warmte keerde terug in haar blik. 'Ellie, als ik geld overhad, zou het niet in een envelop voor jou zitten.' Ze haalde haar vingers door haar haar en wreef over haar hoofdhuid. 'Ik zou om te beginnen mijn haar laten doen.'
'Ik heb je net beschuldigd van omkoping, of niet?'
Ze trok een wenkbrauw op. 'Je bent in elk geval een eerlijke journaliste.'
Ellie streek lichtjes over de envelop. 'Wat zit erin?'
'Het was bedoeld als een deal.'
'Wat voor deal?'
Hattie nam haar waarderend op. 'Ik wist niet zeker wat je me vandaag zou vertellen en ik wilde voorbereid zijn. Ik wilde je de envelop geven als je beloofde Charlottes verhaal niet te schrijven. Niet in Alberts verleden te duiken. En Milo aan mij over te laten. Als je de familie Rathmore zou laten waar die hoort... in de krochten van de geschiedenis.'
'En nu?'
'Je hebt indruk op me gemaakt.' Hattie knikte. 'Dus je krijgt het toch.'
Ellie dacht terug aan hun eerdere ontmoeting. Ze had toen

niets gezegd over het schrijven van Charlottes verhaal. Het idee was nog niet eens bij haar opgekomen. Pas de laatste dagen, toen de geheimen laag voor laag werden onthuld, had ze erover nagedacht. 'Hoe wist je dat ik haar verhaal zou willen schrijven?'

'Ik zag je honger.'

Ellie wreef over haar buik. 'Nauwelijks.' Ze sprak het uit met het zachte accent van Kerry in plaats van de harde tongval van Dublin, die ze twee weken geleden nog had gebezigd.

'Ik zie het in je,' zei Hattie. 'De ambitie. Het is alsof ik in een spiegel kijk.'

Ellie hief haar handen op in een vergoelijkend gebaar. 'Ik had iets nieuws nodig, een project. Een manier om rond te komen, maar het draaide niet alleen om geld, het moest ook... bevredigend zijn. Charlottes geschiedenis behoort echter toe aan de Rathmores. Ik vind wel iets anders.' Ze was werkloos en stuurloos, maar ze zou zichzelf herpakken. 'Ik vind mijn eigen weg wel. Ik zal mijn fout rechtzetten.'

'Je pad is duidelijker uitgestippeld dan je denkt,' zei Hattie met een glimlach die warm, bijna moederlijk was. Vol... trots? Ze stak haar hand uit en tilde Ellies kin op. Toen tikte ze op de envelop. 'Misschien heb je toch geen fout gemaakt.'

58

Blackwater Hall, County Kerry
November 2019

Wat een zeldzaam fenomeen, een frisse, droge dag in november in County Kerry. En toch, toen Ellie, Milo en Jules elkaar ontmoetten bij Lough Atoon, was er geen wolkje te bekennen aan de zachtblauwe hemel. De zwartgeblakerde resten van een lang vergeten steiger strekten zich uit in het water. Naast hen lag een schop tegen een kniehoge stapel stenen. Het was paarse zandsteen, net als de heuvels verderop.

Er stond geen zuchtje wind. Het oppervlak van het meer was als een spiegel waardoor de met klimop begroeide gevel van Blackwater Hall perfect in het water weerkaatst werd. Het landhuis stond trots op het glooiende gazon. Een groep spreeuwen vloog op en verspreidde zich over de vallei erachter, in een abstracte vorm, als een schildering in de lucht.

De envelop had belastende informatie bevat. Toen Ellie zag wat erin zat, had ze Hattie verbaasd aangekeken en gezegd: 'Zal hij bij zijn standpunt blijven?' De oudere vrouw had geknikt, terwijl ze haar tas al pakte. 'Zeker.' Ellie had zich opgelucht gevoeld, alsof er een last van haar schouders viel. Ze was opgestaan en had Hattie omhelsd en haar langer vastgehouden dan beleefd was.

Toen was ze rechtstreeks naar het kantoor van *The Irish Times* gegaan en had ze Jeremy de envelop gegeven. Hij had haar omhelsd in een zeldzame uiting van genegenheid en ze had haar schouders opgehaald alsof ze wilde zeggen: twijfelde je aan mij?

Armand, de man die geen enkel gezicht vergat, stemde ermee in te getuigen dat Davy McCarthy in juli drie diners had gehad in de privévertrekken van de Pickled Oyster, waar hij een vaste klant was. Daar waren alleen hij en een andere man bij aanwezig geweest, geen notulist. Volgens Armand was de tafel gereserveerd onder de naam Smith en dat werd bevestigd door de reserveringsgegevens. De rekening werd echter betaald met een creditcard op naam van Maxibuild, het bedrijf dat eigendom was van Maxwell Cray.

De zaak tegen *The Irish Times* was geseponeerd en in de ophef die volgde werd al snel een onafhankelijke commissie gevormd om de banden tussen McCarthy en Cray te onderzoeken.

De locatie aan Stanley Street was weer in het bezit van de staat en er werd een nieuwe aanbesteding uitgeschreven voor de bouw van honderdtwintig nieuwe appartementen voor sociale woningbouw.

Voor Ellie was het niet alleen een rechtvaardiging, maar ook de mogelijkheid om terug te keren naar een leven dat tot een maand geleden alles was geweest wat ze ooit had gewild. Ze had haar baan teruggekregen, meer dan dat zelfs, want ze kon rekenen op een promotie tot vastgoedredacteur, de jongste in de geschiedenis van de krant. Jeremy had het haar telefonisch verteld, terwijl zij in Procaffination zat, haar exemplaar van *Het ABC-mysterie* open op haar schoot, en hij had haar stilzwijgen opgevat als blijdschap.

'Ik zal erover nadenken,' had ze gezegd, terwijl ze uitkeek over het rustige plein van Ballinn, waar inmiddels bekende gezichten hun dagelijkse leven leidden.

Milo had tegen zijn vader gezegd dat Ellie en een vriend bij mooi weer misschien een keer zouden komen vissen in het meer. Hij hoefde zich dus geen zorgen te maken als hij wakker werd en een vreemde auto bij het huis zag staan. Toen Ellie en Jules die ochtend vroeg naar het landgoed waren gereden, was de dageraad nog slechts een belofte. Maar Albert was er al. Hij had de Micra naar het huis zien rijden en was al naar buiten gekomen toen Ellie terugschakelde. Zijn silhouet stak af tegen de zijdeur van Blackwater Hall, die nu helemaal vrij was van klimop en een prachtige clematisblauwe kleur had gekregen. De geur van houtrook hing in de koele lucht en Albert hield een dienblad met thee in zijn handen. Er stonden drie kopjes op, voor Ellie, Jules en zijn zoon, die net uit het warme huis was gekomen. 'Ga je niet met ons mee, Albert?' had Ellie gevraagd.

'Vanmorgen niet, lieverd, maar het zal je goeddoen te horen dat Milo de thee heeft gezet.'

Ze stonden bij de deur met hun theekopjes in hun handen en keken naar de dichte mist die van Cottah Mountain afrolde. De mist klampte zich vast aan de zijkanten van de berg alsof zijn leven ervan afhing, maar toen hij het dieptepunt van het dal bereikte, verdween hij als bij toverslag. De mist veranderde van vorm totdat hij onzichtbaar was. Alsof hij op dat moment besloot dat hij gewoon kon… verdwijnen.

Om hen heen lagen stapels bouwmaterialen op de oprit. Steigerplanken, palen, stapels paarse leisteen. Zakken met scherp zand en kalk. Binnenkort zouden de werkzaamheden beginnen. Blackwater Hall zou weer tot leven komen.

'Maar hoe ga je dat betalen?' had Ellie aan Milo gevraagd toen ze hen de week ervoor had bezocht. Ze had Bernies taak overgenomen om maaltijden te bezorgen en zo kwam ze overal in het dorp, tot aan de grenzen ervan en zo ver als Blackwater Hall. Nu Milo hier fulltime was, had Albert de maaltijden niet meer nodig, maar Ellie zette er altijd drie opzij en ging dan 's avonds langs, zodat ze bij elkaar konden zijn en samen konden eten. Soms wist Albert wie ze was, op andere dagen was het weer alsof ze elkaar voor het eerst ontmoetten.

'Ik heb iets verkocht,' had Milo gezegd. 'Met toestemming van Albert.'

De vlinderkam.

'Hij weet het over Charlotte. Hij weet nu wie ze was en hoe ze gestorven is. Harriet en ik hebben het besluit genomen, en ik heb het hem verteld.'

Ellie had naar adem gesnakt. Dat had ze niet verwacht. 'En?'

'Hij is opmerkelijk veranderd. Hij zal nooit de man zijn die hij had kunnen zijn, zegt Harriet, maar op zijn goede dagen gaat het… een stuk beter met hem.'

'En Tomas?'

Milo had zijn hoofd geschud. 'Harriet staat erop dat hij nooit mag weten dat Tomas zijn vader was.'

Toen ze hun thee ophadden, had Albert hun kopjes aangepakt. 'Veel plezier met vissen, jongelui!' Ellie had gezien hoe verguld Jules keek bij het horen van die term, en toen ze met z'n drieën naar het meer vertrokken, had Milo, zo vanzelfsprekend als wat, gezegd: 'Bedankt, pap.' Ellies hart was opgesprongen bij het zien van de blik op Alberts gezicht.

'Klaar?' vroeg Jules nu, zijn stem was een gefluister in de stille ochtend.

Milo tilde de schop op en begon te graven.

Toen Ellie het gesprek met de verbijsterde Jeremy had beëindigd en hem beloofd had hem voor het einde van de week terug te bellen, had ze een klein doosje uit haar tas gehaald. Daarin zat de platina kam die Dylan haar had gegeven, zijn geschenk aan haar om het weer goed te maken. Ze streek met haar vinger over de tanden, waarvan de randen koel aanvoelden. De kam was prachtig. Ze had de doos dichtgedaan en een briefje voor Nils achtergelaten. John was de week ervoor gearriveerd en ze hadden het druk met het bedienen van de lokale leesclub, terwijl er volop gelachen werd. Ze hoorde nog net dat ze cake van het huis kregen. Daarna liep ze door de hoofdstraat van Ballinn naar het postkantoor. Drie minuten later had ze een dikke bubbeltjesenvelop in de brievenbus gedaan. Ze had niet de moeite genomen om er een briefje bij te doen. Als Dylan de kam zag, zou hij het begrijpen.

Het gat dat Milo had gegraven was nu een halve meter diep en een halve meter breed. Hij legde de schop opzij. 'Dat is diep genoeg.'

Jules knikte. 'Zullen we?'

Met z'n drieën liepen ze door het schaarse struikgewas van het bos aan het einde van het meer. Een kruiwagen wachtte op hen bij de bomen aan de rand van het gazon.

Het was een week geleden dat Moira Ellie had gevraagd om te luisteren naar iets wat ze op het hart had. Ze was nerveus geweest. Ze had haar handen om een kop thee geslagen, die zo slap was als afwaswater, en ze had haar voorhoofd gefronst. Ellie had gedacht dat het een poging was om er smekend uit te zien.

'Het punt is, Ellie,' had ze gezegd, 'in de jaren nadat je vader stierf, moest ik rekening met jou houden. Ik moest voor jou zorgen en stak daar al mijn energie in. Maar nu ben je uitgevlogen...'

Zeventien jaar geleden. Ellie wreef over haar neus. Ze vroeg zich af of ze haar moeder moest onderbreken. Ze wist wat er ging komen en voelde een golf van geluk nu Moira het eindelijk wilde opbiechten. Maar ze wist dat iemand de ruimte nodig had om de waarheid op tafel te leggen. Dat was iets wat ze had geleerd.

'Ik moet toegeven dat ik...'

'Blij was dat ik weg was?' had Ellie gegrapt, terwijl ze haar moeder probeerde te kalmeren. Het had echter het tegenovergestelde effect. Moira had haar hoofd in haar handen gelegd. Ellie boog zich naar voren. 'O, mama,' had ze gezegd, met warmte en troost. 'Het spijt me, ik bedoelde niet...'

'Ik ben eenzaam geweest.' Moira begon zachtjes te huilen. Een zachte, langzame snik.

Ellie voelde intens met haar mee. Moira zag er plotseling kleiner uit, teer zelfs. Als een vrouw met behoeften en verlangens. Iemand met een leven buiten de vier muren van haar huis, buiten haar dochter. Buiten hun gedeelde – en gekoesterde – verleden. Ze had zich naar voren gebogen en haar armen om de schouders van haar moeder geslagen.

Moira veegde haar ogen af. 'Die domme oude mama van je,' zei ze. 'Ik zit te grienen als een kind.'

'Nee, je bent niet dom.'

Moira haalde diep adem. 'Er is iets wat ik je wil vertellen.'

'O ja?' Ellie glimlachte samenzweerderig.

'Vanwaar die grijns?'

'Zomaar... zomaar...' Ellie leunde achterover in haar stoel. 'Weet je, mama, het is bijna twintig jaar geleden dat papa stierf. En er gaat geen dag voorbij dat ik niet aan hem denk. Eigenlijk niet eens een uur.'

Moira knikte. Haar ogen begonnen weer te glanzen.

Ellie stak haar hand uit en legde haar vingers lichtjes op die van haar moeder. 'Wat ik bedoel is dat hij hier voortleeft.' Ze legde haar hand op haar hart en dacht aan het moment met Nils bij Wynn's Castle. 'Maar jij...' Ze pakte Moira's hand en kneep erin. '... jij bent hier.'

'Dus je weet het?'

'Ik weet niets,' zei Ellie, 'maar ik vermoed veel.' Ze grijnsde. 'Ik ben inmiddels een soort detective.'

'Hij is een goed mens.'

Ellie had geknikt. Haar hart liep over van dankbaarheid voor haar moeder, die daar in die kleine keuken zat, terwijl haar wereld langzaam weer wat groter werd. Ze nam Moira's handen in haar eigen handen. 'Ik zou niet gelukkiger kunnen zijn. Voor jullie allebei.'

Nu keek ze over de kruiwagen naar Jules. 'Ellie, wees voorzichtig. Denk aan je rug.' Over zijn geruite trui, in allerlei tinten blauw, droeg hij een dikke gewatteerde jas. De rits was open, hij was klaar voor de inspanning die wachtte. Zijn ogen waren helder in het ochtendlicht. Hij was een half hoofd kleiner dan Moira, en als ze elkaars hand vasthielden, waren hun vingers verstrengeld, had Ellie opgemerkt. Het had haar doen denken aan de klimop die de muren van Blackwater Hall bedekte.

Ze maakte een krachtig gebaar. 'Kom op.'

Ze droegen de steen tussen hen in, Jules en Ellie schouder aan schouder aan de ene kant, Milo aan de andere kant. Hij liep voorop, zijn armen achter zich, de ronde randen stevig in zijn handen, die groter waren dan Ellie had gedacht.

Jules hield de steen rechtop in het gat terwijl Ellie en Milo het vulden met stenen en daar aarde overheen schepten, zodat het gedenkteken boven de nieuw gedolven heuvel uitstak.

Milo raakte haar schouder aan en vroeg: 'Wil je iets zeggen?' Er ging een tinteling door haar aderen. Ze voelde vlinders in haar buik, een gevoel dat ze al jaren niet meer had gehad. Ze schudde haar hoofd.

Vorige week had hij haar mee uit eten gevraagd. Hij had het niet specifiek een date genoemd, maar de nervositeit in zijn stem suggereerde dat wel. Het was twee dagen geleden dat ze de kam naar Dublin had gestuurd en ze had gezegd dat ze dat niet kon, dat zij en Moira een klein reisje zouden maken. Het was een ondoordachte opmerking geweest. Ze had het in de hitte van het moment gezegd om meer tijd te hebben. Waarvoor? Om na te denken?

Toen ze was teruggekomen op Cahercillín Farm, had ze het idee aan haar moeder voorgelegd, die net zo blij als verbaasd was geweest. Ze hadden de auto ingepakt voor een weekend in Clifden, waar ze twee nachten hadden doorgebracht in een hotel dat ze zich nauwelijks kon veroorloven. Daar had ze Moira verteld over de ruzie met haar vader, die dag dat hij zonder om te kijken de deur uit was gelopen en nooit meer was teruggekomen. Moira had gezegd dat het enige wat ertoe deed was dat hij meer van Ellie had gehouden dan van het leven zelf. Dat hij zo trots op haar zou zijn. Op alles wat ze had bereikt. Op de vrouw die ze was geworden.

Ellie greep in haar jaszak en haalde er een takje gaspeldoorn uit met dappere gele bloemen, die verborgen waren tussen stekels. Ze had het geplukt van een struik aan de rand van het bos. Ze wist gewoon dat Charlotte de eenvoud ervan gewaardeerd zou hebben. Een teken van volharding met het zicht op de naderende winter. De moed om te bloeien als al het andere het had opgegeven. Ze boog zich voorover en legde het takje naast de steen.

Toen ze terugkwam uit Clifden, had ze Milo gevraagd haar te ontmoeten in Procaffination. Ze had hem verteld over haar miskraam en over Dylan, terwijl ze een stuk worteltaart verorberden. Nils had op de achtergrond steeds veelbetekenend zijn wenkbrauwen opgehaald. Milo had haar op zijn beurt verteld over zijn scheiding en zijn gebroken hart, dat nu pas aan het helen was. Ze had zijn hand aangeraakt en was verbaasd over de warmte ervan. Hattie had hem uitgenodigd in Dublin om hem gerust te stellen dat de onthulling over zijn biologische grootouders – over Charlotte en Tomas – niets hoefde te veranderen. 'Het maakt wél uit,' had hij tegen Ellie gezegd. 'Nu kan ik kiezen of de baronie doorgaat of hier ophoudt.' *En?* 'Ik weet het gewoon nog niet.' Maar hij had geglimlacht. 'Ik denk dat het Charlotte genoegdoening zou geven. Haar kleinzoon, en dus de kleinzoon van Tomas, erft de titel via de vrouwelijke lijn. Maar ze zou ook genieten van het moment dat de adelstand zomaar zou verdwijnen, opgeslokt door de geschiedenis, waar deze zaken thuishoren.' Daarna had hij gezucht. 'Het is ironisch, hè?'

'Wat?'

'Dat Charlotte wint, hoe je het ook bekijkt.'

Daarop had ze geglimlacht. 'Ja,' had ze gezegd. 'Charlotte wint.' Ze dacht aan de jonge vrouw, pas negentien toen ze haar leven achter zich had gelaten, die op weg was gegaan naar het onbekende, zodat ze niet van haar kind gescheiden hoefde te worden. Ze keek naar Milo en voelde zich kalm worden, want hoewel Charlotte er niet meer was, had ze toch iets nagelaten. Twee mensen: Milo en Albert. De een was beschadigd, de ander leek als twee druppels water op zijn grootmoeder, koppig, zorgzaam en sterk.

'Milo?' had ze gezegd.

'Ja?'

'Binnenkort, over een maand of twee... Wil je me dan nog eens vragen? Of ik met je uit eten wil, bedoel ik.'

Nu ze bij het meer stonden, keek ze op van de steen en ving zijn blik toen hij naast haar knielde. Jules knikte. 'Goed gedaan, Ellie,' zei hij, terwijl hij haar een schouderklopje gaf. 'Uitstekend gedaan.' Met die woorden liet hij hen achter, terwijl de dag langzaam aanbrak.

Milo stak zijn hand uit en ze pakte die aan. Zijn handen voelden warm, ondanks de ochtendkou. Hij bewoog zijn vingers een beetje en verstrengelde ze met de hare. Ellie liet haar blik over de tekst gaan, witte inkervingen op de ronde paarse zandsteen. Het leek helemaal niet op een graf, maar op een stukje natuur aan de oevers van het meer.

TER NAGEDACHTENIS AAN CHARLOTTE RATHMORE
1921-1941

Ze bleven nog een tijdje hand in hand staan en zagen Blackwater Hall uit de duisternis opdoemen in de eerste zonnestralen die boven de oostzijde van Cottah Mountain uit kwamen. Al snel begonnen de ramen van het huis, die tussen de klimop door leken te gluren, te glanzen en de blauwe leien die als schubben op het dak lagen, kleurden magenta in het gouden ochtendlicht. Toen, heel even, leek er een schaduw over het gazon te glijden. De contouren van een zachte curve die zich rond het huis vouwde en het leek te omhelzen.

Een perfecte cirkel.

EPILOOG

De haven van Dún Laoghaire, Dublin
Augustus 1940

Charlottes hand rustte op haar buik. Wat voor toekomst was er voor haar weggelegd? Als ze terugkwam, nadat deze oorlog voorbij was, zouden zij en Tomas een plekje vinden om te wonen, ergens waar ze zichzelf konden zijn. Dan zouden ze niets meer te maken hebben met leven op stand en opnieuw kunnen beginnen.

Toen de boot wegvoer van Dún Laoghaire, dacht ze dat de wind op haar gezicht frisser aanvoelde dan ooit tevoren. Haar kleine leren koffer stond aan haar voeten, alles wat ze ter wereld bezat, zat erin. Met één hand greep ze de koele reling vast. De oceaan voor haar was aquamarijnkleurig en in de verte was er alleen horizon.

De wind trok een pluk van haar haar los en ze haalde de vlinderkam tevoorschijn om haar eigenzinnige lokken te bedwingen. De robijnrode ring aan haar vinger had ervoor gezorgd dat ze geen vragen hoefde te beantwoorden en de naam Tabby Deenihan kwam al gemakkelijk over haar lippen. Ze keek weer naar de haven. Honderd meter scheidde haar nu van Ierland. Nog nooit was ze zo ver van huis geweest en die gedachte bracht een glimlach op haar gezicht. Al snel volgde er een spontane lach.

Een man naast haar draaide zich om en gooide de peuk van zijn sigaret overboord. 'De eerste keer in bijna twaalf maanden dat ik zo'n lach hoor,' zei hij met een zacht Liverpools accent. Charlotte voelde zich plotseling een beetje schuldig. Europa was in oorlog. Mensen stierven. Levens vervlogen, als bladeren in de wind. Hij ging met zijn hand naar de rand van zijn pet en tikte ertegen. 'Bedankt,' zei hij. 'U hebt deze dag voor mij opgefleurd.'

Ze wendde zich weer naar de zee. Er was iets in haar hart wat er nog nooit eerder was geweest. Een warme gloed. Een lichtvoetig gevoel.

Op dit moment was ze gelukkiger dan ooit tevoren.

Ze was vrij.

NOOT VAN DE AUTEUR

Mensen maken er weleens grapjes over dat personages gratis in het hoofd van een schrijver wonen. De heldin van *Het middernachthuis*, Charlotte Rathmore, verscheen op een dag uit het niets, trok ongevraagd in en maakte het zich gemakkelijk. Het gebeurde toen ik als geoloog in het buitenland werkte, als een moderne nomade, nooit lang genoeg op één plek om me echt te vestigen. Charlotte ging altijd met me mee, de jonge vrouw die bij een meer stond, haar lange rok wapperde in een zachte bries (en was daar een zweem zout in de lucht?), een gehavende koffer in haar hand. Ik vroeg me af wie ze was. Waar ze naartoe ging. Het landschap was wazig, alleen dat meer, inktzwarte duisternis en het gevoel dat de jas die ze droeg te groot was en dus niet van haar was. Het leek erop dat ze van plan was om weg te lopen, maar waarvandaan of waarheen wist ik niet.

Een paar jaar later verhuisde ik naar het zuidwesten van Ierland. Dat was eigenlijk puur toeval, een bezoek dat uitgroeide tot een idee om een oud huis te renoveren aan de rand van de oceaan. Achter dat huis was een berg. En op die berg was een meer. Het bevond zich op een plateau net uit het zicht van de oceaan. De eerste keer dat ik naar de met gaspeldoorn omzoomde oever liep (de geur van zout in de lucht) zag ik een rimpeling, alsof er twee voeten aan de waterkant hadden gestaan. Daar plaatste ik het met klimop begroeide huis waarvan ik wist dat Charlotte er had gewoond. Toen ik ging zitten om te schrijven, draaide ze zich naar me toe, glimlachte en begon weg te lopen.

Eindelijk kon ik haar volgen.

Hier aan de meest westelijke rand van Europa, waar rotsen van paars zandsteen dramatisch als vingers in het woeste schuim van de zee lijken te grijpen, vonden zowel mijn verhaal als ik een thuis. Ik kan begrijpen hoe de Ierse diaspora – ver over de wereld verspreid – altijd het verlangen aanwakkert om terug te keren. De aantrekkingskracht is duidelijk voelbaar, betoverend en mysterieus. In Ierland ligt de waarheid verborgen onder vele lagen: geschiedenis in folklore, verweven met het landschap. Ik maakte mijn hoofd leeg met ijzige duiken in de zee onder de schaduwen van een abdij, en dan liep ik naar huis langs staande stenen die als schildwachten in de velden waren geplaatst. Ook bij mijn nieuwe buren waren er verschillende lagen te ontdekken. Ze gingen naar de mis, maar zouden uit bijgeloof nooit naar de nieuwe maan kijken. Zelfs onze jonge vrienden zeiden dat ze het gehuil van de roep van de *banshee* hadden gehoord. Eerst dacht ik dat ze een grapje maakten, maar een paar whiskeys later realiseerde ik me dat dat niet zo was. En dit wilde landschap, deels getemd door generaties ruwe handen, is de perfecte spiegel waarin gemeenschappen als deze zichzelf kunnen bekijken: een enorme geschiedenis die generaties teruggaat, hun sporen achterlatend in het land.

Bij het schrijven van dit boek stond ik vaak in de tuin en keek naar de berg erachter. In de verte, genesteld tussen de met heide begroeide hellingen aan het begin van de vallei, staat een ringfort. Het staat er al millennia en ons huis is gebouwd van dezelfde paarse zandsteen als de muren van dat fort. Schapen grazen aan de voet ervan en vlakbij staat een nieuw vakantiehuis. Een huisje dat is gebouwd tijdens de hongersnood staat op het veld aan de overkant, waar bewerkte landbouwgrond doorloopt tot aan de kust.

Lagen, overal waar je kijkt.

Onder het dak van ons huis vonden we een stuk hout, gesigneerd door een lang geleden overleden timmerman. *Als dit naar beneden komt, bid dan voor mij. Tim O'Shea, 1911.* We vonden Tims familie. Ze wonen in de buurt en het nieuws zorgde ervoor dat de tranen rijkelijk vloeiden. De sensatie van het delen van een bericht uit het verleden was bedwelmend. En zo werd Ellie Fitzgerald geboren. Ik zag voor me hoe ze een mysterieuze brief ontdekte van een jonge vrouw – lees: Charlotte – die lang geleden was verdwenen.

Toen wist ik dat *Het middernachthuis* over meerdere generaties zou gaan. Hoe had het ook anders gekund? Ik kon de lagen van Ierland niet scheiden, verleden en heden, oud en nieuw, geruchten en waarheden. Het was net zo eenvoudig om het Ierse landschap in het verhaal te verweven als naar buiten stappen. Ik hield de hand van de jonge Hattie vast toen ze Tomas ontmoette bij het stille water van het meer, waar hij duizend boeketten had achtergelaten voor zijn geliefde. Ik stond naast Ellie terwijl de wind over Derrynane Beach raasde, en ze zich zorgen maakte over haar twijfels en verdriet, voordat Milo naast haar kwam staan. En ik liep met Charlotte mee, stap voor stap, terwijl ze zich omdraaide, de berg beklom en haar thuis verliet.

Ik ging met hen allemaal mee – en ik ben zo dankbaar dat jij mee bent gegaan – naar het zuidwesten van Ierland en tijdens de rest van de reis.

DANKWOORD

Ik begon in 2019 met het schrijven van de roman die je nu in je handen hebt, met slechts een glimp van een idee (Charlotte verdween over de berg achter Blackwater Hall, een kleine koffer in haar hand). Vele concepten later stuurde ik het manuscript naar een shortlist van drie agenten. Slechts een van hen had een nummer één naast haar naam (en ik heb nog steeds het notitieboekje om het te bewijzen!). Ze werkte samen met een aantal van mijn favoriete auteurs, en ik zag haar als de perfecte match voor *Het middernachthuis*. Bedankt, Becky Ritchie, (en het hele team van AM Heath) voor je visie, vriendelijkheid en harde werk. Je bent altijd mijn nummer één geweest!

Veel dank aan mijn redacteuren, Sherise Hobbs en Bea Grabowska. Jullie zijn een dreamteam. Met veel geduld en vriendelijkheid gaven jullie me echt goede en inzichtelijke redactionele input en zagen jullie het potentieel van deze roman, zonder ooit het vertrouwen erin te verliezen. Siobhan Hooper ontwierp het omslag en ik denk dat we het er allemaal over eens zijn dat het echt een plaatje is geworden. Ik was er meteen weg van toen het in mijn inbox verscheen. Lucy Hall en Emily Patience zijn geweldig in marketing en pr, twee volkomen vreemde talen voor mij, en ik ben het hele team van Headline Review zo dankbaar dat ze onvermoeibaar hebben gewerkt om deze droom werkelijkheid te laten worden. Ik had het geluk dat er een paar vroege lezers waren. Mam – aan wie het boek is opgedragen (verrassing!) – was erg positief en stuurde al haar opbeurende commentaar over tienduizend kilometer afstand. Lorraine Mace las een vroege versie van de eerste paar hoofdstukken en haar aanmoediging hielp om de volgende honderdduizend woorden te schrijven. Kaye Matthews, onze geweldige huisvriendin, gaf me een dikke duim omhoog en zorgde voor een enorme boost in mijn zelfvertrouwen. Jess McCarthy was mijn reddende engel toen ik overwoog om het hele plan te laten varen. Ik roep iedereen die zich in Midleton in Cork bevindt om een bezoek te brengen aan het fantastische Midleton Books en Jess (en Bones) namens mij te bedanken!

Clement McGann hielp me om Charlottes documenten op orde te krijgen voordat ik haar op reis liet gaan over de Ierse Zee. Gedurende vele maanden deelde hij ook met plezier fascinerende verhalen over het leven in Ierland in die tijd, onder andere dierbare familieherinneringen, waarvan er veel hun weg vonden naar het boek. Ook dank aan Les Tucker van de archiefafdeling van de Royal Gunpowder Mills voor je waardevolle inbreng met betrekking tot het leven in de munitiefabrieken.

Dank aan de Stoffell-clan voor jullie constante aanmoediging. Ik hou van jullie allemaal. En dank aan Nicole en Ray, wier humor en inzicht in Kerry's rijke tradities en Ierlands unieke volkstaal hun weg vinden in elke hoek en spleet van het boek.

Go raibh maith agat, veel dank aan Ierlands grote schoonheid, County Kerry.

Wat ik voor je voel, is geen korte zomerliefde.

Ook dank aan Harry en Bertie. Hoewel jullie dit niet kunnen lezen (omdat jullie honden zijn), denk ik dat jullie het leuk zullen vinden. En ten slotte, dank aan mijn man Barry, omdat je – naast het lezen en helpen vormgeven, bijsnijden en aanpassen van eindeloze concepten tot laat in de nacht – me in de loop van vele jaren hebt geholpen te begrijpen waar het leven om draait. Ik hou meer van je dan ik ooit kan zeggen.